Anaïs Nin
(1903-1977)

Anaïs Nin, uma das mais interessantes personalidades do século XX, precursora das lutas pela emancipação sexual da mulher, nasceu em 21 de fevereiro de 1903 em Neuilly (arredores de Paris), filha de Joaquín Nin, pianista e compositor espanhol, e de uma dançarina franco-dinamarquesa. Durante a infância, acompanhou o pai em suas excursões artísticas por toda a Europa. Com a separação dos pais, quando tinha 11 anos de idade, viajou com sua mãe e seus dois irmãos para os Estados Unidos, instalando-se em Nova York. Nessa época, iniciou o famoso diário, que ao final da sua vida atingiu dezenas de volumes, transformando-se em um dos documentos de maior importância literária, psicanalítica e antropológica do século.

Em 1923, voltou a viver na Europa (a partir daí alternaria a vida entre os Estados Unidos e a Europa) e começou a escrever críticas, ensaios e ficção. Nesse mesmo ano, casou-se com o banqueiro Hugh Guiler, que lhe proporcionou uma vida confortável. Mudaram-se para Paris em 1924 e nessa época fizeram amizade com inúmeros escritores, entre os quais D. H. Lawrence, André Breton, Antonin Artaud, Paul Éluard, Jean Cocteau e Henry Miller, seu grande amigo e amante de toda a vida, e quem primeiro chamou a atenção do público para a grandiosidade do diário, em artigo na revista inglesa *The Criterion*.

Anaïs Nin passou a maior parte da fase final da sua vida nos Estados Unidos, além de ter escrito toda sua obra em inglês. Juntamente aos vários volumes do seu diário, deixou várias obras literárias, entre as quais o poema em prosa *House of Incest* (1936), o livro de contos *Under a Glass Bell* (1944) e os romances, em parte autobiográficos, *Ladders to Fire* (1946), *Uma espiã na casa do amor*, 1954 (L&PM POCKET, 2006), *Pequenos pássaros*, 1959 (L&PM POCKET, *Seduction of the Minotaur* (1969), *Delta de Vênus,* [...] outros. Morreu em 14 de [...] nos Estados Unidos.

Livros de Anaïs Nin publicados pela **L&PM** EDITORES

Delta de Vênus (**L&PM** POCKET)
Uma espiã na casa do amor (**L&PM** POCKET)
Fogo (**L&PM** POCKET)
Henry & June (**L&PM** POCKET)
Incesto
Pequenos pássaros (**L&PM** POCKET)

ANAÏS NIN

FOGO

De "Um diário amoroso"
O diário completo de Anaïs Nin (1934-1937)

Com introdução de Rupert Pole e
notas biográficas de Gunther Stuhlmann

Tradução de Guilherme da Silva Braga

www.lpm.com.br
L&PM POCKET

Coleção **L&PM** POCKET, vol. 946

Texto de acordo com a nova ortografia.
Título original: *Fire: From "A Journal of Love"*

Primeira edição na Coleção **L&PM** POCKET: abril de 2011

Tradução: Guilherme da Silva Braga
Capa: Ivan Pinheiro Machado
Preparação: Elisângela Rosa dos Santos
Revisão: Lia Cremonese e Aila Corrent

CIP-Brasil. Catalogação-na-Fonte
Sindicato Nacional dos Editores de Livros, RJ

N619i
Nin, Anaïs, 1903-1977
  Fogo: de um diário amoroso: o diário completo de Anaïs Nin, 1934-1937 / Anaïs Nin; com introdução de Rupert Pole e notas biográficas e anotações de Gunther Stuhlmann; tradução de Guilherme da Silva Braga. – Porto Alegre, RS: L&PM, 2011.
  480p. (Coleção L&PM POCKET; v. 946)
  Tradução de: *Fire: From a Journal of Love: the Unexpurgated Diary of Anaïs Nin (1934-1937)*
  ISBN 978-85-254-1816-6
  1. Nin, Anaïs, 1903-1977 - Diários. 2. Escritores americanos - Século XX - Diários. I. Stuhlmann, Gunther. II. Braga, Guilherme da Silva. III. Título.

08-5613.	CDD: 818
	CDU: 821.111(73)-94

© 1995, 1994, 1987 by Rupert Pole, as Trustee under the Last Will and Testament of Anaïs Nin. © 1995 by Gunther Stuhlmann by arrangement with Barbara W. Stuhlmann, Author's Representative.

Todos os direitos desta edição reservados a L&PM Editores
Rua Comendador Coruja, 314, loja 9 – Floresta – 90.220-180
Porto Alegre – RS – Brasil / Fone: 51.3225.5777 – Fax: 51.3221.5380

Pedidos & Depto. Comercial: vendas@lpm.com.br
Fale conosco: info@lpm.com.br
www.lpm.com.br

Impresso no Brasil
Outono de 2011

Sumário

Introdução *por Rupert Pole* / 7

Nota / 10

O Diário / 11

Notas biográficas *por Gunther Stuhlmann* / 461

Introdução

*Rupert Pole**

FOGO É O TERCEIRO VOLUME da série "Um diário amoroso", após *Henry e June* e *Incesto*.

A partir de 1931, quando começou seu primeiro caso amoroso com Henry Miller, Anaïs Nin atirou-se a uma busca pelo amor perfeito que durou o resto de sua vida. Seu confidente durante essa busca foi o diário. (O hábito de escrever todos os dias no diário, desde 1914, rendeu a Anaïs o incrível talento de descrever suas emoções mais profundas ainda no calor do momento, imediatamente após suas vivências.) Anaïs continuou o diário – sempre escrito à mão – até sua morte, em 1977. As 35 mil páginas encontram-se hoje no Special Collections Department da UCLA, onde ficam à disposição de pesquisadores.

Na década de 1920, após ouvir de John Erskine e de outras pessoas que seus melhores escritos encontravam-se no diário, Anaïs começou a explorar novas formas de publicá-lo sem magoar os outros. Mais tarde, Henry Miller recomendou que ela publicasse "o diário inteiro – sem esconder nada". Anaïs fez alguns planos, que incluíam transformá-lo em ficção, publicá-lo na forma de diário, com nomes alterados, ou fazer dele um diário com nomes reais e fictícios. Contudo, nenhuma opção satisfazia a necessidade sentida por Anaïs de proteger o marido e as demais pessoas, e assim ela voltou-se à ficção.

Por fim, em meados da década de 1950, cansada de ser reconhecida apenas marginalmente, Anaïs decidiu publicar os diários com nomes reais, excluindo as partes sobre a vida pessoal, o marido e os amantes. O primeiro volume, publicado em 1966, não era numerado: a capa trazia simplesmente a inscrição *The Diary of Anaïs Nin*, uma vez que ninguém, nem mesmo a própria Anaïs, imaginava que fosse haver um volume dois. Mas depois da recepção entusiástica do "Diário Um", Anaïs editou e publicou seis outros volumes até o fim de sua vida.

---

* Executor testamentário de Anaïs Nin.

Muito antes disso, no início de nossa relação, Anaïs disse que não gostaria que eu lesse os originais não editados. Respeitei esse desejo. Mas no início da década de 1970, quando estávamos preparando o envio dos diários para a UCLA, Anaïs disse: "Chegou a hora de você ler os diários. Quero que você leia tudo."

Passei cinco dias sentado, lendo as 35 mil páginas.

"Você vai me julgar?"

"Não. Você teve a coragem de tornar seus sonhos realidade e de escrever sobre eles. Um dia isso precisa ser publicado."

"Muito bem, essa vai ser a sua tarefa. Quero que você publique os diários exatamente como eu os escrevi."

A publicação de "Um diário amoroso", o diário sem cortes de Anaïs Nin, começou em 1986, com *Henry e June*. Nenhum acontecimento relevante foi omitido dos volumes publicados. A cronologia segue fielmente as entradas de Anaïs no diário. A gramática e a pontuação refletem a escrita de Anaïs no calor do momento.

Em *Fogo*, o presente volume, o cenário alterna para lá e para cá entre a Europa e os Estados Unidos. Anaïs mantém o relacionamento com o marido, Hugh Guiler, e as relações amorosas com Henry Miller e com o dr. Otto Rank. O rompimento com Rank, no entanto, é inevitável, talvez como também seja a busca pelo "homem que vai me salvar de todos os outros". E então surge Gonzalo Moré: "O tigre que sonha. O tigre sem garras." Anaïs permanece fiel à sua filosofia amorosa. "Volto [à França] para viver minha vida – para me reencontrar. Mas essa é uma necessidade triste comparada à de amar. Amar é a prioridade. Amar, perder-me, entregar-me."

Conforme a própria Anaïs afirmou, sua realidade não pode ser descrita por meio de fatos: "Vivo em uma espécie de fornalha de afetos, amores, desejos, invenções, criações e delírios. Sou incapaz de descrever minha vida por meio de fatos porque o êxtase não está no fatos – no que acontece ou no que faço –, mas no sentimento que desperta em mim e no que se cria a partir de tudo isso... Quer dizer, eu vivo ao mesmo tempo em uma realidade física e metafísica...

"É verdade que, por causa das minhas dúvidas e ansiedades, *eu só acredito no fogo*. É verdade que, quando escrevi a palavra "Fogo" neste volume, eu não sabia o que sei hoje: que tudo o que escrevi a respeito de June, que só acreditava no fogo, é verdade também a meu respeito. Que esta é a história de minha neurose incendiária! *Eu só acredito no fogo*.

Vida. Fogo. Estando em chamas, incendeio os outros. Nunca a morte. Fogo e vida. *Le jeu*."

Conforme escrevi em meu prefácio a *Incesto*, quando a série "Diário amoroso" estiver completa, com todos os diários de Anaïs Nin em versão sem cortes, teremos um registro extraordinário, ao longo uma vida inteira, do amadurecimento emocional de uma artista criativa – uma escritora que dominou a técnica necessária para descrever suas emoções mais profundas e que teve a coragem de mostrá-las ao mundo.

Los Angeles
Janeiro de 1995

Nota

O TEXTO DE *Fogo* foi retirado dos volumes 38 a 52 dos diários, conforme a numeração de Anaïs Nin. O diário número 48 não tem nome, mas os títulos dos outros quatro volumes são, respectivamente, *Révolte*, *Drifting*, *Vive la Dynamite and Nanankepichu* e *Fire*.

Todas as traduções de passagens em francês e espanhol* foram feitas por Jean L. Sherman. Lisa Guest ofereceu ajuda inestimável na preparação das cópias datilografadas.

---

* A presente tradução para o português foi feita a partir da edição americana, integralmente em inglês. (N.T.)

FOGO

De "Um diário amoroso"
O diário completo de Anaïs Nin (1934-1937)

Dezembro de 1934

O NAVIO EM QUE EU ESTAVA quebrou o recorde de velocidade ao dirigir-se para Nova York. Cheguei à noite, e não pela manhã – algo muito conveniente, pois agora vejo a noite como o princípio e a semente de cada dia. A banda estava tocando e os arranha-céus luziam com seus milhares de olhos, dando a impressão de estarem pairando na escuridão; e um homem sussurrava: "Escute, amada, eu te amo, me escute, amada, eu te amo. Amada, você é maravilhosa. Não é o máximo, amada, chegar a Nova York fazendo amor? Você me deixa louco, amada. E você não vai me fazer mal, não é mesmo? Não vai me esquecer, não é mesmo, amada? Adoro seu cabelo, amada. Me escute..."

"A música está muito alta", eu disse. "Só escuto a música." Mas eu olhava para Otto Rank, para o *outro*, olhava para as luzes, para a cidade babilônica, os ancoradouros, as pessoas, e não "amada", mas "querida", e olhos brilhando como o couro, com um amor mais alto que os arranha-céus, um amor cravejado de milhares de olhos e janelas e línguas.

Os olhos dele. "Ah, querida!"

Mas era tudo um sonho. Estávamos envoltos em algodão, em fios de seda, em teias de aranha, em musgo e mar e bruma – sabor de distância a ser vencida.

Meu quarto. Que, como ele mesmo disse, fora a Sala de Espera. Risadas começam a florescer e a tilintar, como um cofrinho bem cheio. Fizemos nossas economias, juntamos cada centavo para usar hoje. Esta deveria ser a textura, o perfume e a cor de nossa aliança: humor e uma risada guardada há tempos.

Bem devagar, com mãos, línguas, bocas, nos desenlaçamos e desgrudamos, revelando presentes. Demos à luz um ao outro mais uma vez, como corpos separados que apreciam a colisão. Não como os amantes de Paris, incapazes de prolongar suas carícias indefinidamente rumo ao espaço, à vida cotidiana, a gestos e ações cotidianos.

Encontrei o homem com quem posso agir, agir de verdade, agir como mulher, agir de todos os jeitos que penso ou que sinto com o ritmo do sangue. Não a liberação de ideias em que o instinto se insurge contra a realização. Ele diz: "Tenho uma ideia". E inventa, cria, com mágica e fantasia – vida. Cada detalhe da vida.

Não estou sozinha, bordando. Ele salta, comanda, age. É mais capaz de agir, mais jeitoso com os detalhes; é capaz de ser o criminoso e o detetive, Huckleberry Finn e Tom Sawyer, Dom Quixote, June, Louise ou o dr. Rank, analisando de seu modo peculiar, gerando seu próprio eu, nascido em meio ao nosso amor.

Novos amantes. Com toda Nova York apontando para a ascensão, para a exultação, para o clímax, para as alturas. Nova York, o brinquedo gigante e brilhoso com dobradiças bem lubrificadas. Em nossas mãos, nas mãos nervosas e ligeiras dele. Tenho uma ideia, e começamos a nadar em um novo e súbito ritmo: retruques, respostas, reações, interação... o meu mundo, compartilhado.

Eu já conhecia a unicidade do que sentimos, mas não a do pensamento. O amor ao bordado, à complexidade, o amor a desemaranhar.

Ele me leu trechos de *Huckleberry Finn*. A libertação do negro, com ênfase no espírito aventureiro. O trololó literário. As adições, as complicações, o estilo meândrico. Encontramos nosso brasão, o espírito do jogo, as criações e invenções.

Uma das primeiras coisas que ele me levou para ver foi a "porta mágica" [na Pennsylvania Station]. Toda de metal, e só abre quando a sua sombra se projeta sobre ela. Gostou de me ver deslizar porta acima.

Nunca me senti tão feliz. Vivo o tempo todo na fantasia, mas também habito a realidade humana. Meus instintos estão em paz. Nenhuma espécie de controle, revolta, desgosto ou conflito. E minha imaginação está livre. Sou eu mesma. A fé que ele tem em mim me dá asas.

No dia mais claro e mais ensolarado ele me levou ao Empire State Building.

Perceber Nova York porque é nossa cidade e porque convém a nosso estado de espírito, e estar em plena posse da cidade. Sem temores. Uma aliança insolente: a cumplicidade de Nova York favorece nossos prazeres e alegrias. A acústica é boa para dar risadas.

O teatro. Deixou a desejar, e assim passamos a projetar sobre ele nossos próprios anseios. Na verdade eu disse "escrever". Reescrevemos as peças. Inventamos a peça. E eu mencionei minha admiração por Ferdinand Bruckner. Coincidência. Alguém num jornal vienense havia pensado que "Bruckner" era um pseudônimo de Rank. Então apelidei Rank de "dramaturgo".

Ficamos sentados, ambos com a respiração suspensa, antes de a cortina subir. Mas agora o mundo da magia não está atrás das cortinas. Expandiu-se em uma vasta sinfonia: nossas conversas, nosso amor, o trabalho dele, em todos os níveis ao mesmo tempo, como eu sempre desejei viver. Sentindo a vida em cada célula. Desvendando mil novos eus.

Broadway. Banho de eletricidade. A sinfonia de celofane. O brilho transparente sobre cada objeto. Essa textura irreal.

Café da manhã no restaurante mal-iluminado do hotel. Dou a ele um resumo das principais notícias do dia. Ou melhor, faço justaposições engraçadas, recorto frases e arranjo-as de modo inusitado. O efeito é hilariante. Passo as notícias por baixo de sua porta enquanto ele examina um paciente. Assim que o paciente vai embora, ele lê. E vem para o meu quarto, rindo.

Com ele, embebi-me no humor nascido com o choque da viagem. Viajar é como jogar dados. Os dias aqui são claros e luminosos. Sinto-me renovada a cada dia que passa. A poesia do movimento suave, dos desejos saciados, das necessidades adivinhadas e imediatamente resolvidas.

Quanto às pessoas, não tenho coragem de observá-las de perto. Me parecem deficientes. Também são feitas de celofane, uma espécie de manhã perene de Natal. Não sei. Estou realmente apaixonada por Ele e por prédios, granito, eletricidade, seis mil e quatrocentas janelas, *survoltage**, pressão, ruas e multidões. Não escuto os americanos. Brinco com Ele na cidade do amanhã. Boa acústica para dar risadas!

Em uma carta a Rank eu escrevi que não queria dançar; seria atuar para o mundo. Prefiro interpretar todos os meus papéis para ele.

Começamos, de brincadeira, com "A Secretária". A secretária não era boa de início, devido à maldição de seu pai e à dele: *"Tu n'as pas l'esprit scientifique"*. Então ela tremeu e cometeu erros nascidos do pânico. Mas quando ele viu que em vez disso a secretária enviara uma carta com a data em que o navio zarparia, achou aquilo divertido, agradável. Minha mente estava fixada em nossa história. Com a risada dele, com a tolerância, a ternura, a secretária ficava surpresa, comovida e magicamente alterada. Ou seja, ela se tornou uma boa secretária. No dia seguinte a secretária estava calma e, sob a tutela hábil dele, tirou bom partido de seu dom para a ordem e a ação.

A secretária encerrou o expediente às seis. Uma hora mais tarde estávamos no restaurante, trocando as mais impressionantes respostas e retruques. É como as conversas maravilhosas que temos com nós mesmos, quando lamentamos nunca atingir tamanho brilho em público.

Ondas e mais ondas de humor e ironia.

O teatro.

Broadway. Drinques cremosos. Harlem.

Sentar sob uma luz difusa com negros à solta.

Nunca imaginei que ele não soubesse dançar. Nunca imaginei que o dr. Rank houvesse levado uma vida tão séria a ponto de não saber dançar. Mas este não é o dr. Rank. É um homenzinho cujo sangue é capaz de pulsar em um ritmo ensandecido.

"Dance comigo."

---

* "Inquietação". Em francês no original. (N.T.)

Faço-o esquecer o medo e a falta de jeito. Apenas danço. No início ele é duro, tropeça, está deslocado, perdido. Mas ao fim da primeira dança ele começa a dançar. É mágico. E a alegria que sente! "Um mundo novo – ah, querida, é um mundo completamente novo esse que você me mostrou!"

A alegria dele me alegrou. O primeiro passo de sua dança a conter todo o significado que atribuo à dança. Ao nosso redor, negros enlouquecidos, dançando como loucos. E ele ensaiando passos, sem jeito, como se aprendesse a caminhar.

Não ensinei nada. Dancei, e ele dançou comigo. Ficou impressionado com a minha alegria. Eu queria dançar com os negros, selvagem e livre, em segredo – mas era muito estranho conduzi-lo a uma liberdade onírica de movimentos após ele ter me proporcionado a liberdade de movimentos necessária para viver. Retribuindo prazer, música e autoesquecimento por tudo o que ele havia me proporcionado. Sem pensar. Sem pensar. Deixei-o ébrio.

Dirigindo para casa. Rádio no táxi. Mais música. Riso em seu olhar. Gardênias em sua lapela e em minha gola de peles. Gardênias, orquídeas selvagens, violetas brancas da Geórgia, papel prateado e alfinetes com cabeças que imitavam pérola.

Uma noite orgiástica. "Ainda a dança", ele disse; "o amor é como uma dança." Um abandono selvagem.

Ele acorda às cinco da manhã, muito desperto; tão empolgado quanto eu me sentia com Henry [Miller], incapaz de pegar no sono devido ao espanto. Acorda apaixonado e transbordando ideias. Eu estou mais sonolenta, mais relaxada. Uma espécie de atenção suprema se dispersou. Gosto da sensação de me deitar para trás, balançando, embalada pela felicidade. Sinto que ele me dá o grande e forte amor recém-nascido que eu dava a Henry, o amor *ativo*, o amor saltitante, incansável e desperto em que eu repouso como Henry repousava no meu amor. Sonho, durmo, recebo. Ele está desperto, consciente, pleno de atividade, liderança, inspiração.

Harlem. Ele não conseguiu esquecer. Estava ansioso para voltar. Sonhou com o lugar. Mal conseguiu chegar ao fim de uma jornada de trabalho duro.

Ele trabalha no quarto 905 [do hotel Adams], onde há um salão e um quarto. Meu quarto fica ao lado, como uma sala de estar.

Em seguida conversamos sobre minha necessidade de um novo endereço. Eu não queria, não queria me fragmentar mais uma vez. Não. Mas não havia outra solução prática. Mais uma vez fiz um gracejo quanto às duas escovas de dente. Resisti. Mas o tempo todo eu estava pensando. Se tenho de arranjar outro quarto, vai ser no Barbizon Plaza Hotel. Eu queria ver o antigo lugar com novos olhos, relembrar John [Erskine] para me assegurar de que o esqueci. Rank me ajudou a decidir, primeiro com sua decisão habitual, e depois porque disse gostar da ideia de me ver às vezes em um lugar diferente, longe de seu escritório e do dr. Rank. Ele evita esse papel com a mesma intensidade que eu evito a sra. Hugh Guiler.

Chegamos juntos e escolhemos o menor quarto, com a mesma largura do comprimento da cama, uma pequena escrivaninha e cômoda, tudo castanho-avermelhado, muito parecido com o interior de uma valise ou de uma caixinha de joias.

Mudei-me parcialmente para longe de Rank na segunda-feira após minha chegada. Decidimos que ele iria me ajudar com os detalhes de meus jogos enganosos, uma vez que ele é mais exato e mais pé no chão, e porque diz que a mulher em mim sempre deixa uma pista, quer ser descoberta, dominada, quer perder.

Estou agora sozinha neste quarto, à noite. Ele teve de ir para um jantar e eu não quis sair com ninguém mais. Eu queria meu diário, porque pela primeira vez meu mais belo jogo degenerou em tragédia. Por engano, enviei para Henry a carta que eu escrevera para Hugh e, para Hugh, a carta escrita para Henry*. ("Um desejo de que eles saibam, de escapar",

---

* A carta para Henry Miller, datada 26 de novembro de 1934, não era, como ele mais tarde afirmou, uma "carta de amor", mas um breve relato, em tom um tanto indiferente, das atividades de Anaïs Nin. Junto com a carta havia dois cheques de cem francos cada, um para Miller e um para Brassaï, o fotógrafo húngaro que havia tirado algumas fotos de Anaïs Nin antes de sua partida. A carta, incidentalmente, serviu para convencer o marido, Hugh Guiler, quanto à natureza da relação de Anaïs Nin com Miller. Ver *A Literate Passion: Letters of Anaïs Nin and Henry Miller, 1932-1953*, com edição e introdução de Gunther Stuhlmann (San Diego: Harcourt Brace Jovanovich, 1987), p.233-246. (N.E.)

disse Rank mais tarde.) Na mesma hora em que recebi um telegrama de Henry dizendo "Anaïs cuidado Hugh recebeu carta com cheque envelopes trocados esqueça a carta de Bremen agora tudo OK", Rank havia feito a seguinte observação entre duas análises: "Contando para todos, querendo que todo mundo saiba. Segredo impossível."

Até agora, havíamos passado todos nossos dias em um mundo maravilhoso. Peças de Gilbert e Sullivan, o American Ballet, um dia no hotel em Hartford. As cartas dele, cedo da manhã (só durmo em sua cama aos fins de semana), deslizadas por baixo da porta com um sapinho.

Cartas repletas de uma compreensão assustadora de mim. Guardo-as à chave em um nicho na minha escrivaninha, onde há uma portinha. É o castelo. Mais tarde, ele me presenteia com um pinguim e um pequeno castiçal roubado da casa de bonecas no Child Guidance Institute. (Ele queria me trazer a casa inteira. Todos ficaram estupefatos quando a pediu aos diretores!)

Na peça de Gilbert e Sullivan o soldado fica com cãibra quando tenta bancar o poeta. Sinto que nunca vai acontecer comigo enquanto eu continuar ao lado dele.

Saí e enviei-lhe a miniatura de um jardim japonês, com uma casinha e uma ponte. Nosso jardim. Uma pré-visão do que seria assistir a *The Mikado*. E um convite de "Anita Aguilera"* para ir ao quarto 703 do Barbizon Plaza, às onze horas, depois da palestra. Ele envia uma linda planta vermelha, que hoje à noite solta suas folhas enquanto o rádio toca um *blues*.

Ele chegou e entrou no espírito de brincadeira com seu amor estranho e divinatório. Chegou, como sempre, falando sobre os passes de mágica que viera operando ao longo do dia.

A noite em que assisti à apresentação do American Ballet: mais uma entrega, mais uma abdicação. Nunca posso subir no palco, e é sempre por causa de um homem. Apresentações

---

* Nome artístico que Anaïs Nin usava em alguns de seus recitais de dança em Paris. (N.E.)

solo, não em grupo! Observei a dança encantada, irrequieta e desesperada. Toda a arte, toda a dança, toda a imaginação entregue ao amor, tudo entregue ao amor, ao amor. Ela girou, girou como um disco, girou, e no centro do palco, como se já não pudesse mais parar. Outras mulheres a tocaram, abraçaram; ela seguiu girando. Roda e terra, estrelas e ciclos, girando; relógios e rodas girando. Com o abraço de um homem ela parou. Então me dissolvi em uma tristeza inexplicável, que Rank não precisou sequer me olhar para perceber.

No dia seguinte eu comecei a fazer perguntas sobre sua infância. De repente ele desandou a contar histórias e mais histórias. Então se deteve e chorou. "Ninguém nunca me pediu para falar sobre isso antes. Tenho que ficar escutando os outros o tempo inteiro..." Fiquei ouvindo coisas a respeito de Huckleberry Finn, o garoto levado e sonhador. A esposa só fora capaz de tomar conta do garoto *doente*, como Hugh tomava conta da criança doente em mim. Mas nós éramos sós. Não tínhamos com quem brincar. A criança alegre, inventiva, a criança selvagem e cheia de espírito estava só.

Naquela noite, no quarto do hotel Hartford, descobrimos de uma vez por todas nosso vínculo gêmeo. Ele diz que pensamos da mesma forma. Adivinho o que vai dizer. Apreendo tudo muito rápido, os sentimentos, as emoções, todos iguais, a sensação de êxtase, a extravagância, a prontidão, o olhar penetrante, a atitude em relação ao amor, a seletividade, os devaneios, os papéis criados.

Quanto mais fantásticos se tornam nossos jogos, mais real se torna o amor. E ele encanta tudo o que toca com um significado especial. Encontrar um significado não o faz murchar, como as outras pessoas. Então ele liga tudo o que nos acontece à sua análise, sintetizando, criando, compartilhando, cedendo. No trem, escreve as palestras. No quarto de hotel, fez anotações sobre "Vida e jogo". Nessa ocasião nos disfarçamos, ele com meu quimono de veludo, eu com seu chapéu e um charuto (o chapéu nós encontramos na

Broadway: um chapéu de Huckleberry Finn, que compramos imediatamente), para que ele pudesse penetrar a psicologia e os sentimentos femininos. Enquanto isso, eu estava sentada em frente à máquina de escrever, datilografando minhas próprias ideias à fita vermelha.

3 de janeiro de 1935

A SENSIBILIDADE E A INTUIÇÃO incríveis. Não consigo lhe esconder nada. Ele é capaz de ler cada nuance dos meus humores. Chora por qualquer coisa, ri. Ah, estar viva, estar tão viva! Estou chorando e rindo. É delicioso.

A vida, um rodopiar vertiginoso. Rank me corteja com sua compreensão; com sua imaginação, que é infinita; com sua mente intrincada, admirável; com Huck, o Huck que se perdeu no dr. Rank – sardento, sem graça, maltrapilho, burlesco, talhado a golpes de faca. E então Henry, aos poucos abrindo os olhos para minhas artimanhas, reveladas na troca das cartas, e abrindo os olhos para a paixão que sente por mim, sofrendo, escrevendo como um louco, mandando telegramas, me tratando como tratava June. Me transformo em June e então o amor que ele tem por mim se transforma em seu amor por June – paixão. Então vêm as longas cartas exaltadas, os telegramas. E Huck, Huck começa a sofrer do mesmo jeito que eu sofria quando comecei a amar Henry, ainda impregnado de June enquanto eu tentava poupá-lo, como Henry não me poupava, poupá-lo das confidências etc. Mas Rank não se deixa enganar. Conversamos e conversamos. Ele sabe de tudo, exceto que meu amor por Henry não está de todo morto, não vai morrer nunca. Sabe de tudo, exceto que as cartas de Henry me comovem. Uma vida enlouquecida.

Ele acorda cedo, às seis. Não consegue dormir, tamanho o espanto, enquanto esse mesmo espanto me torna cada vez mais humana, mais faminta, mais sonolenta, mais natural. Acorda à seis e vem para o meu quarto. Adoro o instante em que ele vem para os meus braços; nesse momento vejo Huck, não o dr. Rank – um Huck natural, espontâneo, impulsivo e com brilho no olhar, com seu eterno "tive uma ideia". O brilho, a vigília que fiz por Henry, que era tão sonolento. Mal consigo abrir os olhos. Dou risada com as pantomimas de Huck, com suas ideias, mas adormeço outra vez. Ele está irrequieto e alerta. Toma um banho. A sensação que ele tem é a mesma que eu tinha quando esperava o despertar de Henry. Huck também compreendeu o sono: "Criança pura. Você pertence à noite. Tenho de entregar você para a noite." Um universo em eterna expansão, cada vez mais belo. Pensei de verdade que era o ronco dele que me impedia de dormir e, para conseguir pegar no sono, tive de fugir e buscar outro motivo. Eu disse que sua presença me mantinha acordada. Ele ficou com medo de que pudesse ser o amor exagerado, a atenção obsessiva e a devoção avassaladora que sente por mim. Tivemos uma noite miserável. Ele sentiu que eu estava me afastando por ser amada em excesso. Achei, de fato, estranho e até mesmo assustador eu nunca estar sozinha, depois de reclamar de solidão. A solidão não existia jamais com a presença daquele saber vigilante, agudo e extraordinário, todo tentáculos, todo adivinhação.

Telegramas: "Amor eterno, Henry." *Cartas:* "Anaïs. Mande-me imediatamente um telegrama dizendo que você é minha mulher, que você não está me traindo, que você vai morar comigo, que vamos estar juntos... Estou desesperado. Diga qualquer coisa para me reconfortar... *Telegrama para Henry:* "Sou e sempre serei sua mulher, Henry. Logo estaremos juntos. Estou lutando por nossa liberdade. Confie em mim."

Eu e Huck começamos um álbum, um álbum incrivelmente engraçado. Huck me dá uma casinha de troncos em miniatura. Na porta, escrevo: "Huck e Puck. Não perturbe." Dou pantufas novas de presente para Huck e, com o dinheiro que ele pretendia gastar para me dar uma máquina de escrever nova, compro-lhe um rádio toca-discos. Acima de tudo, fazemos brincadeiras um com o outro. E cada brincadeira provoca uma resposta. Recortes de jornal, da *New Yorker*, cartões-postais do aquário. Inventamos, acrescentamos, fazemos trocadilhos e piadas. Não acaba. E de repente ficamos profundamente sérios. E ele se sente agradecido, agradecido a ponto de gaguejar pela vida que lhe proporciono, a existência humana, a dança, o gozo, a materialização, a concretude, a sensualidade. De espectador e analista a ator – a ator consumado.

7 de janeiro de 1935

HENRY NO MAR. Vindo com palavras de um imenso e eterno amor. Digo-lhe pelo rádio: "Você está mais uma vez a bordo do navio mágico".

Dancei para Huck, espontaneamente, com minhas roupas espanholas, e ele se comoveu porque sentiu que, enquanto dançava, eu era sua criação e que ele também dançava dentro de mim.

Ligações telefônicas. Flores. Rosas vermelhas. Cortesia. Lisonja. Adulação. Cravos. Henry está sofrendo, mas ele agora é real. Nosso amor se tornou real para ele. Compro cigarros, revistas, bobagens e roupas para seu quarto, 703 [no Barbizon Plaza]. Preparo o quarto para Henry. Me preparo para envolvê-lo. Na última carta ele implorou: "Me trate com carinho, com amor. Preciso demais de você. Sou seu." Este novo amor por mim, pelo Eu que havia fugido, que se esqueceu dele, que foi cruel: como o desejo! Me transformei em June. Henry usa as mesmas frases, mas elas parecem mais sinceras. Sofrimento. Sofrimento de verdade. Lágrimas de verdade.

Hugh também está em busca do *feu follet*, o fogo fátuo. Obcecado, cortês, galante.

O cerne da minha vida é uma situação trágica e profunda que sou incapaz de enfrentar. Não posso abandonar Hugh. Não posso magoar Henry. Não posso magoar Huck. Pertenço a todos eles. Então penso em orquídeas. Mando um telegrama para [meu irmão] Joaquim porque hoje à noite ele vai dar um concerto em Havana. Escrevo para Mamãe, que está em Maiorca.

Erskine telefonou uma hora depois de assistir a Joaquim e descobrir que eu estava aqui. Não retornei a ligação. Escrevi um bilhete dizendo que estava indo embora. Afastei-o de mim.

O cerne: Henry, meu Henry. Louco, como Knut Hamsun, falso, repleto de literatura e desprovido de compreensão. Henry.

Huck, Huck, com sentimentos tão genuínos, sentimentos tão profundos, pensamentos tão profundos, risos e lágrimas.
Nada de tragédia. Não desejamos tragédias. Se ao menos eu puder continuar com as mentiras, as ilusões, ah, as mentiras para Hugh, mesmo que nem tudo seja mentira. Quando recebi suas rosas vermelhas na noite de Ano-Novo, detestei-as, mas ainda assim fiquei comovida. Comovida. Guardei uma embaixo do travesseiro. Laços perenes. Laços inquebrantáveis. Só consigo acrescentar, expandir. Dissolver, afastar, é impossível.

Orquídeas. Minha paciente, a sra. X, dançarina. Sendo mais esperta que a neurose. Uma partida de xadrez. Huck aparece no intervalo entre um paciente e outro, sempre apressado. Nosso dia de compras. *Lingerie* de tule negro e sapatilhas. Nossas conversas. Nosso conto de fadas. Nossas criações. Belas demais, frágeis demais, diz ele. Sutis demais. Os gêmeos. Impulsividade, emoção. Abandono, absolutismo. Nos entregamos um ao outro. Recebo de volta tudo o que dei ao longo de minha vida, graças a Huck. Tudo. Amada, envolta, adorada. "Eu adoro você." Mas somos humanos um com o outro. Ele é Huck, e eu, Puck – não somos deuses.
Huck diz que meus sentimentos são legítimos. As mentiras estão apenas na cabeça. Os sentimentos ficam no diário. Eu sequer discuto as mentiras em detalhe no diário. Para

mim, o que importa é o sentimento. Nunca minto para os meus sentimentos. Só minto para os outros.

Henry no mar. Tive de preparar seu quarto. Tive de recebê-lo em meus braços. Não sei por quê.

Quando eu e Huck fomos juntos a New Haven, fiquei doente. Tão doente como quando abandonei meu pai para encontrar Henry em Avignon.

26 de janeiro de 1935

HENRY CHEGA NO NAVIO trazido pela bruma, atrasado, vindo aos poucos, um homem mudado, trêmulo, mas completo, determinado, desperto. Ele vinha escrevendo: "Medo, medo. Tenho sido vítima do medo. O grande medo de perder você. O medo de não ter correspondido à imagem que você faz de mim. Isso quase me destruiu. Estive tão próximo da perdição que achei que eu enlouqueceria."

Assim que o beijo, sinto que o amo com um instinto cego, além da razão, mesmo com todos seus defeitos. Mas ele parece novo, forte, mudado. Sim. E Rank, o analista, interpreta: "Mudado porque perdeu você, mudado apenas porque perdeu você, mas nada em seu relacionamento pode mudar. É tarde demais."

Tarde demais para mudanças, talvez tarde demais para explicações e tramas ideológicas, mas o amor prossegue, o amor prossegue, cego às leis e aos alertas e mesmo à sabedoria e aos medos. E independente do que esse amor seja, mesmo que seja a ilusão de um novo amor, eu o desejo, não consigo resistir, todo o meu ser se desfaz em um beijo, o conhecimento se desfaz, o medo se desfaz, o sangue dança, as pernas se abrem. Henry. A boca de Henry. Suas mãos. A completude dele, sua consciência. Henry está repleto de mim, cheio de mim, consciente. Levo-o para o quartinho que eu e Rank escolhemos, onde queríamos dançar. O rádio estava ligado. Havia flores, presentes, livros, revistas. Era um quarto pequeno, aconchegante, luminoso. Henry estava confuso, confuso, mas desperto, desperto pela dor e pelo ciúme, fazendo perguntas, me dando beijos. Fomos para a cama. Tudo como antes, mas novo. O modo de entrar no meu ser através de cada poro e cada célula, com a voz, os olhos azuis, a pele, tudo. Uma invasão. Leio a carta que ele escreveu no navio. Era sobre seu desejo de que eu parasse de trabalhar, seu desejo de me proteger, de casar comigo, de me levar para longe de tudo e de todos. Choramos de felicidade. "Ah, Anis, Anis, Anis*, preciso de você como nunca precisei de ninguém. Preciso de você como preciso da vida."

Eu chorava, negava minhas artimanhas, chorava diante de uma vida que eu era incapaz de compreender, pois agora que eu o havia magoado, fugido dele, torturado, Henry me amava mais, muito mais, me amava de um jeito louco, e eu recebia mais do que June – o corpo, a alma, a criação. Agora Henry odiava seus escritos, odiava todos os sacrifícios que fizera em nome deles, odiava ter permitido que eu fosse como uma puta para ele, como June fora.

Mesmo assim, apesar de tudo, eu tive a coragem de partir, de dizer que eu estava com a família de Hugh para aplacar suas dúvidas e impedir que ele viesse. Fui embora à meia-noite, imaginando e temendo o encontro com Huck, pensando se eu seria levada ao limite e despedaçada como da outra vez.

Devo ter me acostumado a sentimentos duplos, amores duplos, vidas duplas, pois encontro Huck sem nenhuma mudança em meus sentimentos, mesmo sabendo que meu amor por ele era muito mais tênue; mas fui capaz de receber suas carícias, dormir em sua cama e chorar um pouquinho, com pena de Henry; e fui capaz de fingir que aquilo não passava de compaixão, de ser terna e de não me abalar; mas tudo era uma atuação, um papel. Eu queria estar com Henry.

No dia seguinte, Henry ainda estava abalado, falando em voz baixa, magoado, feliz, irrequieto. Havia tomado nota desse despertar, chorando e com desejo de cavar uma toca em algum canto, comigo. Magoado porque o deixei passar a noite sozi-

---

* Henry Miller costumava pronunciar o nome de Anaïs erroneamente como "Anis". (N.E.)

nho. Magoado, mas sabendo que estava salvo pela força que o trouxera e que nos salvara. Deitados na cama, divagamos sobre mitos e lendas, sobre Tristão e Isolda, sobre sua luta para vir até mim, a luta através da neblina. Em Paris ele passara por muitos sofrimentos. Não comia nem bebia direito desde a confusão com as cartas, gastou o dinheiro da comida em telegramas, indiferente a tudo, sozinho, desesperado de ciúmes, de uma vez só percebendo todas as mentiras que eu contara, as mentiras desnecessárias, como Hugh dizendo que me colocaria no barco a seu lado mesmo que eu estivesse doente, mas o tempo todo eu sabia que estava sozinha. Com isso eu queria que Henry soubesse como foi difícil deixá-lo, como eu estava resistindo, mareada, me afastando no mar. Ele analisou meu rosto, minhas expressões, minha aparência de profunda sinceridade. Henry chegou mudado, determinado a que eu não faça mais sacrifícios por ele, não mais o siga suplicando. Lutando por mim. O quarto tão pequeno e aconchegante, e ele me trouxe o xale espanhol, a colcha de veludo laranja, as xícaras cor de laranja, símbolos de Louveciennes e do estúdio. Suas lágrimas, a sensibilidade, o tremor do choque que eu lhe provocara, o tremor do parto violento. Será que finalmente eu dera à luz a Henry Miller como homem?

Eu disse que estava com os Guiler para acalmar Henry. Na manhã seguinte, estava mais uma vez desesperado. Ele tinha cinco ou seis recados telefônicos nas mãos. O telefone não parava de tocar. Homens. Vozes masculinas. Ligando sem parar. Henry fazendo perguntas, transbordando o ódio que tinha por Rank. Sua voz me envolvia, fluía para dentro de mim, a boca tão exuberante, o olhar tão intenso, a pele tão suave. Apenas meu amor por ele, sem mentiras, sem mentiras, tão desinteressado, uma perda profunda do eu, a ponto de perder a felicidade que Huck me proporcionara, perder e dar *tudo* o que eu recebera – até mesmo Huck – para Henry, para um amor cego...

Ciúmes e carícias, carícias profundas, um desejo cada vez maior e mais pungente. Escuridão, dor, perversidade, tragédia e cada vez mais amor humano.

Perda da sabedoria, do heroísmo, do sigilo. Amor humano. Me torno mais real para ele à medida que me torno cada vez mais cruel, mais mulher, mais imperfeita, mais perversa, mais mulher e mais amor, mais desejo, mais dor e mais alegria.

Volto para Huck. Não consigo mentir, pois somos tão parecidos que ele sabe. Sabe tudo o que está acontecendo. Sabe que Huck vai me perder por ser bom demais. Da forma como vejo, Huck está sendo tão nobre como eu fui enquanto Henry lutava contra seu amor por June. Nobre, heroico, sincero – mesmo às custas da felicidade –, altivo e misericordioso.

Lanço mão de subterfúgios para ver Henry. Pequenas trapaças. Analiso minha primeira paciente, escrevo cartas para Huck, resolvo meus assuntos, peço ajuda a Lucrezia Bori com Joaquim, encontro-me duas vezes com [Theodore] Dreiser e recuso-me a dormir com ele, me deito com [George] Turner porque Huck está no quarto ao lado, trabalhando, e eu quero traí-lo no mesmo sofá em que nos sentamos, no quarto que ele arranjou para mim, destruindo tudo o que é sagrado, profanando, degradando, só porque Huck pode entrar e ver tudo, porque o quarto é dele, e porque quando Huck chegar eu preciso atuar novamente – inocência e aborrecimento com a perseguição de Turner. Esqueço de tudo no mesmo instante e vou atrás de Dreiser, e então de Henry, à meia-noite; chego tarde para Huck, que está chorando. Invento fins de semana no campo porque Huck quer o sábado e o domingo para si, mas na verdade passo os dois dias na casa dos Perkins, e depois invento uma noite no campo para Huck, e assim posso ficar uma noite inteira com Henry. Retorno com uma valise onde trago a camisola que Hugh me deu para que eu usasse só na frente dele, mas que eu vesti para Henry, assim como o vestido russo vermelho que Huck me deu para os fins de semana com ele, em que Henry derramou vinho do porto em uma festa no estúdio onde conhecemos os amigos de Emil [Schnellock]. Intercepto minhas últimas cartas para Henry, que voltaram de Paris, porque nelas eu escrevi que Hugh estava a caminho para explicar por que eu não estava livre às noites, e então decido dizer a Huck que Hugh está vindo, para que ele vá fazer seu passeio na Califórnia e eu possa ficar três semanas com Henry. Finjo que vou me encontrar com Huck em Nova Orleans para ajudá-lo a fazer as malas, mas sei que não irei; finjo que Hugh está a caminho; finjo, finjo. A cada dia Henry descobre uma nova mentira e suas dúvidas retornam, mas nossas carícias são tão completas que falo a ele sobre minha surpresa diante de sua falta de confiança em mim; como ele pode imaginar que eu o deixaria para me encontrar com mais alguém depois das horas que passamos juntos, depois de termos misturado nosso sangue e nossas respirações? Mas é exatamente o que faço. Meu rosto jamais revela a mentira, porque nele se refletem meus sentimentos e meus sentimentos são um amor profundo e cego por Henry.

Henry insistiu em me levar para casa na noite que passamos juntos, mesmo que nunca faça isso. Deixei claro que eu não desejava ir para a casa dos Guiler. Como ele insistiu, dei-lhe um endereço inventado na East 89th Street. Enquanto eu tentava dissuadi-lo de me levar para casa, precisei admitir que mentira o número, pois temia que Henry entrasse no apartamento, enlouquecido, para conversar com os Guiler ou mesmo insultá-los. "Mas que diabos", disse ele. "Você é incorrigível." E então a fé dele abalou-se mais uma vez, mesmo que duas horas antes estivéssemos em sua cama, nos acariciando em um delírio.

Por fim, depois de parar na Fifty-seventh Street, onde o convenci a beber um refrigerante, pensando que dali eu prosseguiria sozinha, deixei que Henry me acompanhasse até a parada de ônibus na Fifth Avenue. Mas vendo a angústia e a dúvida em seu olhar, eu disse: "Tudo bem, venha comigo. Quero que você venha. Assim você vai ficar mais tranquilo." Tomamos o ônibus e, enquanto conversávamos, eu pensava que era preciso encontrar uma casa com duas entradas. Mas como eu nunca estivera na East 89th Street eu não sabia o que haveria na esquina – se um clube, uma casa ou uma mansão dos Vanderbilt. Não havia nada exceto um grande terreno baldio à direita e casas à esquerda. Caminhamos pela calçada recoberta de neve naquela noite gélida, falando cheios de ternura sobre outras coisas – Henry com a voz tão vulnerável! – até que eu notei um apartamento na esquina da 89th Street e da Madison Avenue, que bem poderia ser o apartamento dos Guiler. Henry me deu um beijo de boa-noite, um beijo terno e carinhoso que me comoveu profundamente. E então eu compliquei o jogo consideravelmente ao dizer: "Você vai ver como estou falando a verdade. Os Guiler moram no sexto andar. Quando eu chegar, vou ligar e desligar a luz, para indicar que cheguei. Como [a filha] Ethel dorme lá, pode ser que eu não apareça na janela, mas você vai ficar sabendo pela luz." E deixei Henry em frente ao prédio. A porta de entrada estava fechada a chave e eu precisei chamar o porteiro, que eu não esperava encontrar. Ele perguntou: "Onde a senhora está indo?", e eu disse: "Tem uma outra porta na Madison Avenue, não?", só para responder qualquer coisa. Mas ele repetiu a pergunta de modo bem rude: "Onde a senhora está indo? Qual é o apartamento que está procurando?" E eu respondi: "Nenhum. Só vim até aqui porque tinha um homem me seguindo e me importunando. Pensei que eu poderia entrar e sair pelo outro lado, pegar um táxi e ir para casa."

"Aquela porta fica chaveada durante a noite. Não tem como passar."

"Bem, então vou ficar aqui um pouco, até o homem ir embora."

E sentei-me em uma cadeira de pelúcia no corredor escuro, decorado com um tapete vermelho, enquanto o porteiro andava de um lado para o outro. Pensei em Henry esperando do lado de fora pelo meu sinal e em Huck, me esperando desde a meia-noite com uma angústia especialmente aguda por eu não ter aparecido na noite anterior, que eu passara com Henry (telefonei para Huck "de New Canaan", dizendo que o carro atolara na neve. Ele sabia que era mentira e assim não conseguiu pegar no sono; quando o encontrei pela manhã ele estava verde de raiva e de tristeza.) Sentada, com o coração palpitando, a cabeça latejando, a mente girando. Me levantei e fui discretamente até a porta. Henry esperava, no frio, olhando para a janela. Dor e riso – uma dor física pelo amor a Henry, uma risada originada de alguma fonte demoníaca.

Eu disse ao porteiro: "O homem ainda está ali. Escute, preciso dar um jeito de ir embora. Você tem que me ajudar." Ele chamou o ascensorista, que me levou até o porão, através de um labirinto de corredores cinzentos. Um segundo ascensorista apareceu. Contei-lhes sobre o homem que estava me seguindo. Subimos umas escadas e eles abriram a porta da garagem que dava para os fundos. Havia latas de lixo ao redor. Um dos garotos saiu atrás de um táxi. Agradeci. Responderam que fora um prazer e que Nova York era um lugar difícil para senhoras. Entrei no táxi. Ao passar pela Madison Avenue, deitei-me no banco para que Henry não me visse.

Huck chorava convulsivamente. Eu só pensava em Henry, Henry lá fora, no frio, esperando. O beijo de Henry. Sua boca. E Huck chorava. Ele tinha um aspecto patético, mas eu sentia apenas Henry, Henry, atormentado e com frio. Comecei a chorar. Comecei a falar com Huck e disse coisas reconfortantes, terríveis, verdadeiras. "Você não devia estar chorando. Foi para você que eu vim. Foi uma batalha para chegar, mas estou aqui. Henry está na rua, esperando, no frio. Por que você está chorando?"

Pensando, pensando enquanto as lágrimas banhavam a pintura dos meus cílios: Como chegar até Henry? Como chegar até Henry? O que ele vai pensar? Será que já está em seu quarto?

"Huck, escute. Não quero que Henry saiba nada sobre você. Quero que ele pense que estamos nos afastando ao natural. Não quero que ele sofra. Se isso acontecer, vai ser como quando eu vim ajudar você."

Em poucos momentos eu desperto sua compaixão, em especial quando menciono meu passado, a época em que eu estava indecisa entre Papai e Henry; em especial quando ameaço fugir dele e de Henry.

Então tive um momento de trégua e consegui ligar para Henry. Fui para o meu quarto. Henry voltara; havia esperado vinte minutos. Durante a discussão com Huck eu fiquei pensando no que diria a Henry para explicar a ausência do meu sinal. "Me enganei a respeito das janelas. Quando entrei no apartamento, todas as luzes estavam acesas. A mãe de Hugh e Ethel ainda estavam de pé. E eles tinham visitas; eu não tinha como ir até a janela sem chamar a atenção."

Mas Henry não se importou com nada disso. Ficou muito agradecido por eu o ter reconfortado, telefonado, com minha *tentativa* de dar o sinal, agradecido e comovido não sei com o quê – mais pelo amor que sentia. De qualquer modo, sua voz ficou mais calma ao me ouvir. Nenhuma tragédia. Nenhuma descoberta. E então fui consolar Huck. Comecei por distraí-lo; ele riu com a história do apartamento. Fiquei de pé, no meio do quarto, com minha camisola preta de renda, contando a história e rindo, enquanto Huck se admirava, se espantava e ria.

Mas não consegui suportar suas carícias. Sufoquei-lhe o desejo. Estávamos os dois cansados, exaustos.

Mentir, evitar a tragédia. Não posso ser eu mesma sem provocar tragédias. Mas tragédia é vida. Huck disse noite passada: "Minha vida nunca foi tão intensa, nunca." Riso, choro; êxtase, delírio, paz, exaustão, arrebatamento, dor, alegria, paz, iluminação, dor, vida humana. Às seis da manhã, depois de passar a noite com Henry, enquanto Huck sabia que eu estava com Henry, ele escreveu um bilhete que, entre outras coisas, dizia que seguir os instintos é uma característica humana, que a fidelidade amorosa é anormal, que a moral é uma ideologia criada pelo homem, que o autossacrifício, indispensável ao bem, é a negação do eu perverso em nome da autoproteção, e portanto o ato mais egoísta que existe.

Foi parte da batalha que ele travou a noite inteira contra a raiva e o ciúme. Huck quis fugir, perdoar, agiu e se comportou como eu havia agido e me comportado diante das fraquezas de Henry.

Agora sou ao mesmo tempo a June e o Henry de Huck. Ajo, faço, incomodo, perturbo, crio tragédias. Sou natural, engano, trapaceio, sou preguiçosa, abuso de seu perdão. E ainda assim ele me ama pelo que sou. Agora sou ao mesmo tempo Henry e June. E Huck é o que fui outrora, quando eu agia cheia de heroísmo e sabedoria com Henry, de um modo sobre-humano. Hoje sou fundamentalmente humana. Choro, dou risadas; faço cenas. Luto. Minto. Me defendo. Não tento ser boa. Entrego-me ao amor que sinto por Henry. Engano Huck. Digo que não posso ir à Califórnia porque Hugh está a caminho, mas sei que Hugh não virá e que estou me preparando para viver com Henry até que Hugh venha. Finjo que vou mandar fazer um sinete e pego emprestado o anel que dei a Huck para mandar fazer um parecido de presente para Henry. Estou sempre a ponto de ser desmascarada por uma mensagem telefônica, uma carta que Henry recebe no Barbizon, pelo sutiã que esqueço na casa de Henry, que Huck me deu e conhece e vai sentir falta, por deslizes, quando digo alguma coisa a respeito de Huck ter visto minha escova de cabelo quebrada e me dado um conjunto laqueado em uma linda valise. Uma mentira a cada duas frases. Para acalmar Huck quando saio com Henry, para acalmar Henry.

1º de fevereiro de 1935

AS COISAS COM HUCK ficam tão sutis, tão tênues, tão psíquicas que se torna impossível escrever sobre elas. Ele tem uma intuição prodigiosa, percebe tudo, e é muito trabalhoso enganá-lo. Às vezes consigo escapar a suas interpretações. Por não saber da verdade, Huck se perde em explicações. Agora, por exemplo, está de partida para a Califórnia. E quer me encontrar em Nova Orleans. Planejamos uns dias de férias lá antes de Henry aparecer. Agora não quero mais ir. Huck me compra uma valise linda para viajar a Nova Orleans. Mandou gravar as iniciais N.O. nela. Fazemos gracejos; ele mesmo enche as caixas pretas de laca com pós, cremes etc. O tempo inteiro eu tenho consciência de que estou fazendo as malas para Henry, para me encontrar com Henry. Mas digo: "Veja só, estou fazendo as malas para Nova Orleans. Brincando com a ideia de viajar com você." Huck fica feliz. Também digo que até Hugh voltar ficarei no quarto 906 – mas no mesmo dia em que ele partir vou morar com Henry, num quarto duplo em algum lugar. Então a valise fica na poltrona, e Huck pega minhas *lingeries*, coisas que devo vestir só para ele, mas que vou vestir para Henry.

Ontem encomendamos fotos nossas. As minhas eram para Henry, porque em Paris dei todas fotos minhas que estavam com Henry de volta para Huck.

O tempo desde que cheguei aqui tem sido tão grandioso, tão incrível, povoado, que seria impossível recapturá-lo. Perseguição. Nunca fui tão perseguida como mulher quanto agora, o tempo inteiro, por todos os homens que encontro. No início eu gostava. Agora me cansa. Não tenho descanso em lugar nenhum. O ciúme de Henry. Huck tão possessivo, intenso, envolvente. Amor demais – amor demais! Me sinto sufocada. Pego o diário porque estou sendo devorada, desmembrada pelo amor. É algo que adoro e temo. Não há um *eu* – não há liberdade; tudo, todo o meu ser está do lado de fora, emaranhado, entregue.

Anotações. Visita a Dreiser. Cadeira de balanço em seu quarto. Conversa sobre minhas mãos de "talo de aipo". Filosofia materialista. Sem alma, sem fé. "Passe a noite aqui. Sua constituição é admirável. Uma individualidade discreta." Luzes da Broadway na grande janela. "As pessoas querem sempre ter mais." Ele acha que vim lhe dar alguma coisa, mas é porque não compreendeu a natureza do presente.

Após a cena com George Turner senti medo da perseguição. Turner e então Dreiser. Cansada de ser mulher. Pode ser um medo obscuro do que acontece quando se é uma mulher provocante o que me impede de virar uma. Naquele dia eu me senti caçada.

Maravilhoso, o amor de Henry. "São recém dez da manhã e estou loucamente apaixonado." June foi apagada.

Ele me dá o mesmo tipo de amor louco. Selvagem e morto de ciúmes. Mês de tortura em Paris, sem dormir, sem comer. Telegrama de Hugh para o Barbizon depois de eu lhe dizer que Hugh me forçara a ficar com sua família. Difícil explicar. Henry diz: "Preciso de você mais do que de qualquer outro ser humano no mundo. Como da vida. Diga, diga o que aconteceu." Implorando pela verdade. Exatamente o mesmo Henry que ele era com June. O amor sábio transformado em paixão pela dor. E eu senti o perigo, a perversidade disso. Encontrar o navio que chegou em meio à neblina. Sentir que, não importa o quanto eu possa amar os outros, o desejo e o despertar no ventre que sinto com a chegada de Henry são como nenhum outro. Ele superou obstáculos para vir me ver. Conhecendo sua passividade, a batalha para não me perder foi uma grande prova de amor. O quarto no Barbizon pronto, com o rádio ligado. O luxo de uma nova experiência para Henry. Ele mostra o casaco rasgado ao camareiro. Não sabe como agir. O contraste me fez lembrar da noite em que fomos ver a "rua das tristezas prematuras", onde ele brincava na infância. Noite no Brooklyn. Neve. Casa de tijolo à vista. O bairro holandês. Casinhas e ruelas. A escola onde Henry estudou. A janela dele. Os amiguinhos. A fábrica de latas. O pano de fundo de *Black Spring*. Tudo nas páginas antigas, escritas em Louveciennes. A noite tão vívida, mas ainda assim um sonho. A rua de acesso ao *ferry*, que ele descia "com a mão na xota da mãe". Chorei e ri histericamente com o comentário.

Naquela noite eu menti para Huck a fim de passar a noite inteira com Henry. O tempo todo fazíamos associações com Louveciennes, onde a infância voltara à vida, acalentada pelo meu interesse, e tornara-se a poesia de *Black Spring*.

Carta ao primo Eduardo: Quanto à minha vida. Quer saber? *Surrealismo* não é a palavra exata. É algo estonteante e maravilhoso, mesmo que às vezes me faça sofrer, mas Deus – quanta abundância de tudo. Amor, flores, presentes, violetas brancas, buracos nas meias, carteira aberta, pacientes, telegramas, caixas de correio cheias, perseguições, mentiras, escapadas por um triz, dramas, lágrimas, flores, telefonemas, dramas, risadas, rádio no táxi durante a corrida, febre e êxtase e problemas do fígado, banhos de sol, despertar cedo, trabalho duro, cartas, correspondência, ditar. "Aqui é a secretária do dr. Rank; ele vai estar de volta a Nova York no fim de março. Está viajando e dando palestras. Sim. Com quem estou falando?" Preciso de um marido, um protetor, uma *barrage**. Pessoas demais. Gosto demais da vida. Centenas de pessoas. A estrela social brilha sobre mim. Pessoas para o café da manhã, almoço, janta e cama. Nunca sozinha. Mas feliz. Agora preciso ir encomendar um pouco de Vichy. *Amor.*

Dia dois de fevereiro me mudei com Henry para a E. 31st Street, quarto 1202, como "sra. Miller". Emil telefonou, perguntando pela sra. Miller, e escreveu uma carta para ela: "Cara sra. Miller – Está feliz em sua casa nova? Estamos aqui para servi-la. Basta pegar o interfone e dizer 'marido'. O homem que a adora. Adivinhe quem!"

Passeio com Henry à Henry Street, Brooklyn, um porão onde ele morou com June e Jean**. Agora é um restaurante chinês. Mórbido e assustador. Passeio por Chinatown. Noites com os amigos de Henry. Henry fica louco assim que um homem se aproxima e começa a me olhar. Vocifera e grita enquanto me observa. Obcecado comigo.

Longa conversa uma noite dessas, após um *show* burlesco. Sobre ter direcionado todos seus desejos para mim. Quer apenas a mim. Quer saber se meu sentimento é tão absoluto. Noite emocional acabando em orgia. Digo que não tenho outros desejos. Mas: "Foi você quem me provocou a viver. Agora que tenho um vida plena você fica chateado porque fazem amor comigo. Antes, eu só queria você. Em Clichy, eu me sentia infeliz quando não podia estar sozinha com

---

* "Barreira". Em francês no original. (N.T.)

** A história do *ménage à trois* de Henry Miller com a amiga da esposa – "Jean Kronski", como June a chamava – aparece em diversos livros seus, entre eles o romance abandonado *Crazy Cock*, originalmente publicado sob o título *Lovely Lesbians*. (N.E.)

você." Tudo invertido. Agora desejo mais pessoas. Henry não é o suficiente. E ele anda em chamas. Ereções toda noite. Me exaure. Tenho orgasmos poderosos como nunca senti antes, só comparáveis às noites em Clichy, quando pensei que ficaria louca de prazer.

Não sinto nenhuma falta de Huck. Mas Huck percebe e escreve dizendo que sabe que eu não teria ido com ele mesmo que Hugh não viesse. Finjo que Hugh chega na quinta. Quando Huck vier no dia 21 de fevereiro (para o meu aniversário) haverá um conflito, pois ele vai descobrir que Hugh não veio.

Telefono do número 2 da East 86th Street na manhã de domingo do quarto de Henry. Quero saber se chegou algum telegrama de Huck que eu precise responder, sabendo que não estarei de volta ao quarto 906 antes da manhã de segunda-feira. Uma garota responde: Não. Digo para Henry: "Nenhum telegrama (*soi-disant** em termos de negócios). Se houvesse algum, eu teria pedido para ela ler e me pouparia da viagem."

Henry: "Ler? Nesse caso não poderia haver nada amoroso no telegrama! Ou então essa é uma daquelas mentiras especialmente pensadas para me fazer pensar que não havia nada de amoroso nele." (Na mosca!)

Conversa no escuro com Huck, provocada por minhas dificuldades com a ideia de que "a notória incapacidade das mulheres para captar ideias, abstrações, não passa de um equívoco. É simplesmente uma questão de planos." Sustento que nosso princípio é o mesmo, sendo apenas que o da mulher é, em miniatura, uma ideologia personificada num símbolo (o homem).

Huck teve o mesmo problema que eu: não ser humano, ou seja, ser bom demais. Não fui humana com Henry. Em nome de suas criações eu me sacrifiquei, como Huck se sacrificou pela análise. As pessoas que ele salvou foram criações suas. Mas ele não pôde ser humano, nem sequer amá-los. Escrever a vida trágica de um analista!

---

* "Supostamente". Em francês no original. (N.T.)

Noites no quarto 906. Jantar no quarto com Huck. Rádio. Camisola de renda preta. Dancei para ele. Li trechos do manuscrito da história sobre Papai.* Huck só presta atenção ao significado. Um filósofo, não um artista. Falou sobre a infância. O amor pelo teatro. Assistiu faminto a um espetáculo em Viena. Sempre exaltado porque o inspiro a falar sobre a infância. Sobre si mesmo. Agradecido. Diz que nunca conheceu ninguém com tamanho interesse pelas pessoas – tamanho sentimento por elas. Nunca encontrou ninguém com quem falar. Desencadeio uma avalanche. Ressuscito toda a sua personalidade ao despertar memórias e potenciais.

Depois de Henry vieram pesadelos de um Hugh desmembrado. Um sonho frequente. *Eu* sou a desmembrada. Dualidade incurável. Preciso conviver com isso.

O sonho de Huck: fugir comigo, só nós dois. Lembra de estar dirigindo por Connecticut com gosto. Mas eu estava enjoada. Não queria estar com ele – de novo acorrentada, como ao lado de Hugh. Mas eu queria que Henry me acorrentasse. Será que o amor verdadeiro é possessivo? Eu queria estar sozinha com Henry em Louveciennes. Tentei ser tudo para Henry. Sofri com seu interesse por [Walter] Lowenfels e por muitas outras pessoas. Agora faço o mesmo com Huck. Agora amo de um jeito menos possessivo. Nenhum deles. O que isso significa?

13 de fevereiro de 1935

À MEDIDA QUE DESCUBRO o quanto serei perdoada (meu poder), sinto-me mais independente. Meu desejo agora é fugir com Henry. Sei que tanto Huck como Hugh me perdoariam. Mas temo a tragédia. Ser eu mesma é isso, é estar dividida. E

---

* A história sobre o pai de Anaïs Nin, revisada diversas vezes e sob diversos títulos manuscritos, incluindo "The Double", por fim tornou-se a história-título do volume *The Winter of Artifice* (três novelas), publicados pela Obelisk Press, em Paris, em 1939. (N.E.)

não se pode estar dividido sem tragédia. Vivo em uma centena de lugares ao mesmo tempo. Criei um mundo estranho e sutil com Henry, e então com Huck. Enriqueço-os aos dois, capaz de ambos amores e de criar e nutrir a ambos. Desejo a unidade, mas sou incapaz de atingi-la. Interpreto mil papéis. O que sou para George Turner. O que sou como secretária. Amor ao luxo, às flores, a tudo que é rico, expansivo, livre, colorido e belo.

Trago um pequeno chaveiro com a chave do 703 (Barbizon Plaza, nunca mais); a chave do 905, o apartamento de Huck; a chave do 906, meu quarto no Adams; e agora a do 1202, onde moro com Henry.

Ir morar junto com Henry. Me despedir de Huck dia dois de fevereiro à uma hora. Chorando. Um dia como de primavera. Fazendo as malas meia hora depois de Huck partir. Para pagar o aluguel do apartamento de Henry, tenho de usar o dinheiro que Huck deixou para eu encontrá-lo em Nova Orleans, mesmo sabendo que não vou para lá.

O quarto de Henry alegre, no distrito comercial onde o pai tinha uma alfaiataria e onde trabalhei como modelo de roupas em lojas judias de atacado. Henry começou a cantar – pela primeira vez desde que nos separamos, segundo disse. Acordou cantando. Estava muito terno e apaixonado. Prefiro ouvi-lo cantando. "Você tem um poder tremendo em suas mãos, Anis." Posso fazer com que Henry sofra tanto quanto sofreu com June. Mais do que June, ele diz. Que em Paris ele sofreu mais do que com June e chegou mais perto da loucura. Teve alucinações e obsessões. Febre. Delírio. Ele me ama a esse ponto. Mas após os sofrimentos infligidos por June, Henry se refugiou na criação. E até agora não havia se entregado a mim. Não conseguia. Era um homem destruído. Agora sei que ele me pertence, corpo e alma. Admira-se com sua fixação por mim. Sono profundo. Paz. Sra. Miller. Nada de "centro psicológico" (o quarto 906 no Adams) até segunda-feira. Fazendo as unhas quieta, pequenas coisas. Sem me forçar a nada, sem me despedaçar. Henry escrevendo uma história de assassinato no *banlieue*.* Pensando em Huck com ternura e sem nenhum desejo. A alma de Huck em seus olhos profundos enquanto o trem se afastava. O absoluto. Mas eu sentia liberdade e alegria por poder ficar com Henry. Na última noite com Huck, vi o filme *The Good Fairy*. Ele me vê em todo lugar e me associa a tudo o que vê. Pediu que eu tomasse aulas de dança espanhola durante sua ausência, mas não posso.

Três dias de violentos ataques biliosos, que Huck interpretou como uma fuga da vida motivada pela vinda de Hugh e por sua própria partida, mas eu sabia que a moléstia era causada pelo conflito. Dificuldade para voltar a Huck e fazer amor com ele depois de estar com Henry. Enjoo no quarto de Henry. Ele queria cuidar de mim. Como escapar? "Por que não chama os Guiler?", sugeriu Henry. "Diga que você está doente." A única coisa que me ocorre é dizer que só Rank possui o remédio capaz de parar o vômito. Peço a Henry que me deixe ir. Ele me leva ao Adams. Finjo que Rank não está lá e que preciso esperá-lo. Preciso do remédio.

Mas Huck sabe. Diz que Henry é minha neurose, que eu provavelmente ainda o amo. Voltar para Henry significa um retorno à neurose – mais fácil que a saúde e a felicidade. Mas enquanto escuto, sinto apenas que amo Henry de um modo total, de corpo e alma, enquanto amo os outros apenas aos pedaços. Huck me causa uma repulsa física – tenho de fechar os olhos. Fim da primeira paixão cega. Mas a necessidade que Huck tem de mim agora me faz esquecer o que desejo. Sou a provedora de vida e ilusão.

Henry diz que não conseguiu ser infiel enquanto eu o fiz sofrer – não conseguiu me trair por vingança. A noite com Blaise Cendrars [em Paris] ele passou obcecado por mim. A loucura de um Henry apaixonado, como a minha. E a de Huck também. Emotivo, desequilibrado no amor. A necessidade de criar para estabilizar-se. Os ciúmes de nós três, como os de Proust. O ciúme de Huck permanece inconfessado, como o meu fora. Henry diz: "São dez da

---
* "Subúrbio". Em francês no original (N.T.)

manhã e estou loucamente apaixonado". Mais tarde: "Estou doente de amor".

Outro dia. Fui a uma festa na casa de Sylvia Salmi – Henry bebeu como um gambá. Todos bebem porque são estúpidos e vazios. Eu queria deixar Henry lá e vir embora, mas ele não deixou. Veio cambaleando atrás de mim. Paramos ao chegar na esquina, e eu gritei: "Volte, fique lá, beba o quanto você quiser, seja o que você quiser, mas me deixe fora disso. Não quero. Não consigo. É monótono, estúpido. Não quero ficar lá. Não quero ver você bêbado."

Henry, completamente bêbado. Eu não conseguia aguentar – um horror. Cambaleando. Incapaz de acertar a fechadura. O tempo todo pedindo desculpas. Mil desculpas. Não queria voltar lá. Queria apenas a mim. Já de volta, despencou na banheira. O hálito era horrível. Fiquei muito triste, como na vez em que June ficou assim, toda feia e malcheirosa. "Desculpe, Anis. Mil desculpas. Isso é humilhante. Eu me odeio."

Não o deixei me possuir. Virei de costas, confusa, sem saber o que fazer – o que sentir. Tristeza e pena, mas raiva não. Sentindo que eu não seria capaz de fazer aquilo. Eu não sentiria prazer algum. Odeio-os todos, bando de idiotas; e vazios, vazios. Um humor sombrio e solidão. Desejando Huck e Hugh, precisando deles, de sua bondade.

19 de fevereiro de 1935

HENRY ACORDOU COM um humor grave. Quando voltei para casa naquela noite, ele havia feito nossa primeira janta no novo lar. Também começara a escrever. E ontem ele já estava de novo em um de seus humores poéticos, na sua melhor forma, dando vida às páginas exaltadas de *Black Spring* sobre os sonhos – derramando imagens.

Enquanto isso, na tarde após a bebedeira de Henry, Erskine mais uma vez telefonou e veio me visitar. Um John afetuoso, mais grave, mais profundo, ainda cheio de um brilho e de uma sensualidade ilusórios. Uma voz sensual.

A visita me pegou de surpresa – fiquei nervosa, as pernas bambas, as mãos geladas, o coração palpitante. Furiosa comigo mesma. Mas falei compulsivamente. John disse que a tristeza em meu olhar foi o que lhe chamou a atenção quando me viu na ópera. Me achou triste, infeliz. Insistiu nesse ponto. Achou que eu estava enganando a mim mesma. Ele só via caos e confusão onde eu via um modo de viver a vida guiada pelos sentimentos, não pela razão. Falei, inebriada, sobre meu fluxo, sobre me derramar. John se despediu dizendo que estava muito preocupado. Tive vontade de rir. Eu já estava tramando alguma coisa. Surpreendi-o ao falar sobre o caso amoroso com Papai – ele ficou surpreso e chocado de verdade.

"Qualquer um que se aproxime de você sente essa força vital e sexual."

Ainda tão grande. Eu tinha vontade de me escorar nele. Quando soube que viajaria para dar uns concertos dentro de alguns dias, me senti perdida. John fez com que eu me sentisse fraca. Mas isso é apenas um truque feminino, um humor feminino.

A verdade é que sinto um êxtase profundo, uma embriaguez interior permanente. A violinista que veio em busca de ajuda desperta meu interesse. Estou cheia de ideias para as histórias de Alraune*, cheia de obsessões (obsessões por caminhões de bombeiro), cheia de emoções e de espanto e aventura. Henry me faz tão feliz quanto me faz infeliz. Quando estamos trancados juntos no quarto e ele escreve poesia e conversamos, vivo apenas no hoje. Não me preo-

---

* A figura de Alraune, inspirada por um filme alemão com Brigitte Helm no papel de uma personagem de apetite sexual implacável criada artificialmente, serviu a Anaïs como um símbolo de seu esforço para capturar as qualidades essenciais de June Miller. O manuscrito de "Alraune" por fim saiu em duas versões, como o trabalho "poético" *A casa do incesto* (Paris: Siana Editions, 1936) e como a novela realística "humana" chamada "Djuna", publicada uma única vez na primeira edição de *The Winter of Artifice* (Paris: The Obelisk Press, 1939) e excluída de todas as edições posteriores. Uma parte, "Hans and Johanna", apareceu em *Anaïs: An International Journal*, Volume 7, 1989 (Becket, Massachusetts). (N.E.)

cupo com a dualidade. Escrevo belas mentiras para Hugh e Huck. Não desejo a presença física de Huck – nem a de Hugh. Quando estou com Henry, me sinto em paz. Banhada em amor. Um amor constante. E ele ganha em sabedoria e em compreensão. Se debruça cheio de cuidado sobre meu trabalho, minhas ideias, meus humores. Vivo em uma atmosfera física. Huck é mais uma vez o reino mental. Não sei. Não sei. Não me importa.

A tarde em que encontrei John (que continua dizendo: "Se ao menos você não fosse a esposa de Hugh!") me levou a sonhar novamente com diabruras. Não com amor. Diabruras. Quando encontrei Pauline, a esposa de John, na ópera – uma mulher solitária, de cabelos grisalhos, séria e de olhos fundos –, chamou-me a atenção o medo com que ela me olhou. O medo que as mulheres têm das prostitutas, das putas, das atrizes, o medo do poder sexual. Agora que não desejo mais John, sinto que eu poderia tê-lo. Então fujo. Nada aconteceu em sua vida nos últimos anos – continua apodrecendo no conforto e na superficialidade americana. Depois de Lilith, ele morou com Helen por quatro anos e recusou outras mulheres para não ser despedaçado. Reconheço o mesmo covarde de antigamente. Sinto que nosso encontro o desorientou e perturbou, assustando-o, e sinto que fui a mais forte porque não dei a mínima.

Não posso contar a Henry porque ele ficaria com ciúmes.

Richard Maynard liga todo dia. A violinista toca hoje à noite na prefeitura. Depois de três conversas comigo, ela tocou "como nunca havia tocado na vida, pensando em você como uma sombra e vendo seu anel verde cintilar diante de mim".

28 de fevereiro de 1935

Pobre Huck – Perdeu. Perdeu porque não se pode mentir para ele. Huck vive rápido demais por conta de sua mente. Se recusa a aceitar o ritmo das enganações e da dor de viver.

Quando ele voltou, eu estava desde cedo na estação. Dúvidas. Será que eu conseguiria me deitar com ele? Será que eu suportaria os beijos? Mas o velho amor tornou tudo possível. Tivemos um dia pleno até a meia-noite. Trancados juntos no quarto – conversas, carícias, refeições, risadas. Huck *sabia* que eu estava mentindo – não sei como. Expliquei a necessidade de mentir dizendo que Henry estivera muito doente e fora até mesmo operado. E eu *tive* de ficar com Henry, tomar conta dele. Mas eu disse a Huck que não escrevi nada a respeito porque ele iria ficar preocupado, arruinaria sua viagem. Que a compaixão por Henry era mais forte que o amor e que a felicidade. Mas o que importa o que eu disse? Huck *pressentiu* a verdade, soube que havia perdido, mas não demonstrava – ainda não *sabia*, até o momento em que fui embora. Parecíamos felizes. Planejamos que eu passaria metade da semana com ele na Filadélfia – metade em Nova York –, passeios a cavalo, um dia de repouso; fizemos planos para seu trabalho. Ficamos deitados no escuro, falando como antes, brigando por ninharias, fazendo gracejos. Não admiti para mim mesma o que agora vejo com toda a clareza no diário – não amo Huck. Sempre Henry. Ninguém, exceto Henry. Achei que eu podia continuar proporcionando a felicidade de Huck. Mas, durante essa viagem, durante essa viagem ele percebeu que eu tinha de ser sua, que não aguentaria se separar de mim.

Tudo estava mudado. Eu não queria seus beijos. Os presentes que ele fez chover sobre mim por algum motivo não me fizeram feliz. Mas ah, a pena, a pena que agora sinto ao escrever, a pena que é a origem de minhas falsidades! Ninguém compreende. A pena que me faz escrever uma carta de amor para ele, ainda hoje.

Deixei-o à meia-noite, sabendo que se ele não aceitasse minha história sobre a doença de Henry e a necessidade de lhe fazer companhia, então tudo estaria acabado, pois eu jamais deixaria Henry. Eu tinha uma certeza absoluta de minha vida com Henry – de que era o certo, apesar de eu sentir remorsos por tudo o que Huck me deu: compreensão total, um amor abrasante, força. Sacrifiquei tudo em nome de um absoluto, e o pobre Huck – pobre Huck. Mas, como os outros, ele pode dizer que em dois meses eu lhe dei mais amor e mais felicidade do que jamais sentira em toda a sua vida. Sei o que lhe dei: vida, dor, êxtase. Sei o que tomei: a fé, a fé que ele tinha nas mulheres, no amor, na sua filosofia. Equilíbrio impossível. Equilíbrio eternamente impossível. Não sei. Agora Huck diz que fui muito cruel, que magoei todo mundo ao tentar *não magoar ninguém*, que feri seu ponto mais sensível. "Escrevi um livro sobre a verdade e a realidade; é justo o que você desequilibrou em mim. O que você é? Um caos. Como você pôde escrever todos aqueles detalhes sobre a vinda de Hugh?"

"Foi para que você pudesse viajar."

Tudo isso, as palavras amargas, as palavras horríveis, vieram no fim, depois de sua partida na manhã de segunda – deixou o apartamento 906 sem uma palavra, levando todos seus presentes. Esperei pensativa, sem acreditar que Huck realmente fosse embora, enquanto fazia anotações. Então ele enviou um telegrama para o Adams (não para mim) dizendo que voltaria. E na quarta-feira eu me levantei às cinco horas, em uma manhã gelada, e saí no frio e no escuro para estar em seu quarto às seis – uma hora especial para nós (foi às seis da manhã que ele acordou em Louveciennes e foi até a minha cama. Era às seis que ele costumava ir para a minha cama no 906) –, desejando apenas dar um beijo para restaurar sua fé, como Henry restaurava a minha com beijos e risadas quando as dúvidas me assolavam.

Mas Huck estava com raiva, irredutível. Insistiu em trocarmos os anéis, em me dar minha valise, recusou-se a falar e a explicar. Disse que eu fora muito cruel o tempo todo; que estava feliz com a separação; que não tinha remorsos. Fiquei com raiva, mas eu não entendia seus sentimentos até ele dizer: "Não posso viver assim – sem saber, sem nunca saber a verdade, cheio de dúvidas e incertezas, cheio de inseguranças".

"É tudo coisa da sua cabeça. Quando você está comigo você é incapaz de duvidar, você não duvida porque *sente* a verdade." (Ainda mentindo – por quê?)

"É verdade", ele respondeu. "Mas você não pode ficar comigo o tempo todo. Sabe o quanto a viagem foi horrível para mim?"

Neste ponto ele balançou a cabeça, desesperado. Falou sobre um ato de autopreservação. Sentiu-se enlouquecendo por minha causa. E então eu disse que entendia.

Eu ainda me sentia devastada e chorava convulsivamente, porque ele destruíra as cartas que me havia escrito, os poemas, o Huck afetuoso, o Huck compreensivo. Quase bati nele ao ouvir, e então desatei a chorar. Quando falamos sobre autopreservação eu disse, enquanto me aproximava dele: "Fico feliz por ao menos *você* estar a salvo".

E então, chorando: "O que quero saber, o eu quero saber é..."

"O quê?", perguntou ele, um pouco mais calmo. Mas eu fugi. Até agora não sei o que eu queria saber. Não sei por que eu falei aquilo.

Mesmo não amando, a despedida me machucou demais. Fiquei pensando em sua sensibilidade, no quanto havia se entregado; lembrei de tudo, senti remorsos, tentei perceber minha crueldade. Por quê, por que me sinto sempre tão inocente?

Meu pobre Huck. Me desculpe!

Houve momentos em que foi muito difícil amá-lo. Por que desejo sempre *corresponder* ao amor? A feiura dele. Eu o amava além da feiura, através daquela carapaça; amava a alma e a mente, amava este homenzinho – este homenzinho que não se deixou enganar.

Às vezes penso em sua solidão.

Espiritualmente, aceito a minha. Henry me proporciona a proximidade humana – o calor humano.

Dei a Henry minha versão (para Henry) do rompimento.

Nunca mais vou fingir que amo – mas a verdade é que *engano a mim mesma* tão bem quanto aos outros.

Lutei contra a dor. Sei que a enterrei, recusando-me a sofrer. A tempestade não veio – apenas a escuridão. Ainda estava escuro quando reencontrei Henry depois daquele estranho encontro às seis horas, em meio a uma nevasca. Fui para baixo das cobertas com Henry. Tentei dormir. Recusando-me a sofrer. Não. Não. Já chorei demais pelos outros. Às nove eu me levantei. Às dez eu estava na rua, no frio cortante, à procura de um quarto para atender pacientes sem condições de pagar. Não posso atender no lugar onde moro como sra. Miller porque conhecem a sra. Guiler. Enquanto eu caminhava, apesar de Henry, apesar de seu amor, me senti perdida. Mais um vez senti a censura que eu fizera a Allendy: vim em busca de ajuda e não obtive ajuda alguma, não tive paz em lugar nenhum. O único que *me conhecia*, ou que poderia me conhecer, era Huck, e ele também ficou confuso por me amar.

Não existe verdade – nada é real. Só podemos saber através dos sentimentos. A cabeça é falsa. Tudo o que sei é que amo Henry.

Passei a manhã pensando no choque, na minha dependência de Huck e no seu fracasso em correspondê-la. Egoísta. Ele disse que eu o decepcionara. Apostara tudo em mim.

Henry ficou me observando durante o café da manhã. "O olhar de onde zarparam mil navios."

"Não. O olhar que deixou perplexos uns mil analistas."

Eu disse a Henry que Rank me mandara embora porque não queria sofrer com outro amor não correspondido. Outra vez, uma meia-verdade.

Ao meio-dia cheguei a uma decisão. Eu ficaria em um quarto no Barbizon Plaza apenas dois dias por semana – veria todos os meus pacientes nesses dois dias – e assim gastaria apenas seis dólares, já que precisava tomar conta de Henry e o problema era grave.

O tempo inteiro eu cogitava uma carta para Huck: "Me desculpe".

28 de fevereiro de 1935

Hoje, quinta-feira, fui para o Barbizon às nove e meia. Encontrei Richard, que disse coisas muito acertadas: "Você não teria como amar Hugh. Ele não sabe viver. Não sabe viver nem sonhar. Tudo o que faz é tentar seguir você em seu mundo de sonhos através da astrologia."

"Mas acho que Hugh conseguiu me acompanhar. Com a astrologia, ele quase consegue..."

Olhando para a fotografia de Henry, de quem gostava, ele disse: "Henry tem senso de humor".

Perguntei-lhe à queima-roupa: "Responda com seu sexto sentido. Você acha que Rank é o homem ideal para mim?"

"Não."

Continuando, ele disse: "Rank é o homem que está descrito em seu romance – não Henry. Pelo menos em relação a atirar bombas, à amargura."

Richard passou uma hora analisando a analista. A mim. E então minhas pacientes começaram a chegar, histéricas, aos prantos e alegres com meus cuidados. É irônico. Dei forças a três pessoas que sequer imaginam pelo que estou passando.

Passei o dia pensando em Huck, Henry, terna, carinhosa, pensativa e concentrada no meu trabalho.

Mas naquele momento, sozinha no quarto 2107 do Barbizon Plaza, lembrei do que Huck havia dito: *O criador busca a solidão – ele cria sozinho, pois pensa que é Deus.* Eu criei minha vida e fiz questão de estar sozinha.

Assim, permito-me companhias intermitentes. Com os mais diversos pretextos: um é insuficiente, o outro não é compreensivo, um terceiro não consegue me acompanhar etc. Às vezes sou injusta com eles. Porque eu gostava das maldades de Henry, como Henry gostava das maldades de June, e como Huck gostava das minhas (todos exagerando as maldades dos outros para sofrer mais, ou para tornarem-se humanos!). No romance também está exagerado, mas as mudanças em Henry me escaparam. Por três anos esperei que Henry me ferisse mortalmente, mas o golpe não veio. Um comportamento belo, humano, generoso, terno, desinteressado, irrepreensível.

Solidão. Força. Orgulho. Perdi outro Pai. Ah, essa necessidade de um pai, do Pai, de Deus novamente, do Deus que vi após minha operação e que então sumiu.*

---

* Após o traumático aborto da filha de Henry Miller, no fim de agosto de 1934, Anaïs Nin teve uma experiência mística durante a qual "dissolveu-se em Deus". Ver *Incesto: de "Um diário amoroso": Diários não expurgados de Anaïs Nin, 1932-1934* (L&PM Editores, 2008), p.340. (N.E.)

Penso que toda a ideologia humana está contida na fábula sobre a explicação de Huck para a vontade que sinto de voltar para a noite de onde vim, à noite, quando eu não conseguia dormir a seu lado simplesmente porque ele roncava alto demais.

4 de março de 1935

ATÉ ONDE SEI, o choque da partida brutal de Huck – a imagem dele *tremendo* de tão frágil (ele começou a tremer, não conseguia se controlar, como um cavalo de corrida) – me levou a escrever-lhe uma carta protetora (eu tinha vontade de proteger Huck contra a *determinação* do dr. Rank). Não sei. Só sei que, nos dias passados entre o desentendimento e a reconciliação, senti que eu estava me afogando. Neuroses, medos, lágrimas, obsessões, alucinações. Por que, por que Henry não foi o suficiente? O que me levou a escrever para Huck, a criança, pensando que ele me desejava e que Rank estava destruindo sua felicidade? Por que eu simplesmente não desisti? Por que eu pensava nessa separação com alívio – afinal, era o fim das carícias – e com ansiedade – pois era o fim da compreensão? Por que eu não queria que ele achasse que traí nosso amor? Por que eu tentava restaurar a fé dele num amor já extinto?

Ele respondeu: VOCÊ: Sinto a mesma coisa. Também estou arrasado por você ter me forçado a agir daquele jeito. Não agi com a cabeça, não agi com ideias; não, era o ser humano, era Huck. É isso o que você não consegue entender.

Agora posso explicar tudo porque meu orgulho se foi e sinto que você entenderia como entendia no começo, antes de recair nos seus velhos hábitos!

VOCÊ não é má e jamais vai ser, mas seus hábitos são; e eu esperava que meu amor – um amor que eu não tinha como sufocar – ajudasse você a superá-los. Mas não foi assim que aconteceu, o que já me fez sofrer bastante. E a sua crueldade foi além da conta. Quero falar com você, explicar humanamente o que aconteceu, também por causa de você.

Este é o único perdão – um perdão mútuo – que consigo conceber: ter uma conversa humana com você e apagar este terrível episódio...

Carta para Rank: Huck, meu Huck querido, você implorou pela verdade, implorou que eu nunca mais minta. Passei os últimos dias em uma terrível tempestade interior. Algo mudou entre nós. Foi por isso que chorei ao sairmos do Adams. Nosso amor já não é o mesmo. Algo morreu no dia em que menti para você, no dia em que você me abandonou por causa da mentira. Matei a fé que você tinha em mim, mas você matou minha fé no nosso amor, matou o amor feminino. Não sei. Já não sinto o que eu sentia antes. Não sinto mais confiança. A brutalidade de sua partida foi um choque de uma magnitude que você não concebe, a não ser nos termos daquele outro choque que me amaldiçoou a vida inteira. Não acredito mais em seu amor supremo – ou em seu perdão. Acho que você é forte demais (e eu sou forte demais de um modo indireto e covarde) para aguentar o que sou – refiro-me à minha incompletude. Sinto que desde o choque tento me afastar – e que tenho conseguido. Nós dois nos afastamos da *dor* – mas havia coisas preciosas demais que não tínhamos como abandonar. Como homem – amante, marido –, você desistiu de mim no momento em que foi embora, pois tinha direito a esperar que seu amor tão completo fosse correspondido. Eu fui embora como mulher – amante, esposa – quando você me feriu ao negar seu perdão; agora você se tornou para mim, de modo irreversível, o pai severo e impiedoso. O que não pudemos abandonar, meu Huck, foi a compreensão que temos um do outro – o único bálsamo em nossas vidas amaldiçoadas pela solidão – e meu desejo de manter Huck vivo – coisas demais fora do amor homem-mulher. Já não me sinto mulher em relação a você, Huck. Como eu já disse, o choque matou a mulher, matou o desejo, a paixão. Eu também matei o homem em você ao ferir sua verdade, sua realidade, seus sentimentos mais delicados. Huck, peço de joelhos que você me perdoe. É o momento da verdade. Foi a necessidade de proteger,

Huck, e de preservar as coisas preciosas que me levaram a procurar você. Quero entender como você vê o mundo. Sua felicidade importa muito para mim – nossa felicidade está atada. Somos gêmeos, e você também me ama por essa semelhança. Hoje você escreve dizendo que me ama porque eu o entendo. Ah, Huck, compreensão, solidariedade, companheirismo – tudo ainda é possível, menos o amor homem-mulher. Naquela manhã você disse, às seis horas, que era incapaz de viver na incerteza. Tudo em mim é traiçoeiro, por ser incompleto. Quero ver você a salvo de mim, quero mesmo. Quero por causa da natureza de meu amor por você. Penso constantemente em você. Se você me odeia por isso – por ter fracassado como mulher – então me magoe outra vez, me castigue, faça tudo o que possa lhe trazer alívio. Se para você é menos doloroso transmutar nosso amor em compreensão, então que seja. Não podemos ser felizes juntos, Huck, porque você é absoluto e tem uma determinação muito forte. Você tem um eu grandioso, brilhante e generoso por que viver. Você, mais do que qualquer pessoa no mundo, tem direito a um amor *absoluto*. Eu, no amor, não alcanço essa totalidade. Sou uma aleijada. Vim até você como aleijada. Você tentou levar uma vida amorosa ideal com uma aleijada – tentou relevar os defeitos, a doença. Perdoe-me pelo fracasso, pelo fracasso em realizar o seu sonho. Nunca conheci outra pessoa que merecesse tanto a felicidade. Você é generoso, tem sentimentos profundos, uma mente brilhante, uma humanidade tão bela – tudo. Quero fazer tudo o que você me pedir, quero ajudá-lo a me esquecer, e isso é possível se não guardarmos rancor. Um esquecimento voluntário, como você tentou da última vez, só iria machucá-lo – ou [eu poderia] ficar próxima a você, próxima ao seu trabalho, à sua vida, dando-lhe toda a força que você me deu. Depois de ler esta carta, me ligue amanhã de manhã, ou me escreva. Farei uma visita para conversar com você. Não estou fugindo. Se você não entrar em contato, saberei que você não quer mais me ver. Entendo. Mas lembre, ah, lembre, Huck, que uma vez você disse que a felicidade daquelas primeiras semanas compensava por toda sua vida

– para mim também. Era uma felicidade absoluta. O melhor que eu posso oferecer – o máximo. Perdoe-me, perdoe-me, perdoe-me. Lembre-se apenas daquelas semanas. Amaldiçoo a análise, que põe tudo sob um viés falso e esconde os verdadeiros laços e assuntos humanos atrás de falsas esperanças. Por favor, por favor entenda e me perdoe, pois esta é a verdade e as mentiras o teriam machucado ainda mais.

Sua Puck de coração partido.

5 de março de 1935

E AGORA, AGORA ESTOU grávida outra vez! Noite de tormento. Pesadelos. Huck se afasta de mim. Eu o mandei embora. Ninguém vai fazer meu aborto. O terror da anestesia. Mamãe diz que devo ter a criança. Preciso de uma cesariana.

Huck telefona para dizer que me entende e me perdoa – que eu o veja amanhã. Neurose. Novas dores. Sempre a tragédia. Dando minha força aos outros. Preciso de um pai! Preciso de um pai!

Ainda sou uma criança, ou as mulheres são crianças eternas?

Digo para Henry: "Dependo de você." Ele é incrivelmente afetuoso – divino – mas não sinto força alguma.

Eu também não tenho forças. Meu mundo desaba fácil demais.

A reconciliação com Huck, baseada na solidariedade? Conversa no escuro. Eu, histérica, chorando. Ele disse: "A mentira me fez duvidar do amor".

"Eu menti por amor. Todas as minhas mentiras foram por amor. Sofro com essa loucura protetora – com esse desejo de proteger."

"Você não é má – seus hábitos é que são."

Ele disse que esta era a rebelião de Huck contra a análise que tudo compreende, que a tudo perdoa.

Mais tarde dissemos, em meio a risadas, que não estávamos arrependidos.

Eu disse: "A análise é um processo artificial que acelera a obtenção da sabedoria. Não podemos viver pela sabedoria. Mas biologicamente a vida continua a desenvolver-se em seu próprio ritmo. A análise não passa de uma forma de idealização. Você me analisou – me criou – e então desejou que eu correspondesse a seu ideal – o eu potencial, *sua* criação – e à sua própria imagem" (a insistência dele em nosso vínculo gêmeo).

Noite passada eu disse: "A análise abre uma janela para o eu potencial. E também para as falsas esperanças."

Escrevo para Eduardo: Fui vítima de outra situação analítica. Essas relações estouram de súbito, como um bolha de sabão, ao menor toque da vida. A paixão acabou.

Estranho. À medida que a paixão arrefecia eu começava a ver Huck pelo *lado de fora*. A feiura, a vulgaridade. Por dentro, uma bela alma, uma mente bela. Mas um exterior repulsivo.

O sol brilha no que escrevo. Mas me sinto meio louca – um pouco estranha e fraca. Meus seios estão túrgidos e doem.

Quando Huck voltou para mim, ele não devolveu o anel de amor, mas um anelzinho de prata que comprou para mim no Novo México, com duas pequenas turquesas, que ele chama de anel gêmeo. O anel cabe no meu minguinho – no dedo-criança. Ele sempre sabe. Sabia que, para ele, eu deixara de ser mulher.

14 de março de 1935

Visita à Filadélfia – depois de Huck me telefonar dizendo que compreendia tudo. Um Huck entristecido, purificado, contido. Eu, com o olhar vidrado de meus dias neuróticos, decidida a dizer "não amo mais você". Ele perguntando o que eu queria. Respondendo "vou cuidar de sua Mãe e de Joaquim" a todas as minhas ansiedades. Mas eu demonstrava que não queria viver com ele o tempo todo, que ainda amo Henry de um jeito protetor e que preciso ficar a seu lado e manter a promessa de casar com ele. Nos exaurimos conversando. Huck aceitou tudo. Eu disse a ele que a mulher estava morta. E a mulher *estava* morta.

(Descrever a umidade no meio das pernas como o desejo que surge durante ou após o choro – uma excitação sexual, o mais próximo que já estive do puro masoquismo. Após nosso desentendimento, Huck me tocou lá e disse: "Ah, veja só, veja só! A mulher está bem viva!" Ele tomou aquilo por desejo, e eu mesma fiquei tão surpresa que não havia compreendido o que se passou até hoje, quando copiei a cena do diário.)

Então, como fiz outras vezes, sutilizei a situação, anulei as barreiras, fiz do preto e branco um cinza. Todos os contornos definidos, problemas, decisões, escolhas, coalesceram em um vasto sonho – em esplendor. Encantei-o com um mar de conversa, alargamos e expandimos nossas vidas, ele aliviou a força com que me segurava, tornou-se cósmico, sua compreensão alargou-se, estendeu-se. A conversa nos conduziu à ilusão e ao deslumbre, nos afastou da realidade. Conversávamos no escuro. O que eu não disse naquele momento por só ter entendido mais tarde foi: não desejo a realidade (a vida ao seu lado) porque não quero tragédias. Quero apenas o deslumbre.

Usar a palavra *sublimação* aqui não basta. É um alçamento do lugar-comum, uma elevação, um alargamento, uma fuga do insolúvel e do horror. De qualquer modo, mergulhamos em um outro reino, alçando-nos além de seu humor judeu, rumo à criação. Ele admitiu que, como criador, havia desejado fazer de mim o que sonhava. Quando não fui com ele para o Sul, pode ter sido por amor a Henry, mas também pode ser que eu tenha pressentido que escapar de sua possessividade seria uma tarefa impossível. Eu não teria aguentado a intensidade, a força com que Huck me segurava por muito mais tempo. Tudo isso ele percebeu. Se a separação me fez perceber que ele me era necessário, também fez com que mais uma vez eu fosse sincera comigo mesma e admitisse que havia mentido; mentido porque – eu não sabia por quê, mas eu não iria viajar com Huck. (Vejo agora que a sinceridade para comigo mesma e a sinceridade para com o amor que tenho a Henry eram na verdade uma única coisa, mas que eu poderia falar para Huck sobre a sinceridade comigo mesma sem magoá-lo demais por ser uma necessidade cósmica mais profunda!)

De qualquer modo, Huck respeita minha integridade. Meus caminhos são tortuosos, vis, desonestos, muitas vezes porque ajo com um instinto emocional que não consigo explicar no momento.

Desde então estive na Filadélfia. Se, para escapar ao meu papel de mulher, transpus mais uma vez o nosso amor rumo a um reino imaginário ao despertar o criador em Huck e oferecer a artista em mim, não fiz senão enriquecer esse amor. Huck já havia começado a escrever um prefácio para meu diário de infância.* Dei o diário para que o lesse – depois de ele escrever o prefácio! Falei um bocado sobre meu trabalho. Estive trabalhando nas numerosas páginas de "Alraune". Despertei-lhe o interesse pela escrita.

Na primeira noite na Filadélfia não senti desejo, mas Huck estava feliz. Senti uma paz profunda no trem, depois. Senti que eu havia mais uma vez escapado à realidade, posto nosso relacionamento no clima que eu desejava e assegurado a constância das temperaturas com os hiatos, o que permitia que o sonho se desenrolasse ao mesmo passo que a realidade. É durante os períodos de afastamento que bordamos nosso amor, criando a seu redor. Diante da presença contínua as proporções se perdem, Huck torna-se um marido comum,

---

* Anaïs Nin começou seu diário, que inicialmente era escrito em francês, em 1914, quando, aos onze anos, defrontou-se com o "exílio" em Nova York, após seu pai abandonar a família. Uma versão incompleta, em língua inglesa – *The Early Diaries of Anaïs Nin (Linotte) (1914-1920)*, com um prefácio de Joaquim Nin-Culmell –, foi publicada pela primeira vez em 1978 (San Diego: Harcourt Brace Jovanovich), embora já na década de 1930 Henry Miller houvesse feito esforços em diversas ocasiões para vê-lo publicado. O texto integral em francês foi publicado pela Editions Stock, de Paris, em 1979, em dois volumes. O prefácio de Otto Rank jamais foi usado, ainda que por fim tenha aparecido em *Anaïs Nin: An International Journal*, Volume 2, 1984 (Becket, Massachusetts), p.20-23. (N.E.)

que se ocupa apenas dos fatos da minha vida e de seus ciúmes. Mas não houve tragédia, nem vítimas, nem violência. E agora percebo que é isso o que desejo. Huck me perdeu quando tentou me afastar de Hugh e de Henry.

O *sonho*. Refleti muito sobre esse tema, sobre como eu poderia tornar a vida de Henry um sonho, como apenas o sonho inspira a criação, que é o único alimento do artista – sobre como, se eu tivesse feito de Henry meu marido, eu teria matado o sonho.

O choque conferiu a tudo um halo irreal, mas ainda assim é estranho que na última vez com Huck eu tenha sentido desejo sexual e respondido – mas agora sei que foi uma resposta à intensidade de sua paixão. Não busco seu corpo voluntariamente, não como busco o de Henry, cheia de ardor. O choque desencadeou um processo de sublimação e o sonho foi reinstaurado pelo desvio rumo ao impulso criativo.

Uma de nossas conversas no escuro, no mesmo sábado em que ele retornou do Sul, foi sobre o orgulho do criador – o isolamento voluntário. A necessidade de criar sozinho, como Deus cria. Daí segue a necessidade das mentiras, que são uma espécie de criação e que separam o mundo do criador do mundo onde vivem as outras pessoas (foi o que eu disse). Minhas mentiras são uma criação. Escrevi em "Alraune" que "A pior coisa a respeito das mentiras é que elas trazem a solidão". É difícil abdicar do orgulho, da autossuficiência. Huck agora abdicou. Diz que o que eu faço é sempre bom para nós. Quando estávamos prestes a começar uma vida de marido e mulher, afastei-me (durante sua estada no Sul) e voltei a me aproximar de mim mesma, porque recomecei a criar, recomecei a escrever.

Ao mesmo tempo, quando eu e Henry temos de escolher entre nossa vida de marido e mulher ou nosso trabalho, nossa glamorosa vida livre, optamos pela vida onírica, não pela humana.

Alguns dias atrás Henry entrou em conflito com o pragmatismo e os valores americanos. Estava se rebelando contra alguns meios-termos, sentindo-se derrotado e em pânico diante do fracasso de nosso plano de fuga. Tive de curar sua ansiedade, e pela primeira vez não como o sacrifício de algo que eu desejava, mas porque eu também quero viver como artista e não passar a vida engendrando tragédias para me sufocar. Fiquei igualmente atormentada quando, em nome da vida real ao lado de Henry, em nome da vida cotidiana, estive a ponto de sacrificar três ou quatro pessoas e afundar com Henry na desgraça. A vida em um quarto nova-iorquino, nós dois em empregos comuns, cozinhando, sem nunca viajar. Sem liberdade. Escrevendo nesse ambiente, em meio a pessoas vazias, em uma cidade grande e mecânica. Mamãe e Joaquim magoados, Hugh magoado, Huck magoado. O outro caminho: a ilusão, o sonho, a fecundidade da vida como artista – ou seja, não do modo como os outros a veem, mas de um modo mais profundo. Eu e Henry não poderíamos ter vivido os últimos anos com mais profundidade. Quero o sonho. E Henry também.

No caminho, em vez de trocar de ônibus, troco meus anéis! Ora ponho no dedo o anel indiano de cinquenta centavos que ganhei de Henry. Ora uso o anel com as turquesas gêmeas porque vou encontrar Huck no Barbizon. Ou uso o anel que Huck ganhou de Freud. Ou então uso o brasão de Papai!

Mas devolvo todos esses presentes. A parte do conto de fadas foi assassinada. Estes já não são mais presentes reais. São como fantasias que uso para interpretar um papel, que visto quando vou para a Filadélfia. O fato de Huck tê-los levado embora quando estava enraivecido – isso matou minha crença neles. Os presentes tornaram-se irreais. Desliguei-me deles. Não lhes dou mais importância. Antes eu os amava: o vestido russo vermelho, bordado, o bracelete e os brincos e o anel de turquesa, a caixinha prateada com detalhes em turquesa, a piteira de jade, o xale espanhol vermelho, a camisola de renda, o robe de veludo negro, a cigarreira persa, a pasta de couro, a concha, a anêmona, o aquário, a *lingerie* de tule, as sandálias ouro e prata.

Mas a verdade é que não me importo com a qualidade dos materiais, valores permanentes, pedras preciosas, prata de lei, ouro, mogno, madeiras nobres, vestidos caros, objetos em geral – nada disso importa. Tudo é apenas um efeito, como no palco. Me dou por satisfeita com bijuterias, madeira laqueada, paredes pintadas, imitação de madeiras nobres. Como um cenário teatral. Ou como as fantasias. Tudo em Louveciennes, se visto de perto, revela-se barato, mas belo. Interesso-me pelo efeito, pela ilusão.

Quando Huck levou tudo embora para a Filadélfia, os presentes tornaram-se irreais, como a fantasia e os adereços que visto para interpretar um papel.

A uma paciente: Estou usando o lenço que você me deu e pensando em você. Quando nos encontramos na vida real, a comunicação é difícil. Uma parte de você parece estar distante e afastada, mesmo eu vendo que esse não é seu desejo. O que me deixa perplexa é que, ao ler seu livro, sinto que entendo suas emoções e seus sentimentos. Por isso tento estabelecer contato, falar com você através da linguagem de seu trabalho, tão familiar a mim. Se compreendi o que você sente, as complicações, as sutilezas artísticas, parece-me que deveríamos nos entender na esfera humana. Gostaria que você lesse meu romance pelo mesmo motivo. Achei que o romance seria um modo de me dirigir a você e de me comunicar. No romance, você encontrará duas mulheres receosas de falar uma com a outra por medo de causar uma impressão equivocada, medo de um desapontamento ou de um fracasso em revelar o eu profundo. Nós duas somos atrizes, não no sentido negativo de que fingimos sentir o que não sentimos, mas no de ser capaz de assumir papéis e metamorfoses tão diferentes que por vezes ficamos sem saber como devemos apresentar-nos ao mundo, ou uma à outra. O menor desconforto ou insegurança (medo de ser mal-entendida ou criticada) provoca atitudes anormais. Você parece afastada, mas sinto que você não é assim. Eu também posso ter parecido ser o que não sou.

Resposta a um convite para viajar de navio: "Sou incapaz de permanecer fiel a qualquer homem por mais de cinco dias".

MacDonald me perguntou: "Em terra você é sempre tão cheia de vida quanto nesse navio?"

"Em terra sou muito melhor", respondi, "porque não perco um dia sequer para os enjoos!"

19 de março de 1935

MEU PRÓXIMO LIVRO vai se chamar *White Lies*.

Estou muito feliz. Estou no centro do mundo que eu mesma criei, onde tudo é *do modo como quero* neste momento. Planejei, menti, tiranizei, batalhei até atingir meu verdadeiro objetivo: viver ao lado de Henry. Tocar, beijar, acariciar Henry, me deitar com ele – Henry e seu clima lento, sensual, desprovido de intelectualidade. Henry e seu riso e sua alegria e sua letargia. Refeições com Henry. Domingo com Henry. Cinema com Henry. Henry escrevendo enquanto leio o que ele escreve. Henry revisando meus escritos.

Huck – longe, onde não tenho de beijá-lo nem tocá-lo nem dormir a seu lado. Huck, sua compreensão, sua atividade mental, seu clima mental. Escrever para Huck, falar com ele a distância!

Hugh – longe, trabalhando com gosto, desfrutando seu dom artístico recém-descoberto (ele está pintando) e pensando em mim, fiel a mim, dando-me o presente mais precioso – minha liberdade – e voltando para mim, mesmo sem ter chegado ainda.

Hoje estou feliz. Sou uma tirana. Huck me quer para sempre, definitivamente, e é triste não receber isso, mas por outro lado posso fazê-lo mais feliz do que qualquer outra pessoa seria capaz. Henry não tem desejos irrealizados.

Estou feliz – tirânica, egoisticamente feliz.

Fico deitada na cama do quarto 2107 do Barbizon por alguns instantes, por cima de uma colcha cor de ferrugem; tapete e cadeira e escrivaninha cor de ferrugem. O rádio está acima da minha cabeça. O jardim japonês está no penteador. O quarto é pequeno, aveludado, como um ventre. Na caixa de lata, fechado à chave, está meu diário "Incesto". Sobre a mesa, o manuscrito de "Alraune" e duas cartas de recusa da Simon and Schuster, uma para *Chaotica** e outra para o diário de infância com o prefácio de Rank. Carta de Papai: "Eu não consegui escrever para você sem dar lições de moral, mas não era o que eu pretendia". O espelho de mão que ganhei de Hugh junto com um poema.

A cada coisa que me é tomada, cada vez que perco algo ou alguém, cada vez que preciso me separar de algo ou de alguém, reajo com criatividade. Huck percebeu que, ao perder Papai, tornei-me meu próprio Pai; quando Henry me decepciona, me torno escritora; quando Rank me decepciona, me torno analista. Tudo precisa ser substituído e recriado. Tudo deve vir de mim – *ser eu mesma*, estar dentro de mim. Crio tudo o que é perecível, efêmero, traiçoeiro. Crio minha autossuficiência, minha autoconfiança, minha autofecundação. Mas, como sou mulher, não desejo suprir todas as minhas necessidades. Continuo a tê-las, e elas são enormes. Nada substitui a vida ou o amor. Eu precisava de um pai; precisava de Henry; precisava da proteção de Hugh, de sua lealdade, de sua fé; precisava da compreensão de Rank; precisava da escrita de Henry; precisava do equilíbrio de Papai; precisava de amor. Necessidades enormes, imensas, devoradoras, avassaladoras. A vida me obriga a prevenir e a remediar necessidades – a ser, sozinha, uma galáxia: homem, mulher, pai, mãe, amante, filha. Todos os papéis!

É muito exaustivo!

Hoje estou muito feliz. Só quem está triste é Huck – e até ele está contente porque, como sempre diz, tanta coisa está acontecendo em sua vida, tanta coisa! Tantas mudanças, tantas emoções, tantos êxtases, tantas experiências! Huck está vivendo! A dor é parte da vida. É impossível viver sem dor.

Ajudo Hugh, o banqueiro – analiso seus chefes para livrá-lo de medos, inibições e farsantes, humanizando os vice-presidentes!

---

* Possivelmente uma versão inicial de "The Voice", novela publicada em *The Winter of Artifice*. Anaïs Nin batizara o local em que atendia seus pacientes de análise de "Hotel Chaotica". (N.E.)

Henry, se passa uma noite sozinho, pensa que está me perdendo. E se ele estivesse a ponto de ser sugado de volta à miséria, a horizontes limitados, à escravidão? Um amor egoísta por mim, como o meu por Hugh.

Relevo o desejo e a vida sexual de Huck a segundo plano com a mágica da minha conversa.

Simbolismo das cores, das cores de uma infância longínqua. De Mamãe ficou o azul, para a espiritualidade e a mente. Escolhi coral e turquesa no estúdio do Boulevard Suchet, e preto. Então laranja e verde e preto em Louveciennes (de coral a laranja – expansão do sentimento primitivo).
Com June e por June, adotei o roxo por um breve período. A cor da neurose e da morte.
Vim a Nova York em preto e branco. Usei azul para o primeiro beijo de Rank. Azul para a fidelidade!
Depois de Rank, choque – precisei mais uma vez do violeta: morte. E roupas masculinas: para suplantar Rank e não mais depender dele.

Huck muito impressionado pelo que escrevi no diário sobre as mentiras: "Ilusões de contos de fadas" (de um discurso feito a Henry no jardim de Louveciennes, naquela tarde de verão após o episódio com Papai).*

No sábado fui às compras com enorme alegria. Comprei um vestido turquesa, bijuterias com imitação de turquesa. Aluguei um rádio para Henry (um substituto para o presente de Huck a fim de afastar-me de seus presentes).

Em termos de metabolismo: Henry devagar demais e eu rápida demais. As pessoas buscam o equilíbrio na alqui-

---

* "Quando eu mentia, era sempre um *mensonge vital*, uma mentira que trazia consigo a vida", escreveu Anaïs Nin no dia 5 de agosto de 1933. "Ninguém agradeceu por minhas mentiras. Agora todos vão saber a verdade. E você acha que Hugo [Hugh] vai gostar mais do que escrevi sobre ele do que das coisas que eu dizia ou deixava implícitas com minhas evasivas?" Ver *Incesto*, p.215. (N.E.)

mia humana. Eu preciso ir mais devagar, e Henry, mais depressa.

Agora busco (na medicina) uma forma natural de ir mais devagar, sem recorrer a Henry!

O remédio que me foi dado para menstruação atrasada (apresento todos os sinais de gravidez) deve fazer efeito em uma semana, mas depois de duas doses o efeito veio minutos antes de Huck chegar da Filadélfia (como o aborto, que só foi possível quando ele retornou de Londres).

Ao falar com Huck, canso-me das explicações constantes. Ele não deixa nada passar, não deixa nada em paz. Sua vida consiste principalmente em analisar as coisas. Sinto uma necessidade irrefreável de me afastar dessas explicações insistentes. Para tudo o que fazemos ou dizemos ele tem uma explicação, ainda que por sorte não deixemos de fazê-las ou dizê-las por isso. É inspirador e estimulante, mas tenho de me afastar.

Quando Huck chegou, na sexta, eu tremia de empolgação e alegria.

Passei por uma loja de descontos e comprei um diário encadernado lindo, por um preço muito bom. O diário renasce, graças ao interesse que despertou em Huck como documento humano.

Entr'acte: Análise da violinista, minha paciente favorita (eu a amo).

Para Richard (que escreve para mim: "Estou em meio a uma densa neblina e não há maneira de encontrar você"): A confusão não é culpa sua. O fato é que, a despeito do quão inteligente eu possa ser, não consigo controlar meus humores. Cada dia é visto sob o prisma de um humor oscilante e independente. Por sorte, o elemento que predomina nesse arquipélago de humores é um sentimento de deslumbre, beleza – algo mágico e milagroso. Como eu disse: Quando você tentou me descobrir através do romance, eu já era outra. As coisas, as milhares de coisas que acontecem comigo dia após dia me transformam. Você se incomoda de estar na companhia de um vulcão, da Coney Island, das Cataratas do Niágara? Concordamos quanto à essência, quanto ao cerne. Os detalhes, de grande interesse para o artista – a cor, os acontecimentos dramáticos, as experiências e formas de expressão –, são diferentes. Mas acho que de certa forma é até divertido. Afinal, a interação nasce de uma resistência. Estimulantes – não seringas hipodérmicas (refiro-me aos sedativos).

Hoje estou feliz. É o Sol. Você se incomoda com estados de espírito que saltam como gafanhotos, se incomoda de ver o mundo sob um prisma diferente a cada nova tentativa? Tudo não passa de um quebra-cabeça mental, não é mesmo? Você se importa mesmo com minha falta de certeza, com a falta de exatidão? Você sabe que na poesia e na vida o que conta é o êxtase, que às vezes é algo difuso, como a embriaguez. Deixar as coisas acontecer, deixá-las fluir é divertido. A organização, a ordem, a síntese criativa sempre aparecem. Na própria vida, na natureza, há sempre um pouco de caos, um pouco de capricho. Você se importa? Isso se deve à riqueza do material.

O que não fui capaz de escrever terá de ser perdido. Não dá mais para voltar atrás. Só o presente me interessa. O humor presente é tudo para mim. O êxtase do momento. Um dia após o outro. A plenitude de cada dia é incrível. Ontem, a mulher da loja me emprestou uma faixa para cobrir o desejo de Henry, que havia manchado meu único vestido longo. As investidas ardentes de [William] Hoffman à noite. As histórias que lhe conto. Eu o provoco. Danço no Harlem. Minha carta para Hugh, comentando sua primeira aquarela, pendurada na parede à minha frente. As entregas especiais incompletas de Huck. Derretendo-me, dissolvendo-me no amor, gaguejando de tanto amor. A cada visita Richard me traz cigarros. Henry datilografando quando volto para casa após me livrar de Hoffman e seus amigos, com ódio do Harlem por estar lá com Hoffman e outros vice-presidentes – luvas brancas, mordomos, uma propriedade particular na Fifth Avenue. Recebo flores especiais da savana. Meias remendadas a 25 centavos o pé. Carta para Papai: "Por favor me admire – você é o único que não está satisfeito comigo. Por favor seja um pai indulgente." O rádio ligado. Cigarros Old Gold. Tomo notas sobre a análise da violinista. Ela me paga com o primeiro dinheiro que ganhou na vida. Um dia vou ter escrito tudo a seu respeito. Ela será minha amiga. Gostei dela desde o primeiro momento. Os sais de banho que ganhei de Eduardo acabaram. Minhas sandálias de Paris estão gastas. As luvas de Paris eu joguei fora. Li Hemingway e gostei de sua honestidade. Ela custou-lhe caro. *The House of Incest* está tomando corpo de uma forma admirável. A cada dia que passa um novo plano borda, reborda, molda e dá forma ao livro. Mas ele contém a chave para todos os mistérios. Huck diz que o diário de infância era uma carta a Papai, pois eu o assinava em todas as entradas. Escrevo com uma caneta que deram a Joaquim, com seu nome gravado, que ele me deu de presente. Boas fotografias minhas, tiradas para e com Huck – enviadas a Hugh e dadas a Henry. Frances Schiff foi dormir; [Richard] Osborn enlouqueceu e foi internado em um hospício; os amigos de Henry são todos homens mortos; as cartas de Huck, quando não são estragadas por seu amor, são cálculos algébricos abstratos das emoções humanas. Eduardo gagueja notas reprimidas, mas nosso afeto é sólido e bem-estabelecido. Mamãe não casou com [Señor] Soler em Maiorca. Joaquim não abandonou Mamãe quando veio até aqui sozinho, mas percebeu que não poderia viver sem a coragem dela.

Não quero passar um ano da minha vida reescrevendo o livro que Rank escreveu sobre incesto. Quero escrever minha própria obra. Sou a escritora e a artista para Rank – da mesma forma que Henry era o escritor para mim, em meu lugar. Mas agora quero ser todas as coisas eu mesma. Quero ser um mundo à parte, porque – bem, porque eu gosto. Gosto de interpretar todos os papéis.

Quando a paciente que dança sai para dançar, sinto que eu também seria capaz, que eu também gostaria de dançar.

Quando a paciente atriz sai para atuar, sinto que eu gostaria de estar no palco. Quando a violinista toca o violino eu lhe inspiro a música, me derramo por sobre todas essas coisas, oferecendo à análise mais do que outros oferecem – oferecendo minha própria força, minha própria criatividade.

Mas preciso me concentrar. Estou me concentrando na poética "Alraune".

E o diário – meu diário, estou tão feliz de ter você comigo outra vez! Em momentos inesperados, no intervalo entre pacientes – uma nota fugaz me basta. É meu mundo, meu ego. Reconheço e admito. Não vou mais sentir vergonha, não o vou mais esconder nem embelezar.

Penso no diário o tempo todo enquanto lavo a louça com Henry. Estou feliz por ele ter escrito mais poesia – páginas tão poderosas quanto as primeiras páginas de *Black Spring* em Louveciennes – e falei sobre o que venho sentindo quanto ao ressurgimento do sonho, que mais uma vez possibilitou esse tipo de escrita. Estou feliz e acho graça ao pensar no que Katrine Perkins diria se me visse lavando louça com Henry, e também no que diriam Bill Hoffman, com seus mordomos e porteiros de luvas brancas, e Patrick, o chofer dos Wolf, e todos os outros que me acham maravilhosa, delicada e soberana. E esse amor romântico por Henry, essa apologia de Henry. Sorrio ao arear as panelas e fico pensativa. Ninguém sabe para onde vou ao sair do Barbizon Plaza. Digo que vou para Forest Hills com a família de Hugh. Hoffman me convida para jogar golfe e andar a cavalo. Huck me aguarda com sua gaiola dourada. Estou comprando luvas de 75 centavos e escutando a violinista dizer: "Isso é a coisa mais incrível que já me aconteceu. Estou bem, mas não quero que você me mande embora." Ela tem uma atitude reverente para com a análise. Decidi que mesmo que a análise seja uma estufa, um crescimento acelerado da sabedoria e da maturidade, a vida deve ser vivida até o fim, de modo completo; tudo o que se vivencia apenas na imaginação é veneno. Digo à violinista que ela deve viajar à Itália e viver seu amor pelo violinista italiano até o fim, mesmo ela sabendo que esse amor é ilusório, moribundo. Estou negando o valor da sabedoria como uma força vital. A sabedoria só deve ser usada na conquista da morte, da destruição, da tragédia, mas jamais como um substituto à vida. Aconselho a vivência completa de erros e equívocos. Sou contra acelerar artificialmente o processo de crescimento. Para facilitar a superação de um obstáculo, basta pular quando se está parado.

Faço discursos eloquentes para animar, inspirar. Me dou muito trabalho.

Não sou uma escritora nem uma artista, mas uma diarista ou *documentaire*. É fato. Minha obra mais importante é o diário. *Post mortem*. Algumas obras de arte menores: "Alraune" e *Chaotica*.

Fé absoluta em Henry como escritor. Todos os outros estão errados. Mas também sei que Henry não teria se tornado escritor se não fosse por mim. Sua iluminação íntima e poética veio de mim.

21 de março de 1935

CHUVA. ME VISTO devagar, me desloco devagar porque à uma hora da tarde embarco no trem para a Filadélfia e não quero me separar de Henry. É como abandonar o sol, o mar, a comida, o sexo, o langor e o vinho em nome da geometria. Ainda que Huck esteja repleto de paixão e emoção, não é o que espero dele. Desejo a chegada de Hugh com ardor, para estar a salvo de Huck, das *noites* ao lado de Huck.

Sei que passo pela vida como um bêbado. Estou ébria de ilusões. Mas, apesar dessa embriaguez, há coisas que não posso deixar de notar – coisas agressivamente reais. Fecho os olhos e cambaleio para um lado, cambaleio para o outro. Creio e vivo na febre e na turbulência, ascendo rumo ao êxtase, mas o tempo todo a realidade me encara com seu terrível olhar. Sei que se abrir os olhos eu serei infinitamente magoada por esta feiura.

Quando viu Rank, Joaquim foi tomado pelo desespero: "Ah, quanta feiura, quanta vulgaridade!" Henry diz: "Um cara que causa uma péssima primeira impressão". A autora escreve: "Vi um homenzinho feio com dentes estragados". Como evitei, como sofri com seu mau hálito e sua transpiração constante! Rank está sempre com calor e propenso a desmaios. Come com grande voracidade, mas não sente o gosto da comida. Tenho medo de ir até lá, de passar um dia e uma noite inteiros trancada com ele. Rank não me deixa dormir. Apressa as refeições.

O banquete intelectual vai impedir que eu naufrague. Uma orgia de ideias. O champanhe da compreensão. Foi uma criação dele, o "dr. Rank", que me seduziu – não o homem. "Sou como um homem rico que teme ser amado pelo dinheiro" (por ser o "dr. Rank") – e esta é a mais pura verdade.

Criação. A força da criação de um homem – mas, ah, a tragédia humana. Eu senti pena do Huck menino; pena do homem tão solitário em seu mundo de livros. Para cada experiência que tive (o tema do Duplo, Don Juan, Incesto, Verdade e Realidade) ele escreveu um livro! Vivenciou o duplo, Don Juan e o incesto em livros. Seu lugar é em meio aos livros. Lá ele é um gigante. Mas na vida ele é comum, vulgar, feio, impossível.

Ainda estou no período dos tumultos: Coney Island e Cataratas do Niágara. É onde quero estar. Não quero descansar. Jogo xadrez com explicações, faço uma tabela ("Onde você está indo?", pergunta Richard) e traço um itinerário. *Voyage sans billet de retour.**

Sentada embaixo do secador de cabelos com as unhas recém-feitas. O presente. Uma pasta com "Alraune" – espero trabalhar no trem. Com o *Truth and Reality* de Otto Rank. Com sapatos e um chapéu, batom e *rouge*, e com o diário.

25 de março de 1935

O HOMEM QUE ME AFASTOU do meu diário por considerá-lo uma neurose devolveu-o a mim por achar que se trata de uma

---

* "Viagem sem bilhete de volta." Em francês no original. (N.T.)

obra única. Tomou-se de entusiasmo pelo diário – me incita e me inspira a trabalhar. Ficou admirado com "Alraune" e quer publicá-lo.

Agora estamos começando um diário gêmeo. Eu escrevo em uma página, e ele, na outra.

26 de março de 1935

A PROTEÇÃO DE HENRY: lavar a louça para eu não estragar minhas mãos, que ele adora; cortar a carne no meu prato quando está muito dura. Mas ele não corta nada das obscenidades em *Tropic of Cancer* para que publiquem o livro [nos Estados Unidos] e eu também não peço que ele faça isso, ainda que sua integridade signifique vidas separadas – separadas na esfera humana. Muito errático e perverso quando resolve abrir oportunidades para seus livros. Entrega-os para as pessoas erradas, usa os métodos mais ineficientes e rejeita os sensatos. Frustração e fracasso. Uma noite dessas, falei-lhe com uma doçura quase angelical, tolerância e tato. Surtiu efeito. Revelei suas contradições, sua birra, com uma delicadeza tal que no dia seguinte ele voltou ao trabalho, arrebatado e lúcido. Ninguém mais teria conseguido. As outras pessoas deixam-no agressivo, contrariado, imprevisível.

Uma aura feminina permeia tudo o que Henry faz. Quando o fracasso alimenta seu ódio, ele escreve de modo apaixonado, mal. As mesmas emoções podem alçar-se ao nível da poesia e do êxtase, da profecia, quando acalmo as emoções desperdiçadas e negativas. De alguma forma, Henry faz aflorar o melhor em mim. Sou doce, tolerante; tenho um tato angelical só para ele. E Henry se comove, vê, se dissolve, se rearmoniza.

Todos nós somos como pessoas parcialmente insanas com momentos de lucidez. Quando estou com alguém que não acredita em mim, ajo de um jeito louco, desequilibrado, privada de todas as minhas faculdades. O mesmo acontece com as outras pessoas. O melhor de Mamãe aflora com a presença de Joaquim. O de Papai, com a de Maruca. O de

Henry, comigo. O de Huck, comigo. A dúvida fomenta um tipo de insanidade. O medo nos desequilibra.

Hugh supostamente está por aqui, viajando pelos arredores, e agora em Washington. Então tenho de inventar fins de semana em Washington cheios de detalhes. Falo sobre guerra, política, porque se Hugh estivesse aqui eu estaria a par de tudo isso. Falo sobre Ethel e a Mãe Guiler e golfe, sendo que uma hora atrás deixei Huck no Barbizon e lá conversamos sobre mulheres, psicologia, verdade e realidade. Tenho que condensar o que aprendo e discuto com Rank como se tudo houvesse saído de um almoço com ele, pois, quando testei Henry, ele respondeu que não me deixaria sequer ir ao cinema com Huck.

Mentiras também para impedir Henry de saber que Hugh não está aqui (por exemplo: Henry encontra a sra. Nixon aqui e ela sabe que Hugh está em Londres). Não posso permitir que meus amigos se encontrem porque os Maynard sabem que Hugh não está aqui; Frances Schiff sabe que vou ver Rank nos momentos em que supostamente estou com Hugh; Henry acha que estou em Forest Hills, quando não estou; e Hoffman queria me buscar de carro em Forest Hills, mas não posso deixar ninguém telefonar para lá porque eu disse aos Guiler que estou na Filadélfia para não ter de encontrá-los. Huck acha que abandonei minha vida sexual com Henry, mas engravidei enquanto ele estava no Sul, e como não tenho dinheiro para o aborto vou ter de pegar emprestado de Huck e o médico pode mencionar a data da concepção. Lorraine [Maynard], que sabe da ausência de Hugh, me convidou para a palestra de Seabury. Como não pude, Henry quis ir. Ele teria sentado ao lado de Lorraine – só um acidente impediu sua ida. Poderíamos encontrar um dos Guiler na rua e eles poderiam dizer na cara de Henry: "Afinal, quando Hugh vai voltar?"

A empregada espanhola que limpa nosso quarto acha que sou atriz. A atendente da loja de *lingerie* acha que Huck é meu "papai" e planeja fazê-lo comprar presentes para mim, para ser boazinha comigo e consigo mesma! Ela pisca para mim quando Huck não está olhando. Ethel [Guiler] acha que estou me vestindo de maneira mais jovial que as americanas, que voltei a ser uma garota e abandonei o palor da *femme fatale*. Envio o *Chaotica* para [Jack] Kahane. Lorraine me escreve, cheia de formalismos. Huck manda uma carta dizendo que transformei o âmago de seu ser, e Papai diz que não preciso mais dele. Mando minha paciente atriz ao Art Workers's Club, onde trabalhei como modelo, e sinto vontade de viver tudo aquilo de novo, pois na época eu não estava desperta. Bebo uísque com Henry e me paro a falar sobre a violinista, minha paciente favorita. Escrevo para Huck dizendo que gosto dela justamente por ser tão repleta de emoção, tão cheia de poesia, de êxtase. Curar os outros de um momento de embriaguez é odioso, pois esses momentos são os mais belos que a vida oferece. Quando estamos ébrios de um sentimento, não importa qual (ela, no momento, está ébria de um sentimento imaginário), já não enxergamos a realidade ou a feiura. É uma lástima que eu precise acordá-la. A violinista me fez rir, também, quando disse que eu devia avisar as pessoas sobre minha aparência antes de encontrá-las, pois de outra forma a surpresa ao me ver é tanta que elas se sentem em desvantagem e seu raciocínio fica embotado. Sempre menciona o fato de que esperava um cavalo masculino, talvez pré-histórico. A ideia de que mulheres femininas são incapazes de fazer o serviço dos homens.

29 março de 1935

ALMOÇO COM KATRINE PERKINS em meu quarto. Ela parece uma flor sedenta de realidade. Huck diz que ela é uma versão pálida do meu papel de esposa do banqueiro, lutando para se libertar; e sinto pena dela e de meu antigo eu, e lhe falo como alguém que esvazia a casa em tempos de guerra para benefício dos feridos.

Ideia de anexar três cópias de passaportes no *Chaotica* para responder a todas as perguntas concretas. A ironia de mencionar a cor dos olhos, peso, cabelo, altura, endereço, nacionalidade etc., que é o que as pessoas dizem estar faltando.

Henry escreveu, ao mesmo tempo que Rank, um prefácio melhor para o *Child Diary*. Mais humano, mais artístico e poético, intuitivamente profundo. Rank, mais cósmico, filosófico, ideológico. Ao ler o prefácio de Rank, Henry comentou: "A maior parte disso é demais para a minha cabeça devagar. A casuística. A mente cristã em conflito com a judaica."

Huck acha que meu diário tem valor inestimável: o ponto de vista feminino – a separação do biológico e do ideológico em mim. A psicologia feminina revelada (o instinto protetor da mulher, agressivo como uma tigresa apenas para defender sua cria. Desprovida de masculinidade, mas imbuída de algo que se confunde com masculinidade.)

Sobre o trabalho de Henry: tenho de *épurer* (refinar) o mau gosto, os resmungos, a excrescência. Como eu poderia ter feito por D.H. Lawrence. Em *Black Spring* (infância, alfaiataria, epílogo), Henry criou de fato uma obra de arte. Mas ele tenta arruinar o livro com partes mais antigas e imperfeitas, como a afinação de uma orquestra sinfônica. Mais uma vez injeta doses de sua vida pré-artística!

"Se sou mesmo um artista, como você diz que sou, então tudo o que faço é bom", diz Henry.

"Não mesmo!", retruquei com uma risada. "Você não é um artista o tempo inteiro. É uma coisa intermitente."

Difícil ser dura com ele, pois gosto de alguns dos trechos desorganizados, dissonantes, soltos e frouxos.

Henry, como na vida, não tem discernimento. Inclui tudo. Incapaz de avaliar; incapaz de classificar, comparar, escolher. Não tem gosto. Mas quando ele intuitivamente alcança a perfeição ou escreve trechos perfeitos, tenho de lutar para que não os arruíne. Sem discernimento imediato algum quanto às pessoas, a seu trabalho. Ele vê o que vejo sempre com atraso.

Uma criança que sonhava em ir para a África. Um caderninho com detalhes e planos, tabelas, desenhos de aviões etc. A escola onde ele estudava era longe e tornou-se sua África, mas quando se mudou para a casa ao lado Henry abandonou os estudos, porque desejava viajar, desejava a aventura de chegar até lá.

Obtive meu mundo real de Henry e June – um mundo vulgar e de mau gosto – porque outras realidades, outros refinamentos não me pareciam reais.

Eu e Huck estamos escrevendo juntos um diário gêmeo de ideias.

Sempre que sacode o pano de mesa tchecoslovaco verde na janela, a sra. Miller sente medo de estar jogando fora coisas preciosas e insubstituíveis, joias, manuscritos, presentes. Lavando a louça porque Henry está absorto em uma aquarela. No caminho do Barbizon até em casa, a sra. Miller parou para comprar-lhe tintas. Apresentaram-na a George Buzby, um gigante loiro e atraente, do tipo fabricado apenas pelas raças nórdicas: a potência física e a pose, a ausência de fantasmas, o rosto isento de memórias, o desenho ideal, a amistosidade e a divindade jupiterianas. Uma espécie indefinível de altivez, perfeita como uma montanha, um mar ou um céu. Ele exerceu uma forte atração sobre mim – ou melhor, sobre a sra. Miller. A sra. Miller está tomando golinhos de uísque para vencer a fragilidade ancestral, negando qualquer debilidade orgânica e impaciente com sua hipersensibilidade psíquica. O sr. Miller está escrevendo *Black Spring* e George Buzby esvazia um copo de uísque a cada dez minutos sem perder a firmeza de montanha.

"Alraune" não fica pronto nunca, mas hoje *Chaotica* e *Child Diary* estão nas mãos de E.P. Dutton. Comprei o *tailleur* preto feito sob medida, com bolsos masculinos – uma vontade louca de comprar esse *tailleur* de catorze dólares – um novo papel, a americana alinhada e positiva, a elegância e a jovialidade.

A violinista diz que não posso lhe tirar o sentimento que tem por mim, por ser quente e doce e cheio de vida, e por ser *seu* sentimento. Escrevo uma dedicatória no meu livro sobre D.H. Lawrence para ela: "À minha paciente favorita". Ela fica lendo a dedicatória no elevador e tropeça e cai na rua ao sair do hotel – como na vez em que sentiu uma vontade irresistível de se ajoelhar perante Deus, na rua, e então fingiu que estava amarrando o sapato.

Eduardo me escreve, cheio de humanidade; também me diz que Saturno está passando sobre meu Sol e sobre Júpiter, e portanto é normal que eu tenha vivido dias meio sombrios. A dra. Finley diz que não estou grávida e receita medicamentos para a tireoide, para eu engordar e voltar a sentir o bem-estar que sentia durante a gravidez.

Huck vai dar uma palestra sobre a psicologia da mulher. Acrescentei a seu conhecimento sobre as mulheres e sobre a vida e ele acrescentou a meu conhecimento sobre meu próprio trabalho. O *insight* dele quanto ao significado de "Alraune", onde eu caminhava às escuras, aos tropeços, gaguejando, foi um grande presente.* Ele diz que sempre quis escrever de modo poético, dramático, e que estou escrevendo um conto de fadas neurótico, poetizando a linguagem neurótica. Lembro da noite em que não consegui pegar no sono sem antes mostrar-lhe a página sobre contos de fada e mentiras no meu diário. E agora, ao escrever "Alraune", sinto que ele compreende perfeitamente o que estou fazendo e que está se sensibilizando com meu jeito de embelezar a narrativa.

A violinista relaciona o que eu disse a respeito de seu idealismo durante a análise com o que escrevi sobre Lawrence e os "ideais mortos". Me dá mais três livros de Hemingway e diz que vai me apresentar a ele. Buzby diz que achou meu livro um dos melhores já escritos sobre Lawrence (o outro sendo o prefácio que Aldous Huxley escreveu para *Cartas*), mas não consegue acreditar que eu o escrevi depois de ver "uma mulher tão jovem, encantadora e bela".

---

* "Alraune, a recriação moderna deste símbolo da maldade por uma mulher, desperta nosso interesse e nossa curiosidade por vários motivos", escreveu o dr. Otto Rank no prefácio para a história de Anaïs Nin. "Será que a história trará novas revelações sobre os segredos íntimos femininos, ou será ela a mera confirmação de que as mulheres – seja na vida ou na literatura – não passam de um reflexo dos desejos e do poder de transformação masculinos?" Ver *Anaïs: An International Journal*, Volume 3, 1985 (Becket, Massachusetts), p.49-54. (N.E.)

Quando a dra. Finley diz que não estou grávida, não acredito no que ela diz – não consigo acreditar na felicidade. Ah, Deus, por que não consigo acreditar na felicidade? Deus, por favor, eu quero acreditar na felicidade, quero acreditar que coisas boas acontecem comigo, que meus problemas chegaram ao fim. Por me sentir tão bem, por me achar tão bonita, acho que devo estar grávida e que vou precisar de um aborto, mas de onde vou tirar o dinheiro? Talvez eu me apegue mais uma vez ao embrião e cause as mesmas complicações que da outra vez. Os sinos da igreja retinem enquanto estou sentada no salão de beleza de Elizabeth Arden [na Fifth Avenue] com meu rosto coberto por uma máscara, e por pouco não me aproximo novamente de Deus, como naquela outra vez, no hospital, e tudo o que Lhe peço é que por favor me deixe acreditar na felicidade. Henry não acredita, tampouco – ninguém que foi muito pobre, muito enfermo ou muito solitário consegue. Para mim, é difícil acreditar numa felicidade contínua e duradoura, assim como é difícil acreditar no amor. Bebo uísque e penso: Ah, para o inferno com essas preocupações, para o inferno – quero que tudo vá para o inferno. O desejo que Huck sente por mim não me faz sentir nada; reajo com insensibilidade e indiferença. O sentimento egoísta de Henry de que tudo o que escreve é interessante, de que suas cartas deviam ser publicadas, a insistência em achar que sua falta de jeito, suas hesitações e dissonâncias são inestimáveis me deixa cética.

Rank prefere me dar presentes pelos quais tenho de expressar gratidão em vez de pacientes que me fariam independente. O sol brilha no que escrevo; meu cabelo está sendo frisado – um dia de frivolidades, porque me sinto sombria e triste e cética. Mais razões para me tornar cada vez mais independente e autossuficiente.

Henry começou a remexer suas coisas e a escrever um trabalho marginal a partir de uma mixórdia de fragmentos que resultou no cerne cristalino de *Black Spring*; além disso, queria incluir uma didática, opiniões, dissertações aborrecidas; e ele as guarda com muito amor. Incapaz de perceber as diferenças, quase como um daltônico! Desabou diante da minha primeira crítica, tão gentil – apenas a menção de que o lugar daquela parte não era em *Black Spring*, só isso. Mediocridade. [Emil] Conason acusou-o de estar cercado por companhias medíocres. Ele tem razão. Os amigos de Henry são medíocres como os banqueiros, e eu também me desapontei com suas fraquezas, sua falta de conteúdo. Pior que os banqueiros, por serem vagabundos. Tenho meus dias de lucidez e realismo.

Huck fica surpreso porque dou o número de seu quarto no hotel da Filadélfia. Vejo a vida em sua dualidade – o real e o sonho. Vejo o diafragma, a ducha íntima, os protetores auriculares de cera derretendo sobre o travesseiro, porque de outro modo não consigo dormir com os roncos de Huck e de Henry. Sei que tenho palpitações quando bebo uísque e que a veia azul na minha têmpora direita, que [meu amigo] Enric costumava perceber em Richmond Hill [no início da década de 1920], agora salta quando dou risada. Vejo tudo o que Hemingway vê, tudo o que Dreiser vê, tudo o que Henry vê, mas detesto, e me embriago de outras coisas, e gosto das coisas que me embriagam e me fazem esquecer. Vejo que sou capaz de superar Huck em termos de generosidade, aceitação e compreensão. Vejo que é difícil viver ao lado de Henry; que se eu aprender a dormir tarde para agradá-lo, se eu aprender a ficar de pé até tarde, então ele vai acordar às oito da manhã e levantar de repente e implicar comigo por causa da minha preguiça. Contrariedade. Exatamente como Mamãe, a forma negativa de afirmar a vontade. Meu plano de escrever um diário imaginário a respeito de minha inocência, deixá-lo para Hugh e desaparecer após forjar meu suicídio prova que não é o medo de ser abandonada nem de perder ninguém que me leva a mentir, mas um instinto protetor de raízes muito profundas. *Mentir é a única forma que encontrei de ser sincera comigo mesma, de fazer o que quero, ser o que quero, causando o menor sofrimento para os outros.* Para manter viva a ilusão, tenho de mentir. Henry pensa que meu cabelo ondulado é natural. Huck acha que não estou dormindo com Henry. Henry franze a testa ao ver o pequeno *tailleur* sob medida que eu tanto queria, e assim tenho de usar minhas artimanhas para explicar como e por que finalmente o consegui.

Eu, como mulher, escrevendo sempre "eu", sou mais sincera que Henry generalizando a respeito de seu "Homem Citadino Tardio", o homem moderno, quando ele se refere apenas a si mesmo e faz tudo parecer cósmico quando na verdade é subjetivo. Aceito ser completamente subjetiva e cósmica apenas porque sou mulher, e a mulher é cósmica, como Huck afirma. Huck anda choroso e sentimental e muito desejoso e exigente no amor. Percebeu que suas crises devem-se a mudanças na vida, que eu sofri o impacto de sua loucura caótica, emocional. *Maladif.** O amor dele não é amor, é uma doença – algo absolutamente neurótico que me devora.

1º de abril de 1935

Encontro Huck na Pennsylvania Station a contragosto. Fiquei triste ao deixar Henry. Eu estava quieta e preocupada. Aos poucos Huck me reconquistou com sua mente, sua generosidade, sua paixão.

Eu queria apenas conversar. Temia o momento do beijo. Evitava-o. Sugeri que saíssemos (ele sempre quer me trancar em casa, como Hugh costumava fazer). Visitamos o maravilhoso Planetário. Ficamos maravilhados e demos risadas, nosso tipo de humor espirituoso e rápido. Então fomos tomar um chá e Huck falou sobre sua inquietude na Filadélfia, seu tédio. Aos poucos, foi como se eu me acostumasse à Fera e conseguisse esquecer de tudo, afora o brilho de sua mente e o vigor de sua paixão. Aos poucos, deixei que ele me acariciasse, enquanto pensava desesperadamente em Henry.

E como se Huck me penetrasse com novos tentáculos, penetrasse em lugares inexplorados, aos poucos, aos poucos Henry é eclipsado por um fogo intenso, a vivacidade e

---

* "Enfermiço". Em francês no original. (N.T.)

o positivismo abrasadores de Huck, e então Henry parece muito fraco e inerte – o Henry que veio de Paris já não existe mais; é o retorno do Henry natural, o Henry preguiçoso, inerte e sem força de vontade. E fico triste, triste, muito triste por haver tantas fissuras e rachaduras na minha vida ao lado de Henry a ponto de a força de Huck infiltrar-se e invadir. Me sinto presa. Não dou bola, mas só porque já vou embora na segunda. Aprecio os discos novos que Huck comprou, ponho o vestido russo, comemos refeições delicadas, lá fora a chuva cai, e nós estamos conversando com seriedade e humor, um humor ligeiro e saltitante. Uma vez Huck disse, impressionado: "Nossa, como você é ligeira! Não posso me descuidar por um segundo sequer." Nosso humor não pode ser recriado, porque é muito espontâneo e fugidio. E então as cavernas, as explorações: psicologia feminina.

É verdade que com ele não sou eu mesma; mas eu também disse que fiquei triste no outro dia ao perceber que eu lhe apresentava meu eu natural, imperfeito, egoísta, não o eu ideal. Não a mãe bondosa que eu era para Henry, não a falsa alegria, o heroísmo postiço, a doçura forçada, a abnegação. Ele criou minha identidade real e sabe que é sempre assim. Na análise, também, quando se vê forçado a rejeitar o amor oferecido com generosidade, a mulher deixa de *dar* para *ser* – ser ela mesma. Também senti vergonha por saber que represento para Huck quase o que Henry e June representavam para mim – a fraqueza, a falta de escrúpulos, a mentira, a manipulação de meus presentes em benefício de outras pessoas. Quando vim até aqui (para mim mesma, para minha felicidade, para meus fins egoístas) expandi este eu graças a Huck, à sua compreensão, ao seu incentivo. Sabendo que atuar diante dele era inútil, sabendo que ele conhece a verdade, abandonei todo o fingimento, todo o empenho, todos os esforços intelectuais. E me sinto bem. Tenho meus arrependimentos. Demos risada, e dessa vez transformamos tudo em comédia. Eu disse: "Ah, Huck, você não sabe como agora eu podia ser heroica, compreensiva, tolerante, desinteressada." Falamos sobre os sofrimentos que enfrentei para ser a confessora de Henry e June a fim de que falassem comigo, fossem eles mesmos, sem se importar com as consequências para mim. Como me esforcei para não expor Huck a esse sofrimento! A compreensão dele me tenta a contar tudo, a esquecer do ser humano. Chegamos à conclusão de que eu seria *incapaz de destruir* – de que para criar é preciso destruir, de que para criar sem destruir eu quase destruí a mim mesma (as mentiras, a separação, a atuação forçada). As mulheres, em geral, são incapazes de destruir. Achamos que talvez por isso elas não sejam grandes artistas. Lemos o horóscopo dele e descobrimos coisas maravilhosas. Conversamos a respeito de dissolução e vontade – sobre como Huck se salva cada vez que começa a se dissolver, graças a um ato de violência e destruição (o modo como tentou se salvar de mim). Agora ele está tentando ser mais nobre, menos humano. Quer me proteger. Perguntou se eu pretendia casar com Henry. Mesmo assim, acha que não mantenho minha vida sexual com Henry, porque ao falarmos sobre meu medo de ainda estar grávida ele achou que seria de dois meses antes de sua viagem ao Sul. Huck admite que não consegue viver sem mim. E gosta de mim ou me ama do jeito que sou, mesmo com minha fraqueza (minha incapacidade de destruir) e meu egoísmo (ser sincera para comigo mesma), que ele chama por outros nomes. Talvez a aceitação das falácias humanas seja necessária para adentrar a vida. Assim como eu era indulgente com Henry e June, Huck também está se dobrando, pois ele é recompensado com todas as maravilhas da vida, com a vida humana que lhe proporciono. Huck é pura ternura e compreensão. Um dia desses é capaz de explodir (como eu explodia algumas vezes por ano por causa das torturas impostas pela expansão egoísta de Henry), mas eu posso aguentar porque não temo perdê-lo e é por isso que sou forte e realizada. Falamos sobre seu papel de mãe na análise. Ele era a mãe de seus pacientes tal como eu era o pai de Henry (a personalidade ativa, corajosa, o líder). "Então superamos a necessidade de um pai ou mãe", disse Huck. Não sei. Talvez eu esteja chegando lá. É certo que Huck às vezes se vê em apuros por estar sem mãe. Eu me recuso a ser maternal para com ele – eu o abandono, não me importo com seu destino humano nem com sua solidão. Para ele, não passo de uma mulher e de uma puta; aceito sua paixão sem correspondê-la, por gratidão a seu grande amor.

Chego ao hotel e encontro duas cartas de Hugh, agradecendo por eu atiçar a chama nele e prometendo voltar com todas as qualidades que eu admirava em Erskine, Henry Miller e Rank. Hugh está encantado com o poder material recém-descoberto, enquanto eu corto despesas para poder dar dinheiro a Henry, que se recusa a trabalhar, e assim crio dificuldades financeiras para mim.

Huck me pede para terminar *House of Incest*. No trem, fico pensando a respeito das flores que quero incluir e sobre o que Huck escreveu sobre mim no dia 20 de março: "Você é fantástica. Você é tão fantástica na vida quanto eu sou na criação (escrita). Você vivenciou minha criação (antes – eu não criei você, exceto como mulher). E nesse sentido você é ainda mais fantástica, e sua filosofia do *viver* (não da vida, que é uma abstração) é *verdadeira* – é a filosofia que desenvolvi em *Truth and Reality* – no papel! Como analista, ainda tentei a outra. Como ser humano quero vivê-la agora, como você fez, a seu lado.
"E por você ser fantástica na arte de viver, seus escritos não são apenas um documento humano raro – único –, mas também um documento fantástico. Basta que os apresentemos de modo que as pessoas percebam. É o que vamos fazer."

No ônibus escrevi: "O mesmo homem que matou o diário por considerá-lo uma neurose agora despertou em mim a gana de continuá-lo". Um dia na Filadélfia, no quarto 1205, dei-lhe o volume intitulado "Incesto" para que lesse, mas em seguida pedi que não o lesse porque o conteúdo poderia machucá-lo. No trem, indo a seu encontro, ocorreu-me que o tempo todo eu havia encenado e vivido a filosofia de Rank. O corpo de seu trabalho continha o *insight* psicológico e a interpretação da minha vida. Eu havia sido a atriz. Tentara todos os papéis (e além disso, acrescentou Rank, a expressão poética de todos eles na escrita). Essa foi a página inicial de um volume com encadernação verde, para o qual mais tarde arranjei um gêmeo, em couro vermelho, e desde então viemos usando os dois como diários gêmeos, trocando-os toda semana.

Sempre retorno com medo de ter perdido Henry, de que ele tenha ido a algum lugar, ficado bêbado e arranjado outra mulher. Coração apertado pela dor e talvez com um sentimento de que eu mereceria um castigo assim. Ligo para ele com voz rouca.

Henry veio almoçar comigo; não conseguimos esperar até a noite. Fomos juntos para a cama. Ele disse: "Você acha que eu saí pra encher a cara, não? Pois bem, tenho uma surpresa. Não fiz nada disso. Fiquei em casa trabalhando e pintando aquarelas com Emil."

Imediatamente me sinto muito, muito feliz por ele ainda ser meu. Ao chegar em casa vamos descansar, e fico olhando-o enquanto dorme, com uma alegria estranha e plena por ele estar ali, independente do que seja ou de que tenha fracassado; amo Henry de um modo cego e absoluto. Vejo-o dormir e tenho a impressão de que isto é tudo o que desejo, Henry, apenas Henry deitado ao meu lado. Nada mais, nada mais. Esqueço imediatamente dos alçamentos com Huck – por uma de suas carícias, um toque do corpo de Henry, a mão de Henry na minha perna, por me deitar a seu lado, com sua respiração no meu rosto, a boca carnuda perto da minha, eu abriria mão de todo o resto – pelo som de sua voz, pela risada, pelos cabelos no pescoço, os olhos azuis, pelo rosto chinês, pensativo, por seu chapéu enviesado.

Se é Huck que me dá a força para ser feliz com Henry, e é bem possível que seja, eu não conseguiria ser feliz apenas com Huck. Na verdade não sei qual deles me faz feliz.

2 de abril de 1935

OS EXAMES MOSTRAM que *não estou* grávida. Huck sabia.

15 de abril de 1935

Como gosto de ajudar Huck a sair das dificuldades e como ele gosta de receber ajuda, para variar. Depois de um banquete sexual completo em Atlantic City na tarde após nossa chegada, ele me desejou mais uma vez à noite, quando eu não tinha vontade. Huck percebeu, mas não conseguiu se segurar, e assim me possuiu enquanto eu estava deitada, passiva. Enquanto fiquei deitada, para ele sentir seu prazer, me senti muito distante, como nas vezes em que eu tinha de me entregar para Hugh; só que Hugh não se sentia como Huck – não tinha tanta consciência. Então Huck ficou triste no final, e eu deixei que se entristecesse – não havia nada que eu pudesse dizer. Minha passividade era tão natural quanto o desejo dele. Não havia como conciliar as duas coisas. E eu sentia que, se falasse, poderia me culpar pela indiferença e assim trair minha indiferença sexual em relação a Huck. Então deixei que ele adormecesse, sentindo-me um pouco insensível e descuidada. Somente na tarde do dia seguinte, depois de uma fusão calorosa e cega, achei coragem para mencionar sua tristeza na véspera, dizendo: "Foi por eu ter ficado tão passiva na noite passada que você ficou triste? Você não devia se importar – de tarde eu me entreguei toda, foi muito intenso. Noite passada eu só estava quieta e descansada."

"Sim", respondeu Huck. "Quando fazemos apenas sexo, sem expressar nossa cumplicidade, fico triste, pois o sexo é algo que separa as pessoas em vez de uni-las. Sei que eu devia ter deixado você em paz noite passada. Você estava cansada. E eu sabia que estava errado porque não consigo aproveitar quando você é passiva. Simplesmente não consigo."

Falei sobre seu amor tão apegado, tão sufocante, com as seguintes palavras: "Você me ensinou a acreditar e a não sufocar. Quero dar a você essa confiança que recebi." Ele disse que não era falta de confiança, mas sim a idade, o fato de estar mais perto do fim da vida. Sempre que ele fala sobre a idade eu digo coisas maravilhosas, e agora: "Organicamente você é muito jovem, porque você não viveu, não se exauriu."

"Mas o que dizem é justamente o contrário: que o organismo se atrofia com a falta de vida."

"Não acredito de jeito nenhum. E com certeza sou a pessoa mais indicada para julgar sua jovialidade orgânica!"

A verdade é que Huck é insaciável. Exige mais do que Henry.

16 de abril de 1935

Carta para Huck: Você me salvou do sofrimento e da irrealidade e quero fazer o mesmo por você. Você acordou a Princesa (às seis!) e curou minha dor de viver. Quero fazer o mesmo por você. Espero que eu consiga. Espero que o que eu lhe disse naquela última manhã seja verdade. Sabe, naquela noite em que fui dormir depois de você falar comigo e de nos desentendermos, acho que de minha parte o malentendido foi menor do que o sentimento de que não havia nada que eu pudesse fazer, porque você estava sofrendo com a dor de viver, com o sentimento de uma possível perda, o perigo representado por uma abundância excessiva, e com a dor de retirar o que você havia dito, mas não pretendo que você retire o que disse nem fique se controlando o tempo todo. Não acho que a sua abundância seja excessiva para mim. Amo seu jeito explosivo, amo sifões, amo sua riqueza e sua plenitude. Não hesite. Não hesite, não fique se segurando. Sei como você se sentiu. Eu me sentia do mesmo jeito depois de confessar, depois de revelar meus segredos, ou pelo menos alguns deles! Estou preocupada. É estranho, mas achei que a única coisa que eu podia fazer por você era dormir, guardar minha alegria e minha tranquilidade, pois era o que eu recebera da vida; e que eu podia ajudar você a seguir adiante – o que exige coragem – simplesmente mantendo essa minha calma; mas amo você tanto que pela manhã seu humor me afetou, sem alterar o meu, que é um humor cheio de confiança, conforto, coragem e serenidade. Graças à sua sabedoria e a tudo mais que vivi. É apenas a novidade que nos faz sentir tão assustados e sensíveis e tristes. Depois que a tristeza se esvai, só restam as coisas boas e sólidas. A tristeza é parte de um *viver criativo*. Tudo isso é fome de perfeição. Vou fazer de você um homem cada vez mais feliz. Já sei como. Aprendi com a vida, vivendo, passando por muitas tristezas e deixando-as pelo caminho.

Lembrei da solidão que senti uma vez enquanto Henry dormia. Simbolicamente, era como se ele seguisse dormindo e comendo cheio de alegria, indiferente a meus humores.

Carta a Papai*: Você não me escreve. Não há nada mais que eu possa fazer por nós. Continuo escrevendo para não nos afastarmos. Analiso, converso com você, em busca de compreensão. Será que é inútil? Não há um jeito de reconciliar nossos pensamentos?

Na última carta você disse que um dos motivos para não me escrever é que não preciso de você. Mas lembre que ao ver que eu não tinha lugar na sua vida, ou ao menos nenhum papel que correspondesse à minha energia e às riquezas que acumulei, por eu ser enérgica e viva demais para viver "entre parênteses", como você uma vez disse, esperando a visita anual a Valescure – mesmo ao ver tudo isso, não o abandonei. Bati os pés de raiva e chorei; então saí em busca de uma tarefa, um papel, um lugar que exigisse o máximo de mim. Não fui eu que abandonei você, mas você que, ao descobrir um Vesúvio, achou que poderia colocá-lo no parapeito da sua janela como um vaso de flores enquanto trabalhava!

Veja só, ainda consigo rir de tudo agora. Mas a essas alturas você devia agradecer por ter se livrado do Vesúvio, agradecer por eu agora estar buscando em outros o que você não foi capaz de me dar.

Nós dois fomos levados a assumir um papel principal. No inverno passado, quando você achou que me bastaria ficar sentada em frente à máquina de escrever e conversar com você uma vez por semana, me senti sufocada. Agora estou feliz. Levo uma vida plena – uma vida ampla, livre,

---
* Em francês no original. (N.E.)

rica e emocionante. Entre Henry e meu analista, você pode imaginar que estou a todo vapor: esposa, amante, crítica, mãe, musa, irmã, companheira, conselheira etc. etc. Sim, ando muito ocupada.

Não sinta nenhum arrependimento, querido *Papa*. Seja feliz. Me escreva da forma como costumávamos falar no escuro – todos os nossos segredos. Agora me sinto muito à vontade com você. Nós dois somos tão perfeccionistas que é difícil, quase impossível, aceitar uma derrota. Resignar-se. É por isso que volto com tanta frequência a esse nosso fracasso. E nenhum de nós é culpado – apenas a vida.

Sempre tento amenizar o que aconteceu através da compreensão. Afinal, você não acha que, se compreendemos, lembramos apenas das coisas boas e esquecemos do fracasso? É muito doloroso aceitar a derrota. Há dias em que não consigo acreditar que *eu e você* não conseguimos nos entender. Entendemos tão bem os outros! E é estranho, mas quando duas pessoas não se entendem, a amizade se transforma em algo doloroso, destrutivo. Entender, entender os outros é algo positivo e construtivo. Construir, criar, isso nos dá força. Não entender magoa e destrói. Cartas são uma tentativa de entender. Mesmo sem ter a intenção, magoamos um ao outro. Mas você não acha que podíamos achar um jeito de nos ajudar?

Não vá pensar que preciso da sua admiração por vaidade, como eu disse brincando em uma outra carta; a verdade é que não confio em mim mesma e vivo do amor e da fé que os outros têm em mim. Preciso disso como os outros precisam da minha fé neles, da minha confiança e admiração. É uma fraqueza, mas não vaidade. Você achou que *Maman* havia destruído minha fé em você, mas desta vez, assim que o vi, esta fé renasceu forte como eu a sentia na minha infância, quando eu amava você tanto que seu abandono quase a matou. Admiro você.

Onde está meu *Papa* engraçado, que adora harmonia? Como ele espera que eu continue escrevendo cartas como essa sozinha, hein? Me mande um abraço. Carrego você pelos Estados Unidos como a uma medalha religiosa, um ídolo, meu Rei Sol mudo. Vamos, brilhe um pouquinho!

17 de abril de 1935

A MANEIRA QUE ENCONTREI para lidar com a falta de desejo por Huck foi muito estranha. Tomo uma atitude que eu jamais havia tomado em relação ao sexo. Me preparo para o abraço pensando em sexo – sexo pelo sexo. Exatamente o oposto do que sinto por Henry, por desejar a intimidade com ele. Me excito pensando, me sentindo como uma mulher sexualizada, uma puta. Fecho os olhos e tento me concentrar no desejo que sinto pelos homens – por qualquer homem, qualquer mão, qualquer boca, qualquer pênis –, dizendo para mim mesma: Qualquer um, desejo qualquer um *mesmo*. Fecho os olhos e tento esquecer que é Huck, esquecer a imagem de Huck; apenas um homem inflamado. Mesmo assim não consigo aguentar sua boca (como eu não conseguia aguentar a boca de Hugh). Há pouco descobri numa conversa com Henry que as putas acham os mais variados pretextos para não serem beijadas (como não é amor, a boca não sente desejo). A boca de Henry me atrai como um ímã. Então me torno a puta de Huck. Chego a me excitar com gratidão, pensando em tudo que ele me proporcionou; ou me excito com aspereza: Bem, aí está você, ele lhe proporcionou tanta coisa, agora pague, pague por tudo! Pague! Não sinto desejo algum. Preciso encenar o sexo. E Huck tão cheio de desejo e amor!

A vida é repleta de injustiças profundas. Algumas delas eu tento remediar. Fiz de Henry um egoísta ao incentivá-lo a viver para si mesmo, ao mimá-lo e adorá-lo, ao realizar todos os seus desejos, por exemplo; e agora Huck fez de mim uma egoísta ao fazer com que eu me tornasse cada vez mais eu mesma por meio da análise e da viagem [seguindo-o até Nova York], ao me dar mimo e amor, a despeito do que eu diga ou faça. Só posso ajudá-lo a viver para si mesmo e para seu prazer. Pergunto: O que você quer? Mas não consigo restabelecer o equilíbrio. Ele é meu Provedor! Nossos fins de semana em Atlantic City são lindos, mesmo que nos amemos por motivos e de modos diferentes. Ele me fez terminar o manuscrito de "Alraune". Me ajudou a descobrir o significado da história e assim pude proceder a uma síntese. É ele quem diz: "Ora, é aqui que acaba, com a dançarina, claro. E não dá pra jogar fora essa parte sobre drogas (quando digo a Alraune: 'Vou escrever para você – essa vai ser nossa droga'). É uma parte importante. Expressa exatamente o que senti ao ler o manuscrito no trem. É como uma droga. Acordei quando terminei a última página, como se eu estivesse sonhando. Se as pessoas aceitarem sua linguagem, elas ficarão drogadas."

Adquirindo uma eloquência muito necessária com os discursos feitos durante a análise. Períodos de lucidez mais duradouros. Arte da linguagem. Efeitos de linguagem artística, não científica. Henry fica sentado pintando aquarelas. Cenas de trabalho *versus* vagabundagem. Disse que eu estava tão ativa por causa das minha glândulas desreguladas. Eu o acusei de falsidade, de glorificar a vagabundagem enquanto escreve, o que é um trabalho. Não gosto do jeito como Henry ridiculariza e menospreza quem trabalha. Discussão. Digo: "Não tento fazer com que você se sinta mal a respeito da sua vagabundagem, mas não tente fazer com que eu me sinta mal quanto ao meu trabalho". Ele recusou um emprego. Não quero uma mudança concreta (que ele arranje um emprego), mas uma mudança de atitude. Não gosto das linhas falsas em *Black Spring*: "Tiro um cochilo enquanto os apitos das fábricas soam". Um insulto a todos os trabalhadores do mundo.

Como eu disse que ele me desapontara, Henry ficou devastado. Eu disse que ele não fizera jus ao que prometia quando me procurou. "A literatura não é nada para mim se não posso ter você. Quero construir um mundo para nós." Mas Henry não construiu mundo algum para a mulher em mim. Sei que ele é muito preguiçoso e egoísta para tanto. Henry não vai fazer nada além de escrever. Comecei a chorar.

Futilidade. Fraqueza. Aceito-o como ele é. Henry está pintando. Como uma criança. Obediente. Complacente. Quase morre quando pareço perder minha fé nele. Devastado pelas minhas menores dúvidas. Na escrita – um assassino, um monstro, um caricaturista. Mordaz. Desisti de exigir das pessoas o que elas não podem dar. Cada um tem a sua natureza. Henry correspondeu ao que eu sonhava para ele como escritor. Escreveu um prefácio maravilhoso para a parte "noite" em "Alraune"*, demonstrando o grande alcance de sua compreensão. Eu o amo. Detesto expor Henry ao mundo, às dificuldades, a empregos odiosos. Não consigo. Estou disposta a trabalhar por ele.

Minha fé às vezes oscila e hesita, e então preciso da realidade e de realismo.

Refeitório. A preferência pelo meu quarto – não por indiferença ao mundo, mas por uma hipersensibilidade a ele. Cansada de sentir pena do porteiro que fica sentado, pensativo, inclinado sobre seu almoço no refeitório onde eu como. Saio de lá porque o belo italiano me dá uma dose extra de molho e se preocupa com meus hábitos alimentares, de forma que tenho de me sentir agradecida, mas estou cansada de sentir. Melhor ir aonde ninguém me conheça, aonde eu possa descansar do esforço exigido por todas ações humanas. A admiração da moça no caixa. Ela acha que sou dançarina ou atriz. Conversamos sobre esmaltes.

No intervalo entre pacientes tenho de trocar as fotografias à minha frente. Tenho de colocar a foto de Hugh em cima da de Henry, Huck e Eduardo. Posso escrever com sinceridade a todos eles, dependendo da hora: "Estou sentada diante da sua fotografia".

18 de abril de 1935

PACIENTES. CHORAM QUANDO percebem que são seus próprios algozes, e não vítimas dos outros. Psiquicamente responsáveis

---

* Os comentários de Miller sobre a primeira parte de "Alraune", a seção "noite", foram aparentemente incorporados em um prefácio ao que mais tarde se transformou em *The House of Incest*. "Esta é uma linguagem que ultrapassa a linguagem dos nervos. O efeito é o do brilho estelar trazido à claridade do dia, e esta é uma imagem bastante adequada, uma vez que as diversas personificações da neurose aqui são capturadas e fixadas na noite (...)." Jamais usado em relação ao livro, esse texto apareceu pela primeira vez em *Anaïs: An International Journal*, Volume 5, 1987 (Becket, Massachusetts), p.111-114. (N.E.)

por atitudes perante o mundo. Interpretações imaginativas, de acordo com facetas pessoais e subjetivas. O mundo muda conforme nossos conceitos. A culpa de todos os nossos conceitos e partes criativas na criação de uma verdade dolorosa. Rank afirma que a análise é uma reavaliação. Aqui eu colo a etiqueta da limpeza do meu vestido de veludo vermelho que X manchou. Uma sessão na minha cabine, em que ele tentou me possuir à força e acabou gozando por cima de todo meu vestido enquanto eu resistia. Mostrei essa etiqueta a Huck sem dizer a verdade.

Análise: 1. Dançarina: comum, desinteressante. 2. A irmã dela: atriz, inerte, passiva, interessante. 3. Violinista: rica em sentimentos e poética, autêntica em seu jeito de ser. 4. Paciente de origem russo-judaica: sensível, com tendências à poesia e aos devaneios.

Huck: "Deve ser incrível ser analisado por você". E brincamos de análise. Ele precisa de ajuda, mas nunca foi ajudado antes. Sua falta de experiência na vida é total. A rapidez de raciocínio e a inteligência o ajudam, mas lhe falta a calma, a graça, a tranquilidade, o conforto e a fluidez.

Não um amor homossexual, mas um amor por partes diferentes de nós mesmos incorporadas ou vividas por outros. Henry ama seu eu sensível em Fred [Perlès]. Eu amava meu eu dramático em June, *concretizado* em June. Henry ama sua própria fraqueza em Joe O'Regan e em Emil Schnellock, reflexos de um eu doentio e feminino.

A tristeza de Huck por eu ter deixado tudo cair de dentro da minha bolsa ao entrar no trem. O único defeito em nosso fim de semana. O amor e a necessidade de perfeição. Henry me curou disso, mas ainda me sinto incapaz de deixar Henry com uma frase dissonante. Minha angústia ao pensar em perder Henry para sempre, inexplicável, exceto como o apego a um primeiro amor ideal, irreal e romântico.

Terminei o manuscrito de "Alraune". Henry ficou impressionado com o novo formato.

Meu amor extremado por *todas* as pessoas e todas as coisas não é neurose, mas *amor*, apego, paixão.

Falando a respeito do romance sobre Henry e June [*Djuna*] com Huck, eu disse: "Você vai ficar chocado com a irrealidade!", porque ele havia dito (para se consolar) que minha vida humana com Henry não era real (mesmo que agora seja – tornada real no momento em que lhe causei dor). Huck disse que eu precisava escrever para tornar tudo real, que eu tinha de encenar a vida e depois vivê-la de fato (a seu lado). Mas acontece que agora sei como viver uma vida real ao lado de Henry e que minha vida com Huck, até onde me diz respeito, é irreal, porque estou apaixonada por um intelecto, pela criação de um homem. Para ele é real, mais real do que qualquer outra coisa que já tenha vivido. Esta é a ilusão que preciso continuar alimentando.

22 de abril de 1935

É COMO ESTAR NUM BARCO lutando para se salvar, como se alguém estivesse tão desesperado em busca de ajuda que me impedisse de viver minha própria vida. Huck me ajudou e então, assim que me fortaleci, desabou; e agora quer cuidado e ajuda e análise e não sabe como viver, como ser feliz, e ajudá-lo me arrasta de volta à escuridão, de volta a todas as minhas dúvidas e ciúmes do amor que sinto por Henry. Jamais a liberdade. Ele é tão sombrio – sombrio como Hugh. Desprovido de alegria. Cansado. E eu sempre venho em busca de forças e encontro fraqueza. Mal saí da escuridão e já tenho de usar todas as minhas forças para salvar Huck. O pior de tudo é que não sinto amor algum por Huck como pessoa, não sinto nenhuma ternura, nenhuma compaixão. Fiquei brava e agi com indiferença ontem, quando ele desabou. Cansaço. Mas acima de tudo tristeza, porque ele não vai ter tudo como quer – eu. O absoluto.

Eu disse uma vez que a vontade do criador só pode ser saciada na criação. Jamais na vida, pois nela é preciso aceitar limitações demais, imperfeições e meios-termos demais para ser feliz. Henry agora é o sábio; a vida o fez sábio. Huck é jovem porque a sabedoria obtida a partir das ideias é inútil e, na verdade, contrária à vida. Um relacionamento que começou estimulante e criativo agora tornou-se danoso porque não amo Huck e preciso fingir. Só que já não consigo manter a farsa. Tenho de viver por meus sentimentos verdadeiros. E foi Huck quem me ajudou a descobrir esses sentimentos. A ilusão que tenho de alimentar para Huck se tornou insuportável para mim. Quero destruir essa ilusão o quanto antes, em vez de sustentá-la. Como Huck mesmo disse: "A felicidade não pode se basear numa ilusão. É ainda pior." Ele percebe alguma coisa da verdade, mas eu o iludo. Contrainterpreto. O mal-estar que sinto aos fins de semana se deve à repulsa, ao desgosto que sinto por estar em lugares isolados com Huck, porque isso implica estar perto de seu corpo. Interpreto de outra forma. Ele quer acreditar em mim. É fácil dar a ilusão do amor. O outro sempre ajuda.

Análise: paciente que faz esculturas repete o que eu sempre disse, que a análise é como um relacionamento amoroso. Produz o mesmo êxtase, a mesma liberação, a mesma renovação. *A descoberta do enredo de nossa vida.* Ideia de uma limitação criativa na vida. As portas se fechando à medida que avançamos, cortinas de silêncio e inércia. Obstáculos como *icebergs*. Animais selvagens. Florestas de cabelos, cáctus. Ideia de que as limitações estão dentro de nós, uma má-formação aguardando o impossível. A imaginação nos puxando rumo ao *trop* (exagero). Fuga possível através da renúncia à vida e da criação artística.

Indo para casa e pensando: No meu livro posso ordenar, reinar, caminhar, rir, gritar, praticar atos de violência, matar. Sou criador e rei. Esse mesmo ímpeto, aplicado à vida, é nosso fim. Todos os criadores têm vidas infelizes. Todos os criadores são absolutistas. Fartos de lutar contra as limitações impostas pela vida. Na arte não há limitações. Acho que essa ideia não é minha, mas de Rank.

Huck entende que eu fique irritada ao me ver refletida nele, lutando contra minhas antigas tristezas idealizadas, minhas antigas complicações, das quais tanto me afastei. A tristeza dele ao viver – como a minha, enquanto Henry dormia, tranquilo, comia com gosto ou assistia a um filme, despreocupado. Eu, sozinha, lutando contra minhas dúvidas, meus temores, minhas tristezas, meus choques, minhas surpresas. A experiência traz consigo a indiferença, o endurecimento, as tristezas do *Werther*, enormes e profundas, provocadas por uma visão abrangente e ampla da vida. Não há alegria alguma nisso. A alegria só se encontra nas pequenas coisas ao longo do caminho, as coisas que se estragam com as grandes filosofias ou o conhecimento excessivo. Da mesma forma que sinto dificuldade para apreciar a maioria das conversas que ouço, porque tenho sabedoria demais. Adormeci diante de Huck enquanto ele aprendia a viver, pois não há jeito de aprender que não seja vivendo. Aprendi a viver graças ao modo como Henry adormecia. Aprendi que não devemos nos importar tanto, que é melhor ir dormir.

Análise: Depois que a neurose é curada, a solidão no novo mundo fica ainda mais intensa, pois há mais pessoas neuróticas do que não neuróticas.

Se eu não houvesse me rebelado sexualmente contra Hugh, eu jamais o teria odiado. Amo-o como a um irmão, com um amor profundo. Meu ódio é apenas sexual, como o ódio que tenho por Huck.

Eu disse a Henry: "Aceitei tudo, aceitei você do seu jeito, seus objetivos, sua necessidade de fé, de liberdade. Nunca tentei trancar você numa casa ou num trabalho. Quero que você seja livre. Estou disposta a fazer sacrifícios. Quero continuar vivendo nosso sonho, não realizá-lo. Meu desejo feminino, ou meu mundo, tem de ser sacrificado. Viver tudo ao mesmo tempo é impossível. Interrupções são concessões à realidade. Vou ter que voltar para Hugh todo fim de semana. Mas você está feliz? A sua voz está como se eu tivesse matado alguma parte de você, como se a ilusão tivesse desmoronado. Eu não estou desiludida, mas não tenho mais ilusões. Acredito em você e no que você está fazendo, mas não espero que a felicidade vá resolver tudo. Se você ganhasse dinheiro, você gastaria tudo no mesmo dia. Daria tudo para Joe, numa crise alcoólica de sentimentalismo. Mas não importa. Você é assim. A vida é assim. Não posso pedir que você interprete todos os papéis. Me agrada essa fantasia em que vivemos. Sou mais feliz vivendo esse nosso sonho louco."

Foi Henry quem disse: "Acredito que com nosso jeito louco, fantasioso, vamos chegar mais longe do que outras pessoas chegam com meios realísticos".

Mais fundo na fantasia, não na existência humana. É por nossa existência humana e por nosso companheirismo que eu lutei com todas as minhas artimanhas. A dor em minha voz é tudo o que me custa para chegar a tanto. Me rebelei, é verdade. Me rebelei como todas mulheres se rebelam. O objetivo masculino: sacrificar sempre o calor, a humanidade. Este é um dos motivos que me trouxe a Nova York. Queria me livrar de você, ser independente. Me rebelei contra não ser o objetivo da sua vida.

Assistimos a um filme, *Living on Velvet*, que aborreceu a nós dois. Um homem possuído por seu avião. A mulher tenta mantê-lo em terra. Em um certo ponto, vencida, ela o abandona, dizendo: "Você não me ama". A reclamação eterna. A diferença é que Henry só compreendeu o homem, sua loucura, seu alteio, enquanto eu compreendi os dois. Muitas vezes repito para Henry: "Basta você me compreender e vou achar a vida mais fácil; vai ser mais fácil abandonar meu mundo feminino". Tudo porque a volta de Hugh é uma ameaça à nossa vida juntos, porque dentro de mim há um grande conflito desencadeado pela escolha de Rank (como escolhi Papai, Henry, dr. Allendy) como um marido mais ideal, mais íntimo.

Ideal. Foi a primeira coisa que eu disse: uma atração ideal por Rank. Foi uma atração por um ideal. O instinto se rebela contra o ideal. Tenho de me aferrar a Henry não importa a que custo. Não posso viver sem ideais. Será que Hugh é um ideal? A natureza é contra os ideais. *Rien à faire.**

---

* "Nada a fazer." Em francês no original. (N.T.)

Ao menos tentei. Tentei com todas as minhas forças. Tentei ir contra a natureza, Rank, o ideal, a compreensão, a paz e a felicidade. Vivendo apenas para mim mesma. Eu, vivendo um instinto e um sonho – por um aviador! Provoco Henry mencionando seu avião. É engraçado. O sacrifício que fiz por ele não parece fingido. Enceno, finjo alegria, coragem – e tudo é mais natural do que fingir que amo Rank.

24 de abril de 1935

ASPECTOS CARICATOS DA VIDA ressurgem quando a embriaguez ilusória evanesce: Huck, fora de seu apartamento, a primeira vez que o vi de chapéu, à luz do dia, no Bois. Em Nova York, com seu chapéu-coco e o casaco com gola de pele, e com o charuto, como um mercador judeu. A noite em que ele quis ternura aqui, a noite em que eu me sentia tão enjoada após dois dias de ataques biliosos que não pude aguentar a companhia dele na minha cama pequena. Notei as veias varicosas em suas pernas e senti seu mau hálito. Mas quando se ama, nada é repulsivo. Vejo caricaturas em tudo. Vejo caricaturas de mim mesma em Huck, em Papai. Vejo tudo o que Henry retratava com tanta agressividade em seu ódio pela desilusão.

A vida com Henry chegando a um fim temporário, por um mês ou dois, e uma grande tristeza me oprime. Esqueço de seu egoísmo, esqueço da janela aberta mesmo quando estou com frio, da mesa no meio do quarto, como camponeses, com o lustre logo acima, em vez de luminárias e delicadeza, das horas irregulares, de seus caprichos, fobias, loucuras, de sua resistência. Esqueço de todo o egoísmo sério. Eu amo Henry.

Henry está terminando de reescrever *Black Spring*. Escreveu a incrível parte sobre o "Homem citadino". O "Burlesk", em que há partes que me fazem chorar. Noite passada Henry leu em voz alta. Eu sei que é genial. Sei que vale muitos sacrifícios.

Estou cansada.

Alegrei-me ao saber que Hugh estava a caminho, como se fosse Joaquim quem estivesse vindo. Só que assim me afasto de Henry. Mas luto contra a tristeza. Penso que é o início de uma nova aventura. Faço as malas. Preparo surpresas para Hugh. Montreal. Outra mudança. No fim de semana passado, com Huck, mandei para Hugh um telegrama divertido, com referências a suas múltiplas profissões. "Vou encontrar o navio a vapor. Espero reconhecer o banqueiro, o artista, o pintor, o astrólogo, o sábio, o garoto levado. Vou flertar com todos eles." E, antes disso, algo a respeito da aventura sem fim. Quanta fidelidade ao passado. Penso em Hugh em termos de paz – descanso. Tudo mais requer empenho, coragem, esforço, trabalho.

Henry sente falta da decadência parisiense, da velha Paris adormecida. Gosto da atividade animal aqui, do turbilhão de uma nova raça. Não me importa que não signifique nada, que seja uma fábrica. Guardo meu próprio significado. Acima de tudo a exuberância – exuberância. Molas. Nervos. Dinamismo.

Estou cansada.

Trabalhei duro. Fiquei mais eloquente. Mas sempre chego à mesma conclusão: Quero cuidar da minha vida, e não ajudar os outros a cuidarem da sua. Fico triste. Me sinto incomodada e perco a paciência na minha cadeira de analista. Danem-se, sei fazer tudo melhor que vocês, já fiz tudo melhor que vocês, tive mais coragem, fiz mais coisas, chorei mais, ri mais, comovi mais, tenho mais conteúdo; vocês raramente me dizem algo de novo, raramente algo melhor do que penso, digo e faço todos os dias. Já estive mais doente que vocês. Ainda estou. Sofro de um ciúme doentio. E sempre sofrerei com ele, com as dúvidas do amor. Mais do que todos vocês. Escrevo entre as sessões.

Mas não tenho remorsos. O amor faz com que mais uma vez eu me entregue, o amor, a compaixão, o interesse. O amor me inspira discursos veementes e maravilhosos para combater as obsessões de Henry, que o fazem crer que está escrevendo em um vácuo, que está como um rato numa ratoeira, enquanto *Tropic of Cancer* está circulando [entre os editores norte-americanos] e *Black Spring* ainda não foi mostrado a nenhum editor. "O que você diria se tivessem queimado os seus livros, como fizeram com os de Lawrence, ou se você tivesse sido perseguido e preso?" Henry não sabe lidar com a rejeição, com o silêncio dos editores ordinários, os deslizes formais dos periódicos, os comentários estúpidos que os agentes literários fazem. Ele resmunga, se lamenta. O que você quer, meu Henry? Você vai publicar seus próprios livros. Vamos achar quem nos apoie. Vamos conseguir, e você sabe. Eu nunca deixei você na mão, não é mesmo?

Preciso combater os temores e as frustrações antecipados. Mas quando eu falo, ele entende. Entende tão bem que, quando eu disse: "As mulheres se apropriam das ideologias dos homens, como eu me apropriei da sua", ele ficou confuso! Absorvi toda a filosofia de sua vida. Gosto da voz resmungona, mas quando estou em uma sala cheia de amigos dele, os homens "calorosos, reclamões, preguiçosos, frouxos e despreocupados", aquilo se torna demais e eu me irrito e me rebelo fingindo alegria e tolerância, me irrito contra esses pés-rapados. Mas sempre sinto o florescimento do sangue quente, o instinto e a ausência de racionalização, e tudo isso é bom, como os trópicos.

Papai me escreve como um ministro protestante, Joaquim como um pregador católico, Mamãe como uma pregadora amável mas eternamente perplexa, Hugh tenta se superar – tornar-se, como ele diz, "mais" que Rank e que Henry e que Erskine.

"I Believe in Miracles", declara o rádio a cada esquina. *"Blue Moon"*, canta ele de cada janela aberta. *"Night and Day"* soa triste, como um cântico primitivo. Dia e Noite. Dia e Noite. Dia e Noite!

Um paciente diz: "Estou tendo um caso com uma voz. Uma voz que toca coisas tão profundas em mim que sequer consigo perceber o que se passa comigo. É mágica." Foi ele quem usou a palavra. Disse que graças a mim reencontrou um sentimento de deslumbre. Deslumbre.

A alegria nas pequenas coisas é nossa única arma no combate às tragédias da vida. O prazer sentido com a bolsa branca que Huck me dá. O prazer de andar por ruas movimentadas. Os sais de banho de Elizabeth Arden: gerânio rosa. Camisa verde-esmeralda com peitilho para Hugh, o barbeador elétrico e a calculadora de bolso. O conjunto de garrafas sopradas à mão, encontradas na Grand Central, como uma lembrança do emprego de Huck em uma fábrica de vidro nas imediações de Viena. Minha coleção de peixes raros preservados em garrafas por japoneses.

Do diário gêmeo compartilhado com Huck: Mentiras necessárias a ela, para manter a cisão. A negação – sempre duas – mas racionalizada conforme seja necessário para o outro – para fazê-lo feliz. Graças à ilusão, ou melhor, graças à construção de um efeito ilusório. Se muito irreal, a ilusão deve ser confrontada com a realidade nua e crua, uma ajuda vital, irreal, que tampouco é a vida, mas que se concretiza através da dor: a criação da realidade (em proporção idêntica à irrealidade) ao fazer com que doa, mas novamente um equilíbrio irreal, que é a felicidade.

Ele me diz: Dando ao homem a ilusão do amor, de ser amado da forma como deseja (Maya), ela usa seu instinto maternal para esse fim, transformando-o em um embuste como forma de proteção. Mas de proteção contra o quê? Contra a vida ou contra o eu? Autoilusão necessária para iludir os outros, mas se essa autoilusão se torna real (ou seja, uma mentira consciente), então a mentira indica a autoilusão; em outras palavras, se a mentira é necessária para afirmar o amor (a si mesma e ao outro), então é forçoso que seja também uma inverdade. Mente por medo da perda (raiva), da perda do amor! Perda do sentimento de ser amada interpretada *pelo* outro, mas talvez seja também para o outro – criando um mundo uterino em que o homem possa viver; e o mundo uterino significa um mundo do ego, onde tudo está no lugar em que o homem quer que esteja, da forma como ele precisa. Ela sabe, por seus sentimentos, que quando e o que o homem deseja, isso é a sua capacidade de adaptação. Onde está seu eu verdadeiro – não nos escritos, nem no modo de viver, nem no modo de jogar – onde?

2 de maio de 1935

PARK AVENUE, NÚMERO SETE. Aluguel de 125 dólares. Apartamento 61. Compro uma camisola branca, como Hugh pediu, para nosso recasamento. *Tout ce que je fais, c'est pour me distraire de mon grand amour pour Henry.**

Quando me despeço de Henry nos fins de semana, ele volta para casa à noite, porque não encontra mais nada que queira fazer.

Luto para impedir a infiltração do mundo, da política, da guerra, do comunismo, das revoluções, pois tudo isso mata nossa vida individual, que é tudo o que temos, tudo o que *eu* tenho. Depois de conversar com Emil ou com outros homens, Henry volta para mim abatido, pessimista, enquanto eu permaneço indiferente aos problemas do mundo e busco manter uma felicidade prosaica. Outros desejam essa destruição externa como um bom pretexto para aceitar a destruição interna. Nada de arte, nada de livros, pois a guerra é iminente. Não resta mais nada pelo que viver exceto o mundo feminino – o amor entre homem e mulher. As mulheres estão fundamentalmente certas. Defendo cada vez mais a vida. Detesto política. História. Coisas que roubam nossa felicidade individual. A guerra, que destrói a vida individual.

Para Henry, uma noite dessas: Por que não encarar tudo com bom humor? Não queremos ser economicamente livres vivendo como pessoas comuns e sem graça. Você não quer um emprego comum. Eu não quero a análise nem coisa alguma como rotina, mas como uma aventura. Assim, temos que nos conformar ao meu trabalho como esposa de Hugh. Imagine que você fosse casado com a capitã de um

---

* "Tudo o que faço é para me distrair de meu grande amor por Henry." Em francês no original. (N.T.)

navio (ah, o significado disso!): "Vou ter que sair por alguns meses". Imagine que você fosse casado com uma atriz (ah, o significado disso!): "Vou sair em turnê" – ou uma dançarina. Aceite a separação. Vou continuar usando de meus artifícios para nós dois estarmos juntos tanto quanto seja possível. (E que artifício! O fato de Huck ter me afastado de Paris me deu a oportunidade de viver com Henry. Quanta ironia!)

Henry, grave: "A gente precisa de uma prensa de impressão. É nosso sonho. Podemos ser livres desse nosso jeito fantástico, sei lá."

Conversa com Henry, eloquente, para curá-lo da vontade de ser analista. Depois da conversa, Henry desiste. Volta a ficar serelepe e brincalhão. Sinto ter ganho uma batalha contra a tragédia. Alegre, mesmo com a despedida partindo meu coração ao meio.

Escolho um apartamento próximo a Henry. Mostrei-o a Huck para ver se gostava. Se ao menos ele parasse com as lamúrias, com a transpiração, com a fragilidade!

A dor da identificação: Quando estou com Huck, confundo e identifico alguns dos sentimentos que nutro por ele como sendo os que Henry nutre por mim, porque alguns são muito parecidos – o que me faz temer a todos eles (dúvida quanto ao amor de Henry), assim como, por alguns dos sentimentos de Papai serem idênticos aos meus, fiquei desnorteada e confusa junto com ele.

Um manto negro ensombreceu duas vezes a vida de Huck. Sua depressão é terrível, como a de um bicho. Fica deitado suspirando, atirado, o rosto cor de terra, o hálito como a morte. A morte estampada no rosto. Mas não sinto pena, apenas raiva. Não quero ser a mãe dele. Huck exige demais. É pesado demais, trágico demais, inexperiente demais na vida, no viver. Não me ocorrem palavras para consolá-lo, a paciência me escapa. E eu amava sua força. Amava o talento, e não esse Huck fraco, doente, humano. A mim, ele parece de todo ridículo – porque não o amo. Não me comovo com seu sofrimento – porque não o amo. Huck me parece ridículo, cômico, em seu pijama, como uma mulher, uma velha. Sinto ódio dele. E não escondo. Digo coisas ásperas. Não consigo beijá-lo. Ele me repugna. Critico-o por não saber ser feliz. Se está tentando agir como Henry (porque eu disse que tudo o que fiz por Henry nesse inverno foi causa de sua doença), ele vai descobrir que não o amo. Talvez já saiba. Expliquei minha raiva como uma revolta contra o papel de mãe bondosa.

Estou sentada no apartamento da Park Avenue, em um salão que é o estereótipo americano, com mobília em estilo Adams, esperando Huck, que desde segunda não consegue trabalhar. Ele alega cansaço, cansaço e falta de vontade de viver, mas tudo é cheio de implicações a respeito da necessidade que tem de mim. Odeio essa dependência. Não consegui lhe escrever. Mandei telegramas, pois assim era mais fácil escrever palavras vazias. Estou pronta para fingir mais uma vez, o que quer que ele precise, para que volte a se sentir bem, para acompanhá-lo em sua experiência americana, que só foi possível graças a mim, já que em Paris ele não teria a coragem para encará-la se eu não houvesse prometido que viria. Sei que o decepcionei – eu não iria com ele até o fim. Mas Huck exigiu demais. Tudo o que desejo agora é parar de envenenar a vida com tragédias. Minhas lágrimas secaram, minha capacidade de sofrer se esgotou. Finalmente me igualei a Henry em termos de tranquilidade, despreocupação e egoísmo!

Fiquei sentada com um café enquanto Huck sofria, um café e uma torrada, bebendo e comendo devagar, bem à vontade, e me sentindo muito satisfeita por estar lá sozinha, sem me preocupar e sem sentir pena.

A compaixão que eu sentia chegou ao fim quando percebi que eu mesma era a criadora do meu sofrimento, assim como cada um de nós é responsável pelo próprio sofrimento. Sou eu a culpada pela minha atitude, a culpada pelo desejo de sofrer. Então, agora sei que Huck precisa ficar sozinho até esgotar o sofrimento, dar fim a essa atitude trágica. Pobre Huck. Me fez forte e agora inveja o que me proporcionou. Eu aprendo muito rápido. Ele é velho, menos flexível.

2 de maio de 1935

HUCK VEIO. MAIS UMA VEZ, implacável e raivoso. Disse que sua vida sempre fora e sempre seria uma confusão, que o tempo todo ele sabia não haver lugar para si na minha vida, que não gostava do papel que o fiz interpretar, que eu o tinha usado.

Era tudo verdade. Só consegui perguntar: "E eu não dei nada em troca?" Dei, não era isso que estava em xeque, mas é que ele se havia entregado todo, havia se entregado de corpo e alma. E ficou lá sentado, contemplando o que havia entregue cheio de autopiedade. Nunca calculo o que dei a Henry; nem jamais peço nada de volta. Naquele instante percebi que Huck havia sido menos generoso comigo do que eu fora com Henry. Mas quanto ao amor – não havia nada o que dizer, nada o que negar. O tempo todo ele sabia. E então partiu, sem que nenhum de nós tivesse falado grande coisa. Não senti remorso e não consegui sair do sofá onde eu estava sentada. Deixei que ele partisse. Fiquei observando pela janela enquanto se afastava. Eu não sentia nada. Huck carregava sua valise.

Me sentei e escrevi para [George] Buzby: "Esqueça a publicação do meu manuscrito". De qualquer modo, havia a questão de que poderia ser arriscado demais publicá-lo. Então fui me deitar.

O anel que dei para Huck – o de Papai – foi dado a um pai e não a um marido. Nunca tinha me ocorrido dar aquele anel para Henry. Mas agora é o que eu vou fazer, porque Henry é tudo que preciso. O que ele não é, posso viver sem. Dei a Huck o que eu podia dar – prazer – nada mais. *Vida*.

Huck pede meu perdão. "Você pode me perdoar porque sabe que aquele de ontem não era eu. Eu disse loucuras e você devia ter me impedido. Ter sido tão injusto com você me fez sofrer mais ainda, é claro. Foi injusto."

No trem para Montreal: Meu Huck, você não foi injusto nem disse loucura alguma naquele dia. Você disse coisas horríveis, que tratam da morte. É fato que nosso relacionamento tem sido unilateral e você não tem recebido nada em troca do que dá; infelizmente também é verdade que você não tem sido capaz de agir com naturalidade a meu lado – de mostrar-se como alguém humano. É verdade que o papel que lhe dei na minha vida não é grande o bastante para a sua grandeza e o seu absolutismo. Quanto a usá-lo, é algo que machuca a mim mesma ainda mais do que a você – eu sabia disso e tentei evitar. Tentei a todo custo não usá-lo, não precisar de você, e você sabe disso. Lutei contra a sua generosidade. Mas não estou dizendo que agi de modo correto. Eu precisava de você. Mas nunca mais vou precisar. É impossível ajudá-lo, ou retribuir-lhe, mas teria dado certo se...

Huck, você sempre disse que não queria uma felicidade assentada na ilusão. Você foi meu amor ideal. Você merece o maior dos amores, mas eu ainda amo Henry e não tenho como dar o que você merece. Esta é minha fatalidade e meu destino, meu amor por Henry, apesar das imperfeições. Quando me dei conta disso, assim que Henry chegou, tentei salvar nosso amor ideal porque achei – mais do que isso – porque me identifiquei tanto com você que eu via no seu amor por mim o mesmo tipo de amor que sinto por Henry. Eu costumava pensar que meu amor por Henry morreria aos poucos, como o amor dele por June. Não pude evitar sentir o mesmo. Senti que talvez você fosse sofrer do mesmo jeito que sofri enquanto esperava o amor de Henry por June morrer. E ao mesmo tempo eu odiava ver seu sofrimento.

Você diz que eu impedi suas reações humanas. Não, o tempo todo eu sabia das reações humanas que você sentia. Eu as sentia também. Cada passo dado neste caminho era uma tortura para mim. Eu fracassei. Arruinei você. Eu tinha fé no desfecho. Mas não tenho mais, porque você é sincero demais para viver. Eu aceitei o desequilíbrio no amor. Você não. Porque não consegue. E você está certo. Por que aceitar? Você não é uma mulher. Você tem a coragem de se afastar do que lhe causa dor. Não tenho nada a desculpar. Você tem sido incrível, maravilhoso, tem feito coisas sobre-humanas, divinas. Mesmo tudo o que você deu de si não vai enfraquecê-lo. Perdoe minhas ilusões, meus enganos, perdoe-me por ter enganado a você e a mim mesma, pela falsa esperança de que o amor ideal pudesse prevalecer sobre o amor neurótico, ou sobre esse amor que sinto por Henry, não importa que nome você lhe dê. Ah, me perdoe! Me sinto muito, muito humilhada, muito triste e destruída porque ainda que meu amor por você não corresponda ao que você sonha, ainda que não seja o que você deseja como resposta ao seu amor inumano, eu me sinto ligada a você, sinto tudo o que você sente e sacrificaria anos da minha vida para que tudo fosse de outra forma. Mas não há como mudar nada. Você é vítima de uma ilusão humana; pensou que eu poderia ser curada, salva de um amor imperfeito graças a um outro, absoluto. Mas acho que a natureza repele os absolutos. Huck, você é a pessoa mais maravilhosa que conheci. Nunca vou me esquecer de tudo o que você representa. Mas eu faço mal a você, muito mal. Eu magoei você. Fiz com que interpretasse papéis. Fiz você se doar e aceitar toda sorte de sacrifícios. Sou eu que peço que você me perdoe.

Quando você ficou doente eu sabia que aquilo era uma revolta, infelicidade. Fiquei com raiva por você estragar a ilusão. Quero fazer alguma coisa por você, mas tenho de me manter afastada. Sou a última pessoa que pode lhe fazer bem. Como é irônico, como é trágico! Não quero fazer com você o que fizeram comigo. Tive de assumir um papel sobre-humano por causa de Henry. E acredite, é melhor do que assumir o papel cruel e destrutivo que assumi para com você. Me importo demais para fazer uma coisa dessas.

Huck, eu imploro, não se arrependa. Cada momento de alegria que eu lhe proporcionei foi envenenado por um momento de dor. Eu sei. E não há nada que possa ser feito, nada. A força que você me deu desaparece junto com você, então não sinto como se eu houvesse lhe roubado coisa alguma. Não resta nada além da lembrança do que você representa como pessoa. Mas desejo que ao menos você saiba que o amei com todas as minhas forças, todas as minhas forças, e que seu amor foi correspondido à altura desde o momento de nosso primeiro beijo até a chegada de Henry a Nova York. Correspondido de forma completa e absoluta. Lembre disso.

Hotel Mount Royal, Montreal. Quarto 6022. Muita emoção no reencontro com Hugh, um amor terno. Paixão, um derramamento constante de desejo. Um Hugh transformado, que me agradece por tê-lo deixado ser ele mesmo com minha insistência em ser eu mesma. Levou uma vida plena em Londres, está mais livre, mais alegre. Triste por descobrir que é tratado como um sábio, um conselheiro, um pai – e não como um ser humano. As mulheres o tratam como tratam Rank. Mas Hugh se consola, o poder espiritual e o poder sensual são a mesma coisa, têm a mesma influência. Vou ao encontro dele toda perfumada, vestindo uma camisola branca transparente. Consigo ser mais amável. O corpo dele não me repele. Hugh é atraente. E é prazeroso me entregar, depois de Huck.

Penso em Huck o tempo todo, no que fiz para ele, em como ele vai sobreviver. Huck me assombra. Não havia mais nada a fazer, é inútil tentar proteger os homens das crueldades na vida. São mal-agradecidos e odeiam os enganos. Não amam as fingidoras. Mas é terrível contar a verdade como eu a contei. Fui obrigada. E Huck sabia a verdade. Estou muito triste.

Minha vida com Hugh é absolutamente irreal e desprovida de significado. Me sinto tocada, comovida por suas qualidades, sua nobreza. Ele diz: "Quando volto para você eu volto para a única coisa real – para minha única existência humana. Passei a apreciar você mais do que nunca, as suas reações, a sua expressividade."

Acho que a vida dele em Londres foi um começo, como a minha vida em Montparnasse. Não propriamente real ainda, mas ficando pouco a pouco mais real, como aconteceu com a minha vida. Agora Hugh estava interpretando, como Huck disse de mim; estava me imitando. Pensava em mim enquanto fazia aquilo, pensava na minha vida em Paris com os artistas, na vida que não compartilhei. Hugh é jovem, forte, leal e fiel. Vive um dia de cada vez. Ao menos agora estou sendo justa com ele. Antes eu era extremamente injusta, na busca pela minha integridade. Sentia ódio. Agora eu o amo como amo Joaquim.

Vivendo um dia de cada vez. Andando de canoa no rio Ottawa, em nossa lua de mel. Brincadeiras. Fazendo pequenas cenas de ciúme para agradá-lo. Risadas.

Resistindo ao impulso de ir cuidar de um Huck doente. Não dá para ser amante e enfermeira ao mesmo tempo. Uma outra mulher vai ter que ser a enfermeira. Quem dá a vida dá também a dor. Pobre Huck, sozinho.

Aceitação. Fatalismo. Resignação. Enquanto Hugh fala sobre seu negócio, eu examino as paredes de estuque. Ele está dizendo que ama o poder, deseja o poder. Agora Hugh tem poder, vontade, dinamismo. Poder. Poder. Poder. Ele quer poder e quer brincar com os artistas. Voltou com um blusão verde-esmeralda de gola alta, calça xadrez cinza e casaco, como os artistas se vestem. Morou na Charlotte Street. Fez o horóscopo dos pintores. Conheceu a amante de Epstein.* Ficou no Royal Automobile Club. Bebeu cerveja e uísque. Está vivendo sua própria vida. Desenhando. Me dando liberdade. Hugh deseja meu corpo. Fazemos trocas com carinho. Recebo a liberdade que Huck não pôde me dar, a liberdade de ser autêntica comigo mesma, com meu amor por Henry. E ele fica feliz por sentir-se humano e livre ao meu lado. Sente orgulho de mim. Juntos temos uma força incrível. Ele tem uma mistura poderosa: amor ao poder terreno e amor à arte. "Se apoie em mim", diz ele. Pobre Huck. Um conhecimento excessivo da realidade, uma investigação minuciosa demais destrói a *vida*, que não passa de *ilusão*. Huck destruiu a própria vida com o absolutismo. Queria tomar o lugar de Hugh e de Henry e de todas as pessoas na minha vida, tomar o lugar do mundo. Sempre perdemos alguma coisa. Eu estou perdendo a grande compaixão que me enfraquecia; minha ternura, minha delicadeza. Audácia. É preciso ir em frente. Antes eu hesitava, era uma covarde. Tive que magoar Huck; não havia outro jeito. A mágoa que causo como *mulher*, *amante*, eu sempre desejo apagar em

---

* Jacob Epstein (1880-1959), natural de Nova York. Após estudar com Auguste Rodin, em Paris, estabeleceu-se na Inglaterra e tornou-se um dos escultores de maior destaque na Grã-Bretanha. O artista esteve envolvido em alguns casos extraconjugais com suas modelos e teve cinco filhos com três mulheres diferentes enquanto seguia casado com Margaret (Peggy) Dunlop, entusiasta ferrenha de seu trabalho que faleceu em 1947. A "amante" que Hugh Guiler conheceu pode ter sido Kathleen Garman, que se tornou a segunda sra. Epstein. (N.E.)

nome do meu amor maternal. Quero consolar os homens que magoei.

Ah, Deus, eu ainda me importo mais do que parece.

11 de maio de 1935

Park Avenue, número sete. Apartamento 61. Escrivaninha ao sol. Barulho do tráfego na 34th Street. O sol bate em mim enquanto colo no diário, em silêncio, o último bilhete de Huck: "Obrigado pelas cartas. Eu realmente não consegui escrever. Tudo é doloroso demais. Não sei quando nem como isso vai acabar." Colo o bilhete em silêncio, como se tudo houvesse acontecido muito tempo atrás. Sinto uma falta aguda, profunda de Huck, de falar com ele. Não sinto falta de sua presença física ou humana. Apenas de sua compreensão divina, das reações únicas e da clarividência, da mente à altura da minha. Mas meus casos amorosos intelectuais e casamentos abstratos chegaram ao fim. É melhor estar sozinha. Melhor estar sozinha do que fingir que estou amando. Uso o cabelo penteado alto, *à la Récamier*. Uso um vestido longo florido, que comprei para mostrar a Hugh quando ele vier para casa. É para o fim de semana na casa dos Perkins. Coloco as joias de turquesa em um pacote para enviá-las de volta a Huck. Mando-lhe um telegrama porque Hugh quer encontrá-lo. Me sinto fria, resignada, farta de lutar, indiferente. A análise e a felicidade tornam as pessoas egoístas. Até mesmo Hugh tornou-se um egoísta, porque agora está mais natural e todo o resto era uma farsa idealizada. Um mundo menos ideal, menos falso, mais honesto, cada um por si. Mesmo assim, entrego-me a Henry.

Henry acabou *Black Spring* e vai se encontrar com William Carlos Williams. Contei-lhe que algo se quebrou dentro de mim – não minha alma, não minha coragem, mas o absoluto. O absoluto. Outra busca por um ideal. Resignei-me ao real – ou seja, ao fato de que se eu der a Henry as responsabilidades de um marido eu destruirei Henry, o vagabundo, e junto com ele nossos sonhos. Tudo em nome de uma existência humana. Mas a separação foi difícil, muito difícil. Henry estava como sempre resignado, triste, carinhoso, derrotado. Ele só luta no papel.

E eis aqui a sra. Guiler em seu novo vestido longo, com algo eternamente despedaçado em seu íntimo, o absoluto. O que eu desejava era Henry e uma vida com Henry. Ir direto em busca daquilo que desejamos, como Huck veio precipitadamente em busca de mim, destrói o objeto de nosso desejo, afunda-o na realidade e na tragédia. O eu rebelde, o eu crédulo, estilhaçou-se no exato momento em que destruí o superabsolutismo de Huck, sua intransigência e seu idealismo.
Apenas as criações podem ser perfeitas.

A cauda do meu vestido amontoa-se em círculos em torno a meus pés. O aquário repousa ao lado da janela. A anêmona explode em um brancor salpicado de pintas negras. A concha se separou de sua irmã gêmea, que ficou com Huck. Huck ficou com os diários que escrevemos juntos.
Uma paciente me entrega trinta dólares, que vou dar para Henry pagar o aluguel, e um livro, o *Moll Flanders*, de Daniel Defoe, com uma dedicatória: "Praticamente o primeiro romance em língua inglesa, para a melhor e mais talentosa mulher do mundo, de alguém que ela tirou do reino dos mortos".
Estranho: na primeira página está escrito que "Moll Flanders... foi meretriz por doze anos, casada cinco vezes (certa vez foi meretriz do próprio irmão), ladra por doze anos, por oito anos criminosa levada à Virgínia; por fim enriqueceu, levou vida honesta e morreu em penitência".
Gosto de tudo, menos do fim.

Montreal. Encenando amor para Hugh. Acho que às vezes ele também encena, mas que não percebe, que ele é mais um escravo do hábito e dos ideais. Mal percebo se as emoções dele agora são reais ou não. Estou acostumada a crer na sinceridade de Hugh. Mas também me pergunto se Hugh existe, se na verdade ele não seria apenas um robô, sendo e fazendo tudo o que me agrada.

Mas damos risadas juntos. Estamos alegres. Gosto de seu blusão verde-esmeralda.

Acordo gritando: "Escute, seu demônio inglês do ar fresco, feche agora mesmo a janela!"

"Com quem você andou flertando?", pergunta Hugh. "Pode soltar a língua."

"Para isso eu vou precisar de um uísque!" Brincando de amor. Fazendo de conta que os cinco meses foram longos demais.

Quando sou boa, Hugh diz: "Ah, então você tem medo de mim!" Tenho: medo de ganhar mais cinco meses. Inconscientemente preparo outra fuga enquanto finjo que a separação foi dolorosa.

Hugh diz que agora me ama ainda mais ao me comparar com outros homens e mulheres que conheceu. Que ama minhas fraquezas e a coragem com que eu as enfrento. Ele não lamenta nada; não lamenta o sofrimento que lhe causei. Em Londres, sentiu que tudo foi para o seu bem. Viveu. Disse que ama acima de tudo minha emotividade. Conheceu artistas e modelos e lembrou da época em que eu fui modelo.

Estou farta de me empenhar, de me esforçar. Hugh quer me proteger. Vou deixar. Ele diz que acabo com seu estímulo para trabalhar quando trabalho. Me senti um pouco despedaçada, já que meu desejo por um absoluto foi destruído pela vida. Me senti derrotada, assim como Huck foi derrotado. O absoluto é inalcançável. Quanto antes nos resignarmos, melhor. Resignei-me à vida tal como ela é, porque refazê-la é uma batalha que nos consome a vida inteira e nos leva a perder todos os bons momentos. Aprendi a aceitar as limitações dos meus desejos e sonhos. É terrível para as personalidades fortes.

Hugh diz que não consegue se dissolver por completo no meio dos artistas. Nem eu consigo. Ele está mais dinâmico e mais humano. É amado pelo que proporciona (horóscopos, ajuda, proteção), não pelo que é, e isso o entristece da mesma forma que entristecia Huck. Ele se consola pensando que o poder espiritual sobre as pessoas é tão forte quanto ou até mais forte que o poder sensual. É como Huck dizendo que tinha medo de que o amassem por causa da análise, como os ricos são amados pelo dinheiro. Ah, e foi exatamente o que aconteceu!

Loucura, causada pela percepção de que Huck me ama como amo Henry (queria morar numa ilha deserta comigo, queria estar sozinho comigo, longe das outras pessoas), o que mais uma vez me levou a duvidar do amor de Henry, porque em relação a Rank eu tinha o mesmo instinto gregário que Henry tem em relação a mim, o que talvez significasse que Henry não me ama. Identificação do amor de Rank por mim com o meu amor por Henry muito dolorosa. Cada vez que eu me reaproximava de Henry esse sentimento tinha de ser desfeito pela paixão que ele demonstrava, pelas provas de amor que eu constantemente recebia. Eu não aguentaria essa analogia por mais um dia sequer. Causa de muita dor, essa comparação dos modos de amar, indagar se um modo é o verdadeiro amor e se o outro não.

Essas especulações conduzem à morte e ao desespero. Estou me curando com a vida, vivendo, ousando, encarando. A comparação e a identificação já me desintegraram e me mataram antes (envolvimento com Papai). Agora me sinto mais equilibrada do que nunca, mas tenho pesadelos terríveis. Dinamitei uma cidade. Eu estava em uma sala cheia de animais mortos. Achei um bebê abandonado. Decidi adotá-lo. Enquanto eu o beijava, ele ficava cada vez mais parecido com um babuíno. A boca era repulsiva. Pensei para mim mesma: "O bom é que não preciso beijar o bebê na boca". Fiquei tão apavorada com aquela feiura que cheguei a pensar se não seria melhor matá-lo, pois estava condenado a ser infeliz. Huck uma vez me disse que sua mãe ficou muito chocada quando ele nasceu. Disse que ele era horrível, um monstro, coberto de pelos negros. Falei com Huck muitas vezes sobre adotar o pequeno Huck, seu próprio lado criança, por quem ele tinha uma autopiedade particularmente forte. Huck me pintava quadros de sua infância. Os olhos sempre muito belos, muitos profundos. Nascido já velho.

Sonho: Enfio alfinetes de segurança na minha barriga e então os fecho como se fosse normal. Na China. Todos saem de

casa por causa de um terremoto que virá. Raios caem no mar.
A cidade se salva. Alguém me diz que Henry morreu. Uma
profunda tristeza. Procuro-o em toda parte. (Henry escrevendo
sobre um artista na China. Deprimido pela aridez americana.)

14 de maio de 1935

Almoço. Rebecca West, horrorizada pelo que falta aos Estados Unidos: "Lembra daqueles ratos que foram criados sem magnésio ou algo assim, que perderam o amor maternal? Bem, os americanos – tem alguma coisa faltando neles. O quê? Digamos que não seja *alma*; podemos dar outro nome a essas coisas. É tudo o que há de profundo; tudo o que é de profundo está faltando."

Ela quer o meu esmalte de unhas. Ainda não acabou seu novo livro por causa de uma operação. Achou que não sobreviveria: "Nunca mais vou ver a primavera!" A humanidade apenas como um pensamento secundário. "Talvez eu não seja humana", diz. "Adoro os sentimentos entre as duas mulheres no seu livro. A solidão mental não me incomoda, como parece incomodar a você. Mas eu sou mais velha, afinal. Seu marido é muito doce, mas me surpreende o fato de ele ser seu marido – a você não?"

Caranguejo e morangos. Indigestão. Refrigerante. Nervosismo devido ao turbilhão de convites.

Henry mais uma vez parece ter morrido, tão inerte, tão passivo, tão vegetativo, em termos mentais. Sinto uma falta imensa das conversas com Huck. Foi essa morte de Henry que me impeliu em direção a Huck. Henry está exausto. Só sabe escrever livros e ruminar. Lembrar. Só voltou à vida quando eu o torturei com o abandono.

Será mesmo que vou conseguir aceitar minha solidão mental? Será que vou conseguir viver apenas de paixão e de proteção humanas?

Fim de semana na casa dos Perkins. Katrine vitimada pela vida bancária. Tarde demais para salvá-la. Enterrada viva em um túmulo de cerimônias, deveres, obrigações, rituais, convenções familiares. Vítima da fome. Anêmica. Pessoas por toda parte, às centenas – e não valem nada. Estou cercada por pessoas feitas de celofane. Um deserto. Huck o preenchia, é verdade, mas eu tinha de *pagar* com amor.

Para me consolar dessas ausências profundas, nado para cima, em direção à superfície, à superfície de celofane – com sais de banho, vestidos novos, objetos, sandálias, camisolas transparentes, luxo. Estou passando fome outra vez. Deve ser a lombriga. E Huck, coitado, está muito doente, mas o que posso fazer? Não posso dar o que ele deseja.

Carta para Huck: Quero que você saiba que ninguém jamais vai tomar o seu lugar, que eu sinto muito a sua falta, que nunca vou me sentir tão próxima de outra pessoa, nunca haverá um casamento tão íntimo entre os meus sentimentos, os meus pensamentos e os de outra pessoa, que para mim é uma tragédia a sua visão sincera demais tê-lo impedido de viver com o que tínhamos, com a ilusão, o sentimento de irmandade e disparidade, porque agora não nos resta nada.

Sinto falta de você o tempo inteiro, em todo lugar aonde vou. Quem dera você não tivesse me amado! Quem dera você tivesse se dado por satisfeito com o que eu ofereci. Não consigo evitar a saudade, o tempo todo. Não consigo evitar escrever para lhe contar. Talvez você fique um pouco menos doente ao saber que, da forma mais profunda possível, o que sinto por você vai além do amor humano. Um dia, ah, um dia, Huck, quando você sentir por mim algo além do ódio ou do amor humano, volte aos meus braços para não ficarmos sozinhos, para não ficarmos *tão* sozinhos. Você pode achar que foi crueldade minha admitir todas as verdades que o tempo inteiro você conhecia. Eu acho que talvez você tenha sido cruel com você mesmo ao recusar uma felicidade incompleta. Nada no mundo é absoluto. Mas eu quero que você saiba que sinto saudades.

Quero que você saiba que a única coisa que não perdoo é você ter dito que eu o usei. Apenas aceitei o que você me ofereceu porque era o que me parecia certo quando eu o amava.

Depois, quando veio a separação (releia a carta que eu escrevi quando você me deixou – lá eu já dizia o que vou dizer agora: eu não queria me afastar de você, não queria perdê-lo, mas ao mesmo tempo não me sentia mais como mulher em relação a você), comecei a recusar seus presentes.

Sei que não tenho como salvar você, por causa do seu absolutismo. Talvez eu não possa salvar coisa alguma da relação única que nos unia, mas agora ao menos você sabe que estou tão triste quanto você, que nada que você diga ou faça pode destruir o que está dentro de mim e que criamos juntos – o ritmo e a compreensão. Você me perdeu, mas estou sozinha e sigo devota à vida que levamos juntos, tão bela que você duvidou que pudesse durar. Ninguém jamais vai chegar tão próximo a mim, à minha alma e ao meu ser.

Eu só queria que você soubesse.

22 de maio de 1935

Mando exemplares da *New Yorker* para Mamãe. Escrevo para Papai, Eduardo e Joaquim. Paciente que faz esculturas vem para a análise e preparo a violinista para ir à Europa. Devolvo para Rank um de seus manuscritos, que eu havia enviado para um editor. Encanto e engano Henry para tirá-lo da depressão e levá-lo para um jantar na Broadway.

Noite passada decidimos ir ao cinema. Estamos aguardando o ônibus. Ele me olha e no mesmo instante somos tomados pelo desejo. Henry diz: "Vamos voltar para o quarto". E vamos para a cama. Depois conversamos sobre o futuro, sobre desistir de Louveciennes, viajar. Quero conhecer o Sul. Hugh vai fazer mais viagens. Pinto quadros radiantes. Estou radiante, com boa saúde, bem-disposta, flexível, inclinada à filosofia. Gosto de tudo, até mesmo de ir ao teatro com o pessoal do banco.

Frances Schiff, uma amiga da época de escola, compra um robe cor-de-rosa e maquiagens para os cílios e acha que está imitando meu estilo de vida. Rebecca West me apresenta como "a mulher que escreveu o melhor livro sobre Lawrence" e como "linda". A sra. X diz que pareço tão frágil que ela não consegue me imaginar analisando alguém. O sr. Y se sente atraído e diz que sente medo de mim porque sou o tipo de mulher que deixa cicatrizes.

22 de junho de 1935

LOUVECIENNES. LAR. Uma avalanche de memórias. Insônia. Resistência. Tristeza. Não. Não. Não. A cama persa. O tique-taque do relógio. O latido do cachorro. Maria nos servindo. A visita de Mamãe e Joaquim. A astrologia de Eduardo. As gargalhadas de Tommy. Faltam algumas lâmpadas. Os inquilinos levaram algumas coisas. Os livros estão empoeirados. As garrafas coloridas brilham menos. Os aposentos coloridos perderam o resplendor. Os tapetes estão puídos. O espelho da minha penteadeira está quebrado. Estão faltando os varões das cortinas. Onde estão as cadeiras do jardim? A França está velha. *Elle est faisandée*, madura demais. Eu detestei o lugar ao descer do trem, por causa das rugas, da velhice, do cheiro de queijo rançoso com vermes, do cheiro de *centimes*. No navio tive fantasias sombrias. O doutor Endler* estaria me esperando no píer. Eu seria levada de volta à clínica e passaria por tudo aquilo outra vez. Tudo. Então eu lembraria de cada detalhe do *fausse couche*.** Ou imaginaria a casa marrom de Papai. Toda marrom, de cima a baixo. Não quero ver Papai. Não quero o meu passado. A casa está apodrecendo. Eu amava aquela velhice. Detesto o cheiro rançoso da decadência. O passado, ah, o passado. Mofado, cheirando a naftalina, a queijo, a gatos e ratos mortos, enrugado e sujo. Sentada junto à lareira, quatro anos atrás, neste quarto, com Hugh, enquanto ele dizia: "Sei que você vai acabar se envolvendo com Henry". O estúdio onde escrevi sobre June/Alraune porque estava sofrendo com meus ciúmes. O jardim onde almocei com Rank. Onde me deitei com Rank atrás das moitas. O muro está caindo. Mamãe acha que é

---

* Médico alemão refugiado em Paris, amigo do dr. Otto Rank, que teria acompanhado o aborto de Anaïs Nin em agosto de 1934. Ver, também, *Incesto* (op. cit.), p.333.

** "Parto falso". Em francês no original. (N.T.)

bonito. Eduardo está feliz de ter voltado ao ninho. Eu estou triste. Aqui não é mais o meu lugar. O lugar se arruinou. É pequeno. Decrépito. Eu estava no alto de uma montanha. Livre. Tenho que pegar trens. Tenho tempo demais para pensar. Meu passado. A maior parte é sofrimento. Hugh sentado no pé da cama, devastado após ler o romance sobre Henry e June, e eu tentando convencê-lo de que é tudo ficção. A dificuldade de conseguir pão, manteiga, leite. As trevas em Louveciennes, os rostos de pedra atrás das cortinas, os cães latindo. Paz. Nosso lar é nossa paz. Uma prisão. Para mim, é uma prisão. Me sinto encerrada. Fico pensativa. Escutei "You and the Night and the Music" no rádio. Uma onda de desejo por Nova York. São dez horas. Estamos cansados. Há tanta coisa para fazer na casa! Os sinos da igreja repicam. Mosquitos. Formigas. Moscas. Ratos. Os cães latindo. O cheiro de madressilva.

As coisas novas que comprei, os presentes para todos, o vestido persa de algodão estampado com saia larga, o pijama branco e a capa branca de beduíno com forro vermelho, um casaco branco e um boné branco, a valise nova que ganhei de Rank, os pratos de madeira com estrelas, as coisas novas.

Um novo eu – um novo eu cujo lugar não é mais aqui, em uma casa morta. Um novo eu, sem lar e sem um lugar de repouso, a aventureira e a nômade, pois agora *aceitei minha solidão* e portanto não tenho casa nem marido. Henry ainda no mar, sempre a voz dos meus sentimentos. Comprei *dois* vestidos hindus – um para o estúdio de Henry. As pessoas ao meu redor não mudam como eu. Tenho a impressão de que vivo rápido demais e sempre à frente. Abandonei pessoas demais – os Bradley, os Viñe, Louise de Vilmorin, Roger Klein, os Guicciardi, a família de Hugh – tanto no sentido espiritual quanto no sentido concreto. Voltar aqui foi como ser presa em um círculo. Luto contra a mesmice. Digo: "Vamos ter um jantar astrológico com os pratos estrelados de madeira e vamos convidar [o dr.] Allendy e [Antonin] Artaud". Mas não quero nada disso. Não tenho o menor interesse.

No navio eu tinha muitos pesadelos. Achei que a senhora na mesa ao nosso lado se parecia com a sra. Rank. Mas usei minha capa de beduíno; chamei tanta atenção que tiraram fotos de mim. E dancei e dormi e comi caviar e lagosta e *crêpes Suzette*, mas eu não queria voltar. Dez e vinte. O rádio. A mesmice. É a mesmice que parece um pesadelo. O retorno. É por isso que os homens viajam de navio, se embrenham na África, atravessam o Tibete a pé, escalam o Himalaia, moram em cabanas, passam fome, mendigam, vendem suas coisas, voam, se arrastam por desertos árabes. Para se afastar da mesmice, do ranço e da mesmice. É por isso que os homens leem e tomam aviões, trocam de mulher, enchem seus passaportes de carimbos de toda parte, nadam, andam de esqui e cometem suicídio. Cara a cara com a própria alma.

Onde vou encontrar Huck de novo? No Café du Rond Point, onde nos encontrávamos a caminho do quarto. Na Villa Seurat, enquanto eu caminho com Henry ou carrego sua bolsa de compras. Paris é como uma feira de segunda categoria. Uma porcaria. Tudo é torto e pequeno. Não venta. Dizem que a cidade tem um charme próprio. Mas eu sinto é cheiro de decomposição. Estou apaixonada por novos mundos. A única possibilidade são os Estados Unidos. As gavetas forradas com seda na casa em Jericho, Long Island. Símbolos. A neve nos parapeitos fazendo a janela mais pesada quando eu a abri depois de me deitar com [George] Turner. Táxis em meio a nevascas para pegar Rank, com o cabelo desgrenhado, escrevendo sobre mim às seis da manhã para me enxergar com algum afastamento e escapar à dor. O rádio nos táxis. Bolo de chocolate na farmácia e "Você é uma dançarina?" Cores vívidas e tudo em grande escala, vastidão e abundância, papelão e uma feira maior e mais agitada. O tilintar das moedas no ônibus da Fifth Avenue. O tilintar das moedas nas roletas. Subir o quanto antes o Empire State Building, de onde a cidade parece um mapa. Lá em cima os canários cantam. Dá para cantar sem terra abaixo dos pés, sem um galho apoiado na terra úmida, para onde a chuva traz a deterioração, e os ventos, jornais e folhas que precisam ser limpos com ancinhos. No café da manhã, suco de abacaxi dos Estados Unidos tropicais, e notícias sobre o carnaval de

Nova Orleans. Negros altos e fortes servindo um delicado almoço sulista nos trens com ar-condicionado. E as pessoas tão agradecidas e humildes por tudo o que recebem – um país em que há uma grande demanda pelas originalidades de cada um, onde é possível contribuir.

Papai está cuidando do reumatismo; Joaquim não ganha o Primeiro Prêmio do Conservatório; o encanador esperou três dias para consertar os banheiros; os lençóis cheiram a mofo; esta casa agora é como nossa casa nas Planícies Brancas, de onde minha vida escorreu aos poucos, deixando paredes engorduradas e tapetes manchados e um silêncio que esse diário tenta quebrar com seu barulho.

27 de junho de 1935

Minhas expectativas eram altas demais; eu havia esperado que Rank me libertasse legando-me seu trabalho, mas não foi o que aconteceu. Ele fez de mim uma prisioneira, me tornou dependente. Eu esperava fazer muito dinheiro e editar os livros de Henry. Esperava grandes expansões, enormes mudanças exteriores que correspondessem às mudanças em mim. Quartos luminosos, perolados, navios, viagens, Índia, China e Espanha, flutuando, nadando, *deitada* – um banquete de velocidade e altura e oceanos e novas sensações.

Mas Henry está sentado em frente à máquina de escrever. Estamos no estúdio em Louveciennes. Hugh está em Londres. Fred [Perlès] e Roger [Klein] e Maggy vêm para o jantar. Emilia está passando as roupas. Estou feliz outra vez, de um jeito terno e úmido. Estou fazendo o que posso para aterrissar sem solavancos, para que tudo corra bem. Aterrissei, chegando de viagens fantásticas, passando por todos os níveis da vida americana: o mundo das criações e da imaginação de Rank, a experiência da análise, de estar livre de Hugh, de flertes em excesso, de triunfos, de adquirir a sabedoria que Henry detinha. Noite passada eu disse a Henry que ele estava à minha frente em três aspectos que eu por fim aprendera: sabedoria obtida com a vida, e não com as ideias, libertação do absoluto romântico e domínio da minha própria alma. Michael Fraenkel entende ideias, e não a sabedoria – não compreende a sabedoria de Henry.

Fraenkel me telefonou logo ao chegar. Sonho com a prensa de impressão, um sonho impossível. Não há cura para o mal que me aflige. Papai escreve cartas arrebatadas. Escrevo-lhe cartas irônicas na mesma medida. Risos falsos. Tenho que me mover de outra forma, sem medir a quilometragem, mas afastando-me de um centro. Tenho que sublimar meu amor por aventuras.

Então – a prensa de impressão. A ideia me põe em chamas, põe todo mundo em chamas. Todo mundo adora a ideia de produzir seu próprio livro, de trabalhar com as próprias mãos. Outra vez a China, como Henry diz; a China do artista. Os poderes mágicos da casa começam a se fazer sentir em Fraenkel e em Fred. Noite passada eles vieram para o jantar. Fred disse que era como na casa de *Le grand Meaulnes.** Um conto de fadas. Trabalhei nele. Henry trabalha, satisfeito. Refeições sem pressa no jardim. Estou em paz. Louveciennes se torna um centro. Quando não saio por aí, vêm me visitar. E a visita a Louveciennes é uma aventura para eles.

Então começa o *tourbillon intérieur*, um turbilhão misterioso e íntimo. Me sinto menos intensa, mas criativa. Sinto que sou uma artesã incompetente. Não gosto de me escravizar, suar, aperfeiçoar, nem de reescrever, então jamais vou produzir uma obra sólida; mas as ideias e planos que jorram de mim sem parar, meu jeito de começar e despertar e provocar e animar vai fazer com que outros produzam. Gosto apenas do frescor, de lançar a semente, o primeiro elã, o salto criativo e a abertura de novas rotas.

Conversa animada ontem à noite. Henry afetuoso e profundo. A casa está suficientemente desorganizada para que todos se sintam à vontade. Camas arrumadas de última hora para Fred e Fraenkel. Peguei uma escultura de madeira representando a cabeça de um negro e coloquei-a em cima da cama.

---

* *O bosque das ilusões perdidas*, único romance do escritor francês Henri Alban Fournier, que escreveu sob o pseudônimo Alain-Fournier. (N.T.)

O efeito era impressionante – um negro enorme dormindo nos lençóis cor-de-rosa. Demos risada. Eduardo desceu, radiante e forte com a grandeza da pesquisa que está realizando. Hoje à noite trago Fraenkel de volta. Sol. Paz. A única dificuldade era parar fisicamente, mudar de nível e andamento. Agora estou gostando. Gosto do que Henry escreveu a respeito.

Fred e Henry falam sobre minha sinceridade. Escrevemos sobre as mesmas pessoas de modo um tanto diferente. Eu sou fiel à vida, como todas as mulheres. O livro de Fred [*Sentiments limitrophes*] é apreciado por todos, inclusive por Papai.

29 de junho de 1935

SEJA FORTE E FIQUE QUIETA. Seja forte e fique quieta. Levou apenas uma hora para que Fraenkel destruísse minha paz e minha força apropriando-se de Henry, da prensa de impressão, dominando Louveciennes, falando sem parar toda a noite passada e hoje o dia inteiro. Me sinto devastada pelo antagonismo, pelo ciúme, pela solidão. E Henry, como sempre, em sua busca por alimento, novidade e estímulo, escuta-o como se estivesse escutando [Walter] Lowenfels; Fraenkel, assim como Lowenfels fazia, sente tanto ciúme de mim que me exclui de tudo, dizendo que "*Black Spring* é o resultado de tudo o que aconteceu entre Lowenfels, Henry e eu".

À noite, Henry não teve papas na língua: "Essa conversa foi ótima, não é mesmo? Bem, mas eu tive outras melhores com Anaïs, aqui mesmo, nessa sala." Henry foi sensível e gentil, mas Fraenkel estava ébrio de si mesmo, com sua conversa, um egoísta supremo, buscando acima de tudo o poder.

Então percebi que Louveciennes era um refúgio, percebi que se eu abrisse a casa para o mundo eu não teria onde me esconder. Fraenkel não quis tomar um trem para sua casa noite passada. Ficando e ficando. Deixei os dois no jardim, em meio a uma conversa. Vim até aqui para restaurar minhas forças. Meu diário, como sou humana e imperfeita! Queria que Fraenkel tivesse sido gentil e receptivo.

Eu estava sentada na minha cama. Fraenkel se aproximou, mudado, gentil. Por quê? Porque havia encontrado seu livro, *Werther's Younger Brother*, com minhas anotações, que o agradaram. Ele chegou muito perto de mim e disse: "Só você entendeu o que esse livro significa. Melhor do que Henry." E encostou no livro, cheio de carinho e ternura, com o mesmo autoamor que Rank sentia pelo pequeno "Huck", a criança dentro dele; no entanto a memória me fez sentir saudades de Rank. Sinto cada vez mais falta dele, mas sei que é só quando estou sofrendo, afundando, nervosa, quando perco minhas forças, e não com o amor que ele deseja. Sonho com a compreensão dele, com a sua bondade.

Depois do sentimento de invasão que experimentei essa semana, comecei a achar que seria melhor se a prensa de impressão ficasse na Villa Seurat, que agora chamo de "Rússia", com a vida coletiva – contrastando com o "Abrigo" de Louveciennes. Não aguentei vê-los todos aqui, tão próximos. Lá eu posso ir e vir quando quiser. E meu refúgio vai continuar sendo aqui.

Intelectuais como Fraenkel não têm tato, são desprovidos de sacralidade, não têm senso de barreiras nem sensibilidade nos relacionamentos. É tudo anarquia e ausência de humanidade.

À noite, eu e Henry demos um jeito na prensa de impressão sozinhos. Eu disse que considerava uma parceria com Fraenkel impossível e expliquei por quê. Henry sabia que eu tinha razão. E a razão emergiu, como sempre, de um estado caótico, tumultuoso e tenso em que eu sentia a atividade do meu instinto, mas não entendia direito o que estava acontecendo. Algo me alertava para o perigo representado pela influência de Fraenkel, para como, no fim, eu e Henry iríamos nos rebelar. O plano é dizer que eu já tinha o dinheiro e portanto ele não participaria. O plano é deixá-lo falando – o que adora fazer – enquanto nós dois agimos. Eu e Henry sempre em uníssono e felizes de podermos trabalhar sozinhos. Fraenkel como estímulo, mas não como sócio.

Quando algo dá errado – que desgraça. Não consigo abstrair. Sinto-me perturbada. Suspeito que seja minha feminilidade, o ciúme, a menstruação que está vindo, a neurose, todas as fraquezas imagináveis; mas esses fatores apenas exageram e deformam e aumentam; não são a causa da perturbação. Apenas sinais de alerta. Não os posso ignorar. Não quero que Fraenkel seja um obstáculo à nossa independência. Não vou me submeter a Fraenkel – isso eu já disse a Henry. Ele não é meu eixo feminino. E não tenho como mudar de órbita. Trabalho para Henry, não para Fraenkel.

Fraenkel fala uma criação perpétua. Um extremista. Muito sensível. Puramente intelectual. Tem um lado repulsivo – apenas o *glamour* e o brilho de sua mente me atraem.

Preciso reassumir o controle de mim mesma e sublimar a energia que sinto. Hoje à noite sinto uma falta louca de Rank. Anseio por sua compreensão. Com Henry há um entendimento em termos de sangue, células, inconsciente, sentimentos lunares, comunicação vegetal, mistura de sementes, harmonias cada vez mais profundas e menos formuladas. A cada dia que passa fica mais maravilhoso. Um amor lunar. Muito pouca conversa sobre o relacionamento, muito pouca análise, apenas uma florescência e um estímulo constantes.

Noite passada Fraenkel estava falando sobre como ficamos cansados da lógica, sobre como o surrealismo, o humor e o caos vieram para derrubar aquela lógica tão afastada da vida e tão insípida. Novos elementos são estimulantes. A "coisa viva", como Henry a chama. Reconheci nele esta qualidade e me abandonei a ela contrariando meu próprio sentimento de cristalização, entreguei-me a este caos, que eu, como mulher, deveria ter vivido, mas em vez disso o combati para assumir o papel de pai intelectual e marido de Mamãe – para tomar o lugar de meu Pai ausente (Rank) voltei-me a Lawrence, para elogiar esse caos em Lawrence, e então o encontrei em Henry.

Planejo jamais sair do diário para escrever romances – quero apenas aperfeiçoar e expandir o formato do diário. Tenho talento para o diário e para nada mais.

30 de junho de 1935

Estiquei a alma outra vez, expandindo, alargando. Graças à astrologia. Perguntei a Eduardo sobre Fraenkel. Eduardo respondeu que foi ele quem nos deu a semente, que era o líder. Então eu abdiquei. Falei com Henry. Eu admitiria me submeter a Fraenkel em nome da nossa Ideia, do nosso Plano. Como mulher, prefiro viver e trabalhar a sós com Henry. Noite passada senti uma paz indescritível – eu e Henry, trabalhando por, para e com o outro. Tive que ser maior que eu mesma. Henry disse: "Você está se esforçando demais".

Assim que Eduardo me levou às regiões estelares, pude controlar a revolta feminina que eu sentia ontem! Hoje me sinto em paz, depois de uma batalha tempestuosa contra o meu orgulho e o meu egoísmo. Tenho que controlar o impulso de agir como mulher. Eu e Eduardo fizemos uma piada a respeito disso. Eu lhe disse, me inclinando: "Agora, sob a sua influência, escrevi uma nota de abdicação para Fraenkel". Eduardo aplaudiu.

Ontem a ideia de dividir a prensa com Fraenkel era intolerável. Além da mania de dominar tudo em que põe a mão, Fraenkel não sabe corresponder à minha necessidade feminina de participação mística – a participação indireta, que Henry sabe como funciona. Henry sabe me dar o lugar de que preciso, porque Henry sabe qual é o lugar da mulher nas células da vida de um homem. Fraenkel não sabe. Nele há uma frieza em que tudo é apenas uma ideia. Nada de sentimentos, delicadeza. Um intelecto impiedoso. Fraenkel me acha muito inteligente, mas ofende a mulher em mim.

Ganhei uma batalha contra o meu ego. Estou exausta e trêmula. Ah, os monstros que crio e mais tarde tenho de enfrentar! O ciúme, a hipersensibilidade, a falta de autoconfiança. Mas tudo está feito e sinto uma calma religiosa. Henry esteve o tempo todo infinitamente calmo, paciente, afetuoso.

1º de julho de 1935

Lutando contra uma depressão incapacitante. Nada resolve. A conversa com Fraenkel, em que ele me elogiou e demonstrou compreensão, não adiantou. A delicadeza de Henry não adiantou. Nem a ternura de Hugh, nem a de Eduardo. É uma maldição. Sou assediada por todo tipo de pequenos monstros, ciúmes da saudável e estúpida Joyce, a amante de Fraenkel. Invento cenas intermináveis em que Henry me abandona para ficar com ela. Me torturo com imagens, temores, incertezas.

Será que em Nova York eu não me sentia assim, ou simplesmente havia mais pose e mais brilho para ocultar o sentimento? Aqui eu me sinto mais fraca. Anseio por Nova York, por Huck. Ah, a solidão em meio ao amor e ao carinho de todos! Quando me despedi de Henry, Fraenkel, Joyce e Fred no café, senti-me aliviada. Grata por ter conseguido escapar, pois tudo me faz sofrer, o olhar mais fugaz e as palavras distantes ou contra mim. Um instante de alívio andando no pequeno carro, sentada entre Eduardo e Hugh, um instante. E então o sofrimento ressurge, um sofrimento que me preenche, me atravessa, sem motivo. As velhas dores, as novas, retornam.

As tempestades lunares!

Todo mês, uma tempestade lunar. Poeira nos olhos e fantasmas nas veias. O sangue da mulher escorre e a força se esvai. Netuno e a Lua. Ah, os pesadelos – traição e acossamento! Todos nós postos na terra para semear perfídia e ardis. Fraenkel se torna Calígula, o romano que inventa formas de me torturar. Ele traz a Garota Estúpida, Joyce, minha antítese, apenas para afastar Henry de mim. A saúde e a estupidez dela me ofendem. Tudo me magoa. Tudo é imaginado. Só agora percebo. É como encarar a própria insanidade, só que não acaba, não acaba nunca, como uma tempestade lunar feita de segredos e tristezas guardadas.

5 de julho de 1935

Eduardo diz, com justeza, que a consciência não nos pesa se estamos indo a algum lugar, fazendo ou criando alguma coisa com ela. Se ficamos parados e conscientes, apodrecemos. Estou sofrendo muito com a falta do ritmo elétrico de Nova York (ou seria Rank?). Era como estar montada em um cavalo de corrida, sentindo aquele vigor animal. Aqui é como estar em uma lata de lixo. Henry diz que é nessa lata de lixo que a alma se expande. Não a minha. Eu estava ébria de liberdade e sensações e grandeza e espaço e dinamismo.

Paris é uma horta de legumes. Onde estão minhas asas, meus aviões, meus navios, trens, a luminosidade nova-iorquina? Quero ir embora. Louveciennes não é grande o bastante para mim. A vida de Henry não é rápida nem desperta o bastante.

Estou sentindo muita raiva. *Je piétine sur place.**

Estou esperando um amante. Preciso ser rasgada e despedaçada e viver segundo meus demônios e minha imaginação. Estou inquieta. As coisas me impelem a partir. As estrelas mais uma vez me puxam os cabelos. Sinto que devo obedecer a – ao quê? À volubilidade. Ainda espero por *este homem com quem eu costumava sonhar enquanto Huck falava comigo – o homem que vai me salvar de todos os outros*. Nenhum teve forças suficientes para me salvar da ambivalência e das cisões. Em Louveciennes há uma ordem, uma Ordem divina necessária para que eu continue meu trabalho. A vida contínua com Henry é impossível porque lá não sou eu mesma. Tudo é do jeito dele. Comemos, dormimos nas horas dele. Vamos para o café dele, vemos os filmes dele; lemos os seus livros, cozinhamos para os seus amigos – tudo é para ele.

Em Louveciennes tudo é para mim.

Hoje cobri Henry de amor, de ternura. Outro dia cobri Hugh de ternura, porque ele estava doente, com um abscesso. Tomo conta dele todo. Preciso fazer uma visita rápida a Papai porque ele está de partida para o Sul.

Este eu está crescendo descontroladamente. Me sinto menos feliz do que quando eu não tinha um eu.

Quando procuro Eduardo para lhe fazer perguntas, chamo suas respostas de Astroanálise. Ele diz que Marte está em minha casa de Libra, e assim estou vivendo meu próprio

---

* "Fico andando em círculos." Em francês no original. (N.T.)

Marte em vez de deixar Henry se encarregar disso. Pergunto: "E eu vou embarcar amanhã? Ir para algum lugar? Vou me obedecer ou rir de mim mesma?"

Por que nada consegue me prender? Henry está escrevendo, não vivendo. De Fraenkel eu não consigo sequer me aproximar, como aliás eu não deveria jamais ter me aproximado de Rank. Proporcionei a Rank uma vida plena demais, completa demais a meu lado em Nova York. Depois disso ele já não podia ser um mero amante. Se eu não tivesse agido dessa forma, ele poderia não ter exigido tanto de mim. E ainda estaríamos nos vendo toda semana por algumas horas, naquele feio quarto francês.

Sinto um estranho desprendimento; não existem barreiras, muros, temores – nada me separa da aventura. Me sinto cega, à deriva, sem lar, fora de órbita. É agora que represento um perigo real para a felicidade de Hugh, Henry, Mamãe e Joaquim. Uma tigresa à solta, à espreita.

Sacrifícios. Voltei de Nova York, longe do meu trabalho e da minha liberdade, porque Hugh me buscou, acreditando honestamente que eu voltaria. Voltei porque Henry não queria ficar em Nova York. Teria voltado por Huck, por Papai, por Mamãe e por Joaquim. Mas não por *mim*. Por mim, eu queria Nova York, meu trabalho e minha independência. Henry lá, a meu lado, a vastidão de um novo papel a criar, a recriar. Eu teria tanto a dar, lá – incutia alma e intelecto em todos que se aproximavam de mim.

E aqui?

6 de julho de 1935

Eu e Papai no jardim. Papai dizendo: "Depois do que nos aconteceu, de uma coisa tão intensa, tão fantástica e grandiosa, não consegui mais me envolver em relacionamentos comuns. Tudo me parecia estúpido e corriqueiro demais. Eu sabia que aquele tinha sido o ponto mais alto da minha trajetória."

Poderia ter sido o ponto mais alto da minha, também, mas eu não estava preparada; me sentia fraca, dependente e apegada. Precisava de alguém próximo a mim. Eu não tinha minha própria alma, como tenho agora. Agora sei o suficiente para viver sozinha. De certa forma eu vivo sozinha. Sou mais distante e autossuficiente. Agora entendo o que você queria no ano passado, mas na época aquilo me parecia ascético e solitário demais. Depois veio a paz, e uma grande onda de amor e ternura. *Les fiancés éternels.** Maruca ainda diz: "Temos que deixar os noivos a sós".

Anotações feitas no barco: Flertes em Nova York com George Buzby, Donald Friede, Norman Bel Geddes e com o vice-cônsul cubano, na última hora antes de partir. Atraída por muitas pessoas, todas ao mesmo tempo. Mas tudo é superficial. Bill Hoffmann não se irrita com minhas artimanhas. Beijo de despedida.

Vou me despedir de Henry na noite antes de embarcar com Hugh. Sempre tanto amor! Uma ternura sem fim. Desejo de ir embora com ele. Quando vim acordá-lo naquela sexta-feira Henry já estava acordado, pensando: Se ao menos pudéssemos embarcar juntos! E disse: "Desta vez tudo vai ficar bem. Nós dois estamos indo na mesma direção."

Ele partiu no SS *Veendam* na sexta, e no sábado eu e Hugh zarpamos com o SS *Champlain*. Assim eu me sentia perto de Henry. Nos mandávamos radiogramas. No mesmo oceano, ao mesmo tempo.

Saí coroada de triunfos como mulher, como analista. Duas pacientes apareceram de última hora, buscando ajuda; mulheres por volta dos cinquenta anos, apegando-se a mim. Desenvolvi uma firmeza grandiosa e gentil.

Lowenfels capitulou ao ler meu romance sobre Henry e June e "Alraune". Disse que eu era um ser humano, uma artista criativa, e que me havia subestimado (sua insistência em me ver como uma rica mulher da sociedade que tratava Hugh de modo condescendente, interpretando nossa relação do modo mais superficial!).

---

* "Os noivos eternos". Em francês no original. (N.T.)

Impressionante, incrível, inacreditável conseguir aproveitar uma refeição não importa onde nem com quem. Antes, eu não conseguia comer diante de estranhos. Ficava nervosa e tensa. Conseguir escrever cartas em tom casual, telefonar sem timidez e não me sentir intimidada por ninguém. Não tenho mais medo da inteligência de Fraenkel. Fugi da prisão de minha timidez. Não preciso mais de Papai, nem de compreensão. Já não me incomoda que certos pensamentos sejam apenas meus. Não preciso compartilhar nada. Rank me ensinou o quanto isso pode ser destrutivo.

Quanta paz e quanta tranquilidade eu sinto assim, longe daquela investigação constante que não deixava nada em paz por um segundo que fosse. Assim que me separei de Rank adentrei meu verdadeiro mundo feminino de percepções independentes do intelecto. A exaltação mental que eu costumava sentir na companhia de Rank, o banquete de ideias, tudo virou fumaça. Mergulhei numa profunda serenidade, em uma vida psíquica lunar.

Tenho saudades dele, mas para mim chega de análise. Preciso de movimento e de sensações; é como se nunca houvéssemos morado juntos, o que prova que eram as criações e ideias de Rank o que me prendiam a ele, e seu amor – mas eu não sentia amor algum.

Quando encontrei Henry na Gare du Nord: felicidade. Ficamos deitados no sofá em seu estúdio, o que lhe trouxe lembranças da dor sentida quando achou que eu o tinha abandonado. Ficou se revirando de um lado para o outro, sem conseguir pegar no sono, e só adormeceu quando viu a lua e percebeu que eu o estava observando.

10 de julho de 1935

Tenho me sentido muito enjoada, neurótica, reprimida e, por fim, doente. Me sinto grande e plena demais para tudo isso, como se eu estivesse montada em um cavalo de corrida e de repente me visse confinada à concha de um caracol. Reprimindo uma força tremenda que não posso usar aqui. Perdi o ritmo que eu tinha em Nova York, uma embriaguez. Rank tinha o mesmo ritmo que eu. Aqui eu me sinto sufocada sem meu trabalho. Ninguém consegue seguir o meu ritmo. O que posso fazer? Tomar outro barco. Não consigo escrever, não consigo ler, estou *frémissante**, irrequieta, febril; salto, ando para cima e para baixo, corro, sem ter para onde ir. Parar quieta é uma batalha. Todo mundo está contente. Henry está em seu elemento. Hugh e Eduardo discursam. Perdi Rank – e agora? Henry tímido e passivo, mas seu ritmo criativo é intenso. Rank era ousado em todos os aspectos. Estou esperando por alguém. Um novo amante, com botas de sete léguas, como as minhas. Papai também é tímido. Não pensa em nada além de evitar as doenças, a velhice e a morte.

11 de julho de 1935

A RECEPÇÃO APAIXONADA DE Henry, seu ciúme de Fraenkel. Um filme que nos levou ao Egito. Tivemos um gostinho da infinitude. Tudo isso me ajudou a escapar da tortura e de meus humores sufocantes. Afasto-me dos temores mesquinhos, do dor inerente aos relacionamentos; crio com esperança, trago visitas a Louveciennes.

Ah, o esforço que fiz para me adaptar a Louveciennes e à Villa Seurat – o ser humano em mim satisfeito, mas o demônio sempre me instigando, meu corpo aquecido pelo toque de Henry, minha vida presa à dedicação de Hugh.

Vida dividida: Villa Seurat, desordem e sociabilidade. Louveciennes, ordem e isolamento. Mas não consigo parar muito tempo ao lado de Fred, Brassaï, Roger, Maggy. Afora Fraenkel são todos frouxos, fracos, reclamões e desprovidos de grandeza. Algo despertou minha grandeza agora, e portanto me inquieto.

Fred descreve meu romance como um hino amoroso. Hoje ele é um romancista famoso e admirado.

Quando meu ciúme feminino acalmou-se ao perceber a liderança de Fraenkel, dei-me conta de que Fraenkel era a

---

* "Tremendo". Em francês no original. (N.T.)

companhia que faltava a Henry, o que eu havia admitido já no passado, quando tentei dar Rank a Henry. Na época eu disse a Rank, durante a análise, que, em seu livro sobre Lawrence, Henry havia me ultrapassado e que, mesmo sendo capaz de o acompanhar, eu não tinha mais condições de guiar, auxiliar ou criticar o trabalho que ele vinha fazendo. Para pôr ordem nas visões instintivas e líricas de Henry, era preciso um intelecto maior e mais forte que o meu. Achei que Rank estaria à altura. Mas é Fraenkel quem está. Ele nutre as explorações intelectuais de Henry e me alivia de um fardo que não consigo carregar, porque durante anos eu fui tudo para Henry – ele não tinha a mais ninguém. Lembro das minhas agruras com [seu] livro sobre Lawrence na Rue des Marronniers* e, por fim, do meu desânimo. Nos tempos de Clichy, cercado por Fred etc., Henry não tinha ninguém à sua altura, e eu tinha de ser quem recebia e estimulava suas ideias – uma tarefa difícil demais para mim. Spengler, por exemplo.

Agora que entre mim e Fraenkel há uma compreensão separada e pessoal, alegro-me por Henry ter encontrado seu companheiro, seu mundo, alguém à altura de seu intelecto. É estranho: nas discussões, Fraenkel é sempre sutil, sábio, compreensivo. Quando fala diante de mais pessoas, Henry não é tão sábio como quando estamos os dois a sós. Sou obrigada a ficar do lado de Fraenkel. Com isso as baboseiras de Henry parecem acentuar-se, e fico ressentida com Henry por causa do seu primitivismo, sua falta de compreensão (ele começa a imitar Fraenkel), e sinto que a biologia me condicionou a amar com fervor um homem intelectualmente distante de mim, mas próximo a meu sangue e a meu corpo – o casamento intelectual se deu com Rank, e agora com Fraenkel. Fraenkel sabe que eu o entendo e, como Rank, encontra poucas pessoas que o entendam; assim, valoriza muito a compreensão.

Nessas discussões, acabo por ficar em silêncio. Falar mais revelaria a Henry um sistema de pensamento que nunca

---

* Do inverno de 1933 a 1934, seguindo orientações do dr. Rank, Anaïs Nin mudou-se de Louveciennes para um hotel próximo ao Bois, onde também alugou um quarto para Henry Miller, que havia saído do apartamento em Clichy, onde morava com Alfred Perlès. (N.E.)

lhe mostro, porque ele o ridiculariza, e expõe a Fraenkel os sentimentos e instintos que, de um modo emocional e obscuro, me ligam a Henry. Henry também não me concebe em termos mentais; não sabe que sou capaz de saltar mais rápido e mais longe do que ele, e para longe de Fraenkel também, mas sente que sou diferente porque meu corpo e meu sangue são diferentes dos de Fraenkel, que pertencem a ele, um ser lunar.

O momento de calor corpóreo pode dar a impressão de um casamento muito íntimo e misterioso, as carícias de Henry, sua voz, a ternura, os silêncios. Agora eu sou a realidade para Henry. Ele tem amor por mim e não por Fraenkel, para quem não há calor corpóreo. Henry se vira e faz pouco caso dele. Os dois morreriam de fome, juntos. Num plano diferente, encontram-se em banquetes de outra ordem, como os meus com Rank. Mas, para Henry, no fundo isso não tem muita importância; e para mim também já deixou de ser a Ideia.

Paz. Matei meu último desespero. Saindo do cinema, eu e Henry caminhamos livres por Paris, da Opéra a Montsouris, mais de uma hora. Tomei uma canseira, de propósito. Bebi vinho. Pensei em nossa viagem ao Egito e na infinitude. Nova York, dissemos, não fora construída com o mesmo senso de eternidade.

Sozinha com Henry pela primeira vez desde o nosso retorno, paz e silêncio e profundidade, e eu fazendo avanços sobre a fadiga, tendo um orgasmo no trem enquanto lia um livro pornográfico.

Despeço-me de um Papai triste. O que temos em comum é essa melancolia profunda, oculta do mundo por nossa máscara de felicidade.

Paz.

Fraenkel vem amanhã à noite. Chega de exacerbar ciúmes e medos pequenos. Solto um pouco o nó que me prende a Henry. Outra vez. Domino meu primitivismo. Me elevo. Busco um destino suprapessoal. Ah, a dor imensurável, a coragem necessária para encarar a vida, amar, rir, esquecer, liquidar os dias, como Henry faz – Henry, que é capaz de recomeçar a cada dia.

Annis: Deusas celta da Lua. Deusa da Terra.

Anahita: A deusa-mãe celta e seu filho Myhtra; deusa persa da Lua.

Anatis: Deusa egípcia da Lua. Nana da Babilônia.

Anu: Na região do sul da França, é conhecido como "o que brilha". Protetor da fertilidade, do fogo, da poesia e da medicina. Também é conhecido como Anu Negro, que no folclore popular devorava homens ou os levava à loucura.

Anaïtis: Deusa do amor sexual, incasto. Deusa masdeísta da Lua.

14 de julho de 1935

JÁ ESTAMOS PLANEJANDO A publicação de nossos livros, mesmo sem ter a prensa. Fred batizou a editora de "Siana", invertendo as letras do meu nome – algo que fiz em meu diário uma vez, quando eu era garota.

Tenho padecido com a queda de uma vida em movimento – ação – a um ritmo lento. Não consigo ficar sentada com Henry e seus amigos por horas a fio num café. Simplesmente não consigo conversar por dez horas seguidas, como Henry e Fraenkel. Preciso de movimento, vida. Tento controlar minha energia, mas não consigo me concentrar para escrever, ler, ir ao cinema ou escutar música. É como se meu coração batesse ligeiro demais, como se tivesse disparado em um galope, e eu, ficado sozinha. Fraenkel é muito compreensivo, mas atrapalhado e hesitante.

Ele veio aqui. Amou Louveciennes, harmonizou-se com Eduardo. Henry ficou com ciúmes. Fraenkel não queria ir embora nunca. Henry está impossível agora. Trabalhando em *Tropic of Capricorn*. Assim que a vida dele se adapta a um molde, Henry passa a gostar de baboseiras, cafés, vagabundagem, criancices. Parece um palhaço quando está com Fred. Fico ressentida, entediada e infeliz. Outra vez a rebelião secreta, como na vez em que parti com Rank para Nova York. Os medos, a covardia, as reclamações. Lamento nossa sintonia sensual. Ele não pensa como eu. Raiva porque os homens que pensam como eu (Rank,

Eduardo, Fraenkel, Hugo) não correspondem ao meu sangue. Raiva da natureza.

A sociabilidade de Henry. Convidados para o café, para o almoço, o dia inteiro – e por pouco não dormem conosco. Não. Detesto essa vida. Sua vida histriônica, desperdiçada.

Volto aliviada ao meu reino em Louveciennes. Escondo de Henry uma certa austeridade e dedicação na minha vida, que floresce em Louveciennes. Sempre escondi, temendo o ridículo, o grande amor e a profunda seriedade com que encaro meu trabalho. Já brinquei o suficiente com a infantilidade de Henry. Cansei. Outra vez meus sentimentos parecem alterados, meu amor parece esmaecer. Ao entrar no quarto dele encontro-o adormecido, roncando, com gosto de vinho nos lábios. Fred mal saiu e logo Fraenkel deve chegar, e por dez dias há apenas umas poucas páginas sobre a escrivaninha. Detesto me deitar ao lado dele. Mas me deito, e afundamos em sensualidade, vamos até o fundo, e algo em mim permanece eternamente intocado e solitário e inigualado, solteiro, e isso eu não posso aceitar; no fundo, não posso.

Por fim acho que quebrei o pescoço do meu espírito marcial. Após mais uma noite e um dia da mais profunda desgraça, sentei-me com grande determinação e, para aquecer, comecei a copiar o diário nova-iorquino. Mas tive vontade de escrever entre as linhas do diário, de expandir e dramatizar as anotações. Me pergunto se estou fazendo isso porque perdi Rank e sinto falta dele, de sua alma profunda e de sua mente vertiginosa. Por que não começo o livro sobre Papai? A verdade é que Papai significa muito pouco para mim agora; finalmente arranquei-o da minha vida. Amo-o da mesma forma que amo Joaquim, com um amor consanguíneo, mas não me sinto próxima a ele. Habitamos universos diferentes. Sem amor nem ódio, não consigo escrever sobre Papai. Instaurou-se uma indiferença. Enquanto ainda amo e penso em Rank, de certa forma.

Contudo, acho que encontrei meu estilo. Pego o diário e escrevo de modo mais cheio, mais artístico, mas mantenho-o sincero e direto. O diário como indicação dos níveis de febre e de seu desenvolvimento.

Recriar Nova York porque a perdi, porque perco a fome de tão apaixonada que estou pelo esplendor, pela expansão e pelo ritmo. Anseio por tudo isso. Será que estou condenada a escrever sempre sob o signo do anseio, clamando por tudo o que está distante e perdido?

O telefonema de Henry é a cura para os sofrimentos do ciúme. A mim parece que com Henry eu sofro continuamente com toda sorte de ciúmes. June, o ciúme supremo; as putas; e as mulheres que não se parecem nem um pouco comigo. Me curo apenas com meus outros casos amorosos. Os incidentes com Eduardo, Allendy, Artaud, Papai e Rank me distraem. E agora me sinto perdida por não ter nada além de Henry em que fixar meus pensamentos. É insuportável e cômico, porque Henry tem o mesmo sentimento. Bastou eu dizer que George Buzby era bonito para vê-lo ansioso.

No meu reino em Louveciennes, Eduardo agora está sozinho, perto de nós. Jogamos *badminton*, fazemos as refeições juntos, conversamos.

Eu e Eduardo sobre a absoluta falta de compreensão em Henry, de um ponto de vista consistente quanto às pessoas, aos filmes e aos livros. Tudo distorcido, o que possibilita a caricatura, o burlesco, a invenção. Contradições e caos e irracionalidade. Ele está escrevendo sobre June, mas não é June. O que sabe de mim é apenas o que eu disse, o que escrevo, o diário; mas eu não lhe confiaria o meu retrato. Caricaturas de Fred, de Fraenkel, de todo mundo; Seria cômico se eu pintasse os mesmos personagens, a empatia de Fred, a sagacidade de Fraenkel, o maravilhoso em June.

Agora vejo um Henry maléfico com tanta frequência porque o vejo com os amigos, mas o Henry que fiz para mim continuará existindo enquanto eu acreditar nele. Henry está interpretando esse papel para mim porque assim ele se sente mais importante. Como odeio abrir os olhos para ver Henry!

Quando estamos sozinhos tudo fica bem; ele fala com sabedoria, é afetuoso. Mas vi o bastante dele com os outros e acho revoltante. Traição, contrariedade, inconsistência, volubilidade, covardia, exploração, perfídia, destruição.

Maggy: "Antes de ler o seu romance eu estava ressentida com o mundo, amarga, irritada, muito egoísta. Eu estava magoando os outros, mas quando li o livro, fiquei tão comovida que algo aconteceu em mim. Aquilo era tão comovente, tão cheio de sentimentos..." Maggy é grega, com olhos cor de carvão, dentes impressionantes e um certo temor da vida. Roger, seu amante, é um dos poucos franceses de quem gosto. Ele escreveu uma carta romântica sobre Louveciennes e a sua infância. Roger está se afastando da França, em direção ao caos, ao gênio e à profundidade inglesa.

17 de julho de 1935

J'AI FINALEMENT TORDU le cou à Mars.*

Até que enfim domei esta grandiosa força vital que me atormentava – *pelo menos por um tempo*. Estou me refugiando na escrita, mas só vou escrever enquanto a próxima explosão e a próxima expansão não vierem. Fraenkel está escrevendo. Henry está escrevendo. Ele é mais meu do que nunca. Joyce partiu hoje, de navio.

Copio o diário nova-iorquino todos os dias. Me nutre.

Gosto de me fazer de louca. O Vesúvio é interno. Não vou deixar que me roubem a aventura, o sangue, o amor, o sexo, o movimento, as artimanhas, a ação total e barulhenta. A literatura não resolve nada.

Para a escrita visionária: ficar muito quieta, mediúnica, ver mais, mais longe, sentir o cosmo.

"O bater do coração me acordou", escreveu Gabriele D'Annunzio.

21 de julho de 1935

MEU JEITO FIXO, SONÂMBULO de sair do estúdio de Sylvia Maynard em Nova York. Não encontro lá o que busco. Me sinto grande, inflada. Não há lugar para mim em parte alguma, e

---

* "Finalmente torci o pescoço de Marte." Em francês no original. (N.T.)

em parte alguma minha cara-metade. Henry é tão tímido e passivo. Rank era ousado.

Eduardo sobre minha história "Alraune": "Uma visão apocalíptica. Escrita que pode ter um brilhante amanhã. Escrita clarividente, visionária."

Foi ao anotar os sonhos que Henry saltou para dentro de sua realidade, seu mundo, onde se cantam quatro ou cinco canções ao mesmo tempo e a carne e o espírito são de fato uma só coisa.

Fraenkel tem que estar sempre certo. Também me aprecia. "Você pensa como eu. Um sistema governado pela mente." Diz que a influência de Henry está me deixando menos latina (caos, instinto), me tirou do meu caminho. Mas como ele me instigou! Fraenkel diz que sempre sei quando parar – sentido e forma. Henry é capaz de arruinar suas melhores páginas. Fred diz que meu romance é um hino amoroso.

Anaïs para Henry: "Você gostaria de conhecer Brancusi?"

Henry: "Não gosto de profetas. Aquilo é pura pose."

Henry para Roger Klein: "Você não entende Maggy porque ela está num patamar superior. Um patamar de saúde e de razoabilidade. Você é apenas um louco."

Henry apaixonado pelo mostrador colorido do relógio da Trinité.

Mais ou menos uma semana atrás, Henry começou a escrever sobre June. Ler esses escritos me magoou um pouco, mas ainda assim eu me senti tão próxima a Henry – ele me fazia carícias tão apaixonadas, tão cientes da minha presença, tão *lá*, sem o menor traço de alteração em seu amor – que não me entristeci. Uma noite dessas quando ele chegou eu estava escrevendo. Falei sobre a nova forma de Hugh expressar seu ciúme. Quando fica sabendo que vou para a Villa Seurat (agora Hugh está em casa, de férias), ele faz amor comigo, sempre; mesmo no último instante, quando estou me vestindo, Hugh me atira na cama e diz: "Quero deixar você exausta antes de você sair, para ter certeza de que não resta nenhum desejo". Ou então: "Você precisa pagar antes de sair". As palavras são ditas em tom de brincadeira, mas ao mesmo tempo sério. Me deito, passiva, ou faço um esforço para imaginar que estou excitada. Tudo isso me nauseia, me magoa.

Ao terminar de ouvir, Henry disse: "Agora entendo por que eu fazia a mesma coisa com June antes de ela encontrar Jean".

Fiquei quieta. Por fim, respondi: "Que curioso você pensar em June. Em vez de os seus pensamentos se voltarem para os incidentes da nossa vida, você se lembra da vida com June." Henry entendeu o que eu estava sentindo, mas respondeu com muita sinceridade: "Não é nada do que você está pensando. O interesse que tenho pela minha vida é quase científico, como o de um detetive – não é humano. É só que eu estou lutando contra vários mistérios, só isso. E quero ser sincero. Quero mostrar as páginas para você. Você se importa? Não sei o que estou fazendo."

Eu disse que não me importava. Li as páginas em que Henry descreve o modo de June falar, o primeiro beijo deles, a primeira mentira. Fiz meus comentários. Sentei perto de Henry. Ele disse: "Estou escrevendo com tanta frieza, tão devagar! Não estou apaixonado pelo que escrevo. A única coisa que poderia magoar você era se eu voltasse ao meu passado para abraçá-lo, mas não é isso que estou fazendo."

"Eu achei que você ia se apaixonar por June outra vez."

"Não, não estou apaixonado. É só um trabalho intelectual. Sinto como se eu tivesse dormido todo o tempo que passei com June, que foi tudo um sonho, que eu era um sonâmbulo."

"Ela queria e precisava que você estivesse adormecido."

"Agora vejo que June foi uma criação minha. Sabe, Joyce me deixou irritado. Ela tem alguns dos mesmos defeitos que June. Faz os mesmos comentários grosseiros e ignorantes. Tem todos os defeitos das americanas, a força de vontade, a falta de sentimentos e de compreensão. Agora eu vejo, Anis, o quanto aprendi com o seu romance, o quanto aprendi com a sua sinceridade e a sua integridade."

Eu, mais uma vez, dei-me conta de que havia feito de Henry um homem completo, que eu lhe havia devolvido a alma que June matara. Henry ficou comovido enquanto falava.

Decidimos não ir visitar Fraenkel.

Conversamos sobre o mundo de Fraenkel, sua imagem do mundo, que corresponde à de [Oswald] Spengler. Eu disse que entendia esse mundo, mas não me sentia ligada a ele, e sim ao amanhã.

Mais tarde, Fraenkel disse que eu estava apenas superando um obstáculo, acima e além da guerra, destruição e fome rumo à vida, porque defendo a vida.

"Todo mundo", eu disse, "já sofreu de consciência pesada. A cura se dá com a exploração do inconsciente, com o redescobrimento da origem dessa dor."

Henry: "Mas nem todo mundo faz análise."

Eu: "Ah, claro, talvez não individualmente, mas pela infiltração, pelo contágio, pela contaminação, pelas partículas suspensas no ar; pela literatura, música, pintura, filosofia. Tudo o que acontece a um grupo de pessoas está fadado a acontecer com todos, ao mundo todo."

Ontem eu disse para Fraenkel: "Se você quer ver Fraenkel vivo, olhe nos meus olhos..." Outra vez o milagre. Ele solta suas escamas, despe-se da pele enrijecida. A alma, enterrada viva para sobreviver ao mundo, aflora. O Fraenkel que acredita, o Fraenkel sensível despertou.

Ele está aqui por alguns dias. Diz que June é uma gata de rua, um ser híbrido.

Villa Seurat: Chana Orloff, Richard Thoma. Rue des Artistes: Fujita e uma visita a Brancusi, sua *Forêt Blanche,* as *Colonnes sans fins dans les nuages*, o Velho Profeta, Café Roumain, contas em prata de Bali, olhos negros e barba branca. Regiões cobertas de neve. Montanhas de gesso.

Vida vegetativa com Henry. Sensações amorosas. Umidade nas folhas, o farfalhar de todas as coisas voltando à vida. Nada no mundo como me derreter e me deixar levar. Cada vez que entrego um pedaço do meu ser, uma ideia, aceito, faço sacrifícios em nome de Henry, aceito o Outro, é como se as cadeias rígidas do Eu se rompessem. Quando descobri que a história do encontro com a puta era verdadeira, beijei seus olhos. Uma entrega contínua: o eu, os ciúmes, as reclamações, o egoísmo. Cada vez que me derreto, algo mexe com a minha feminilidade, com o eu-mulher. Cada onda de sentimento, de entrega, traz consigo uma estranha abundância. Sinto-me feliz de um modo divino, inumano, como se fosse uma religião, não um amor normal, sempre maior que eu.

24 de julho de 1935

Mais uma vez estou apaixonada. Não apenas por Henry. Simplesmente apaixonada. Senti hoje pela manhã. Eu estava ouvindo "Blue Moon". Recém havia posto na mesa o café da manhã para Henry. O sol brilhava na sacada. O estúdio estava mergulhado em luz, repleto de células cheias de vida. Henry não me acompanha. Ele só canta com palavras. Não com o sangue, não do meu jeito, com asas. Um amor humano. Sinto que alguém está se aproximando, alguém está se aproximando. Estou na ponta dos pés e vou recebê-lo cheia de vida.

Ao sair da Villa Seurat, número 18, Chana Orloff me chamou de sua janela. Vê-la me fez lembrar de Rank. Se ao menos eu pudesse ter Rank sem ter seu corpo, seu amor sexual! Mas não. Não Rank, ainda que a ideia de reencontrá-lo por conta de Chana Orloff me emocionasse. O que eu iria dizer para ela? Não a verdade. Será que devo inventar alguma coisa, dizer que eu estava apaixonada por Rank e já não conseguia mais me defrontar com ele? Mas ela iria contar para Rank, que ficaria furioso por eu continuar mentindo – ou então acreditaria.

Me sinto apaixonada enquanto compro café "San Paulo", melão, pães e manteiga para Henry. Recém saí de seus braços, e o mundo parece mais vivo e mais selvagem do que ele. O convite de Chana Orloff para entrar e fazer-lhe uma visita foi uma punhalada, porque ela ainda se encontra com Rank.

Me sinto apaixonada enquanto desço a Villa Seurat com meu vestido russo vermelho e o casaco branco, apaixonada pelo mundo e pelo homem que está vindo, a caminho, o homem que vai viajar comigo, o homem do corpo que amo a despeito de nossos intelectos não serem gêmeos; o corpo que posso amar, porque agora estou apaixonada por corpos, pela juventude, pela carne e pelo sangue. Não estou em busca do sonho – nem de pensamentos. Estou apaixonada ao tomar o trem para almoçar com Hugh e Eduardo no jardim, e ofereço meu corpo ao sol enquanto sinto os raios na minha pele. É um corpo meio esbelto demais, mas a pele é bonita e macia e de aparência jovial. Não tenho idade, da mesma forma que os outros não têm idade física para mim. Eduardo me pergunta: "Que idade ele tem?" Não sei. Nunca sei. Só sei que idade têm as almas, as experiências, o desejo, a audácia. Sem tempo. Sem idade. Ainda sou Bilitis; por fim, amo os homens como criaturas sensuais e não vou deixar que a alma me impeça. Estou à espera do *homem*, não do *filho* ou do *pai*.

Eu estava escovando o casaco de Henry, porque ele tinha um encontro com seu editor. Ah, meu Deus, eu já ia esquecendo: Jack [Kahane] aceitou meu romance sobre Henry e June e me ofereceu um contrato. Isso mesmo: o contrato está no meu bolso!* Eu estava escovando o casaco de Henry e ele queria que eu engraxasse seus sapatos porque estava tímido, porque é tímido. Henry está ficando famoso, recebendo cartas de Ezra Pound, T.S. Eliot, uma resenha de Blaise Cendrars e 130 cópias de *Tropic of Cancer* vendidas até agora. Ao acor-

---

* Ainda que Jack Kahane tenha oferecido a Anaïs Nin um contrato para vários livros, sua editora, a Obelisk Press, publicou somente a "novela sobre Henry e June" – intitulada "Djuna" – como parte do volume *The Winter of Artifice*, em junho de 1939, aproximadamente dois meses antes da morte de Kahane. No volume, encontrava-se também a "história sobre Papai", intitulada "Lilith", e "The Voice", uma história baseada nas experiências de Anaïs como analista em Nova York. (N.E.)

dar ele me toma nos braços. Será que existe mais alguém capaz de tanta ternura? Sempre a mão no meu corpo, sempre as carícias escorregando para algum cantinho do meu corpo, sempre a mão quente e carinhosa, a boca entreaberta. Esquecemos nossa discussão, em que eu criticava a mania que ele tem de catalogar tudo por achar que tudo é interessante.

Enquanto o disco tocava eu me senti comovida até a ponta dos pés, no fundo do estômago – todo o meu corpo se agitando e se abrindo.
Será que Ele está no meio da multidão?
Se esse amor não me matar, vai ser minha salvação eterna.

Febre no trem. Por fim, sentei-me em casa e tentei mitigá-la enquanto copiava minha história "Waste of Timelessness" para Fred, que ainda é um pouco irônica.* Mas onde foi parar minha ironia agora? Rank fez com que florescesse, mas agora ela se foi. Quero reencontrar minha ironia. Não há ironia em meu amor por Henry, mesmo que muitas vezes ele merecesse; e fico magoada com seu "Scenario", feito a partir de "Alraune", porque de "Alraune" ele não tem nada – nada além da casca – e Henry acrescentou montanhas, máscaras, areia, templos, construções, barulho, espaço, esqueletos, gemidos, dança, mas não deu a isso significado algum – nada disso faz sentido. Morte, doença e objetos. Eu saberia imitar o Henry vazio que anda pelas ruas com olhar distraído, observando tudo para entender cada vez menos, mas amplamente capaz de compensar por isso quando volta seu gênio à invenção – à invenção, à criação de um outro mundo, sim. Mas só no papel, como Fraenkel diz; na vida não.
Quero minha cegueira de volta! Onde foi parar minha cegueira?

---

* Mesmo tendo permanecido inédita durante a vida de Anaïs Nin, a história "Waste of Timelessness" deu nome a uma coleção de dezesseis escritos do início de sua carreira, editada pela primeira vez em 1977 como "livro somente para os amigos" (*"Waste of Timelessness and Other Early Stories"*; Weston, Connecticut: Magic Circle Press. Reimpressão em Athens, Ohio: Swallow Press/Ohio University Press, 1993). (N.E.)

Fraenkel veio passar alguns dias aqui. Revisou o texto completo de "Alraune" com muito critério e muita perspicácia. Me aconselhou a seguir escrevendo no estilo em que escrevi a introdução para a história sobre Papai, que começa assim: "Estou esperando por ele. Estou esperando há vinte anos." Fraenkel aguçou meu olhar crítico, então fiz cortes e talhos importantes em "Alraune".

A Siana Press vai publicar o "Scenario" de Henry. Ele quis que esse livro saísse primeiro. Depois "Alraune". Depois uma carta de cem páginas escrita para Fred durante a viagem a Nova York, *Aller Retour New York*, que eu considero sem importância*, ainda que nela Henry demonstre toda a sua falta de valores e de opinião crítica. Ele está apaixonado pelas cartas a Emil et al. – com tudo o que representa sua filosofia da imperfeição, o culto ao natural.

Amaldiçoo Fraenkel – amaldiçoo-o por despertar a Anaïs Nin adormecida, crítica de escritores e de homens. Detesto isso, e assim me apaixono. Quero amar. Não quero ver uma realidade horrível nem rir dela. Fraenkel diz: "Você usou uma história de dois rostos, o simbolismo do dia e da noite, mas não usou o rosto diurno nem o noturno. Eu cunhei essa expressão 'rosto diurno'. É uma expressão maravilhosa."**

---

* *Aller Retour Nova York* acabou sendo publicado pelo imprint da Obelisk Press em outubro de 1935, em uma edição de 150 exemplares autografados por Henry Miller. A "Alraune" de Anaïs Nin, que teve seu título alterado para *The House of Incest*, saiu em 1936 pelo Siana Press imprint [18, Villa Seurat, Paris] em uma edição de 249 exemplares. O livro foi impresso pelos contatos de Michael Fraenkel na Saint Catherine Press, em Bruges, Bélgica. O *Scenario* de Miller foi publicado sob o imprint da Obelisk Press em julho de 1937, em uma edição de duzentos exemplares numerados e autografados. Este "filme com som" fora, conforme a dedicatória, "diretamente inspirado por uma fantasia chamada *The House of Incest*, escrita por Anaïs Nin". (N.E.)

** Michael Fraenkel mais tarde publicou "The Day Face and the Night Face" na edição do Natal de 1938 da *Delta*, a revista de vida curta editada por Alfred Perlès, Henry Miller et al. na Villa Seurat, 18. No que apresenta como um fragmento de *The Personal Experience*, Fraenkel escreve sobre a personalidade dual da amante que o deixa: "Como estou dizendo, era apenas naqueles momentos à noite que seu rosto diurno caía, que eu alcançava – esta outra parte de você, seu outro eu, escondido de você, desconhecido (...). Você parte, e eu fico para trás, sozinho com um mundo de ideias, mas sem ideia alguma de um mundo." (N.E.)

No dia anterior ao de Rebecca West vir a Paris, tive um sonho: Eu estava trabalhando como puta e vestindo uma camisa cor-de-rosa. Fui expulsa porque usava *tecido* demais. Alguém juntou os pedaços de tecido e segurou-os diante dos meus olhos. (Será que tem alguma relação com minha necessidade de relatar o que me acontece, de *costurar* tudo junto?)

Saio com Rebecca. Henry a insulta. Ela me dá um quarto com sais de banho, perfume, *nécessaire* etc. Faz choverem presentes sobre mim. Me dou conta de que Rebecca é lésbica e está esperando por mim. Uso os presentes para cuidar de mim e vou até seu quarto, mas já se passou meia hora e ela cansou de esperar.

Um dia após me enviar um telegrama, Rebecca West chegou a Louveciennes em companhia do marido. Todas as nossas tardes e noites tinham uma nota de humor. Perdi a timidez e fiquei muito engraçada e direta. Consegui manter a minha conversa no mesmo nível dela – um nível de beleza brilhante. O olhar ardente. No início, Rebecca não queria sentar comigo no banco externo do carro porque lá nós parecíamos abandonadas, mas no escuro ela gostou, Hugh e Harry Andrews dirigindo nosso carro, cuidando de tudo, enquanto nós olhávamos as estrelas. Rebecca disse que o livro de [Joseph] Delteil sobre Joana d'Arc fora escrito por uma empresa que fazia anúncios de sutiã: "Os segredos que Joana trazia no peito". Percebi que lhe faltava autoconfiança. Ela mesma disse que nem ao menos conseguia se sentir como o gênio feio que se olha contente diante do espelho e diz em voz alta: "Para pensar eu tenho talento". Rebecca é hipersensível às críticas.

No dia seguinte fomos juntas às compras (os sais de banho). "Que bobagem aquilo que nós estávamos falando, Anaïs!" Rimos juntas e conversamos sobre batons. Pintei-lhe os cílios. Ela vai usar uma cópia do meu chapéu branco. Está usando meu esmalte. O corpo de Rebecca me agrada: sensual, exuberante. Seios bonitos. Pele bronzeada, como a das crioulas. No fundo dos olhos, a melancolia de Rank, mas ao mundo oferecem brilho e humor.

Duas horas a sós com ela no quarto, uma conversa profunda, tentando abarcar nossas vidas inteiras. Ela me acha a mais forte de nós duas. Rebecca West ainda é vítima dos padrões do sofrimento. Eu já me livrei. "Você dança a sua vida", diz ela. Todas as *grandes lignes** da nossa vida são idênticas. Infância difícil: o pai a abandonou aos nove anos. Aos vinte, ela fugiu com H.G. Wells. Teve um filho aos 21. O marido dela podia ser irmão de Hugh, e seus amantes têm muito em comum com Henry. Ela me fala sobre um "Tommy". Quero lhe dar forças. "Você é a mulher mais incrível que já conheci", diz. Emoção e caos. Rebecca não foi tão sincera consigo mesma quanto eu – nem no escrever, nem no viver.

29 de julho de 1935

Quando ouço as conversas de Henry e Fraenkel me lembro de Rank, que sabia muito mais do que eles sabem e era mais humano. Por que já conheço todos os passes entre Henry e Fraenkel, como se eu já tivesse ouvido tudo aquilo antes? Apesar de seu fracasso como escritor, Rank estava muito à frente. Entre Fraenkel e Henry a linguagem é melhor: Eles são artistas. Rank era mais profundo e maior, mas não sabia escrever nem conversar direito. Sua mágica ultrapassava a arte. Ele sabia demais.

2 de agosto de 1935

Conversei com Chana Orloff. Ela me disse que Rank partira rumo a Nova York um mês depois de chegar. Senti uma aguilhoada terrível. Então percebi que eu ainda esperava vê-lo por acidente – encontrá-lo na saída da Cité Universitaire, no Café Zeyer ou na casa de Chana Orloff. Nesse momento percebi que eu havia esperado por isso, porque ainda estou apaixonada pelo intelecto e pela alma de Rank. Temo essa súbita poetização de Rank. O pai ideal deve permanecer sempre

---

* "Grandes linhas". Em francês no original. (N.T.)

distante e inacessível. Mas como anseio pelas coisas distantes! Sinto falta da grandeza. Rank, o amante, privou-me de Rank, o pai. Os pais sempre devem ser sábios. Quando eu disse a Henry que Rank fora o pai ideal, ele respondeu: "Sou eu o pai agora – o pai e o filho". Mas não é bem verdade, porque Henry é um pai apenas ocasional. Não vive com sabedoria e não tem força alguma fora do universo das palavras. Estou sempre apaixonada pela sabedoria, pela divindade, pela criação humana; sempre apaixonada pela manifestação mais próxima do deus no homem.

Escrevi um bilhete para que fosse enviado a Rank: "Não consegui me separar de você por completo. Havia tantos laços profundos entre nós! Será que um dia vou revê-lo?"

4 de agosto de 1935

O NOME QUE GANHEI DE Brancusi: *La Castañuela.*

Percebo que tenho horror a discórdias porque sinto que destroem o amor e os laços afetivos. Quando eu e Henry discordamos, sempre penso que jamais vamos nos reaproximar. Tudo isso se baseia em uma impressão de que o amor (intimidade) é frágil, mas que ao mesmo tempo existe um amor (amor como desejo ou antagonismo) resistente e que floresce em meio ao ódio. Esse amor eu desconheço. Como Rank. Não consigo acreditar o suficiente na minha ligação com Henry porque ela é descontínua. Muitas vezes penso que nossa ligação morre nos intervalos que passamos sem nos ver. Não confio no tempo nem na distância. Quando volto para Henry, sinto um estranhamento até que a hora em que por fim ele vai para a cama comigo e restabelece a corrente com suas carícias. É por isso que Rank disse não ser capaz de acreditar em nossa vida ou em nosso amor a não ser que morássemos juntos o tempo todo. Preciso das palavras que Hugh diz todos os dias, do gesto que Henry nunca se esquece de fazer, da possessividade de Rank. A fé de Henry não precisa de nada disso. Ele acredita porque não pensa entre uma coisa e outra. Acredita como as crianças acreditam.

Para Rebecca: Há muito a ser esclarecido em relação às coisas que você me diz. Precisamos conversar. No momento, só posso dizer que você deve manter a fé no amor, que pode fraquejar. É parte da fé em você mesma e de suas fraquezas. Não atribua uma importância exagerada aos gestos, à carta que não foi escrita etc. Fique quieta e acredite e aguarde. Você tem uma influência muito maior do que poderia acreditar sobre o que acontece em Londres. Tudo se cria graças à imagem que você traz dentro de si. Se eu puder ajudá-la a saltar para o outro lado desse abismo, você estará do outro lado da dor. Existe uma saída, assim como podemos acordar dos pesadelos. Quero dar força para que você acorde. Estou logo aqui, ao seu lado.

Netuno traz preocupações com coisas que nunca acontecem.

Meu amor por Henry diminuiu em proporção à antipatia que tenho por seus amigos, sua vida, pelos cafés, por sua falsidade com os outros, crueldade com os outros, trapaças, imitações, empréstimos, pilhagens. A analista em mim precisou rivalizar e imitar. Henry precisou escrever sobre Lawrence. Agora se aproveita de tudo o que aprendeu comigo e faz uma análise de Fraenkel, apresentando-a como se fosse obra sua. Identifica-se com o papel de Rank ao mesmo tempo em que o odeia. É o que todos nós fazemos, mas ao menos somos sinceros. Eu me tornei analista. Henry brinca com o papel do analista em um dia e no dia seguinte destrói seu trabalho.

Uma vez por mês fico instintiva e neurótica. Fiz uma visita a Henry um dia em que eu estava menstruada. Ele começou a falar sobre "Alraune", dizer que eu tinha bagunçado com o livro, que Fraenkel conseguira fazer o que eu apenas tentava, sem sucesso: descrever as sensações frente à cristalização do pensamento. Somava-se a isso o fato de que a cada menção da prensa (um mito), Henry fugia do assunto e dizia que devíamos nos ocupar do meu diário de infância. Minha raiva ficou mais intensa, mas não despertou de imediato. Passei um dia a alimentá-la. Certa manhã eu por fim explodi: "Se eu tivesse bagunçado com 'Alraune', como você disse, o livro não teria significado nada para você, nem para Fraenkel, nem para Rank. Mas aconteceu justamente o contrário! O problema é que você é uma *girouette*.* Numa hora você se vira para o vento egoísta de Fraenkel, para a sua dependência dele. Vocês parecem gatos de rua. Por que não vão de uma vez para a cama, os três, e trepam todos juntos? Seria bem mais honesto da parte de vocês. Só que em vez disso vocês sentam nos cafés e se param a fofocar. Mas nada do que você diga vai matar a fé que tenho em mim. Não vou deixar. É preciso uma vida inteira para se alcançar essa fé e você não vai destruí-la."

Mas o humor de Henry era muito terno, muito sábio. Ele respondeu com ternura. Terminou dizendo: "Você não vê o que isso significa? Tem a ver com a fé que você tem em si mesma. Se essa fé oscila, você vê o mundo e me vê de um jeito diferente. Você me vê insidioso e destrutivo agora, mas eu não mudei em relação a você. Quanto aos seus escritos, você é sensível demais. Eu não mudei, e sei que essas tempestades vêm quando você sente que nosso relacionamento está ameaçado por outra pessoa. Aconteceu com Lowenfels e com Fred, e agora está acontecendo com Fraenkel. Aí você começa a duvidar de mim. Você imagina nós três falando de você pelas costas. Mas na verdade eu defendi 'Alraune'. Fui contra algumas das correções de Fraenkel. Eu disse que a história era como um coral em um aquário. Alguns dos seus pensamentos são cristal puro, como um coral. Mas eles estão cercados por água, sensações. Fraenkel tirou fora um pouco dessa água. Ele quer apenas o pensamento mineralizado. Mas eu acredito no seu estilo vago."

"Henry, eu preciso que você tenha fé em mim, ou não vou ter forças para encarar o mundo. Contra Fraenkel eu preciso lutar, porque ele nunca reconhece ninguém. Ele acredita tão pouco em si mesmo que sente necessidade de fazer pouco caso de todo mundo."

Henry disse que também lutaria contra Fraenkel pelo que é seu de direito.

---

* "Biruta". Em francês no original. (N.T.)

Logo em seguida percebemos que tínhamos a mesma opinião. Henry estava sendo muito afável, muito compreensivo. Mas a qualquer momento ele pode passar de sábio a tolo. "Se a sua cabeça estiver fria o tempo todo, você perde muita coisa", diz ele. "Muitas vezes, é justo quando tudo fica confuso e você sai que as coisas acontecem."

Henry me conta tudo isso na cama.

"Eu sei, eu sei que perco esse tipo de coisa, mas isso é pequeno e insignificante, enquanto que, graças à minha sede por coisas grandiosas, coisas não estúpidas e grandiosas acontecem na minha vida – grandes aventuras como Allendy, Artaud, Rank." Sigo falando, falando sobre as coisas grandiosas e importantes que acontecem na minha vida enquanto ele fica sentado pelos cafés com Fred, o palhaço, e Fraenkel, o trapezista mental.

Em certos momentos, é difícil aceitar que Henry é para mim o que ele é para mim. Rank sempre dizia que esse Henry não existia. O Henry de verdade era um homem cheio de ódio, cruel, habitado por deformidades de sangue-frio e pela indiferença.

Enquanto descreve o modo como ironiza Fraenkel, o modo como ajuda Fred a roubar de Fraenkel, Henry me faz sentir o mesmo que sinto ao descrever para ele a maneira como engano Hugh, minhas artimanhas; e ele, vendo o demônio em mim, perde momentaneamente a fé na minha lealdade.

Henry tem ciúmes do vestido russo vermelho, o vestido de Rank. Diz que o uso com uma frequência exagerada. A diferença é sempre o *amor*. Se não amamos, somos capazes disso e daquilo. Mas é difícil acreditar nesse amor quando todo mundo acha que Henry só recebe, sem dar nada em troca.

Quando Henry acrescenta sabedoria ao seu calor e à sua ternura, ele se transforma no homem que amo de paixão. Nesses momentos o ideal e o instinto se encontram – mas são momentos raros.

Fraenkel me escreveu uma verdadeira Muralha da China de teorias sobre a culpa, tão robusta e impassável que o único modo de não sentar a seu lado e ficar discutindo os detalhes pelos próximos vinte anos para entendê-la foi passar por baixo da muralha e atacar sua neurose. Sua reação foi ainda mais incrível, com uma análise minuciosa de si mesmo – à qual respondi: "Mas o *outro* – o outro está completamente ausente da sua visão". Enquanto isso, Henry também o atacava – e Fraenkel, sozinho em seu estúdio, sentiu-se perseguido e começou a sentir dores no peito. Na mesma noite, enquanto me dizia que eu havia cortado sua cabeça, lhe escrevi uma carta muito humana para compensar a crueldade ideológica. Fraenkel, é claro, foi muito afetado pela violência e pela doçura. Veio para Louveciennes. Fizemos as pazes. À noite, no estúdio, quando Eduardo e Hugh já tinham ido se deitar, ele disse: "Resisti à sua proteção e ao seu calor. Você sabe o porquê. Você me provoca ao se aproximar de mim como uma mulher que não posso ter. Sou um extremista; ou você é minha, ou então é um homem. Se eu fosse Henry, eu não dividiria você com ninguém."

"Boa noite." Ele estava tão arrebatado que me puxou em sua direção para um beijo pela metade, um beijo irreal. E paramos por aí. Entendemos um ao outro. A admiração e a atração que Fraenkel tem por mim crescem a cada dia. Seu conhecimento sobre as mulheres é um tanto infantil. Ele ama minha força.

Nos dias que se seguiram em Louveciennes, escamas, cascas, carapaças e máscaras caíram. Fraenkel ficou cada vez mais sensível, mais ele mesmo; começou a brilhar. O corpo pequeno, como um esqueleto, descarnado. Pura sensibilidade e pensamento, mais quente ao toque do que eu havia imaginado.

No dia em que tinha de ir a Paris me encontrar com Henry ele tentou fazer com que eu perdesse o trem. Brincou com a ideia de me levar ao México, em vez de ir até lá comigo e com Henry. Eduardo poderia vir junto, disse, pois jamais tentara nos separar; mas Henry e Hugh haviam nos separado. Fiquei tão fascinada com esses planos que de fato perdi o trem enquanto Fraenkel dizia: "Você devia ser cuidada e preservada com o maior cuidado. Nunca vi Henry nem Fred tratarem você assim. Eles são fortes, mas não estão tentando alcançar coisas difíceis e raras como você. A sua vida é uma coisa extraordinária, o modo como você a mantém equilibrada e ao mesmo tempo tão plena, tão plena!"

Realidade. Estar no coração de um dia de verão, como no interior de uma fruta, olhando para as unhas do pé, pintadas, para o pó branco nas sandálias, vindo de ruas quietas e sonolentas, sentir a expansão do sol por baixo do vestido, no meio das pernas, ver a luz polir os braceletes de prata, sentir os cheiros da padaria, do *petit pain au chocolat**, ver os carros passarem, cheios de mulheres louras como as fotos da *Vogue*, e logo enxergar a velha *femme de ménage*** com o rosto queimado, com cicatrizes, cor de ferro, ler sobre o homem esquartejado, e ali, à sua frente, perceber o corpo pela metade de um homem sobre rodas, enquanto o perfume do *coiffeur**** canta a realidade.

5 de agosto de 1935

QUANDO CHEGUEI, HENRY tinha acabado com seu dinheiro e portanto não almoçara; então começamos com uma refeição à mesa, no meio do quarto. Depois nos deitamos na cama, e é estranho notar que eu e Henry encaixamos nossos corpos de um modo tão distinto da postura normal dos seres humanos que, no paroxismo do prazer, não parecemos humanos, mas animais, sátiros, raízes de árvore, negros, selvagens, índios. Irreconhecíveis. Não Henry, não Anaïs, tão retorcidos e alterados pela sensualidade. Então parece que estamos mais uma vez preparando o jantar, e eu estou fatiando a berinjela enquanto, pensativa, busco a suculência. E nos deixamos afundar em uma paz profunda, atirados no sofá, falando sobre ópio – o ópio do sono e o ópio da ação. Henry disse: "Quando estou triste, durmo". E de repente compreendi que a tristeza me leva a agir.

---

* "Pãozinho de chocolate". Em francês no original. (N.T.)
** "Criada". Em francês no original. (N.T.)
*** "Cabeleireiro". Em francês no original. (N.T.)

Quando saio da cozinha nossos corpos se batem, colidem, se esbarram, grudam-se; e enquanto isso estou escrevendo a história sobre Rank, sobre como nosso sangue não se grudava, apesar da paixão.

Sol e café da manhã na sacada. Atiro as roupas de cama na balaustrada, ao sol. Lavamos a louça. Escrevemos. Henry se ofende com minhas críticas a certas partes excessivamente factuais na carta de cem páginas que escreveu a Fred, acrescenta-lhe mais algumas partes e faz dela um excelente livrinho.

Sugiro que, em vez de usarmos *Scenario* – um livro hermético e limitado –, usemos essa carta para abrir fogo e criar um círculo de apoiadores a seu trabalho. Batizamos a carta com o nome *Aller Retour New York*. Falamos sobre as diferenças, as diferenças supremas entre mim, Fraenkel e Henry. Henry fala sobre diferenças anímicas, sobre como, mesmo quando Fraenkel parece ter razão, ele, Henry, no fundo está mais certo, mais próximo da alma e do divino. Enquanto Henry fala sobre Fraenkel, eu penso e escrevo sobre Rank.

Fraenkel fica impressionado com a carta que lhe escrevo, uma carta com um objetivo mais letal e preciso. Se perde no mar de quinze páginas repletas de ataques brutais e instintivos escritos por Henry. O olfato de Henry é muito apurado, mas seu intelecto não. Mas o olfato é bom demais. Onde quer que Henry fareje, mije, tem com certeza algo de errado! E quando eu chego ao *lieu**, ficamos sabendo o quê. Junto somos invencíveis! Quando vejo suas narinas fremirem, quando ele sua e xinga, sei que estamos na trilha certa, mas muitas vezes ele se perde no meio do caminho. E é nesse ponto que eu entro em cena, farejando o ar com um nariz que se assemelha mais a um avião ou a um farol!

Às vezes temo que o diário pareça insignificante, porque deixa de fora a arte e a ideologia, os comentários feitos durante as conversas com Rank, as críticas, os livros, as descobertas, as ideologias. Mas não estou escrevendo o livro que

---

* "Local". Em francês no original. (N.T.)

contém todos os livros. Trato apenas da vida que se passa ao redor e atrás dos livros. Descubro as motivações dos atos – no meu caso, para desculpar e defender os outros. Sou como o guardião da píton mencionado por Rebecca West. Quando lhe perguntaram como dava de comer à serpente sem pôr em risco a própria vida, ele respondeu: "Dou-lhe de comer com um palito, porque a cobra não distingue um palito de uma mão".

Como eu disse, Henry estava com medo de sair da toca (nossa união no estúdio) por medo de perdê-la. "Você acha que na volta pode acontecer como nos sonhos, de encontrar Villa Seurat, 17 e 19, mas não 18."

Henry, tornando-se cada vez mais Homem, começa a ficar ressentido com o papel de pai assumido por Hugh. Esperar que Hugh (a situação econômica) me diga aonde devo ir, o que devo fazer. Bom sinal! Quando falamos sobre viajar ele diz que gostaria, se pagasse. Vontade negativa. Henry não quer se mudar em outubro porque está feliz. Mas eu preciso me mudar para longe de Hugh.

Hugh achou uma linguagem na astrologia. Agora diz tudo o que dizemos e entende tudo o que somos e dizemos. Antes eu reclamava da sua falta de articulação. Agora ele é criativo na astrologia, ativo e expressivo.

Henry acredita na vida, no amor, no dinheiro, com uma crença infantil. Sempre virão de Deus, de algum lugar.

Trabalho no diário, copiando anotações que faço às pressas em um caderninho na Villa Seurat. Anotações relativas à história sobre Rank e cópias do diário nova-iorquino. Aliviando a bela intensidade nova-iorquina. Escrevendo para Eduardo. Tomando banhos de sol. *Badminton*. Um dia em Louveciennes. Cartas de John e [Norman] Bel Geddes. Mas não escrevo um livro. Escrevo de modo perimétrico, periférico, ao redor de tudo. O amante, o *amante* que eu esperava com tanta ansiedade era uma nova gravidez, essa alegria. Como lamento cada vez que acaba, o medicamento que restabelece o monótono escorrer do sangue. É inútil. Não é possível ter um filho sem uma cesariana, e a operação é perigosa para o meu coração e para a minha saúde em geral.

Um filho de quem?

A instantaneidade do pensamento produz pensamentos cristalizados – os mais puros, segundo Fraenkel. Eu sustento que o medo do mundo produz cristais na escrita. Frases indefectíveis, cristalizadas, a perfeição e o lustre inumanos, como o primeiro estilo em "Alraune". Mas esses cristais fazem nojo às pessoas. Não há imperfeição humana, umidade, água, suor, halo, respiração, calor humano nem cheiro. *Inattaquable**, a superfície impenetrável das palavras. As coisas grandiosas que deixo de fora do diário estão nos livros de Rank, nos livros de Henry, nos livros de Fraenkel, no surrealismo, em Artaud, na psicanálise, em Breton, no periódico *Minotaure*.

10 de agosto de 1935

Dois dias queimando.

Muito cheia do *Modernes*, de Denis Seurat, de ideias, frases, planos, cenas, êxtase. Apresso-me para fecundar Henry. Ameaço escrever um livro bem animado sobre seu trabalho, sobre ele mesmo, o que o põe tinindo. Me sinto clarividente, em chamas. Falo sobre o período clássico. Escrevemos com alegria, deixando a miséria para trás. O culto da dor aplicado à escrita. Estou tão surpresa por conseguir escrever sem dor que nem sinto como se estivesse escrevendo.

Em outubro eu me mudo. Sacrifico Nova York para Henry. O que desejo é ir para Nova York com Henry, analisar, aproveitar, ser livre. Henry quer a Europa. Sou jovem. Posso esperar. A Henry falta a coragem de conquistar novos mundos. Posso esperar.

Enquanto eu escrevia sobre estar apaixonada, John Erskine escreveu dizendo que viria nos visitar, Allendy quis

---

* "Inatacável". Em francês no original. (N.T.)

me ver e Fraenkel sucumbia aos meus encantos; mas nenhum deles é grandioso ou bom o suficiente. *Alors? J'attends.**

Agora que Rank se foi posso amá-lo à vontade, com um amor ainda mais perfeito; estou livre para amar o que pode ser amado nele. A distância é necessária.

Derramo tudo o que crio. Bombardeio Henry com fogo, ideias, visões. Disse a ele que desistisse da síntese impossível no livro sobre Lawrence e se contentasse com a perfeição dos fragmentos.

Fazendo as malas para visitar Rebecca em Rouen.

Pensando, escrevendo em detalhe sobre o nariz, as orelhas, a boca, o cabelo, as mãos, a pele, o sinal de Henry. O corpo da pessoa amada deve ser explorado por inteiro. Descrevê-lo é um ato de amor. Talvez eu sinta vontade de escrever sobre Henry, em vez de escrever sobre Papai ou Rank, como mais um ato de amor. O amor mais real que existe.

Anteontem trabalhei até que as minúsculas veias em meus olhos estourassem.

Será que estou escrevendo sobre Rank para me aproximar dele? A compaixão me paralisou enquanto eu lia suas cartas.

À noite, fiquei bêbada com Eduardo e Hugh. Foi cômico. Hugh disse que pela manhã, durante todo o caminho até Paris, ficou pensando no quanto me amava e em como era maravilhoso morar comigo. Mas Eduardo diz que sente muita pena de qualquer um que tente ser meu marido!

Não preciso mais sofrer. Criei para mim uma alma, grande como o mundo, que transborda por todo lado e me faz chamar o encanador o tempo todo.

Escrever tudo o que vejo em Henry e ao seu redor. Apenas escrever o que vejo. Mas eu vejo cem dimensões. Vejo como um bêbado.

Em Nova York, evitei John quando percebi que ele ainda me inspirava sentimentos. Agora ele está bravo. Noite passada,

---

* "Então? Espero". Em francês no original. (N.T.)

no carro, cantando no escuro, eu sabia que o desejara sensualmente e que ainda gostaria de sentir seu corpo sobre o meu, mas isso é tudo – apenas um instinto animal. Apenas um desejo de morder aquele corpo grande e sensual e de ouvir aquela voz sensual gemendo de desejo. Gosto de pensar no dia em estávamos os dois no cio. Gosto de pensar naquilo, em John todo "duro em suas calças", como ele disse. Na hora fiquei chocada – não pelo que ele sentia, mas com as palavras.

Nunca escrevi sobre a noite com Rebecca em Nova York, sobre as noites no Harlem, sobre o malabarismo e a *foire** vendendo coisas na Broadway, sobre o burlesco, de que aprendi a gostar. Gostei da vulgaridade. Shows na Broadway. A Broadway à noite. Jantar no Rainbow Room com meu velho admirador, o sr. Freund, que ainda se lembra de Monte Carlo, de Nice, da dança no Eden Hotel. George Turner veio numa tarde nevada, um Don Juan levemente apagado, o corpo muito semelhante ao de Hugh, me desejando, implorando. Mais fácil dizer sim do que não. Mais fácil me deitar com ele do que resistir, como em outras ocasiões. Cada convite em Nova York uma armadilha, cada visita uma batalha. Me senti muito leve e intocada depois de George. Deleitei-me com a traição a Rank. Alguns minutos depois, quando ele veio, intenso, abalado pelo amor que sentia, gostei de o ter traído. Ninguém tem o direito de se apegar a um ser humano da forma como Rank se apegava.

A importância dos momentos de *bonheur simple*** em livros modernos. Glorificados porque tão raro para nós, neuróticos, quanto o êxtase e a tragédia são para os outros. Harriet Hume comendo um pacote de cerejas, a xícara de chocolate de Colette, a minha xícara de café no Roger Williams.

12 de agosto de 1935

Rebecca entregou-se a seu caso amoroso mais feliz. Diz que é por minha causa. Durante as conversas em Crillon, dei-lhe

---

* "Feira". Em francês no original. (N.T.)

** "Felicidade simples". Em francês no original. (N.T.)

fé para superar os obstáculos. Vi a situação com muita clareza. Encontramo-nos todos em Rouen: eu, Hugh, Eduardo e Rebecca, em clima de vinho branco e borgonha. A conversa espumante, com mergulhos repentinos nas profundezas. O fermento da admiração. A minha, pelos seios exuberantes dela, a pele cigana, o olhar ardente, o humor e a ironia. A dela, pela minha "beleza"! e pelo meu sotaque. Enquanto atravessávamos a ponte ela parou para me beijar porque eu disse "manu*sseio*", com ênfase no seio que verte o leite. Muita ternura, ela, humilde e tímida: "Você ficou aborrecida?" Expansão em meio à tolerância francesa. Refeições fartas e fantásticas a qualquer hora. Vagando por Rouen de manhã. "Que lindos pés você tem. Como você é bonita!" Na noite anterior, enquanto Hugh guardava o carro na garagem, vou até o quarto dela e conversamos sobre "Tommy". Dou-lhe um beijo muito ardente de boa noite, várias vezes, na bochecha, rindo. Vigor e ternura entre nós. Eu, ébria e alegre, realizada. Voltamos. Fazemos uma paródia de Louveciennes, da casa tão descuidada, tão bagunçada. Rimos dos defeitos de Emilia. Eu já não coro mais. Rimos. Pela manhã, ela está na cama. Hugh e Eduardo saíram. Passamos a maior parte do dia desfiando as histórias de nossas vidas, que impressionam pela semelhança. Dou para Rebecca ler a introdução da história sobre Papai. Ela para na metade, porque a história a faz chorar.

Damos um passeio e nos perdemos nos meandros de nossa conversa, e ao dar por nós estamos em Marly, na hora em que nos esperavam para o jantar em casa. Precisamos telefonar e pedir que Hugh nos socorresse.

Rebecca tem a língua afiada e não padece de ingenuidade. Será que nessa idade eu também serei tão afiada? As descrições que ela faz das pessoas são implacáveis. O humor. Os gestos são informais, simples, encantadores. O momento em que ela fica mais bonita é quando se deita no sofá, atirada de qualquer jeito, com as pernas fortes e as curvas acentuadas causando em mim um desconforto similar ao que eu sentia em relação a Dorothy [Dudley]. Vesti meu pijama e senti desejo de fazer amor com ela, com seus seios.

Ao ler sobre minha infância, ela disse: "Tudo igualzinho. Você também se lembra das pedras coloridas nas janelas?"

Durante sua análise, uma lembrança veio à tona – o pai a tinha estuprado. O analista explicou que esse é um delírio comum nas mulheres, um sonho, um desejo, um temor; questionou a veracidade dessa lembrança. Rebecca disse que tinha acontecido, mas que agora já não sabia.

Duas coisas eu não tive coragem de lhe contar: sobre o caso amoroso com Papai e sobre ter matado minha filha. Não sei o quanto ela é capaz de me seguir nesses estranhos labirintos. Rebecca deixa a rigidez da vida inglesa para trás graças à França, livre e arrebatada, uma "porca", como ela mesma diz – mas quão livre?

"Você é tão cheia de vida!", diz ela.

Rebecca admira a serenidade do meu comportamento. O caos nunca chega à superfície. E na vida eu tenho sido mais forte e mais livre. Aos 42 anos, ela diz: "Também vou alugar um estúdio para 'Tommy'. Você conduz sua vida de um jeito muito esperto, Anaïs."

Enquanto espero que ela acorde, copio meu diário novaiorquino. Rank se mistura de modo vívido ao presente.

Que Rebecca não gosta da escrita de Henry está além de qualquer dúvida. Acha que meu prefácio para *Tropic of Cancer* é uma escrita viva e bela, que não tem relação alguma com o livro. "Henry não tem visão", diz.

No estúdio, observa que nunca tinha visto livros tão sérios em um ambiente de alegria, leveza e brincadeira. Sim. Toda a seriedade envolta em castanholas, xales de renda, aquários de vidro, pedras coloridas, paredes cor de laranja, fantasias. A análise envolta em poesia e perfume.

Hoje usei meu vestido preto, aquele que seguido eu usava para a análise e para Rank. Os dois cortes deixam a nascente dos seios à mostra. Rebecca comentou: "Claro, é muito apropriado à análise, que é oferecer o seio para alimentar os outros..."

Rebecca gostou que Eduardo e Hugh tenham nos levado para comer lagostins às onze da manhã sem nenhum motivo –

simplesmente porque os lagostins pareceram apetitosos quando passamos. E dos surtos de riso histérico de Hugh no jardim, causados pela lentidão com que Emilia faz seu serviço, uma histeria divertida, causada pela paciência com os anos de maus serviços, já que sou muito afeiçoada a Emilia, e ela me venera.

Rebecca gosta de caos imaginário e de termos quebrado os lagostins com as mãos na falta de alicates.

Vendo o último vagão do trem: "É aqui que tenho que entrar? Parece tão indecente, tão exposto!"

No trem, me beijando, ela disse: "Me faltam palavras para dizer como foi incrível. Foi como um outro caso amoroso!"

Uma época magnífica. Saindo de seu ritmo convencional, vivendo fora de compasso, como Henry vive. E a vida fora de compasso *assouplie la fantaisie*, expande a imaginação. A outra vida – a vida convencional – a mata. Rebecca disse que estar em Louveciennes era tão aconchegante que ela me chamaria de *útero:* "Vamos brindar à regressão!"

Sentimento de proteção para com ela, mesmo que eu tenha 32 anos e ela 42.

Rebecca disse ter ficado sem ação por causa da bondade extravagante com que foi recebida. Tudo o que nós três preparamos – uma recepção real legítima quase sem ouro.

Sou a mãe do grupo, no sentido de que estou sempre à frente de Hugh, Eduardo, Henry e Fraenkel quanto à criação e à partilha da vida. Sou a Mãe Suprema que dá a Henry força e sabedoria para andar com seus próprios pés; a Hugh, a análise, que o incita a viver; há anos tento afastar Eduardo da solidão. E por fim, quando atinjo meu objetivo – Henry, autossuficiente e muito envolvido, agora o guia de Fraenkel; Eduardo, amigo de Fraenkel, passando tempo a seu lado; Hugh aproveitando a vida boêmia em Londres – e quando estão todos fora do ninho, Joaquim também, ou a violinista, todos eles – então eu olho para o ninho vazio e choro. Eduardo, em clima de grande expansão, finalmente fraterniza com Henry, todos em movimento. Henry falando como Rank e descobrindo o que eu há muito tempo já sabia.

Em movimento, quando olho para os redemoinhos que provoco, as mudanças que trago, as transformações na vida, e então sinto medo, medo de que me abandonem. Para Henry e Fraenkel, para Rebecca, para cada pessoa eu digo aquilo que lhe instila fé. O leite que verte dos meus seios é um leite psicanalítico, além da análise, feito de solidariedade, compreensão, de um vislumbre do destino alheio. A vida de Rebecca eu também sinto que vou influenciar rumo à liberdade. Eles me obedecem, me seguem, atiram minhas próprias palavras de volta a mim. Henry, agora, me diz o que eu dizia a respeito de Allendy na escuridão do jardim em Louveciennes. Mas Henry, com humildade infinita, diz: "Você sabe de tudo isso. Você já disse tudo isso antes."

Mas meus filhos voltaram. Henry nunca me amou como agora, como noite passada. Hugh retorna. Eduardo retorna. Fraenkel é o mais perverso entre eles. Tenho menos paciência com ele por causa da *inveja* que sente, da falta de generosidade. Fraenkel luta como as mulheres, com mesquinharias. *Il est le plus malade.**

Hugh, por alguma razão obscura, ficou vivamente apaixonado por mim enquanto Rebecca estava conosco. Foi como se, vendo-me viva, vendo-me em chamas, eles quisessem fazer amor com essa figura que dança.

Eduardo agora descobre o prazer das conversas plenas que eu sentia em Clichy, baixa sua guarda. Eu sempre quisera compartilhar esses momentos com ele. Fui eu quem inventou que de vez em quando ele ficasse com Fraenkel. Eu dizia: "Oscile entre Paris e Louveciennes. Passe alguns dias lá. Aproveite as conversas, as pessoas." E agora Eduardo me obedece e parte, aproveita, e eu me sinto sombria e desolada com o ninho vazio!

Quando cheguei ontem à Villa Seurat para tomar o café da manhã foi Eduardo quem pôs a cabeça para fora da janela de Fraenkel para dar um assobio de bom dia. Café com Eduardo e Henry, que tentam resumir três dias de Fraenkel para mim. Contam-me como ele também se encaixava na descrição de esquizofrenia. Como *Tropic of Cancer* era um

---
* "Ele é o mais doente". Em francês no original. (N.T.)

livro canibal e sádico. O Henry daquela época, que eu ia visitar, que me deixava penetrar sua sensibilidade, passando reto através desse castelo, dessa atitude, desse livro erigido para aparar os golpes do mundo.

Com Fraenkel, falamos sobre Rebecca. Ele gostava dela como mulher, de seu aspecto saudável. Falamos sobre eu estar à frente graças ao meu poder de agir, de usar artifícios, de enganar, de mentir, de levar uma vida mais aventuresca. Eu disse para Henry: "Em vez de chamá-los de 'ardis', por que você não usa uma palavra mais bonita e os chama de 'criações'?" Fraenkel admira essas criações. Nós dois achamos que Rebecca é mais pé no chão que eu. Além disso, uma escritora clássica, enquanto nós somos românticos.

À noite, um Henry apaixonado. Me cobre de beijos. Põe minha mão em seu pênis. Meio dormindo, meio sonhando, trepamos até alcançar o paroxismo. Ondas e mais ondas de desejo. Adormecemos abraçados. Eu disse a Rebecca que me casaria com ele. *Era lua da colheita.*

17 de agosto de 1935

MINHA *INCONSCIENCE DU MONDE**, que me permitiu usar um vestido de veludo vermelho-cereja em Richmond Hill e ir para Nova York posar para Richard Maynard.

Ontem foi um dia importante para a minha escrita. Na noite anterior, saímos com Eduardo, Rodina e sua amiga lésbica, Carol, e Hugh. Fomos ao Bal Tabarin. Eu estava cansada do dia orgiástico em companhia de Rebecca, do dia e da noite com Henry. Muitas frases soavam na minha cabeça: *rêve eveillé*, sonhando acordada. (A análise de Proust.) *L'extase joint à l'analyse.*** Não me agrada que meu realismo feminino esteja tão distante do eu onírico.

---

* "Despreocupação com o mundo". Em francês no original. (N.T.)

** "O êxtase somado à análise". Em francês no original. (N.T.)

Ontem pela manhã fui ver Elizabeth Arden para revitalizar minha pele. Ficar lá deitada me induziu a uma espécie de sonho que lembrava os efeitos do éter, mas com uma sensação agradável. Então vi a realidade e o inconsciente ao mesmo tempo; os dois se fundiram, ou se alternaram, em harmonia. Hugh também havia dito que eu tinha momentos de loucura. O estado intermediário, a meio caminho entre a normalidade e a fantasia e a neurose – esse era o meu objetivo. Mais uma vez comecei um monólogo sobre Papai, não sobre Rank. Fui correndo até Henry. Ele tinha um compromisso. Sentei-me em frente à sua máquina de escrever e com uma rapidez desesperada escrevi cinco páginas em um novo estilo que começa no presente, no salão de Elizabeth Arden, sobre os pés de Papai. Agora sei como escrever o livro.

Observações: Sempre o éter. Dentro e fora do túnel da consciência e da inconsciência com detalhes totalmente realísticos e o máximo do *rêve eveillé*.

Ao mesmo tempo, Dorothy Dudley me incentiva, elogia efusivamente o meu romance e "Alraune". No romance eu sou uma pioneira na descrição das relações entre mulheres, diz ela. "Alraune" é a chama azul, a comunhão total. Para mim, o romance é o fogo. Sou mais eu mesma em "Alraune" porque a história comunga com a minha visão. O personagem de Henry, no romance, tem cheiro. Muito dramático e forte. Afora tudo isso, uma carta entusiasmada de Katrine, que deu meu trabalho para seu genro, que é editor, ler.

Afora tudo isso, agora consigo tomar vinho sem ficar enjoada. Portanto, ao trabalho!

18 de agosto de 1935

Depois de copiar "Alraune" mais uma vez, escrevo sobre os diários queimando no livro sobre Papai. Estou imitando o diário, me aproximando de seu tom sincero e pleno.

22 de agosto de 1935

CHEGUEI DA VILLA SEURAT me sentindo muito viva, copiei dez páginas do diário nova-iorquino (preciso reviver as aventuras e os triunfos febris em Nova York); exaltada, escrevi duas páginas a respeito de música para o livro sobre Papai. Música. Essa é uma das palavras-chave. Música. Ele, o músico, não fez o mundo cantar para mim, não me deixou cantar nem dançar. "Nunca pude dançar ao seu redor, ó meu Pai. Jamais alguém dançou ao seu redor. Assim que eu o abandonei, ó meu Pai, o mundo inteiro começou a cantar."

Neurose: atribuindo qualquer ganho de peso a uma gravidez. Como ganhei peso, fui correndo ao médico para ser examinada. Ainda não consigo acreditar na felicidade. Anseio por Nova York, pelo romance, pelo prazer e pela intensidade nova-iorquinos. Já não é mais por Rank.

Joaquim nos envia os primeiros *royalties* recebidos por sua sonata: setenta francos. Os primeiros *royalties* de Henry estão sendo usados na publicação de seu *Scenario*. Henry é tão humano!

Rebecca me escreve uma carta implacável sobre o livro de Fraenkel, que, segundo ela, é um livro patético, porque todo o seu conteúdo poderia ser resumido em duas páginas. Acha que é um livro vazio e repetitivo. Acha que Fraenkel e Henry não têm contato algum com a realidade, que é a matéria-prima da literatura – ou mesmo da vida. Os dois se recostam e ficam conversando sobre uma Inglaterra imaginária, leitores imaginários de D.H. Lawrence; frases eivadas de lugares-comuns. Rebecca acha que não tiram proveito algum do contato comigo; que tudo não passa de uma enorme perda de energia e de tempo; que simplesmente aceitam o que lhes ofereço, o que satisfaz meu instinto maternal, mas que eu não me devo deixar distrair, preciso abrir meus caminhos com meu próprio trabalho...

Sentada no estúdio hoje à noite, ébria de música, escrevendo cartas, dançando cartas. A música, para mim, é um estimulante da mais alta ordem – mais potente que o vinho. Estou embriagada. Comunicando-me com o mundo. Escrevo apenas para me comunicar com as pessoas. Amo as pessoas.

O ciúme de Henry, tão intenso quanto o meu. Ele não me apresenta a seus amigos jovens e atraentes. Precisei de muito tempo para confiar no amor de Henry. Nunca quis deixar minhas roupas no estúdio, porque me lembrava que sua esposa flagrara June usando o seu quimono. Imaginava Henry deixando uma puta usar minhas coisas. Lembrava de suas outras profanações e do meu próprio amor pela profanação.

Não há pontuação em monólogos.

Amo todas as coisas de tamanho anormal, irreal. Grande demais ou pequeno demais.

Louveciennes. Hugh é minha sanidade. De outra forma, o mundo seria sempre uma baderna. Em Hugh encontro saúde, paz, estabilidade, amor eterno, hábito. Mas Henry tem se mostrado mais protetor. Quando Fred disse que algumas partes do meu romance soavam ridículas em francês (como acontece com Lawrence) e eu desabei, Henry me defendeu e apoiou minha cabeça em seus braços, enquanto ficava muito perto de mim, falando.

5 de setembro de 1935

UMA TARDE NA CASA DE Fraenkel, eu, Eduardo, Henry e Fraenkel escrevemos juntos uma peça de teatro cujo tema era a morte de Fraenkel. Ele nos pede que acreditemos em sua morte assim como as pessoas acreditaram na morte de Cristo, porque enquanto não acreditarmos, ele não tem como ressuscitar.

Henry nunca morreu dessa forma, ainda que tenha alcançado os mesmos abismos da angústia. Deve ser porque vivia de sofrer; seu sofrimento não era causado pela frustração. A frustração mata. O sofrimento, absoluto e real, não.

Eu disse a Henry que é por saber muito bem que a sabedoria impede a felicidade que ele insiste num equilíbrio, em ter um dia de sábio e outro de tolo! Que ele tem mais razão ao escrever absurdos – fantasias, burlescos, como nas cartas de Nova York – do que ao oferecer descrições e impressões da cidade como se fossem sabedoria. Henry não sabe escrever com a sabedoria de um Keyserling, com a seriedade de um Duhamel. Simplesmente não sabe; tem apenas a visão louca, ensandecida, fantástica. Henry é uma enorme distorção. Uma noite dessas afirmou, muito grave, depois de Fraenkel provar que ele ridicularizava as pessoas: "Não quero mais ser uma distorção". A sabedoria o atrai; fascina-o. Mas Henry não é sábio, salvo em alguns clarões grandiosos e divinos, cheios de recaídas.

Descobri como posso despejar tudo o que penso ou sinto, dia a dia, em um livro que não seja o diário. O livro sobre Papai é escrito no mesmo estilo que o diário. Claro, nem tudo entra, mas quase todo dia eu penso ou faço alguma coisa que se relaciona com a história. O livro sobre Papai é benfeito porque é uma escrita imediata. Nesse livro, estou pintando Henry com mais humor, com menos esmero. Henry estourou de rir com sua primeira aparição e minha paródia de "Everything is Good". Tenho menos respeito, ou menos ingenuidade, mas não menos amor. Trabalho devagar e à mão enquanto Henry escreve a história sobre Max.*

Fraenkel contra Henry. Henry contra mim. Os desbotados, que não fazem grandes gestos, são acusados de falta de generosidade. Eu e Henry oferecemos nossos presentes de modo atraente, ilusório, fora da realidade. Mas o mundo necessita desses presentes ilusórios, desse presente que *é* a ilusão.

Já não sinto saudades de Rank.

Mais uma vez estou presa em uma vida estreita demais, mas Deus sabe que ela é plena o suficiente. Escrevi umas cem páginas do livro sobre Papai. Na manhã de segunda-

---

* A história do encontro casual de Henry Miller com um pedinte refugiado em Paris saiu pela primeira vez na coleção *Max and the White Phagocytes*, publicada pela Obelisk Press em outubro de 1938, e no primeiro volume do periódico norte-americano *The Phoenix* (outono de 1938). (N.E.)

feira, saio de Louveciennes com Hugh; paro no banco para deixar o diário nova-iorquino no cofre, uma vez que terminei de copiá-lo. Pego um táxi para a Villa Seurat. Ao chegar, topo com Eduardo, que está levando leite para tomar seu café com Fraenkel. Nos beijamos no canto da boca. Subo as escadas correndo. Henry abre a porta bem quando eu ia bater. Ele pressente a minha chegada. Está de bom humor porque recebeu uma carta de um novo admirador, e começamos a trabalhar no malote postal dos cupons de assinatura que serão inclusos no primeiro número da Siana Series, *Aller Retour New York*. Escrevo uma porção de cartas. Então saio para comprar coisas para o almoço. Eduardo carrega minha bolsa de compras para conversarmos. O garoto por quem ele está apaixonado é michê; ele "faz" o Café Sélect; e, apesar de os horóscopos indicarem que existe amor entre os dois, o garoto sente que deve seguir a profissão e Eduardo fica triste.

Almoço com Henry. Ele está muito carinhoso. Tiramos um cochilo. Henry me possui de um jeito tão violento que digo que ele deve ter encontrado uma superboceta. Sou muito elástica e flexível, me deito com as pernas lá no alto, as costas curvadas, me oferecendo toda, como um buquê, e Henry gosta de ficar olhando, de ficar vendo, tudo vermelho e brilhante, entrando e saindo e provocando. A uma certa altura eu perco a cabeça, me dá um frenesi, fico louca, toda sexo, sexo cego, sem identidade nem consciência. E Henry, fora de si, me chama de "filha da puta", o que me faz rir. Dormimos embalados pelas risadas. As cortinas de veludo preto estão fechadas. Henry cai em um sono profundo.

A *femme de ménage* está lavando a louça. Eu tomo um banho. Ponho o vestido coral e o colar dos Medici, escondo tudo sob uma capa preta e procuro Richard Thoma para pegar de volta o manuscrito de "Alraune" que eu lhe emprestei, junto com meu exemplar da *Minotaure*. Richard diz que desenhou um vestido para mim. Mas ele não pertence à nossa era de surrealismo. É um romântico, um decadente. Não me conta histórias fantásticas, como tinha contado na última vez, porque sabe que não acredito nelas, mesmo que as aprecie e saiba que são um prolongamento de sua escrita.

Volto para Henry. Trago-lhe um pote de talco. Faço café para ele. Trabalhamos até a hora do jantar. Henry revisa o que escrevi sobre Papai. Diz que está bom. E que quer ir ao cinema. Nas cenas empolgantes em que a China aparece ele segura minha mão; comunicamos nossos humores emocionais através do toque. Saímos do cinema suando. Henry está com fome e come o que havia sobrado da sopa. Detesto sopa em Louveciennes, mas gosto de fazer sopa para Henry porque ele gosta e porque eu gosto de ver a fumacinha na mesa, o vapor, que me faz pensar num abrigo, enquanto lá fora chove; e Henry se sente feliz por ter um lugar fixo e não quer se mudar.

Terça à tarde vou para a casa dos Harvey. Kahane está com Henry, então paro e convido Fraenkel para me fazer companhia. Ele está sozinho e fica feliz em me ver. Henry evita nosso contato. Dorothy disse a Fraenkel que ele está apaixonado por mim. Eu sabia. Eu sabia que seria mais uma vez o *Werther's Younger Brother*: Henry, como no livro de Fraenkel, e "Matilda", a esposa do irmão, a mulher-tabu.*

Depois de visitar os Harvey, eu e Fraenkel pegamos uma mesa no Café Sélect. Ele está um pouco bêbado. Quando digo que é hora de ir porque Henry estaria me esperando, ele responde: "Ah, igual a Matilda!" Todos somos vítimas de temas e padrões obsessivos. Quando voltamos, Kahane ainda está lá, e assim saímos todos juntos para jantar.

Quarta-feira. Eduardo aparece com um volume da *Encyclopedia Britannica* sobre "Cor" para conversar com Henry. Estamos almoçando. Henry me dá um beijo a cada meia hora; entre uma carta e outra, me faz massagem ou me aperta um pouquinho. Às cinco ficamos irrequietos e saímos para dar um passeio. Passamos na livraria para receber os 25

---

* Inspirado por *Os sofrimentos do jovem Werther*, Michael Fraenkel usou sua própria experiência de ter se apaixonado perdidamente pela amada do irmão mais velho (a "dor transformadora da minha vida") como tema deste romance, que ele mesmo publicou de forma independente sob o Carrefour imprint, em 1930. (N.E.)

francos relativos à venda dos meus livros. Nosso lema é "Do surrealismo em diante". Compramos um décimo de bilhete de loteria. No correio.

Digo mais uma vez que a anonimidade é necessária para preservar Hugh, Papai, Mamãe, meus irmãos, amigos, amantes. Escrevi a Kahane para tentar convencê-lo. Às seis e meia vou encontrar Hugh e agradecer pelas flores que mandou à Villa Seurat com um cartão: "Hugh. Podemos nos ver amanhã?" Lindas rosas vermelhas, para o lugar onde eu deveria ter um quarto só meu. Volto para Louveciennes.

Quinta-feira. Nunca trabalho direito. Me sinto desenraizada. Sinto falta de Henry. Passo o dia inteiro sozinha, com o rádio, suco de laranja, trabalho e uma carta de Katrine dizendo que Jim McCoward não entendeu o meu romance: publicá-lo em Nova York está fora de questão.

Tive que dizer para Emilia que vamos para os Estados Unidos, porque Hugh não a aguenta mais e já contratou outra pessoa, e eu não me opus porque não pretendo ficar muito tempo em casa e quero que ele seja bem-servido e bem-cuidado quando nos mudarmos para Paris. Emilia chorou; eu também. Se não fosse por Hugh eu teria mantido Emilia em Louveciennes até a minha morte, por compaixão e bem-querer e afeto, até que as teias de aranha me sufocassem, até que eu me dissolvesse na sujeira, até que minhas roupas apodrecessem, até que eu me desfizesse com a falta de cuidado e de eficiência ao meu redor.

Comecei a reescrever o romance, agora na primeira pessoa, tentando deixá-lo mais rico e menos ingênuo na parte inicial.

12 de setembro de 1935

A PLENITUDE NÃO BASTA.

Eu e Papai não nos escrevemos. Me recuso a agir como uma criança obediente que precisa continuar a lhe escrever cartas, como fiz em Nova York. *O que eu mais detesto é passar um dia inteiro em Louveciennes em companhia do meu passado.* Preciso avançar depressa, a fim de colocar vários incidentes entre mim e o meu passado, porque ele ainda me é um fardo.

A noite passada uma noite fútil com Bill Hoffman, os Barclay Hudson, Henri Hunt e Hugh. Luzes intensas, jantar saboroso no Maxim's. Cabaret aux Fleurs com Kiki.

Hoffman ficou mais uma vez embriagado de mim. Está apaixonado pela minha alegria. Outra vez ele perguntou: "Você não...?" Depois de passar um mês na Escócia, caçando, ele estava muito vermelho. Naquele momento tudo seria possível com a champanhe – as luzes, a música, a fricção na dança, o calor dos corpos apertados um contra o outro, os seios nus das dançarinas atiçando sua curiosidade quanto aos meus. Mas no dia seguinte é impossível.

Nunca sinto remorso por causa de Henry. Ele sempre aproveitou o que a vida oferece até a última gota. Me ensinou a fazer isso. Nada pode me impedir de ousar fazer o que quero, mas Bill, que caça na Escócia e usa camisas de seda, não me tenta. Agora conheço a verdadeira alegria, longe de Henry, o verdadeiro esquecimento de mim mesma, e conheço a embriaguez, e quando estou embriagada minha espirituosidade aflora e minha alegria é contagiante.

Prazer. Henry sempre me nega o prazer. É instintivo. Ele me restringe. Se impõe exatamente da mesma forma como Eduardo se impunha: dizendo não. Se quero fazer uma fogueira, é não. Se quero ir ao Sélect, é não. Se quero ver um bom filme, ele acha que o cinema é longe demais e me leva ao cinema mais próximo, ao Alesia, onde sofro com a chatice e com as pulgas.

Hoje pensei seriamente em me tornar uma *cocotte* da alta sociedade. Quero dinheiro, perfumes, luxo, viagens, liberdade. Não quero ficar encerrada na Villa Seurat cozinhando para imbecis como Fred e os amigos tímidos, burgueses, fracos e resmungões de Henry. E o *desperdício*! Não posso desperdiçar minha vida assim. Preciso criar o tempo todo ou me divertir muito. Não consigo ficar por aí, sentada com Fred, Benno, Max, Roger, Brassaï ou Fraenkel por horas a fio, tampouco.

Eduardo está no mesmo pé em que eu estava com June. Sofrendo com as mesmas dificuldades para adentrar a vida, o nervosismo, o estômago embrulhado, a insônia, a superexcitação, a ansiedade, os medos, os recuos, a necessidade de ficar sozinho para recuperar as forças, o medo de se abandonar ao fluxo, a necessidade de jogar xadrez. *Il vit encore en jouant la vie.**

Eduardo identifica a si e ao garoto que ama comigo e com June. Ao mesmo tempo, como sempre acontece aos enamorados, ele vê sua aptidão para o amor aumentar e espalhar-se – então todos recebem o amor que merecem, e eu me sinto embaixo de uma cascata! Pegamos uma mesa no Sélect e ficamos observando o garoto, à procura de clientes. Ele está usando um chapéu novo, verde, e uma gravata. Marcel Duchamp passa por nós, parecendo um homem morto e enterrado há muito tempo, que joga xadrez em vez de pintar porque isso é o mais próximo que se pode chegar da imobilidade total, a melhor pose para um homem morto. Olhos de vidro, pele de cera.

E Dorothy Dudley, que já não sabe mais onde está, parece um lulu da Pomerânia. Reconhece algumas pessoas, comidas, bebidas. Mas o resto do tempo ela passa olhando para o mundo como se estivesse num navio em movimento, incapaz de distinguir as coisas.

Dentro de mim está o micróbio americano do *jazz*. Um glóbulo jazzístico predomina – nem branco, nem vermelho. Estou à espera de alguém. Ele não está na França. Eu sinto. Mas então onde? Se ele não vier logo, terei que me envolver sozinha em alguma perigosa aventura banal. Tenho muito medo de aventuras banais. *J'ai la fièvre de nouveau* (outra vez a febre). *Il est em retard* (Ele está atrasado). *Ele* não

---
* "Ele continua jogando a vida." Em francês no original. (N.T.)

passa diante de cafés franceses, onde tenho um *rendez-vous* com o Presente.

Anne Harvey passa, dizendo que Brancusi está *en arrêt.** Ele descobriu sua filosofia e vai fincar pé nela, o que também se aplica a Papai. Querem permanecer imóveis.

Tenho muito medo de ir à Espanha com Henry, porque a viagem envolverá cafés, ruas, putas, ruas, cafés e cinemas. Nenhuma aventura grandiosa, extraordinária. Cafés. Igual ao que estou fazendo aqui, com Eduardo, bebendo *vin d'Alsace* sentada e observando essa June de segunda categoria – talvez até de terceira – em busca de clientes.

Quero ser puta, mas não sei por onde começar. Será que me sento no Café Marignan e deixo um homem com um *roadster* amarelo e um *scottish terrier* me levar? Banal. Ele, aquele que eu espero, deve ter orelhas. Ele pode estar na Espanha.

Acrescento páginas ao livro sobre Papai, sobre o período eclipsado da minha vida, de nossas vidas. Eclipses. Posar para os artistas. Sem graça. Minha vida em Havana. O primeiro ano do meu casamento. O sabor dos acontecimentos. Por que esse gosto muitas vezes só vem *en retard***, enquanto vivo uma outra vida, enquanto narro os acontecimentos para uma outra pessoa? Nas minhas conversas com Papai, todos os sabores da minha infância voltavam. O gosto de tudo voltava quando conversávamos. Mas nem tudo volta com a mesma vividez. Muitas coisas que contei a Papai foram ditas sem prazer nenhum, sem nenhum gosto na minha boca. Algumas partes da minha vida foram vividas como se eu estivesse sob o efeito do éter, e muitas outras sob um eclipse total. Algumas se aclararam mais tarde; a neblina baixou, os acontecimentos ficaram mais claros, mais próximos, mais intensos, e permaneceram como se desvelados para sempre. Por que alguns deles tornam à vida e outros não? Por que alguns permanecem insossos, enquanto outros recuperam o velho sabor, ou então adquirem um sabor e um significado novos? Tem épocas – como quando eu posava, o que na hora

---

* "Perplexo". Em francês no original. (N.T.)

** "Mais tarde". Em francês no original. (N.T.)

parecia intenso, quase brutal – que são totalmente sem gosto. Sei que chorei, sofri, fui rebelde; fui humilhada e me sentia orgulhosa, também.

Não faltava cor nem reviravoltas na história que contei a Papai e a Henry sobre a época em que eu posava, mas isso não bastava para lhe conferir sabor. E não foi um período sem importância para mim; foi quando enfrentei o mundo primeira vez.

Foi quando descobri que eu não era feia – um momento de grande importância na vida de uma mulher. Uma época dramática, que começou com o espetáculo para os pintores, a fantasia de Watteau, e acabou quando me tornei a estrela do Clube, a garota do Gibson e a modelo de tantas capas de revista, pinturas, miniaturas, estátuas, desenhos, aquarelas. Cheguei a escrever um romance a respeito.*

Não é possível que as experiências vividas de modo fraco ou sob condições irreais, na névoa de um sonho, desapareçam de todo, porque me lembro de um passeio que fiz por Louveciennes há muitos e muitos anos, quando eu estava infeliz, doente, indiferente, num sonho. Um humor de distanciamento e tristeza cegos e de afastamento da vida. Esse passeio, que fiz com os sentidos adormecidos, eu repeti quase dez anos mais tarde com os sentidos despertos, gozando de boa saúde, com o olhar atento, e me surpreendi ao ver que eu não apenas me lembrava do caminho, mas de todos os detalhes do passeio que eu julgava não ter percebido nem sentido. Foi como se eu estivesse caminhando, sonâmbula, enquanto outra parte do meu corpo gravava e atentava para a presença do sol, a brancura do caminho, o vento no urzal, ainda que eu não sentisse o gosto de nada disso. Hoje consigo ver cada folha em cada árvore, cada rosto nas ruas – tudo claro como as folhas depois da chuva. Tudo muito próximo.

---

* Anaïs Nin por fim abandonou o romance *Aline's Choice*, começado em 1923; segundo a própria autora, o romance padecia de "um desequilíbrio da visão". "Eu fugia da degradação, da repulsa, da naturalidade, do pessimismo e da feiura física e mental", escreveu Anaïs Nin no diário, em fevereiro de 1926. "Falsifiquei para embelezar." Ainda que o nome da heroína evoque *Aline et Valcour*, tudo indica que Anaïs não conhecesse o romance de Sade. (N.E.)

É como se antigamente eu passasse por períodos de miopia, uma espécie de cegueira psicológica no presente; e me pergunto o que teria causado essa miopia. Será que só a tristeza, um choque, podem causar cegueira, surdez, sonambulismo, irrealidade? Hoje tudo é totalmente claro, os olhos focalizam-se com facilidade no presente, no contorno e na cor de coisas tão luminosas e claras como elas são em Nova York, na Suíça, sob a neve. Intensidade e clareza, afora a consciência sensual.

A neurose é uma perda de todos os sentidos, de toda a percepção sensorial. Provoca surdez, cegueira, sono ou mesmo insônia. Mas por que algumas coisas ganham vida e outras não? A análise, por exemplo, reacendeu o antigo amor por Papai, que eu julgava estar enterrado. Quais foram os blocos da vida que caíram no esquecimento total? O que era intenso, cheio de vida, por vezes desaparece porque a intensidade exagerada o torna insuportável. Mas por que coisas que não tinham importância retornam, claras, limpas e inesperadamente corpóreas?

18 de setembro de 1935

O SURREALISMO ACOMPANHA Eduardo. As lembranças, as sombras projetadas por coisas muito, muito antigas. Onde está Rank?

Tendue vers l'impossible toujours, moi. Estou sempre querendo alcançar o impossível. Quando escrevo, devoro minha neurose. Com a minha neurose eu escrevo. Assim, o processo criativo é algo triste para mim. Eu preferia ser recepcionista de um clube noturno e dançar *jazz* até morrer.

Ontem, tempestade lunar. Então fiz drama por duas coisas: por causa dos amigos ordinários e imprestáveis [de Henry] e por ele usar as pessoas. Me revoltei contra o jeito como Henry estava usando meus amigos para ajudar Fred e contra o fato de ajudar Fred, que não passa de uma versão piorada de Henry.

De qualquer modo, revelei minha inquietude e minha desilusão a Henry. Sair de Louveciennes, um lugar fora do mundo; entrar na Villa Seurat, se a Villa Seurat fosse apenas Henry – mas Henry tem Fraenkel e Fred a seu redor. Quanta pobreza e miséria. Faço as compras de Henry porque o amo; mas não as de Fred. Em Nova York era a mesma coisa. Agora tudo está mais claro. Henry tem amigos comuns, mas faz deles figuras caricatas para que pareçam extraordinários. Henry os inventa.

Eu, como June, atraio pessoas incomuns como Louise, Artaud, Rank, Eduardo, Allendy, Rebecca, Bel Geddes.

Usar as pessoas: Henry perdeu a amizade de [Aleister] Crowley porque lhe pediu dinheiro emprestado e parou de procurá-lo, o que bastou para convencer Crowley de que na verdade Henry não lhe dava importância. E agora Henry está escrevendo uma carta de desculpas. Dessa vez ele foi sincero. Mas no resto do tempo Henry só se aproxima das pessoas para usá-las. Vi Henry usar as pessoas, uma atrás da outra. Ele não entende que as pessoas ficam magoadas. Não sabe que o amor é a única forma legítima de se usar alguém. No amor, não se usa o outro. Mas o resto do que ele faz é uma putaria.

Lembro que antes de conhecer Henry e June eu nunca ouvira o verbo *usar*. Eu não sabia o que é implorar ou usar uma pessoa deliberadamente. Mas aprendi. Implorei muito a Henry. Imitei os dois. Até hoje não sei implorar bem. É uma imitação. Em Henry, é um grave defeito. Sua natureza é a de uma puta. E como implora com insídia, arrogância, ceticismo! Às vezes com humor. Nesse caso fica mais fácil perdoar. A carta em que mendiga por Fred*, que Henry vai espalhar por aí, tem humor. Mas a lista me deixou com raiva. Todo mundo. Todo mundo que recém conheci e com quem pretendo travar amizade. Isso é mais fácil de entender –

---

* Um panfleto de vinte páginas intitulado "What Are You Going to Do About Alf?", solicitando contribuições para custear a viagem de Alfred Perlès a Ibiza, onde ele terminaria seu romance, foi impresso em outubro de 1935. Henry Miller arcou com todos os custos de impressão, e o panfleto foi distribuído de graça. (N.E.)

Henry sente que foi roubado de uma coisa e quer alguma compensação – mas que compensação! É como June: quando ela perdeu Henry, quis dinheiro.

A tempestade passou. Henry baixa a cabeça e espera que passe. Ele está com um aspecto gentil e contrito. Chorei. Não ganhei nada, nada mudou. Percebi que estou sozinha. Enquanto estamos na cama, Henry esconde seus defeitos atrás de uma cortina de carícias. Vou dormir. Não ganhei nada. Nada mudou. Aventuras, *glamour* longe de Henry, sem ele. Sua vida é louca, circense. Não consigo dar risada o tempo todo. Nem tudo é engraçado. É como ter por perto uma criança que me exaure com brincadeiras. Não se ganha nada de grandioso. Sempre um circo. Fred como um macaco. Fraenkel, um rato, roendo palavras. Eu disse a Henry que ele sempre tenta fazer piadas a respeito de tudo para escapar da responsabilidade pelo que faz.

Meu corpo está doente. O retorno à França foi um retrocesso.

Talvez eu esteja arriscando minha felicidade. Existe a felicidade, e existe a aventura. Desde Rank, vivo sem aventura. Rank foi uma aventura que ele mesmo levou demasiado a sério. As aventuras não devem se tornar reais. Talvez minha vida com Henry seja tão real porque o amo como pessoa, e a realidade fere o meu amor.

Mas o amor dele, o nosso amor, nos mantém vivos. Tentamos reparar as fissuras, as rachaduras, com beijos apaixonados. Apegamo-nos um ao outro. Sentimos ciúmes. Amor. Amor. Amor. Ele não quer me levar aos cafés. Tem medo de me perder. Se falo de Londres, Henry pergunta: "O que você quer em Londres?" Nova York ele critica porque lá existe *glamour*.

Volto para Louveciennes com Hugh, encontro duas cartas de pacientes de Nova York, que estão se banhando na vida graças a mim, me agradecendo – esqueço minha tristeza.

Quando estou triste, às vezes caminho para afastar a tristeza. Caminho até me sentir exausta, até exaurir a tristeza. Me dou uma *fête des yeux*.* Olho todas as vitrines. Rue Saint-Honoré, Rue de la Boétie, Rue de Rivoli, Avenue des Champs-Elysées, Place Vendôme, Avenue Victor Hugo. Compro revistas de moda e vivo a vida dos aristocratas da *Vogue*, me perguntando onde eu poderia usar aquilo tudo – nem em Louveciennes nem na Villa Seurat. A efemeridade teatral do cenário onde vivo. Nenhum valor sólido, porque sei que logo o cenário mudará para se adequar às mudanças em meu íntimo. Ao escolher as coisas, não levo em conta a durabilidade, mas sim o efeito. A deterioração chega ligeiro, como acontece às decorações teatrais. Irrealidade. Nenhum lugar onde parar.

A mobilidade, a instabilidade e as transformações do artista criador não inspiram a confiança humana. Todos precisamos de algo ou de alguém *estável*. Mas a fixidez é estagnante. Henry é Knut Hamsun, mesmo quando diz que não quer mais ser uma distorção. No instante seguinte ele diz: "Talvez não seja sério".

No dia seguinte, Henry já estava às voltas com a história de Max. Ele falseia Fraenkel para a história, mas um pouco também é porque não conhece Fraenkel. Quando se conhece, é difícil falsear. É como agora, que conheço a sensibilidade e a compreensão de Dorothy Dudley, apesar da caricatura que fiz dela.

Minha fixação por Henry o norteia. Enquanto eu tiver fé nele, Henry não precisa de uma camisa de força!

Hugh é meu norte, é o que me impede de enlouquecer. Se eu vivesse com Henry eu ficaria louca. Devo tudo a Hugh, toda a minha força e a coragem de viver novas experiências. Sou muito grata a ele, por ter me concedido a liberdade, por me deixar ser eu mesma e por sempre estar me esperando na volta, sempre um pouco machucado e pisado. Meu jovem, doce pai.

Sei o que quero agora. Alguém que me ajude a ser má, me conduza a aventuras. Henry, Hugh, Papai, Rank – todos me seguram, graves, me prendem a si.

O *glamour*, o *glamour* de Nova York, mesmo num balcão de farmácia. Lá havia tantos homens apaixonados por

---

* "Festa para os olhos". Em francês no original. (N.T.)

mim que não provei! Buzby, Donald Friede, Bel Geddes; e agora Frank Parker, o genro de Katrine Parker, porque leu meu romance. Quero ir para Nova York com Hugh na primavera, mas não quero abandonar Henry. Fico tomada por um desejo de sair por aí e arrisco perder o que mais amo por causa de uma aventura.

5 de outubro de 1935

NUNCA SENTI TANTO PRAZER e tão pouca satisfação. Prazer: a recepção de Feri, o garoto húngaro que Eduardo ama, no seio da família. Um garoto bonito, parecido com Joaquim. Gostei dele. Tem apenas 21 anos. Já me amava antes de vir a Louveciennes. Tinha me visto sentada no café, com Fraenkel. Me mandou um perfume por Eduardo. Sinto um amor fraterno por ele. Feri trouxe alegria consigo. Antes era só eu quem dançava, inquieta, fazendo mímicas, brincadeiras. Agora eu e Feri animamos Eduardo e Hugh. Dançamos. Eu o ensinei a dançar. Brincamos de mímica. No domingo de tarde, vamos às corridas. Ao Prunier, comer ostras com vinho branco. Me vesti com as roupas dele, que são do meu tamanho. Não consegui parecer um homem – mas um maricas, sim. Feri não quer voltar ao Sélect nem retomar sua profissão. Ele põe flores nos vasos, atira, entalha, arruma o toca-discos e escreve seu diário em húngaro. Um clima de risadas, leve; era o que eu tanto precisava na minha vida com Henry, que me restringe à miséria, se recusa a viajar, quer que eu me aquiete. Uma válvula de escape. Quero me vestir de homem e sair em busca de aventuras. Prazer. Agora estou me divertindo com o que antes eu não podia. Comida. Bebida. Carros. Caminhadas. Bebida. Um brioche no Cernay-les-Vauz. Clubes noturnos. Apostas. Os chafarizes dos Champs-Elysées brincando ao sol. Elegância. Aristocratas. Pedicure. Um novo chapéu roxo. Uma bolsa de lona, luvas. *Vogue*. Dançando com American Roberts e apaixonada por ele uma noite, e ele o mesmo, por causa do ritmo da dança. Sentimento de liberdade das restrições e da culpa.

Desesperada porque a minha vida e a de Henry não se fundem, apesar da paixão. Surtos e revoltas amargos de minha parte. Um por causa de seus atos estúpidos: Henry manda um dos panfletos mendicantes de Fred para June ("humor negro", digo); manda um cupom de assinatura para Dreiser, que o esnobou em Nova York; e um panfleto mendicante para Buzby, que o esnoba sempre.

"Quero que ele se irrite com essa pedição", diz Henry. "Por que você não para de mendigar?", pergunto. "Você agora é um homem livre. Encare as pessoas como seus iguais e pare de sempre querer alguma coisa delas! É isso o que estraga todos os seus relacionamentos. Foi isso que afastou você de Crowley. Você tem um complexo de puta e esquece que os outros têm complexos quanto a serem usados. Lembre-se do que falei sobre a tragédia de Dreiser. Quando for famoso, você vai sentir a dor de ver as pessoas se aproximarem não por amor, mas por causa do *glamour* do seu nome e pelo que você pode fazer por elas. Vai ter mulheres que vão querer ir para a cama com você só por causa do seu nome e do seu poder. Você não entende que as pessoas queriam que você gostasse delas por elas mesmas, mas se sentem usadas. Estou tentando fazer com que você se valorize. Por que você sempre aparece como um mendigo?"

Henry diz que os outros sentem prazer em ajudar.

"Sim", respondi, "mas não em ser obrigado a ajudar, em ser ameaçado e insultado, como você faz. Não vou continuar mendigando por você. Imitei você e June por brincadeira, contra minha verdadeira natureza. Detesto implorar e usar os outros. As coisas que você fazia em Clichy de brincadeira são agora, no mundo real, infantis, ridículas."

Ele não me contestou. Ficou convencido. Mas eu também me convenci da inocência dele. Henry não conhece ninguém afora ele próprio, nem sabe o que faz para os outros. Absolutamente incapaz de entender as pessoas. Adormeço dizendo: "Você é inocente. Você é um inocente."

Henry ficou magoado. Mais uma vez sinto, quanto a essa passividade, essa recusa de lutar, que o feri. Então, no meu íntimo, me sinto culpada e fraca por ter que operá-lo.

Me sinto devastada, exausta. Pronta para aceitar seus atos loucos e estúpidos em nome de nosso pobre amor.

Fraenkel está bravo por causa de sua caricatura, e Henry não vê por quê.

E assim tenho de viver sozinha, afastada de Henry. Desistir do absoluto.

Passei um dia e uma noite com ódio dele. Então voltei a seus braços. A seus beijos apaixonados e a suas desculpas. Nossas carícias absolutamente deliciosas, talvez por causa do sofrimento e do antagonismo, do desespero. É tudo que tenho. Tudo que ele me oferece. Aceito, e desejo que tudo seja amalgamado em um único instante. Mas o sonho impossível me frustra. A separação é necessária, e no fim a paixão vai morrer.

Com o desespero, me atiro à sensação, ao prazer, à análise, à bebida, às brincadeiras com Feri. Vou sozinha para Londres. À procura de outro Rank. Me sinto próxima de Hugh, e ele é muito bom para mim; amo-o com uma gratidão profunda. Quanto a ele – também me recusei a aceitar suas limitações. Será que devo dar a volta, abandonar o absoluto, fluir para a esquerda, para a direita, me dispersar?

Henry! Henry! Ah, meu Henry! Todas as mulheres que você teve precisaram ser infiéis, precisaram abandoná-lo, porque você não é um homem, mas a criança que suga o seio até o sangue brotar.

6 de outubro de 1935

JAZZ NO RÁDIO. Feri me serenou com a dança. Mas sinto um mal-estar físico, porque meu desejo ardente de aventura e intensidade está frustrado. Limitações por toda parte. Dinheiro, a prostração de Henry, seu ódio por Nova York. Após vários dias prazerosos com Hugh, Eduardo e Feri, a falta de dinheiro nos trouxe de volta à realidade. Me senti um fracasso por não poder ir a Nova York, trabalhar e viver a meu bel-prazer. Tenho de aproveitar ao máximo Paris, um lugar que odeio. Fico sempre em último lugar nas prioridades de Henry. Morar com ele, depender de Henry seria minha morte como indivíduo, artista, mulher – minha morte total. Hugh é quem me mantém viva; Henry não me oferece nada além do que uma grande paixão oferece – a chance de se entregar. Mas um pouco além dessa entrega a morte espreita.

Portanto: aventura!

Não sei como encontrá-la, por onde começar. Vou sozinha a Londres na primeira semana de novembro. Eu gostaria de ir a Veneza e à Índia.

O que sou incapaz de fazer: acabar o livro sobre Papai – analisar os outros para ganhar dinheiro e gastar com meus caprichos.

14 de outubro de 1935

AINDA LUTO CONTRA O DEMÔNIO. Achei um título para o meu romance logo antes de o entregar a Kahane – *104° Fahrenheit*. Cuidei de Henry enquanto estava gripado, mas deixei-o sozinho durante o fim se semana – me sentindo muito amada.

Um dia desses, quando Henry se gabava de sua despreocupação, alienação, inocência – um mundo como o das crianças, que não têm nada com o que se preocupar – com um "me sinto tão feliz!", não consegui me segurar. Eu disse: "Sim, mas você não faz os outros felizes. É por isso que você perdeu June." Henry respondeu: "O que você está dizendo é que por isso eu vou perder você". E então Henry adoeceu, como que para me chamar de volta. Só que eu me sinto indiferente, sozinha e desiludida. Henry disse: "Não acho que nada possa dar errado conosco. Todo mundo que oferece alguma coisa ao mundo também causa um grande sofrimento. Eu sou uma dessas pessoas." Henry vive pelas leis do seu ego, então preciso fazer o mesmo. À noite, já bêbado, disse que tinha vontade de ir a Londres, depois de passar uma noite miserável na casa de Kahane, onde falou como um louco. Fui dormir ao lado de Henry, chamando por Hugh como quem chama uma criança perdida. Sofrendo com as *diferenças*. Pela manhã, ainda meio dormindo, nos demos um beijo e a dor passou. Um dia belo e harmonioso. Trepadas selvagens.

Feri é vaidoso, encantador, orgulhoso, tímido, caseiro; ama como uma criança, não como um homem; é rígido, fanfarrão – um amante das sensações. Pensativo, galante, aristocrático, sem ser frágil. Quando dançamos juntos eu percebo sua delicadeza e seu nervosismo, como os de um cavalo de corrida. Meu interesse desperta; me sinto atraída. Chegamos muito perto do amor. Se ele tivesse o dobro da idade! Feri tem um aspecto fabuloso em suas roupas: bem-arrumado e moderno, sem ser efeminado. Temos a mesma altura e o mesmo porte.

A verdade é que aos poucos estou voltando à minha verdadeira natureza, a tudo o que abandonei por Henry, ao amor profundo que tenho pelo que é belo, pela harmonia, pela ordem, pelas imaginações que não se desperdiçam em arroubos. Assim, sinto gratidão e amor por Hugh, que me deixa ser eu mesma. Uma resistência inconsciente à Villa Seurat, onde todo o tempo é desperdiçado, posto fora, dispersado, perdido no caos, em conversas, no vácuo. Não consigo trabalhar lá. Anseio por Louveciennes, que antes eu detestava. Temo a segunda-feira. Sinto que estou me desfazendo, que a Villa Seurat está corroendo minha criatividade. Retorno por amor, mas agora sei que esse amor é uma concessão, uma entrega covarde ao amor, que vai contra as necessidades e os anseios da minha alma, contra tudo o que preciso e amo e sou. Amo Hugh com devoção, amo tudo o que ele me deixa ser, fazer, sentir, pensar. Meu pai ideal é Hugh. Henry, meu filho; e assim morrerei sem encontrar meu igual, sem um amor à altura do meu – um amor que nasceu comigo.

16 de outubro de 1935

UMA FELICIDADE EXTRAORDINÁRIA ontem, quando vi Henry e tudo estava como antes. Exauri minha tempestade de críticas. Me recuso a sacrificar minha vida e o amor que sinto a uma ideia de como Henry deve ser ou agir. Ternura, paixão e paz, supremos.

Henry trabalha em *Black Spring* – páginas sobre os passeios obsessivos. O amor que tenho pelo livro. Henry tentando ser sensato, depois do medo de me perder. Vamos da separação à proximidade mais apaixonada.

Mas estamos sozinhos. Ele evita os amigos porque está trabalhando com afinco. Mais uma vez eu recupero minha alegria e mando todas as ideias e ideais para o inferno. Quero meu amor, Henry, puro, obscuro, taciturno, instintivo, uma recusa dos meus planos, desejos mentais. Ah, quem é capaz de destruir nossa atitude crítica frente à vida e às pessoas nos aproxima do divino. Eu cozinho – cantando baixinho. Meu cabelo está penteado como o de uma cigana, com os cachos por cima do nariz! Henry está com ciúmes de Feri. "Não vá me fazer dele um homem!" E hoje, quando saí e disse que voltaria na sexta, Henry disse que era tempo demais!

Evitar as críticas, ridicularizar o absoluto, o ideal. Feche os olhos.

19 de outubro de 1935

ONTEM, QUANDO CHEGUEI à Villa Seurat, Henry me recebeu com beijos e me queria imediatamente na cama. Ele estava num humor ainda tão influente sobre mim que me perco em tanto amor e em tanta entrega. Delicado, vulnerável, sério, sonhador, terno e tão próximo a mim – além de quaisquer palavras. Ficamos olhando, olhando sem parar um para o outro. Um dia, se as palavras vierem, se Henry disser ou escrever algo que possa dar a impressão de que não compreendemos, preciso lembrar desse *silêncio* e dessa *intimidade* que não têm relação alguma com o intelecto, uma *intimidade* mais profunda que a compreensão. Se conversamos, ou se um desentendimento revela que quando ele usa palavras nós não estamos próximos, isso só serve para revelar a falsidade das *palavras*, do *pensamento*, das *expressões*. Tudo o que nunca dissemos, tudo o que jamais será dito – é justamente *isso* o que há entre nós dois, algo que só se diz com os dedos, os lábios, o pênis, as pernas, com o toque da pele, o cheiro dos corpos, com a voz que geme, os sons animalescos, com o toque dos cabelos – a divina linguagem do corpo.

Essa sinfonia e esse sonho. Ficamos deitados no sofá escutando "Le Sacre du Printemps", com páginas de *Black Spring* em cima da escrivaninha, o jantar no fogo. Estou com meu vestido persa. Escrevi quase todas as carícias aqui, porque só as carícias são vida – e não dou a mínima para todo o resto. Deixem-no em paz.

Volto a Louveciennes para viver minha vida – para me reencontrar. Mas essa é uma necessidade triste comparada à de amar. Amar é a prioridade. Amar, perder-me, entregar-me.
Encontrei meu amor verdadeiro por Hugh, admiti que preciso dele. Meu amor pelos pacientes doentes.

Prazer. Uma noite em Louveciennes com Eduardo, Feri, os Guicciardi; brincamos de mímica, quase explodimos de tanto rir. Tenho dado asas à minha espirituosidade e à minha língua afiada quando não me sinto intimidada. Me comporto de um jeito cômico. Alegria. Não quero saber de conversa. Conversas não me satisfazem, salvo as conversas entre duas pessoas, os relacionamentos. A conversa da noite passada, entre Kahane, os Roberts, Henry e Fred, tão estúpida!

Colette Roberts faz uma distinção sutil: "Seu romance me emocionou. É um livro humano e real, mas é a *recriação de uma experiência*; e como isso acontece num nível mais profundo do que as pessoas estão acostumadas, é como se uma redoma de vidro o recobrisse, como os vidros que recobrem as pinturas no Louvre. Dá para ver a pintura perfeitamente, dá quase para sentir, mas ainda assim existe um vidro."

Observação: O medo da morte surge quando não se vive; estar vivo é viver com todas as células e todas as partes de nós mesmos. As partes reprimidas se atrofiam quando obstruídas, como um braço gangrenoso que infecta o resto do corpo com a morte.

Aprendi com Henry a fazer amor rindo, com alegria. Era o que Rank mais apreciava em mim, que eu ria de prazer quando fazia amor em vez de parecer frenética ou dramática. Rank disse que todas as mulheres que conhecera eram sérias demais no amor.

Fraenkel: "June era uma criança patológica que pintou quadros coloridos por acaso, como os loucos fazem, mas não como *criadora*".

Roubei o artista de Henry, ou *em* Henry, por ser uma artista tão absoluta. Ele roubou minha vivacidade e minha alegria. Esse era o efeito que tínhamos um sobre o outro. Quando nos separamos, Henry ficou mais artista e eu recuperei minha alegria.

Estou sempre empolgada, sorridente, entusiasmada, ainda que no fundo eu me sinta triste em relação a tudo e tenha um sentimento trágico da vida. Tenho um ciúme doentio de todos os meus amores e amizades.

Ler a *Vogue* em Nova York para me informar sobre os fins de semana chiques e sobre como tratar o mordomo!

No quarto de Henry. Henry, Fraenkel e eu estávamos conversando. Henry saiu para buscar as coisas para o jantar. Fraenkel veio depressa até mim, chamando "Anis, Anis!", me beijou e pediu que eu o beijasse. Ficamos em pé, nos beijando. Não senti nada. Percebi que meu rosto estava sorrindo, talvez de modo zombeteiro. Me senti como eu me sentia em relação a Artaud – um desejo de provocar, mas não de corresponder. Fiquei confusa, calada. Fraenkel disse: "Eu estava esperando por isso. Você é maravilhosa." Me senti fria.

Tirei o *rouge* e retoquei o pó. Então vi a carteira de Henry na mesa, que ele havia esquecido. Mecanicamente, olhei tudo o que havia lá dentro. Encontrei uma foto de sua filhinha e uma de mim. Isso me deixou tão feliz, saber que ele levava consigo uma foto minha, que por pouco não comecei a chorar. Ele me ama, ele me ama! A noite se transformou.

De mudança para o apartamento em Paris [sublocado de Louise de Vilmorin], fazendo as malas, vendo as etiquetas de Nova York no baú. Ânsia por Nova York. Mas conversei com Henry mais uma vez sobre o assunto e ele disse que não quer ir. Para ele a cidade é deprimente e detestável. Fazendo as malas. Pensando em Rank.

28 de outubro de 1935

AVENUE DE LA BOURDONNAISE, 13, 6ème. Bem, meu avião zarpou de Louveciennes e foi navegando até Paris. Tenho a impressão de que é apenas uma hospedagem temporária. Tento me aquietar. Vim com o aquário em meus joelhos, meus cristais, meu aquário, minha concha. Troquei os móveis de Louveciennes de lugar, escondi as estátuas de porcelana, o relógio de mosaico francês, as ilustrações dos bombons franceses, o bricabraque Luís XV, XVI ou XX! Uma sensação doce de luxo, porque o telefone está junto ao meu cotovelo, como no cinema, e eu estou deitada em uma cama de cetim branco, coberta com lençóis que trazem as iniciais de Louise bordadas. Encontrei as conchas dela, guardadas.

Após se divorciar de Henri [Hunt], Louise fica em Verrière e vem visitar as filhas. Henri e as filhas estão morando no outro lado do grande apartamento até que Henri parta para Nova York.

Apressei-me para ver Henry, sentindo uma felicidade imensa por estarmos tão próximos. Uma cama de cetim branco, um telefone, um apartamento grande. Quando Henri zarpar de navio, meus dois filhos, Eduardo e Feri *(Chicuelo y Chiquito)*, vão se mudar para cá. Gosto da presença de Louise aqui. Vou encontrá-la.

Nova York parece mais próxima. Estou mandando uma das minhas pacientes para lá, libertando-a do jugo do pai. De modo indireto e místico, esse ano dancei, atuei, toquei violino e fui para Nova York. Meus pacientes fizeram isso. Eu ganhei mil francos por cada vinte sessões, que eu dei para Hugh porque o dinheiro anda curto. Estou boba de feliz, de uma doce felicidade. Vemos a Tour Eiffel bem de perto. As pessoas estudam piano e cantam mal. Tudo é muito doce, palpável e real.

Não posso descansar jamais. Tento criar uma nova vida. Eu não teria como viver uma vida na sarjeta, como June; talvez eu pudesse ter uma vida como a de Louise, de um nível superior, e trazer a essa vida o que me diferencia deles todos: minha profundidade. O luxo é doce e belo. Preciso de acessórios porque acordo triste no fundo; então, ajudada pela beleza, pelo calor da decoração, do sol, de tudo o que me conforta, da voluptuosidade, ascendo à alegria. O clima e a ambiência me influenciam, me ajudam a sonhar.

Como Rank me ajudou a sonhar! Lembro com gratidão da minha chegada a Nova York: o quarto pronto, flores todo dia, a atenção para comigo, as refeições no quarto, táxis, peças de teatro, lindos restaurantes; as ideias de que nos alimentávamos, várias por dia, florescendo com o dia. É possível se apaixonar pelas coisas que um homem diz. Naquele quartinho, acalentada pela reverência dele, eu entrava em transe. Sonhava. Serenava. A proteção dele era imensa, a possessividade. Rank me envolvia. Eu exultava. Escrevia cartas alegres. Não trabalhava. Recortava os jornais para o fazer rir. Planejava e interpretava a vida: cartas deslizando pelo tubo de vidro, elevadores com portas de cobre, empregadas com vestidos verde-claros, engomados, elegância, iluminação difusa, as caldeiras fervendo, assoviando. Lá fora, a neve. Eu, recortando e colando em nosso álbum, que ele destruiu. Saindo para comprar coisas simbólicas, uma casinha de troncos em que eu escrevi "Não perturbe". Puck – Huck. Um automóvel em miniatura, antes de escolhermos o de verdade, lápis com corações na ponta, ou então as duas velas grudadas uma na outra, que um dia ele encontrou acesas em casa ao voltar de uma palestra. E ele interpretando. Usando uma capa e dançando o Continental por tudo quanto era canto, como no cinema, subindo e descendo do sofá, subindo e descendo das cadeiras. Eu me fantasiava para ele, dançava. Toda noite uma fantasia diferente.

Ele aparecia entre uma análise e outra: "Querida!" E ria do bilhete que encontrara embaixo da porta, ou me contava como estava tratando dos pacientes, o que tinha acontecido. Tão rápido, tão intenso! Sua felicidade era como um fogo, queimando e consumindo-o.

Uma tarde de sábado eu pus o vestido russo vermelho. Meu quarto foi inundado pelos reflexos do sol na neve. Havia um vaso com flores brancas. Ele sentou no sofá e percebeu a luminosidade. Eu cintilava, também; ele ficou encantado. Estávamos num transe, num sonho. Se o sonho tivesse continuado, se ele soubesse que para mim era como um sonho – a intimidade, o mesmo ritmo de pensar e sentir – se ao menos ele não tivesse desejado tudo tão real! O real estragou, destruiu a mais bela irrealidade; pois agora sei que minhas alegrias com Rank eram místicas, de um tipo que jamais encontrarei novamente. Que tragédia, a importância que seu corpo adquiriu e que acabou por obliterar e aniquilar o elo gêmeo. Eu, em busca de um casamento místico, lembrando apenas das maravilhosas conversas no escuro, na cama, esquecida de todas as carícias – todas, exceto o toque de seus cabelos pela manhã, quando ele vinha para a minha cama como uma criança; eu, surpresa com a maciez dos cabelos. Nossas conversas foram de um efeito tão mágico, de um conteúdo tão profundo que, apesar de tudo o que aconteceu, ainda hoje me sinto casada por um elo místico a um pequeno homem incapaz de transcender a pequenez do homem, que destruiu um sonho, uma ilusão, uma fantasia – e com isso a vida.

Sei que nos entendíamos por completo. Sei que hoje, se Henry falasse, revelaria tudo o que *não entende*. Nosso amor prospera com silêncio e carícias.

30 de outubro de 1935

ONTEM COMECEI A PENSAR em escrever – a vida parecendo insuficiente, as portas fechadas à fantasia e à criação. Eu tinha escrito algumas páginas esparsas. Hoje acordei séria, sóbria, determinada, austera. Trabalhei a manhã toda no livro sobre Papai. Caminhei ao longo do Sena depois do almoço, feliz de estar próxima ao rio. Compromissos. Cega para os cafés, para o *glamour*, para tudo o que se mexe e dá som e cor à vida, que desperta grandes anseios e não os corresponde. Era uma febre, um feitiço, uma droga. A Avenue des Champs-Elysées, que me comove. Os homens esperando.

Me seguindo. Mas eu estava austera, triste, introspectiva, escrevendo meu livro enquanto caminhava.

Nada de dinheiro. Fecho os olhos ao passar pelas vitrines.

Henry está trabalhando. Cortou as páginas que eu não tinha gostado em Nova York, com "Tiro um cochilo enquanto vocês trabalham, irmãos". Ele tem que atentar para duas coisas: primeiro, para a pretensão e a moral de cuecas de um filósofo de segunda categoria; segundo, para as passagens femininas pessoais e triviais – mesquinhas.

Agora está claro que tenho mais a dizer, mas não vou conseguir, enquanto Henry tem menos a dizer e vai dizê-lo de forma magnífica. Também está claro que o surrealismo é para ele, não para mim. Meu estilo é simples no livro sobre Papai, direto, como no diário. *Documentaire.* O dele é exuberante sem dizer nada ao intelecto.

2 de novembro de 1935

No DIA SEGUINTE, COMECEI a trabalhar a sério. Fui presa de um humor grave, intenso e pensativo. Perdi o interesse pela vida, por tudo o que me tocava ainda mês passado; voltando-me a mim mesma, escrevendo o livro sobre Papai o dia todo, mesmo enquanto caminho ou vou ao cinema. Sentindo-me austera, solitária, derrotada, um fracasso. A vida não se materializou, não é como eu queria, e assim o livro cresce. Estou pálida, introvertida, isolada. Odeio a arte, o trabalho, a escrita, mas é o único remédio. Sinto uma alegria escura quando trabalho bem. Algumas páginas do livro sobre Papai são profundas e comoventes. Sou profundamente honesta. Meu estilo é cru – nunca penso em como dizer – apenas em dizer.

Encontrei Cristo nos Champs-Elysées, mendigando. Cristo, um artista húngaro, mendigando. Vou vê-lo.

A vida perdeu o sabor de fantástico. Tudo parece real, como a vida de Henry. Escrevo, escrevo o tempo todo quando sinto desejo de novos amantes. O que morreu foram minhas conversas com Henry. O companheirismo sumiu, porque ele fala despautérios. Proust não é profundo porque escreveu sobre a sociedade!

7 de novembro de 1935

Escrevi a última página do livro sobre Papai, sobre a última vez que emergi do éter para ver uma garotinha morta de cílios compridos e cabeça esguia. A garotinha morreu órfã de pai dentro de mim. A grande emoção com que escrevi essas últimas páginas, entendendo as últimas linhas somente após escrevê-las, enquanto Eduardo e Chiquito jogavam baralho, animados, e Hugh fazia um horóscopo!

O livro não está acabado, apenas meio pronto, porque escrevo as páginas mais exaltadas primeiro, sem ordem nenhuma, como escrevi o romance sobre Henry e June. Depois tenho de completar, construir. Desde 28 de outubro estou séria, pensativa, profunda, solitária, introvertida, vivendo apenas para as alegrias graves da criação. Mês passado eu sentia prazer ao me apaixonar por um chapéu, um chapéu exuberante de veludo, com uma longa pena, da época de 1860, do cancã – e ao usá-lo, causando sensação onde quer que eu fosse.

E agora.
Deus Pai.

Nove e meia. A partida dos Hunt para Nova York – as três garotinhas se preparando. As preparações de Mamãe e Joaquim para a viagem a Nova York trouxeram uma tempestade de anseios. *Não resta dúvida de que, se desejo alguma coisa, preciso fazê-la ou ela me mata* – mas eu pareço desejar sempre o que não posso ter: Papai como filho, John, Nova York.

A segunda tempestade, quando Roger expulsa Fred de sua casa e então Fred vem para o estúdio. Eu já lhe passei algumas traduções para que tire uns trocados – não porque eu precise delas. Então peço a Henry que não arruíne nossa vida. Eu pagaria a conta do hotel de Fred, faria qualquer coisa. Henry foi terno e se sentiu muito mal por eu ter de acolher Fred, quando sabe que o desprezo. O tempo todo eu percebia o *exagero* das minhas emoções, mas não conseguia me controlar. Antes de ficar menstruada, fico louca. Eu tremia, tinha vontade de chorar, me sentia imersa em uma grande tragédia. Tive de me separar de Henry mesmo que eu não tivesse compromissos e, no táxi, clamei por Hugh. Se não fosse por Hugh, hoje eu estaria num hospício. Tenho uma fraqueza – uma necessidade terrível dos outros. Chega um momento em que tudo desaba dentro de mim e eu fico desesperada. Entendo muito bem o que leva Louise a se drogar, June a se drogar.

Fred em nosso estúdio! Henry falando sobre fazer sacrifícios. "Você sabe que não vou deixar você passando fome, Henry. Vá fazer algum sacrifício, então. Peça seus *royalties* e entregue-os a Fred em vez de publicar seu *Scenario* – então você vai saber como me sinto ao ajudar Fred, quando tudo o que posso fazer eu quero fazer por você."

Enquanto isso, Kahane me diz que preciso trabalhar no romance sobre Henry e June. Stuart Gilbert gostou do livro. Diz que o leitor sente que Henry é um porco sortudo, um gênio que sempre dá um jeito de fazer tudo o que quer e a quem as mulheres não deviam amar!

Mas Henry, muito terno, muito grave, não me deixou ir embora antes de conversarmos e voltarmos ao nível normal de serenidade e compreensão. Quanto a Nova York: fui razoável quando ele disse "Me sinto tão egoísta!" Eu disse que de nada adiantaria ir a Nova York para me fazer feliz se ele fosse sofrer. Ninguém é culpado da diferença entre as nossas necessidades. Fui mais justa, tolerante e gentil do que me sinto – em meu íntimo havia tempestades e dor e loucura. Ódio de Fred, um frouxo, fraco, *sournois**, inerte, um parasita, indefeso, tolo, sem valor algum. Sentado lá de boca aberta, imitando Henry, sujo, uma caricatura das facetas mais desprezíveis de Henry – uma espécie de Henry menor, mais

---

* "Dissimulado". Em francês no original. (N.T.)

fraco e mais desleixado. Revolta! Simbolismo: Fred como tudo que odeio na vida de Henry. Basta vê-lo para que eu me enfureça. Mas eu e Henry saímos para um passeio, de braços dados, conversando noite afora para achar outra saída, decidir o que fazer. Henry entende que não quero dar mais nada a Fred. De repente fico quieta, compassiva. Ajudar, de alguma forma, desde que Henry não destrua nossa vida juntos. Não posso chegar no estúdio e me encontrar com Fred. É estranho e terrível, esse exagero. Não estou de todo errada, mas a intensidade é incrível. Sem fé na minha justiça. Me envergonho dessa explosão, pois Henry continua terno. Para o inferno com meu desejo de justiça, justiça apenas para os outros, pelos outros. E então vem a vergonha, por causa de Hugh, preocupado com as finanças e tão generoso. Hugh, minha alma, meu provedor, meu irmão, meu pai, minha força.

Chega um momento em que sinto prazer ao me entregar – como uma expiação religiosa do eu. Esse eu enorme em mim, tão egoísta, tão faminto, tão devorador! Preciso destruí-lo, e assim me curvo, me curvo. Será que é mesmo necessário?

8 de novembro de 1935

Estou longe dos dias em que saía de Clichy exausta ou passando mal por comer comida ruim em intervalos irregulares. Agora saio para preservar minha felicidade, para preservar a beleza. Me pergunto quando – logo antes de tudo escurecer, ou quando me sinto asfixiada, ou ainda impaciente?

Essa noite não quis me afastar de Henry, porque ele estava com um humor terno e apaixonado. Mas foi preciso, por gratidão a Hugh, que noite passada me salvou do desespero. Fui embora pensando que um minuto a mais naquele lugar poderia matar minha felicidade. Fred parece um desfile enfermo de fracassos. Fraenkel doente com seus pensamentos, cheiro de morte. Mas saí a tempo. Triste ao sair, com o gosto do beijo de Henry nos lábios. Henry já sentindo minha falta, dizendo: "Você me deixa louco de tesão, louco..." E eu vendo seu rosto transfigurado pelo desejo, envelhecido, cruel, convulso de desejo.

Vi Louise chorando na partida de suas filhas. Incapaz de uma longa tristeza. Como June – apenas uma tormenta. A vida não é real.

Escrevendo o livro sobre Papai. Página sobre a Amazona. Escrevo sobre o simbolismo dos Champs-Elysées. *Angoisse.** Perder o que tenho, estar presa a uma vida ou à outra. As duas insuportáveis, solitárias. *Angoisse*, medos, dúvidas.
O que me *ajuda* a sonhar: luxo, beleza. Ninguém entende. Acham que gosto do luxo por si só, intrinsecamente, não como objetos que abafam a realidade. A sordidez despertou minha curiosidade, mas também meu ódio.
Tento não retirar Henry de seu elemento, como outras mulheres fazem. A sra. Rank tirou Rank de seu elemento. Ele gosta das mesmas coisas que Henry, mas foi a esposa quem construiu a casa, os arredores, os amigos, a vida. Em segredo, Rank gostaria de ter uma vida como a de Henry.

9 de novembro de 1935

ALLENDY VEM PARA O JANTAR. Eduardo e Chiquito fazendo a mudança. Eu, enfraquecida pela tempestade lunar, perdendo sangue. Chorando em uníssono com Mamãe, nós duas emotivas, ela tentando entender minhas *motivações* – e por fim acreditando na minha inocência, ainda que eu viva com um "homo" e frequente Montparnasse. "Acredito que é possível tocar na imundície e se manter pura."

Beijo-a e me sinto muito próxima dela. Expliquei que se a sociedade exilasse os homossexuais eles se tornariam perigosos – maus – como os jovens culpados de crimes leves que são encarcerados e então se tornam criminosos. Conversa emotiva. Por que fico com Eduardo? Para que ele tenha uma casa, compreensão, fé em si mesmo. Tudo o que a socie-

---
* "Angústia". Em francês no original. (N.T.)

dade fala em Havana. Falam sobre mim entre uma taça de chá e outra. Pfui. Não me importo. "Quero só que você me entenda, Mamãe. Você tem que tentar ver por que faço certas coisas, mesmo que não concorde com minhas ideias. Só para saber e me apoiar."

13 de novembro de 1935

TUDO O QUE HENRY ESCREVE ou faz é "burlesco". Agora ele e Fraenkel estão escrevendo um *Hamlet* burlesco. Burlesca: a bicicleta na parede do estúdio. Conversas, cafés da manhã, cartas, relacionamentos – todos *burlescos*. Não sei o que estou fazendo aqui. Todo dia eu preciso sorrir e passar fome. Tudo o que sinto é sincero demais, humano demais, real demais, profundo demais. Escrevo o livro sobre Papai e sinto fome.

Estou muito, muito sozinha, sozinha demais. Rebelde e com ódio de Henry. Ódio do amor que me prende a ele. Por que não consigo me libertar?

Um conflito de grandes proporções entre o meu eu feminino, que deseja viver em um mundo governado por homens, viver *com* um homem, e o eu criador, capaz de criar um mundo e um ritmo particulares em que não consigo encontrar um homem ao lado de quem eu possa viver (Rank foi o único que seguiu meu ritmo). Nesse mundo feito por um homem só, totalmente criado por Henry, não consigo viver minha individualidade. Sinto-me à frente dele em certas coisas, sozinha, solitária.

15 de novembro de 1935

TENDO CHEGADO AO FUNDO do poço, reergui-me para reconstruir a minha vida. Acordei e escrevi quinze cartas, para ter pessoas ao meu redor e criar um redemoinho. Então, com a ajuda de Henry, me esforcei para entender o que estava acontecendo e percebi que estou ressentida e tempestiva por ele ter me sacrificado – me privado de Nova York e de toda possibilidade de expansão e de uma vida *moderna* (Nova York o mata). Amo Henry e não quero sacrificá-lo. Por conta disso comecei a lutar contra Henry. Mas acho que já passou. Estou tirando o melhor proveito disso tudo, percebendo que meu destino é amar *com tristeza* e sempre amar o que é ruim para mim, sentindo-me limitada, sufocada pelo amor, sacrificada ao amor, à falta de modernismo de Henry, e agora definitivamente encerrada em sua vida burguesa. Mas preciso de compensações, de *chemins détournés**: Londres. Nova York na primavera. Uma vida febril aqui em Paris. Me sinto bloqueada, mas de algum modo devo me expandir.

Nos braços de Henry eu me entrego. Assim que o deixo, sinto um desejo forte a ponto de me matar – um desejo de aventura, expansão, ardor, fantasia, beleza, grandeza.

Tudo muda com a visita de Louise – transportada ao sonho. Com ela posso sonhar. Louise leu "Alraune" e o livro afetou-a profundamente. Ela me leu trechos de seu segundo livro. Irrealidade. O conto de fadas. Encantamento. Afastamento da vida. Os olhos abertos a ponto de estourar, como os de Artaud. Sua vida tem a grandeza que tanto amo; Louise tem asas, poder. Sua conversa é uma criação. O erro que cometi antes, que pôs fim a nosso relacionamento, é que minha timidez e o amor que tenho a essas ligações não se harmoniza com a dificuldade que ela sente para se ligar aos outros, com sua esquizofrenia. *"Je ne bâtis rien de durable"* (Não construo nada que dure). Aprendi a me virar sem esse lado humano... a aceitar a mesma flutuação que Papai... a viver na fantasia, sem o lado humano.

A presença de Louise me arrebatou. Algumas horas antes, eu estava escrevendo em meu diário e sentindo como se tudo dentro de mim desabasse. Quando a vi, percebi onde eu poderia reencontrar meu navio, minha viagem; apenas no sonho, nas drogas, na criação e na perversidade. Decidi ser descuidada, fazer e tentar tudo, porque nada me prende à terra e não tenho medo da morte. Se eu não morrer logo, meu amor por Henry vai morrer. Vou dar asas ao meu ardor, me disfarçar

---

* "Caminhos tortuosos". Em francês no original. (N.T.)

de homem, embriagar-me de gente, vida, barulho, movimento, trabalho, criação – de tudo o que, para conhecer e sentir, vou experimentar. Não tenho medo nem respeito pela vida, que não vale a pena estender.

Jazz. Há dias em que Nova York parece mais próxima de mim do que outras coisas. Agora, a Nova York sonhada seja talvez Rank, a felicidade que ele me proporcionava em tudo o que estava fora da realidade. Talvez tudo o que transcende a esfera da realidade humana seja o que posso alcançar sozinha.

Louise está vindo aqui para trocar de vestido e sair à noite. *Les métamorphoses.** São muito importantes. Vivenciar as metamorfoses em mim mesma em vez de fazer viagens. Louise pode me ajudar a manter a calma. Meus desejos parecem-me estranhos, inumanos. Por que Nova York – longe de Henry, Hugh, Eduardo e Chiquito? Por que o amor, o amor que tenho por todos eles, não me segura? Por que não me segura? O que me assombra e me afasta disso que os outros chamam "felicidade"?

O que era tão importante e tão lindo com Rank eram os jogos que jogávamos, jogos de conversas no escuro, de ir ao teatro e reescrever as peças, descobrindo a sinfonia do mundo nota a nota, desvendando-lhe o significado; os jogos de nossos pensamentos, desposando-se no espaço, esse correr e cantar e gritar pelos corredores de nossas invenções! Rank destruiu um sonho para me ter em seus braços, para penetrar no meu corpo, tocar minha pele! Destruiu um mundo, uma grande exaltação, tal como sinto essa noite. Louise, Louise, Louise, Louise. O que uma vez nos afastou foi o ciúme que ela tinha de mim. Louise acreditava tão pouco em si! Não vou fazer isso com ela. Não devemos tentar um encontro mundano, mas permanecer sempre sozinhas, em nosso sonho opiáceo.

---

* "As metamorfoses". Em francês no original. (N.T.)

Nove e meia. Acabei de escrever as páginas emotivas do livro sobre Papai.

Lutando contra a dualidade e a ambivalência de Henry ao escrever sobre ideias. Ao mesmo tempo ele expressa uma ideia e, simultaneamente, sua negação burlesca. O livro que escreveu sobre Lawrence padece desse mal. Uma discussão vigorosa, em que tento demonstrar a ele que é possível ser contraditório mas não ambivalente, pois nesse caso é impossível criar.

Aos poucos Henry redescobre minha sabedoria.

Eu havia previsto a forma como reagiriam ao pedido de ajuda a Fred, para quem Henry escreveu aquela carta mendicante. Ninguém respondeu.

O *Aller Retour New York* de Henry; não há pedidos suficientes para cobrir os custos, e a resposta é tímida. Como mulher, odeio estar certa. Certa quanto a Fred, quanto à forma como o mundo odeia ser usado e confrontado. Tenho medo do vácuo que Henry criou ao meu redor. Assim que imploro em nome dele perco um amigo; Henry é insultuoso e alienante. Preciso começar um mundo sem Henry, como precisei escrever em um novo estilo e afastada de Henry e de Fraenkel. Mas, ah, Deus, como odeio estar sozinha!

Também é verdade que o ciúme faz com que eu me afaste. Existe alguma coisa entre Henry e seus amigos homens do qual não posso fazer parte, um elemento acrobático, insincero e burlesco que me faz ciumenta e solitária. É verdade que isso me faz abandoná-los e seguir sozinha. Henry agora tem o cheiro de Fraenkel, como antes cheirava a Lowenfels.

21 de novembro de 1935

SEMPRE DIANTE À IMPOSSIBILIDADE de alcançar o impossível, volto a dançar. Desde o dia em que vi Louise comecei a criar um *tourbillon**, um balê, uma sinfonia. Escrevi cartas a todo mundo que conheço, [René] Lalou, [John] Charpentier, [Sal-

---

* "Turbilhão". Em francês no original. (N.T.)

vador] Dalí, Anne Greene. E ao mesmo tempo recebi convites de Colette Roberts, dos Ferrant, de toda parte. Instigada por um desespero, um desespero profundo e fundamental, comecei a dançar. Escrevi para Monsieur le Verrier, que ficou muito admirado com meu livro sobre Lawrence. Um homem de cinquenta anos, alto, judeu, tipo intelectual-religioso. Assim que me viu, ele se apaixonou. E eu me sinto ao mesmo tempo exaltada e repelida, sempre enfeitiçada pelo intelecto, pela idade, pelo espírito. Ele ligou hoje de manhã, exaltado pelo meu romance sobre Henry e June. Kahane se recusa a fazê-lo, *tal como é*, em nome do livro sobre Papai, do qual leu algumas linhas e disse: "Primeira categoria. Não tenho dúvida alguma."

Noite de arrebatamento com Henry, Fraenkel e Colette. Fraenkel diz a Henry exatamente o mesmo que eu dissera – apenas o expressa melhor, como a pequena voz dentro de Henry que diz "Merda, merda, merda, bosta e mais bosta ao redor" e que vai acabar destruindo sua visão das relações entre as coisas.

Rádio ligado. Escrevendo. Nervos à flor da pele. Dançando para não morrer. Nervosa a ponto de pular pela janela. Febre. Desespero frente à vida. O absoluto. Henry apaixonado por mim. Eu, aprendendo a viver com ele; ou seja, a achar meios-termos, a ceder, a aceitar; e assim passo ao outro lado do absoluto – dispersão, febre, cisão, nervosismo, doença, febre.

Comecei a escrever páginas a respeito da orquestra no livro sobre Papai, no qual incluo um violino e o corpo de uma mulher, juntos, como em uma fotografia que vi no Quai Saint-Michel. A ideia da orquestra já vinha fermentando em minha cabeça. Mas o grande sofrimento da noite passada, devido ao ciúme que sinto da sra. Ferrant – que tem uma cabeça muito bem-talhada e seios exuberantes, um tipo vulgar de beleza muito ao gosto de Henry –, impeliu-me a escrever páginas histéricas.

Agora sei, sei que essa é minha doença, a grande causa do meu sofrimento. Noite passada, no táxi, a caminho do estúdio dos Ferrant, já alarmada pela descrição que Henry fizera de "uma mulher com um rosto muito interessante", eu estava cantando, lutando para ser forte, decidida a seduzir Ferrant, sentindo-me confiante graças à admiração de le Verrier. Ao longo da noite percebi que Henry não amaria a sra. F. Talvez sexo, mas nada mais. Me senti resignada, lembrei a frequência com que faço suposições erradas, de todo o sofrimento inútil, da tentativas de rir dos ciúmes de Henry, de seu medo de me perder, que é ainda maior que o meu. Se eu perder Henry, perco minha dor. Se ele me perder, perde sua vida e sua felicidade. Eu estaria salva sem ele. Henry naufragaria.

Ciúme canceroso. Viver é duro demais. Volto como uma mulher afogada ao abrigo do amor de Hugh, ao quarto branco, à sensação de calor, maciez, luxo e paliativos. Escrevi dez páginas de um só fôlego, em uma hora e meia. Sofro com pequenas desgraças, nevralgia, moléstias estomacais. Estou magra, nervosa.

Rank estava certo. Achei que eu seria feliz sem ele. Mas é impossível. Tem épocas em que me sinto pronta para abandonar Henry e Hugh por Rank, como ele queria; como quem abandona a vida terrena pelo monastério, pela paz e pela força que ele me inspirava. Eu forçaria meu corpo a obedecer. Penso loucamente em como eu poderia forçar meu corpo a obedecer, a me entregar para Rank, olhando figuras eróticas que têm um certo efeito sobre mim.

Mais tarde: Após essas linhas, escritas na cama, me masturbei, porque noite passada, quando Henry me possuiu depois da festa na casa dos Ferrant, eu não senti nada. Então fiquei em silêncio por uns instantes, dizendo para mim mesma: Fique bem quietinha e bem parada. Então escrevi mais duas páginas. E estou exausta.

25 de novembro de 1935

O SOFRIMENTO DUROU UMA NOITE e um dia. Uma noite de agonias terríveis, imaginando como se tudo já tivesse acontecido. Um dia que ficou ainda pior quando Fred me disse que a sra. Ferrant se parecia com June. Meu lado racional dizia: "Vai ser bom se algo nos separar. Não consegui me afastar por livre e espontânea vontade. Não estou feliz ao lado de Henry. No dia em que nos separarmos minha vida estará salva, minha vida irá começar."

Então vi Henry lá, junto com outras pessoas. Fiquei mais quieta, resignada, indiferente. Nessa noite, encontramo-nos na casa de Kahane com Jonathan Cape, que segurou minha mão no táxi, na frente de Henry. Essa pequena vitória bastou para me distrair por alguns instantes. Mas eu me sinto fria e morta. Tudo isso além do sacrifício de Nova York. É demais.

Outra vez a dor me leva a escrever. E hoje – até que enfim! – o livro se apossou de mim. Vida, Nova York, Henry – tudo perdeu importância. Estou obcecada pelo meu livro.

Estou aguardando uma mudança em Henry, mas é perigoso demais medir o amor por seu desejo, medi-lo pelo sexo. Ontem, na hora que passamos juntos, ele estava cansado e com frio; aqueci-o com meu corpo e ele adormeceu como um bebê. Em outra ocasião essa ternura teria me tocado. Ontem pareceu um augúrio. E preciso perder Henry, porque não consigo abandoná-lo. É sempre a mesma coisa. Abandonei-o várias vezes, mas não consigo romper de vez os laços que nos unem. Uma desgraça.

Me levantei hoje pela manhã e trabalhei com afinco, mas grave e infeliz. Mais uma vez preciso de disciplina e ordem no meu trabalho. Preciso acordar cedo. Faço ginástica, tomo remédios, luto para ser forte perante o trabalho criativo que me mata. Odeio. Mas é a única coisa que torna a vida suportável.

Hoje não fui à festa na casa de Colette. Não quero ver outras pessoas – difícil demais. Henry estava melancólico e concentrou-se no trabalho. Me sinto desolada e pronta para fazer loucuras. Se não estivesse escrevendo o livro eu iria a Londres.

Agora sei que minha paixão por Henry vem morrendo aos poucos, desde que o deixei para ficar com Rank, que minha rebelião nos últimos meses comprova essa tese e que não sou mais sua escrava – mas o ciúme ainda pode me fazer sofrer, pois sou escrava da dor.

Mas hoje obtive minha alforria e vejo claramente a distância que me separa de Henry; vejo que, à medida que o amor arrefecia, eu separava minha vida cada vez mais da dele. Não tenho mais amor por seus atos infantis, gestos desperdiçados, estupidez.

Fui tomada por uma profunda tranquilidade. Começou ontem, quando eu disse para Henry: "Me sinto divorciada de você". Henry atribuiu o sentimento à agitação em nossa vida, pois agora lhe dedico menos tempo. Mas quando pude ir à Villa Seurat, preferi ficar em casa.

Me sinto calma e ausente, possuída pelo meu livro e a salvo dessa escravidão à dor, que nada tem a ver com amar, porque meu amor vem desabando nos momentos em que a paixão não é forte o suficiente para fundir todos os elementos. A paixão acabou.

26 de novembro de 1935

HENRY ME APRONTOU UMA *scène de jalousie** por causa de Jonathan Cape. Achou que eu não tinha ido para a casa de Colette na segunda-feira para sair com Cape. Henry sente-se desconfortável e inseguro quanto a mim. Falou sobre nossas dificuldades. Tentamos nos unir mais uma vez e encontramos apenas um consolo momentâneo nas profundezas do prazer sexual. Eu disse, falando sobre o meu livro, que jamais o teria escrito caso tivesse conseguido o que eu queria da vida. "E o que você queria?" "Ser independente." "Isso é mau", respondeu Henry. "Eu não quis dizer independente de você." Mas ele não se convenceu.

Para vencer minha crise de ciúmes, ergui-me com o desejo de magoar em vez de ser magoada, de fazer Henry sentir ciúmes, o que deu certo, graças a Jonathan Cape.

Ou então eu o amo cada vez menos. Não sei.

---

* "Cena de ciúmes". Em francês no original. (N.T.)

Apenas uma coisa está clara: as trocas e as conversas que Henry teve comigo foram a semente de *Black Spring*, um livro divinamente belo; suas conversas com Fraenkel estão sendo a semente de "Hamlet", que apraz à doença de Henry: a tentativa de ser um homem de ideias ao mesmo tempo em que não cria nada no mundo das ideias – nada além de imitações de outros homens, uma paródia, um burlesco –, tão confusa que a essas alturas Fraenkel já se encontra totalmente perdido, tal como fiquei ao me perder no livro que Henry escreveu sobre Lawrence na época em que eu ainda tentava levar o modo como Henry pensa a sério.

Agora percebo a insânia em tudo o que ele escreve, que só tem valor como poesia. Quando expressa as ideias de Rank, Spengler, Lawrence, Henry as expressa melhor do que eles próprios expressaram: afinal, Henry é um escritor.

Mas aqui, ao lado de Fraenkel, a imitação, a paródia das ideias, tudo é flagrante, e acredito que "Hamlet" vai acabar sendo uma comédia, mesmo sabendo que Henry crê estar contribuindo atitudes e ideias originais. Vão rir dele como filósofo, psicólogo e crítico, assim como riram do *Personal Recollections of Joan of Arc*, de Mark Twain, porque sabiam que Twain era um humorista.

Henry só está escrevendo "Hamlet" porque é mais fácil, discursivo, basta jogar tudo ali dentro; mas não sabe que está escrevendo uma farsa. Vejo-o sério, ouço-o sério; o mundo verá apenas uma farsa.

E eu não posso dizer nada: em primeiro lugar, porque detesto assumir o papel de crítico (prefiro incentivar – não matar); em segundo lugar, porque meus comentários soariam como os ciúmes de Fraenkel; em terceiro lugar, porque Henry continua dando a seus pensamentos um curso algo perverso e, se eu me opuser a eles, Henry vai ficar ainda mais obstinado. Tentei o quanto pude dar-lhe uma orientação diversa da que seguiu no livro sobre Lawrence; o quanto pude. Mas Henry é obstinado, não importa o quão gentil e delicada eu seja.

O que lhe agrada é algo que ele possa largar na caixa de correio de Fraenkel para receber cartas dele.* Agora acho que Fraenkel é um intelecto brilhante sem um pingo de originalidade. Ambos muito plásticos, mas também *escritores*, *poetas*, *sim*. Expressão que Fraenkel dá às neuroses – maravilhosa. Contribuições de Fraenkel para o pensamento psicológico – zero.

Pensamento, psicologia, filosofia; resultados da seriedade, não de jogos com palavras. Henry e Fraenkel estão fazendo malabarismos com palavras brilhantes e outras ideias humanas, enquanto eu estou quieta, escrevendo de modo sério e humano. Quando Henry leu minhas páginas sobre a orquestra ele disse que eu o havia ultrapassado.

Também estou farta de tentar salvar Henry. Nunca um homem recebeu tantas coisas para o engrandecer como Henry, nunca. Porque, além do amor, eu tinha também sabedoria.

Não consigo salvá-lo das palhaçadas; o que me incomoda é sua falta de habilidade quando se mete a filósofo ou psicólogo. Por que não se contentar em ser um grande poeta? A linguagem de Henry me hipnotizou – me enfeitiçou – por muito tempo, assim como sua presença e o meu amor me trouxeram uma felicidade e um contentamento hipnóticos que, em essência, eram absolutamente vazios. Essa lucidez acaba com a mulher em mim.

Noite. Lutando para não me afogar. Fazendo aulas de ginástica após deixar Henry. Escrevendo dez páginas por dia. Recebendo visitas. Escrevendo cartas.

---

* A correspondência conhecida como "Hamlet" (um outro título inicialmente sugerido foi "The Merry Widow Waltz"), que continuou até 1938, foi concebida em tom jocoso como uma forma de preservar as intermináveis conversas de Miller e Fraenkel. O plano era publicá-la no momento em que atingisse mil páginas. Anos mais tarde, Henry Miller comentou que "Essas conversas eram tudo, menos discussões. Mesmo que eu tivesse a impressão de não tirar nada delas, eu me sentia fascinado. É difícil imaginar duas pessoas mais diferentes do que eu e Fraenkel. Hoje tenho a impressão de que era como uma espécie de boliche o que jogávamos (...) Fraenkel ajeitava os pinos e eu os derrubava da melhor forma possível." Fraenkel publicou o volume um das *Hamlet Letters* em Porto Rico, em 1939; o volume dois foi publicado no México, em 1941. Cada volume teve uma tiragem de quinhentas cópias. (N.E.)

Joaquim está em Nova York com Mamãe.

Mandei uma mensagem a Henry: "Tudo está bem". Senti que eu devia reconfortá-lo. Acho que ele não tem culpa de ser velho, querer paz e rotina e de se opor às mudanças. De odiar telefones, aviões, viagens, *glamour*.

5 de dezembro de 1935

INTIMIDADE SEXUAL — SEMPRE — mas nenhuma outra. Se eu fosse corajosa eu me afastaria, porque agora Henry é como uma pedra atada ao meu pescoço. Só me dá desgosto, pois como pessoa ele é impossível, vulgar. Nunca vai se afastar da Broadway, dessa corrida do ouro. Agora Henry está tentando descobrir o endereço de Rank através dos jornais para enviar-lhe o livro de Fraenkel [*Bastard Death*], que tem um prefácio seu. Arranca nomes de todo mundo que vê. Está inflado pelo seu egoísmo, glorificando a si mesmo e a Fraenkel. Esquemas ousados, truques baratos, prostituição – vale tudo. Então eu disse: "Muito bem – leve adiante seus planos editoriais – mas não me inclua neles".

Me divorciei deles, literalmente. Um divórcio espiritual. Ideológico. Um divórcio do viver. Aqui vivo minha vida real. Se ao menos eu pudesse levar a cabo o divórcio! Henry pode cuidar de si mesmo, e eu já estou farta de sacrifícios. Estou tentando me salvar. Quero felicidade, compreensão. Não quero magoar ou destruir Henry com as minhas necessidades. Assim como aprendi que eu não devia esperar certas coisas de Hugh, também preciso aprender a não esperar tudo de Henry. Rank estava certo. A vida de Henry é barata, vulgar. Assim que falo o nome de alguém, ele me pede o endereço para mandar-lhe cartas, mendigar.

Estou me afogando. Sinto que Henry está me destruindo. Já não sinto alegrias aqui. Não me expando. Apenas ciúmes, dos dois lados. Ele percebe que estou me afastando. Por que espero que um acidente externo nos separe?

Estou fraca. Fraca.

Me sinto fraca e pequena. O amor de Hugh é minha força mais divina. Dependo dele. Me escondo em seus braços. Dou-lhe amor porque confio nele. Hugh é minha força.

Se ao dizer "relacionamento neurótico" Rank se referia a relacionamentos que causam sofrimento, estou apenas tentando me livrar do sofrimento hoje, em vez de anos atrás. Não suporto essa lenta desintegração do nosso amor. Eu gostaria que acabasse de uma vez. Experimento mil maneiras de pensar em outra coisa: me interesso por outras pessoas, Colette, Maggy, de Maigret, le Verrier, Charpentier, Allendy, Zadkine. Nado com meu "séquito". Saio com eles. Luto para me ver publicada, sozinha. Tomo chá no Smith's, no café húngaro. Eu e Eduardo estamos muito próximos. Compartilhamos saberes que florescem na dor. Ele e seu Chiquito, tão superficial, incapaz de arrebatamentos. Tenho surtos de ascetismo. Fome de paz. Mais uma vez desviei do meu caminho porque o caminho do meu ego – viver para o meu ego – não me faz feliz. Mas existe uma entrega além desse abandono à morte que Henry provoca.

Noite! Após uma semana de tempestades lunares – paz inesperada, sem motivo. Nada muda ao meu redor. Ao emergir da minha *folie de doute** escuto a voz de Henry ao telefone: "Eu queria ver você". Nos encontramos em um café. Ele é afetuoso, humano. Para Henry, não aconteceu nada. "Não aconteceu nada!", digo para mim mesma. Mas o que acontece em meu íntimo? Finjo estar feliz porque tenho algo em minha bolsa. Sou como a mulher que tem um revólver e se sente feliz por poder acabar com tudo. Poucos minutos antes do encontro com Henry telefonei para Allendy e o persuadi a me dar um pouco de *chanvre indien*** – uma droga inofensiva, segundo me disse.

Percebi que uma semana por mês – a semana antes da minha menstruação – eu fico enlouquecida. Vejo tudo aumentado, enorme, agourento, trágico; minhas dúvidas, ciúmes e

---

* "Loucura da dúvida". Em francês no original. (N.T.)

** "Haxixe". Em francês no original. (N.T.)

medos se intensificam, aumentam de tamanho; pessimismo, críticas destrutivas, atos destrutivos que são a consequência do sofrimento intensificado.

Para isso não há remédio. Com essas intensificações, eu crio. O livro sobre Papai, por exemplo. Mas no âmbito humano é insuportável. Os fatos são tão pequenos: as preocupações de Henry com Fraenkel; Fraenkel tentando fazer Henry ir com uma puta; falta de dinheiro; a hesitação de Kahane quanto ao romance sobre Henry e June.

E, de repente, tal como havia sido as causas do meu sofrimento, tudo isso se transforma nos motivos do meu riso, ou ao menos da minha compreensão. Quando Henry se mostrou preocupado, demonstrou por mim um amor que não tem pelo amigo "Boris". Quando vi as lindas mulheres no Bal Tabarin, entendi por que um homem poderia desejá-las. Kahane dizendo para Henry: "Tenho três contratos importantes para o ano que vem – o seu, o de Anaïs e o de Cyril Connolly".

No caminho até a casa de Allendy, pensei: me sinto paralisada pelas restrições. Sinto as portas se fecharem, Nova York, dinheiro, publicações, a análise, a aventura, tudo o que desejo. Em vez disso estou levando frutas para o pobre Monsieur Lantelme. Escrevendo um papel para Fred. Dinheiro para Henry.

Mas tenho a caixinha de *chanvre indien*. Não vou usá-la enquanto não houver necessidade. Posso aguentar. Mas estou farta dessa luta. Eu luto – *je me débats*. Lutei contra todos os meus problemas. Lutei por Nova York. Para a análise, tentei obter a ajuda de Allendy. Conversei com o dr. Jacobson. Conversei com todo mundo. Escrevi cartas. Quanto às publicações, fui extremamente ativa, tanto em Nova York como aqui. Quanto ao dinheiro, tentei trabalhar com análise. Aventura? Ninguém me atrai, ninguém me empolga, ninguém me serve.

Eu e Henry andamos ao longo do Sena. Ele estava dizendo: "Me sinto um pouco deprimido com o marasmo do mundo". Lembrei-me de Lawrence voltando para Frieda, sofrido após a luta com o mundo. Um Henry mais calmo e um pouco desiludido. Então meus sentimentos correm mais uma vez, como o Sena a nossos pés. *Encore um moment de bonheur.**

Eu e Henry, de braços dados, uma hora inteira caminhando. Ele, precisando de mim. A neblina me faz tossir e tensiona o nervo no lado esquerdo do meu rosto, que também dói quando bebo vinho. *Chanvre indien* na minha bolsa. Dia após dia, a capacidade de viver apenas com os fatos. Henry está aqui, ao meu lado. É um fato. Enquanto ele estiver aqui, acredite, fique quieta – deixe o trabalho para depois.

Sinto vontade de escrever sobre Rank.

A fé de Henry nos fatos, ruminando – nada à frente e nada atrás. Sem análise, sem deterioração. Ciúme, sim. Ele tentou reconstruir o que ando fazendo com várias perguntinhas; por trás de cada uma delas, um tremor de angústia.

6 de dezembro de 1935

Conversa com Hugh noite passada, na cama:
Anaïs: "Vou escrever outro livro."

Hugh: "Sobre o quê?"

Anaïs: "Sobre Rank."

Hugh: "Eu devia ter suspeitado. Tem sempre um homem por trás do que você escreve. Gostaria de saber quem vai ser o *próximo* depois de Rank."

Anaïs: "Eu também gostaria de saber! Será que você tem algum palpite?"

Muitas vezes a ternura se exaspera e transforma-se em uma exaltação amorosa, como acontece entre mim e Hugh. A continuidade e a solidez podem gerar o amor. Neste exato momento, minha ternura por Hugh se aproxima do amor. Me interesso pelo que ele faz. Faço tudo para agradá-lo. Quando chega em casa, o banho dele está pronto, com sais aromáticos. Datilografo pacientemente suas cartas. Sou paciente com seus lapsos de memória.

---

* "Mais um momento de felicidade." Em francês no original. (N.T.)

Eu e Eduardo, gêmeos na neurose, hipersensitividade, forma de amar, muitas vezes entregamo-nos um ao outro também – uma compreensão infinita.

Durante minha semana de atividade escrevi para [Jules] Supervielle. Hoje nos encontramos. Rosto como o de Erskine, mas com olhos úmidos e sonhadores. Um homem assombrado, com raízes humanas. Apaixonado pelo mistério. Ele me leu seus poemas recentes. Falamos sobre o surrealismo. Supervielle não gosta da ideia; está buscando as formas simples, os símbolos humanos, como os do mito. "É um caos, é ridículo!", disse eu. "Acho que os sonhos têm uma claridade, um brilho." Supervielle sonha o dia inteiro.

Cada vez mais sou contra o surrealismo, contra a ideia de que atingimos o sonho através de absurdos e da negação dos valores. Pôr uma bicicleta em um quarto, demorar-se no absurdo, no guarda-chuva na mesa de cirurgia, colocar qualquer coisa de valor como a psicanálise ao lado de uma pantomima burlesca é a destruição mais completa que pode existir. Descrever o que merece ser destruído na vida é diferente de retratá-la como algo insignificante, caotizando-a em nome do efeito cômico. Henry só quer saber de dar risadas. Os surrealistas não querem nada além de rir do inconsciente. *Ce sont des farceurs.**

Supervielle cria um mundo. Nele existem casas, mares, pessoas, climas, humor.

Agora percebo que meu erro foi levar Henry a sério. Procurei todo tipo de homens sábios, filósofos, e tudo o que encontrei foi um humorista.

Estou buscando homens que não sejam humoristas, homens como Rank. Pobre Rank, queria rir com sua biografia de Mark Twain! Mas ele não foi talhado para rir. Estou feliz por Henry ter me feito dar risadas, mas não quero *morar* no circo.

As opiniões acerca de *Aller Retour* são que o livro tem poucos méritos.

---

* "São uns farsantes." Em francês no original (N.T.)

Não tenho como evitar que Henry seja tratado como um ginasiano. Kay Boyle imaginou que ele fosse jovem por ter lhe escrito uma carta de admiração redigida em seu próprio estilo! Henry está brincando, mas se leva a sério. Como na vez em que se achou capaz de assumir o papel de Rank e imaginou-se um analista. Tudo é uma piada: as brochuras, a autopropaganda, os esquemas, o desejo súbito de Fraenkel de publicar meus diários completos em uma coleção, com a qual ele lucraria trinta mil dólares. Lembre-se disso, pobre Anaïs, com seus sonhos, sua seriedade, tudo o que Henry faz é uma piada: jardim de infância, circo, *music hall*, burlesco. Todas ideias e todo o conhecimento que eu lhe trouxe foram transformados em caricatura. E eu acreditei em sua conversa sobre Lawrence!

9 de dezembro de 1935

ATAQUEI A MIM MESMA COM uma severidade clínica. Acusei-me de destruir a minha vida com críticas, dúvidas mórbidas, obsessões. Assim que fico só, começa um fluxo doentio de imagens mórbidas: autotortura, ciúme, obsessões com Henry, dúvidas. Tudo é neurótico porque não tenho fatos pelos quais me guiar. De qualquer modo, os motivos são aqueles que descrevo no diário. Mas não descrevi o tempo que dediquei a essa tortura. Por isso estou me tratando como a um doente. Sugestões: leio, escrevo, tento agir e sentir de modo ativo. Ciúmes e dúvidas são negativos. Mas a luta por uma vida positiva, ou seja, para ler, escrever, amar, conversar, é tremenda.

Preciso ir a Nova York, que me salva de mim mesma. A vida em ritmo lento me mata. A melancolia me devora.

Pretendo ir por um mês. Com cinco pacientes me aguardando eu consigo pagar todas as despesas e voltar com trezentos ou quatrocentos dólares. Henry vai passar um mês comigo. Podemos levar alguns exemplares de *Tropic of Cancer*.

A atividade me salva de uma miséria profunda. Sou uma pessoa doente. Devoro minha vida com a análise. Preciso de mais vida e menos tempo.

Aqui nada me chama a atenção. Nada me segura. A lentidão me mata. Decidi arrojar meu corpo ao vento! Estou farta do amor profundo, que só me traz dores. Ah, Deus, quero ser feliz, feliz, feliz.

Assim que me resolvi quanto aos planos de ir a Nova York me senti bem, energética, viva, radiante. Uma corrente elétrica voltou a atravessar meu corpo. Escrevi cartas anunciando...

Muito trabalho. Dias cheios. Pressão. Uma grande cidade a enfrentar, a vencer, homens com quem me deitar. Não dá para ficar aqui cercada por guardas de museu. Henry quer ficar mofando porque está velho. Mas eu sou jovem. Preciso de fogo e de eletricidade.

12 de dezembro de 1935

Agora está mais claro. Venho me rebelando contra meu papel de mãe. E Henry não se tornou um homem. Então sou constrangida a interpretar continuamente o papel de mãe, porque ele é sempre a criança. Não posso fazê-lo mais sábio. Não tenho como poupá-lo dos erros. Tudo o que posso fazer é ser indulgente, cega. Fui eu quem mudou, não Henry. A autonegação, o autossacrifício deixaram de integrar meu amor. Quando as tempestades lunares vêm, meus instintos afloram. Ciúmes, dúvidas e possessividade contrastam com meu papel consciente de mãe ideal, provedora de compreensão, fé, tolerância, abnegação. A *décalage** foi grande demais, e voltei a adoecer, como em Nova York. Fiquei muito doente, com vômitos e tonturas – todo o ser físico em revolta, cisão – envenenado.

Meu conflito é que preciso instintivamente de Henry, mas meus instintos não confiam nele. Sei que Henry vive apenas por si mesmo. Está passando por uma fase de legítima megalomania. Planejando um álbum com as cartas que recebeu a respeito de *Tropic of Cancer*, com sua foto, seu mapa astral etc. Como uma brincadeira. Mas as brincadeiras

---
* "Ruptura". Em francês no original. (N.T.)

dele costumam ter intenções muito sérias. Para compensar o fato de Kahane não ter feito o suficiente. Vai custar cinco mil francos. Agora Fraenkel está disposto a bancar Henry – mas não a deixá-lo fazer tudo o que quer. Henry enviou cartas para milhares de pessoas. Ficou doente por Fraenkel não lhe ter posto o dinheiro nas mãos, porque as pessoas se opõem a ele, o esnobam. Porque a "carta" de Nova York foi um fracasso. Todo mundo diz que é uma carta amarga, sem senso de humor, e pessoal demais, insignificante, Henry demais.

Mais uma vez, quando ele adoeceu eu disse: "Vou lhe dar o dinheiro para o álbum. Mas vá comigo a Nova York buscá-lo. Em Nova York consigo tirar 750 dólares em um mês. Posso voltar com quatrocentos. Considere isso um mês que estou sacrificando por suas ambições."

Henry já tinha dito que iria comigo – assim Nova York lhe seria mais suportável. Um suborno gentil! Eu disse: "Você sabe que sou a única pessoa que vai lhe dar o dinheiro sem fazer perguntas sobre como você pretende usá-lo". Mas eu sei que Henry vai usá-lo de modo estúpido – que pode até ganhar a atenção do público, mas as pessoas sérias vão tomá-lo por uma aberração. *Tropic of Cancer* não é um livro que o inocente de megalomania.

Por culpa, Henry me inclui em seus esquemas fantásticos. Ele vai pedir dinheiro a Fraenkel para publicar "Alraune". Mas eu percebo a impossibilidade e digo delicadamente: "Peça o dinheiro de Fraenkel apenas para você mesmo. Do ponto de vista dele, vai parecer estranho que você peça o dinheiro para mim, quando tenho a Hugh. Não se preocupe comigo. Ocupe-se do seu próprio trabalho."

A verdade é que estou aqui me insurgindo contra a mendicância, a publicidade, o exagero e as pretensões. Sinto náuseas ao fazer coisas assim, ao usar os outros, ao pregar peças, ao ser vulgar e escandalosa.

Então a mãe venceu a cegueira. Ela não dará à luz o *homem*.

Para Allendy: Agora tenho de aproveitar e viver meus papéis de mãe e de mulher. Em Nova York vou me apoderar de todos os amantes que me aparecerem pelo caminho, viver meu papel de mulher, de sexo, para compensar pelo meu papel ridículo de mãe, pela minha escravidão; vou zombar do instinto que me prende a Henry. Me sinto amarga e desiludida. Quero zombar do meu corpo; do meu sangue; do meu sexo, que me prende a uma criança; do instinto que me destrói.

Fraenkel, acerca do romance sobre Papai: "A estrutura é magnífica. Poderosa. Mas os tijolos estão mal-arranjados." É como se eu visse o aço, as estruturas de aço, com meu poder visionário, como um clarividente. Mas eu não via os tijolos. Não vou mais aceitar ajuda. Vou perdurar ou sucumbir assim, como sou.

Noite: Henry veio me ver. Como é engraçado, ou irônico, quando ele expressa seu ciúme: "Você não está mesmo indo para Nova York só para ver Rank?" Ciúme – quando ele me afasta da vida; ciúme, quando eu critico sua parceria com Fraenkel. Talvez Henry seja ciumento demais de temas que adoro, como a astrologia. E então tenta destruí-los. Acho que Henry é mais ciumento que eu!

15 de dezembro de 1935

Hugh viajou para Biarritz. Apressei-me para encontrar Henry. Ele ainda estava obcecado com cartas recebidas, cartas escritas, negócios, planos, seu álbum, dinheiro, autopromoção. Há meses que não ouço falar de outra coisa. E "Hamlet". Perto da meia-noite senti um desânimo terrível. Explodi. Disse que eu iria para casa e só retornaria quando ele recobrasse a humanidade. O desespero me cegava. "Eu entenderia suas obsessões por criar, porque é algo que eu respeito. Mas não consigo entender sua obsessão com essa história de se autopromover..."

E fui embora. Henry achou que eu voltaria. Fora gentil, como sempre, sem ter nada o que dizer em seu favor. Mas não voltei. Fui para casa, me deitei e tomei a droga.

Vi uma paisagem, como em um sonho. O mar negro, imóvel, represado por uma parede. Mas enquanto eu observava, o mar se transformou em uma parede de livros, livros gigantescos. Papel. O significado é claro. Eu estava chupando o pênis de um homem sem as pernas, que pairava no ar. Mais nada. Sensação física de peso, febre. Às quatro eu me acordei e pensei que eu me excedera na noite passada.

Essa tarde eu trabalhei. Anseio pela força, pela compreensão de Rank – pelo casamento místico. E noite passada, dormindo ao lado de Henry, sonhei com Rank, e no sonho cheguei a desejá-lo. Eu disse: "Essa vez, só essa vez".
Me desfiz da maioria dos presentes que ganhei de Rank. As turquesas eu dei para Maruca; a bolsa branca, para Mamãe, e o livro sobre navios, para o pequeno Paul. Só fiquei com a camisola de renda e a valise.

Le Monocle com Eduardo e Chiquito. Logo que entrei percebi uma mulher vestida de homem e me senti atraída por ela. Dançamos juntas. Perguntei seu nome. "Fred." Foi um choque. Mas hoje pensei muito sobre ela e quero vê-la de novo.
"Fred." O sangue de Fred é metade francês e metade russo. Olhos azuis, como os de Allendy, rosto redondo, nariz pequeno, delicados traços negroides, mas olhar luminoso.

Comte de Maigret [o vizinho de Henry] vem para o seu jantar de aniversário. Saio depois da refeição para me encontrar com [Joseph] Delteil.

Agora que sei ser tudo culpa de Saturno, procuro maneiras de conter a depressão sem lutar contra minhas limitações, sem jogar a culpa pela minha insatisfação em Henry, no dinheiro ou em Paris.

18 de dezembro de 1935

OS HOMENS – HERBERT READ, Lowenfels ou Fraenkel – podem dizer a Henry que *Aller Retour* é ruim, ou que as mil páginas de "Hamlet" são um exagero, ou ainda fazer qualquer tipo de comentário ou crítica, sem que ele se ofenda. Se eu falo qualquer coisa, é como uma afronta pessoal. Então fico quieta, ainda que, de momento, eu não considere Henry nada além de um chato. Na saída de um filme humorístico, começa a destroçá-lo como uma manifestação da falta de valores americana, como um reformista.

Mas eu tenho de ficar quieta. O mundo vai atacar Henry com crueldade suficiente. Não estou aqui para julgar e criticar – sirvo apenas ao amor. Então, para a cama, e para o inferno com os valores.

Esqueci "Fred", do Monocle, só na manhã de terça, porque Henry me possuiu de modo absoluto. Terça foi um dia de calor humano e de alegrias na cama, de muitos beijos e pouca conversa – um dia para sonhar, comer, tocar, grunhir, cantarolar, gemer, e para outras formas de comunicação primitiva.

Escrever sobre Henry como *natureza*.

Voltei na terça à noite cansada, feliz, uma mulher de verdade.

Diferenças entre as disposições sexuais. Algumas, como fúria; a natureza incitada à raiva e ao ódio, quase um imperativo da destruição. A paz que se segue. Como Henry é desprovido de vontade, seu corpo inteiro, suas mãos, seus dedos, têm uma qualidade maleável, macia, insinuante, relaxada, que são mais adequadas ao sexo do que os gestos amorosos tensos e nervosos de Hugh e Rank. Ao menos para o meu gosto. Henry me relaxa. Os outros me deixam nervosa.

22 de dezembro de 1935

PREPARATIVOS PARA O NATAL. Contra minha vontade, porque eu e Hugh estamos fartos da superficialidade, da vaidade e do egoísmo de Chiquito, e a árvore etc., tudo é para ele. Descobrindo a infantilidade dos homossexuais. Como dei um bolo de aniversário a de Maigret, eles ficaram emburrados e estragaram a festa.

Paz com Henry, porque decidi interpretar apenas o papel da mulher, da mãe – apenas consentir, apoiar.

O encontro de algumas horas com Papai não me trouxe prazer algum. Quase desabamos quando nos demos o beijo de adeus, mas há uma parede entre nós.

Humores escuros e sombrios sob controle. Escondendo minha alegria com a ida a Nova York. Chegarei a tempo de assistir ao concerto de Joaquim. Controlo a morbidez dizendo *"merde"* ou "e daí?". Me destrato. *Eh bien, et quoi?* Compreendendo o ciúme como um sofrimento imaginário, ou seja, sem causa. Guarde as lágrimas para as verdadeiras catástrofes.

Endurecimento. Luta desesperada pela saúde. Quando não consigo escrever, faço um tapete para Henry, para manter as mãos ocupadas. Imagino se vou encontrar Rank em Nova York. Sacrificando Henry por apenas um mês, contra os sete meses que passei aqui nesse inferno. Será que tudo foi porque aprecio mover-me adiante, para fora dos níveis da vida, e voltar ao mesmo lugar insuportável?

Manias: não consigo ver vidros em uma estante sem ter vontade de colocar os remédios em vidros sem rótulos, onde não pareçam remédios. Jogo fora os vidros e caixas quase vazios, colocando o que sobra em outro vidro, reduzindo, enfeitando, eliminando o lixo, reutilizando tudo e dando o que não uso.

Mania de ordem quando me sinto infeliz. De não deixar pendências, de acabar. Papéis, sempre o mínimo, arquivados. Instintivamente eu sempre arrumo minha escrivaninha, minha mesa de trabalho com a maior precisão. Cada vez que saio tenho que voltar e conferir se as caixas de metal estão chaveadas para que Hugh não encontre os diários e as cartas. Uma vez eu estava com Henry, à noite, e achei que tinha deixado a chave em casa. Fiquei pálida. O coração morto de medo, frio, ao imaginar a dor de Hugh. Ao encontrar a chave na minha bolsa, que alívio!

3 de janeiro de 1936

GRANDE FELICIDADE AO LADO de Henry desde que eu desisti de lutar pelas ideias. Doçura. Paixão. Riso. Ele está corrigindo o romance sobre Papai. Disse que o texto tem jeito de tradução.

Os planos para a viagem a Nova York fazem que eu me sinta forte e concentrada. A ação me põe nos eixos. Sinto-me completa, tensa, como um cavalo pronto para a corrida. Estabeleço metas. Fraenkel não vai dar a Henry o dinheiro que ele precisa para a Siana Series, a não ser em troca de algo que Henry não pode fazer: vender o livro de Fraenkel, indo de loja em loja. Aliviei a culpa que Henry sentia quanto a aceitar o trabalho. Ele sempre acaba se envolvendo em um conflito. Acha que deve se sacrificar para ganhar dinheiro. Espera-me dizer que não se sacrifique. Diz que às vezes sente que não devia aceitar a vida ideal que lhe proporciono.

Se ele estiver comigo vou poder trabalhar com alegria em Nova York. Quero dar a Henry o que ele deseja. E quero ser publicada. Não quero ter de mendigar ou esperar pelas condições e ordens dos outros. Amo a análise. É o que o mundo quer de mim. As pessoas não parecem querer meus escritos.

Na análise eu sei que a proximidade às pessoas é ilusória: trata-se de discípulos, não de amigos. Mas tenho amigos, amantes, tudo o que quero. Quero voltar com mil dólares. E quero que a intensidade da vida afogue as introspecções e obsessões mórbidas.

4 de janeiro de 1936

HUGH ME COMPRA UM chapéu branco, meio masculino, um cachecol branco e uma blusa russa de lã para combinar com o *tailleur*. Tomamos chá juntos. Os últimos instantes são sempre tão doces! Tenho um amor muito profundo por ele. Recebo cartas de Nova York. Cerca de dez pacientes estão me esperando. Quando ouço *jazz* sinto um estremecimento aventuresco, como se a análise que vou desempenhar fosse um romance. Sonho com os milagres que vou fazer. É com grande alegria que compro ligas novas, um perfume novo, luvas novas. Peço a Kahane o dinheiro que me é devido pela participação no *Tropic of Cancer* de Henry para pagar a viagem dele. Por dentro, me sinto pronta para um novo ritmo, o ritmo nova-iorquino. Vou tomar conta das pessoas de vidas despedaçadas, daqueles que foram esmagados dentro do mecanismo. Mas o mecanismo não me vitimou. Estou do lado de fora e aproveito as batidas enormes e fantásticas de seu coração, e o barulho.

As dores ao me separar de Hugh, de Eduardo, são sentidas apenas pela *mulher*, pelo ser humano, mas de outro modo sinto-me possuída pela necessidade de me empenhar em algo frutífero, de me exaurir, me sentir febril, repleta, transbordante.

O pinheiro de Natal está secando. Lantelme se salvou. Joaquim está tocando em Havana. Mamãe escreve cartas alegres. Thorvald planeja ir a Nova York. Rank não está lá. O sofrimento amoroso faz com que eu e Eduardo nos aproximemos. Louise me mandou uma garrafa de champanhe. Roger mandou rosas. James Boyd, seu romance. Katrine está "dançando em pensamento" com a minha ida.

Levo comigo seis vidros dos pós engordantes do dr. Jacobson. Preciso completar todas as partes sobre sexo no diário. Quando idealizei minha experiência como modelo, submergi a verdade, que voltou à superfície de modo violento uma noite enquanto eu falava com Henry. Os choques sofridos enquanto eu era modelo, enquanto posava, foram tão fortes que se precipitaram direto ao fundo, como pedras. E eu continuei embelezando, sem ver, sem ouvir, como no romance, e embelezo até hoje quando falo sobre essa época. Henry fez com que eu abrisse essas portas, porque tem um faro para a verdade, para a verdade nua e crua.

A vida aqui – muito calma. O apartamento bonito, os jantares bonitos, os amigos em cores pastéis, tudo delicado. Restrições financeiras. Restrições editoriais. Abram as janelas! Deixemos entrar um pouco de magnificência, esplendor, trabalho duro, milagres, café e torradas, sorrisos, milagres, café e torradas, sorrisos, saúde, *jazz*, esquizofrenia, elevadores ligeiros, homens de corpos adoráveis, mentes ponderadas, que não arruínem a felicidade – primitivos.

5 de janeiro de 1936

SONHO COM UM BANQUETE gigantesco. Uma mulher vem me cobrar. Digo que vou pagar, mas sei que não tenho o dinheiro. Recebo um guarda-chuva tão enorme que mal consigo carregá-lo. Tento me livrar dele e entrego-o a três padres atraentes. Fantasio ao ler os jornais. Os rios que transbordaram causaram inundações nos cemitérios. Não puderam enterrar os mortos. Mas e os que já estavam enterrados, será que trocaram de lugar? Será que o caixão de algum marido traído voltou flutuando para casa? O dinheiro apodreceu na água. O corpo ficou estirado na cama. O casal afogou-se e ficou estirado na mesma cama.

A separação iminente exalta o amor entre mim e Hugh. Ele diz que depende de mim para viver. Satisfaço-o sexualmente, com mais ternura.

12 de janeiro de 1936

EXULTAÇÃO CRESCENTE. Fraenkel me empresta cem dólares sem eu nem pedir e me escreve uma linda carta. Todos meus amores exaltados, elevados. Amor a Eduardo, a Hugh. Um ódio imenso pela França. As áreas cheias d'água, inundadas. Eu queria que a França adoecesse de uma vez por todas.

Febre crescente. E fraqueza também, ao perguntar-me por que vou sempre atrás de agruras e dificuldades. Um desejo de sensualidade, de escapar ao absolutismo feminino. A mulher, sensual apenas quando apaixonada. Me enfurece. Nesse aspecto eu queria ser um homem. Uma voz como a de Erskine, no cinema, ainda mexe comigo. Sinto no meu estômago, nas minhas entranhas, no meu ventre, até os pés. Que diabos! Não posso morrer sem tê-lo ao menos uma vez. Vou ouvir aquela voz gemendo de prazer.

Os Estados Unidos, que não são um lugar sensual, representam para mim a sensualidade porque lá existem homens com quem posso me deitar. O Harlem, o *jazz*, o burlesco. Potência de uma vitalidade física, da beleza. Creio estar falando sobre sensualidade estética. Henry se satisfaz com bem menos.

Eduardo e Chiquito estão jogando cartas. Hugh está lendo Rank. Desde que resolvi ir a Nova York ele lê Rank, e lê em voz alta para mim, com admiração, entusiasmo. Analisa Eduardo. Participa do meu papel de analista, representa-o. Acho que tanto Henry como Hugh são mulheres que fecundei mentalmente, enquanto Henry me fecundou sensualmente, e Hugh toma conta de mim. Em um ato simbólico, hoje ele me deu alguns mililitros de seu sangue para me ajudar a combater um eczema, como o de Papai!
É difícil me afastar de Hugh, ainda que por meros instantes. Tenho medo de perdê-lo. Simbolicamente, arranjo pretextos para ir a Champs-Elysées, o que significa Hugh. Quando estou na Villa Seurat, por exemplo, digo que tenho hora marcada no cabeleireiro. Ao chegar, me sinto aliviada. Passo pelo banco. Hugh está lá dentro. Então volto aos braços de Henry. Nas segundas-feiras, depois do longo fim de semana, sinto a mesma coisa quanto a Henry. Um sentimento de insegurança. Me impaciento, quero chegar logo, temo alguma mudança, um choque qualquer. Não há paz na terra. Fico ansiosa até quando Eduardo ou Chiquito se afastam de mim.

A vez em que me despedi de Henry às onze horas, irritada, e cheguei em casa quando Hugh não me esperava. Eu disse: "Vim só para ficar com você", para que Hugh pudesse interpretar esse gesto como amor. Imito as espontaneidades do amor. É fácil, porque amo. O amor me inspira a demonstrar para Hugh, a alimentar o amor *dele*, para que pareça um amor absoluto, uma cadeia de reflexões.
Henry também quer fazer análise. Vou deixar que faça!

13 de janeiro de 1936

Fui ver Henry e enquanto estávamos sentados no ônibus ele me disse que nosso problema de moradia está resolvido de uma vez por todas porque Fraenkel vai lhe alugar um quarto na Villa Seurat e ao cabo de três anos Henry será o proprietário e não precisará mais pagar aluguel.

Quase enlouqueço ao ouvir. Em voz baixa, proferi frases violentas: "Se achasse que vou passar o resto da vida na França, eu me mataria hoje mesmo. Henry, você sempre tenta encontrar a saída mais fácil. Desse jeito, logo estaremos morando em um barraco, para passar mais tempo dormindo. Sei que você adora a França, mas você mesmo disse que não queria se estabelecer em lugar nenhum. Só estou feliz porque vivemos um dia de cada vez e eu sempre espero por algo melhor. Ter um lugar para morar na França acaba com todos os meus sonhos de uma vida maravilhosa. É engraçado que justamente você fique com tanto medo a ponto de viver como um neurótico, ou um burguês, preparando-se para a velhice. Você nunca faz planos, e agora que fez é um plano para morrer e me enterrar ao seu lado. Você quer me matar." Foi como uma tempestade tropical. Henry não disse nada. Apenas desistiu da ideia – só isso. Implorei para que ele entendesse meu desabafo. Foi como se eu tivesse dito "Sabe, ganhei um quarto em Nova York, então vamos ter que nos mudar para lá..."

Minha crise no estúdio. Uma angústia real. Desespero real. Henry por fim comovido. Mais uma vez vamos para a cama, carícias, amor. Mas dessa vez algo está quebrado. Henry matou minhas esperanças futuras. Meus esforços são inúteis. Meu destino é ser enterrada viva por Hugh, então por Papai, depois por Henry. Hugh agora me dá vida, pois me deixa buscá-la no mundo lá fora. Papai só me deu morte. Henry dá vida para a mulher sensual em mim e mata meu verdadeiro eu.

18 de janeiro de 1936

A bordo do SS *Bremen*. Cabine 503C. No início achei que eu não traria você comigo, meu diário. Para não ter de escondê-lo, não sentir medo. Estou ficando um pouco cansada disso. Achei que eu viajaria mais leve, mas ao mesmo tempo eu me dei conta da *personalidade* que você é, de como, ao abandoná-lo, eu estaria abandonando uma parte de mim mesma. Essa noite, aqui na minha cabine, enquanto Henry dorme no número 565 e eu sinto saudades de Hugh, percebo minha solidão, minha fraqueza, a necessidade que tenho de você. Com uma pontada de prazer eu tirei você da caixa metálica onde guardo cópias do diário – uma presença, um consolo. Eu não queria desabar na frente de Henry e dizer: "Durma aqui comigo; estou sozinha". Preciso ocultar a minha sentimentalidade, pois Henry não tem nenhuma. Mas não tenho de escondê-la de você. Me sinto mais forte com você no meu colo. Não fui feita para o mundo, para o que eu gostaria de dar ou para o que eu gostaria de obter do mundo. Meus desejos são imensos, e também minhas fraquezas.

Apresento você ao detetive. Escute o relatório dele: Segui Anaïs até o apartamento na Avenue de la Bourdonnais e a vi saindo com duas valises cheias de livros da Villa Seurat. Ao examinar essas valises, percebi que tinham etiquetas de uma viagem que Henry Miller fez a bordo do SS *Veendam* em junho. As valises foram deixadas no vestíbulo. O sr. Guiler veio para o almoço e teceu comentários sobre as valises, mas não as examinou. Anaïs Nin também passou no Chase Bank ontem à tarde e descontou um cheque de duzentos francos assinado por Jack Kahane. Depois foi até a German Line e, com o sr. Miller, comprou uma passagem – cabine 565. Ouvi o sr. Miller pedir "a cabine mais próxima da 503". Ela fez o sr. Kahane crer que o dinheiro seria empregado em sua própria viagem, que era uma necessidade prática. Não disse que seria para o sr. Miller. Esse dinheiro lhe era devido por causa do investimento que fez no livro do sr. Miller. Um dia desses pode ser que o sr. Kahane encontre o sr. Guiler e o cheque de duzentos francos venha à tona.

Não se preocupe, sr. Detetive; já tenho uma explicação pronta caso isso aconteça. Direi ao sr. Guiler que o dinheiro pertencia ao sr. Miller, como pagamento de seus *royalties*, e que só foi pago a mim porque eu tenho mais facilidade para descontar cheques.

Sempre dançando à beira da descoberta, dei uma festa para reunir todos os meus amigos: Supervielle, Charpentier, Maggy, Colette, Roger, Genevieve Klein, Kahane, Zadkine, Anne Greene, Jacques, o irmão de Roger, o marido de Colette, Barclay Hudson e a esposa, Madame Charpentier, Madame Lantelme etc. A festa estava mais bonita que o normal.

O Detetive acha que fui um tanto precipitada.

Escrevi para Henry um bilhete de capitulação: "Não sinto alegria alguma em ir a Nova York. Não consigo querer algo que você não quer."

Uma luta grande demais contra o meu lado feminino; no fundo, cansada de lutar.

Vou continuar escrevendo as aventuras do Detetive: Anaïs Nin foi avistada por Henry Miller em Cherbourg; ele a chamou aos gritos de "Anis!" pela janela do trem. A capacidade de Henry para se divertir é a nota dominante. Ele não quis Nova York, mas adora a comida saborosa e o luxo a bordo, que ele nunca desfrutou.

Quinta-feira. A viagem foi triste. Henry tem acessos de esquizofrenia toda vez que viaja. Eu voltei a sentir a mesma frustração, o mesmo vazio que ele me fez sentir em Chamonix. Só que dessa vez eu entendi por quê. Ele mesmo disse: "Todas as viagens que fiz até hoje foram dramáticas, trágicas, traumáticas, um fracasso. Não sinto nada."

Ele estava tão disperso, vago, com um aspecto tão irreal, que senti como se fosse viajar sozinha. Um Henry fantasmagórico, sem emoções, indiferente, inumano. Tentei me aproximar dele, mas não consegui; não havia calor humano, consciência. Tudo ganhou um aspecto irreal, e noite após noite eu me sentia sozinha, achando que era por causa de sua infelicidade. Uma dia, de manhã cedo, fui até a cabine de Henry e me deitei com ele. Henry me beijou, mas aquilo não foi real. Noite passada ele me possuiu, mas também foi irreal. Henry não está em lugar nenhum. Hoje de manhã conversamos a respeito. Ele falou sobre os choques causados pelas viagens. Quando veio à minha cabine, beijei-o cheia de ternura e disse: "De agora em diante vou ser seu para-choque. Você nunca mais vai ter de absorver os impactos. Devo ser um ótimo para-choque, gorda como estou."

Mas estou feliz por estar aportando. É isso o que faz de minha vida com Henry algo tão doloroso, porque a menor oscilação faz com que ele perca a integridade, desabe; a completude de Henry é apenas transitória. Ele se torna fraco, disperso, sem identidade, sem emoção, perde o próprio eu. E é ao lado desse homem que eu tento estar, dessa areia, água, cera, algodão, nuvem chamada Henry. Ele está pálido, apagado, perdido. Não há mais vitalidade; olhos pálidos, irrealidade, hesitante, flutuante, sem o eu e sem a força de vontade necessários para se restabelecer. Para mim, é pior do que estar sozinha. Minha outra viagem, sozinha, foi mais fácil. E essa, que eu imaginara como uma viagem muito feliz, porque me sinto completa ao lado de Henry – essa eu quero esquecer.

Nova York. Barbizon Plaza. Antes de aportar eu soube que não era por Nova York que eu ansiava, mas pelo companheirismo de Rank, que eu havia perdido, e pelo paroxismo apaixonado de Henry, que vem quando ele se sente atormentado. Aportei com um olhar realista, de olhos abertos a uma Nova York desnuda, à solidão mental e espiritual.

Henry continua em estado catatônico, com fortes dores de cabeça etc. Fico condoída e me ofereço para tomar um navio de volta. Tento entender suas neuroses, ajudá-lo, mas minhas próprias neuroses dificultam tudo. Minha própria doença – uma dúvida quanto ao amor – me leva a interpretar um acesso de esquizofrenia como indiferença. Como mulher, sofro com algo que eu entenderia em meu papel de analista. "A distância dói como uma ferida." Acordei chorando. Nova York é fria – literal e dolorosamente fria, violenta. Me sinto fraca, indefesa, sozinha. Quando preciso de forças percebo que Henry é meu fardo, meu filho.

O concerto de Joaquim foi um choque, um esforço, um salto mundo adentro. Todos os fantasmas do passado reapareceram, pessoas de Richmond Hill. Joaquim não estava em sua melhor forma.

Não me sinto em pé de igualdade para enfrentar o mundo.

27 de janeiro de 1936

PESSOAS. PESSOAS BUSCANDO forças e sabedoria. E eu as olho com tristeza e secretamente me sinto fraca, tremo. Paciente atravessando uma boa fase diz: "Preciso de um amigo". Uma hora, no quarto de Henry, enquanto eu escutava seu amigo Emil Conason falar, pensei: "Quando eles forem embora, vou telefonar para Rank. Não vou jantar com eles." E não fui. Fiquei deitada na minha cama.

Sinto prazer com a admiração demonstrada pelo agente literário Barthold Fles. Com o sentimento de que tenho poder sobre o destino das pessoas. Mas a voz humana em mim grita, como a de Rank, clamando o direito à fraqueza. Um temor tão profundo que o mero tocar do telefone me choca.

Neurose.

O vazio de um mundo repleto de poder. Sem amor suficiente – preciso de mais amor. Me sento sozinha para jantar, pensando em como joguei com uma paciente e com Conason. Rio sozinha. Rio dos meus próprios passes de mágica, que não parecem truques enquanto os faço. Depois eu me censuro. Um pouco mais de frieza, um pouco menos de sentimento, e eu poderia me tornar diabólica, do jeito que influencio as almas. Não acredito que o amor de uma paciente devotada seja real. Então brinco de esconde-esconde. Quando penso que estou convencida de que ela não precisa mais de análise, aceito sair com ela para tomar um drinque. Mas enquanto aplico o pó no rosto, penso que se eu tomar um drinque vou ficar doente. Preciso encontrar uma saída. Então faço parecer que ainda não me decidi. *Et le manège recommence.**

---

* "E o ciclo recomeça." Em francês no original. (N.T.)

Com Fles eu me escondo em minha estrangeiridade. A visita de Joaquim, almoços com Mamãe, tudo começa a me parecer irreal, remoto.

31 de janeiro de 1936

UMA NOITE, DEITADA COM HENRY, examinamos a fundo seu humor. Entendi sua dormência, seu afastamento. O passado era doloroso demais. Ele estava tentando evitá-lo. Me dispus a pegar um navio de volta. Entendi que Henry estava sofrendo. Disse que nada além de sua felicidade me importava. Então ele falou baseado em sua própria sabedoria de vida: "Talvez seja bom para mim". Henry sempre aceita. Eu sempre luto. Na manhã seguinte ele começou a trabalhar em *Tropic of Capricorn*. Para alquimizar o passado. A dor, transformada em criação ao mesmo tempo em que a paixão retorna. Henry não estava sentindo desejo por mim.

Saímos com Fles na noite seguinte. Tomamos uísque. Ficamos sentados no bar, e Henry agia como um imbecil. "É uma sopa", eu disse. O uísque não me deixou embriagada. Me deixou desesperada, fraca. Todo o desespero da viagem veio à tona; angústia, solidão, o humor destrutivo de Henry, o medo que eu sentia de um Henry velho; mil imagens e medos obscuros e distorcidos levaram-me a abandoná-los. Ao chegar no hotel, tomei minha droga na esperança de perder a consciência. Em vez disso a angústia exacerbou-se e o coração parecia prestes a falhar-me. Me deitei na cama e comecei a chorar convulsivamente. Deus, Deus, traga Henry de volta, traga Henry de volta! Me levantei. Tentei ouvir a porta dele abrindo. Imaginei que ele passaria a noite fora. Imaginei que eu receberia o mesmo tratamento que June. Vi um Henry cruel. Faltaram-me forças. Um buraco parecia ocupar o lugar do coração no meu corpo; o núcleo vital faltando, a vida desabando, a fé desabando, as forças desabando. Chorei, rezei. Clamei por Hugh. Tentei ligar para Rank, um pai! Mas não achei o número dele.

Duas horas de pesadelos. Henry veio. Não estava bêbado. Eu estava deitada na cama, chorando desesperada. Henry curvou-se por cima de mim, muito, muito preocupado: "Anis, Anis, me parte o coração ver você chorando. O que foi que eu fiz? Eu não faria mal nenhum a você. Não, Anis, não." Dei vazão a meus temores. "Eu não faria uma coisa dessas. Você precisa confiar. Esse era o Henry de treze anos atrás..." Ele foi sábio, terno. Compreendeu. Eu estava me torturando a troco de nada – o medo da embriaguez, de um Henry diferente. Ele percebeu que eu me sentia culpada por ter trazido de volta o seu passado. Mas ele está escrevendo. Henry aceita o que a vida faz. Diz que não devo tentar protegê-lo.

Aos soluços, eu disse: "Não aguentei ver o jeito que Fles falava com você. Vi você se magoar mais uma vez por causa desse país. Vi você enlouquecido com as feridas; vi que você estava bebendo porque estava magoado."

Henry disse uma vez que precisamos aceitar – aceitar. Agora ele está escrevendo enquanto atendo pacientes no quarto ao lado do seu.

Depois da nossa tempestade veio a bonança. Eu senti o amor dele, sua delicadeza. E Henry sentira o meu amor. O que gritei, deitada na cama, foi: "Henry, não faça isso comigo, não faça isso comigo! Amo você tanto!"

Fazer o quê? Beber – e da bebida passar à crueldade e à sensualidade. Dei voz ao medo que tenho de seus *instintos*.

Decidimos ficar, completar as tarefas que havíamos nos imposto. Henry tem que encontrar umas pessoas. Acha que tudo pode ser bom para *Tropic of Capricorn*. Minhas forças voltaram. Medo extremo da dor. E Henry ficou surpreso ao ver que alguém podia sofrer *sem que nada houvesse acontecido*.

Descer à escuridão mais profunda. Foi o que desejei quando quis morrer, com Henry e June, mas agora isso me traz angústia, terror. Quero viver, sem sofrimento – Deus, por favor, Deus!

1º de fevereiro de 1936

AQUI A BEBIDA É MINHA maior inimiga. Bel Geddes precisou beber e me fazer beber. Miriam teve que se embebedar e tentou fazer com que eu me embebedasse. Mas ao mesmo tempo detesto atrapalhar a diversão dos outros. E beber é uma coisa que precisa ser compartilhada. Ao menos Henry conseguiu entender que vivo num mundo Elísio onde a bebida não é necessária. Onde as relações legítimas ocupam seu lugar. Aqui não existe relação alguma, apenas um medo de relacionar-se – e vamos beber! Me sinto perdida. Isso mata o meu corpo. Noite passada, depois da champanhe com Bel Geddes, não consegui parar mais. Minha alegrias legítimas afogaram-se em consequências, ressacas, frustração. Sem me sentir plena, repleta nem alegre. Apenas atirada como uma bêbada. Para não ficar sozinha, para lhes fazer companhia, eu bebo. Mas não me sinto feliz. Não pertenço a esse mundo. Amo as pessoas, mas será que para me aproximar eu preciso ser como elas, beber com elas?

Bel Geddes ficou decepcionado ao saber que eu não estava sozinha aqui e quis me levar para o Harlem. Contei a ele sobre Henry. Chega de encenar comédias. Sinto que estou crescendo de um modo tão profundo e tão grave que chego a ficar assustada.

A salvação através do amor: agora os sofrimentos da violinista são mais importantes do que eu mesma. Sinto meu poder crescer outra vez, florescer.

Como os americanos têm medo da intimidade! Por quê? De sua falta de conteúdo! Barris de vinho. Garrafas de uísque. Miriam, que durante a análise estava exuberante, só me vê fora do consultório se estiver bêbada.

No domingo, janta na casa da sra. Thoma. Boa estética ao redor. Comida deliciosa. Conversa inteligente. A sra. Thoma e seu rosto de porcelana. Mas a boca lhe treme de um modo estranho, como se ela estivesse batendo os dentes. Sinto muita pena. Ela teve uma crise. Vamos todos juntos a um jogo de hóquei. Madison Square Garden. Violência. Velocidade. Força física. Luzes fortes. Cheiros fortes. Música intensa. Vozes roucas gritando. Narizes quebrados. Intensidade. Mesa redonda no bar dos sócios. Uma dúzia de uísques com água. John Huston fala comigo mantendo o rosto a três centímetros do meu e com os joelhos encostados nos meus. Bel Geddes, que me acha uma pessoa muito interessante, ficou com ciúmes. Ainda não digeriu o fato de que há um sr. Miller na minha vida. Nesse ponto a conversa torna-se dura, estanque, perigosa. Ainda mais no Reubens, em que Eddie Cantor está dando uma festinha para homens e o diretor Max Reinhart divide seu jantar com duas atrizes e uma cenógrafa. A sra. Bel Geddes tem um nariz de fuinha e uma língua de cobra. Olhar zombeteiro. Bel Geddes é bondoso e fraco. John é cheio de vida, rude e cético, mas gosto dele. Raymond Massey me interessou a princípio, com seu olhar tireoideo e seu rosto esquálido, drogado, mas John era mais tangível. Depois da meia-noite não consegui aproveitar a janta. A sofisticação me desanimava. Em seguida tive vontade de fugir. Os amassos que Bel Geddes volta e meia me dava também não ajudaram. Fiquei com medo que zombassem de mim, me ridicularizassem. Tive a impressão de que ridicularizavam a tudo e a todos. Me senti estranha.

Fui para a cama às duas e meia e sonhei: Minha mão esquerda fora substituída por uma outra mão, nova. Olhei-a e disse: "Que estranho ter uma mão que não é sua! Por onde será que ela esteve?" Uma piscina. Papai em um bangalô. Um grande jantar sendo preparado. Não quero chatear o cozinheiro, mas tem uma coisa que preciso pegar para Papai de modo ilícito. Me escondo sob sua janela. Ele me encontra.

John Huston disse: "John Erskine estava tentando parecer engraçado".

Almocei codorna e arroz selvagem no Greenwich.

Pedi a ajuda da sra. B. Entrei na casa dela com um sentimento grave da cura sagrada. Me pergunto se vou virar santa. Medo da minha espiritualidade. Vejo o maldito mundo de concreto de modo bem vívido, mas me sinto afastada. Cheiro as flores, como arroz selvagem, procuro o calor, detesto o frio, tomo trens, gosto de café quente, mas sinto-me distante.

Nova York inteira não significa nada para mim agora, sem Rank. Carrego o livro dele para cima e para baixo.

No meio da janta na casa dos Thoma eu penso em Henry e me pergunto: Será possível que me diverti por duas horas sem ele? São raras as ocasiões em que atinjo uma existência separada de Henry.

Agora estou sentada em seu quarto. Henry está pintando uma aquarela. Se aproxima de mim com um humor sombrio. Não sei se é esquizofrenia ou santidade. Me sinto mais próxima às pessoas que sofrem do que aos risos de Eddie Cantor. Minha doença está levando a melhor. A melancolia se instala. Sonho em todo lugar: os devaneios no trem, no ônibus, enquanto descanso, enquanto tomo banho, são uma luta contra a melancolia.

A noite começa muito bem. Sou apresentada como a mulher que escreveu um livro sobre Lawrence e como amiga de Rebecca West. Todos sempre ficam muito surpresos que uma escritora tenha esse ou aquele aspecto. As pessoas sentem-se atraídas por mim.

Mas aos poucos, ainda que eu entre com vivacidade e disposta a me doar, aos poucos meus prazeres e minha alegrias se esvaem. Por quê? Uma frase descuidada, falta de atenção, ironia – mesmo quando não é dirigida a mim – começam a me congelar o sangue. Minha voz vai sumindo. Falo com menos convicção, volto à "forma", às frases feitas. O que poderia ser pior? Perco minha autoconfiança. Fico com medo de ir embora porque imagino a zombaria deles pelas minha costas. O mal-estar piora. Tudo o que eu gostaria de dizer congela dentro de mim. Minha garganta se contrai e não consigo comer nem beber. Sinto vontade de ir embora. A necessidade de ir embora é premente. Dou desculpas esfarrapadas. A cada segundo a tortura aumenta. Dou um sorriso que implora para que me deixem sozinha. Chego em casa furiosa. Sei que cortei a noite. Fiz isso muitas vezes. Com Henry também.

Enquanto isso Bel Geddes gostaria de dormir comigo. E John Huston está inflamado pela curiosidade. É apenas o ciúme que deixa o nariz da sra. Geddes mais comprido e sua língua mais peçonhenta.

Aos poucos a plenitude que vim buscar aqui começa a aparecer. Os pacientes vêm. O violinista e sua doçura, confiança, infantilidade. O sr. M., com a obsessão por liderança que faz da análise um duelo – mas já na primeira sessão eu destruí suas falsas construções e fiz com que ele dissesse: "Isso é incrível. Nunca senti nada assim antes." A sra. B. sai da cama onde está doente e se arruma para vir me ver. Katrine se deita assim que chego em sua casa, como se a análise fosse um prazer.

Em meio a uma nevasca, saio para ver Waldo Frank, um homem com olhos de um brilho intenso e clarividente, gentil e humano, afetuoso, que fala como um artista de verdade. A realização em seu olhar é tão grande ao me receber que fico muito à vontade para lhe falar. Posso dançar para ele. Há um núcleo a ser tocado, olhos atentos e riquezas. Então posso falar com a minha voz, e ele me lê trechos de *Virgin Spain* – a descrição da mulher catalã, que ele diz combinar comigo. Bebemos vinho do porto. O quarto é simples, organizado. Ele me olha maravilhado. Então percebe que não conheço a morte nem as coisas acabadas, que nada está acabado, que minha insatisfação é uma irrequietude criativa e não uma birra, uma curiosidade, uma espera por novos milagres. Ele me passa um sentimento de jovialidade, completude, doçura. Parece estar um tanto fora de si, como se eu fosse a materialização súbita de uma fantasia, e me dá acesso à sua privacidade, onde vive com os livros que escreve. Não explodo em criação. Dou passadas silenciosas que dançam sem que ninguém as ouça, e minha voz não faz a mão tremer durante a escrita. Nos encontramos envoltos em silêncio. Ventura em azul real. Em branco também.

De volta à neve, não sinto meu corpo. Estou no sonho. Então alegro-me ao encontrar Bill Hoffman me esperando com ares de quem voltou da caça às codornas na Geórgia, ou de um passeio montado em um cavalo que aparece nos jornais de domingo. Caminhamos juntos pela neve derretida até o Plaza Bar enquanto ele pergunta: "Você acha que um dia ainda podemos dormir juntos?".

Bill me desculpou por ter prometido em uma outra ocasião, antes de sua viagem para o Sul, e por ter me negado depois das três semanas que passou fantasiando a respeito. Sua simplicidade e o Plaza Bar fazem o mundo parecer uma criatura de quatro patas, e meu sangue parece ter voltado a seu estado normal. William tem uma ereção enquanto dançamos, e quando volto à mesa eu brinco de bola de cristal com a garrafa de água e digo: "Vejo um romance *cinq à sept* * no futuro". Mas não pela mesma razão que eu disse sim no ano passado.

Ano passado eu me cansei de recusar, de fugir, de mentir, de dizer não, e senti um grande desejo de me tornar *une femme ordinaire*.** Dessa vez, estou com medo de virar santa. Meu corpo me escapa. Henry me possui com um ardor apressado cada vez que saio para me encontrar com outro homem – o desejo incitado pelo ciúme. Ele me comeu toda antes de meu encontro com Waldo Frank. É como se quisesse me forçar a encontrar outros homens com seu esperma ainda no meu ventre. Carreguei o esperma de Henry até Hugh, até Rank, até Allendy, até Eduardo, até Turner – carreguei-o a muitos lugares. Mas a profundidade da minha resposta, a satisfação de nosso desejo, um desejo selvagem, deixa um tremor pelo corpo, como um fio que continua a tremer. Recebo a realidade do pênis de Henry e vou até Waldo Frank e Bill Hoffman com medo de me tornar uma santa, de mais uma vez me sentir traída pelos cantos mais brancos do sonho, a touca de uma freira como pequenas velas de navio, neve e os pássaros de porcelana pintados na árvore de Natal. Do pênis de Henry corre o esperma com que danço, e meu corpo sente o desejo de Bill e para de fugir de mim; eu gostaria que muitos homens viessem pôr o pênis no meio das minhas pernas porque me sinto afastada do desejo, afastada dessa carne que perfumei com almíscar e patchuli, essa carne que anda pela

---

* "Romance extraconjugal". Em francês, no original. (N.T.)

** "Uma mulher comum". Em francês no original. (N.T.)

neve molhada de sandálias porque sinto com muita, muita intensidade o deslumbre, a maravilha e os milagres.

Não posso acreditar que meus pés vão ficar molhados e minha garganta vai doer; afinal, não foi mágica o que fez o sr. M. enxergar sua alma hoje, e o violinista realizar o sonho dele? E meu amor a Henry transborda em um desejo de ser absolutamente mulher, para poder ficar ao lado dele, ficar em seu mundo – pois esse mundo é dele e é lá que ele está. Vejo a neve suja como as ataduras ensanguentadas de uma cidade aleijada, que se amontoam. Vejo a linha da boca do violinista, como a da boca de Papai. É estranho: amo o mundo a ponto de me comover, nenhum ódio sai de mim, enxergo com olhar cristalino, com olhos que veem o corpo e a aparência – mas ainda assim tenho de me sentir grata a Bill Hoffman por causa de seu desejo, da mão que ele põe em mim, por causa de tudo o que remete à vida, que é natural, simples; o uísque, a conta, o garçom, o cachorro amarrado ao *vestiaire*, as palavras dele: "Amo sua alegria, seu humor. Você é pura."

Ah, sou pura! Ele não disse que sou santa. Ninguém disse. A sacralidade que uso para curar, a emoção que sinto com o milagre do homem que nasce eternamente – é por isso que temo acordar de branco, transparente, afastada para sempre da sensualidade e da terra!

15 de fevereiro de 1936

Henry passou uma noite fora, me dando, como sempre, a sensação de que pertence à multidão, à rua, à vida exterior, jamais ao silêncio, a si mesmo, a mim.

Waldo Frank veio. Dava para ver em seu olhar que ele queria se aproximar de mim. Me vesti e me perfumei para a intimidade. Ainda hoje não o vejo conscientemente. Na noite em que veio, eu sabia que ele ia dizer "Me deixe chegar perto de você". Foram as primeiras palavras que disse. Senti que nos havíamos encontrado em um estranho silêncio, de modo não planejado, misterioso. Me pareceu muito natural, muito simples, como a música, deixar que ele me beijasse, tirasse as minhas roupas. Um sonho. Despido de sensualidade. Sem desejo. Sem paixão. Um encontro de olhares, um encontro às escuras em níveis subconscientes. *La Catalana*. Doçura e delicadeza e musicalidade. Sem dissonâncias. Sem esforço. "Sou a criança que nada teme." Olhos claros e intensos. Despido de realidade e de sensualidade, ainda que enquanto estávamos deitados eu tenha pensado: Henry, por que você me deixa sempre tão sozinha? Não lhe correspondi em termos sensuais. Mas não me esforcei por fazer uma encenação, por fingir. Eu me entregava quieta como uma planta. Uma entrega silenciosa, como eu sonhava ao estar com homens. Sem receios, em paz. Sem receio de me entregar, de exibir minha nudez. Henry, por que você deixa minha alma tão sozinha, minha alma, a ponto de outros precisarem aproximar-se da minha alma por causa da solidão? Você é o homem da multidão, o homem das ruas. Estou aqui deitada com um estranho para me sentir plena como mulher. Waldo Frank foi delicado e natural. Um poeta atento à realidade, como os poetas americanos costumam ser, maculados pela tristeza da vida americana. Waldo Frank não é um louco e não é grandioso o suficiente para transcender os Estados Unidos, este solo, a vulgaridade deste país. Mas é um poeta, delicado e sensível, pleno de Deus e de simplicidade. "Deus mandou você, *La Catalana*, para que eu pudesse terminar o meu livro." O que me faz sentir sozinha, Henry, são as pessoas vulgares e ostentosas e ordinárias que você procura. Estou deitada, nua, com Waldo Frank, e essas são as carícias que senti quando li o livro dele, *Rahab*, onze anos atrás, que ganhei de Hélène Boussinesq.

Encontramo-nos em meio ao silêncio, à doçura e à naturalidade. Depois, eu estava feliz, intocada, como uma virgem, mas consciente de me haverem tocado, aquecido, de eu haver tocado e aquecido. Waldo Frank sabe que amo Henry. Ontem ele me repreendeu: "Eu não sou o bastante para você". Como uma mulher diria a um homem. Não quer mais nada, não quer sair. Quer ficar trancado com seu livro e comigo. Deseja apenas o sonho e o isolamento, o sentimento terno de estar envolto na concha em que a alma restaura suas forças. Henry está na rua. Henry está no cinema. Henry está com pessoas barulhentas e vazias. O olhar de Henry dirige-se sempre para fora, sempre para fora – não há introspecção. Um encontro, como uma oração em um mundo escuro, caótico, com Waldo Frank. O toque reconfortante de mãos como as palavras de Lawrence. "Cegos, cegos tocamos o corpo um do outro e vimos paz."

Tempestades lunares. Ruas como o *Mer de Glace*.* A sra. B. chorando. Antonia Brico enchendo meu pequeno quarto com a respiração de um bicho, sentada de pernas abertas. A sra. E. apertando os lábios finos das mulheres anglo-saxãs com a amargura das vidas sem paixão. Dorrey chorando ao contar como seus poemas foram descobertos e lidos em tom de escárnio na escola, para a turma inteira. Helen dizendo: "Você me deu mais do que um ser humano é capaz de dar a outro".

Estou salvando a artista maltratada nos Estados Unidos. Estou salvando a criança brutalizada pela massa. Estou comprando trinta gramas de almíscar e trinta de patchuli para fazer meu próprio perfume. Sinto-me atormentada e torturada pela minha própria doença.

Uma noite Henry saiu para o burlesco.

Cheguei em casa à meia-noite, cansada demais para dormir. Bati na porta dele – não houve resposta. Tentei dormir. Imagens apareciam diante de mim. Henry e seus amigos pés-rapados bebendo. Henry e as putas. A noite toda. Uma febre me queimando. Um desespero. Me ajoelhei para rezar. O sentimento de solidão imenso, profundo. Eu, zombando de mim mesma, trabalhando enquanto Henry se diverte. Eu, cansada demais para brincar – como quando eu era uma garotinha e ficava olhando meus irmãos brincarem no jardim. Eu tinha meus afazeres domésticos. E depois de fazê-los eu não tinha mais forças para rir e brincar. Ainda hoje é assim. Todo dia aparecem pessoas, pessoas que me usam, me tratam como um símbolo, um oráculo, pessoas que me pedem forças e

---

* "Mar de Gelo", segunda maior geleira do Mont Blanc, nos alpes. Em francês no original. (N.T.)

sabedoria. E eu fraca porque sou a única a permanecer forte na cisão, na dualidade, e Henry não me faz sentir como se ele fosse parte de mim.

Rezei. Chorei. Meu coração batia forte. Quando o dia raiou fui até a recepção pegar a chave dele. Eu queria estar em seu quarto. Queria matá-lo e morrer. O senhor da recepção não quis me entregar. Era contra as regras. Voltei às seis horas, contando-lhe uma história. O sr. Miller era meu irmão, mas não estava no hotel. Em seu quarto havia um remédio para dormir. Eu passara a noite em claro. Será que ele não me deixaria ao menos pegar o remédio? O senhor mandou o mensageiro do hotel. A porta estava aberta. Henry dormia. Havia voltado cedo. Na primeira vez em que fui até lá, ele estava dormindo. Eu tremia, chorava. Me deitei na cama a seu lado. Henry foi terno. Adormeci.

A tempestade lunar também contribuiu. Tudo porque estou dando todas as minhas forças para os outros. São fardos demais nos meus ombros. Dou todas as minhas forças para os outros, para qualquer um que se aproxime de mim. Nenhum deles me dá forças. Não tenho amigos. Estou sozinha, ensinando, enquanto Henry brinca. Ele tenta trabalhar, mas apenas brinca em serviço. Henry não leva a análise a sério. Simplesmente não consegue. Ele apenas brinca; é por si mesmo, e as pessoas sentem – *é por si mesmo*.

Waldo Frank voltou, também por si mesmo, pelo seu livro. Eu não o quis dessa vez. Ele não é um homem. Fingi um pouco. Ele percebeu. Não ligo de volta quando ele telefona. Minha indiferença o magoa. Ele tenta se afastar. Disse que tinha medo de se apaixonar por mim. Jantamos no quarto. Excitei-o até que ficasse louco, mas não me deixei levar. Ele estava fora de si. Indiferença.

Como analista, imito Deus. E isso me aproxima muito de Deus – de sua solidão. Então sinto que ele está por perto. Por duas vezes senti sua presença – na música e no sol da manhã. Sendo analista é mais difícil ser humana. Os pacientes são aleijados. Não são como homens e mulheres. Desejam apenas um analista, um pai, uma mãe. Eu desejo ser humana. Estou farta de imitar Deus. Preferia ter amigos.

Estou à beira da morte, de tanto me doar. Doei-me de modo sobre-humano. E então sucumbi, meu corpo sucumbiu, e também minhas forças como a mulher de Henry. Me sugaram, os aleijados.

Henry não se doa. Não se importa com os outros. Tudo diz respeito a si; é um jogo.

Portanto, como analista ele é egoísta e se importa apenas consigo mesmo. É uma brincadeira – que mais tarde vai virar um livro. A desgraça não o comove. Se eu não soubesse do apego de Henry por mim, sua falta de amor me faria estremecer. Vejo seu lado obscuro quando brinca de analista.

Henry quer provar que minha técnica (ou a de Rank) está errada. Mas ele não entende o suficiente. Conversamos por horas a fio. Henry balbucia coisas sobre a experiência ser melhor que a análise. Mas quando tentou pôr a teoria em prática, viu que o neurótico é incapaz de entregar-se à experiência. Concordamos em apenas uma coisa: A experiência nos ensina a aceitar a imperfeição como vida. A análise levada ao extremo, como Rank a levou, nos leva à concepção de uma vida sem neuroses. Rank achava que minha vida com Henry era neurótica por não me trazer felicidade e não entendia que eu fosse incapaz de atingir uma vida sem dificuldades por ser uma vida sem paixão – a vida com Rank, por exemplo. Quase tão errônea quanto a ideia de que pérolas e carros são melhores para fazer uma mulher feliz. Rank fez da fé que tinha na análise a esperança de uma vida humana sem sofrimento. Mas isso nem sempre é vida. Eu aceitei minha natureza, com todas as suas limitações. É parte da minha natureza doar-me, amar, por exemplo. Eu não poderia ser feliz com o amor de Rank – recebendo – ainda que me fizesse bem. O sofrimento desaparecia. Minha vida com Henry não é feliz. Mas foi minha natureza que a construiu, que a escolheu. Tudo que não seja a felicidade é uma neurose. Assim fala o homem sábio, não o experiente. Aprendi a experiência com Henry.

Uma noite com o pessoal do banco, jantar no Plaza. Luxo. Música. Ao entrar no táxi, o anfitrião pergunta à esposa: "Qual é o nome do teatro? É o Henry Miller Theater. Tem certeza? Tenho. Para o Henry Miller Theater! Eu não sabia que era no Henry Miller Theater."

Achei que eu me havia afastado da vida com Henry. Outros níveis. É como se eu estivesse em um elevador, subindo e descendo – centenas de andares. Até o jardim celeste do Divino – o último andar. Um planetário. Sol. E sombras paralelas nas paredes de um quarto. Um caramanchão. Por quê? Deitada na cama como eu estava no hospital, a presença de Deus na luz e em seguida a escuridão. Um caramanchão. Por quê? Algo em que se apoiar, em que se apoiar. Fé.

Luzes vermelhas. "Aqui embaixo! Aqui embaixo!", anuncia o operador telefônico. Um homem manco; um homem com a mão paralisada, incapaz de tocar seu violino; um homem apaixonado pela mãe; um homem incapaz de escrever seu livro; uma mulher abandonada; uma mulher bloqueada pela culpa; uma mulher recolhida em sua vergonha por causa do amor que sente por outra mulher; uma garotinha amedrontada. Libertemos os escravos de íncubos, fantasmas, da angústia! Ouçamos seus clamores: me sinto terna e iridescente. Não é uma fraqueza dar ouvidos às queixas da criança em nós? Ela não vai parar de se lamentar até que seja consolada, correspondida. A criança exige compreensão; então ela permanecerá conosco, junto com nossos medos. Morrerá em paz e nos deixará o que a criança deixa ao homem que precisa sobreviver: o sentimento de deslumbre. O telefone anuncia: "Chegou um telegrama para a senhora. Gostaria que eu o mandasse aí para cima?" Sim. "Feliz aniversário, Hugh." "Feliz aniversário, Maman, Joaquim."

Luzes vermelhas. Desce! Virginia está esperando para me levar para almoçar. Ah, você não está usando suas botas. Preciso continuar fazendo figura para o mundo. Virginia veio para olhar minhas botas, meu esmalte. Virginia quer botas como as minhas. Conversamos sobre perfumes. Ela parece uma joia bizantina. Toda dourada, verde, ruiva e brilhante, com seios que eu adoraria beijar.

Luzes brancas. Sobe! Henry, em seu quarto, está escrevendo para Fraenkel, as mesmas palavras sobre brincar de Deus, preferir a humanidade. Está escrevendo bastante sobre análise. Pintando aquarelas e estudando música. Fico alegre, extasiada, infinitamente alegre, e nem ao mesmo sei por quê. Música! Henry passa horas estudando música. Tenho a impressão de que é graças à música que subimos ao planetário, em um elevador rápido e silencioso.

Luzes vermelhas. Desce! Na farmácia, peço café e calomelano. Meu corpo está destruído. Não é a mudança de andares nem a velocidade das subidas e descidas que me faz sentir vertigens, mas a entrega. Partes do meu corpo, da minha vida, estão passando a outras pessoas. Sinto o que elas sentem. Me identifico. A angústia delas aperta minha garganta. Minha língua fica pesada. Me pergunto se estou pronta para partir – sem objetividade. Penetro-as para iluminar, revelar. Mas não consigo me manter separada. Olho para a rua. As pessoas estão patinando no parque. Há uma banda tocando. É domingo. Eu podia estar passeando com Henry pelos Champs Militaires, ao longo do Sena. Na época eu era feliz e não sabia. Ansiava pela febre. A crianças estão rindo e as risadas sobem até o vigésimo-quinto andar, até a janela onde estou.

Luzes vermelhas. Desce. Durante todo o trajeto até lá embaixo eu fico pensando no problema da simetria espiritual. Retaliação. Vingança. Necessidade de equilíbrio. Na caixa de correio encontro cartas de Hugh, Eduardo, Chiquito, Lantelme, Hanns Sachs e um bilhete de Waldo Frank: "Por que você não me liga?". Um manuscrito rejeitado. Um convite para um coquetel. A conta da semana. Um livro.

Thurema está me levando para jantar – a mulher que Joaquim amava, a monja. Joaquim, o filho, repudiou-a por causa de sua mãe. Me senti atraída. A exaustão me deixa vazia, mas ainda preciso lutar. Ela veio com preconceitos contra meu trabalho. Precisei convencê-la.

Luzes brancas. Sobe! Enquanto Henry abre a porta de seu quarto eu me sento na soleira da porta, rindo de cansaço, e quando me deito ele passa a mão entre as minhas pernas e me possui por trás com uma excitação frenética. Enquanto eu falo com Bel Geddes no telefone, recusando-me pela décima primeira vez a ir com ele ao Harlem porque não gosto do debate sobre as expectativas para a hora de dormir.

No porão estão meu baú e minhas valises vazias, esperando pela hora de zarpar. Quando o elevador atinge o térreo há um momento de histeria e escuridão. No saguão principal aparece a Anaïs luminosa, que cavalga ondas de almíscar e patchuli para ser cumprimentada por cavalheiros de Norwalk, médicos do Brooklyn, modelos do Bronx, agentes literários com línguas russas deslizantes, celebridades, obscuridades, pessoas pobres, tímidas, banqueiros, presidentes de banco, trabalhadores sociais, comunistas, revolucionários, a flor da aristocracia sulista, esnobes, líderes sociais, músicos, trabalhadores a caminho do serviço. Homens com vozes grandes ainda mexem com minha sensualidade, mas a maioria dos americanos tem voz de mulher, e as mulheres têm vozes masculinas. Trinta e seis andares, com as faxineiras limpando, os homens varrendo os tapetes, as cartas caindo pela calha de transporte. Trinta e seis andares para minha atividade, 36 celas. Mas não posso fazer mais que cinco análises por dia. Há um limite para as minhas forças. Sempre um limite imposto pelo corpo.

2 de março de 1936

Hanns Sachs telefonando. Outra vez o monstro, o rosto inumano, os lábios cuja pele parece ter sido arrancada, os olhos bulbosos, a carne triste – uma caricatura de Rank, um choque. Eu tinha esperado... esperado? Ele foi seduzido e me convidou para um fim de semana em Boston, onde mora. "Espero não decepcionar você." Mas decepcionou.

Thurema, a mulher que Joaquim amou e negou a si mesmo. Uma mulher do meu tamanho. Eu a amo. Ela me ama.

As duas noites que passamos juntas me excitaram. A força, a identidade ativa destruída, como a minha também foi, pela passividade dos homens que amamos. Mas eu e ela, borbulhantes, exultantes, com todas as células vivas, a postos, com ritmo, *timing* e uma qualidade elétrica. A voz rouca, o corpo forte, o jeito aberto. Joaquim pediu a ela que me salvasse. Mas eu a trouxe para o meu lado. Thurema acredita em mim.

Enquanto isso, minha mente trabalha em sua melhor forma. Faço uso de artimanhas, astúcia, habilidade. Manipulações hábeis. A sra. B. diz: "Que mente, a sua!"

Henry sempre muito honesto a respeito de si: "Detesto trabalhar" (análise).

"Mesmo se for por algo que você quer?" (publicação dos nossos livros).

"Trabalhar para o que você quer, sim, esse é o jeito honesto, mas eu não acredito nisso."

"E como você pretende conseguir o que quer?"

"Roubando, pegando emprestado. É, saqueando." E aqui acaba o desejo que Henry sentia pela análise – outra vez uma farsa, uma experiência humorística. Enquanto eu sigo adiante. Rindo, também, mas rindo das minhas vitórias, das conquistas de novas dificuldades a cada dia, rindo quando ganho, guio, salvo, descubro.

Chorei por achar que algum milagre faria Henry se transformar em Rank. Mas não, eu me enganei. Então, como Rank, ele não ia rir, não haveria alegria em sua carne, suas mãos perderiam a maciez. E mesmo assim, Deus, como sinto falta do dinamismo, da vontade, da força. Anseio pela força. Anseio. É o que faltou o tempo todo – a força que me dava vida.

Henry está com ciúmes. "Não vá para o Harlem." Tão ciumento quanto eu. Bel Geddes cansou de telefonar. E então ficou furioso. E então, ciumento. Durante o jantar em sua casa, a esposa lhe disse: "Ligue para Henry e diga para ele vir".

"Não estou interessado em Henry."

Bel Geddes passou a noite contrariando-a. A esposa queria que Henry estivesse lá, mas ele queria a minha presença. No Harlem, dançando, eu estava um pouco embriagada, e minha sensualidade aflorou. O desejo dele. O desejo – afora Henry, o que desejo sensualmente dos homens é muito pouco. Por quê? Por que toda minha fome é por Henry? Espalhar, dividir, reduzir a intensidade, o ciúme; o apego. Eletrizo Bel Geddes. Já não consegue mais dançar. Fica bravo por eu lhe resistir. Mas no Harlem eu não resisto. Anseio pela terra, por esse apetite que meu desejo por outras coisas destruiu para sempre. Não desejo Waldo Frank por ele ser um homem pequeno. Não desejo o corpo, mas o que se esconde lá dentro, o que se esconde na carne, o mundo, o pensamento, a criação e a iluminação.

Thurema está lá – palpável. Eu lhe disse: "Você me proporcionou algo incrível. Não sei exatamente o quê, mas tenho a impressão de que encontrei uma amiga. Você vai me proporcionar muitas coisas."

"Ah, Anaïs", responde ela, do outro lado da linha, "naquela noite que nos despedimos eu não consegui dormir. Você me deixou tão preocupada! E parecia muito cansada. Achei que eu havia cansado você. Você não sabe o quanto me faz feliz. Não me lembro de ter gostado de ninguém tanto quanto gosto de você."

Tremores em nossas vozes. Plenitude. Poder dizer tudo o que se deseja dizer. Jantamos no meu quarto porque estávamos muito empolgadas – Joaquim, a vida dela, a minha vida. Thurema perdeu Joaquim porque fez o que eu tantas vezes fiz: saltou, encenou, expressou. E todos eles – Joaquim, Eduardo, Hugh, John – encolhem-se de medo ante a natureza, a mulher, a paixão, a plenitude. E amamos esses homens negativos, medrosos. Henry, com medo de cachorros, de mil outras coisas. O corpo é um instrumento que só produz música se usado como corpo: no sexo, sensualidade – como corpo. A santidade, o êxtase religioso só é atingido por meio de um triângulo corpo-vida, mente-vida, alma-vida. Sempre uma orquestra, e, tal como a música atravessa as paredes, assim a sensualidade atravessa os corpos e atinge o êxtase além da moral, no amor de todos os tipos e espécies, entre os homens e entre as mulheres! A orquestra é atingida com uma plenitude que se eleva a Deus, enquanto o solista conversa com a própria alma.

Êxtase. Sinto êxtase agora, porque meus patinhos mancos estão dançando. Meus aleijados estão cantando. Então me alegro e me deito com Henry em um frenesi, e ele morde meus seios.

A neve derreteu. Hugh manda um telegrama: "Estou com muita saudade. Tente voltar no navio do dia 14 de março."
Henry está trabalhando. Ajo como um deus amoroso, amoroso. O amor alcança todos eles. Escrevo bilhetes para dar forças. Cobro pouco demais. Minhas contas são pequenas. Obrigada, Deus, por me deixar sentir o gosto de todas as coisas, por não deixar nenhuma corda intocada, nenhuma célula fechada, nenhum nervo silente – na extremidade dos meus nervos, mil olhos, contato com os planetas, e minha umidade pingando por toda parte em gotas brancas como a neve.

Agora vejo meus pacientes como vítimas do estilo de vida americano. Ideais de sobrevivência do mais forte. Não há piedade para com o fraco. Moldes em série. Perda da individualidade e do respeito por si próprio.

A cabeça de Henry quando ele se inclina para amarrar os sapatos: tão humildes, tão delicados, a pele e o cabelo! O cabelo tem um brilho peculiar, uma luz como a que vi na cabeça de Paderewski. Os materialistas dizem que é o resultado do reflexo da luz em uma cabeça ruim.

Sonhei com a frase: "Que estranho ter uma mão que não é sua!"
Sozinha na cama. Profundamente satisfeita. Henry me possuiu com ardor. Meus pacientes estão se curando. Sou quase um culto. Me desejam, me adoram, me veneram.

Não é que eu deseje outros homens. Mas tenho tanto medo de reduzir minha vida a um absoluto (a vida com Henry) que me sinto no dever de me estender, me enriquecer, me espalhar, para me salvar da loucura do apego. Não desejo Bel Geddes como homem, mas desejo uma noite em que eu esqueça Henry. Quando o engano eu me sinto feliz. Sinto-me à altura das perambulações e expansões dele. Por duas vezes Henry me chocou. Quando fala sobre a filha. Disseram-lhe que ela é bonita. Henry pensa nela. Se tivesse dinheiro, iria encontrá-la. Só não vai porque tem vergonha da vida que leva.

Quando Henry menciona a filha, meu coração se enregela – sinto o choque, o silêncio que se instaura. É como uma facada. Ele espera que eu a encontre para reuni-los. Tudo o que há de bonito, esperam de mim. Mas já não sou a mulher nobre de outrora. Sinto-me capaz de matar para defender minha única alegria na terra. Sinto que agora convenci o mundo da minha bondade e que, sob a capa dessa bondade, eu poderia cometer crimes. Ninguém suspeitaria de mim. Houve uma época em que eu teria saído atrás da filha de Henry, em que eu a teria amado, servido e devolvido ao pai. Mas agora eu penso: Talvez a mesma coisa que aconteceu entre mim e Papai vá acontecer entre eles dois. E tenho vontade de morrer, matar, assassinar. Planos ensandecidos passam pela minha cabeça. Vou fingir ir atrás dela, fingir que quero reaproximá-la de Henry. E vou separá-los. Então sonho que eu e Henry a encontramos e ela tem apenas sete anos – uma criança. Digo: "A realidade é sempre menos terrível do que imagino". O que imagino é a filha de Henry compartilhando sua vida, idolatrada por ele, e eu incapaz de aguentar. Preciso de um amor só meu, e Henry é o homem que tenho de dividir com o mundo inteiro, e agora com sua filha. O que sei sobre a vida, sobre Papai, sobre mim mesma, tudo me enche de temores.

Noite passada era para eu ter ido ao apartamento de Donald às onze horas. Jantei com Henry e fomos ao cinema. Durante a tarde ficamos nos curtindo na cama e depois descansamos juntos. Henry foi muito afetuoso; segurou minha mão no cinema.

E eu não estava a fim de deixar Henry sozinho e fazer amor com Donald. Fiquei, porque Henry estava segurando minha mão e porque estava terno e muito apegado a mim.

Me senti dividida entre o bem e o mal. Amar ou matar. Destruir ou dar a vida. Eu jamais me vira em uma encruzilhada dessas, entre minhas emoções primitivas e meus impulsos nobres. Ninguém espera nada de mim que não seja nobre. Mas agora sei que eu me impus a nobreza. No fundo tenho desejo de matar, possuir, ter. Ah, Deus, ah, Deus! Quando acordei hoje de manhã senti uma grande doçura: Eu também vou amar a filha dele e trazê-la para a nossa vida. Vou tentar amar, como amei June.

Na verdade eu não quero nada disso. Não vou fazer nada disso.

5 de março de 1936

THUREMA, UMA CIGANA DE olhos azuis. Cabelos desgrenhados. Corpo robusto. Covinhas. Tão quente, tão viva! Conversamos cheias de paixão, excitadas. "Quero lhe dar muitas coisas, Anaïs", e ela me dá o lindo medalhão de prata que traz no pescoço. Porque o adora. Thurema não conquistou Joaquim, mas fez com que ele reagisse diante da morte. Desde June, não senti por nenhuma outra mulher o que sinto por Thurema. A noite passa como um sonho. Ela é ex-dançarina, fala espanhol, foi criada no México. É musicista. Impetuosa, direta. Quando ela foi embora, à meia-noite, e enquanto esperava o elevador, fiquei andando nervosa de um lado para o outro no meu quarto. Então saí correndo para o corredor. Thurema ainda estava lá. Me aproximei dela e beijei-a. Ela me abraçou e disse: "Ah, você é uma coisinha muito doce. Eu seria capaz de esmagá-la!"

6 de março de 1936

O LEVE TREMOR REMANESCENTE da dança no Harlem, onde eu disse sim, fez com que me vestisse apressada e no clima em que alguém se veste para ocasiões assim antes de me encontrar com Bel Geddes no Ritz Bar. Pelo prazer. Beber, comer. Kit Kat Club. Burlesco. Respondo ao toque dele. Broadway.

Bel Geddes me acha excitante. Nossas conversas são cheias de desencontros, e não temos nada em comum além do fervor no sangue. Ele é generoso, amigável, promíscuo, experiente. "Você tem jeito de ser uma mulher bastante livre", diz. Deixo minhas frases pela metade. Vida comum. O prazer, isso, é porque não existe amor. Sem amor não há dor. Enquanto Bel Geddes me amassa, não me interessa o que ele faz, o que vê, quem mais ele amassa. Rumo à aventura, de boca aberta, rumo à luz e à negra lasciva, à champanhe e à promiscuidade. Nomes passando: "Quando vi Reinhart... Miriam Hopkins... Quando jantei com Eva le Gallienne em Paris... Quando produzi..."

À uma da manhã fui levada até o seu escritório, que tem um grande salão com divã e lareira. Bel Geddes acende o fogo. A primeira colisão é ardente. Sou toda corpo, toda sangue, excitada pelo vigor dele, pela sensualidade. "Você é talentosa", ele diz. "Uma daquelas pessoas quietas com um dínamo dentro." Eu o surpreendi e o excitei.

Ao sair noite afora, às três horas, mais uma vez me perguntei se o amor seria o ingrediente necessário para que eu respondesse com um orgasmo, o absoluto, ou se eu poderia ser livre e ter a experiência de um apetite do corpo. Brincar com o sexo. Parecia ser a única forma de me livrar de Henry. Penso em Bel Geddes cheia de afeição, ainda que eu não sinta amor algum pelo que ele é.

Que estranho, enlaçar-me a um estranho. "Você é maravilhosa, maravilhosa, maravilhosa." Às três da manhã o hotel tem um aspecto estranho. Bel Geddes ficou bravo por eu ter lhe resistido tanto, bravo com o tempo perdido. Queria me levar a tantos lugares! E está cansado das carinhas de bebê e das beldades vazias que se veem na Broadway. O fato de ele fraternizar com o mundo me entretém. Consegui me divertir por uma noite.

Assim que esqueço Henry eu me divirto. Que meu amor mais profundo consista em sua maior parte de sofrimento é uma doença da alma. Minha imaginação dá saltos, sempre à frente, para imaginar tortura, imaginar o pior. Mesmo noite passada eu imaginei que no dia em que Henry realizar seu sonho, que é estar em bons termos com a Broadway e com Hollywood, eu terei de abandoná-lo. Seus desejos são tão vulgares e infantis! Uma noite com Bel Geddes é um incidente para mim, mas Henry poderia passar a vida inteira ao lado de pessoas vazias e ser feliz.

Às dez da manhã digo ao violinista que furtar-se a viver é o mesmo que morrer e que, quanto mais nos entregamos à vida, mais ela nos dá forças. Aconselho-o a dançar, a ir ao Harlem, onde os negros estão à vontade.
Às onze explico o sentimento de culpa do artista.
Ao meio-dia estou falando com uma garota órfã, cheia de cuidados e de ternura.
À uma, estou almoçando no Saint Regis com a sra. Hunt. Falamos sobre os maridos, o banco, roupas, Elizabeth Arden e outras pessoas do banco. Quando o almoço acaba me sinto grogue e sonolenta por causa da bebida.

Meus pacientes estão progredindo tanto que estou com horas livres na tarde. Katrine escreve a meu respeito: "Ela entende os problemas humanos de um modo extraordinário. Parece uma criança, mas tem a sabedoria da Esfinge. Foi uma criança muito sensível e o sofrimento lhe deu uma compaixão tão grande pelos sofrimentos dos outros que ela anseia por ajudá-los. É muito bonita; tem dedos longos e esbeltos com unhas cor de fogo. Parece uma pequena princesa oriental."

A esquizofrenia se parece com a indiferença. É fácil interpretá-la como tal. Quando deixei Henry em Paris ele estava num humor esquizofrênico, que eu tomei por marasmo, indiferença; e quis magoá-lo e exasperá-lo. O perigo da esquizofrenia é a busca de um outro choque a ser causado, a busca do sofrimento.

Rank voltou do Sul e eu não fiz nada a esse respeito. Sinto como se por fim eu estivesse vivendo além da minha vida instintiva, além dos meus impulsos. Achei que eu me sentiria como um homem se sente após o encontro com uma puta. Mas é diferente. Sinto um pouco de náusea em relação ao sexo. Noite passada, no burlesco, quando Bel Geddes pegou as cadeiras no camarote, eu olhei para elas e imaginei que todas estariam manchadas de esperma, e de repente a ostentação, a lubricidade de tudo aquilo me repugnou, ainda que eu estivesse rindo das piadas. Pensei: Devo estar no mundo errado. Este não é o meu mundo.

7 de março de 1936

EU E THUREMA TEMOS UMA intimidade desconhecida entre um homem e uma mulher – através de *sinais*: reflexão, expressividade, através do que dizemos uma para a outra. Quando terminei de lhe contar a história da minha vida, Thurema disse: "Você precisa de uma mulher na sua vida". Eduardo tinha dito a mesma coisa. Mas depois de June não amei nenhuma outra mulher. Amo Rebecca, mas ela é doente demais, neurótica demais, a amizade com ela é difícil demais. Gosto de Louise em termos imaginativos, não humanos, e ela também é distante demais. Thurema é muito calorosa e vem ao meu encontro, e assim colidimos com um grande ímpeto, além do espaço, e nossos impulsos em relação uma à outra têm o mesmo ritmo. Amo seu rosto, cigano a não ser pela ousadia. A boca é grande, generosa, bem-humorada; os olhos são de um azul intenso, quase escuros; temos o mesmo gosto para vestidos (ela tem um vestido persa floreado igual ao meu), joias, capas; mas ela é mais *laisser-aller*, descuidada, negligente, o que me agrada. Sua voz é bela – não grave como a de June, mas exuberante. E ela tem uma certa nobreza, uma certa primitividade, emotividade. Mas sua vida foi muito pobre, muito restrita. Thurema não foi corajosa ao viver. Esse será meu presente a ela.

9 de março de 1936

É COMO UMA PARTIDA DE *quilles*. Um dia, em Paris, eu havia feito uma lista em meu caderno de anotações: Bel Geddes, Donald Friede, Waldo Frank, vice-cônsul cubano, Buzby – exceto pela ordem. Quando vi Donald ao lado de Kay logo antes de deixar os Estados Unidos, no ano passado, me senti atraída por aquele corpo sensual – um rosto e um corpo talhados para fazer amor. Carnudo, desintegrado, relaxado; e seus olhos reconheceram-me como algo exótico. No sábado ele disse: "Assim que pus os olhos em você eu soube que a sua atitude era como a minha, suas reações emocionais. Você sabe que sou um realista. Por aqui, todo mundo engana a si próprio quanto ao que deseja. Eu não. Eu quero sexo. Na verdade, a orgia é minha favorita; é na orgia que me satisfaço completamente."

Na noite em que decidi ficar no cinema com Henry, Donald estava me esperando com outra mulher em seu quarto no hotel. A atitude dele não fez mais do que corresponder ao meu humor atual; a beleza judia, russa, como que espanhola, a pele dourada, o olhar faiscante, a beleza feminina dos traços. Instintivamente eu soube que essa seria a resposta à minha fuga do amor, da orgia. Soube que eu sentira o prazer de Donald, o culto, a perversidade.

Então, para a cama. Mostrei todas as minhas habilidades. Eu estava à vontade, relaxada. O orgasmo não veio. Exercia a fidelidade das putas. Mas joguei o jogo. E ele estava insaciável. Foi muito exaustivo. Voltando para o hotel, eu disse para mim mesma: Meu único exercício em Nova York é trepar. Não houve gozo sensual – pelo contrário. Eu não parava de pensar: Vai acabar logo! A risada que eu vestia na ocasião e as precauções que eu havia tomado deixavam claro o que eu esperava que acontecesse. Não houve gozo sensual, mas uma espécie de alívio ao me libertar do *sentimento* – como se graças à ginástica eu esperasse me libertar das emoções e das dores do amor. Como se a ginástica me ensinasse não apenas a condicionar meu físico, mas também a dominar minhas sensibilidades – uma outra *souplesse*.*

---

* "Elasticidade". Em francês no original. (N.T.)

Aritmética: um homem, dois homens, três homens. Ginástica: como cair na cama, como trepar, como se vestir. Em vez da felicidade, o prazer. Donald de joelhos, inclinado por cima de mim – a barriga como a de Baco. Nada de conversa. Não vale a pena conversar com homens. Se você fala, descobre que discorda. Se você fala, a ideia de estar nua na cama com um homem assim se torna ridícula. Muito pouca conversa com Bel Geddes. Praticamente nenhuma com Donald. Gosto mais dele à medida que se veste. Ainda mais quando se prepara para sair comigo. Um homem lindo quando se despede. Não sei nada a seu respeito. Conheço seu corpo. Que se dane o conhecimento. Trepar. Trepar. Trepar. Você consegue afogar essa alma lamurienta. Afogar as lágrimas. Afogar o ciúme. Curiosidade e a aventura. Reportagem. Movimento. Fora do Fifth Avenue Hotel.

Para Henry. Henry está decansando. No dia seguinte, Henry. Trepar com outros homens me deixa mais à vontade com Henry – menos sentimental. Trepar. Trepar. Trepar. Fico muito feliz por tê-lo traído. Me dá prazer. A vingança pelo que ele não é.

Esqueci de Henry por duas horas, por uma noite – ótimo. É um grande alívio. Agora pensamentos sobre a guerra o perturbam, não por causa dos outros, mas porque o seu cantinho em Paris pode ser destruído. Henry teme por sua segurança – resmunga.

A guerra. A primeira vez que ouço a palavra é um choque. Hugh estará a perigo. Talvez nos separemos.

Quando fiz uma cena diante de Henry – porque disse que ele deveria levar a análise a sério ao menos por um mês se quisesse obter o que desejava – ainda que Henry protestasse, a cena teve um grande efeito. Ele tornou-se *completo*. De repente começou a trabalhar, a dar sermões em Emil Conason a respeito de seu diletantismo e a perceber que eu sempre o impeço de desabar.

Agora Henry está trabalhando, não porque eu acredite no trabalho como tal, mas porque acredito na plenitude. Eu disse: "Você e Fraenkel passariam o resto da vida ao redor de uma mesa, discutindo, como dois russos, tudo o que vocês querem, sem nunca fazer nada a respeito. Eu tenho desejos que precisam ser satisfeitos. Não é a moral que me leva a trabalhar, mas o fato de que não existe outro jeito de conseguir o que desejo."

Bel Geddes queria vir às cinco horas. No meu sóbrio humor de hoje, eu não quis. Preciso me excitar dançando, comendo, bebendo. Depois Williams me espera; a seguir uma orgia com Donald, e então estou pronta. Abandonei Waldo Frank. Estou me dando uma chance de verdade para experimentar a ginástica e as aventuras sem amor. Já sei que isso não me prende à terra. Homem, por favor, prenda meu corpo à terra com seu desejo, pois estou prestes a me afastar e fugir!

11 de março de 1936

NOITE DE SEGUNDA-FEIRA. Thurema veio. O marido queria chegar em casa cedo (ao campo), e então ela resolveu passar a noite comigo. Era o que nós duas queríamos. Depois da janta, voltamos ao meu quarto e conversamos sem parar. Dei-lhe o tapete branco, pois o quarto dela é branco. Começamos a nos despir em meio a risadas; ela ria das minhas roupas de baixo, das rendas, das camisolas transparentes – Thurema não usaria algo assim. Preparei-lhe um banho perfumado. Eu queria ver seu corpo nu – não que eu sentisse qualquer impulso sexual, mas eu estava tomada de amor, de uma vontade de carinho e ternura. Mas nós estávamos tímidas. Só lhe vi as costas. Deixei que tomasse o banho. Thurema foi muito natural. Admirou minhas mãos, meus pés; me acha linda. Fizemos gracejos, nos provocamos e rimos. Como era meu rosto coberto de creme? Logo eu lhe mostraria. Lavaria o rosto. Dormiríamos viradas, com os pés junto à cabeça uma da outra. Ela abriu a janela. Nova York estava envolta em névoa. Só dava para ver as luzes dos prédios. Escutar os sons abafados, o barulho dos *canards** no Parque, as sirenes dos

---

* "Patos". Em francês no original. (N.T.)

navios no rio. Um ar úmido e nebuloso preencheu o quarto. Eu teria nevralgia, mas não me importei. Thurema ficou lá deitada, com sua voz vibrante, a voz que contém ao mesmo tempo risos e soluços, a boca grande e suas covinhas. Falou sobre sua vida. A história de seu casamento foi tão triste que eu a tomei nos meus braços. Ela resistiu à minha compaixão porque não queria ser como as pessoas que buscam em mim um refúgio. Thurema tem muitas dúvidas a respeito de si própria. Acha que faz tudo errado. Acha que eu sou como Joaquim e que um dia vou abandoná-la de repente. "Está no seu sangue."

Conversamos, nos beijamos, suspiramos e ficamos nos admirando. Nosso amor veio sem a menor sombra de sexualidade, mas com um furor físico, uma paixão. Conversamos e rimos e tentamos dormir, e era Thurema quem estava mais carinhosa, e logo eu, e depois começamos uma gangorra, uma gangorra bem-equilibrada de cuidado e solidariedade. Ela é pura emoção. No escuro, que delícia a experiência nova de sentir o calor e a maciez de seu corpo. Eu tinha vontade de tocar-lhe os seios, mas não queria causar mal-entendidos. Não houve mal-entendidos – mais uma vez a separação do mundo que nos cerca. Rimos de Antonia.* Do lesbianismo. Thurema parece uma mulher vivida, como eu parecia a June. Não lhe falta nada, ainda que só tenha conhecido o marido e o amor frustrado por Joaquim.

Assim que Thurema foi embora pela manhã, senti saudades. Eu estava cansada, mas feliz e radiante. Muito feliz, radiante. Thurema veio justo quando eu estava começando outra vez a cometer suicídio (matando meus sentimentos, minha alma e minha identidade verdadeira para sofrer menos). Mas assim que pus meus olhos nela eu soube que era um amor verdadeiro e que, tendo-a comigo, eu não viveria uma vida falsa. Na mesma hora desisti de Bel Geddes, de Donald. Estou apaixonada – amo o amor, a pureza, a plenitude. O rosto de Thurema, tudo – sua vivacidade. A voz de

---

* Organizadora e líder de uma orquestra feminina, Antonia Brico parece ter sido famosa na época por conta de seus inúmeros envolvimentos com outras mulheres. (N.E.)

Thurema nos meus ouvidos. Naquela noite, quando voltei do concerto, eu esperava encontrá-la quando abri a porta. Minha solidão chegara ao fim. Ao passar pelo quarto de Henry, sequer me perguntei onde ele estaria. Na manhã seguinte, quando Henry começou a me contar como passara a noite, não senti o choque gelado do sofrimento quando ele proferiu a frase: "Os Matisse me apresentaram a uma garota – um caso para eu tratar". (Neste ponto eu temia três coisas: que Henry tivesse uma paciente mulher, porque tenho certeza de que ele não resistiria às ofertas sexuais como eu resisto ao desejo de todos os homens de quem cuido; que bebesse; e que se apaixonasse pela filha.)

O concerto de Antonia foi um dos pontos altos de minha carreira como analista. Fui até lá revestida de um sentimento de poder, sabendo que eu lhe daria forças. Olhei para ela e falei pouco. Antonia queria subir de imediato ao palco. Ela regeu de um modo incrível – um demônio, uma força, um desempenho convincente, magnífico. Todo o Carnegie Hall ficou eletrizado. Disseram que foi seu melhor concerto. E Antonia ligou para Thurema: "Sabe quem fez tudo, quem me fez reger? Foi Anaïs." Antonia disse que me sentiu a noite inteira enquanto tocava, sentia minha força apoiando-a. E eu senti toda a orquestra, toda a força de Antonia. Aquele poder me eletrizou, mas era o rosto de Thurema que eu enxergava, era Thurema quem eu desejava encontrar.

O concerto me deixou extasiada, ébria de música e mágica e poder criativo – poder de criar, de construir. Compaixão e amor, e um sentimento religioso, me conduziram à análise. Então temo a santidade. Temo estar envolvida com a religião, não com a arte.

Na noite seguinte Thurema veio jantar comigo. Rompi meu noivado com William (a sequência: jantar, dançar, trepar). Eu estava encantada com ela. Fomos até o restaurante e pedimos algo para comer – então saímos e pedimos que nos servissem no quarto. Queríamos estar juntas e próximas. Eu estava doente. Mas caminhei na chuva com ela até o Carnegie Hall. Voltei e fui dormir. À meia-noite ela voltou. Queria me levar para sua casa e cuidar de mim. Nos demos um abraço apaixonado.

No dia seguinte fui a White Plains, onde ela mora. Chorei ouvindo Thurema tocar harpa. Ela toca de um modo vigoroso e delicado, como ela própria, e me senti feliz. Enquanto esperávamos o trem, nos beijamos. Estávamos exultantes. Mais uma vez, tudo estava envolto em névoa. Ela contava os dias que eu havia partido.

Hoje, pelo telefone, havia mágoa em sua voz. Percebi de imediato. Perguntei o que tinha acontecido. Ela só respondeu que estava triste. Liguei de volta no fim do dia e então descobri que ela tinha acabado de ler meu romance sobre Henry e June. "Então foi o livro que deixou você magoada, Thurema. Você está magoada comigo? O que houve? Não tem mesmo nada de errado entre nós? É só isso que eu quero saber!" Ela não sabia ao certo. Thurema é daquelas pessoas que não sabem do que sofrem, nem por quê, nem o que sentem. Toda instinto, música, movimento. Ela vem amanhã.

Recusei a orgia de Donald. Disse, rindo, que eu estava apaixonada e não tinha mais tempo para "me divertir". Que alívio quando paro de fingir, de viver com a minha cabeça, e volto a ser eu mesma. O amor que tenho por Thurema é real para mim. Também me livrei de Waldo Frank. Li para ele o que eu havia escrito (pulando a parte sobre "um homem pequeno demais"), reconhecendo o que se passara mas me recusando a continuar. Thurema ofuscou todo o resto.

Waldo Frank ficou surpreso com o que li, com a precisão daquilo tudo. Como eu podia ver e descrever tudo com tanta rapidez? Também ficou surpreso com a maneira brutal em que tentei afastá-lo – uma conversa sobre motivos desencontrados, tais como "Você não gosta de brincar". Vulgarizando ou traindo o que acontecera – um gesto destrutivo súbito, porque o ato de afastar alguém é difícil. Fui agressiva, marcial. Mas ele estava quieto e havia começado a falar do mesmo modo como eu escrevera.

16 de março de 1936

THUREMA SENTIU CIÚMES DO romance e ficou com medo de que tudo o que eu havia feito fosse insincero, "só para ter sobre o que escrever" – com medo da literatura. Tomei-a nos meus braços e expliquei, cheia de ternura, a diferença entre a vida humana e a literatura, tal como eu aprendera vivendo com Henry. Ela ficou com medo das "falsidades". Eu disse que sabia diferenciar muito bem as emoções reais dos joguetes, que os amores de verdade os ofuscam. Reconfortei-a, arranquei-lhe confissões. Thurema é uma mulher magoada, nervosa, trêmula – me sinto tão protetora! É ela quem sente a mágoa – não eu – ela quem tem tristezas verdadeiras. Esqueci de todos os meus humores e dramas imaginários para cuidar dela. Meu amor lhe dá forças, mas pareço ter o poder de magoá-la, também. Minha vida, a plenitude da minha vida, o que dou aos outros, às muitas pessoas que me amam – tudo lhe instila temores, da mesma forma que os amigos e o passado de Henry me instilam temores.

Uma amiga escreveu em seu diário: "Hoje almocei com Anaïs. Ela é muito amável e feminina, e adorei sentir a calma de sua presença perfumada. É a primeira mulher que conheço a usar um perfume que não me incomoda. Acho que ela me entende extraordinariamente bem. Anaïs é fascinante. Um pouco reservada, mas não chega a me constranger. Apesar da atração que exerce e de seu exotismo, ela é muito humana e tem um temperamento parecido com o meu. Me sinto muito à vontade quando estamos juntas. Conheci seu agente, Barthold Fles. Ele está perdidamente apaixonado por Anaïs."

Motivo de ciúmes: No dia que comprei um relógio-despertador para me acordar, o relógio de pulso estragou!

17 de março de 1936

OUTRA NOITE COM THUREMA, que está nervosa, exacerbada, infeliz, explosiva. Tento ajudá-la. Ela diz que não é de um pai que preciso, mas de uma mãe. Talvez seja verdade. Eu estava esperando de um homem algo que só uma mulher pode dar. É difícil me doar para ela, porque Thurema é emotiva demais e não tem poder de análise; é difícil ajudá-la. A vida a magoa e machuca. Enquanto falo, mesmo sobre minhas mentiras, vejo a sua boca se abrir na penumbra, absolvendo-me. Contar tudo sobre minha vida inclui falar de Henry, June, Rank e Waldo Frank. Algumas coisas estão faltando: Papai, coisas menores, o aborto. Esqueço essas coisas por um momento. Elas não me pesam. Quando Thurema decide que estou sendo sincera, que os medos que Joaquim nutria quanto à minha desintegração eram injustos – quando eu a conquisto e de um só golpe me entrego com fé cega – então fico em dúvida. Será que se contasse o resto eu a perderia? Ela não está pronta. Só Rank pôde ouvir tudo, porque compreendia tudo. E consigo olhar para Thurema sem uma nuvem no olhar. No escuro, digo: "Não se preocupe com minhas mentiras e artimanhas. Sou como o mágico num show de *vaudeville*. É a única coisa divertida na minha vida!"

"Mas um dia", disse Thurema, "um dia vão descobrir você, e então você vai ser excluída e recorrer a mim."

"Eu vivo um dia de cada vez. Sou descuidada e corajosa. Ria, Thurema!" E comecei a contar-lhe que eu havia prometido tanto a Henry como a Hugh o dinheiro que estou ganhando aqui. Contei sobre os cem dólares que devo a Fraenkel, afora o dinheiro pela publicação do meu livro. Disse que ainda não sei como vou dar um jeito em tudo.

"Mas o importante é que sempre dou um jeito. Rank costumava dizer que era assim que eu usava minha energia criativa. Ele costumava chamar isso de mentira criativa!"

Então nos beijamos. Me deito por cima dela e a beijo várias vezes, com sensualidade, beijo-lhe a boca e as covinhas, e sinto o ardor crescendo, a loucura escalando. Ela também. "Ah, Anaïs, eu seria capaz de..."

Então Thurema irrompe em choro.

"Eu sei. Você está pensando em Joaquim. Você gostaria que ele fosse como estou sendo agora." Fico em silêncio, terna. Consolo-a. Cada surto emocional evoca a imagem de

Joaquim. Thurema fica triste. "As bocas de vocês são diferentes." A boca de Joaquim é fina, como a de Papai.

Adormecemos nos braços uma da outra. Digo que eu gostaria de ser um homem, de ser seu amante. Thurema sonha que tiro a roupa diante dela e tenho um pênis, e no sonho diz: "Por que você o escondeu de mim? Por que não me deu isso antes?"

Uma vez sonhei que June tinha um pênis – mas sempre sou eu quem faz o papel do amante, ainda que eu seja mais feminina. Henry achou que Thurema era muito masculina.

Enquanto isso, todas as pessoas ao meu redor voltam à vida. Amigos e pacientes. Mas os que deixei para trás – Rank e Papai – estão doentes e tristes, e não consigo ressuscitar Joaquim, meu irmão.

Henry sente o poder de ganhar dinheiro e não quer pegar o navio de volta. Quer ficar aqui e trabalhar, conquistar a independência. Agora ele está com medo da França, pois já não representa um abrigo. Henry é de uma covardia estranha e terrível – sempre o instinto de autopreservação. É o medo que o guia, não o amor. Espero que ele não queira ficar aqui, porque Hugh escreve cartas de amor que me partem o coração, e eu não o abandonaria. Henry diz: "Você é uma mistura de emoções selvagens com análise".

Deixei Henry na biblioteca pública e voltei caminhando, devagar. Uma brisa agradável soprava. Senti como se eu fosse June, caminhando triste e cheia de compaixão.

18 de março de 1936

NÃO TENHO A AUTOCONFIANÇA necessária para viver nem amar a não ser que eu esteja no centro, escravizando e possuindo de modo absoluto. É meu defeito. Henry se deixa possuir pelo próprio ego – por si mesmo. E isso sempre vai me magoar. Acredito em Hugh, em Rank e em Thurema porque se doam. Só vi Henry possuído e escravizado uma vez, quando fugi dele, traindo e abandonando-o. Será que é minha falta de fé que dificulta a aceitação do amor inumano de Henry, ou eu é que não sou forte o suficiente para viver com alguém que é dono de si mesmo? Parece-me errado precisar dessa escravidão, acreditar apenas na escravidão. A última carta de Hugh me tocou fundo. Pela primeira vez senti o laço poderoso que existe entre nós. Não sei como pude odiá-lo, fugir dele, atormentá-lo. Quando ele escreveu: "Será que estou louco? Estou obcecado por você. Foi você que me deixou louco?", senti sua boca, o corpo inteiro, a sensibilidade, a emoção e o meu amor – ou seria um amor que deseja não magoar? Não, é amor, porque não penso duas vezes antes de magoar outros homens sensíveis, antes de magoar Turner, Waldo Frank ou Rank. Mas não magoo Hugh. Porque o amo. Não é mera compaixão, é algo que está no meu sangue, na minha alma. Hugh não é um simples escravo. Ele tem poder sobre mim.

Henry noite passada, depois de dizer "Volto pelas dez horas", saiu atrás de uns livros e foi tomar um drinque com um *barman*. Voltou depois da meia-noite, deleitado com algumas frases de Goethe. Fiquei esperando e, quando ele chegou, eu disse que nossa vida não é humana, que ele não é humano. Henry respondeu que era apenas "a situação", nosso trabalho, os quartos de hotel – mas sou eu. Eu e Rank fazíamos nosso mundo, um lar, um mundo completo, em qualquer quarto de hotel, em qualquer lugar, a qualquer hora.

Mas quando a tempestade lunar chega, duvido de tudo o que sinto, analiso. Quero acreditar em Henry, como Hugh quer acreditar em mim. Assim que ele volta e está ao meu lado, sinto que ele é inocente. É só porque no fundo sou honesta comigo mesma a ponto de ver que é errado querer possuir a alma e o corpo de outra pessoa, a ponto de ver que minha vida com Henry, o egoísta, é um bom castigo, um bom e merecido castigo por ter feito outros (Hugh e Rank, em especial) sofrerem com a dor de não poder me possuir.

19 de março de 1936

Depois do cinema, conversa com Henry sobre os bárbaros e os cristãos. Átila e Cristo. No fim os dois conquistaram o mundo, um pela força, o outro pelo amor e pela bondade; ambos fizeram o bem e o mal. Eu disse a Henry que *Tropic of Cancer* era "bárbaro", assim como quase tudo que ele escreve. Isso contrasta demais com a sua bondade, mas por baixo da bondade e da delicadeza Henry é inumano – ou seja, faz qualquer coisa para conseguir o que quer, e o que quer é sempre para si. Henry não se doa em nada; ou seja, não se doa a si mesmo. Cristo se doou.

Henry começou a me encurralar com perguntas sobre por que ainda escrevo no diário – porque eu não consigo viver meu eu verdadeiro; ou seja, não consegui o que eu queria porque sempre desistia, ou dava-o para outra pessoa. Mas eu disse: "Não estou me saindo mal com as artimanhas e todo o resto". De repente os olhos de Henry ficaram marejados, a boca se torceu e ele disse: "É minha culpa, claro. É minha culpa. Fiz como os outros. Suguei você. Usei o seu apoio para crescer. Mas não vou mais crescer às suas custas, sufocar você. Por favor, faça sempre o que você quiser de agora em diante..."

Ele estava muito emocionado. Se deitou por cima de mim e me beijou. Eu repetia: "Estou feliz, estou feliz. Não sei por quê." Henry me possuiu com violência, e eu chorei, mas não senti nada. O desequilíbrio emocional era grande demais.

Me parece que esses momentos de humanidade em Henry compensam por todo o resto. Sou a única pessoa com quem ele se sente humano. O resto do tempo, Henry é Átila, uma força conquistadora, devoradora, guerreando para si mesmo, por seu ego.

Antes dessa conversa, em uma agonia solitária (Thurema me suga e de certa forma é um fardo), escrevi para Rank, pedindo para vê-lo. Agora parece menos importante, e percebi que é como a provedora da vida que me dirijo a ele.

Thurema teve uma dor de cabeça. "Meu pai costumava ter dores de cabeça assim e acabou enlouquecendo. Você acha que também vou enlouquecer, Anaïs?" Ela sonha que está sob o efeito do éter e acorda desesperada.

Carta para Hugh: Fico magoada ao pensar que você estava doente. Não adianta nada eu ficar distribuindo forças aqui enquanto você está sozinho em Paris. Não sei que demônio me impele, querido, a seguir um destino inumano, e peço com toda a humildade que você perdoe as coisas inumanas que lhe fiz e lhe pedi. Com toda a humildade, agradeço pelos sacrifícios que você impôs à sua felicidade para que eu pudesse ter o que quis, mesmo quando o machucava. Fico magoada ao pensar em tudo o que você fez, no amor que dispensou a tudo o que fez; espero que você possa um dia sentir alegria com isso. Espero que o que eu tenho a lhe proporcionar valha tudo isso, que quando você dava, dava, compreendia, perdoava – que possa lhe trazer riquezas, que esse ego horrível e monstruoso que me impele a criar, a viver de modo estranho e difícil, longe da minha casa, longe do homem que amo, possa de alguma forma enriquecer a sua vida. Toda a expansão que lhe devo – será que ela reflui para você? Será que essa fonte reflui e enche você de alegria e êxtase? Ah, querido, se você me ama, deve ser que essas coisas monstruosas que faço não sejam tão monstruosas; mas ainda assim, hoje à noite eu desistiria de tudo, da escrita, da análise, do culto que cresce ao meu redor, de minhas ações no mundo, só para ter um momento ao seu lado, um momento perto do seu corpo, pele na pele, e então você ganharia carinho e amor, e eu receberia você dentro do meu corpo, você que está para sempre gravado dentro de mim, é parte de mim, estabelecido no meu corpo e na minha alma...

Sei que esse amor nasce da gratidão, de um laço involuntário. O amor que sinto é fraterno, mas à medida que o derramo – ele que interprete como quiser – é amor.

Para Eduardo (que sofre de ciúmes loucos): Retomei o desejo de me doar direto para quem amo: Hugh, você e meus amigos, em vez de uma coletividade. Não me parece humano nem satisfatório ajudar pessoas que nem ao menos conheço enquanto eu poderia estar ajudando *mon petit cousin**, meu marido, minhas amigas. Estou voltando para o íntimo, o pessoal. Talvez a verdade seja que os relacionamentos nos machucam – mas a análise não, fico apenas cansada –, mas a mulher em mim não se dá por satisfeita. Logo devo voltar para casa, para me devotar a meus amores – a você.

E a Thurema, que está histérica. Não tive tempo de ajudá-la.

20 de março de 1936

OUTRA CONVERSA ANIMADA com Henry sobre nossos amigos. Ele acha que estou distante e que não me entrego, porque não posso me entregar superficialmente para todo mundo, mas apenas cultivar laços vitais e intensos com uns poucos. Henry não vê nem sabe o que significaram Rank, Louise, Thurema, Rebecca West, Eduardo. Expliquei para ele que nós buscamos coisas diferentes. Ele se satisfaz com um fluxo de pessoas que não lhe são vitais. Henry mesmo diz que qualquer um deles podia cair morto e ele não daria a mínima. A esse fluxo ele dedica seu tempo, sua energia; fala, mas não se entrega. Eu me entrego. E eu seguro o fluxo. Falamos a respeito de sua extroversão. Eu disse que Henry tinha apenas um ou dois anos de introversão, em Clichy e em Louveciennes, quando nós dois estávamos praticamente sozinhos, e que um mundo com o trabalho e uma mulher é um mundo em que ele estava sozinho. Um círculo completo, que produziu *Black Spring*. Mais tarde, quando Henry ficou inquieto e desejou o mundo mais uma vez, dei-lhe um lar e uma vida aberta ao mundo, e então ele voltou à extroversão. Deixou que Fraenkel o invadisse – Fraenkel, que faz exigências que eu nunca fiz, exigências egoístas; Fraenkel, que não se importa com a escrita de Henry; e assim Henry

---

* "Meu priminho". Em francês no original. (N.T.)

viveu todo o ano passado para Fraenkel, para as cartas, para o "Hamlet"; e ele fala e *está perdido*. Vir até aqui lhe foi útil – serviu para reintegrá-lo. Quando tiro Henry de algum lugar, não é apenas por mim – Deus sabe que não –, porque nesses momentos Henry se torna ele mesmo. Eu o incito a *tornar-se ele mesmo*, não a se entregar.

De qualquer modo – os amigos – esclarecemos tudo. Gracejamos. Henry disse: "Vamos fazer uma fila com eles todos e depois fuzilá-los". Eu disse que não me importava com nada, desde que nossas diferenças não nos separassem. Ele não compreende meu afastamento, que se deve em parte à timidez, em parte ao meu espírito crítico. É verdade que eu os critico para mim mesma por não serem importantes, mas não tenho nada contra eles nem os maltrato.

O trabalho de Henry, que ele agora está levando a sério, não o deixa mais compreensivo. Ele entende que eu estava sendo fiel à minha natureza, ainda que tivesse chorado quando conversamos, porque eu disse que, no meu sonho, eu havia descoberto que os amigos e a vida dele eram a minha vida, mas que tinha sido difícil para mim separar minha vida e meus amigos e criar uma terceira vida própria. O processo não fora indolor, porque sonho com um casamento. Agora percebo que Nova York é o lugar onde posso viver de modo mais completo essa terceira vida que não é nem a de Hugh nem a de Henry, mas a *minha* vida. Em Paris, passo da cama de Henry para a de Hugh e não há tempo nem energia de sobra para fazer nada entre as duas coisas. *Aqui, sim* – posso até escapar fisicamente dos dois. Henry não sabe a que horas volto. O resultado disso, ano passado, foi o relacionamento com Rank; este ano, o relacionamento com Thurema. É difícil acreditar no amor. Na paixão é mais fácil, porque é algo intenso e óbvio. Escrever sobre o Suicídio de uma Alma.

23 de março de 1936

MANHÃ DE SÁBADO NO TREM, para visitar Thurema. O sol batendo na carta que escrevo para Papai. Thurema de capa de chuva vermelha, cabelo como os de uma leoa, perdendo-se ao volante. O pequeno Johnnie, de sete anos – filho dela – patinando enquanto nós duas fazemos um passeio. Eu e Thurema deitadas no sofá depois do almoço e eu dizendo: "Você não acredita no amor. Você perdeu a fé em si mesma." O telefone toca: "Seu filho foi atropelado. Ele está no hospital." Thurema chora, soluça, histérica. Vamos de carro até o hospital. No caminho, vemos a bicicleta caída no meio da estrada, toda destruída. "Ele morreu, meu Deus, ele morreu!" Os sapatinhos estão ao lado da bicicleta. "Ele morreu, meu Deus..."

"Não, não", eu digo, "não mesmo". Johnnie não morreu. Está cheio de arranhões e histérico.

Enquanto íamos de carro até a estação, Thurema disse: "Anaïs, o que eu sinto por você é tão estranho que estou começando a pensar que não é normal – que somos anormais".

Nesse momento eu morri. Brincar de Deus todo dia, salvar as pessoas da desgraça, da tragédia, da doença, da morte – então um carro passa por cima de Johnnie e de repente eu não dou mais a mínima. Existe um destino mais poderoso. Desisto de meus esforços. Não me importo mais com o amanhã, com o meu trabalho, com Hugh, com Henry. Não me importo. Não sinto mais nada.

Noite passada, a dureza fez-se acompanhar de liberdade e despreocupação. Medo da morte, proximidade da morte – isso nos leva a viver de modo despreocupado. Quando eu decidi morrer, Rank disse que eu fosse a qualquer lugar, fizesse qualquer coisa (foi logo antes de eu conhecer Henry e June), e então comecei a viver. E agora, mais uma vez, me sinto despreocupada. Sinto que vivo no momento.

Noite passada levei aos Hiler um humor turbulento – cômico e duro. Dancei com bom humor, conversei em *accent du Midi* * com Hiler, e ele disse: "Você é a única pessoa a vir aqui que não é cinza. Você tem cor." Os cachos por cima do nariz, um perfume que motiva comentários entre os garotos do elevador, pálpebras verdes, língua afiada, crueldade. Deixo

---

* Sotaque característico da região sul da França. (N.T.)

Henry com ciúmes. O ciúme desperta seu desejo. Todos os instintos cruéis despertam outros instintos. Acho que se eu deixasse de sentir por um instante, eu me transformaria em um demônio. Quando não sinto nada, torno-me cruel e má. Então desperto os temores de Henry, que os fazem esquecer de me deixar com ciúmes, como ele faz com seu passado, com o amor que tem pelas mulheres, a volubilidade superficial que sente em relação a todas as mulheres, e com a profunda fidelidade a mim, que vejo, mas que não me convence de todo.

Hoje, me sinto como June mais do que jamais me senti. É a despreocupação, a falta de crença no amanhã, o sentimento de violência inerente à vida, que açoita o instinto, incitando a viver, um açoite, uma bicicleta destruída na estrada. Com sapatinhos ao lado. Raiva de Deus.

Fumei um cigarro de maconha na casa de Hiler.

Criar é cuidar. Guardamos nossas forças para criar. Não bebemos porque ficamos embriagados, deixamos de viver, e amávamos nossa consciência, e a violência nos cega com a raiva e o ódio, talvez com a impotência, e então não existe poder supremo. Muito bem, Deus; se não há como evitar a destruição, antes de qualquer coisa eu vou destruir minha alma, que me magoa, que não me deixa rir, desabar, não me deixa viver, atacar, odiar. Não sei nada sobre dor e agruras, nada sobre a indiferença. Ou sinto tudo o que se passa com Thurema, ou não sinto nada além de violência e raiva, como Henry. Não tenho como salvar todos os feridos. Quero matar essa alma que *vê* as feridas.

29 de março de 1936

DONALD NÃO DESANIMOU. Telefonou dizendo que precisava me ver antes de voltar definitivamente para Hollywood. Naquela tarde eu não podia. Então, na noite de sexta, pelas onze horas. Jantei com Henry, que estava grogue e sonolento. Despedi-me dele às dez e meia, dizendo que ia ver Sasha tocar em uma festa. Eu a vira tocar naquela mesma tarde. Estava ébria de música e de cansaço. Eu e Thurema havíamos dormido juntas na noite anterior. E, como eu não havia demonstrado nenhuma paixão, ela pediu que eu a beijasse. Dei-lhe beijos cada vez mais fervorosos até que ela começasse a gemer e a suspirar, e mais uma vez paramos no limite de um gesto que nenhuma de nós duas desejava na verdade. Eu a provoquei, ri, fiz gracejos. Quando ela perguntou: "Você acha que somos lésbicas?", respondi: "Ainda não". Quando nos inflamamos, Thurema lembrou de Joaquim. Ela queria que Joaquim fosse tão livre quanto eu.

No táxi, a caminho do hotel, de Donald, planejei minha visita. Eu seria muito decidida, equilibrada, madura e misteriosa, mas firme quanto a não ir para a cama com ele. Eu diria: "Estou interessada em você, curiosa a seu respeito". Eu iria encantá-lo com minha conversa.

Quando cheguei, fui acompanhada até o quarto dele. Donald telefonara dizendo que estava em uma festa e que eu me servisse de cigarros, bebida e de um livro pornográfico chamado *The Prodigal Virgin*. Li o livro. Fiquei um pouco excitada com as descrições de orgias sexuais. O que mais me excitou foram meus próprios anseios e fantasias, minha curiosidade, meu desejo por uma mulher, pela orgia.

Donald telefonou outra vez: "Se Arline vier, dê-lhe uma bebida e peça que espere". Então ele havia convidado a mulher que gostaria de me apresentar. A que estava lá naquela noite em que fiquei no cinema com Henry. A ideia me agradou. Eu estava sozinha no quarto de Donald. Nada me impedia de ir embora. Mas em vez disso olhei ao redor. O lugar era francês. Detestei. Fedia a coisas velhas, a urina. A cama ficava em uma alcova. Peguei o livro de novo. Duas coisas que eu sempre havia imaginado e desejado: deslizar a mão por baixo de uma saia de mulher e senti-la por trás; apalpar e beijar seios bonitos.

Não senti nenhuma hesitação, mas eu estava um pouco tímida. Me perguntei se eu saberia o que fazer, e se será que eu faria direito. Eu sabia que gestos físicos seriam esperados de mim. Estava muito curiosa em relação à mulher.

Donald chegou e, logo em seguida, Arline, a mulher. Um rosto aberto, loiro, gestos preguiçosos, um corpo arredondado coberto por uma saia e uma blusa simples.

Nós três nos sentamos no sofá, bebendo uísque. Donald me acariciou. Arline começou por admirar minhas mãos e logo começou a me beijar como um homem, oferecendo-me a língua. E tudo o que eu tinha vontade de fazer com uma mulher eu comecei a fazer, a acariciar os seios, a deslizar a mão por baixo do vestido. Enquanto isso, Donald havia se ajoelhado diante de nós e ficou olhando por baixo das nossas saias, com um dedo dentro dela e um dentro de mim. Comecei a derramar o mel. A boca de Arline tinha o gosto de June.

Nós três tiramos a roupa. Arline ficou de pé por um instante, como se prestes a pular, os seios exuberantes empinados, um corpo lindo, macio, arredondado. Donald me deitou na cama e começou a me chupar. Fazia mais amor comigo, talvez porque eu fosse a convidada de honra. Por um longo tempo nós três ficamos enlaçados, acariciando, chupando, mordendo, beijando, cheios de dedos e línguas. Donald não penetrou nenhuma de nós. Mas ele se deixou chupar. Senti o gosto de uma vagina em meus lábios. Não gostei. Foi como um prato forte de mexilhões. Não gostei do cheiro. Mas gostei quando Arline me ofereceu as nádegas. Adorei os seios, a boca, e achei divertido que, enquanto acariciávamos Donald e cumpríamos nossas obrigações femininas, na verdade estivéssemos interessadas uma na outra. Por cima do corpo dele, nos olhávamos com uma certa cumplicidade, enquanto Donald permanecia distante, indiferente. Às vezes a cabeça de Arline ficava ao lado da minha enquanto beijávamos Donald. Nossas bocas gostaram de se encontrar próximas ao mesmo ponto, quando parávamos e trocávamos beijos. Quando Donald adormeceu, satisfeito, eu e ela continuamos nos beijando e dizendo *Como você é bonita, que macia, que linda.* Arline disse: "Você tem a pele muito macia, um corpo de menina. Precisamos nos ver de novo." Eu não sentira o orgasmo, mas minha umidade escorria e eu estava excitada. No fundo, eu não me sentia livre o suficiente. Mas logo, logo chegará a hora do abandono total. Ainda estou em busca do amor, do amor, do amor.

Senti que o orgasmo tampouco lhe viera. Ela não estava nem ao menos molhada. Me perguntei por que estaria fingindo. Tive a impressão de que Arline queria apenas agradar a mim e a Donald. Eu disse: "Nunca fiz isso antes". Ela riu. "Por quê?"

É o abandono que me agrada – Donald, Bel Geddes, Arline. A liberdade, o carinho e o ciúme. A maciez. Existe um mundo onde as pessoas tramam com alegria e naturalidade as artimanhas que tramo como álibis, sem que ninguém as acuse por isso. Escutei Arline telefonar para quem quer que a estivesse esperando e dizer que estava em uma festa. Então ela e Donald inventaram quem ela poderia ter encontrado. Eles se mexem, trepam, esquecem com tanta graça! Arline ficou em frente ao espelho retocando o rosto. Donald me disse: "Lamento não poder ver você de agora em diante. Gosto do jeito que você faz as coisas, do seu jeito direto."

Levei-a até em casa. No táxi, diante de uma Arline vestida dos pés à cabeça, fiquei tímida. Ela disse que Donald vivia dizendo que iria apresentá-la a uma mulher linda, mas que até hoje nunca tinha apresentado. Ela me chamou de querida. Eu não teria pedido para vê-la de novo. Não sabia se meu corpo tinha algum valor naquele mundo de foda. Mas tudo indica que sou considerada um animal de valor.

Eu queria perguntar se minhas carícias haviam sido boas. A intimidade quando estávamos nuas e agora a estranheza, vestidas. Mas aprendi uma coisa sobre o mundo do prazer: o silêncio. Tudo acontece envolto em uma espécie de silêncio e de inconsciência. Esta pode ser a lei do prazer: não pensar e não sentir. Aprendi esse silêncio, essa indiferença. Não faço perguntas. Apenas sigo o fluxo.

Tive um pensamento engraçado: E se alguém me perguntasse: Você conhece Donald, conhece Arline? Bem, eu responderia: Já dormi com eles, conheço a intimidade de seus corpos, os cheiros, os gostos, a textura da pele – mas quanto ao resto, por favor me apresente.

Arline ficou com meu número de telefone. Eu não acreditei que eles estivessem interessados em mim. Eu pensei: Ela sabe o que está fazendo, é mais sofisticada, mais experiente. Não vai gostar de mim. Eu tive medo de que Arline não se excitasse comigo, de que descobrisse minha ingenuidade.

Mas hoje ela telefonou e eu senti esse calor, o conhecimento do corpo, a amizade do corpo, o calor do corpo, quando ouvi a voz dela. A solidão imensa foi atenuada por esse contato com o corpo de Arline. Enquanto analisava pacientes ao longo do dia era a ela quem eu imaginava, não a Donald. Vi sua vagina, o tufo de pelos, as nádegas. Tão maravilhoso! Mulher. A mulher nela. A liberdade, a naturalidade me agradava. Arline me fez esquecer Thurema, toda amarrada e atada e sufocada. Como o sol faz com que esqueçamos as preocupações! Sol. Mar. Natureza. O silêncio dos sentimentos. A trégua dos sentimentos. As dificuldades, as emoções, as complexidades com Thurema. Minha alma está cansada. Ou talvez não seja forte o suficiente.

4 de abril de 1936

A BORDO DO SS *BREMEN*. Ébria e enlouquecida com o sofrimento, a solidão, os arrependimentos, as emoções. Ah, se Rank não tivesse desejado me possuir com exclusividade, se ainda fosse meu amante! Não sei do que estou falando.

Quando cheguei na casa, ele estava me esperando na porta, com tanta tristeza, tanta avidez e tanta bondade nos olhos que eu me comovi profundamente, de uma forma que eu não esperava me comover. Toda a beleza retornou em um átimo, e fui tomada de arrependimentos.

Quando começamos a falar a mágica reapareceu, como antes. Nossos olhos se procuravam. Ah, a solidão, a solidão! Ele, mais magro, mais jovem, bronzeado, gentil. E o sorriso. O sorriso de quem sabe. Além da resistência física – amor, apenas amor. Uma hora para vê-lo, menor do que eu lembrava, mais magro, mais saudável, menos feio, os olhos tão delicados, o sorriso tão sábio. Fatalidade. Totalidade. Sim, é como eu havia escrito: continuei fiel ao que aconteceu entre nós, e ninguém chegou mais perto de mim na esfera mística. Tive a experiência da parcialização. Rank está dizendo isso; ele não poderia ser menos completo. O rio [Hudson] fica sob sua janela; ele está resignado, trabalhando como antes, sem outra mulher em sua vida. Mas ele tem medo, medo da mulher, da vida, de mim. É controlado.

Nossos olhos dizem tudo; nossas palavras, nada – exceto quando, rindo, concordamos em assinar um contrato em branco. Não sei o que ele quer. Por que não aceitou o que lhe ofereci? Por que se apegou tanto, tanto, tanto a mim? Uma hora fez minha viagem a Nova York valer a pena. O clarão do entendimento imediato. A proximidade. "Então vou perder você de novo? Vou perder você? Seria melhor para a vida se eu fosse menos completo", disse ele. Seria melhor para a vida. Pude entregar meu corpo a Donald, Arline, Bel Geddes, Frank – por que não tive a mesma facilidade para entregá-lo a Rank? Por que não? Eles não exigiram meus sentimentos. Ofereci-lhes a casca – os lábios úmidos e a vagina úmida. Possessão. O que significa ser possuída? Henry recebia de mim a totalidade, mas quando essa totalidade tornou-se insuportável, quando descobri que ele não era completo, por medo eu me afastei e procurei Allendy, Rank, os outros. Em Nova York, vivi em mil pedaços. O amor fragmentado. Quando comecei a me afastar de um Henry fragmentado e fugidio.

Me afastei demais.

Outra vez me perdi. Perdi Henry. Por dias minha obsessão foi embora.

Outros amores.

A paixão por Thurema morreu. Não sei o que a matou. Existe algo nela que paralisa a vida. O medo. O medo. O medo que ela tem da vida mata a vida.

A dor ao me separar de Rank, de Thurema. Tive a impressão de que meu ser estava tão desperto que senti todos os amores de uma vez só e não pude suportar. Tantos amores! O que sou? A Amante do Mundo. Desvairada de amor. Desvairada de amor. Todo o meu corpo sofre com a dor da separação, da perda, da mudança.

Henry chegou às onze, quando o navio começara a se mexer, perguntando surpreso: "O que houve?".

Henry estava lá. Nesses últimos dias em que mal o vi, quando passei as noites com Thurema, pelas manhãs eu espiava pela fresta de sua porta, a fresta por onde servem o café da manhã, e via os sapatos, a camisa azul na poltrona, as calças, e pensava: *Henry está aqui*, e sentia uma grande paz, e descia e tomava meu café sentindo uma espécie de gratidão. Henry está lá. Henry está lá.

5 de abril de 1936

EU E HENRY FALAMOS BAIXINHO, mas muito emocionados, sobre as mudanças em nós. Agora ele percebe o que eu havia escrito no navio quando estávamos a caminho de Nova York no ano passado – que, com nossa interação, havíamos trocado de alma. Henry está mais clássico, mais sábio, expandiu em muito sua compreensão. Eu fiquei emotiva, primitiva. Ele sente menos necessidade da relação direta, da experiência direta; conhece os homens apenas através da sabedoria, da compreensão. Eu estou nadando rumo à vida pura, à experiência passional. Estamos seguindo em direções opostas. Vejo tudo isso como algo trágico. Henry não. Digo: "É porque vamos acabar separados, como dois planetas viajando em direções opostas". Henry diz: "Você fala isso porque sempre tem medo da separação, mas eu tenho fé. Nosso relacionamento é forte e não vai se abalar."

Henry tem fé. Eu não. Em tudo eu vejo uma ameaça, um fim, uma ruptura. Nas discussões, nas diferenças. *Tenho medo de me expandir à minha maneira, por medo de perder Henry.* Tento adaptar meu ritmo ao dele, mas nem sempre dá certo. Naqueles dias em Nova York, quando vivi minhas aventuras, esqueci Henry, mas também pensei: Talvez não nos encontremos nunca mais.

No navio, sofro com a solidão. A distância entre nós – uma tarde longa. Mas acontece que Henry não é do tipo que vive próximo a outras pessoas, jamais. Sempre foi independente dos pais, das esposas – nunca foi como Hugh ou como Rank, do tipo que se dissolve nos outros.

Quando escuto meus desejos, como essa viagem a Nova York, instaura-se um conflito terrível em meu eu feminino, que se assusta com a ideia de perder a felicidade pessoal na busca pela realização. Deu certo para Henry; a experiência que teve com a psicanálise melhorou sua compreensão. Ele me ajuda de verdade quando fico pessoal e emotiva. O que significa que a maior parte do que fiz para mim mesma também enriqueceu Hugh e Henry. Não posso esquecer isso. Mas a mulher dentro de mim chora e sonha em entregar-se, em perder-se, em doar-se, em se render.

Henry combate o diário. Eu digo que sua *raison d'être** é simples. O diário é meu amigo. Me sinto menos sozinha com ele. Mas Henry continua dizendo que o diário me prejudica como artista. É uma busca pela verdade. Mata minha imaginação. (É estranho eu ter escolhido a ciência da psicanálise, a única apta a me tornar mais verdadeira, mais sincera.)

Nos entendemos muito bem durante a viagem. Henry diz que o personagem que apresento ao mundo ainda não é meu verdadeiro eu. É um personagem idealizado, o Cristo em mim. Henry falou comigo sobre a máscara. Ele tenta expor meu eu real. Henry e a psicanálise me fazem mais sincera.

Uma vez tive uma noite só minha em Nova York. Jantei correndo, muito empolgada com as ideias que me povoavam a cabeça. Foi uma alegria estar sozinha com o diário. Eu tinha tanto o que contar! É uma verdadeira *comunhão*.

Eu disse a Henry: "O pensamento dos homens é sempre hipócrita, porque é impessoal. As mulheres chegam mais perto da verdade por serem pessoais."

Rank se consola com *ideias*. Não consegui aceitar a totalidade porque aquilo seria a perfeição, e me senti culpada de aceitar o amor supremo. E aprendi a língua dos homens; uso a interpretação dele, que parece maior e que machuca menos. Culpa. Tudo o que você quiser. Ele não sabe que tem a ver com o amor-corpo, os toques, as carícias, a boca.

Todavia, é estranho que, desde que a barreira sexual em mim foi ultrapassada (não de todo!), desde que aprendi a me

---

* "Razão de ser". Em francês no original. (N.T.)

deitar com estranhos, a gostar de corpos, de corpos estranhos, desde o momento em que deixei de ser a Virgem *"sauvage"*, tudo que é físico me parece mais fácil – Hugh e Rank também. Há menos sentimentos pessoais e um sentimento mais generalizado, no ventre. Henry queria que eu perdesse minha totalidade (o que significa ter os olhos, as almas, o sexo voltado a Henry) e assim fez de mim a Puta. E agora, por causa da grandeza de alma e de intelecto em Rank, eu poderia me deitar com ele. Mas para que especular? Esse momento não volta mais. Rank tem medo de se entregar. Nunca mais vai se entregar.

Pacientes que dizem que estavam tentando pensar sobre a análise. Henry disse: "Não pense. Essa é uma aritmética que se opera no escuro."

Henry Mann disse: "Henry não tem as mesmas habilidades, a mesma sutilezas que você. Vejo, pela análise que fez de C., que ele não se aprofunda. Henry é mais superficial."

Nenhum dos pacientes sofreu ao se afastar de Henry. Não havia uma ligação profunda. Henry tem honestidade suficiente para ver o contraste com os meus pacientes e dizer: "Talvez eu não tenha feito análise".

Henry não quer que ninguém dependa dele.

Ele ficou surpreso com meu sofrimento ao deixarmos Nova York. Em Henry há uma indiferença, uma falta de apego e de amor.

A muitas coisas que Rank disse, respondi: "Não sei. Parei de pensar."

"Invejo você", respondeu Rank.

Tive a impressão de que diante dele eu era alguém diluída, sensual, vivendo apenas através dos sentimentos, sem ideias. Talvez tenha sido isso – minha vida emocional – o que salvei de seus poderes analíticos. Me incomodava o modo como ele não deixava nada seguir seu curso natural. Mas sua força me faz falta quando estou com Henry.

Eu teria de bom grado deixado as explicações de lado e partido para o contato físico. Era assim que June resolvia tudo. Um modo de ser feliz, cega. A ideia machuca. A consciência machuca. Saber machuca. A lucidez machuca. Os relacionamentos machucam. A vida machuca. Mas fluir, deslizar, viver como natureza não machuca. Meus olhos estão se fechando. Deslizo, deslizo rumo a um mundo de sensações.

Henry está lendo Emerson – Emerson, que tanto me comoveu quando eu tinha dezesseis anos. Emerson traz Henry à razão. Agora não quero mais saber de Emerson. Não quero mais as regiões árticas.

Carta para Rank: Você disse que não queria me escrever, mas não disse nada quanto a eu escrever. Só uma carta, por favor – há coisas que você precisa saber, coisas que podem apagar tudo o que nos machuca. Na carta que lhe escrevi de Montreal, a carta da separação, eu estava completamente errada. E eu não sabia, não sabia até encontrá-lo alguns dias atrás. Eu jamais teria me separado de você, jamais, se você não tivesse desejado que eu abandonasse meus amores maternais. Eu nunca deixei de amar você. Quando vi você de novo naquele dia eu me senti exatamente como antes. Completa, realizada. Meu amor por você não mudou nunca; o que houve foi um medo de sua totalidade, que me afastou fisicamente por algum tempo. Não sei por que sinto que devo lhe contar tudo. Sei que é tarde demais. Entendi tudo em um clarão, em seus olhos. Senti que tudo estava como antes, mas jamais voltaria à vida, porque você não acreditava mais. Seu olhar era doce, mas você foi irônico. Talvez eu esteja errada. Minha compreensão falhou. Esse casamento supremo falhou. Não me importo mais. Vivo às cegas, como a natureza. Talvez tenhamos nos provocado ferimentos letais. Você, ao dizer que eu o havia usado, me feriu de morte. Eu, quando achei que não fôramos talhados como amantes. Eu estava enganada. Talvez seja tarde demais. O que eu escrevi antes é verdade – não me afastei de você, ainda não. Tentei. Mas talvez você tenha conseguido. Essa carta está cheia de contradições. Você vai entendê-las. É algo entre o que sinto e o que penso, tal como vejo você sendo contraditório a todo instante, a contradição entre o que seu olhar disse e as suas palavras.

Terça-feira. Quando comecei a escrever eu senti que essa carta era falsa, que se baseava em uma mentira – mas a vontade de manter o homem que pensa e sente da mesma forma que eu era tão desesperada que eu estava disposta a fazer e a dizer qualquer coisa. Fiz uma pausa no meio da carta para tomar café com Henry, dar um passeio pelo deque e para o jantar, quando tivemos outra conversa íntima e pessoal, daquelas que trazem tudo de volta aos eixos; Henry disse que há muita coisa latente em mim, no sentido emersoniano, muitas coisas que não expresso mas que os outros sentem; as pessoas sentem todos os mistérios, os segredos, as camadas infinitas. "Você acha que tenho caráter, no sentido emersoniano?" "Essa é a sua maior virtude", disse Henry. Então me pus a ler Emerson e senti-me inundada pela pureza e pela grandiosidade. Disse a Henry que ele deve ter uma sobrealma maior que a minha, porque ele é simples, não como eu, vaidosa, chamativa e glamorosa. Lemos até a meianoite e então fizemos amor com a sincronia habitual na hora do orgasmo e do espasmo, daquela harmonia – então Henry me cobriu com muita ternura e foi embora. Não consegui dormir. Na minha cabeça, formava-se o restante da carta para Rank. Acendi a luz e a terminei, sentindo-me em comunhão profunda com Rank, logo após minha comunhão com Henry. Duas correntes fluindo, fortes.

Então hoje, após mais delicadezas de Henry, ele age de forma muito íntima, muito terna, muito cúmplice. Sinto uma explosão de poder. Quero ditar os termos em que desejo Rank; quero Rank nas alturas, para a embriaguez, não para o dia a dia. Lembro-me de ter descido com Thurema até a Fifth Avenue noite passada e dito: "Vamos subir até o topo do Empire State. Vou deixar você lá no topo do mundo até eu voltar."

Embriaguez. Por que Rank quis capturar essa chama que eu sou e fazer dela uma esposa? Não vou parar quieta em lugar algum por causa de minhas múltiplas facetas, das camadas e dos mistérios latentes – das coisas que ainda não sou.

A completude é impossível, porque só consigo me sentir completa em relação a mim mesma.

Eu e Henry conversamos sobre o lado pessoal das mulheres, a superestrutura dos homens, meu medo das invenções, minhas mentiras, minha busca da verdade, da superestrutura na arte. Acho que temo as deformações na arte porque sinto que já existem deformações em minha vida.

Naqueles dias em que não me sinto apenas apaixonada pelo mundo inteiro, por homens e mulheres, pelos meus antigos amores, pelo meu passado, por todo mundo que conheço, mas também por mim mesma, então me vejo assim: viva. Vejo e amo a dançarina, os pés ligeiros, os esforços para rir, para ser delicada, o desafio à gravidade, a audácia. O que mais gosto em mim são a audácia, as artimanhas, a coragem, meu jeito de ser verdadeira comigo mesma sem causar estragos nem sofrimento demais. O fogo que arde em mim, meu jeito de me desculpar e embelezar os outros, a fé que tenho nos outros.

O que detesto é a minha vaidade, a necessidade de brilhar, de ser aplaudida, e a minha sentimentalidade. Eu gostaria de ser mais dura. Não consigo fazer um gracejo, provocar ou fazer troça de alguém sem sentir remorso mais tarde.

Aportei em Paris cheia de alegria. Contente. Sol. Liberdade. Paz. Um Hugh que me dá paz, que nunca me machuca. Doçura.

Hugh tinha planejado uma viagem ao Marrocos. Marrocos era um sonho.*

---

* No dia 15 de abril de 1936, Anaïs Nin e seu marido embarcaram em Marselha rumo à Argélia, onde tomaram um trem para Fez. Dois dias mais tarde, do hotel Palais Jamais, Nin escreveu para Henry Miller: "Você está feliz por eu ter vindo sem o diário?" As recordações da viagem, das quais alguns parágrafos foram incluídos aqui e publicados integralmente em *The Diary of Anaïs Nin, Volume Two, 1934-1939*, foram acrescentadas ao volume do diário original, aparentemente, depois da volta via Cádiz, Granada e Sevilha. Algumas das impressões de Anaïs também foram comunicadas a Miller em cartões-postais e breves cartas (Ver *A Literate Passion*, p. 299-305) (N.E.)

Fez. Deixei a sacada onde eu fiquei ouvindo as orações noturnas erguendo-se pela cidade. Tomada por tudo o que vi.

Mistérios e labirintos. Ruas complexas. Muros anônimos. Os segredos das casas sem janelas.

Fez é a imagem da minha alma. Isso explica o fascínio que exerce sobre mim. De véu. Plena, inexaurível. Labiríntica. Tão rica a variável que chego a me perder.

Fez é uma droga. A cidade me prende.

As camadas de Fez são como as camadas e os segredos dentro de mim. Um guia é necessário. Ao viajar, acrescento a mim tudo o que vejo. Não sou apenas uma espectadora. Não se trata de mera observação. É uma experiência. Expansão. Trata-se de esquecer o Eu e descobrir o eu das afinidades, os mundos infinitos e ilimitados que o eu abriga.

A volta a um Henry apaixonado, um Henry mais amoroso do que nunca. Atencioso. Desperto. E eu tão apaixonada – até a ponta dos dedos das mãos, dos pés. A noite passada foi incrível – que se possa atingir paroxismos cada vez mais intensos! Eu estava com a língua toda dentro da boca dele, de um jeito como eu nunca a tinha posto, um novo abandono, só a língua toda, que ele prendeu entre os dentes, e o sexo, a boca, abertos, um clímax tremendo. E durante o jantar, uma conversa sobre a maior diferença entre nós: minha *noblesse**, meu orgulho, e os modos grosseiros dele. Henry disse que não conseguia entender, assim como não consigo entender sua mendicância e auto-humilhação. Foi ele quem puxou o assunto. Eu fiquei feliz, porque houve vezes em que Henry tentou quebrar em mim algo inteiro, algo que ele não conseguia ver, possuir nem entender, e nesses momentos eu senti que ele tentava me destruir. Pedi que não tentasse me mudar, me tornar mais comum, vulgar. Durante a viagem, assim como durante a estadia com Papai, eu descobrira um núcleo que não se deixava dissolver. Sou capaz de me entregar a Henry para agradá-lo até um certo ponto, de ser flexível, elástica, compreensiva, mas há algo em mim que

---

* "Nobreza". Em francês no original. (N.T.)

não consigo mudar e que o deixa perplexo. Noite passada ele disse, com os olhos marejados: "Mas eu vejo que é uma *noblesse*, algo que nunca vou ter, nunca vou entender".

"Desde que não seja algo que você odeie."

Mas desperta seu antagonismo, tal como a mendicância e as pantomimas me humilham. Nessas horas, sempre me sinto compensada por tudo que Henry não vê (e portanto não ama); chego mais perto da felicidade e da intimidade reais. De vez em quando milagres acontecem. Henry *vê*, e então é levado a amar.

Estou em um humor muito saudável. Aprendi a afastar a maré de melancolia. Os demônios que me devoram foram vencidos. Voltei do Marrocos rechonchuda e tranquila em termos psicológicos. Não me deixo ficar pensativa. Menos autotortura, ansiedade, menos pensamentos dedicados a cenas cruéis; percebo que tudo está na imaginação. Não sei o que me fez tão saudável. Fui para o Marrocos sem o diário. Pensamentos de derrota, sonhos de sofrimento, ênfase em limitações, derrotas, discórdia, tudo isso passou. Também uso sugestões; *guio meus sonhos*.

Ver como Hugh sofre à noite quando não dorme me ajudou. Vi os exageros, desfeitos pelo dia.

Alegria. Esperança. A força presente e futura. Sem temores. Sem angústia. Riso. Eu e Henry rimos até mesmo quando encontrei uma camisa de vênus em seu bolso. Conheço a força do laço que nos une. Posso rir das pequenas coisas. Rir.

Désinvolte. *

É tão óbvio que Henry está apaixonado! Ele me provoca em relação a Nova York. Sonhou com um naufrágio, mas ele estava me abraçando e não sentia medo. Hesitou em pegar o diário. É algo ligado à doença. É possível um diário saudável? Não sei. Por que essa volta foi tão diferente das outras? Porque acabei com Nova York? Porque fui até o limite? Exauri minhas febres? Sou como uma grávida. Plena, exuberante. Em flor. Meu corpo também.

---

* "Descontraída". Em francês no original. (N.T.)

Saúde?
Fim?

12 de junho de 1936

LÁ FORA. LÁ FORA. Primeiro Fez estava lá fora, o sol, o mar. E então Paris apareceu, e eu na rua, correndo entre a Avenue de la Bourdonnais e a Villa Seurat. Os livros – *The House of Incest* – em enormes pacotes. As cartas a escrever. O cabeleireiro. Pasta cor de turquesa para os cílios. Betty a analisar. O novo apartamento escolhido, no Quai de Passy, às margens do Sena. Cartas para Thurema, a quem Rank deu vida. Henry para cuidar, Henry passando por uma bolsa de ar, como ele diz.

Perdida, dispersa, arenosa, frívola, desconexa.

Vacina contra a coqueluche, muita tosse à noite e cansaço, mas lutando, lutando para manter a saúde.

Então chegaram as lindas cartas de Charpentier e Madame Charpentier sobre *The House of Incest*. Nenhum dinheiro de Nova York. Os impostos de Henry a pagar. A compra do novo apartamento, que precisa ser moderno a todo custo – uma necessidade psíquica. Nova vizinhança, um relógio de conchas, tapetes marroquinos de lã branca, circulares enviadas a amigos nos quatro cantos do mundo, novas amizades e sonhos que previram o que aconteceu. As nuvens ainda não vieram. Nem o ciúme. Lá fora.

George Turner se toma de febre outra vez, desobedecendo a minha ordem (em Nova York): apenas uma vez e então esquecer de tudo. Eu e ele, com sua esposa e Hugh, próximos no elevador, apertados um contra o outro, com uma grande excitação correndo pelos glóbulos vermelhos e brancos. Sentimo-nos através dessa excitação. No táxi, o joelho dele contra o meu relembra a sensação de estar no vertiginoso elevador do Barbizon Plaza, descendo, consciente da vida quente que trago no meio das pernas ao caminhar. Assim, quando ele telefona e implora, concedo-lhe um encontro futuro.

Então, de alguma forma o sol sumiu. Sumiu. Nosso dinheiro acabou. O fim dos livros, das circulares enviados pelo correio. Lá fora. Caminhando lá fora. Bandeiras vermelhas tremulando.

Manchetes dos jornais: *"C'est donc une réforme? Non. Sire. C'est une révolution." "Les grèves." "Grèves terminées." "Grèves nouvelles." "Grèves en cours."**

Lá fora tudo é inverno e feiura.

13 de junho de 1936

FRAENKEL ESTÁ INDO PARA a Espanha porque Henry trai ideias, trai relacionamentos. Não lhes dá seguimento. Roger me convidando para almoçar. Os Sakharoff cheios de sorrisinhos, estéticos demais, artísticos demais. Um jantar astrológico, em busca de um Sol em Capricórnio e do encontro com Marguerite Svalberg, escritora, sonhadora.

Em Louveciennes, mais uma vez me vestindo com as roupas de Chiquito, e Fraenkel tão excitado a ponto de me roubar um beijo.

Caminhando ao longo do Sena, pensando na rapidez de Rank. A rapidez de Rank. Será que agora devo escrever sobre ele para ter a alegria de reviver tudo? Será? O Sena segue correndo. Estou na vida. Quero permanecer na vida humana. Jonathan Cape rejeitou o romance sobre Papai.

Quando foi que o veneno voltou a ter seu efeito insidioso? Quando a concha exterior partiu-se? Sufocando, subitamente de volta à melancolia. Sufocando. Cansada de ajudar Henry a viver e a escrever. Não. Não Henry. Mas o veneno. Inominado.

Será essa a agonia do diário? Os últimos vestígios do câncer? A cura? As cicatrizes? Acho menos a dizer sobre a moléstia. Aqui. Diário. Doutor. Estou aqui.

São sete e meia e estou cansada e com fome.

---

* "Isto é uma reforma? Não. É uma revolução" "As greves." "Fim das greves." "Novas greves." "Greves em andamento." Em francês no original. (N.T.)

5 de junho de 1936

TEM GONZALO [MORÉ]. Gonzalo é o tigre que sonha. O tigre sem garras. Gonzalo e sua esposa, Helba Huara. Ouvindo a respeito deles, os peruanos, a mulher cuja dança sem braços inspirou a dançarina em *The House of Incest*. Ouvindo que por dois anos ela esteve doente. Sonhando com ela, pálida, exausta, em vez da dançarina brilhante que vi, e então vendo-a adentrar o estúdio de Roger, como no meu sonho, e me apaixonando imediatamente por ela, e ela por mim. Gonzalo é alto, sombrio, moreno; tem um olhar animal e cabelos negros como o breu. Ele me perturba com sua presença física e seu jeito sonhador. Hoje, ao caminhar, me senti muito quente no meio das pernas, pronta a cair nos braços de alguém, por amor ao amor e amor à vida e amor aos homens, porque eu me sentia muito quente no meio das pernas.

Gonzalo. Ou George. Sempre o incomum e o normal, e do incomum, de Gonzalo, temo o sofrimento – assim como de Artaud e de Eduardo. Então me encontro outra vez lá fora, dançando com Helba Huara, conversando com Gonzalo, beijando Henry com ardor, chorando porque Henry escreve sobre June. Aqui está a dor, aqui está a moléstia. Perda. O medo da perda.

Temi perder Henry para Helba, para a mulher de Budapeste que ele iria encontrar. Uma noite em que se falava sobre Budapeste, quando ele foi convidado, sofri tanto que não consegui falar. A dor me dominou. O demônio, sempre o demônio; diário, médico, mundo, Deus – me curem, me ajudem, me salvem! Eu sofro – em minha humildade, sofro.

Como Henry não é completo, não é um absolutista, ele trai a todos, a si próprio e a Deus (ele escreve o livro sobre June). Henry só tem sido sincero comigo, o que o salvou também como artista.

Depois de uma de nossas conversas vigorosas, Henry aposentou-se de uma vida insossa em cafés. Ele poderia ter feito tudo sozinho, mas o processo seria muito doloroso e muito desastrado. Ainda hoje Henry começa o livro sobre June com uma citação laboriosa de Abelardo. Eu digo que citações são literárias. Boas apenas quando tratam de ideias, não de experiências. A experiência deve ser pura, única. Ninguém diria: "O que sinto por você foi expresso por Nietzsche com essas palavras".

Henry teme morrer de fome e adoecer tanto quanto temo perder as pessoas que amo.

Quando devaneio em meio às pessoas, minha voz vem de um outro mundo. Henry percebeu o contraste entre minhas conversas calorosas, íntimas, quase passionais (principalmente com ele) e a atitude fraca, ineficaz, alienígena que adoto quando há muitas pessoas e eu perco o interesse.

Me sinto grata aos homens capazes de me fazer sentir um pouco ébria fisicamente, porque eles me libertam do elo emotivo e obsessivo com Henry. Prazer.

26 de junho de 1936

QUAI DE PASSY, 30, 16ᵉᵐᵉ. Sétimo andar. Nova decoração, criada sem esperança nem alegria, sem um sentimento de permanência nem certeza de sua adequação. Mas inevitavelmente bonita. Bonita e moderna, simples, estival, alegre. Paredes cor de laranja, tapetes marroquinos de lã branca, cadeiras de carvalho claro e couro em tom creme, uma enorme mesa de pinho com a superfície jateada para dar a impressão de areia clara na praia. Brilho, ausência de formalismos, de suntuosidade.

Criada em dias quentes e no período de separação de Henry, enquanto eu sofria com a falta de humanidade dele enquanto escreve e com o ciúme.

A gratidão a George Turner por seu poder de *me distraire de ma douler*.*

Sim. Turner. Desde aquela noite em seu apartamento, quando dançamos juntos e fomos tomados por um desejo

---

* "Fazer-me esquecer a dor." Em francês no original. (N.T.)

violento; então Nova York, onde eu não o desejava por causa de Rank e de Hugh, mas ainda assim me entreguei; então Paris, no elevador e no táxi, de novo a embriaguez; então, uma tarde ele veio me ver e me senti trêmula e desejosa. Nos deitamos na minha cama, mas eu estava nervosa e não aproveitei.

Mas ontem, ontem ele veio até aqui, e Madeleine estava no apartamento, e Chiquito, o homem da mudança, no quarto ao lado; e eu e George nos sentamos no sofá e sentimos onda após onda de um desejo violentíssimo. Nossas bocas entreabriam-se com o desejo de beijar e morder; seus olhos estavam ébrios e ele disse: "Fico excitado só de pensar em vir aqui. Você é a mulher mais atraente que já conheci – sinto vontade de possuir você agora; chega a doer de desejo. Vamos imaginar – abra as pernas, abra as pernas. Noite passada eu imaginei você lá, e eu fazendo jogos, fazendo coisas loucas com você." Ficamos de pé, junto à janela. "Posso meter o dedo lá, posso?" Ainda na janela, ele levantou meu vestido e sentiu o mel que escorria. E a tontura, a sensação de estar caindo, se derretendo, ansiando por uma boca, por um sexo.

"Vou mostrar o apartamento que está para alugar e você vem morar aqui", eu disse. "Vamos fingir." Fomos até lá juntos, mas o apartamento estava ocupado, e então eu e George ficamos no elevadorzinho e eu falei: "Vamos ficar aqui e apertar o botão para o oitavo andar". E lá nós paramos. Eu tinha o pênis dele na mão – duro, grande e já um pouco úmido, e ele me possuiu lá mesmo, no elevador, completamente enlouquecido, ah, enlouquecido, enquanto subíamos e descíamos várias vezes. Agora não consigo mais subir ou descer de elevador sem me sentir embriagada pelo desejo. E quem é George Turner? Não interessa. Nada interessa, só essa embriaguez.

Hoje vi Henry. Eu havia tirado meu anel. Nos desentendemos. Ele se atirou em mim com tanto amor, tanto, tão apegado, tão próximo, que todos meus temores, todas minhas dúvidas sumiram. Eu disse que me sentia divorciada, como durante outros ciclos de sua morte sazonal. Pedi, implorei que me dissesse a verdade: Tudo estava mesmo certo entre nós? Mas como posso acreditar em Henry, se ontem desejei George com tanto ardor e hoje poderia me derreter de amor e de paixão por Henry?

Um grande alívio, a ausência de amor por George, sensualidade pura; um abrigo contra a dor. Como gosto das palavras de George, do flerte erótico, do jeito de fazer amor, da emotividade, do rosto móvel, feminino, e dos apaixonados olhos azuis.

Henry anda preocupado com a idade, com a velhice.

Estranho, o modo como dancei com George oito anos atrás e ele me encantou (o charme dele era proverbial no banco; a carreira amorosa, as mulheres que o perseguiam). Mas aquela faísca violenta que transforma o charme em desejo não veio.

Sinto que sofro mais com o medo de perder Henry quando o estou traindo. Acho que espero um castigo. Não sei. A noite. Procuro a noite para sentir, viver, para saber apenas através dos caminhos da noite, dos sentidos, das visões no fogo. Sempre que as criações afastam Henry de mim, mergulho na noite, na sensualidade, que vem sempre *depois* de um momento obscuro de dor (como em Nova York) em que sinto Henry como feito de areia, esponja, sem um núcleo, sem nada de sólido, um abismo, dissolução.

As noites de tortura em Nova York, a noite em que ele começou o livro sobre June, quando eu chorei: "Henry, me abrace, me abrace forte! Vai ser muito difícil lidar com isso. Amo você daquele modo absoluto, que você disse não existir mais. Acredito que você tenha se entregado a mim, como você escreveu na primeira vez em que fui a Nova York." Expus todos os meus sentimentos, como: "Hoje preciso ouvir de você que tudo está bem entre nós. Preciso que você me diga isso." Em vez de dizer, Henry me deu um beijo profundo e continuou a me beijar depois de me possuir – é assim que o amor começa.

3 de julho de 1936

Ah, meu diário, essa exuberância de vida! Todo o ciúme e a dor dissolvidos na riqueza de um viver sensual, do desejo por George. Eu e George dançando outra vez na inauguração da nova casa, dançando sob a luz opaca das lanternas de papel e ao som da música taitiana que os três taitianos tocam enquanto suas irmãs dançam. O Sena correndo, brilhando, os taitianos dançando e cantando, as paredes cor de laranja, a luz das lanternas, e Gonzalo tão magnífico – *le tigre qui rêve*.*

Gonzalo, índio inca, olhos de breu, um rosto lindo. Lembro de nosso primeiro encontro, do choque frente àquela beleza, escuridão, intensidade. Gonzalo, místico, sonhador, puro; *noblesse*, esplendor, qualidade, profundidade, raça. Gonzalo sussurrando enquanto dançamos: "Anaïs, Anaïs, você é tão forte, tão forte e tão frágil, tanta força! Tenho medo de você. Sou muito suscetível à sua influência. Tenho medo de você, Anaïs. A mais bela música que seu pai produziu foi a sua voz. É tão estranho, você é pura sensibilidade, a flor de tudo, a estilização, o perfume de todas as coisas – Anaïs, você é única."

Tudo isso em espanhol. Meu sangue ouve espanhol. Ouço o espanhol através de canais escuros, subterrâneos. Sempre esperei pelo espanhol como língua do amor. Para escutá-lo melhor, meu rosto lhe toca o rosto escuro, indígena, e desejo que Gonzalo me segure como George me segura no momento seguinte apenas para me sentir, para me apertar com ardor, e dançamos, os sexos grudados, quentes, abrasantes, dizendo: Abra suas pernas – Deus, como eu desejo você! Eu seria capaz de possuí-la aqui mesmo. Puta, puta; até que enfim, puta.

Mas dançar com Gonzalo é o sonho. Anaïs, você já deu com a cabeça mil vezes contra a realidade do mundo, já não vê mais a cidade, nem as casas, nem os homens como tais; vê mais longe.

"Anaïs, já conheci centenas de mulheres, mas nunca alguém como você..."

---

* "O tigre que sonha". Em francês no original. (N.T.)

Por que, Gonzalo, você não me segurou como George? Por que meu corpo vai sempre para um lado, enquanto os sonhos vão para o outro? Gonzalo, essa noite estou aqui sentada com seus olhos como a noite, uma noite sem luar. Estou vivendo na noite como a lua que sou, como o nome da lua que carrego, sentada aqui ao seu lado porque você me envolveu em sonhos. Tenho tanto medo de você quanto você de mim. Medo do sonho, do sonho me arrancar de George, com uma dança quente, lasciva, erótica, lábios vermelhos, olhos lânguidos. George com ciúmes de Gonzalo, sempre emotivo, erótico, George me beliscando, me segurando, sem ar, morto de desejo. Gonzalo também ciumento, intuitivo, me buscando, encontrando-me na dança com George no canto mais escuro, o Sena brilhando, correndo, as luzes rindo, as pessoas dançando, beijando-se nas sacadas. Allendy olhando, de Maigret, Henri Hunt, Marguerite Svalberg, homens, mulheres, belas mulheres, rostos macios e sensuais, ambiência sensual, todo mundo sensual, agradecendo a mim pela linda, linda festa, como as noites dos clubes noturnos, apenas a noite na sacada, poesia, Gonzalo, o leão orgulhoso.

No dia seguinte Henry parece diminuído, e com ele a dor constante da destruição que causa, porque agora sei que Henry destrói tudo o que ama, corrói. Se eu sou poesia e ilusão, como June era poesia e ilusão, ele corrói, corrói tudo com seu realismo, destrói, tem de destruir, de corroer. É muito sutil, não sei como acontece. Mais uma vez vivo sozinha, com Helba, Gonzalo, mais uma vez a ilusão, a poesia. Começo de novo a florescer – novas criações, uma capa branca que ostento enquanto a guerra ruge ao meu redor – é preciso mais poesia, cada vez mais.

Gonzalo. Desde o início, a voz dele me chamando. Quanta ternura naquela voz, quanto ardor! A primeira vez que nos encontramos ele disse a Henry: "Você tem uma esposa linda, maravilhosa". E eu senti medo, o medo que a beleza desperta. Minha casa como o interior de uma concha, com o branco-creme e o laranja claro, com a luminosidade. Com Gonzalo, tudo em silêncio; ele sente tudo o que sou, sem conversa, mas ondas e mais ondas de um saber místico. Sonhador. Sonhador. Foi para a cama com meu livro a seu lado, leu-o diversas vezes; como uma droga, disse ele, *The House of Incest*.

Círculos. Vinte anos em busca desse momento, esse momento em que me deito em uma cama de hotel em Cádiz sem um diário, porque o fluxo das águas envenenadas pelos arrependimentos e lembranças finalmente é contido. O diário como espelho, o diário como afirmação, o diário em vez de conversas, descansando agora como eu descanso na cama de um hotel em Cádiz sem ter o que ruminar, sem ter o que remoer. A vida passou como passei por Fez, sem deixar traços. O sol bate na água, meus olhos e minha boca estão abertos, meu corpo está aberto, e eu respiro e amo sem precisar dizer *estou respirando*, *estou amando*. Quando me flagraram nos porões escuros da catedral em minha infância, temi ficar presa entre as paredes de meus terrores; estava atada e coberta de bandagens pela ferida, uma múmia, por conta de um calvário de dúvidas que remontam a vinte anos atrás. Um longo círculo de luta contra um eu aleijado.

Há apenas prazer em um viver sensual, em amar a todos em vez de apenas a Ele. Gonzalo, você é Ele. O que vai querer de mim? Me senti grata no dia em que George me proporcionou uma embriaguez como a embriaguez da paixão. Gonzalo, será que você voltou para me lembrar do amor quando sou uma puta, quando cortei minhas saias, fiz uma nova jaquetinha de tecido marroquino, quando não desejo alcançar nada que não esteja ao meu alcance, nem a lua, nem as estrelas? Gonzalo, você me assombra. Em espanhol, você perguntou: "Você se misturaria com alguém que não tivesse o mesmo sangue?" Ele fala de sangue por causa das palavras em espanhol que trocamos.

5 de julho de 1936

UMA FESTA. UM ESTÚDIO. Os músicos taitianos. Muitas pessoas que não enxergo, não ouço. Gonzalo mais alto que eu, olhos escuros como cavernas infinitas, brilhantes, Gonzalo de braços morenos, dourados, nus, Gonzalo sussurrando em meu ouvido: "Anaïs, essa força que você representa, uma força espiritual e vital, envolta em mitos e lendas, como um chicote na minha pele – quando eu a vi, senti um choque, meu orgulho foi despertado, pela primeira vez me senti vivo, com vontade de *ser*, Anaïs."

Dançando juntos, mas sem sensualidade. Envolvidos, enfeitiçados pelo sonho. Peru. A *hacienda* de Gonzalo. A cultura indígena, as lendas, a distância entre as pessoas. A imensidão da natureza. A beleza de seu corpo, o cheiro dos cabelos. Abaixo do estúdio, no andar de baixo, tem um quarto. Quando desço, Gonzalo desce; somos impelidos, carregados, estamos cegos. Desço e ficamos nos olhando, enquanto digo que Hugh vai levar Helba até em casa (Helba tinha pedido que alguém a levasse). "Eu vou levá-la", disse Gonzalo, mas ele não se mexe e me olha. "Não vá", eu disse, e o magnetismo atrai, atrai as cabeças e os corpos. Eu digo: *"No se vaya, Gonzalo"*. Estamos muito próximos, e Gonzalo me encara e me beija, me beija. Silêncio. Subo as escadas correndo. Ele entra e abre os braços para dançar. A paixão escala, uma paixão com a leveza do sonho. Vamos até a sacada, na noite, nesta noite, nesta noite salpicada com um milhão de estrelas, como nos trópicos; estamos acima do rio, a noite, as estrelas, o estúdio atrás de nós, e nos beijamos ébrios de paixão, com ardor, com toda a alma, ele me aperta contra a parede, a paixão salpicada de luz e de estrelas, a paixão sangrando poesia, a paixão num êxtase de reconhecimento, os beijos que se intensificam, a cabeça dele cai, seus longos cílios em meus lábios, seus lábios, seu corpo, *mi chiquita, mi chiquita, dime cuando nos vemos.*

Uma vez eu havia pensado, no estúdio, quando ele me deixou depois de ter falado com a melodia das canções incas, falado como em um sonho, sem se mexer: Você vai ficar nos limites da noite, permanecer um sonho? Não vou deixar; haverá menos palavras, Gonzalo, seu corpo é eloquente, o sonho está intacto. Mas os beijos, os beijos como chuva e relâmpagos, beijos e olhos cheios de orgulho, dando-se as mãos, se abrindo, olhando as profundezas do corpo. Peguei o corpo dele, conquistei-o, conquistei-o como as mulheres sabem conquistar, abrindo, abrindo, elétrica, Anaïs, Anaïs, *chiquita mia*, *chiquita mia*, profundas as entranhas da noite e altaneiro o sonho acima do mundo, espessas as nuvens e leve o ar, pesado o rio que corre levando estrelas caídas, mitos e lendas, minerais e cáctus.

"Com a sua crueldade", ele disse, "com a sua crueldade você é capaz de me açoitar e me fazer agir com crueldade. Somos tão velhos que já não buscamos nosso alimento."

Sozinhos em meu apartamento, continuamos nos beijando durante o dia seguinte.

À noite, pelas ruas, nos beijando, nos cheirando. "Anaïs, você me deixa louco. Me sinto drogado. Como se eu estivesse saindo de uma casa de ópio, cego, drogado. Como sua boca me atrai e como você é linda, Anaïs; seus gestos são incríveis. Ver o jeito que você caminha me enleva. São necessários séculos para esculpir um corpo como o seu; você me obceca, me assombra – estou tão pleno de você que não consigo pensar em mais nada. Você conhece os sete círculos místicos – os sete círculos que devem ser atravessados para se chegar ao núcleo? Aos poucos estou chegando até você. Quero possuir a sua alma antes de possuir o seu corpo. Quero você toda para mim. Quando finalmente nos encontrarmos, será incrível."

Estou enfeitiçada por seu rosto escuro, pela veemência, pela poesia. Gonzalo cria ao caminhar, entre um beijo e outro, uma paixão abrasante, que ele intensifica – cheio de sutileza e crueldade – com a recusa. Gonzalo não me possui.

Caminhamos às cegas pela cidade feia. No meio da noite, sentamo-nos à beira do rio. Pela primeira vez sinto o desejo dele, mas também me impressiono. Lindo demais, exaltado demais. Estou impressionada: o mel escorre entre minhas pernas, mas o fogo queima nas alturas do céu. Embriagados pelos beijos, cambaleamos pelas ruas. Seu peito nu cor de bronze, a delicadeza da silhueta, sem ossos protuberantes, mas ainda assim esbelto, os cabelos negros cacheados com algumas mechas grisalhas, os olhos mais brilhantes que os de um árabe – intenso, hipnótico, animal; a boca delicada; a testa alta e nobre; majestade e nobreza, como um leão. É incrível para mim a força desse ardor físico, e a veemência de Gonzalo, a cabeça jogada para trás, a poesia escorrendo. Não consigo acreditar que ele é meu, não consigo acreditar em suas palavras – são belas demais, como os casamentos na Índia, em que o cortejo do amante dura dias, a aproximação à noiva é tão delicada.

Repleta, repleta de Gonzalo, sonhando, flutuando, drogada, fui até Henry, sem que o desejasse ver. Assim que pus os olhos nele foi como se nada tivesse acontecido. Henry, cheio de afeto, trabalhando, apaixonado, saindo às pressas para me encontrar enquanto eu fazia compras, porque havia começado a chover. Henry ao lado de uma escada me possuindo deliciosamente, colhendo o gozo de uma noite inteira beijando Gonzalo. Eu, insincera perante a exaltação, de volta à terra por alguns momentos, incapaz de me sentir completa, sentindo Gonzalo em mim. De qualquer modo, Henry pôde penetrar meu corpo e destruir o sonho por um instante.

Algumas horas mais tarde, encontro Gonzalo. Ele diz: "Telefonei à meia-noite, mas a empregada disse que você recém havia saído. Sinto que eu sabia aonde você estava indo, que você havia ido à Villa Seurat, que Miller tem um poder sensual sobre você. Ah, Anaïs, mas eu quero você toda para mim."

E as mentiras começam.

Ele agiu como Joaquim: o orgulho, a intransigência, a renúncia. Quando está com sede, põe um copo d'água diante de si, mas não bebe. "Juntos, temos um mundo a criar." Eu ansiava pela noite. Eis a noite, em Gonzalo e nas drogas. À medida que fala de modo desconexo e febril, sinto que ele tece a estranheza ao meu redor, perversões, e me sinto indefesa. Me sinto presa nesse jogo mágico de espera e da busca pelo êxtase. Ele é velho demais – é o que sempre diz – para viver de modo comum; velho demais, sutil demais para tentar alcançar o que deseja de modo direto. Ele me leva por caminhos escuros, me traz perfume, tortura, renúncia, furor.

*Carta para Eduardo**: Quanto a mim, posso dizer que esse homem, o homem mais nobre, mais magnífico, mais sério, dedicado e decidido, me salvou de uma vida comum, de virar uma prostituta. Ele tem minha alma inteira em suas mãos douradas. Me deixa em um estado de êxtase, como se eu estivesse comungando. Não quer meu corpo antes de possuir minha alma. Ele é sutil, profundo, intenso, e me ama como um louco, com uma loucura que eu nunca tinha visto antes, uma loucura mística sem risco algum à vida, por ser uma paixão mística e humana, do modo como a sinto. Não consigo escrever, pensar, comer nem dormir. Estou me transformando, me soerguendo.

Ele busca a Anaïs antiga, a Anaïs incomum, a Anaïs orgulhosa e pura. Luta contra Henry, contra a realidade, contra tudo o que violentou minha natureza. Quer que eu seja uma mulher passiva. Ele me domina, Eduardo. Esse homem da minha raça me domina.

Gonzalo, escrevo para estar com você, como quando o respiro, quando respiro seu hálito, sua pele, seus cabelos. No início eu não o via – não com os olhos da alma. Os olhos da minha alma estavam fechados, Gonzalo, quando você apareceu. Os homens tinham corpos. A vida era simples e física, desprovida de música. Você era mais belo que os outros. Mas eu não o via. Eu senti você de forma sombria, Gonzalo, para estar ao seu lado hoje à noite, ao lado de nossa loucura. Caminhando pelas ruas, nos beijando à luz do dia. O mundo destruído, acabado.

"Anaïs, você não conhecia a força espiritual que tem. Se eu pudesse ter você comigo aqui, hoje à noite, eu não a possuiria; não é assim que se penetra uma mulher como você. Quero penetrar os recônditos mais profundos da sua

---

* Em espanhol no original. (N.E.)

alma." Gonzalo, sempre quero lembrar dessas palavras, porque você falou a língua da minha alma; falou a nós duas.

"Anaïs, amei você desde o primeiro dia." Ainda no jardim em Louveciennes, ele disse: "Você ama Miller"; e era verdade, até a noite em que ficamos à margem do rio e eu olhei nos olhos dele, fundo naqueles olhos árabes, perguntando: O que dizem meus olhos, o que dizem meus olhos, agora?

Sem escrever, respirando as palavras vitais. Ele não me possuiria de modo simples, direto – seria uma profanação. Teceu uma teia de palavras, respirou, derramou magia, me beijou, me abraçou, fez o mel correr, me despiu, se ajoelhou diante de mim, me adorou, me rendeu homenagens, me encantou, mas não me possuiu.

Sozinha em Louveciennes, no quarto em Louveciennes, o fim de Louveciennes, Louveciennes morrendo no esplendor de uma nova paixão. Louveciennes morrendo, a madeira apodrecendo, a chuva caindo, os fantasmas estalando. O cheiro de velho, veludo vermelho puído; e Gonzalo, o indígena, ofuscante de tão belo, como um sonho da Espanha, da Arábia, com a cabeça entre minhas pernas, me adorando.

"Sua pele foi feita para mim. Seu corpo é o mais belo na face da Terra. Esse lugarzinho na base do seu nariz, o espaço entre seus olhos – eu incendiaria todos os museus do mundo por essa linha de beleza antiga. Cada gesto seu é repleto de beleza, cada linha do seu corpo. Anaïs, você me faz chorar de alegria. O calor da sua pele, a ternura, o ardor."*

Quando caminhei nua, Gonzalo ficou encantado. A noite inteira sonhamos, a noite inteira. Ele dormiu por uns instantes. Acordou desejoso, deslizou para dentro e então, com um gesto rápido, para fora de mim, afastando seu desejo, a febre escalando, palavras como carícias, carícias como palavras, como drogas. Mais uma vez o desejo dele, a renúncia, a febre, o sonho, o êxtase.

Gonzalo acabou com minhas falsas atribuições, com o dever amoroso ativo que Henry me exigia. Seu instinto de

---

* Grande parte deste trecho está em espanhol no original. O texto alterna livremente entre espanhol e inglês. (N.E.)

amante espanhol é contrário à atividade feminina. Chorei de alegria, compreendi num instante. Reencontrei tudo o que eu era antes de Henry, a passividade, a entrega. Chorei de alegria com as sutilezas dele, tudo o que estava perdido na minha vida com Henry, a voluptuosidade do sonho ascendente – fumaça e fogo, agora dois amantes, não mais eu, a amante; dois amantes que se correspondem.

Fecho os olhos e vejo os olhos dele, intensos e visionários. Anaïs, esta é você, estamos na catedral de Notre-Dame, o orgão está soando, eu choro, nuvens púrpuras caem dos vitrais. Estou em busca de *você*, anjo e demônio. Na escuridão nos beijamos, o rosto dele um sonho materializado, tão grave, a boca tão delicada.

Que sangue é esse que ele põe a ferver? O sangue antigo da raça, o sangue do passado, o orgulho de Papai, a *noblesse* de Joaquim, a beleza da majestade. O que é isso que ele põe a ferver? Minha alma, meu Deus, minha pureza, e o mel começa a correr. Em Louveciennes eu disse que por três dias o mel vinha escorrendo, e Gonzalo ficou tão encantado que ri até hoje ao lembrar, *mi vasito de miel*, do mel que ele não bebe. Agora entendi e estou provando da espera, do aprofundamento – não conseguimos ficar um dia sem nos ver, mas estamos passando por uma espécie de purificação pelo fogo, através dos sete círculos mágicos, até chegar ao centro de nosso ser, viajando sem pressa, de modo insólito. Falando pouco em meio à embriaguez do nosso amor, respirando os cabelos um do outro, cheirando a pele.

"Como você preenche minha vida, Anaïs! Aquela noite foi uma noite de amor, a mais bela de toda minha vida. Quero ver você viver. Você é um prodígio, *mi chiquita*. Seu corpo, um mistério insondável. Você sabe como instilar paixão. Não consigo pensar, escrever nem comer. Uma embriaguez forte demais, *chiquita*. Estou caindo. Não consigo pensar em nada além de você." A voz dele, a voz dele é grave, encorpada, escura, exuberante. A pele lisa como a dos índios, os gestos ligeiros, a testa alta, o cacho negro e pesado atrás de sua orelha provoca uma tempestade de desejo em mim. O pescoço liso, o peito bronzeado, a cabeça leonina. A bondade e a nobreza, o raciocínio rápido, vivo, ardente.

Escrevendo para inspirá-lo. Uma sensação de fatalidade, de extremo; um medo que jamais sobreviera, de que agora, agora era loucura. Loucura beijarmo-nos naquela sacada onde Hugh ou Helba poderiam ter nos visto, e os outros também. Loucura dançar sempre com ele, conversar. Sinto o cheiro de Gonzalo em meus dedos. Sua pele, enquanto ele, ébrio, cheirava meu corpo na catedral, junto com o incenso. Clamei por essa nudez, essa exposição total, por essa vida humana, o labirinto da minha vida refeito em busca de raízes, no incenso.

Que loucura! Onde vamos parar? Eu não tinha medo de nada enquanto eu era a amante, a que tinha os olhos abertos, visionários, mas agora que há dois pares de olhos queimando, que há dois de nós entoando cânticos, cheirando, venerando, com palavras, preces, com sexo e visão, com corpo e com sonhos, onde vamos parar? Onde?

Carta para Mamãe: Posso soar um pouco louca, mas é só porque estou feliz. Ontem à tarde estive em Notre-Dame e ouvi as vésperas. Chorei e reencontrei minha velha alma. Não sei onde eu estava. Uma vez eu a tinha encontrado no hospital, como você lembra. Ontem encontrei-a de novo. Eu estava lá na igreja e chorei, mas hoje me sinto feliz. Tudo está tão bem, estamos quietos, eu e Hugh, a casa é doce, o gato é divertido, temos bicicletas e logo vamos dar outro passeio no campo, mas não bate sol, é frio, e foi por isso que não conseguimos alugar Louveciennes, não aconteceu nada. Amanhã vou pagar o seu aluguel, e mostre essa carta para Joaquim, porque também é para ele, é o que estão chamando de estilo moderno de escrever, com todas as frases assim, juntas, estou escrevendo assim para que você ache graça, porque você gosta tanto do surrealismo. Espero que Alida tenha gostado do meu livro, você também vai gostar dele, um dia, não sei quando, assim que você perceber que tudo não passa de um sonho e que sonhos são necessários à vida, e você sabe que nem todos os nossos sonhos são sagrados, não é mesmo, você teve uns que não foram lá muito sagrados, nossos sonhos não são sagrados mas isso não machuca nem muda nossa alma fundamental, talvez um dia você acredite tanto na minha alma fundamental a ponto de não se importar com meus pequenos devaneios, você não vai franzir a testa, vai apenas me escutar e sorrir do jeito que imagino você sorrindo e escutando quando está longe, eu nunca imagino você brava ou contrariada por minha causa, nem desiludida, quando você está longe tudo fica doce e do mesmo jeito que era antes e sempre que eu me devotava a você, como você se devotava aos filhos, e essa devoção permaneceu ainda que minha vida tenha se partido e eu hoje viva com Hugh, só que você não acreditava muito nisso e meio que me afastou de você, censurando-me por coisas que fiz e eram diferentes das coisas que eu fazia quando garotinha, mas o fundamental, *Mamacita*, é que nada mudou, quem é bom não muda nunca, amo você demais.

14 de julho de 1936

AMO O MUNDO INTEIRO, amo toda a Terra, todos os homens do mundo – essa é minha paixão e minha morte, rumo à escuridão com Gonzalo, a escuridão, lutando contra a posse e a invasão, vendo toda minha vida em um átimo, com pequenos fragmentos de mim caindo das mãos dele e ansiando pela volta a Henry.

Eu e Henry sentados juntos, depois de eu ter lido 78 páginas de seu livro, onde ele afirma a mais trágica das verdades: "A vida não me interessa – o que me interessa é o que estou fazendo no momento (este livro), que é algo paralelo à vida, feito com a vida, mas que ainda assim a ultrapassa... Com a fé de June, tal como estava, eu teria me tornado um deus."

Agora que Henry a perdeu, ele a ama com palavras; quando June estava a seu lado ele odiava tudo o que ela era, destruía, atacava, tal como lança mão da insídia para me diminuir com uma ausência de adoração, com um não apegar-se; não existe um ato de amor no presente, apenas uma protelação, uma perda.

Eu disse: "Henry, tenho me afastado de você. Senti a proximidade da morte quando você começou a desromantizar nosso relacionamento. Era um amor muito grande, e não o desejo menor. Tem algo em você que talvez não seja incapaz de amar, mas que destrói o objeto desse amor. Eu sabia e achei que poderia ser mais forte, mas você me machucou. Só há pouco voltei a viver, a recuperar minhas forças – tudo o que perdi ao ser amada. Na vida, encontrei o que você me negou, algo sutil demais para definir – uma morte que você espalhou amando sempre em segundo plano, em outro lugar, não sendo completo."

Nem ao escrever sobre June Henry consegue ser fiel àquela paixão; ele se espalha e se perde em outras mulheres, outros desejos, como um rio largo demais. Na verdade Henry nunca a amou na vida, no presente, na realidade – apenas na dor e na perda. A verdade é pungente demais, e todas as perversões de nosso amor me sufocam, meu próprio sofrimento, minhas concessões, meu perdão, minha fé, minha entrega, e Henry negativo, passivo, irreal, e real apenas nas coisas prosaicas, enquanto eu desisto da poesia, busco-a em outro lugar e lamento a falta dela em Henry. Henry não tem alma, ainda que duas mulheres tenham lhe dado as suas. Não sei.

Ficamos sentados em silêncio até que Henry disse: "Sei que tem algo de muito errado comigo, alguma perversão".

Somos eu e June, falando através do sepulcro em que ele transforma o momento presente, quando se exige a paixão, e eu e June saímos em busca do amor em outro lugar e choramos por um Henry não nascido, o amante por escrito, o poeta clamando por nós apenas depois de morrermos.

Ficamos sentados em silêncio até que uma lágrima rolou pelo meu rosto, uma lágrima azul, por causa da maquiagem azul nos cílios, uma lágrima azul pela exaustão do meu sofrimento, minha solidão com Henry. "Uma lágrima azul, que estranho", eu disse. "Veja. Não vamos ficar tristes. Não sei se esse é o fim. Eu amo você, Henry, mas estou me afastando para reconstruir meus sonhos e a mim mesma, coisas que perdi; êxtase. Me escreva, cuide do Sonho. É lá que estou, sorridente. E não vamos ficar tristes; talvez meu poder seja maior que o seu, o seu, que é a morte da vida. Estou me afastando para encontrar a vida que você corrói com seus ódios, recusas e renúncias."

Fiquei no alto das escadas. Henry dava risadas histéricas. Henry, louco. Henry quebrado. Henry fragmentado, virado em cortes, perdas, dispersões, risadas, e então me segurando, me beijando. Não, eu morri para você, Henry, Gonzalo me espera. Ele sabe que passei a tarde com Henry. Sou eu quem conto, cheia de insídia e crueldade, porque o amo um momento, um grau, um suspiro a menos do que ele me ama. Henry me beija e caio na água, na escuridão, na dissolução, a dissolução de Henry, na água, no desejo, caio, ele me leva até o sofá, tomado pelo desejo, incapaz de amar, desejoso, o sexo quente e rígido, é assim que ele ama, mas eu estou pensando em Gonzalo que me espera e não reajo, não me mexo.

Gonzalo quase se ajoelha ao me ver: "Anaïs!". Quase se ajoelha, quebrado como está pela angústia e pelo ciúme. E eu, estilhaçada. Ah, Gonzalo, me faça completa! Um pedaço de mim continua clamando pelo que não foi realizado com Henry, pelo que Henry não foi e que você divinamente é.

Não pudemos ficar sozinhos – tivemos de ficar com os outros, e foi uma tortura, o desejo de nos tocarmos, eu sentia seu magnetismo, seus olhos me davam vertigem. Não consegui comer. Eu estava doente de desejo, e porque meus brincos coral brilharam, porque olhei com ternura para Pita, para "Puck", como o chamo, a fim de não olhar para Gonzalo na frente de Hugh e de Helba, e porque Pita, quando saímos, segurou meu braço e me fez dançar tão leve pelas ruas, Gonzalo nos deixou, sombrio e com raiva, e passou a noite toda bebendo enquanto eu ansiava e esperava por ele. Se torturou sem motivo, me odiou, não quis que ninguém me tocasse, ninguém me visse.

Apressei-me a vê-lo hoje pela manhã. Gonzalo, será que você tem a força para me tornar completa para você? Rank fracassou, muitos outros fracassaram.

No âmago da dor Gonzalo diz: "Ande para eu ver, me deixe ver você andar".

"¡Que agonia, chiquita!" Ele fala sobre renúncia, dor. Será que toda paixão é sofrimento, possessão, ciúme? Gonzalo fica chocado com minha indiferença, minhas blasfêmias; nos deitamos na cama de Joaquim, tudo para mim é amor, o amor é um só, Joaquim, Papai, Henry, amor, sexo, pureza, o sonho, tudo um só e o mesmo fogo, o mesmo calor abrasador, o mesmo desespero.

Eu e June achávamos que ninguém podia nos afastar de Henry. Se Henry houvesse nos prendido, cercado, se Henry houvesse andado pelas ruas gritando "Anaïs, sua voz me envolve, me afogo nela; fale para que eu ouça você, mexa a cabeça, ria! Ah, Anaïs, eu luto contra sua voz, mas ela me derruba." Se Henry houvesse afastado os outros homens, se ajoelhado, adorado, defendido – mas ele corre como água e areia: "Nunca me importei o bastante, a vida ficava mais sofrida, então eu não dava a mínima". Só exaltava seu amor quando o torturávamos, e agora preciso torturar Gonzalo. Ele está clamando por isso – me cria, inventa para mim o que devo fazer.

Antes do meu encontro com Henry ele sofreu, e assim fui impelida a ver Henry e a fazer com que Gonzalo soubesse a hora exata do encontro, e diante do sofrimento dele eu tinha vontade de rir, a sensação de um demônio estar me guiando, de casas queimando, carne envenenada. Ele é maculado, tortuoso – e foi aí que não pude confiar nele, as alegrias, todas as nossas alegrias distorceram-se em um sofrimento agudo, na espera, nas carícias, no desejo renegado, no labirinto, nos clarões intermitentes – eu e Gonzalo caminhando na ponte, o vento soprando meus cabelos, Gonzalo em êxtase, Gonzalo observando a brancura do meu rosto na penumbra, Gonzalo em busca de tudo o que eu era antes de Henry aparecer, as sutilezas que conduzem ao claro, simples e sensual mundo febril em que mergulhei, com George Turner, antes de Gonzalo.

Mas a força sensual está em mim; tenho sonhos eróticos, sonho com o contrário da minha vida com Gonzalo. Sonho que homens enormes me possuem, que gozo muitas vezes; sonho com bestialidade e desperto com o gosto de Gonzalo em meus lábios, desejando-o; o universo da carne parece infinitamente belo porque o estou deixando para trás rápido demais, nas asas da pele bronzeada de Gonzalo.

A vida, um sonho, um pesadelo, uma dança, um fogo e uma morte, vida e morte, eu e Gonzalo nos beijamos em um frenesi de desejo – "Anaïs, nunca amei desse jeito antes, é como uma ferida" – e eu e Henry estamos deitados no escuro, sem desejo, eu chorando histérica – algo entre nós morreu. "Não consigo viver sem paixão, Henry. Me ajude a me afastar de você. Prometo cuidar de você para sempre." Henry atônito e mudo. Eu e Henry caminhando e Henry dizendo com voz quebrada: "Você é a única. Achei que você era a mãe, só que é mais do que isso. A vida não faz mais sentido desde que você me falou de Gonzalo – estou vivendo um pesadelo – existe algo tão forte, algo eterno."

Henry usando a palavra *eterno!* Quase ri. Henry usando a palavra *eterno*, e o anel de Henry longe do meu dedo, desde a noite em que eu e Gonzalo nos sentamos às margens do rio. Eu e Henry nos beijando sem desejo, mas com um amor que envenena minhas alegrias, um amor moribundo que atravessa meu sonho com Gonzalo.

Eu e Gonzalo caminhamos, ébrios, nos beijando, pela Rue de la Gaitée, na qual vi o hotel aonde fui pela primeira vez com Henry, e caminho sozinha chorando a morte de nossa paixão, e quando vejo Gonzalo todo o meu ser estremece ao perceber o quanto nos aproximamos, o quanto estamos perdidos, Gonzalo bebendo, destruído por uma mulher que não amou, à deriva, e eu negando minha identidade e vivendo o sonho, colidindo corpos, meros corpos em um mundo quente e sensual de solidão absoluta.

Como levamos longe o mistério; as carícias precedem as palavras, e agora acordamos do torpor de nossos beijos, ouvimos a voz um do outro tal como sonhávamos com a alma um do outro, e eu não consigo acreditar, não consigo acreditar nessa colisão espiritual, a risada e a sabedoria que o corpo divino de Gonzalo encerra, as frases inacabadas de Gonzalo me penetrando com tanta sutileza, tanta volúpia. Gonzalo, o virtuose das palavras, atingindo todos os múltiplos pontos da sensibilidade, as nuances, os sentidos, a música, a concepção e o entendimento que ele tem de mim antes das dissonâncias, a aversão às dissonâncias, o sonho reinstaurado.

Estamos deitados diante da porta de Roger. Roger não está em casa. Estamos deitados na soleira da porta, esperando, no escuro. Gonzalo me beija com ardor e eu me deito para trás, como me deitava quando Henry pedia, e, como Henry pedia, estendo a mão para desabotoar-lhe as calças, mas ele se afastou, ofendido. No sexo, Gonzalo é um homem voluntarioso, orgulhoso, dominante; quando ele quiser, vai colocar minha mão lá, e lembro-me dos esforços que fiz, das violações, tudo para agradar a Henry. Eu tinha de ser a amante. Agora o amante é Gonzalo. Gonzalo me conduz, manda, ordena, cria, corteja, venera; tenho de ser orgulhosa e receber. *Tenho de ser.* Ele se doa, criando; determina as pausas, os desvios, os desvios sutis que expandiram nosso sonho, criaram a lenda, a noite lendária, as profundezas, as profundezas.

Choro de alegria. "Anaïs, seu orgulho! Quero seu orgulho, o orgulho em você, que despertou o meu." Eu também me profanei, me violentei. Eu tinha o *pudeur** maravilhoso de Gonzalo. Ainda não vi seu corpo inteiro e, tal como as frases inacabadas, o mistério permanece em suspenso, e a música nos enleva ao êxtase, a noites de êxtase, à expansão infinita, a flores que se abrem sem que pétalas caiam, silêncios, além do belo rosto antigo, do rosto de séculos de poesia, existe um mundo, um mundo imenso, como o mundo que trago dentro de mim, feito de cores berrantes. *"Quiero vivir, que impulso de vida me das, no sabes lo que eres para mi."* Ele cai em poços de tristeza, *"Porque te quiero demasiado, chiquita.* Te amo demais."

Nós dois padecemos com o sofrimento amoroso, com a dor, sim, com a febre que nos consome, o langor e o desejo, o desejo insaciável, tão funda a ferida da penetração, o modo como ele me envolveu, me afinou – um grande músico, esperando o perfume, o momento, a música.

Cansaço. Me curvei diante do maravilhoso. Há momentos em que não consigo acreditar. Olhando o rosto dele contra o céu enquanto caminhávamos, escutando-o, não consegui acreditar. Estou sonhando. Estou sonhando esse rosto, esse corpo – e por trás do rosto, do corpo, um conhecimento, uma

---

* "Pudor". Em francês no original. (N.T.)

sutileza, um sonho da alma e do espírito, uma textura delicada, poesia e música, fervor.

Um ardor maior que o de Henry ou o de Papai, uma ternura apaixonada, a fusão do sentimento, do amor profundo, da vibração e sensualidade, todos parte do amor. "Que magia, Anaïs. Me perco em você, nos seus olhos, no seu corpo lindo, tão lindo, sua testa tão pura, os olhos impuros, o rosto, o rosto de mulher espanhola da Antiguidade, a bela linha dos ombros e o jeito de mexer a cabeça. Há duas maneiras de mexer a cabeça à moda espanhola; uma é o jeito comum, das garotas de Madri, que me desagrada. A outra é o jeito que você mexe a sua cabeça, orgulhosa."*

21 de julho de 1936

QUEIMANDO COMO TOCHAS. Noites em claro. Sem sono, abraços voluptuosos. Ele só me possuiu algumas noites atrás, sábado, na cama de Joaquim, depois de nos deixar excitados e de negar-nos o clímax várias vezes, a noite toda.

Alegrias transpassadas pela dor que sinto em relação a Henry. A fé e o sofrimento de Henry. Henry ainda com seu anel, dizendo: "Não tenho medo. Nosso relacionamento é maior que tudo, é eterno". E no escuro eu dissera: "Eu e Gonzalo nos amamos". Mas quando ele começou a sofrer, a ficar pálido, com os olhos azuis cansados, a boca desfigurada, a voz quebrada, comecei a me retrair: eu não havia me entregado. Estava esperando. Achei que o laço físico se rompera entre mim e Henry. Passamos dias sofrendo com a ideia da separação. Hoje, com a voz quebrada, Henry disse que queria acreditar nesse laço inquebrantável entre nós dois, que havíamos tentado nos dar liberdade, mas que era difícil. Ah, difícil demais. Ele também sentira ciúmes, mas não quis destruir nosso relacionamento, como eu também tentei preservá-lo. Nesse momento Henry está sofrendo, ao passo que eu aceitei o que ele admitiu honestamente como sendo infidelidades superficiais.

---

* Em espanhol no original. (N.E.)

Ver Henry caminhando em minha direção me joga de volta ao útero, com imensa ternura, mas não sinto desejo sexual por ele. Era como uma paixão maternal sensualizada. Não é o que sinto por Gonzalo. Ele é um homem para mim, meu par. Não sei. Talvez um irmão gêmeo. Gonzalo deixa as frases inacabadas porque eu sei. Ele é o sonho que expresso apenas por escrito. Ele vê, respira, fala, vive o sonho. Que tortura esse ardor que ele não deixa tornar-se sensual; cada carícia é uma mensagem, cada beijo, uma comunhão – e as posses resultam das faíscas do conhecimento. ¡Quiero sublimar todo, subir!

Ascensão. Meu corpo está destruído, em chamas, sem saúde nem paz, mas nas alturas vertiginosas da emoção.

Noite passada, a noite toda o mel correu. O amor e a seriedade e a profundidade nos olhos dele me fizeram parar, perplexa. Gonzalo, eu nunca senti isso que estou sentindo por ninguém. Não é o ardor do instinto, mas uma espécie de furor místico; nossos corpos vibram sob essa influência, vibram, vibram, queimam, se derretem. Um derramamento de amor, de amor terno, tal como nunca vi. Ele abrasa minha pele com seus beijos. Ficamos deitados por horas, em um sonho macio de beijos e de uma introspecção misteriosa. Gonzalo lembra de cada cena, cada palavra, cada humor em nossos encontros.

Separamo-nos ao amanhecer, exaustos, famintos. Dormi apenas uma hora e meia, pensando que eu estava cansada demais para sentir o que quer que fosse, mas quando me separei de Henry às três e meia (não consegui responder a suas carícias – evitei-as) eu estava tomada de fome e de sede e fiquei impaciente. Gonzalo havia implorado para me ver. Nos atiramos nos braços um do outro como se não nos víssemos há dias. "Estou louco", ele disse. "Estou louco." E fecha os olhos, dissolve-se em mim. Somos como uma droga um para o outro. Ficamos muito tristes ao acordar.

Toda minha vida parou. As cartas permanecem sem resposta, meus vestidos estão rasgados, o *House of Incest* está jogado às traças, os amigos estão esquecidos, a análise, jogada ao mar – a vida é um veneno confortante, a mente torna-se inativa. *"Yo persigo lo irreel"*, disse Gonzalo. "Busco o irreal." Estou de volta a meu *habitat* natural: o irreal, mas não a doença.

O intelecto dele, as sutilezas, revelam-se cada vez mais por detrás do rosto sonhador e pensativo. Aristocrático, boêmio. Quando o longo cabelo está penteado e ele caminha, altaneiro, Gonzalo parece um rei. De cabelo solto, beijando-me com ardor, parece um indígena. Uma sacralidade obscura queima em seus olhos. A pele, o sexo estranho, tão escuros. Seu *pudeur* – nunca mostra o corpo desnudo, nunca me deixa tocá-lo, possuí-lo. A ternura quando cortei o dedo do pé; fez uma bandagem, lavou o corte. O mesmo dedo sangrando diante de um Henry impassível, inerte.

Hoje pedi a Henry: "Quando você fica assim tão passivo, tão negativo, você não é sincero nem com você mesmo".

"Tenho sentido nojo da minha incapacidade perante a vida", respondeu Henry. Ele fala sobre como June destruiu sua fé e causou-lhe um choque terrível: "Agora, quando me deparo com a dor, fico paralisado, não consigo agir". Quando Henry achou que tinha me perdido para Gonzalo, tudo o que fez foi permanecer em silêncio no escuro.

Vejo que, quando eu o machuco, Henry perde as forças, a fé em si mesmo, e parece um imperativo maior ter de recriá-las – então instintivamente eu as recrio e pergunto a mim mesma: O que vou fazer? Tenho apenas três noites e prometi a Gonzalo não ir para a Villa Seurat, e prometi a Henry que iria, e ninguém vai entender que o amor-compaixão para mim é tão forte quanto o amor-paixão.

Para Gonzalo, não menti. Ele é intuitivo demais. Eu lhe disse: "Minha paixão por Henry morreu". Disse isso toda vez que vi Henry.

Ao mesmo tempo, a paixão por Gonzalo me enleva de um modo tão absoluto que provoca uma sensibilidade histérica e uma consciência de todos meus amores, me põe em sintonia sensual com todo mundo, e ao mesmo tempo me deixa mais isolada e mais orgulhosa no sonho (pobre George, ele caiu! Pertencia ao mundo comum), mas o poço de amor, solidariedade, flui mais fundo, transborda. Estou plena demais. Preciso me doar. E não é infidelidade a Gonzalo; Deus, não sei. É o que escorre das minhas colisões íntimas, interiores, individuais, algo que transcende o pessoal e a dualidade que se derrama sobre o mundo; uma abundância, a música e o amor que transbordam depois dos encontros com Gonzalo, quando encostamos nossos corpos e mentes ardorosos, com halos atrás de nós, ao nosso redor, e faíscas precipitando-se sobre todos os outros, sobre Hugh e Henry.

O rosto de Gonzalo. A noite se aproxima, a noite em que posso me enterrar nele, no sono e nas ligações secretas. Como amo sua tristeza, seu jeito pensativo, os repentes de seu humor! O jeito calmo e matreiro de acalmar os ciúmes de Helba. Houve um momento em que Helba quis me matar. Gonzalo ficou em pânico. Falava com a voz quebrada: "Anaïs, temo tanto por você! Ah, Anaïs, *mi chiquita!*"

Ele sonha com a Espanha, onde as paredes, as convenções, os costumes e as leis teriam feito nossos encontros mais difíceis. Sonha com caminhos tortuosos, renúncias; o caminho direto é criminoso, e ele se surpreende que eu, com toda a liberdade que tive, tenha guardado o fervor medieval, o fervor das vidas secretas, contidas, inibidas, um fervor derramado e disperso na vida moderna. Essas correntes sucessivas de beijos com Gonzalo, o rosto dele contra as estrelas ou contra a parede de um café... Gonzalo. Hinos de amor ao amante dos amores, o amante dos sonhos das mulheres, possuído pelo amor, incapaz de dormir, de repousar, tenso por causa da consciência, do medo da perda, do ciúme, da devoção. Escrevendo para mim como um ato de amor, uma carícia; a forma de seu corpo, feminino na maciez e no contorno; quando me aproximo, seus olhos ficam muito penetrantes e visionários, mas cegos de emoção.

23 de julho de 1936

O FLUXO ME CONDUZ, e ele grita em agonia, porque vi Henry: "Preciso que você seja só minha. Não tive forças suficientes para arrancar você de sua vida; as correntes que a prendem são pesadas – sua caridade e sua compaixão." O ciúme é para ele um suplício obscuro, desproporcional; Gonzalo distorce a sensualidade, não obedece ao desejo ardente; deixa-o queimar e morrer, volta por caminhos tortuosos quando estou quieta e tranquila, não consegue ostentar sua nudez com orgulho, com naturalidade – apenas o instinto ao despertar queima puro, mas tenso; e minha naturalidade se fragmenta, não posso responder, o mel se desperdiça, a noite se enche de pensamentos; ele busca a noite, em nome da sensualidade enleva o sonho também, o sonho que não consegue ver; e assim a paixão não vem como um jorro, uma fusão, mas como uma luta e uma busca, banhadas em ciúmes obscuros e poderosos; a marca roxa em minha perna o pôs desesperado. A noite que passei com Henry, Gonzalo estava mergulhado em tristeza. Telefonei para ele: "Não sofra, Gonzalo". Depois ele disse: "Sofrer foi bom; me purificou. Anaïs, eu anseio pela sublimação."

Toda a doçura da terra me chama, me convida. Henry adentra o mel com tanta simplicidade, frui a paixão da carne túrgida; o ventre palpita com o ritmo, com a vida, natural como a respiração, a carne imóvel e exuberante, o sonho que nasce da realização, não da resistência monástica de Gonzalo, de punições e renúncias; o sonho que nasce da simplicidade – e eu o vejo por inteiro, me rasgando, rasgando o céu e a terra.

Gonzalo e sua sede por perigo, morte, heroísmo. Sua energia nasce das noites que passamos juntos, e ele deseja revoluções, comunismo, ação. Nascido rei do mundo, Gonzalo não deseja a criação, mas o drama. Gonzalo, irei com você à Espanha, então. Vou realizar minhas obsessões antigas por Joana d'Arc. Vou morrer em meio ao sangue e ao drama com você; mas estou triste e, no meio da noite, enquanto falo sobre Papai, digo: "Quero grandeza sim", e Gonzalo diz: "Foi heroico; não faltou heroísmo na sua vida."

Fecho as cortinas do apartamento. Detesto a luz do dia. Me deito para inalar o ópio das palavras, dos olhos, da febre e dos sentimentos de Gonzalo. Ele atira o comunismo em meus sonhos, e a princípio não entendi, me senti ferida por ser jogada de volta ao holocausto, por ver a vida se exaurir, por ser arrancada à doçura da vida sensual, por ser aproveitada. Mais uma vez, alegrias amargas, sacrifícios, comunhão, pecado, confissão, sacrilégio.

Será que consigo trazê-lo até mim?

Me aproximo dançando, com uma alegria que não queima no meio das pernas; o mundo perde sangue, os feixes de gravetos estão empilhados para Joana d'Arc, para Gonzalo, deus de uma terrível grandeza, a quem a vida não basta, a vida comum, o deus que vive além das carícias, além do homem e da mulher, que vive para negar a vida e reafirmar Cristo. Sinto um gosto de pão católico destilado nos lábios; onde está o pão massudo e quente dos trabalhadores, que Henry me dava? Deitada ao lado de Henry, carinhosa, envenenada pelos voos celestes com Gonzalo, agitada, febre de grandes espaços, de outros êxtases imensuráveis – nascer e morrer na carne!

"No mires a nadie. Não olhe para ninguém mais além de mim", diz Gonzalo. "Não deixe mais ninguém abrir os botõezinhos da sua jaqueta vermelha. Seja toda minha." Mas este é o momento que escolhi para me apaixonar pelo mundo, quando a morte dos revolucionários na Espanha me fere como a morte da carne amada, quando sinto todos os meus sentidos vibrarem diante dos corpos e rostos que vejo na rua; este é o momento em que estou mais sensível e aberta a cada folha, nuvem, brisa, aos olhares que me rodeiam, aos corpos, o momento em que vejo a beleza de Pita em todo o seu esplendor, a delicadeza da pele de Henry, a poesia de [Conrad] Moricand, a pureza adolescente de Hugh, o momento em que me dissolvo cheia de paixão e de ternura além de Gonzalo.

Ficando mais leve e mais pura, caminhando desinteressada, como ao lado de June, caminhando sem chapéu, sem *lingerie*, sem meias, caminhando pobre para melhor sentir a realidade, para estar mais próxima, menos envolvida, menos protegida, mais purificada, abandonando as pessoas de quem não gosto de verdade, as mentiras, as aparências, a continuidade.

Desejo de ser pobre. Dando tudo o que tenho, o vestido que adoro, as joias, o dinheiro, dando porque recebo, porque me enriquecem, fecundam, machucam, possuem, e abençoo o Deus que permitiu que um homem viesse, tomasse, me permitisse viver, beijar, ser inundada, cortejada, queimada, destruída, que permitiu que eu vivesse. Me sinto grata, muito grata.

A uma pessoa amiga: Não estou alheia ao drama político atual, como você pensa, mas ainda não assumi nenhuma posição porque, para mim, toda forma de política é uma coisa podre, uma podridão baseada na economia, não em ideais. Não há remédio para o sofrimento do mundo, exceto na esfera individual. Como me doo na esfera individual, não tenho necessidade de me engajar a um movimento. Mas agora o drama se desenrola. A Espanha sangra. Sinto-me tentada a lutar pela minha causa. Mas permaneço do lado de fora, à força, porque não encontro um líder em quem confiar nem por quem morrer; vejo apenas traição e horror, sem ideais, sem heroísmo, sem autossacrifício. Se eu visse um comunista que fosse um grande homem, um homem, um ser humano, eu poderia servir, lutar, morrer. Mas enquanto não o vejo, cumpro meus deveres em um pequeno círculo e aguardo. As pessoas dariam cabo de mim por causa da minha posição ("matem todos que têm unhas limpas", é o que dizem na Espanha) e do meu autossacrifício também. E junto com os perfumes, as unhas limpas, as catedrais, as peles e os castelos, a poesia também desaparecerá. Não era o rei que nós valorizávamos, mas o símbolo da liderança. Agora estamos sem líder, sem cerimônias, sem rituais, sem incenso, sem poesia. É apenas uma luta por pão. Como estamos pobres!

25 de julho de 1936

UMA NOITE DESSAS EU DORMI lendo o que eu havia escrito sobre Gonzalo para reviver e saborear tudo aquilo mais uma vez.

Não consigo acordar do sonho. Do ópio. Quando nos vemos, começamos a correr na direção um do outro. Ele vem lá de Denfert-Rochereau só para passar meia hora me beijando. Passo pelo estúdio na Rue Schoelcher, onde outrora fui tão infeliz, passo por lá com Gonzalo. Andamos pela rua nos abraçando, nos beijando. O mistério. Falamos tão pouco!

Ontem à noite saí com Hugh e às onze e meia eu disse: "Preciso ir agora; tenho que aparecer em uma festa por causa do meu livro." Hugh aceita, mas insiste em me levar. Dou o endereço de Colette. Subo a ruela estreita e me escondo no vão de uma porta até que Hugh vá embora. Aguardo alguns minutos, com o coração palpitando. E se ele estivesse espiando na esquina, me seguisse pela ruazinha escura atrás da Villa Seurat, ao longo da Rue des Artistes, e me visse parar diante do número dez, visse a luz acesa no estúdio de Roger, visse Gonzalo na janela?

Caminho depressa. Gonzalo gosta desses descuidos, da minha ousadia, dos riscos que corro. Ele me espera no alto da escada. Meia-noite. Fogo em seus olhos, tortura. Eu estava mesmo com Hugh? Não foi outra pessoa que me trouxe? Vim da Villa Seurat? Atiramos o colchão no piso, atrás de uma cortina, "como em uma casa de ópio", disse ele, e noite passada consegui trazê-lo até mim, libertar o tigre, sensualizar Gonzalo. Quando eu estava de pé, ao amanhecer, penteando meus cabelos, ele me puxou de volta e me possuiu – durante a noite, derramou sua paixão dentro de mim três vezes. "Que diferente fazer com você", gritou; "Ah, o que sinto com você, *chiquita!* Por que tantas vezes eu imagino você aos doze anos? Por causa do amor que tenho por criar as pessoas (Gonzalo criou Helba). Penso no seu início, em você antes dos Estados Unidos. Eu teria mais intimidade com você. Acredito em amor exclusivo, *chiquita*. Preciso saber que você é só minha. Não tenho como dividir você com ninguém. Nunca amei assim. Aos doze anos, você era mais espanhola."

Gonzalo viu os católicos açoitarem-se até despertar um frenesi incontrolável no Peru. Ele deseja o sofrimento. Sinto uma tristeza infinita. Ele busca a tortura. Encontrou-a no meu passado, em minha fugacidade, no sentimento de insegurança que lhe proporciono. Mas estou triste. Porque o amor dele se fundamenta na dor, como o amor que tenho por Henry. Gonzalo me excita profundamente. O corpo, o rosto me deixam enfeitiçada. Olho para ele. Adoro-o com meus olhos. A voz dele mexe comigo. Os olhos. O *pudeur*. Ele se diz cristão, e diz que sou pagã. "Bebo vinho tinto, como o sangue de Cristo", diz Gonzalo. "Você prefere o vinho branco de Baco." Gonzalo fica surpreso ao ver que não gosto de me lavar depois de fazer amor. Não incomoda sentir tudo aquilo dentro de você? "É lindo", respondo, "lindo o suficiente para beber." A noite passa depressa. O desejo de me beijar não o deixa dormir.

Gonzalo vê Henry no Dôme, cercado por amigos medíocres, e se pergunta: O que Anaïs tem a ver com isso? Não consigo imaginar Anaïs com essas pessoas. Então eu explico o quanto sofri com a preferência de Henry pela companhia de pés-rapados.

Passei a manhã com Henry, evitando que me possuísse. Henry estava dizendo: "Eu devia ter a coragem de sair escrevendo sozinho". Mas não sai. *Black Spring* foi publicado, dedicado a mim. Sou o sustentáculo de Henry. O que vai acontecer de agora em diante? Será que posso ser a musa sem amor? Meu amor é todo compaixão. Não sinto desejo, não participo da comunhão.

No alto de um mundo que desaba. Quanto mais desaba, mais eu tenho vontade de afirmar a possibilidade do amor pessoal, dos relacionamentos pessoais. Estamos deitados no tapete em que um viciado fuma ópio, acima dos vulcões. *"Cómo sabes querer, chiquita."* Como você sabe amar. *"Qué ternura."* Depois de me possuir, ele me ama ainda mais.

Gonzalo não foi para a Espanha como os outros.

27 de julho de 1936

Primeira mentira para Gonzalo. Noite passada fui jantar com Henry. Conversamos a respeito das últimas páginas, que contêm as descrições mais terríveis jamais escritas sobre a decadência e o vazio. Falei sobre o Gigantismo de Henry, sua busca pela quantidade, seus dramas e conflitos relacionados à perda da identidade, de tudo o que é vital, em quantidade, e contra o que há de impessoal e simbólico na dramática batalha espiritual norte-americana para dominar todo esse material. Eu disse que a experiência pessoal com June eclipsava a experiência da multidão, provava que todo o resto era insignificante.

Ajudei Henry a transformar seu material. Insuflei significado em suas ruas, multidões. Tentei pôr seus órgãos vitais de volta ao lugar. Ainda hoje.

Agora, neste livro, Henry expõe sua doença. É apavorante, tudo o que me fez sofrer, as dispersões, as emoções atrofiadas pelo movimento constante em meio à multidão, pela identidade que se perde tão facilmente na cidade ("destroçada pela cidade", ele escreve), essa identidade que eu busquei, amei, à qual me apeguei e que por fim reinstaurei em nossas relações pessoais.

Mas que mundo interessante, o mundo de Henry. Tão fugaz, tão inquietante. Eu caminhava em seu mundo, redescobrindo os defeitos, as monstruosidades, perversões, vulgaridades. Novamente começávamos a falar a mesma língua, criando juntos, ao mesmo tempo, e eu fiquei comovida. Eu o antecipava, e Henry disse: "Era exatamente isso o que eu ia fazer..."

Criação.

Não há criação com Gonzalo. Ele não é um criador. Gonzalo tem olhos, ouvidos, um nariz, um palato, dedos, enxerga fundo na alma, mas não é um criador.

Amante. Ele me espera no estúdio de Roger à meia-noite. Digo para Henry: "Não posso passar a noite aqui porque Hugh está na casa de Helba, e por isso insistiu em me levar para casa, pois não havia necessidade de eu passar a noite fora".

Gonzalo está deitado no colchão que atiramos no piso. Não me viu com Henry. Gonzalo está alegre, ardente. Seu corpo bronzeado, vivo, quente. Uma hora mais tarde ele diz: *"Yo no soy creador"*. Analisa, filosofa. Não é um criador. É por isso que vive, toma drogas, é comunista – por isso que é tão bom amá-lo, viver com ele. Gonzalo arroja todo o seu ser no momento presente. Na vida. Não existe cisão. Na minha vida, a eterna luta para juntar os fragmentos. Criando, morto na vida, Henry; o homem da vida, que não cria, Gonzalo; e eu, criando e vivendo; é assim que abandono Henry, uma casca vazia, uma sombra, em nome do corpo bronzeado, vivo e ardente de Gonzalo. Mas tristeza, amargura. Minha vida não muda. Ninguém vai entender. Ninguém. Ninguém. Tristeza. Uma lucidez profunda, profundamente abismal. O abismo sob o beijo. Eu caio.

O que penso sobre o "mundo". Quando escrevo cartas, telefono, saio atrás das pessoas, vou a um café, a uma festa, estou em busca de alguma coisa, como ao voltar de Nova York. Quando a encontro (uma experiência profunda, Gonzalo), paro para saborear, aprofundar, para me entregar toda.

Henry segue adiante. Mais cafés, mais cinemas, mais pessoas, mediocridade, um fluxo. Sem discernimento. Sem profundidade. Sem juízos.

30 de julho de 1936

O MUNDO DOS HOMENS ARDE em chamas, o sangue corre. O mundo dos homens desfaz-se em guerra. O mundo das mulheres, vivo, como neste livro, como sempre será, a mulher doando-se e o homem se destruindo, morte, carnificina a meu redor, morte e ódio e divisão, e eu farta de carregar Henry, Hugh, Eduardo, Rank e agora Gonzalo. A fraqueza em Gonzalo, tão disposto a morrer por mim, buscando em mim apenas a embriaguez e o sonho e, quando não estou, Pernod. Gonzalo com a garrafa no bolso, arrojando-se à morte, à morte com os comunistas, e eu chorando com o filme que Cronstadt fez sobre os marinheiros; heroísmo: o heroísmo para morrer, mas não o heroísmo para viver, amar, acariciar e defender o mundo pessoal, a alma.

Meu mundo pessoal segue inalterado, mas é difícil ouvir a música em meio ao barulho dos tiros, difícil ouvir a música enquanto Mamãe e Joaquim correm riscos em Maiorca, enquanto Eduardo está em perigo, com Papai correndo riscos na Espanha.

Enquanto Henry escreve, pergunto: "Se nos perdêssemos um do outro como as pessoas se perderam durante a revolução na Rússia, o que você faria?" Henry fica aterrorizado. Sem força para viver, força apenas nas palavras.

A cabeça de Gonzalo em meus seios, sonhando; tudo o que desejo de você é o sonho, você tem o poder de me embriagar, e nossa primeira dissonância surge quando digo que você acredita que o sonho surge com a negação do desejo. Eu acredito que o sonho nasce do desejo satisfeito; após a fusão, erguemo-nos mais fortes; da sensualidade, alçamos voos mais altos, nossa mística floresce. "Você é pagã, e eu sou Cristão. Quero sublimar", diz Gonzalo, e a sensualidade fenece, e eu me sinto morrendo, envenenada, feneço. Ausência de sensualidade, agora que ela deixou de existir entre mim e Henry. Ausência de sensualidade em Gonzalo, o selvagem, que foi alimentado com incenso, enquanto todas minhas forças originavam-se da vida carnal.

Farta de lutar contra a destruição.

1º de agosto de 1936

MEU CALOR ESTÁ VENCENDO, minha naturalidade. Gonzalo mais livre noite passada, aprofundando-se em carícias; adormecemos saturados do corpo um do outro, banhados pelo corpo, ele com a cabeça entre os meus joelhos, eu com seu sexo na minha boca, e aos poucos me apaixono pelo corpo dele, à medida que se torna mais carnal; aos poucos vamos possuindo o corpo um do outro, durante o sono, a noite inteira.

"Anaïs, eu sou um covarde. Não consigo me afastar de você. Não consigo deixar você aqui e ir lutar na Espanha. É o que eu deveria fazer. Você me derrota e me deixa atordoado, Anaïs."

O lindo cheiro de Gonzalo, o corpo lindo. Será que vou sobrepujar a morte?

Ele não foi para a Espanha. O medo me assola todo dia. Por sede de grandeza, pelo holocausto, ele morreria. A exaltação que culmina em destruição. Que Gonzalo está destruindo a vida a seu redor é óbvio. As pessoas me olham com angústia. Charpentier, clarividente, me oferece sua força: "Você parece necessitar de ajuda, parece perdida, trêmula".
Pareço cansada, nervosa. Sem alegria. Canto em um mundo de ruínas. Onde foi parar minha alegria? Uma alegria transfixada pela melancolia. Quanta tristeza nesse amor. Gonzalo dizendo: "Sinto vergonha da nossa alegria, enquanto o mundo inteiro sofre".

Às oito da manhã eu me apresso até em casa, até Hugh, a tempo de preparar-lhe o desjejum, a tempo de acordá-lo, cheia de ternura. Na hora do almoço, apresso-me para encontrar Henry, e juntos lemos seu horóscopo, feito por Moricand. Às quatro da tarde estou ao lado da cama de Helba, pretendendo ficar; mas Gonzalo implora para que eu não fique, para que eu o siga até o nosso ninho. Estamos cansados e vamos dormir juntos, delicadamente. Mas ao chegar o sono desaparece, surge a paixão ardente. Logo ao cabo de nossa noite, uma fome e uma sede infinitas.

2 de agosto de 1936

Noite. Eu e Gonzalo caminhando pelo Parc Montsouris. Gonzalo fala arrebatado a favor de Trótski, contra Lênin, sobre o comunismo. Mexe a cabeça com veemência, orgulhoso, vigoroso. Parece nobre e heroico. Ele fala.
Recém voltei de uma noite passada com Henry, em que li páginas poderosas, em que estávamos deitados na cama quando Henry disse: "Estou ficando velho. Não sinto mais desejos." E eu o consolo, digo que é passageiro, que o trabalho o está exaurindo. Seu corpo está morto. E com ele morre toda a minha felicidade sensual. Uma ternura avassaladora

por Henry me confere sabedoria ao falar. "Está tudo na sua cabeça, você está escrevendo sobre sexo. Assim que você acabar, tudo volta ao normal." Ele diz que não deseja ninguém. Sinto seu amor, sua angústia. Henry está angustiado porque em seu horóscopo aparecem sete signos femininos e apenas um masculino.

À meia-noite estou caminhando com Gonzalo enquanto ele fala sobre a necessidade de se sacrificar e morrer pelo mundo. "Vou morrer com um tiro, Anaïs. Até onde você está disposta a ir comigo?" *Até o fim*, responde a mulher, mas meu espírito permanece afastado, cético. Para longe do mundo, da arte, rumo à morte. Só consigo entender tudo isso como morte, pois não acredito. Nunca tão dilacerada. Me faltam forças para tirar Gonzalo dessa fatalidade trágica porque, se alguém puxa uma pessoa que não é um artista para além do mundo da ação e do drama, essa pessoa morre. E a ação e o drama me arrastam para o fundo porque não acredito em política. Minha religião é a arte. A política, para mim, é morte e sacrifício inútil.

E o livro de Henry se torna imenso, escrito com esperma e sangue, e Henry fica a cada dia mais delicado, mais frágil, sua alma a cada dia mais plena. E meu corpo morre aos poucos, porque Gonzalo envenena nossa sensualidade com falta de objetividade, complicações e artificialismo. A tensão dele, a ansiedade, o mentalismo agem sobre meus nervos, me deixam como eu me sentia antes de Henry despertar meu lado natural e simples. A meu lado, Gonzalo convulsiona-se de exaltação e sonhos e tensões e culpa, e paralisa meus próprios desejos, e eu não consigo dormir e sonho violentos sonhos eróticos com homens enormes me possuindo brutalmente. Mas o amor por Gonzalo cresce, o sexo é sacrificado, mas, ah, o amor – enquanto ele dorme, observo seu rosto, seus ombros, um Gonzalo feminino, talhado para o amor, lindo de ver quando o desejo o consome. De que importa o que o excita? Ele está excitado e eu quero ser abrasada pelo mesmo fogo, mas não consigo. Uma página escrita por Henry me excita mais do que os livros de Trótski. Mas Gonzalo quer morrer.

Ao acordar de um cochilo, ao amanhecer, olhei para ele. Fraqueza e força. Força para morrer. Me sinto triste e pronta para morrer também, de angústia e exaustão, pronta para morrer porque a força que dediquei a insuflar vida no trabalho de Henry e vida em Hugh, Gonzalo e Helba está me enfraquecendo.

O fluxo de mel cessa. O tempo está cinza. Nada de verão. Nada de sol. Tragédia e morte. Henry diz: "Estou ficando velho". Ouço Gonzalo sussurrar enquanto dorme: *"Mi chiquita tan rica, tan rica tu boquita, tan linda..."* Ao meio-dia ando de bicicleta pelo Bois, com Hugh. E canto. Canto com a alegria de estar viva, canto despreocupada, desafiadora, irônica. Canto, transpiro, tomo banho, maquio meu rosto, perguntando-me quando a guerra nos alcançará aqui e quem eu irei salvar, para onde irei, para quem – Henry ou Gonzalo? Hugh eu vou abandonar, sob o manto da guerra e do fogo. Vou deixar que me dê por morta. Minha vida com ele acabou. Hugh não vai sofrer se for guerra, e não traição.

2 de agosto de 1936

OS PENSAMENTOS ENTRE AS COISAS que acontecem são quase sempre falsos. O que pensamos ao viver: apenas isso é verdadeiro. O que penso quando estou com Gonzalo (fé, emoção) é mais exato do que o processo de separação e estranhamento que se instaura mais tarde, nascido graças à minha desconfiança em relação ao amor, a mim mesma, à vida. Confio-me apenas ao que sinto, ao que vivo. O momento em que os pensamentos e temores me afastam de Gonzalo, como me separaram de Henry – aniquilados pela emoção, pela presença da pessoa amada. Esses pensamentos são a lucidez que destrói a vida e a ilusão, a lucidez que detém Rank no limiar da destruição. Nada me detém, porque a destruição é parte da vida. Rank se recusou a viver e a sofrer.

No estúdio de Gonzalo, com Hugh e Emil. Eu e Gonzalo, quando ficamos próximos, trememos de volúpia e tentamos inalar um ao outro. Um beijo roubado nas escadarias mal-iluminadas é uma alegria. Sinto que aos poucos ele vai adentrando, possuindo o meu corpo.

4 de agosto de 1936

NOITE PASSADA NO QUARTO de Henry, escutando a impressionante conversa de Moricand. Puta, criança, viciado em drogas, esquizofrênico. Moricand foi quem eu escolhi como o poeta dentre os astrólogos – clarividente. Sinto sua presença física. Gostaria que ele me tocasse. Na presença dele sinto o que Moricand chama de mundo netuniano, tudo o que não consigo expressar, tudo o que se esconde por trás de minhas ações, de minha escrita.

Tendo aceitado Gonzalo como amante, mas não como o homem que poderia ter mudado minha vida, acordei mais uma vez e deparei-me com a solidão. Desolação infinita. Portanto, ao trabalho. Sóbria. Trabalho sério. Difícil trabalhar em um mundo caótico. Com dedicação ineluctável, começo a escrever, para fazer do apartamento um abrigo de paz, para viver como se nada estivesse ruindo. Gonzalo veio, gripado e com febre. Nos enlaçamos na cama de Joaquim. Ele dormiu sobre os meus seios e acordou bem, sem febre.

10 de agosto de 1936

O MUNDO EM CAOS. Pânico. Histeria. Epidemia. Mamãe e Joaquim em casa, seguros, respondendo minhas cartas arrebatadas. Gonzalo doente, entregando-se como eu costumava me entregar perante a vida e o conflito, arrastando-se até a escola de arte. Doente porque lhe faltava carinho, devoção, ternura, torrentes de paixão pura. Uma tarde sensual com Henry depois de eu lhe levar, como de costume, novo maná – os livros *Le Miroir astrologique**, de Moricand, e *L'Eubage* e *Transsibérien*, de Blaise Cendrars.

---

* Anaïs Nin refere-se ao livro *Le Miroir d'astrologie,* de 1928. (N.T.)

Grande anseio por uma ordem estoica. Então trabalho no apartamento, pendurando cortinas. Entrego meus manuscritos a Denise Clairouin. Corrijo diários para ela. Envio exemplares de *The House of Incest* para o Gotham Book Mart em Nova York. Escrevo cartas com tenacidade. Ordem. E quando graças à ordem me ergo acima da turbulência, sinto a força. É a síntese de que preciso para agir, para começar o ato seguinte. Preciso conduzir Gonzalo, Henry, Helba, Mamãe e Joaquim e Hugh para longe do perigo. Começo a reassumir meu papel criador, governando e dominando de modo sutil, e em seguida a lutar contra as inseguranças, indecisões, hesitações e frouxidão ao meu redor. Henry completamente desintegrado, incapaz de trabalhar. Todos os artistas desistindo. Eu continuo. É verdade que não consigo escrever, mas ao menos vivo minha vida. Consigo criar vida ao meu redor, dar forças, estimular, defender, amar, salvar. Ponho todos os meus manuscritos no cofre, assim como esse diário, que vou terminar hoje à noite.

Noite passada, no estúdio mal-iluminado de Roger, Gonzalo sentado de pernas cruzadas, falando: "Fui criado em um ambiente de extrema crueldade. Na *hacienda* de meu pai, tínhamos cinquenta famílias de índios. Criados como se fossem da família, mas se um deles cometesse algum erro, se fossem flagrados, havia um tribunal e um julgamento familiar, e a pena era aplicada lá mesmo. Quando menino, vi muitas flagelações. Vi os católicos na igreja se açoitando. Minha primeira amante eu levei a um vilarejo, aonde me enviaram para governar. Ela tinha uns dezesseis anos, e eu, dezessete. Um dia, louco de ciúmes, com os ciúmes de um mouro, eu a torturei. Suspendi-a pelos braços, com um peso amarrado aos pés. Eu mesmo puxei a corda e a deixei lá por alguns minutos. Em dez minutos, alguém amarrado assim morre. Eu senti uma alegria profunda, ainda que tudo fosse injusto. E quando eu a soltei ela estava morrendo de desejo, *se moría de sensualidad*. Esses impulsos aplacaram-se mais tarde em mim, primeiro graças aos jesuítas, depois aos Estados Unidos e por fim à França."

Senti o hálito grandioso da vida selvagem. E desejei nutrir-me dele. Lamentei a domesticação de Gonzalo, lamentei a transformação de seu ciúme sádico em ciúme masoquista, lamentei que ao achar que estou com Henry ele vá ao Dôme para se embebedar. Sinto uma decepção indefinida. Me sinto desiludida. Será que o vulcão se extinguiu? Será que domesticaram o leão? Que o espírito quebrou-se? Um leão gripado, de sangue fino, por conta da França, dos Estados Unidos. Sete anos em Nova York. Sete anos na França. A vitalidade exuberante drenada. *Les rayons d'un feu amoindri.** O pai era escocês; a mãe, inca. Talvez o índio nele tenha sentido vergonha, aprendido a compaixão. No Peru, até mesmo os católicos praticam o catolicismo com brutalidade e violência. Mas nós sentamos no pequeno canteiro de legumes da França, *parmi les jardiniers.*** O que estamos fazendo aqui? Que diabos estamos fazendo aqui? Uma guerra e uma revolução podem engolir a França.

10 de agosto de 1936

GONZALO DISSE: "Quando ponho você num dos pratos da balança e todo o resto do mundo no outro, você pesa mais. Não consigo me desvencilhar de você. Devo ser um covarde."

"Você não é covarde, Gonzalo. É só que você não confia o suficiente nos outros, no movimento trotskista. Se a sua fé fosse legítima, se você estivesse tomado de furor por essa causa, mulher nenhuma seria capaz de parar você. Não se chame de covarde. Olhe para mim. Eu estava aberta, pronta a adentrar a política. Deixei os instintos me guiarem. Não tive fé nem furores. E confio no que sinto. Não digo que eu devo estar errada e os outros certos. Digo que devo estar certa quanto a mim. Seu instinto falou. É preciso mais coragem para seguir a fé individual do que para adotar o que todos compartilham com você. Você vai precisar de mais coragem para ficar do que para ir à Espanha."

---

* "As labaredas de um fogo enfraquecido." Em francês no original. (N.T.)
** "Em meio aos jardineiros." Em francês no original. (N.T.)

O amor aumentando, aprofundando-se. O ímpeto, vigoroso. Penso nele obsessivamente, mesmo quando estou com Henry. Henry tão apagado, pálido.

Vida estranha. Eu e Henry nos deitando e fazendo amor do jeito mais completo, como antes. Eu deitada, satisfeita. O mundo físico mais uma vez brilhando, em flor. Uma espécie de paz. Mas isso não me segura. Deixo Henry e encontro Gonzalo, como a noite, como o fogo. Ardemos juntos em uma espécie de silêncio. Não lutei para mantê-lo. Não pedi nem disse nada. Fiquei deitada, esperando e amando. Sem influência direta. Sem palavras. Esperei. E ele saiu do conflito. Hoje, vai passar a tarde desenhando na escola de arte. Aos poucos ele abandona Montparnasse, abandona a bebida. Gonzalo quer sua força.

Turner veio, e, como eu passara uma semana inteira sem Henry, como os beijos de Gonzalo me haviam excitado, gostei daquele erotismo, puro sexo. Deitada com ele, com Gonzalo telefonando no momento exato, e Turner me acariciando entre as pernas enquanto falo com Gonzalo. Turner, que sente uma excitação tão poderosa, que tem ereções quando ouve minha voz ao telefone, o mel escorrendo mas sem orgasmo, porque vejo o rosto de Gonzalo diante de mim enquanto Turner sussurra obscenidades, sussurra palavras provocantes. E uma hora depois eu encontro Gonzalo, Gonzalo, de beleza divina, nervoso demais e apressado demais. O erotismo me devora, minha fome sensual pulsa dentro de mim como um coração à parte, um fogo entre as pernas, aceso por Henry – inextinguível. Não consigo me erguer, não consigo me erguer da terra, nem mesmo com Gonzalo. Gonzalo de aspecto divino demais, então à noite eu sonho com o orgasmo que sinto ao mero toque do fogo sexual de Turner e, ao acordar, me deparo com imagens do rosto de Gonzalo. Fragmentos. E ainda assim... fragmentos, não mais que fragmentos, o corpo e a alma puxando, a criação puxando, o fogo chamando-me, o ar e a água, em todos os planos. Floresço, choro, beijo, amo, desejo. Por que Gonzalo não penetra meu âmago sensual e toma posse de mim a partir de lá? Por quê? E Henry morrendo sexualmente, morrendo, cada vez menor.

Mamãe e Joaquim salvos por uma carta eloquente que escrevi instruindo-os a deixar Maiorca. Bem a tempo.

Não tenho notícias de Papai, mas para mim ele já morreu.

Henry tão apavorado, tão fraco ante esta ruptura que foi para a cama. Encontrei-o lá, e flutuamos como despossuídos para ver um filme estúpido. Quanta fraqueza na vida!

Na minha carta a Hilaire Hiler, acima do meu brasão nas costas do envelope, escrevi: "Aos comunistas: isto não é capitalismo, mas poesia".

As ideias são um elemento separador. A sensualidade, um comunicante. Mundos mentais são isoladores. Dias sensuais nos aproximam da possibilidade de abraçar a tudo e a todos, todos os homens, o mundo, a criação.

Supervielle disse que sempre tentava alcançar o ideal do homem que gostaria de ser.

État amoureux de l'artiste*, contínuo. Estado de vibração. Em certos dias vejo muitas bocas que eu gostaria de beijar. Depois de ouvir que um formato específico do lobo auricular era sinal de crueldade, caminhei obsessivamente, estudando as pessoas no metrô, o motorista, Gonzalo, Henry, me perguntando enquanto os olhava: Será que ele é cruel? Esta é uma orelha cruel? Vendo apenas orelhas. Como são feias, as orelhas. As orelhas de trabalhadores, bêbados, mendigos, motoristas de táxi, açougueiros. Como são monstruosas!

O que desperta nossas dúvidas e suspeitas são as falsidades e os ardis que se escondem em nós mesmos. Se agimos, fingimos, enganamos, então a própria vida se torna falsa, traiçoeira.

O primeiro recado de Gonzalo para mim veio após uma visita que fiz a seu estúdio na primeira vez, quando esqueci minha agenda. Ele a trouxe de volta com o seguinte recado: "Ontem você esqueceu sua agenda e, como acho que vai lhe fazer falta, trouxe-a de volta. Noite passada, a atmos-

---
* "Estado amoroso do artista." Em francês no original. (N.T.)

fera ascética do meu ateliê estava imersa no perfume dessa agenda. Foi algo irreal e mágico, que me fez explorar as profundezas do meu íntimo. Gonzalo."

Fazendo mais anotações sobre Fez. Nas ruas emaranhadas de Fez eu já não tentava mais encontrar as partes de mim que haviam morrido para tentar prevenir sua morte. Não deixei restos de mim em Fez. Todos os momentos foram vividos de forma plena. Não preciso escrever no diário, pois eu os vejo. Eu os respiro. Um calvário – vinte anos de dúvidas. Dúvidas acerca de tudo. Acerca do próprio viver. E lá estava Fez, como as páginas do meu diário. Só eu posso tirar o albornoz, revelar meu rosto ao mundo.

Relação entre o horóscopo de Henry e o meu. Moricand diz que esses dois temas têm uma ligação íntima, em particular no plano do intelecto. Então há uma espécie de motivação espiritual.

Estranho... o ardor. Caminhamos à noite pelas ruas, nos beijando entre frases curtas e inacabadas. De repente aquela mão grande e quente estava no meu pescoço, os lábios sobre os meus, e de repente eu senti o fogo amoroso de modo tão infinito, completo e devastador que caí de joelhos para agradecer a não sei quem por ter experimentado os mais altos voos da paixão, da paixão total, sensual e mística. Por Henry e Gonzalo serem, cada um a seu modo, os amantes mais incríveis que consigo imaginar, por eu ter dado e recebido todas as carícias possíveis na esfera humana e por esse ser o nível mais alto de felicidade que somos capazes de experimentar em vida. Amor. Paixão. Ternura.

Gonzalo diz que minha ternura é incrível, espanhola, e que nenhuma mulher americana tem esse calor e essa delicadeza aliados às chamas da paixão.

Explorando com ele sua vida no Peru, a vida em Lima, a vida com os índios. Se exagero meu lado diabólico, é porque quando Gonzalo diz *"Bandida, qué bandida mi chiquita"* ele me beija com mais ardor.

Para Barthold Fles: Se eu tivesse percebido o quão errático, indigno de confiança e temperamental você é, eu jamais teria dito: "Tudo bem, gosto disso nas pessoas, todos meus amigos são erráticos, não têm palavra, se afastam e depois se reaproximam, tudo bem". Só que eu não trabalho com eles, não lhes revelo meus planos, minhas esperanças e atividades. Guardo meu trabalho para mim. Com os amigos erráticos, vou a cafés e converso. O que significa que estou disposta a ir a um café com você e conversar. Sei que você se divertiria. Mas também significa que quero de volta meu livro sobre Lawrence e o manuscrito do romance sobre Papai. Não me agrada o tempo que você passou com eles – um tempo em que outra pessoa teria feito mil coisas por mim. Não gosto que você não responda minhas cartas, que você tenha aparecido e desaparecido sem me dar notícia alguma. O que espero de um amigo não é o que espero de um agente: ordem, continuidade, solidez. Então, por favor, retorne o livro e o manuscrito o mais rápido possível. *Bonjour*, amigo, e adeus, agente literário.

18 de agosto de 1936

UMA NOITE, QUANDO GONZALO veio com Helba e caminhou com Joaquim, ficamos desesperados ao nos ver sem poder nos beijar. Ao sair ele foi para o estúdio de Roger, deitou-se e ficou pensando em mim. Pegou o exemplar de *Tropic of Cancer* de Roger. Deu pulos de dor e de fúria e de nojo. Então esse era o homem com quem me deitei. O nojo, o realismo, a vulgaridade. Ele tomaria um barco para nunca mais me ver. Que vida fora a minha, em que tipo de mundo eu vivera, em meio a sujeira, imundície e vulgaridade? E mesmo assim eu era o que eu era, eu era o que ele amava. E esse era o escritor que eu considerava genial. Dilacerado pela escuridão, pela dor, nos havíamos encontrado por apenas meia hora. Ele não quis me dizer o que o incomodava e eu estava longe de adivinhar. "Vamos ter uma briga das feias hoje à noite", ele disse. Achei que seria sobre o comunismo. Quando Gonzalo explodiu, enquanto estávamos deitados, tentei explicar que aquele era um Henry que eu não cheguei a conhecer, que hoje tudo era diferente; eu vira o Henry Verdadeiro (hoje em dia, quando as mulheres encontram Henry e perguntam "Quem você anda comendo?", ele enrubesce e se afasta com movimentos bruscos).

"Mas todas aquelas coisas horríveis na cabeça dele, nele..."

"O feio também tem personalidade, Gonzalo, como as caricaturas de [George] Grosz, de Goya."

Mas em seguida eu percebi que a tempestade em Gonzalo era puro ciúme e emoção, que ele dizia coisas irracionais, contraditórias, pouco sábias, e assim tudo o que eu podia fazer era tentar curá-lo. E naquele instante fui invadida por tudo o que afligira Henry, o gosto pelo vulgar, por prazeres baratos, por tudo o que é desalmado. E comecei a chorar. "Hoje, as pessoas que me rodeiam não são amigos."

Então Gonzalo se comoveu. Eu disse: "Você mexeu num passado que eu tinha esquecido".

"Não é um passado", respondeu ele, com a mesma intuição que Rank tinha, como se pudessem ver a sombra de Henry assomando.

E no dia seguinte eu vi Henry e tudo que odeio em Henry, e o contraste entre ele e Gonzalo é tão violento que não consigo evitar a comparação. E faço diante de Henry uma cena pueril, uma cena de desilusão cega, amarga, desfocada, inexplicável, que Henry recebe de cabeça baixa, e fico tão triste a ponto de sentir náusea, porque Gonzalo não me faz feliz com sua obsessão política. É amor e paixão, mas não me sinto realizada nem feliz. Ele é cheio de fissuras, dualidades, contradições. Cheio de segredos. E quando arranco-lhe confissões, surgem momentos de compreensão, momentos de lucidez, aliados a uma grande cegueira, e uma ausência de visão fundamental – sempre o âmago faltando. Curei-o dos ataques à "torre de marfim" e à arte dizendo: "Bem, se você quer que eu tome uma atitude, para mim isso significa tomar uma decisão e agir. O seu próprio conflito entre o individual e o coletivo deve-se à sua indecisão..."

"Honestamente, Anaïs, eu não sei o que fazer."

Não tenho como ajudá-lo, pois estamos no período de *envoûtement* (enfeitiçamento) de nosso amor. Quando nos vemos, tudo o que sentimos é fome, e nos embriagamos um no outro. Não vou incentivá-lo a ir para a Espanha e ser massacrado. Não tenho como incentivá-lo a virar trotskista porque ele sabe que vivo minhas ideias. Ele sabe disso. Sabe que, uma vez que minha fé se inflama, não me sento para escrever livros. Se não me incendeio, então é indiferença. Nada de *moyenne*.* Extremos. E ficamos lá deitados, consumidos pelo desejo, acordamos mais uma vez famintos e não decidimos nada. De manhã cedo, nos levantamos para caminhar, ainda meio dormindo, até o café em Denfert-Rochereau. Compramos um jornal. Sangue. Massacres. Torturas. Crueldade. Fanatismo.

Gonzalo, às três da tarde, está fazendo rascunhos em Colarossi. Procuro-o. Observo enquanto ele trabalha, mostrando seu lado sério e grave. No minuto seguinte ele é capaz de estar bêbado, às gargalhadas pelo Dôme.

Henry está resmungando porque a França era sua última esperança de se estabelecer. Ele depende de cidades, de coisas externas para não desabar. Tenho pena dele, mas ainda assim eu sinto que em nenhum homem que venha a me procurar, me amar, me venerar, em nenhum homem a quem eu venha me entregar eu encontrarei forças.

20 de agosto de 1936

ESSA FORÇA QUE DOU AOS OUTROS – você, meu diário, você sabe de onde a tiro. É uma lástima que você sempre veja o que de pior há em mim. Você ouve meus gemidos, meus lamentos, mas quando gemo aqui, meu efeito sobre os outros já se concretizou. Quando encontro Henry no dia seguinte, percebo que ele foi afetado e ou está trabalhando, ou lutando pela coesão. Quando encontro Gonzalo, ele já não vai mais

---
* "Meios-termos". Em francês no original. (N.T.)

ao Dôme, mas passa algumas horas desenhando e louvando a solidão e o isolamento. As coisas mudam, as pessoas mudam. E aqui encosto minha cabeça e choro, amaldiçoo, reclamo. Mas quando me afasto de você, me afasto apenas para criar e dar vida. Estou vivendo um período de decadência e destruição. Atualmente, nem mesmo a criação e a arte são consideradas vocações, destino, mas neuroses, doenças, substitutos. Chamei este diário de "Drifting". Achei que eu também estava em ruínas. Mas eu e o diário, juntos, permanecemos inteiros. Só consigo me dissolver por um breve período; então preciso me criar e me reintegrar novamente. No primeiro contato com Gonzalo eu me dissolvi. Agora estou me refazendo.

Gonzalo acha que a corrupção de Henry é *"à fleur de peau"*.* A minha é algo mais profundo. Não são as cidades, mas as pessoas que me destroçam. Agora entendo a angústia que sinto em alguns lugares onde se encontra libertinagem, abandono, corrupção. Não faz meu tipo. Me derreto no amor, no desejo, na paixão, na sensualidade, sem prejuízo à vontade, exceto em caso de fracasso, derrota, masoquismo e morte. Henry está escrevendo agora, em *Tropic of Capricorn*, descrições geniais do vazio, da desintegração, da corrupção. Ele simboliza e representa a doença do homem moderno. Está em sintonia com o caos do mundo, das cidades, das ruas. O anonimato dele me proporciona a mais profunda angústia, porque é um anonimato coletivo, a perda da identidade. Mas eu não me perco. A dispersão de Henry parece ser mais mortal que a minha. Quando passo da vida com Henry às noites com Gonzalo e aos dias com Hugh, trata-se de um circuito, uma vida expandida, não de decadência, ainda que eu a tenha de evitar a cada instante.

Minha crueldade para com Henry, devida à sua passividade. Como o torturo quando ele me magoa! Provoco-lhe os ciúmes falando sobre os cafés onde estive, sobre os passeios cidade afora. E então lhe arranco algumas palavras ou gestos amorosos, que sua atitude chinesa muitas vezes sufoca. Ele admira muito a ausência de solidariedade nos chineses.

---

* "À flor da pele". Em francês no original. (N.T.)

Depois de punir Henry por sua indolência, amo-o mais. E, assim, ontem estávamos próximos outra vez, com uma ternura profunda e vital. Acordei após nossas carícias falando espanhol. Ele me provocou, dizendo: "Parece que você andou dormindo com algum hispânico". Todos os elementos de perversidade, amando o que não consigo admirar – a vida de Henry.

Às dez horas encontrei Gonzalo e fui me convencendo cada vez mais de que ele é o amante dos meus sonhos. *"L'amant esclave qui pourrait être bourreau"**, disse Charpentier.

Cantando no escuro: *"España que te mueres, No has sabido que te quiero"*.

22 de agosto de 1936

ROGER KLEIN VOLTOU DA ESPANHA, à uma da manhã, e se deparou comigo e com Gonzalo dormindo em sua cama. Pela primeira vez em uma cama – até agora vínhamos dormindo em um colchão atirado, sem cobertas, nossa "casa de ópio", como a chamávamos. Gonzalo havia roubado uma pequena lanterna vermelha de um dos sinais no canteiro de obras, que emitia uma luz fraca, amarela e difusa. Naquela noite, afundamos em uma espécie de ternura sem fundo, um poço de calor e fusão, mergulhando nos hálitos que se misturavam e entregando-nos de corpo e alma a esse matrimônio, a um amor perigosamente profundo. Passo a passo, como os passos dados ao subir os degraus que conduzem ao estúdio de Roger, adentramos o íntimo um do outro, cada um de nós mais aberto a cada passo. Quando Roger nos acordou, fomos embora. Passamos o resto da noite no Hôtel Anjou; o círculo fatal de sacrilégios, trazendo Henry e Eduardo à memória.

Conflito na noite seguinte, quando eu e Gonzalo temos apenas uma hora juntos. Gonzalo fala de modo violento, extravagante, injusto, e o choque da discussão é tão dolo-

---

* "O amante escravo capaz de ser carrasco." Em francês no original. (N.T.)

roso para mim como foi quando Henry me atacou pela primeira vez no jardim de Louveciennes. Acordo para esse primeiro mal-entendido, para o primeiro conflito, a primeira separação.

Os chineses dizem que o futuro é apenas uma sombra do passado. Uma sombra do meu passado está atravessada em meu caminho, e uma silhueta dela, vista no momento exato, é capaz de me fazer dar um sobressalto, como se uma faca houvesse perfurado o meu corpo. Foi essa a angústia que senti quando Gonzalo atacou o mundo em que vivo, a civilização anglo-saxônica, minha falta de posicionamento político, uma frase no meu livro. Tanta angústia, tanto horror, um sentimento de discórdia e luta, uma exaustão, um sentimento tão agudo de que todas minhas antigas feridas foram reabertas, que dei um sobressalto, como um animal selvagem. Fiquei rígida, irritada, inexorável, amarga, fechada, e revidei, feri-o e disse que não queria vê-lo no dia seguinte – quem ele pensava que era para me atacar? O que fizera de sua própria vida? Sei que o magoei, porque enquanto o censurava percebi que ele voltou a desenhar, a se afastar dos amigos de bar, a beber menos.

Nos magoamos.

E dessa mágoa ele extraía um prazer voluptuoso, das vibrações, da dor, das feridas. Lembrei-me de suas próprias palavras: "Com crueldade, você me faz criar..."

Mas as horas de antagonismo me destruíram. Será que eu começava uma outra luta pela vida? Será que este seria outro duelo, como o que tive contra as forças destrutivas em Henry? Eu não aguentaria. Estou cansada. Desejo harmonia. Escrevi a carta tradicional, estilo Anaïs, cheia de agressões que eu jamais seria capaz de dizer, li a carta para ele, queimei-a, me arrependi das minhas palavras, culpei a tempestade lunar, a loucura mensal, as sombras do passado, meu jeito convoluto de ser, o medo paralisante da destruição e da crueldade; enlouqueci mais uma vez por alguns dias, sentindo o ódio dos trabalhadores nas ruas aplicado à frase de Gonzalo: "Quero que você tome consciência das classes", ao que respondi: "Tenho uma atitude que agora é imutável.

Vou permanecer fora do mundo, além do tempo, além das organizações do mundo. Só acredito em poesia."

"Mas o misticismo de Marx..."

"Não é o meu misticismo."

"Seu misticismo não é religioso."

"Minha religião é a arte."

Nessa mesma noite, depois da visita de Gonzalo, à tarde, separei-me de Henry à meia-noite – de um Henry terno, sentindo uma mistura de dor a prazer –, dei uma volta na quadra e fiz a volta no café, até o outro, onde Gonzalo me esperava. Algumas horas antes, eu deixara Gonzalo em frente à porta de Colette e caminhara em volta e atrás da casa dela até o estúdio de Henry.

Eu e Gonzalo completamente ébrios de beijos. São três da manhã e estamos caminhando, parando apenas para trocar beijos desesperados. "Que ótima a nossa briga", diz ele. "Como foi a tarde com Colette?"

"*Hablamos chino.*"

"Sim, sim, falaram chinês", disse ele, rindo, "e nós também falamos chinês, e tudo é em chinês e não faz sentido nenhum – só o beijo que me faz sentir você minha."

Estávamos sentados em um banco e olhando para a sombra dos galhos. Comentei sobre o futuro ser a sombra do passado. Em frente a uma loja, pendia uma enorme chave dourada. "Gonzalo", comecei, "pegue aquela chave para abrir a porta da nossa casa, em algum lugar. Agora que Roger voltou, *no tenemos casita.*"

E não queremos quartos de hotel. Nós dois estávamos tristes no quarto.

Contraste: Gonzalo ridiculariza a viagem de Cocteau ao redor do mundo, porque ninguém deveria escrever sobre a Grécia, o Egito, a Índia e a China enquanto a Espanha arde; mas quando encontro Henry, o artigo de Cocteau sobre a China é a única coisa que ele leu no jornal, e o sonho toma o lugar da violência, da brutalidade, do sadismo e do holocausto suicida na Espanha.

23 de agosto de 1936

"Gonzalo, não podemos ir para um quarto de hotel, nem para apartamento algum, nem para a casa de ninguém. Precisamos é de uma *roulotte (trailer)* ou de um barco-casa."

"Uma *roulotte*!" As chamas consumiam Gonzalo. A ideia nos havia transformado, transportado. "Uma *roulotte*. Uma *roulotte*, um lugar fora do mundo, nosso, Anaïs. Podemos fechar a porta ao mundo. Me dá um sentimento de posse. Você vai chegar cedo para nós dois prepararmos o jantar em uma fogueira. Vamos pintar a *roulotte* com suas cores favoritas. Eu vou ter um refúgio, um lugar para onde fugir, fugir da multidão, das pessoas. Mas não conte para ninguém. Não quero que ninguém saiba. Prometa."

Caminhando e sonhando. Imagino mil cenas, trazendo minhas roupas, meus livros. Gonzalo sonhando, criando.

Há tempos que Gonzalo deseja dormir na minha cama, no meu quarto, no veludo negro. Hugh foi a Londres. Então pus o vestido de Maja, acendi as velas de Fez e ele veio. Três vezes me vesti de espanhola para meus amantes. Para Henry, que não entendeu nada e ficou apenas assustado com a estranheza; para Rank, que ficou admirado, exultante, humilde, mas que não participou, porque aquilo lhe era exótico, teatral. E para Gonzalo. Quando Gonzalo chegou com seus cabelos negros exuberantes, em um penteado baixo, com seu ar de grandeza, nobreza, que imagem meu espelho refletiu! Quanta beleza – o porte, a pele escura, a intensidade, o amante dos sonhos; e eu pálida, de olhos negros, os lábios como cravos, as memórias raciais despertas. Eu que vivia acima e além da raça – mas a raça existe, é uma realidade do sangue. A noite inteira em transe, cada vez mais fundo nas camadas do ser. Gonzalo evitando a posse, deixando-a de lado, buscando novos mundos de ternura, novas expressões, para ampliar as ressonâncias, em busca de nem ele sabe o quê; em busca de um esquecimento do sexo porque, segundo ele, nós dois estamos mergulhados em um realismo sexual; em busca de novos reinos, novas sensações, jamais experimentadas.

Encontrando o amor, o infinito.

A paixão não sexual flui a nosso redor. Meus braços seguram-no, os beijos se multiplicam, se expandem, cobrem o corpo e ressoam, ecoam vezes infinitas no interior da carne, profunda como as catedrais. Que transes, que sonhos, que ondas! Quantos beijos a seguir! Beijos durante o sono, as almas se tocando. O sexo pulsante, mas ignorado, e assim a alma bate, bate nas têmporas e nos corpos. "A frieza do sexo", disse Gonzalo, "do sexo vazio." Todos eles reclamaram. Eu mesma disse isso quando Henry me possuía pelo sexo, muitas vezes alegre e sem sentimentos, sem emoção. Eu, sempre emocionada. Gonzalo com emoção infinita, com todas as nuances e variações do sentimento, mil mudanças. No momento, estamos felizes.

"Você veio no momento exato, Anaïs."

"Você veio quando eu estava infeliz, Gonzalo."

Quantas coisas ricas e maravilhosas estamos descobrindo – quanta coisa enterramos para viver a vida dos outros! Descoberta. Delicadezas. Mil delicadezas. Inclino meu corpo, envolvo Gonzalo. Criando ao meu redor uma atmosfera de ternura.

O medo de amar não está em nós, não está em Gonzalo, porque ele se entrega de todo à vida, pois não é neurótico e, graças a Deus, é esteta, mas não artista. Eu temi o alcance desse amor e me defendi contra ele com Henry e George. Eu temia perder a terra que a tanto custo eu conquistara. Mas agora a terra não me parece tão cara; tem um aspecto pesado e prosaico, impediu meus voos e existe em excesso.

Penso na vida com Gonzalo como um sonho e uma paixão. Me sinto grata. Sou abençoada. Depois do dia em que Hugh e Helba falaram-se a sós (Hugh a está analisando) e eu e Gonzalo fomos dar um passeio para nos beijar, quase sob o olhar de Hugh, quase sob o olhar de Joaquim, eu quis ir à igreja, para agradecer a alguém por tudo.

Um dia e uma noite da minha vida: Pela manhã, escrevo cartas a minhas criações humanas, meus pacientes. Betty faz uma visita para me ler seu manuscrito. Ela está radiante e diz:

"É estranho, tudo parece ter se tornado tão real, tão próximo, tão cheio de vida". Coloco as páginas em uma pasta, prendo-as com uma tachinha e dispenso-a. Quando vou à costureira, percebo um vestido como o xale hindu, mas não tenho onde vesti-lo. Não interessa: é algo necessário, é poesia, está lá pendurado, é simbólico, faz parte do ritual; talvez se eu usar esse vestido o mundo pare de desmoronar e morrer. Talvez eu consiga parar a torrente de banalidade, evitar a expansão do prosaico. Ponho o vestido para Hugh, que fica triste por não poder mais proteger meus sonhos, da mesma forma que me entristeço por não conseguir manter Henry afastado dos tumultos mundanos. Beijo o pescoço de Hugh, de leve, e ele diz: "Você está com uma aparência ótima; o que foi que aconteceu?" "É por ter feito amor, noite passada", respondo – por ter feito amor com ele, de olhos fechados para aguentar. Mas Hugh está feliz e lemos as notícias juntos.

Às duas e meia estou com Henry, que sugere: "Vamos tirar um cochilo". O sol bate na cama dele, e Henry me possui com uma naturalidade simples e saudável que toca a superfície da minha pele, e o orgasmo vem forte, mas eu me sinto distante por ser um orgasmo sem paixão, desprovido do milagre – é um orgasmo, mas o milagre não está mais lá, é um prazer físico sem ressonâncias, como um alimento qualquer.

Leio as páginas que Henry escreveu e tento restabelecer sua segurança para que ele possa trabalhar. Eu devia sugerir que Henry saísse do estúdio e arranjasse um lugar mais barato, mas sinto pena quando ele diz: "É o único lugar onde tenho paz". E mais uma vez eu cedo, e temos uma conversa cheia de rompantes sobre viagens futuras, enquanto penso que eu talvez não aguentasse me separar de Gonzalo.

Jantar com Henry. Surrealismo inglês. Cendrars. O *Minotaure*. "Sem ser tendencioso", disse Henry, "mas a defesa começou na infância. Apenas – e da melhor forma possível – entendo o homem que passa fome. Não o drama na Espanha." Eu lhe trouxe uma toalha de mesa e roupas de cama. Falo sobre o que estou lendo na *Cabala*.

A *Cabala*. Às dez da noite encontro Gonzalo em um café e digo: "Sua estrela se chama Autare". Caminhamos até meus pés começarem a doer, caminhamos nos beijando, enquanto Gonzalo me mostra seus desenhos de mulheres velhas, grotescas, e de bêbados. "Por que será que estou desenhando com tanto ímpeto para você? Você nem pediu que eu desenhasse – chegou mesmo a dizer: 'Estou feliz por você não estar escrevendo nem trabalhando, Gonzalo'. Que força há no amor, que força há em você, mesmo quando estamos dormindo juntos. Sinto que coisas estranhas vão acontecer."

Estou dando mais da metade do que tenho; é por isso que não posso me dedicar aos problemas maiores do mundo: meu mundo individual, minha vida íntima, era perfeito – eu dava e recebia, transbordando em minha plenitude. E as necessidades enormes que vi próximas, ao redor de mim. Deixei que a corrente de plenitude e riqueza compartilhadas me arrastasse.

31 de agosto de 1936

Quai de Passy, 30. No Peru, curam a loucura deixando os loucos próximos à água corrente. A água corre, o louco atira pedras no rio e a loucura some.

Então olho para o Sena, ouço os gritos das pessoas: *"La Rocque au poteau!"** Eu e Gonzalo nos beijamos, mas ainda assim vi todas as árvores com as *cabeças* no chão e as raízes gesticulando no ar, ouvi as palavras – *raízes, raízes!* – e um novo *House of Incest* começou enquanto eu e Hugh estávamos a caminho de uma visita insípida aos Turner e a cabeça de Gonzalo aparecia em todas as direções que eu olhava, como uma cabeça mitológica.

Em um mundo onde todos padecem com a dispersão, onde todos se espalham, enfraquecem, separam-se, enganam, dissolvem-se, Gonzalo consegue queimar com uma completude, uma intensidade que deixa meus cabelos em pé, como as

---

* "Morte a La Roque!" Referência ao conde François de la Roque de Severac (1885-1946), militar e presidente do Partido Social Francês. Na época, La Roque era considerado fascista pela esquerda. (N.T.)

árvores na estrada. O Sena corre e eu atiro pedras, ainda aflita com a loucura, e o volume dois de *House of Incest* começa com raízes e a página sobre o medo. Assim a revolução vai me encontrar enlouquecida por meus sonhos, por Gonzalo.

Quando o amor verdadeiro começa?

No início era uma chama, eclipses, curtos-circuitos, relâmpagos e fogos de artifício; depois, incensos, redes, drogas, vinhos, perfumes; depois, mel e espasmos, febre, exaustão, calor, correntes de fogo líquido, banquetes e orgias; depois sonhos, visões, luz de velas, flores, quadros; depois imagens do passado, contos de fada, histórias, depois as páginas de um livro, um poema; depois risada, e depois a castidade.

Em que momento a estocada fere a carne tão fundo a ponto de a ferida chorar de amor?

No início o poder, poder, depois a ferida, o amor, o amor e os medos, e a perda do eu, e o presente, a escravidão. No início eu governava, amava menos; depois mais, e depois a escravidão. Escravidão à imagem dele, ao seu cheiro, ao anseio, à fome, à sede, à obsessão.

Hilaire Hiler escreve: "*The House of Incest* é um livro muito triste, mas ao mesmo tempo consolador, como o seria uma droga ao mesmo tempo estimulante e calmante".

Digo às pessoas que não estou escrevendo, mas a história continua lá, oscilando, a escrita que não é escrita, mas respiração.

Respirando.

Amando. Outra vez acariciando Gonzalo.

"La Rocque au poteau!"

Rebecca West envia um telegrama para que eu reserve a noite de segunda a ela.

Moricand diz: "Você está em *état de grâce*. Para você, o conto de fadas é possível."

Ele me entende, entende as ondas de maior comprimento na vida, que ele chama de *les ondes* – como algum rádio divino e misterioso, tudo graças a Netuno, ele sabe, e eu gosto de seu jeito de viver num sonho.

À noite, diante da janela, trabalhadores estão construindo as fundações para a Exposição de 1937, a Mesquita de Timbuctu, palácios argelinos, pagodas indo-chinesas, uma fortaleza marroquina no deserto; e ao redor das pilhas estarão ancorados juncos chineses, proas malaias, sampanas.

3 de setembro de 1936

MUDEI-ME PARA A PERIFERIA do distrito aristocrático, na periferia, ao lado de uma ponte que conduz à Rive Gauche, a Montparnasse, a Denfert-Ronchereau, onde Gonzalo mora, e a Alesia e Montsouris, onde Henry mora. O metrô nos leva para cima e para baixo, pobres, ricos, para cima e para baixo, dia e noite. Gonzalo, ao me deixar, à noite, detém-se na ponte e espera minha luz se apagar. Ou vem quando não pode me ver e fica olhando a minha janela. A enorme, enorme janela está aberta à minha frente. Vejo as luzes no rio, a Tour Eiffel iluminada, a lua rubra, e na outra margem os Vermelhos se reúnem para escutar la Passionaria, a comunista. Gonzalo está lá. Dentro de instantes ele vem me pegar. Quer que eu veja, que eu ouça. Meu coração está apertado, endurecido. Ouvi os comunistas cantarem uma hora atrás, quando chegaram. Os táxis passam, abarrotados de pessoas cantando com bandeiras vermelhas. Sinto uma raiva e uma avareza cegas em relação a eles. Cega, irracional. O instinto fez a escolha. Odeio a figura do trabalhador. Odeio a coletividade, as massas, odeio as revoluções.

O amor ao belo me trouxe até aqui, a uma reunião de comunistas. O amor a um deus de bronze, cujo corpo eu venero, talhado para o amor e as carícias.

Mas todo o meu ser se insurge contra tudo – se insurge violentamente – e o conflito me dilacera. Ouvi as canções enquanto eu comia com Mamãe e Joaquim. Senti meu coração parar.

10 de setembro de 1936

Gonzalo veio e disse: "Não vamos à reunião. Estou feliz por não ir. Fiquei inquieto ao imaginar que você estava me esperando. Vi sua luz enquanto eu atravessava a ponte. O que você fez comigo? A reunião me pareceu sem atrativos. La Passionaria. Palavras. Muitas palavras, canções. Desabei. Odeio as massas. *Chiquita mia*, você é a coisa mais importante na minha vida."

Beijos de sabores variados, infinitos.

Em meio ao mar de sabores, a visita de Rebecca perdeu-se. Nem sinal dela. Rebecca não se adaptaria à embriaguez de Rouen; as trivialidades a oprimem – ela precisa saber onde comprei meu casaco e ao mesmo tempo diz: "Você vai ser a maior escritora de todos os tempos; você é tão mais sábia do que eu, entende as pessoas tão bem." Ela me deu flores luminosas porque "as pessoas sentem vontade de lhe dar coisas estranhas", e eu senti uma certa desilusão.

Eu estava lendo sobre prever o futuro com cristais na *Cabala*; todas as formas de transe, não importa qual delas, produzem o mesmo efeito mágico de *unidade*. Todo o ser reunido, coeso, em transe e, assim, pronto para o êxtase. O êxtase é o momento de exaltação da plenitude!

Sou como o cristal em que as pessoas encontram sua unidade mística. Por causa da minha obsessão pelo essencial, da minha renúncia aos detalhes, às trivialidades, interferências, aparências, olhar para mim é como olhar para um cristal. As pessoas veem seu destino, seu eu potencial, seus segredos, seu eu secreto. Rebecca abriu mão das infantilidades e ficou séria. É sempre assim. Também é sempre assim que ela fica com medo do que vê e foge.

Nunca me entrego a conversas banais. Fico quieta. Evito muita coisa. Me afasto. Estou sempre pensando nesse núcleo de pessoas, observando-o, interessada apenas quando falam. O milagre que espero – a queda do vazio, das falsidades – sempre acontece.

A conquista nos fere ainda mais fundo que a perda. Porque com a conquista vem a dor da responsabilidade. Será que a influência foi mesmo benéfica ao outro? Gonzalo, afastado do comunismo – será o certo?

11 de setembro de 1936

UM DIA E UMA NOITE. Abri os olhos com o desejo insistente de cantar ou dançar sem nem saber por quê, mas a dança já estava no quarto. Era o sol, refletido no Sena. Como estou deitada sozinha na minha cama? Só cheguei em casa ao amanhecer. Quando cheguei, os catadores estavam revirando as latas de lixo e os *clochards** ainda dormiam na soleira das portas.

Saí da floresta escura de carícias, de cheiros, ansiando por rolar, banhar-me outra vez no perfume de seus canelos negros, cobrir meu rosto com eles, sentir-lhe a pele, mergulhar no calor, flutuar na adoração, respirar e nadar na admiração, pôr as mãos ao redor do nosso beijo, como se fosse uma pequena chama que protejo do vento; uma boca transformando-se – no início, recolhida, mas agora florescendo, enchendo-se, virando-se para fora, magoada, derretida, aberta, úmida. Mudaram as correntes entre os olhares, as correntes entre as bocas. Tantas camadas do ser exploradas com dedos, bocas e palavras. No início olhos, lanternas e estrelas, velas, selvas e o céu, o inferno e o desejo.

Apenas a boca toca o ventre. Nuvens de sonhos, pó de diamante e o enxofre dos olhos, mas apenas a boca toca o ventre, a boca se movimenta, se mexe, desabrocha, os lábios se abrem, e o ar da vida, a falta de ar do desejo emergem. O formato da boca molda as correntes do sangue, agita, eleva, dissolve. Banhar-se, rolar, girar com vertigens em uma cama bem-aquecida – não há calor como o de dois corpos – essa é a corrente da vida.

Hugh abriu a porta. "Aí está você, gatinha – nem ouvi você chegar!" Janine chega de mansinho com o café da

---
* "Mendigos". Em francês no original. (N.T.)

manhã, os jornais e a correspondência. As cartas dos pacientes são sempre a mesma coisa. Minhas crianças. Nas cartas, sempre me adoram, me imitam, se identificam comigo, me agradecem. É sempre um espanto, uma admiração – a gratidão pelo milagre. Obrigado por me ressuscitar. "Em breve vou dar um concerto. Estou escrevendo meu livro. Escrevi uma história. Estou escrevendo sobre a minha infância, como você fez. Ainda sinto a sua falta. Ainda me sinto só. Não tenho amigos. Vou me casar, graças a você. E não desabei dessa vez, graças a você. Eu queria estar em seu quartinho no Barbizon Plaza, conversando. Você me libertou. Me sinto mais forte." Não sinto amor algum pelos pacientes – somente pelo momento em que o milagre se opera; pelo instante em que o violinista russo começou a chorar na Fifth Avenue ao descobrir o sentido da vida; pela mulher que caiu de joelhos, arquejando, ao sair do hotel; pela garota que, com as lágrimas, livrou-se de seu pesadelo; pelas primeiras páginas do escritor que sofre de bloqueio e pelo primeiro brilho que surpreendi em seu olhar. Ressuscitados dos mortos. Não tenho *nenhum* laço pessoal com eles. Não tenho como devolver o amor que me dedicam. Mas ainda me extenuo escrevendo cartas mágicas. Meus pacientes não são meu amigos. Eles me deificam, me separam, tomam-me por uma deusa, uma intérprete, e eu me sinto só.

As cartas de Moricand me agradecem, em nome de Netuno, por tudo o que empreendo a fim de tirá-lo da pobreza. Mostro seus horóscopos, envio-os a Nova York, traduzo-os com Henry, converso com Deníse Clairouin. As cartas de Thurema sempre trazem amor, igualdade, amizade, uma ligação vital. As cartas de Fraenkel trazem a doença e um universo estático.

Enquanto tomo banho, me pinto, aplico pó e perfume, o telefone toca. Rompi com Turner, que sempre fora minha última defesa contra a invasão completa de um amor profundo. Me abandono de corpo e alma a Gonzalo. No início eu não conseguia domar minha sensualidade, que ele não abrangia, mas o amor verdadeiro me possuiu de modo tão completo que, quando ele nos impôs a castidade, evitou a posse, os espasmos, limitou-nos a carícias, me senti feliz. *"Chiquita, eres el ideal mio, tu cara, tu cuerpo, todos tus movimientos, tu manera de moverte – eres mi tipo."*

Outra vez estou sonhando com Gonzalo, sempre sonhando com Gonzalo, enquanto copio o diário de 1922 para Clairouin, enquanto escrevo cartas, enquanto falo ao telefone. Sempre sonhando com Gonzalo.

Sua voz escura e enferrujada ao telefone: "Posso ir agora?"

"Venha! Venha!"

Estamos caminhando, em busca de nossa *roulotte*.

Estamos caminhando pelas vilas de catadores de lixo e ciganos que moram nos subúrbio das cidade, no Porte de Montreuil. Pequenas vilas cheias de casebres, com vielas estreitas, cercas de madeira escura, podre. Os casebres balançantes, expostos à chuva e ao vento, homens e mulheres vivendo no lodo, dormindo em trapos, bebês. Todos os restos da cidade, um acúmulo de tralhas, trapos, pedaços de cano, garrafas, sapatos gastos, roupas puídas, coisas que perderam a cor e o formato, detritos, objetos quebrados sem nome, atirados no lodo; e os homens debruçados, negociando, separando. As mulheres oferecendo um seio murcho. As crianças buscando água de uma fonte.

Em meio aos casebres, *roulottes* pequenas, abarrotadas por famílias numerosas. Todos dividem a mesma cama. Em meio aos casebres e às *roulottes* uma bela casinha preta e vermelha, uma casa de brinquedo com jardim em miniatura, enormes girassóis, conchas, pombos; engastada na terra do jardim, uma casinha preta e vermelha, provocativa, irreal, como as casas dos contos de fada. Ao lado, um casebre, um amigo de Django, o cigano que toca violão, amigo de Emil. Emil me disse que os homens ciganos são feitos para a música; as mulheres trabalham para os homens, vendem rendas e roubam. Um amigo cigano de Django nos mostra a *roulotte* que queremos. Por fora ela é vermelha; por dentro, teto cor de laranja e paredes de couro, paredes de couro como as das fragatas antigas. Uma cama pendia, suspensa de uma parede. Pequenas janelas árabes. A cabeça de Gonzalo quase bate no teto. É a *roulotte* que queremos. Mas não temos dinheiro para comprá-la. E os donos não querem alugar porque lá mora um *mutilé!**

Por muito tempo procuramos, por outras vilas, outros portões, vimos as trupes que fazem espetáculos. *Roulotte à vendre. Pas à louer!*** Beijos e o desejo de um cantinho nosso, cansada de encontros furtivos, do quartinho de hotel na Rue Vendôme. Procurando. Procurando um barco ao longo do Sena. Dificuldades.

Na hora do jantar, estou com Henry em seu estúdio, com os pés empoeirados.

Henry me recebe com uma ternura desarmante. Está em um de seus dias ternos. Ele vem escrevendo com tanto fervor que teme ficar louco. Henry aprofundou-se tanto na nova linguagem e nos mundos rodopiantes e vertiginosos para representar o sabor da Broadway, de Nova York, que acabou perdido. Ele está atônito e solitário. Sente-se grato por ter a mim, por eu estar a seu lado. Pousa a mão no meu corpo, cheio de ternura, cansado das visões, e instintivamente caímos em nosso mundo. Gonzalo-*Leoncito* corre em minhas veias, pelo meu corpo, e canta dentro de mim sem cessar. A cabeça dele descansa na espuma de meus devaneios incuráveis. Pálido, não desaparece. Fica lá comigo, a noite inteira, todo o tempo que passo com Henry – comigo, me assombrando.

Henry sai para fazer as compras enquanto eu costuro para ele. Fazemos uma refeição simples, em silêncio, as mesmas palavras, os mesmos olhares, uma gratidão em mim, pelo passado, por tudo o que se passou, uma gratidão pela força que ele instilou em mim, pelo presente de um eu que pertence a si próprio. "As mulheres não gostaram do meu livro como você achou que gostariam", diz Henry. "Nisso você errou..."

É verdade. As mulheres não gostam de ser despoetizadas, naturalizadas, tratadas como seres sexuais, sem roman-

---

* "Mutilado". Em francês no original. (N.T.)

** *"Trailer* à venda. Não alugamos!" Em francês no original. (N.T.)

tismo. Achei que gostariam. Eu gostei, por um tempo, porque eu tinha sido idealizada demais, mas eu era uma mulher de verdade e queria ser amada com luxúria, despoetizada, mas no fim as mulheres se magoam, morrem; e eu também me sentia malograda, e hoje me senti grata pela ilusão em que mergulho com Leoncito, pelo sonho. Ao pensar no modo ardente de Gonzalo me venerar sinto vertigens, como senti vertigens quando ele me olhou no metrô.

Deitada no escuro com Henry. Não sentimos desejo, mas o diamante em nossas cabeças, o olho pineal, flui de modo incrível! Nossas vozes correm e fluem, se alçam, murmuram. Bordamos juntos. Bordamos por luminosas sendas escuras... *Voie Lactée*.* Constelações de ideias...

Comecei nossa jornada a partir do conflito provocado pela escrita do diário. Enquanto escrevo o diário, não consigo escrever um livro. Meus livros não são bons como o diário. Será que é porque não me entrego suficientemente a eles? Será que é porque tento fluir de forma dual, seguir registrando enquanto ao mesmo tempo invento, transformo? As duas atividades, a transformada e a natural, são antitéticas. Se eu fosse uma legítima escritora de diários, como Pepys ou Amiel, registrar me bastaria – mas não basta. Tenho um desejo de preencher, projetar, aprofundar; quero esse desabrochar supremo que se origina da criação. Ao ler o diário, percebo tudo o que eu não disse, tudo o que só pode ser dito em um trabalho criativo, demorado, expansivo.

Henry disse que eu impedi a *mudança geológica* em mim – a transformação provocada pelo tempo, que transforma as areias em diamantes.

"Ah, isso é verdade. Acho que gosto da matéria bruta, da coisa *antes* da transformação. Tenho medo da transformação."

"Mas por quê?"

"Porque ela se afasta da verdade. Mesmo assim eu sei que ela se torna real, pois hoje reconheço que suas descrições fantásticas da Broadway são mais verdadeiras que os rascunhos instantâneos que fiz em Nova York."

---

* "Via Láctea". Em francês no original. (N.T.)

Quando eu era garotinha, eu queria ver como as plantas cresciam. Afastava a terra para longe para ver os brotos germinarem.

O medo da transformação está de certa forma relacionado ao medo que tenho da loucura, o medo da loucura que tudo deforma. Temo a mudança e as alterações. Escrevo para lutar contra esse medo. Eu costumava, por exemplo, temer Henry como as pessoas temem uma vida terrível, o trágico. Eu costumava sentir prazer ao descrever nossas alegrias, os momentos serenos, a compreensão, a ternura, como algo que mais tarde pudesse esconjurar o mal, o demoníaco, o trágico. Eu percebia muito bem a insegurança. É assim que funciona: Algo maravilhoso aparecia diante de mim, como a pequena chama de um fósforo pareceria a um primitivo – um milagre. Tal como o primitivo, eu não sabia que aquele milagre poderia ser repetido, que existiam outros fósforos, que o poder de produzir uma pequena chama está em mim. E nisso eu não progredi. Confessei tudo a Rank. Como o medo da mudança em um rosto. Ora parece belo, humano, próximo. Ora se distorce, parece mau, cruel. Mas no diário eu tenho os dois rostos. Ao escrever, dissipo o medo da alteração. Minha visão do mundo é instantânea e acredito nela. É minha realidade. A transformação que criar exige me põe apavorada. Para mim, a mudança representa uma tragédia, uma perda, uma insanidade.

Henry ficou surpreso.

"Bem, se é essa a minha moléstia, Henry, eu deveria descrevê-la à exaustão no diário, fazer alguma coisa do diário, do mesmo jeito que Proust fez seu trabalho a partir da doença, da moléstia que o levava a analisar tudo, a buscar o passado – a recapturar de modo obsessivo. Eu deveria me entregar de corpo e alma ao diário, torná-lo mais completo, dizer mais, viver minha doença. Até agora, só o que fiz foi combatê-la; tentei me curar. Você tentou me curar. Rank tentou me curar."

"O problema", diz Henry, "é um problema aritmético. Você nunca vai conseguir alcançar os dias que se passaram. E registrar o que se passou em um dia não vai ser suficiente.

O registro dos dias se alastra indefinidamente, e algo mais importante fica de fora, adiado, perdido. No fim, será uma teia a sufocar você. A arte exige uma certa indiferença. Você está se entregando a um culto primitivo da vida, à sua adoração da vida. E cada entrada no diário detém o fluxo. E o fluxo poderia acumular e transformar-se em mistério, provocar uma explosão, uma transmutação. Você também se preocupa com a completude. Você diz, por exemplo, que está preocupada com o retrato de Eduardo. O retrato dele não está completo, como um personagem de Proust. Você fala como uma artista."

"Mas eu só sinto que o retrato no diário está completo nos momentos em que Eduardo se torna importante para mim, quando ele de alguma forma se relaciona comigo. Eduardo vem à superfície e afunda, aparece e desaparece apenas em relação a mim. É como uma estátua sem um braço ou sem uma perna, que alguém desenterra e tem de decifrar, adivinhar. Enquanto a verdade é que Eduardo tem sua vida, uma vida independente que deveria ser incluída."

Por que não me satisfaço com um único dia – será porque não o fiz completo o suficiente, de modo a conter o infinito? Um dia no diário deveria ser completo, como um livro; e todos espaços que pulo, todos os braços faltando, todas as camadas não iluminadas por eu não os ter tocado com meus dedos quentes, com meu amor, por eu não os ter acariciado ficam no escuro, como o próprio mistério da vida.

O que é essa coisa grandiosa que capturei no livro sobre Papai, mas que não está no diário?

Um dia pleno. Será que o registro impede os voos mais altos? Cada dia registrado vai mesmo *contra* essa coisa maior, ou é capaz de ser transformado em algo tão grande e tão belo a ponto de tornar-se o todo, o infinito? Será que o desabrochar é possível apenas mediante o esquecimento, o tempo, o apodrecimento e o pó e as falsidades? Se escrevi o diário para escapar à loucura, então foi pela mesma razão que os artistas criam, segundo Nietzsche. Sendo que o artista *é* a visão que tem da vida – do trágico e do terrível –, ele enlouqueceria se a arte não o salvasse.

Henry me possuiu pela manhã. Foi como um segredo pairando entre nós durante o café da manhã, algo acontecido em sonho, um sonho passado, por uma hora. Mais tarde, caminho ao longo do Sena, perguntado aos barqueiros por um barco em que eu e Gonzalo pudéssemos morar. Enquanto olho por cima da balaustrada, o "agente" me observa. Será que ele acha que vou me suicidar? Será que pareço alguém prestes a se suicidar? Ele me observa. Quando me debruço sobre a balaustrada para olhar os *péniches** ele me observa. Quando desço as escadas para conversar com o proprietário do *Nenette*, um *péniche* claro e adorável com cortinas de miçanga nas janelas, ele me observa. Começo a pensar e a sentir que estou prestes a me suicidar. E por quê? Porque não posso ir ao Peru com Gonzalo, porque ele disse: "Se um dia eu descobrir que você não é minha, não é só minha, se um dia eu descobrir que um outro homem beija, possui você, eu vou embora e você nunca mais vai me ver. Ia ser meu fim, *chiquita*." Porque essas cenas de ciúme machucam, laceram a nós dois. Mas fazem que eu me sinta inocente. Inocente. Sempre inocente. Inocente na noite de sábado em que não pude sair com Leoncito porque era a noite de Hugh e tentei dissolver Luminal – um remédio para dormir – na *tisane*** de Hugh, e ele percebeu a cor turva, mas eu fui tão sortuda, tão protegida por Ali Babá, o deus dos bandidos, que ele adormeceu às dez horas, e eu fiquei deitada esperando no meu quarto (depois de convencê-lo a me deixar dormir sozinha) até me convencer de que ele dormia, me vesti no escuro e, com infinita cautela, esgueirei-me para fora do apartamento, deixando a porta da frente entreaberta, porque ela faz um barulho considerável ao fechar, desci dois lances de escadas pela porta de serviço para pegar o elevador, deixando a casa de coração aos sobressaltos para encontrar Leoncito na esquina, imaginando o que aconteceria se Hugh acordasse no meio da noite, como ele muitas vezes acorda, e entrasse no meu quarto.

Gonzalo, surpreso e assustado com a minha audácia de querer passar a noite inteira a seu lado, achando que eu vol-

---

* "Barcos-casas". Em francês no original. (N.T.)

** "Tisana". Em francês no original. (N.T.)

taria de imediato para a cama. Mas fomos para o quartinho de hotel peruano, e Leoncito estava muito fogoso após dias e mais dias de desejo reprimido. Às cinco eu acordei, sentindo que devia voltar para casa. Meia hora depois eu estava de volta à minha cama, e às seis Hugh acordou! A sorte dos bandidos. Nenhum remorso. Medo e pena, sim, preocupação com a angústia de Hugh, medo de que Henry soubesse, ou de que Gonzalo descobrisse sobre minhas noites com Henry. Mas nenhum remorso. Apenas amor, um amor que me preenche, me transporta, me obceca; sem tempo nem espaço para arrependimentos, hesitações, vacilos e covardias. O amor correndo dia e noite, livre e desimpedido. Pois na manhã seguinte dei a Hugh tudo o que ele queria – carícias, a posse, um passeio de bicicleta ao longo do rio. Um presente para Hugh.

Carta para Eduardo: Você não tem mais o que dizer além de adoração ao sol, adoração aos meninos, ou algum outro tipo de adoração – afora a de Anahita, deusa da lua, analisada por mortais, rumo à ascensão mística suprema? Não estou louca, só contente. Muitas coisas engraçadas acontecendo.

Eu deveria escrever um hino de louvor ao táxi, que nutre o sonho, me leva a todo lugar e possibilita o isolamento, os devaneios. O movimento deu asas a tantos voos da imaginação! O táxi é o objeto que mais se assemelha à antiga bota de sete léguas. Vem ao encontro de meu desejo de saltar, da minha impaciência, do meu desejo por fantasia, fantasia permanente. É meu vício, meu capricho. Sacrificar uma corrida de táxi é a provação mais dura que sou capaz de me impor. Em dias de loucura o táxi me protege, porque fico à vontade para falar sozinha.

Acho que, se eu jogar a baga do meu cigarro pela janela, posso acabar pondo fogo em um tanque de gasolina e causando uma explosão.

Quando vacilo, sou capaz de seguir vacilando – de modo mais profundo, mais abrangente e por mais tempo do que qualquer um. É raro. Sempre descubro o que quero saber tão ligeiro! Escolho o que desejo com muita rapidez, mesmo em uma vitrine com cem objetos. Olhando pela janela do ônibus, ao passar uma loja eu avisto um chapéu e sei que vou comprá-lo. Me basta um instante para saber se gosto ou não gosto das coisas. Um instante.

17 de setembro de 1936

GONZALO PASSA DIAS CASTOS, sem me possuir. Em seguida vêm os dias de paixão e sensualidade. Então ele tem um acesso de ciúme, como antes, em que se contorce e se tortura, faz perguntas, desconfia de mim, porque diz que ainda *sente* que Henry está por perto. Para oferecer-lhe consolo, conforto, falo sobre o amor morto que eu sentia por Papai, por Henry. Rindo, digo para Gonzalo: "Seu ciúme é necrófilo; todos esses são amores mortos!"

"Mas você volta e meia leva flores ao cemitério! Seu amor aos mortos é muito intenso."

Respondi: "Hoje não estive no cemitério".

Momentos em que tudo parece estar perfeitamente em seu lugar no universo, tudo lindo, completo. Henry está escrevendo magnificamente, eu e Gonzalo nos beijamos, Hugh comemora alguma vitória em seu serviço. Vida, criação, proteção, paixão.

Uma certeza profunda quanto ao gênio de Henry, escrevendo num crescendo que culmina com a loucura mais absoluta. Meu romance sobre Henry, profético. Eu havia escrito sobre ele: "Uma insanidade produzida pela vida".

Hoje ele diz que o surrealismo nasce da vida. Surrealismo real. Henry – justaposição de poesia e feiura. Para mim, Henry é o único surrealista autêntico e criativo. Os outros são teóricos. Henry é um surrealista na vida, no trabalho, na personalidade. O que apreciei nele foi o surrealismo. O que sofri foi por conta do surrealismo, pois eu não sou surrealista.

Anteontem, quando eu cheguei, ele havia escrito um bocado, e disse: "Tenho trabalhado como um louco e não sei se isso é bom ou ruim. Me diga. Estou completamente louco ou completamente certo?"

Li as páginas e respondi que ele estava completamente certo.

Depois de escrever aqui no dia seguinte (sobre arte etc.), senti o perigo de confiar minhas necessidades artísticas ao diário. Pode matar sua maior virtude: a naturalidade. Preciso me dividir e fazer algo *separado* – é uma necessidade. Pensamentos relativos à perfeição devem permanecer *longe* do diário. Adeus, completude! Meu plano de escrever um dia e uma noite até atingir a perfeição.

Enquanto conversava com Henry sobre o seu trabalho, perguntei-me por que as pessoas dão à completude o nome de *objetividade* ou exclusividade. Eu me sinto completa justo enquanto me divido entre Henry e Gonzalo por razões diferentes. Mais uma vez a vida me deixa perplexa. Será que os artistas nunca atingem a Unidade? Mesmo assim, sinto-me completa em meu íntimo. Completa quando estou com Henry, completa com Gonzalo. Eles não interferem um no outro. Gonzalo é o sonho. Henry ainda me espera com paixão, segura meu corpo com as duas mãos e me possui de modo muito sensual, físico, simples e completo, de modo muito humano, como um bicho. E então posso ir até Gonzalo e me alçar a alturas onde a posse física é supérflua.

Enquanto eu for o sonho de Gonzalo (a irrealidade da noite em Louveciennes, a irrealidade dos passeios, das noites no estúdio de Roger; a realidade do quarto de hotel, dos momentos aqui comigo, a noite irreal em meu próprio quarto, quando me vesti de espanhola), ele não vai sofrer. Quando a ligação sensual explode, ele se toma de ciúmes e terrores.

"Você é mesmo minha? Alguém mais a beijou? Fico louco só de pensar que alguém mais pudesse beijar você."

20 de setembro de 1936

Última visita de Papai antes da partida para a Suíça. Conversa de salão. Crepúsculo. Então, com um movimento brusco, segurando meu rosto muito próximo ao dele, Papai me pergunta: "Diga, algum outro amante amou você tão bem, com tanta paixão como eu amei?"

Por bondade, eu minto: "Não".

"É tudo o que eu quero saber. Para mim aquelas duas semanas em Valescure foram o ápice, a perfeição."

Pusemo-nos de pé. Beijos no rosto. Ele procurou minha boca, delicado. Senti seu desejo. "Que jeito estranho esse de amar você, Anaïs." Não senti nada. Eu disse: "Papacito". Ele respondeu: "Não me chame de Papacito numa hora dessas".

Papai estava ébrio, ébrio de desejo. Ele disse: "Não quero ver você nunca mais. Não vá à estação. Só quero guardar, guardar..."

Então se foi. Descendo as escadas, encontrou Mamãe. Vi a expressão dela. Estava trazendo uma sacola do mercado, cheia de coisas para mim. Ela sentou-se na sacada e gritou, histérica: *"Voleur, voleur!"** Consolei-a, cheia de sentimento. "Não", eu disse. "Ele não roubou seus filhos. É a você que amamos cada vez mais. Quanto mais conheço Papai, mais amo você." Percebi o sofrimento profundo de Mamãe. Por Papai eu não sentia nada. Irreal. Mas o sofrimento de Mamãe eu sentia. Eu a consolei e acariciei, implorei. "Eu nunca o vejo. Ele está sempre longe e não significa nada para mim. Não lhe tenho amor." Mamãe se consolou. Ela ficou magoada porque Papai a vira carregando uma sacola do mercado, como uma criada.

À noite, estive com Gonzalo. Ele estava me acompanhando até em casa. Pedi que me acompanhasse um pouco além. Eu queria me certificar de que Mamãe dormia. A compaixão me atormentava – a imagem de Mamãe carregando a sacola do mercado, os gritos histéricos. A luz de seu quarto estava apagada. Fui para casa. No dia seguinte descobri que

---

* "Ladrão, ladrão!" Em francês, no original. (N.T.)

ela foi dormir tranquila, achando que fora Papai quem pareceu assustado. É verdade. "Tenho certeza", ela disse, "que ele nem percebeu a sacola..."

No dia seguinte Mamãe foi à Itália para estar com Joaquim. Passamos a manhã juntas, em silêncio. Almoçamos e, enquanto ela estava ocupada, saí para ver Henry, que estava me esperando na cama e me puxou para cima dele ao receber-me, me segurando com as duas mãos, cheio de desejo, e cheio de desejo me possuiu. Então fui para casa jantar – Mamãe, paz, nada como estar em casa. Eu e Mamãe trabalhando juntas em um tapete, depois a estação, acenando, ternura e olhos marejados, então pedindo a Hugh que me levasse a um café onde alguns amigos me esperavam. "Vou ficar lá só por uma horinha." Certificando-me de que Hugh tomara o metrô, seguindo-o despercebida até que o visse ser engolido pela escura entrada do Métro. Depois me encontrei com Gonzalo – chegando a uma rua lateral, minha sombra muito, muito longa na calçada; e quando minha sombra tocou Gonzalo, ele se virou e me viu.

Aos dezessete anos eu queria muito, demais, ganhar rosas vermelhas. *"Je voudrais des roses, des roses, des roses..."** Em Nova York, fizeram chover sobre mim as mais belas flores. Aos dezessete anos eu também escrevi: *"Je voudrais qu'il soit pauvre, très pauvre, et qu'il ait besoin de moi. Eu queria que ele fosse pobre, muito pobre, e precisasse de mim."*

Era verdadeiro em relação a Henry e a Gonzalo, que me agradece por tê-lo salvo de Montparnasse, das orgias, das bebedeiras, do desespero e do gosto ruim na boca. "Se eu não tivesse conhecido você, Anaïs, o desgosto teria me levado à Espanha e lá eu teria morrido." Sempre preguiçoso, risonho, o amante de garrafas, libertinagem e boemia. Eu invejo quem consegue beber, decair, tornar-se relaxado, despreocupado, relapso, desleixado e doente, porque eu não consigo. Algo sempre me puxa para cima. Vou até lá apenas para arranjar um amante e então mergulho, mergulho em êxtases, transes,

---

* "Eu queria rosas, rosas, rosas..." Em francês, no original. (N.T.)

em magia, mas nunca na decadência. Longe da morte, da decadência e da corrupção, longe dos doentes e moribundos, mas sofrendo com o remorso de escolher sempre homens maculados e fracos que se salvam com a idealização que fazem de mim, que não me permitem descer, extravasar minha humanidade na bebida ou em obscenidades.

A imagem da virgem, da vida e da criação é a nota dominante.

Ninguém acreditaria nos acessos de erotismo que de súbito me assolam quando vejo uma mulher vulgar no mercado, debruçando-se sobre as mercadorias, expondo as pernas até a altura das coxas. Ninguém acreditaria que senti prazer ao ler as bestialidades que Henry escreve e que tanto enojaram Gonzalo. Ninguém acreditaria que gostei do modo natural com que Henry trata as mulheres como natureza. Mas tratar a mulher como natureza leva a uma despoetização e a uma vida prosaica, e tive de reencontrar minha poesia em Gonzalo. Quando vejo filmes sobre Meyerling, sobre Mary Stuart, filmes com histórias de amor romântico, penso em Gonzalo, não em Henry. Histórias de amor. Romantismo: Gonzalo. Amor humano: Henry; humano, sem ilusões. Ilusões nas adorações que recebo. Não há ninguém a meu redor que não seja apaixonado por mim.

Vejo Gonzalo sofrer do mesmo ciúme que eu sofria com Henry. No dia em que soube que eu me encontraria com Papai às cinco horas, Gonzalo deixou um desenho pela metade e começou a sofrer, a imaginar, tal como eu fazia quando Henry ia ver Ferrens, ou Joyce, ou quando saía com pessoas de Nova York que o consideravam um grande conhecedor de puteiros.

Com Gonzalo eu não sofro – não me permito. Com Henry, foi infernal. Acredito em Gonzalo porque ele é o tipo de homem que detesta sexo apenas pelo sexo, que sai da cama das mulheres que possui sem amor e vai tomar um banho, se lavar, que se sente sujo, não gosta de orgias, precisa de ilusões e diz: "Meu Deus, *chiquita*, como é melhor, como é maravilhoso com amor!"

Hugh está fazendo horóscopos na minha escrivaninha. Meus olhos estão cansados de copiar o volume dezoito. Espero que Hugh adormeça, porque às onze fiquei de me encontrar com Gonzalo no apartamento de Mamãe.

Alegria intensa porque o amor à primeira vista é como uma doença; suspiramos, temos sede, fome, febre de amor; a proximidade nos deixa ébrios, drogados, graves e pensativos; e nos desesperamos com a separação. Mas agora estamos acostumados à doença e acordamos do sonho e das carícias para rir...

22 de setembro de 1936

MEIA-NOITE. LUZ DE VELAS. O quarto que era de Mamãe – agora nosso. As cinzas e bagas dos cigarros de Gonzalo espalhados por todo canto. As roupas de Gonzalo no chão, tudo lá, exceto as cuecas brancas que ele só tira no escuro. O *pudeur* de Gonzalo. A adoração do corpo. Ele beija meus pés. Venera meus pés. Beija minhas pernas. Venera minhas pernas. A força delas. Me beija o corpo inteiro. Delicia-se com as sombras, as curvas. Louva o espaço entre os meus olhos. Minhas orelhas. "Tão pequenas, tão delicadas, tão adoráveis, tão incríveis. Sequer são orelhas. Não parecem *orelhas*, Anaïs. Nunca vi orelhas assim, tão adoráveis. A vida inteira sonhei com orelhas assim."

"E procurando *as orelhas*, me achou!"

Comoventes, as camadas mais profundas de nosso ser – graves, profundas.

"Anaïs, sinto que você é minha. Ah, Deus, Anaïs, se eu perdesse você agora eu me mataria. Você me escravizou, me escravizou."

O que está acontecendo? Muitas mulheres passaram pela vida de Gonzalo, como passaram pela de Henry, sem deixar vestígios; e eu escravizo, retenho, seguro, prendo eternamente.

"Como mudamos, *chiquita*. Quando foi a primeira vez que você me amou?"

"Não sei, foi tudo muito inconsciente. Na minha festa, tive um pressentimento."

"Na sua festa eu já estava enlouquecido e louco de ciúmes. E com razão! Ah, *chiquita*, quero trancar você só para mim!"

Sonhador. Gonzalo quer a *roulotte*, quer o *péniche*, mas fica atirado, cheio de desejos, suspirando. Sucumbe às dificuldades. Fui eu que hoje consegui o *péniche*, fui atrás, caminhei ao longo do Sena, vi Allendy, escrevi para Maurice Sachs, persisti, descobri que eu poderia ficar com a metade do *péniche* de Sachs. Isolamento no rio. Uma sala grande e um quarto. Paredes com pesadas vigas de madeira alcatroadas. Vista para o rio. O popa do navio atrás da nossa cama. Nossa cama. Nosso cantinho. Empolgação. Seduzi Sachs para conseguir tudo o que eu queria. Encantei. Pedi. Arranjei. Paguei. Planejei surpreender Gonzalo. Febre. Por um ou dois dias, tenho de guardar segredo. Gonzalo. Meu amante. O passado racial de um sangue antigo, muito antigo reviva-se com a hispanidade, com os ciúmes dele – *"celos de Moro"* – Celos! A própria palavra *celos* – mais que ciúmes!

Noite de carícias, sem posse... não entendo. Uma vez ele sussurrou: *"Soy débil"*. Outra vez: *"Te quiero demasiado"*. O garoto, oito anos com os jesuítas. Antinatural. Ele nunca urinou uma vez que fosse enquanto estava comigo. Nunca caminha nu. Quando adormece, ele é mais natural. Então surge o desejo, livre. Nunca durante a vigília. Mas à noite, misterioso, como um gato. Mas quantas vezes ele empurra o pênis para baixo com a mão, controlando-se; não me deixa beijar seu pênis, segurá-lo. Timidez, vergonha, *pudeur*. Mas o amor tão imenso – sexo sem importância. Mas hoje, hoje, depois de passarmos a noite juntos, eu estava voltando do rio em um táxi, lendo um livro erótico que Sachs me deu, e tive um orgasmo poderosíssimo – a cidade estremeceu, o táxi parecia flutuar, e por uma, duas, três vezes palpitei em um demorado orgasmo.

26 de setembro de 1936

À NOITE FOMOS VER O BARCO, levando lençóis e uma pele. O amplo e escuro *péniche* lá, flutuando em meio às luzes da ponte. Atravessamos a *passerelle*. O garoto René, dormindo em uma das cabines, gritou um "Olá!" O avô que também mora lá, o velho avô do rio, de boina e blusa azuis, olhando pelo vidro da pequena porta. "Ah, é a senhora! Um instante, vou abrir." As portas se abrem. Chegamos aos aposentos com vigas, cheirando a alcatrão. Uma luz difusa filtra pelas janelas. Gonzalo disse: "É como um conto de Hoffman. Como uma fábula de Andersen. Um sonho."

Nosso quarto. Cheiro de alcatrão. O avô e René de volta a suas camas. Nos beijamos, rimos, admirados, em êxtase. Por fim, longe do mundo. Por fim, saímos da terra de Paris, dos cafés, nos afastamos dos amigos, dos maridos, das esposas, ruas, casas, do Dôme, da Villa Seurat. Trocamos a terra pela água. Estamos no navio de nossos sonhos. Só nós dois. Grandes sombras ao redor, as vigas da Idade Média, a água batendo na popa. O quartinho na popa, como uma câmara de torturas, com janelinhas gradeadas – de viés.

Gonzalo disse: "Vou trancar você lá dentro para torturá-la se você um dia me enganar". Beijos, risadas, paixão, o sonho. A água na popa não é coberta. "Vamos criar peixes, tomar banho aqui. Pobre Leoncito, natural das montanhas! Aqui, está fora de seu elemento."

"Você está me levando para o fundo do mar, como uma sereia de verdade."

O olhar dele muitas vezes é como o de um bêbado, como o de alguém que cambaleia. Mas agora vejo febre e devaneio em seu olhar. "Onde estamos? Onde estamos?"

Deitados na cama, corpo encostado no corpo.

Então passa um barco, agitando a água do rio; a água ondula e o barco balança. As grandes vigas estalam um pouco; a árvore a que o barco está acorrentado estala, suspira, lamenta. É como estar no mar, como velejar. Gonzalo acordou no meio da noite e sussurrou: *"Estamos navigando"*. Ficamos encantados, *enfeitiçados*, balançando meio dormindo, drogados.

"Quero ficar aqui com você, *chiquita*."

"Quero ficar aqui..."

"Os incas, os incas aristocráticos sempre tinham uma pequena passagem subterrânea nas casas, que dava para um jardim secreto. Um jardim chamado, em quéchua, de *Nanankepichu*, que significa 'não casa'."

"Vamos chamar assim o nosso barco, Leoncito!"

"Ninguém sabe onde estamos. Estamos fora do mundo."

A todo instante um de nós dizia: *"¡Qué felicidad! ¡Qué felicidad!"*

O rio é vivo, alegre. O alcatrão nas paredes brilha.

No dia seguinte, ao sol, eu e Leoncito organizamos o barco. Ele lembrou de tudo o que sabia na *hacienda*: carpintejar, pintar, fazer nós. Eu fiz cortinas para o nicho da cama. Acima da cama há uma sacada aonde se sobe por uma escada e que sai para o deque. Ao redor, pendurei cortinas de aniagem para fazer um dossel completo, que cubra a cama toda, como nas alcovas de antigamente.

Naquela noite fui ver Henry, que está escrevendo de modo tão simples e profundo sobre sua infância que me fez chorar. Ele disse: "Naquele outro dia, você me incentivou a continuar."

Li, chorei e passei a noite com ele. Henry está sóbrio, pensativo, nadando na criação, na imaginação. No escuro. No escuro ele me possui, devagar, demorado. A carne e o espírito se tocam em um grande mistério. Sem febre. Sem orgasmo, porque estou pensando em Gonzalo. Sinto o balançar de nosso barco, nosso sonho, o gosto em sua boca. Pensando em Gonzalo torturado pelo ciúme do homem [Maurice Sachs] que mora conosco no navio e logo depois aliviado ao conhecê-lo (Sachs é feio e vulgar). Gonzalo torturado ao saber que eu teria um jantar de despedida com Roger e que Henry estaria lá.

Três vidas. Três lares. Três amores. Será que não consigo deixar nada morrer, que não consigo deixar para trás as experiências antigas, que não suporto a separação, o fim, a morte, a passagem do amor – ou será que meus amores são eternos e profundos, que a transformação no que sinto por Henry conduziu-nos a um novo mundo, um prolongamento rumo ao infinito de uma paixão abrasadora, reverberações eternas, ecos na abóbada celeste? Se uma enorme onda sonora começasse nos confins da terra ou do mar, depois de quanto tempo ela morreria, atravessando milhões de quilômetros? Vejam a vida dos planetas, das estrelas, das horas, multiplicadas mil vezes, tornando ínfimos os nossos dias, meses, anos. O que são cinco anos de meu amor por Henry? O que é este amor por Gonzalo, como uma nuvem que eu poderia estar vendo a partir da sacada na Villa Seurat? No céu e no mar, morrem estrelas, peixes, mas não o todo – nada põe fim ao movimento, à evolução, ao brilho, à criação. E assim avançam meus amores, sem barreiras.

Sento-me e prego botões nas roupas de Henry e enquanto costuro percebo de súbito toda a solidão que ele sente, percebo que ninguém o entende por completo, percebo sua grandeza, seu gênio, seu envelhecimento; percebo que, à medida que Henry vai cada vez mais fundo em seu livro, em sua sinceridade, à medida que o Henry de verdade dilui-se no Henry criador, à medida que sua iluminação espalha-se por cima e ao redor do Henry comum, prosaico, toca-lhe a careca, as mãos, o trabalho doméstico – à medida que tudo acontece, nosso amor é afetado, o conhecimento que ele tem de mim; Henry fica mais próximo de si mesmo, da verdade e de mim.

Enquanto fico sentada costurando a capa para o sofá de Hugh, percebo sua saúde precária, sua ansiedade, sua solidão, sua falta de gênio, mas também sua fome de coisas extraordinárias, ciente da linda humildade que levou Hugh a chorar quando leu o diário de nossos primeiros encontros, dizendo: "Como eu me odeio nessa época, minha falta de jeito, odeio! Era tão fácil ver o modo como você me idealizava, minha falta de jeito! Você se deprecia e me exalta, mas dá para ver que você é que era a pessoa excepcional!" Enquanto fico sentada costurando para Hugh eu percebo que ele leva uma vida ordinária e que eu sou o gênio, a iluminação, a alegria, o absurdo dele. O mundo imutável do amor incipiente.

Quando eu e Henry acordamos, Henry canta, fala despautérios, faz paródias, salta, faz palhaçadas, ri ao meu redor. Quando eu acordo com Hugh, sou eu quem canto, invento comédias, faço-o rir.

Enquanto fico sentada costurando para Gonzalo, o casaco cinza, rasgado, percebo a sede de maravilhas, a fome de amor, a solidão, a pobreza dele.

Como estou feliz, profundamente feliz, girando – uma roda de infinidades, de extremos, que toca os tesouros da criação e do amor!

Se eu não me movesse nem dançasse entre eles três, a passividade os transformaria em estátuas. Ansiando, sofrendo. O ciúme e a busca são o máximo de sua atividade. Eles adormeceriam se eu ficasse parada em um canto. Henry, Gonzalo, Hugh. Uma espécie de morte paira ao redor deles, uma espécie de indolência. Apenas minha dança os anima. Deslizo para fora da cama de Gonzalo como uma cobra. Deslizo da cama de Henry. Deslizo da cama de Hugh.

Sozinha com Hugh, morri. Henry matou June. Gonzalo matou Helba. Matou os instintos vitais, a criação dela, com sua fatalidade oriental, sua entrega.

Danço, desimpedida – retorno a cada um deles repleta daquele espaço entre um e outro, daquela mudança de ares. Dançando, encontro minha chama, minha alegria, porque danço, deslizo, corro até o barco, até o Quai de Passy, à Villa Seurat; trago o vento nas dobras do vestido, a chuva nos cabelos, a luz no olhar.

"Veja, Gonzalo, quando nos beijamos o barco balança! Nós dois fazemos o barco balançar!"

Um beijo que deixa nossas pernas bambas, um beijo que nos suspende entre a terra e o céu, como o barco na noite, quando os estalos e as oscilações da madeira pesada e podre nos embalam com o peso e a estranheza do mar. Abandono do presente – uma queda, quando chego em casa, em Passy, e Hugh fala sobre a desvalorização do franco, sobre a Standard Oil Company; mas não há queda alguma na Villa Seurat quando Henry está escrevendo: "E quando o trem para finco meu pé no chão e o meu pé faz um furo no sonho..."

Enquanto fico pregando os botões de Henry, eu não costuro apenas botões, mas todo o mundo de Henry. Costuro seus desejos, nutro-lhe os sonhos, a escrita; é o cuidado que dispenso ao que ele sente, ri, deseja, às lágrimas dele, aos desejos, à solidão, às palavras. É que escuto a tudo o que ele escreve, fico sob o efeito de seus devaneios, tentando alcançá-los. Fico sob o efeito de seus devaneios pregando botões mágicos na teia de seu mundo, dando-lhe brilho com o amor que tenho por suas palavras, sempre tentando tocar sua alma para que ele mesmo possa senti-la e sentir o que sente e então escrever e poder chorar de emoção, porque eu extraí o veneno e a amargura, tirei as *banderillas* de seu corpo ensanguentado, furioso, que o mundo maculou e fez perder as esperanças a tal ponto que ele não conseguia fazer mais nada além de atirar insultos, cuspir. E agora Henry consegue vagar, vagar e escrever. Podemos ficar deitados no escuro e falar sobre a linguagem da noite que ele encontrou. Ele a encontrou nessa loucura que eu não consigo encontrar porque sou humana demais, porque sou a mãe do sonho, porque meus sonhos nunca são violentos e porque no fim das contas fui a mãe do sonho. Estou pregando botões, casacos rasgados, porque sou eu quem se doa a Hugh, o pai, Hugh, que faz o papel de pai de todos nós – enquanto Henry escreve, enquanto eu e Gonzalo sonhamos em nosso barco. Sou eu quem *sabe* o que o pai está fazendo, quem agradece a ele com uma parte da própria vida, quem percebe o que se passa, e quando deixo esse pai para adentrar os mundos mágicos com Henry e com Gonzalo, ainda sou a mãe que oferece a droga da vida, não do veneno, que oferece a Henry não o veneno que June ofereceu, que levou Henry a acabar na sarjeta, bebendo e amaldiçoando (*Tropic of Cancer*), não a Gonzalo a heroína que o intoxicou até que caísse duro na rua e fosse levado ao hospital, com o coração partindo-se, explodindo no peito. De certa forma sinto pena dos pais e mães que apenas nos dão à luz, nos alimentam, tomam conta de nós na doença e ao mesmo tempo nos condenam à morte por não poderem fazer mais nada. Eles nos põem *no mundo errado*, de onde precisamos escapar.

29 de setembro de 1936

A GRANDE RODA GIRA, a roda dos três dias em um, das três noites em uma. Às dez e meia da noite estou no estúdio de Colette Roberts, com seu marido e Henry. O humor de Henry não me agrada. Ele parece comum, com o rosto vermelho, falso, falando a respeito de Fred e me censurando por não gostar dele, por não apreciar sua *veulerie**, suas contorções, suas palhaçadas. Não estou feliz. Colette balbucia qualquer coisa com o jeito suave e pueril dos franceses; Robert é como um cachorro que se mexe enquanto sonha ao pé da lareira. Acordado, ele não passa de um bom cachorro, um cachorro de estimação. Olho para o relógio na cornija da lareira. Gonzalo está esperando, esperando no barco. Ao final de um dia triste, Gonzalo me espera no barco.

4 de outubro de 1936

O PROBLEMA DAS NOITES, cada vez mais complexo. Hugh, tão bom. Ele me deixa sair às dez e meia ou onze horas para ir ao café com "Colette". Me deixa passar a noite na casa de "Colette", porque é perigoso voltar para casa tarde. Mas tudo é pouco para Gonzalo. Se explico que temos visitas, ele diz: "Venha depois que forem embora". Muitas vezes arrisco uma catástrofe ao sair enquanto Hugh dorme. As noites que passo com Henry – tão perigosas! Digo para Gonzalo que estou com Hugh. Um dia desses eu falei para Gonzalo que Hugh não estava muito bem, o que era verdade. Gonzalo respondeu que telefonaria às nove e meia para ter notícias sobre o pé de Hugh. Tive que dizer a Hugh: "Gonzalo me convidou para jantar. Você sabe que esses jantares me fazem mal; são sempre tão tarde e tão pesados – então eu disse que estava

---

* "Frouxidão". Em francês no original. (N.T.)

jantando com você e que apareceria mais tarde. Mas aceitei o convite para jantar na casa de Colette, então por favor não diga para Gonzalo que saí ou ele vai ficar chateado. Diga que saí para comprar cigarros."

Hugh prometeu. Saí para jantar com Henry. Às dez para as nove eu e Henry estávamos tomando café no Zeyer. Eu disse que precisava ir ao banheiro. Telefonei para Gonzalo. Graças à minha incrível sorte, ele recém havia telefonado para Hugh, então eu disse: "Saí só para telefonar para você, Leoncito".

A sorte está a meu lado. Metade disso tudo é sorte.

Mas na noite de sexta, depois de me despedir de Gonzalo às seis, dizendo que eu iria para casa, ele *sentiu* que eu estava indo a outro lugar, e estava certo. Tomei um táxi e fui correndo para o estúdio de Henry. Às sete e meia Gonzalo telefonou para deixar uma mensagem para Helba e eu não estava em casa, o que confirmou suas suspeitas de que eu estivesse na Villa Seurat. Gonzalo passou uma noite excruciante, não conseguiu dormir, enlouqueceu com o sofrimento e as coisas que imaginava – sofreu da mesma forma que eu sofria no Barbizon Plaza, com os ciúmes que sentia da filha de Henry, de seu passado e do amor que ele tem pela Broadway e pelos *dance halls*. Gonzalo foi diversas vezes ao Café Zeyer, na esperança inconsciente de me encontrar. Mas aconteceu que justo nessa noite Henry não quis sair. Ele havia comprado comida e nós fizemos um jantar simples e fomos para a cama. Eu não senti desejo algum; apenas deixei que Henry me possuísse.

Mas se tivéssemos ido ao Café Zeyer –

Noite passada, depois de ir ao cinema com Hugh, pedi que me deixasse ir à casa de Colette para escutar música – disse que eu estava sem sono, e, como Hugh me vira muito empolgada, agitada e excitada com a história que eu tinha escrito sobre os catadores de lixo (que eu sentei e escrevi às dez e meia, quando voltei da Villa Seurat, e revisei durante o almoço e, entre um espasmo e outro, a tarde inteira), ele me deixou ir. Quando encontrei Gonzalo ele estava sombrio e bravo: "Onde você estava ontem à noite?"

Eu disse que havia me encontrado com Henry e Kahane por uma hora depois de nos despedirmos para explicar por que eu não estava em casa às sete e meia, mas neguei todo o resto.

Quando está comigo, Gonzalo acredita, como eu acredito quando estou com Henry, como Rank acreditava quando estava comigo.

Fico aterrorizada com esse sofrimento porque me pergunto: Será que sou *mesmo* dele?

"Existem dualidades que não compreendo", disse Gonzalo. "Nós dois temos intuição demais para mentir um para o outro."

Assim como Rank também tinha intuição demais.

Será que vou perder Gonzalo mais uma vez para Henry – sempre Henry?

Danço no alto de um vulcão.

No domingos à tarde, no inverno, eu e Hugh gostamos de fingir que somos ricos. Ele gosta de me levar às compras. Hugh gosta de lojas e tem um certo fetiche por *lingeries*. Saio com ele, vestindo meu *tailleur* de veludo preto com mangas bufantes como as de 1900, chapéu de veludo com pena, cachecol de veludo vermelho e luvas. Na rua, todos se viram para me olhar. Pegamos um táxi. Tomamos chá. O carinho, a paciência e a generosidade de Hugh são divinos. Aos fins de semana, faço quanto posso para lhe dar prazer. Finjo desejo, amor. Finjo para entretê-lo.

Henry disse: "Sempre que você estiver prestes a descrever alguma coisa no diário, sente-se e escreva fora do diário, escreva tudo o que você puder".

O resultado foi uma história incrível sobre a vila dos catadores.

Uma noite, no barco, Gonzalo leu minha antiga "história do barco", que hoje nos pareceu profética.*

---

* O conto "Rag Time", escrito por Anaïs Nin, apareceu na edição de agosto de 1938 de *Seven*, um periódico literário londrino de vida curta que também publicou sua história "Mischa and the Analyst". É provável que a "história do barco" seja uma referência ao manuscrito de "Waste of Timelessness", uma história escrita por Anaïs Nin no fim da década de 1920 em que uma personagem feminina descobre um velho barco em um jardim abandonado. Ao entrar no barco, a personagem começa uma viagem imaginária que a leva para longe de sua vida convencional. (N.E.)

Será mesmo profética, ou será que eu trazia essas fantasias dentro de mim e por isso elas tinham de se materializar?

A história do barco materializou-se. Preciso inventar outras coisas.

"A imaginação não é nada", eu disse. "Não fui capaz de inventar *você*."

5 de outubro de 1936

Eu e Gonzalo estamos sentados em um café enquanto ele se delicia lendo a história dos catadores de lixo. "Anaïs, que história incrível; encontro nela um de meus próprios sentimentos – o amor pelos fragmentos, pelo inacabado."

Eu e Henry estamos sentados em sua cama enquanto ele lê a história dos catadores. "Estranha e impulsiva – muito estranha e incrível."

Gonzalo, assim como Henry, desce mais uma vez comigo a uma espécie de submundo, às cavernas de Plutão, em meio a *clochards*, catadores de lixo, malandros, canalhas, vagabundos, anarquistas.

Conversando com Henry, eu disse que não gosto de palhaços. Prefiro os loucos. Ele respondeu: "Os loucos são sérios demais. Eu prefiro os palhaços."

Em um único dia, posso desfrutar de momentos doces com Hugh, Henry e Gonzalo. Uma conversa fantasiosa com Hugh sobre o ciúme que sinto do gato, porque Hugh o carrega dentro do casaco. Com Hugh eu me sinto pequena, indefesa, ferida pelo mundo, dependente. Eu gostaria de ficar como Mickey, dentro de seu casaco. Para ficar uns momentos a mais comigo, Hugh faz um trajeto de 45 minutos de ônibus, depois de visitarmos Elsa no hospital. Ele chega atrasado ao serviço.

Com Henry, sou madura e responsável pela proteção.

Com Gonzalo eu me sinto fisicamente protegida. Ele poderia estender um homem no chão. Toma conta de mim com romantismo, acende a lareira no barco. *Me serve*. Mas

Gonzalo é um *tzigane**, nascido para o violão e para o amor.

Em termos artísticos, seu gosto é infalível. Ele percebeu as falhas na história dos catadores. Gonzalo me instiga rumo ao fantástico, que minha vida com Henry destruiu.

8 de outubro de 1936

Momentos com Gonzalo em que somos espanhóis. Momentos em que percebo minha hispanidade, me sinto a um só tempo sensual e pura; sinto o crucifixo que eu costumava usar no pescoço, as medalhas, o cheiro de incenso; lembro da sacada em Barcelona, do pequeno altar ao lado da minha cama, das velas e flores artificiais, do rosto da Virgem e do sentimento de morte, de pecado; lembro de tudo o que eu era antes de chegar aos Estados Unidos. Me sinto como uma garota que aos dezenove anos vem sendo protegida pelo pai e pela mãe, temendo ao pai e a Deus, uma virgem. Sinto meus pequenos seios no vestido modesto, as pernas fechadas, os cânticos que eu conhecia e a surpresa diante do primeiro pingar do mel. Sinto que Gonzalo veio da escola dos jesuítas, a cavalo, viajando a noite inteira só para me ver, e olha para o meu rosto como olha para o rosto da Madona, quer casar comigo e me ter toda para ele, cheio de ciúmes, como a uma mulher árabe, e o mundo permanece desconhecido e os tremores da inocência são adoráveis.

Sinto que Gonzalo seria capaz de matar o homem que ousasse se aproximar de mim, me amar. Sinto que ele jamais vai esquecer que fui uma mulher que abriu as pernas, que gritou de alegria e de volúpia.

Às vezes, quando está me possuindo, quando lhe abro minhas pernas, Gonzalo tem visões. Ele para de repente, fecha minhas pernas. Vejo seu olhar anuviar-se, tornar-se de uma loucura. Ele sussurra frases incompletas. No início, eu não sabia. Então ouvi as palavras: "Só minha, você tem que ser só minha. Não aguento..." E sei que ele está pensando em Henry.

---

* "Cigano". Em francês no original. (N.T.)

Exasperado, fala a respeito do romance sobre Papai (eu nunca mostrei para ele o romance sobre Henry).

O que também o faz sofrer são meus comentários pagãos. Quando estou com Gonzalo, lembro do meu velho *pudeur*. Lembro da minha infância, quando eu não pensava em sexo nem em sensualidade, mas na paixão. Será que agredi minha identidade legítima a fim de me liberar? Será que sou tão pagã? Que gosto do meu corpo nu sob um vestido? Eu associava *pudeur* com inibição e odiava-o. Hoje, que estou livre, posso retornar ao meu *pudeur* natural. Mas existem coisas que não consigo recapturar. A sensualidade agora é tão natural que o *pudeur* de Gonzalo me comove, mas ainda assim eu tento libertá-lo. Ainda não o vi nu; nunca vi seu sexo. O modo de ele fazer amor tem uma qualidade quase furtiva. Sou eu quem ri, quem provoca – eu que sou pagã.

Sempre me sinto grata a ele por amar meu eu verdadeiro, por chegar mais próximo da minha alma do que Henry. Mas o mal, a corrupção e o logro estão fora de nosso casamento místico. Não existe escuridão entre mim e Gonzalo. Não há perversões.

Gonzalo está recobrando a vitalidade, a força e a potência. Sente-se agradecido a mim. Ele anda mais sensual, mais vigoroso. Mas ao mesmo tempo me inibe. Não consigo chegar ao orgasmo com ele.

Gonzalo dizendo: "Chegue mais perto de mim, mais perto. *Pégate a mi. Pégate a mi.*"

11 de outubro de 1936

Quando me entreguei a Henry, a seu trabalho e a sua vida, abandonei e reneguei uma parte de mim mesma: ou seja, as sutilezas, o requinte dos sentimentos, a delicadeza no relacionamento. Fui atrás de Henry *sabendo* que ele era rude, incompreensivo, bruto, sabendo que era robusto, e achei que eu iria me fortalecer como as pessoas se fortalecem com a vida real, com os problemas, com as lutas. Mas o que aconteceu foi que perdi minha felicidade. Henry encontrou a felicidade no meu modo de tratá-lo.

12 de outubro de 1936

Duas noites oníricas com Gonzalo. Vejo-o como um garoto. Cheio de vida. Transbordando vitalidade.

Depois de estar com ele, encontrar Henry é como ir ao encontro do clima nórdico. A dureza do olhar azul, a ausência de emoção. Quando o sexo acaba em Henry, nada ocupa seu lugar. Tudo era sexo, sexo. Todas as emoções de que era capaz foram gastas.

A primeira coisa que Henry diz quando me apresso para vê-lo hoje de manhã, porque ele está doente, é: "Você gosta de ficar cuidando dos outros? Eu não. Se você estivesse doente, acho que eu fugiria de casa. Acho que quando as pessoas adoecem o certo seria abandoná-las à morte. É o que penso."

Sei que ele está se vangloriando e continuo o que estou fazendo. Henry aceita o rum quente, os remédios, o aquecedor elétrico. Começa a aproveitar o sentimento de melhora, o calor. Mas eu me sinto mais fria em relação a ele, em relação a seu egoísmo. Deixo-o dormindo, sem remorso, para encontrar Gonzalo, que está enlouquecido pelo ciúme, que pressentiu que hoje eu veria Henry, que sofre, sofre, sofre. E sentamos num café onde lhe digo coisas apaixonadas. "Se me dissessem, Gonzalo, se eu tivesse a chance, se alguma coisa acontecesse e eu precisasse escolher, de todas as pessoas do mundo é você quem eu escolheria – eu abriria mão de todo o mundo por você. Eu deixaria o mundo morrer por você. Foi só a compaixão, a compaixão que me fez ir lá hoje. Com você eu sinto o absoluto, a completude."

Gonzalo se comove com minha voz, minha emoção. Acredita em mim. E eu lhe ofereço uma prova de amor. Hoje eu havia planejado passar a noite com Henry, mas senti uma vontade, um anseio tão grande por estar com Gonzalo, um desalento tão grande frente à ausência de *união* com Henry, de intimidade, calor, que após passar o dia cuidando dele, deixei-o só, dizendo que não me sentia bem e prometendo voltar na manhã seguinte. Então disse a Gonzalo que Hugh não voltara e que ele poderia vir. Que alegria esperá-lo em meu quarto aconchegante e perfumado!

13 de outubro de 1936

NOITE PASSADA, GONZALO tão sensual, metendo, metendo e falando: "Nunca gozei com tanta violência, tanta força. Por que demoro tanto para gozar? Sou lento demais." Ele parece não saber que é bom, bom para a mulher. Parece ter pouca confiança em si mesmo, no que ele é, no que ele faz, sente. A vagareza indígena. Tão bom!

Os beijos dele têm um gosto que nenhum outro beijo jamais teve. No fundo dos beijos de Henry, sinto sempre uma cegueira, uma umidade, um instinto, um instinto cego, animal, impessoal; o corpo excitado, o instinto.

Com Gonzalo eu tomo consciência do amor, do gosto de seu corpo, da *noblesse* de seu corpo, do desejo mesclado ao sentimento, de uma bestialidade menor e de um profundo *conhecimento mútuo*. Sinto o gosto de Gonzalo de uma vez só, a qualidade mais profunda do ser junto com a qualidade do corpo, um corpo de sonhos, de humanidade, sensualidade. O matrimônio do corpo e da alma, sem maldade, sem torpeza, sem enganos, sem vulgaridade, sem covardia. A expressão em seu olhar por vezes adquire uma beleza impressionante – nunca vira o espírito queimar com a vida – olhos de carvão, olhos de animal, anímicos – tudo ao mesmo tempo – enternecendo, despertando não sei que níveis de idealismo.

Não há necessidade de manter os olhos semicerrados, como era preciso com Henry, porque às vezes eu via o que Henry representava para mim, e o outro Henry que revelava seu inconsciente na escrita e em relação aos outros, o Henry *não heroico*, o mendigo, o cético frio e calculista, com um amor à imundície e a tudo o que é repulsivo, ao falso, ao bufo. Eu sabia que às vezes Henry tinha dificuldades para manter o *meu* Henry, e quando saíamos juntos meu Henry explodia.

18 de outubro de 1936

GONZALO ATRAÍDO PELO SANGUE, pelos meus três dias de sangria. Uma noite de amor orgiástico. Um novo Gonzalo.

Sexual, sensual, erótico e extravagante. Loucura sanguinária. Exaustão.

Ele fica deitado, refletindo sobre nosso mês de castidade. "O que você achou? Primeiro eu mesmo não consegui entender, mas logo entendi. Vi que havia uma razão psicológica. Eu não poderia possuir você como a uma mulher qualquer. Você significava muita coisa para mim. Anaïs, você mexeu demais comigo."

"Você precisou percorrer um caminho mais longo, descrever um círculo ao meu redor. E com isso descobriu um caminho novo até mim, tocou outras camadas do meu ser."

Entre as camadas macias de paixão e devaneio, sinto a lâmina fria do perigo.

Destruição.

Tudo ao redor de Gonzalo se impregna de marasmo e fatalismo. Ele bloqueia a si mesmo em tudo, até nos menores detalhes.

Helba confessou a Hugh: "Gonzalo e seu fatalismo, Gonzalo sempre dizendo *mañana* foi o que matou minha carreira". Ela acabou paralisada. O medo que Gonzalo tem do sucesso, da comercialização. "Gonzalo é um boêmio." Helba, como todos os trabalhadores de fato, não.

E assim, mais uma vez, acabo com o boêmio, o destruidor e o fardo.

Mas hoje Henry está criando, vivendo com criatividade. Venci. Ele não me matou, como matou June. Gonzalo não vai me deixar doente e fraca, como deixou Helba; frustrada. A criação incapaz de expressar a si mesma vira loucura.

Estou certa da força que carrego. Posso abandonar meu trabalho sério e ordenado, minha gravidade, meu mundo não boêmio, e seguir Gonzalo, em nome da fantasia e da paixão.

Ele é o homem que desejo. Meu *tzigane*. Deixem-no fazer seu papel de escravo e amante. Eu farei o resto! Com amor e adoração eu sou capaz de criar mil mundos, criar infinitamente. Com a voz dele, a risada, o olhar voltado a mim, posso criar! Com seu braço no meu ombro, a cacho negro atrás da orelha, os pés metidos em sapatos pesados, o humor, o amor ao vinho e a sensibilidade, posso criar! Com sua adoração e avidez, sua paixão, seu ciúme, posso criar!

21 de outubro de 1936

Il s'agit de mieux mentir, de déjouer l'intuition même des autres.* E, portanto, eu me preparo como atriz. Estudo meu papel. Me pergunto que erro cometi na última vez. Primeiro descobri que não devo *pensar* em ver Henry quando estou com Gonzalo. Não posso viver à frente do momento, porque Gonzalo percebe. Preciso recriar o estado de espírito propício a estar com Gonzalo de modo absoluto e total no presente, e às seis horas deixá-lo por algum motivo obscuro que esqueci. Preciso recriar a atmosfera da história que estou contando. Se eu disse que vou para casa encontrar Hugh, preciso manter-me no estado de espírito que eu estaria se estivesse indo para casa encontrar Hugh – ou seja, resignada e triste. Aqui começa a interpretação. O olhar triste. A tristeza. Apego-me a Gonzalo no momento presente. Sem me precipitar, sem pressa. De qualquer forma, para não levantar suspeitas, não devo jamais sair às pressas. Acima de tudo, devo colocar-me *por inteiro* no momento presente.

Se eu estivesse interpretando o papel de Mélisande, também seria necessário ocupar-me integralmente dele. Eu não poderia deixar meus pensamentos desviarem-se para os sentimentos de Ofélia, nem poderia pensar que após o espetáculo eu encontraria meu amante. Completude. Ao lado de Gonzalo, a paixão facilita minha entrada nesse mundo. *Pas de distractions!*** A distração é fatal aos ciumentos. É a completude mantida até o fim que convence. E para mim é fácil me concentrar – me perder e me abandonar ao que estou fazendo. E assim fico ainda mais exaltada pelo presente – o momento com Henry, Gonzalo ou Hugh. E é essa completude que eles sentem como a ilusão perfeita de um amor completo. Eu me

---

* "Trata-se de mentir, de iludir a intuição dos outros." Em francês no original. (N.T.)

** "Nada de distrações!" Em francês no original. (N.T.)

empenho por fazer da minha noite com Gonzalo algo *absoluto* – as noites com Henry ou uma tarde de sábado com Hugh. *Pas de distractions!* É raro eu pensar em Henry quando estou com Gonzalo. Hugh é quem mais exige minha atenção consciente. Nossa vida juntos é a mais pálida, a mais irreal. A seguir vem Henry, que habita regiões mais frias e empalidece diante das horas ardentes com Gonzalo.

Depois de passar a tarde de ontem com Gonzalo sem permitir que Henry se insinuasse em meus pensamentos, despedi-me dele na estação Gare Montparnasse e fiz uma pergunta um tanto obscura: "Onde troco de linha para ir a Passy?" E ele não sentiu nada – nem o aguilhão da dúvida, nem medo. Na verdade, o efeito hipnótico que usei para me convencer de que estava indo para casa foi tão efetivo que, uma vez no metrô, recobrei a consciência num sobressalto, como fazem as atrizes quando o pano cai. Foi só então que olhei as placas e tomei a direção contrária.

Para ter sinceridade ao atuar é preciso sentir o papel. Os logros que tramo no palco não afetam a sinceridade amorosa. Seria como dizer que uma atriz não pode se apaixonar na vida real por ter interpretado uma outra paixão no palco. A sinceridade amorosa, ao contrário, me ajuda e me impele a mentir melhor e com mais arte a fim de evitar o sofrimento. É um jogo em que sempre arrisco perder um homem, talvez os três, junto com minha vida e minha felicidade. Sempre gosto das histórias de espionagem no cinema, a necessidade da farsa, do engano, de fingir até o amor. Contraespionagem, astúcia, malícia.

O avô bêbado que mora no barco começou a se incomodar com a nossa presença. Ele havia morado sozinho por muito tempo. A pele escura de Gonzalo o assustou. Quando Gonzalo acendeu a lareira, ele veio nos xingar por causa do barulho.

22 de outubro de 1936

HELBA SEMPRE CONTA A história da primeira vez que sua mãe via Gonzalo: *"¡Ay, qué negrito! Dios mío, qué negrito sus pecados."*

A cor de seus pecados!

O colchão no piso. As vigas alcatroadas sobre nossas cabeças. O fogão de sala roncando. O barco estalando. A água batendo no casco. Penumbra. Uma lâmpada de iluminação pública brilhando pela janela. Eu e Gonzalo ofuscados pela sensualidade – bocas, pênis, vagina, carícias, beijos molhados.

O velho gritando, atirando coisas na parede justo no ápice de nossa embriaguez.

Gonzalo, furioso, pondo-se de pé, com o olhar faiscante, o cabelo desgrenhado, o corpo tenso, soltando fogo pelas ventas. Arrojando-se à porta do velho, chutando-a, pondo-a abaixo. O velho apavorado. Deitado seminu em sua pilha de trapos mal-cheirosos, de boina, bengala na mão. Gonzalo gritando, em seu francês obscuro e confuso: "O senhor é um velho mau. Saia daqui. Agora o senhor vai sair daqui ou eu chamo a polícia."

O velho, bêbado, confuso. Assustado. Recusa-se a sair.

Gonzalo manda René chamar a polícia. Ele manda eu me esconder para que eu não me envolva, caso abram uma investigação.

A polícia chega. Gonzalo segura o lampião. René fala e grita: "Vista-se. O proprietário mandou o senhor sair. Aqui estão os papéis. Vista-se."

"Mas quem foi que derrubou a porta? Poderia me dizer? Não é bem eu que deviam levar para a delegacia."

O velho permaneceu deitado. Não conseguiu achar as calças. Falou. O policial falou. Não conseguiram vesti-lo. O velho continuou balbuciando.

"Bem, eu não dou a mínima. Podem me atirar no rio se quiserem. Não me importo. Não sou um velho mau. Eu ajudo o senhor, não ajudo?"

"O senhor faz um barulho dos diabos cada vez que viemos."

"Eu estava dormindo, dormindo, não estava? Então ele arromba e porta e a polícia vem atrás de mim. Não vou sair. Sou velho demais. Não encontro minhas calças."

Assim, passou-se uma hora de inocência, confusão e lógica de bêbado, até que no fim o humor venceu e disseram ao velho que poderia ficar se não incomodasse.

"Je ferais le mort" – vou me fingir de morto, ele disse. O velho era dócil, mas estava confuso, bêbado e assustado. Fiquei escondida no outro cômodo de onde eu escutava tudo e ria dos comentários do velho. O policial foi embora. René foi para a cama. Eu e Gonzalo rimos juntos, ainda chateados com o fato de o velho ter interrompido nosso sonho, perturbando nossa intimidade. Gonzalo disse que ficaria louco se descobrisse que o velho pudesse nos ter visto por uma rachadura na parede. A presença de alguém tão próximo às nossas carícias era um ultraje ao seu *pudeur*. O *pudeur* dos animais selvagens, dos felinos. O *pudeur* em mim, que o modo de Henry levar a vida ultrajou. Mas ainda assim eu gostava de ver meus segredos e meus orgulhos humilhados. Eu achava que me fazia bem, a abertura, a ausência de decoro, Fred no quarto ao lado.

Mas agora eu gostava da fúria de Gonzalo – de sua força.

A raiva nos acordara. Por algum motivo, acabamos falando sobre a filosofia de Rank, a neurose de Helba. Gonzalo foge da vida intelectual. Ele compreende, faz perguntas e diz: "Quero ler esses livros" – e de repente se revolta, começa a me beijar, amaldiçoa os mundos intelectuais, os mundos literários, desejando a vida. E agora percebo como ele é o complemento perfeito ao meu humor atual. Depois de Rank, de Fraenkel e de Henry, uma grande preguiça intelectual se apoderou de mim. Dessa vez, ao voltar de Nova York eu só queria saber de poesia, emoção e noite. Então Gonzalo apareceu. A noite. O sonho. Feito para viver e amar. Logo eu também fecho os olhos, abandono-me aos beijos. Não precisamos de ideias. Eu e Gonzalo chegamos a um estágio maravilhoso, em que estamos impregnados de *significado*; o que pensamos, estudamos, buscamos intelectualmente se derreteu, fundiu-se, desapareceu a fim de pintar uma vida passional com as cores do significado, mas de modo inconsciente. Encontramo-nos em regiões escuras. Uma estranha alquimia. Os pensamentos toldam-se. Os corpos, vivos, mas não apenas vivos para o sexo, não apenas vivos como eu me sentia viva com George Turner, mas vivos com a alma envolta em mistério e escuridão.

É essa escuridão que desejo preservar. Eu gostaria de vê-lo só à noite. Gostaria de nunca mais despertar para uma vida de pensamento – de esquecer tudo em nome das sensações.

Essa explosão emotiva, com acordes da natureza, de elementos instintivos e espirituais, me satisfaz.

Quando o incidente com o velho chegou ao fim, Gonzalo comentou seu final feliz. Disse que um *clochard* espanhol teria ateado fogo ao barco, envenenado a água que bebemos ou assassinado um de nós no escuro. São exatamente as coisas que imaginei que o velho faria. São os medos que Rank teria chamado de neuróticos e que se devem à minha ascendência sanguínea, à minha herança de violência e vingança. Gonzalo disse que, num momento de raiva, seria capaz de matar um homem. Eu sei dos planos que urdi à noite para matar mulheres de quem eu tinha ciúme, para envenená-las, jogá-las pela janela. Essa violência me habita, mas ao mesmo tempo é domesticada e reprimida pela civilização ocidental. Gosto de ver a grande força primitiva de Gonzalo extravasar os limites ocidentais. Gostei de ver a porta arrombada.

Hoje o inimigo não é o ciúme, mas o cansaço. Essa vida em três níveis, três estágios, três línguas, três climas, três tons e três ritmos me exaure. Estou muito cansada. Preciso ficar sozinha, isolada.

25 de outubro de 1936

GONZALO É UM VULCÃO DE SENSUALIDADE, em chamas, insaciável. Estou prestes a pedir água! Nunca imaginei que, depois de todo o idealismo, toda a castidade, todo o emocionalismo, pudéssemos descer às fornalhas de um desejo tão animal. Várias vezes, uma atrás da outra, até que estejamos mortos de cansaço. Ele esfrega mel e esperma no rosto, beijamo-nos em meio a esse cheiro, a essa umidade, e nos possuímos muitas e muitas vezes, como loucos. E mesmo assim eu não atinjo o orgasmo. Por quê, por quê, por quê?

Ontem deixei Gonzalo, depois de passar uma hora em sua companhia, para ver Henry; e ele incita meu ódio, minha raiva, me põe quase desesperada de tanto desejo, não por uma diferença no vigor, mas por causa de alguma coisa indefinível, mais lenta, mais úmida, mais devagar, mais animal que Gonzalo – ou será por causa de Henry? Estarei oferecendo a Henry a fidelidade das *putas*, a fidelidade orgásmica, a entrega suprema? Gonzalo ainda não atingiu a camada mais profunda de meu ser instintivo. Não entendo. E mesmo assim é para ele, e não para Henry, que corro quando tenho escolha, e dou pulos de alegria e fome quando ele vem me ver por uma hora nas tardes de domingo. O desejo de Gonzalo é selvagem o bastante, cheio de ciúmes e exclusividades. O ciúme que sentia de Eduardo torturava-o. E eu sinto que sou fiel em todos esses relacionamentos. Acho que é só a dor que me afasta de Henry.

Fiel a meu relacionamento com Eduardo, recebo-o com muita alegria. Embriago-me com sua conversa, reencontro minha cabeça, que eu perdera com Gonzalo: luz do dia, análise, esclarecimentos, confidências completas, intermináveis. Eduardo lutando para afastar-se de Feri, que o trapaceou, enganou, traiu.

Com Eduardo, essa vida que nos bate, nos perde, nos machuca e nos tonteia é orquestrada. O rio volta à tranquilidade; retiramos a água em excesso de nosso barco, para não afundar! Invocamos as estrelas e a filosofia para perguntar por que e como, e para nos rebelar, amaldiçoar, aceitar, perdoar, sempre que a vida nos deixa perplexos ou nos magoa.

Gonzalo quer viver no ópio, no fundo do mar, meu lugar favorito. *Mais je suis un poisson volant* (Mas eu sou um peixe voador).

Henry estava com fome de mim. Encontrei-o às cinco da tarde já na cama, esperando que eu fosse para baixo das cobertas.

Alegria. Será que busco apenas os momentos grandiosos?

Não sei – não quero saber. Quero viver até que eu me arrebente, me arrebente de plenitude, até que meu harém vire seus ciúmes contra mim, se rebele, se divorcie de mim, até que todos eles gritem de dor e de alegria – raiva e morte –, até que me matem por minhas traições. E ainda assim eu tenho sido a mulher mais fiel do mundo, fiel ao passado, aos primeiros amores, ao *meu homem, Henry*, aos meus amantes, às minhas vítimas, aos meus jogos, às minhas ilusões, ao passado, ao presente, a Papai e a meus irmãos! Amor demais! Nunca o bastante!

Eu queria, queria que Gonzalo penetrasse até o fundo, até o fundo de meu ventre, agitasse-o como Henry fez, ficasse lá dentro, no escuro, dentro de mim. Ele diz que o faço levantar várias vezes por dia – só de pensar em mim! Estou apaixonada, mas ele ainda não me marcou a ferro, não me queimou, não me deixou cicatrizes. Será esse o amor que faz a nossa felicidade? Vê-lo sofrer faz com que eu sinta coisas estranhas. Quando Eduardo veio, foi *prazeroso* pensar: Gonzalo vai ficar com ciúme. Ele vai imaginar a mim e a Eduardo sozinhos – Eduardo no meu quarto.

E foi prazeroso ver Gonzalo sofrer. Veio a pergunta que eu esperava: "Onde é que ele dorme?"

Lembro do meu tormento desesperado por causa de Henry, das cenas que não me deixavam dormir. Pensei: Que dor inútil. A dor me deixa cética, como também me deixou o sofrimento de Rank – ver o outro sofrendo. Será que esse equilíbrio é sempre necessário? Que um precisa sofrer enquanto o outro não sofre – essa diferença?

Em termos instintivos, o amor é uma ferida. O amor primitivo é uma tortura. E será que acontece uma vez só?

Caixa de Pandora. Quero viver de olhos fechados. Não quero *saber*, quero viver.

Saber nos impede de viver.

De olhos sempre fechados, e o mel escorrendo...

Mas eu me pergunto: Quando eu torturava Henry, seu amor instintivo despertava. Será que é só assim que meu amor por Gonzalo vai despertar? Será que é apenas um alívio à dor, como eu fui para Henry depois de June? Nesse instante, Gonzalo sofre. Eu estou em paz. Logo tudo vai mudar. Ou será que estou livre para sempre?

2 de novembro de 1936

DIAS SOMBRIOS. Todo mundo cabisbaixo, deprimido. Eduardo obcecado por Feri. Hugh de repente começa a sentir ciúmes de Henry e a tentar encontrar algum resquício de mim em *Black Spring*. Helba é como um cervo ferido – sempre chorando. Gonzalo sombrio e atormentado por um novo conflito. Se ele for ao Peru, recebe a herança da mãe e acaba com os problemas financeiros deles. Gonzalo sofre por aceitar nossa ajuda. Diz que está vivendo às cegas, que agora seu orgulho intensificou-se, que está questionando o valor das coisas pelas quais tem vivido, que não vai mais se apagar. (Uma repetição da antiga frase de Henry: "Estou vivendo às cegas".) Mas o que vamos fazer? Ele não aguentaria se separar de mim por três ou quatro meses. E eu não aguentaria vê-lo partir.

Até agora Gonzalo não tinha penetrado até o fundo do meu ser, do meu corpo, não havia tangido as cordas do instinto. Mas ontem a ideia da separação me parecia tão intolerável que só então percebi a natureza do laço que nos une. Enquanto ele estava de pé, falando, meu corpo foi atravessado por um anseio e uma dor, um sentimento de que algo está se rasgando, velho conhecido meu. Demorei a sentir isso por Gonzalo, mas por fim aconteceu, e o sentimento é avassalador. Com certeza existe uma resistência ao amor, à posse, causada pelo medo da dor. Também estou começando a sofrer com o ciúme, mas nunca vou sofrer tanto quanto por Henry, porque Gonzalo é fiel. É impressionante eu sentir um amor desses por Gonzalo, sendo que ele não me possui sexualmente. Com ele, o orgasmo não vem.

As tendências ocultas mais diabólicas são as confissões de Helba a Hugh, que está usando o que aprendeu de mim para analisá-la. E assim descubro, graças a Hugh, que Helba nunca amou Gonzalo com ardor, que os dois são como irmão e irmã, que o fatalismo dele a destruiu. Ontem Helba me beijou com ardor, com o mesmo olhar de quem se afoga, como June, e, assim como fiz com June, tentei não afastá-la, mesmo que ela sofra com o ciúme. No fundo, nos admiramos e, graças a essa admiração, percebemos que nós duas temos direito à adoração de Gonzalo; e assim como June, Helba não consegue romper com ele *apenas* porque teme o abandono, *não* porque ame Gonzalo; e *mais uma vez* eu luto contra o ciúme que sinto dela com o amor, com o amar. Quero que Gonzalo seja meu, mas percebo que sua devoção a mim é como a minha devoção a Hugh, ao passado, a Henry, mesmo quando não o desejo.

Mas todo o tempo eu sinto estar lutando contra uma força obscura, um peso. Me sinto limitada. Sinto que, no interior de mil paredes, consigo levantar voo, alçar-me, criar um céu fictício e ilusório ao entregar-me apenas aos momentos mais intensos, à beleza de minhas conversas com Henry, e não à vida das pessoas que o cercam; à solidão com Gonzalo em um barco, e *não* à negrura das cavernas, à umidade, à pobreza e à tristeza que o cerca, não ao apartamento que abriga uma Helba doente, ao desequilíbrio de uma Elsa que grita, discute, toca na cicatriz do pescoço, onde foi operada, como um pianista toca o teclado; não a um violinista dostoievskiano, louco, a Prague, que come excremento e lava o rosto com urina, que casou com a esposa maníaco-depressiva quando os dois estavam em um hospício; não à comida servida na mesa manchada de vinho, cinzas, migalhas de pão.

Será que a história dos catadores de lixo foi uma aceitação humorística e fantástica da futilidade? Será que minha vida, quando parece culminar nas alturas da paixão, na verdade chega a seu estágio mais ilusório – inclina-se perigosamente sobre o vazio de um precipício? Quanto mais alto voo no sonho, na essência, no máximo, tocando a abóbada celeste e o centro da terra, mais a corda da realidade aperta o meu pescoço; quanto mais eu me desloco dentro desse esquema mágico, mais eu sufoco, oprimida por um terror e uma angústia indefiníveis. Expansão – tão ampla, como o compasso aberto até o limite. Ruptura? Ou fadiga. Fadiga da alma e do corpo e do sexo... buscando um absoluto na multiplicação, um absoluto na abstração, uma síntese de elementos dispersos, não *um* homem, *uma* casa, *um* amor, *uma* cama: um, o absoluto em fragmentos! Um absoluto que não flui, mas que me obriga a capturá-lo em vigília, como se eu tivesse de eternamente aparar as estrelas cadentes de um céu caprichoso. Lá! Sempre fugindo, e a loucura de ficar tanto tempo acordada, passando de uma cama à outra, espreitando, esperando.

Ao sair do estúdio de Henry – Henry, que me esperou na cama, um Henry esfomeado, ávido por me possuir –, vejo um homem parado em frente à Villa Seurat. É Gonzalo, esperando o confronto – Gonzalo, de quem me despedi na [academia de arte] Colarossi.

Essa força em mim, que não brilhou em um orgasmo, que não se acendeu com a centelha suprema nos braços de Henry, porque eu não o desejara, essa força eu agora trago dentro de mim como dinamite. É uma dinamite que ainda não explodiu, mas o pavio já está aceso, as faíscas correm para cima e para baixo no pavio com uma espécie de alegria dionisíaca, uma dança, o fogo corre em torno do coração da dinamite, sem tocá-lo, e a pequena chama mantém minha respiração suspensa, os nervos à flor da pele, o pescoço esticado, atento, com fome e sede, os olhos abertos, as orelhas atentas, todos os minúsculos nervos esperando pelo orgasmo que vai fazer o sangue atravessá-los e pô-los a dormir.

Os nervos despertos, clarividentes, beirando a histeria, as miríades de pequenos nervos à beira da histeria esperam o descanso do sono e da morte, esperam que a dinamite explode, que as paredes venham abaixo, que o passado desabe, esperam pelo absoluto que não corta nunca o céu, sempre fugaz, um absoluto fugaz, incapturável, *tête de Méduse**, pernas de centopeia, de polvo. Será que todos os fogos têm mil labaredas apontando todas na mesma direção? Nunca houve uma chama redonda, de labareda única? Por que essa força, que não irrompeu como mercúrio líquido nas veias, por que ela sai na forma de um tufão e congrega os monstros que passeiam pela rua – para questionar suas intenções, imaginar as perversões, deslizar entre os amantes, entre

---
* "Cabeça de Medusa". Em francês no original. (N.T.)

os desejos mais obscuros, o erotismo mais negro, os apetites mais deturpados.

Este homem com a garotinha, por que seus olhos têm tanto brilho, sua boca é tão úmida, por que o olhar dela é tão cansado, por que o vestido é tão curto, o olhar dele tão oblíquo, o que provoca o mal-estar que sinto ao passar por eles? Por que esse homem tem a pele tão clara, por que seus olhos são tão tristes, por que seus lábios estão manchados, manchados pelo Veronal? Por que essa mulher espera sob a lâmpada com uma mão enfiada dentro do regalo – um revólver –, por que as duas irmãs matam o irmão louco, depois de morarem sozinhas com ele por anos em uma casa enorme?... A esposa de Prague está sentada, em silêncio, com uma ruga entre os olhos... Elsa toca o pescoço, a cicatriz; Helba põe o casaco feito a partir de outros dois, costurados; Helba põe o broche com todas as pedras faltando. Comemos ostras em um cômodo forrado de conchas, como eu queria o meu quarto – as paredes cobertas de conchas, peles e pedras coloridas, porque ainda estou em busca do conto de fadas, enquanto o homem que nos vende meias e cigarros pela metade do preço traz cocaína no bolso. Eu nunca imagino essas coisas. É minha inocência. Não invento nem decifro o mal nem o perigo, exceto quando essa força em mim, que não explodiu, me envenena, transborda, se derrama na calçada, corre pela sarjeta, percebe as reviravoltas, o velho na proa do barco, esperando para esfaquear Gonzalo; percebe a ferrugem no *coffre** de carvão, a goteira no teto, a chuva caindo e se acumulando em poças no chão, o fogo que se apagou, o vinho azedo na taça, as bagas de cigarro pelo chão e o ronco do amante; percebe, se entristece, fecha os olhos, esbarra na feiura, na destruição, descendo por alçapões sem cair em armadilhas, passando como se fosse invisível, intocável, algo que os carros não conseguem atropelar enquanto ela atravessa sem olhar para nenhum lado, desejando sempre o maxilar da baleia, o desmembramento do maxilar, me recebendo sempre alada, abrindo os olhos ao me ver passar, abrindo-se aos céus, rumo aos céus, anjos dançando no pavio

---

* "Caixa". Em francês no original. (N.T.)

da dinamite, chamas azuladas como as luzes de hospitais, de conventos, eu ainda escutando os que choram, e é certo que a semente não devesse germinar dentro de mim, que o corpo devesse deixar a terra puxado por um filamento de nervos e derramar seu pólen apenas no espaço, pois o conto de fadas veste um manto carregado de brisa, um espaço entre os pés e a terra ou a madeira, sem que as passadas façam-se ouvir, o sangue deve permanecer mercúrio líquido brilhando para cima e para baixo nas veias azuladas, azuladas como as luzes piedosas de hospitais, para ouvir, para captar o ritmo das asas.

Minha concepção de céu: quando *ninguém sofre* – quando sei que Mamãe está feliz, que Joaquim realiza seu sonho, que Henry trabalha em paz, que Gonzalo está satisfeito, que Hugh está contente, que Eduardo sente-se aliviado, e Helba, consolada. Se *um* deles sofre, eu sofro também – minha alegria se esvai. Se Gonzalo sofre, não consigo estar bem com Henry. Não consigo estar bem comigo mesma se alguém mais sofre. Esse é o grande segredo da minha vida. É por isso que não posso explodir, tomar minha decisão, sacrificar pessoas em nome da minha felicidade – já não seria minha felicidade.

Na noite do jantar na casa de Helba, Gonzalo contou os convidados para pôr a mesa e esqueceu de contar a si mesmo.

Gonzalo tem instintos extraordinários que ele se recusa a usar. Diz que a astrologia é "sem graça". E raramente lê.

Gonzalo diz que o que ama em mim é a minha afetuosidade, minha vitalidade e o fato de que não sou uma "literata".

Em certas ocasiões ele diz as coisas mais intuitivas – vidente. Em outras, fica confuso e começa a falar coisas sem sentido. Com Henry, aprendi a aceitar a sabedoria e a relevar os erros, pois são primitivos.

8 de novembro de 1936

Enquanto espero Gonzalo, brinco com fogo. Tento acender as lanternas. As lanternas que roubei não funcionam. Tentei álcool, óleo, gasolina. Derrubo a lanterna. As chamas espalham-se pelo chão. O vidro quebra. Pequenas explosões. Observo tudo sem temor, deleitando-me. O fogo me fascina.

Eu gostaria de ser uma espiã e viver mais próxima ao perigo.

Turner dançou comigo, mais inflamado do que nunca, mas eu não senti nada. Não senti nada com Henry – nada. Detesto as carícias de Henry de um modo cada vez mais desesperado. Sinto apenas Gonzalo. Falando com Eduardo, descobri muitas coisas sobre sexo: alguns homens sofrem do que corresponde à frigidez feminina. Eles têm ereções e chegam até mesmo a gozar, mas não se satisfazem. Mulheres e homens insatisfeitos agem todos da mesma forma: Eu, *antes* de conhecer Henry, June, Louise, Gonzalo. Tensão. Busca de outras sensações. Febre. Nervosismo. Insônia. Atividade excessiva, sem pausas para descanso. Nervos à flor da pele.

A satisfação nos relaxa.

A sensualidade de Gonzalo era difícil – por tudo o que ele me disse. Muito na imaginação. Antes ou depois. Mas a realização, a satisfação era algo raro. Um sentimento de nojo depois de estar com uma mulher que não amasse. Quando estava apaixonado, levava tempo. Agora ele já disse várias vezes: "Nunca gozei desse jeito. Vem tão forte, Anaïs – tão forte!" Ele derrama todo o seu ser dentro de mim. Lembro que Papai disse a mesma coisa: *"Nunca he venido tan fuerte"*. Eduardo diz que ele agora se satisfez, encontrou seu tipo. Ele vai se acalmar, sentir-se menos tenso, menos nervoso. E eu, eu estou ficando nervosa, agitada, com a imaginação febril, sem sentir o *"apaisement"**, sem sentir a ligação com a natureza, com a terra.

Não sei se foi por fidelidade a Henry, ou porque preciso ser passiva e com Henry preciso ser ativa, ou porque Henry me comunicou sua vagareza e *"détente"***, coisas maravilhosas para a sensualidade. Não sei. Mas não estou satisfeita. Ainda assim, amo ir aonde quer que seja com Gonzalo. Não me importo com o sexo. Há paixão de sobra além do orgasmo.

---

* "Tranquilidade". Em francês, no original. (N.T.)

** "Relaxamento". Em francês, no original. (N.T.)

Talvez eu só precise de tempo, como Gonzalo precisou. Ou talvez eu precise me sentir possuída por inteiro, de modo absoluto – como me senti por algumas semanas, quando fui ver Rank em Nova York pensando que eu o amava.

Não sei. Mas estou feliz por Gonzalo estar satisfeito. Feliz por sentir o vigor de seu desejo.

Sonho: Estou sentada no telhado de uma casa na China, esperando escurecer. Sentada em meio às telhas feitas dos cacos de xícaras e pires chineses, com o resto das folhas de chá ainda no vazio das xícaras. Sentada em meio a xícaras e pires esperando escurecer, quando desci e adentrei a cidade em segredo. Desci pelas vigas de sândalo e descobri que as paredes eram feitas de painéis deslizantes. Uma chinesa com rosto de porcelana abriu o painel e me levou até a entrada. Eu estava ajoelhada diante de uma refeição, com um enorme prato redondo no colo, cheio de sandálias ornadas com pérolas, cabelos de anjo, *foligrane*, sincelos e ouro derretido. Olhei com muita atenção e carinho, pois eu sabia que depois de entrar em cada cômodo eu não os veria nunca mais, então olhei com carinho para o painel entalhado, para o prato a meus pés. Senti o cheiro da sala, vi a luz filtrar pelo papiro. Cada painel que eu abria me conduzia mais ao interior da casa chinesa, mas ao mesmo tempo para fora, e a saída seria definitiva, e portanto eu abria os painéis sem pressa e atravessava os cômodos pesarosa, olhando cheia de carinho para a luz de um amarelo esmaecido que filtrava. O entalhe na madeira era tão delicado que eu achei que o poderia ler como se fosse um livro. Comecei a decifrar o entalhe, mas o significado me escapava; fazia alusão a muitas coisas, mas eu não consegui me lembrar com clareza de nenhuma delas; e o último painel, que abri com vagar, conduziu-me às ruas chinesas, repletas de casas sem portas, sem janelas, com lanternas balançando todas no mesmo ritmo e bonecas sentadas na calçada.

12 de novembro de 1936

Deitado ao meu lado, Gonzalo disse: "Isso é o infinito". Deitado ao meu lado, Henry diz: "Uma boa trepada vai fazer bem a você!" Deitado ao meu lado, Hugh diz: "Gatinha, se cuide. Você parece cansada."

Gonzalo enlouquece com o ciúme. Hugh fica taciturno, sobrio e quieto. Henry grita, berra, vocifera a respeito de algo *ao redor* da manifestação de ciúme.

O que chamo de criar um abrigo para mim é criar uma harmonia. Estou sempre tentando construir um abrigo, juntando os melhores momentos de cada relacionamento – encontrar Henry com fome, Hugh empolgado com o domingo, Gonzalo com sede! Eu, prestes a pedir água, desfruto de toda a intensidade que desejei. Passo três quartos da minha vida deitada. Me alegro quando sou possuída uma única vez no mesmo dia. Tento evitar que Henry e Gonzalo me possuam no mesmo dia, mas às vezes acontece e seus espermas misturam-se em meu ventre.

Só conheço uma receita para a felicidade: Pegue o esperma de três homens (o quanto mais diferentes, melhor!) e misture-os em seu ventre. Se as transfusões operarem-se no mesmo dia, essa alquimia resultará em perfeição.

Quando eu e Gonzalo estamos deitados, próximos um ao outro, ele diz: "É só isso o que conta na vida". Tão feminino – nascido para ser o amante com quem as mulheres sonham. Henry diz, brincando: "Lá se vão vinte páginas".

Às duas horas, estou no *Nanankepichu*. Gonzalo sussurra: *"¡Qué linda hora!"* Às cinco, estou num táxi que segue até o Boulevard Raspail e alcança o ônibus. Gonzalo está na plataforma. Será que ele me viu?

O prezeroso *frisson* do apostador. Ele não me viu. Está sonhando. Triste. Se tivesse me visto, saberia que estou a caminho da Villa Seurat.

Na Villa Seurat, Henry está ativo, fervilhando. Pessoas. Cartas. Esperanças. Resenhas. Novos amigo. Ideias. Ideias.

18 de novembro de 1936

CONVENCIDA DE QUE, sob um exterior equilibrado, sou histérica. A histeria exaspera-se durante as tempestades lunares.

Estou sempre prestes a explodir. Tenho vontade de chorar, rir, cantar, ou dançar, ou gritar. Custo a adormecer. Odeio a tranquilidade. Só me sinto tranquila quando estou cansada. Odeio esse processo de recuperação – dormir, repousar, fazer pausas!

Me sinto muito cansada porque *tudo* me toca e me comove. Não fico indiferente a nada. Cada pessoa que vejo mexe com meus sentimentos, minha solidariedade, minha compaixão; ou desperta minha criatividade. Tenho de envolver-me com vidas destroçadas – reparar, insuflar vida nos afogados, juntar os que caíram. Estou amargurada pelo sofrimento, mas não parece haver outra saída senão a crueldade. A indiferença e a passividade me são impossíveis. Preciso ser sádica ou masoquista. Quando sou sádica, sofro *junto* com a minha vítima.

Não há como escapar da escravidão a não ser tornando-se o escravizador.

Não vou negar que eventualmente sinto prazer ao maltratar Hoffman, Turner e outros homens mais. Mas quando Gonzalo está em meus braços e me fala sobre o amor que tem aos lugares onde sofreu, meu coração enregela-se com uma espécie de terror. Um abismo sob os meus pés. Sinto que *posso ser* o torturador. Sinto o homem que pode ser torturado. Sinto a entrega do escravo. O sentimento de poder se exalta. Sinto o poder discreto que tenho sobre Hugh, o poder sutil sobre Henry, o poder invisível que tenho sobre Gonzalo. Mas sempre que os faço sofrer, sinto o que eles sentem. E lutei contra essa necessidade de sofrer. Gonzalo deseja sofrer. Quanto mais paixão derramo sobre ele, mais o ciúme o tortura.

Como o que eles amam é minha força, é difícil não a empregar com crueldade. Eu não a emprego assim. Meu poder está na sedução, no charme, na devoção e na retribuição interessada de tudo o que me é oferecido. Se há muitas mulheres que se julgam capazes de fazer a felicidade de três homens, que experimentem. Requer habilidade sobre-humana, reflexão, o dom de envolver, de condensar tanta coisa em uma única hora a ponto de o homem tomá-la por um dia e uma noite completos.

20 de novembro de 1936

NANAKEPICHU: AGORA TEMOS UM tapete preto. A lâmpada bizantina que ardia no meu quarto em Louveciennes agora pende sobre nossas cabeças. Temos uma mesa preta, laqueada. Eu trouxe comida, que esquentamos. Comemos na caixa, à luz de velas. Gonzalo me beija, esquenta meus pés, esquenta meu quimono, me envolve em adoração. Quase tudo o que acontece entre nós se dá em silêncio. Muito pouco é trazido à luz, à superfície.

Depois de possuir-me à tarde, Gonzalo possuiu-me uma vez mais à noite, com vigor, encarando-me nos olhos, sem nervosismo, sem hesitação. Olhou para a lâmpada e disse: *"Lamparita aphrodisiaca"*. Falou sobre nosso mês de castidade. Disse que sentira-se angustiado – chegou a conversar com um amigo, médico, que disse apenas: *"Eres um anxioso"*. Agora ele sabia que eu fora a culpada. Gonzalo desejava me punir por minha vida sensual, queria algo mais. Nessa noite eu cheguei muito perto de satisfazer-me. A lampadinha, o brilho da escuridão, a água batendo no casco – tudo isso nos leva muito longe. Quando ouvimos o som de algo caindo na água, eu disse: "É um peixinho saltando".

No dia seguinte, tivemos uma desentendimento em um café. "Você esteve na Villa Seurat." Repondo que é o mesmo que os cuidados que ele dedica a uma Helba doente e surda. Emoção. Caos. Cegueira.

Despeço-me de Gonzalo para ir à Villa Seurat! *Isso* ele com certeza não imaginava.

Lá, eu e Henry ficamos deitados no sofá, conversando baixinho. Ele está cansado. Conversamos sobre os recortes de jornal. Henry recortou tudo o que é humorístico e fantástico. Eu recortei todos os horrores. Digo: "Vamos criar uma história com eles". Já tenho algumas anotações. Henry gosta da ideia. Eu já comecei.

Uma noite Hugh estava ouvindo rádio. Depois de uma peça musical veio um silêncio, e então ouvimos o tique-taque nítido de um relógio. Hugh disse: "É meu relógio me chamando no penhor!"

Um dia desses, enquanto estávamos fazendo as contas, Hugh disse: "Eu sei que você está me traindo, mas que é pelos outros".

Ele disse isso com um brilho no olhar, uma indulgência divina. Hugh vem usando clipes de papel em vez de abotoaduras de ouro – o *sous-directeur** do National City Bank!

Hugh está feliz. Agora saio toda noite – fico em casa só aos sábados e domingos. Hugh fala com astrólogos, vai ao cinema com os amigos ou se deita cedo. Ele diz que é melhor do que se eu estivesse em Nova York!

Louveciennes morreu. A casa foi desmontada – a mobília, levada ao jardim e leiloada. Fiquei com a cama árabe e mais algumas coisas para o *Nanankepichu*. Foi um dia intenso, tragicômico. Não sofri muito; tentei não lembrar. Mas cada objeto no leilão trazia uma parte do meu passado. Eu não lamentava nada, exceto a passagem do tempo e a morte dos lares, dos objetos, e a passagem e as transformações do amor. Lembrei acima de tudo da minha paixão por Henry, de nossas carícias, do calor dos passeios.

O leilão durou até o escurecer, quando a casa vazia, iluminada pelas lâmpadas desnudas, brilhou mais uma vez com o brilho das mesquitas, com lindas cores quentes, brilhou em meio àquela vila francesa cinza e mesquinha – e então morreu. Todos levavam embora móveis e decorações, espelhos, cortinas, louças e panelas; e todos os resquícios de nossa vida aqui espalharam-se por outros lares.

Voltei para casa em uma alegria histérica, dizendo que eu queria continuar as vendas, consumida pela febre de *dépouillement*** e pelo sacrifício. Agora, muitas vezes desejo ser pobre porque não aguento os ciúmes e a inveja dos outros. Não aguento ter mais moral do que os outros.

O surrealismo me incomoda e me irrita. Estou próxima aos surrealistas, mas não sou um deles. Gosto da teoria, mas não do que eles escrevem.

---

* "Subdiretor". Em francês, no original. (N.T.)

** "Desprendimento". Em francês, no original. (N.T.)

22 de novembro de 1936

NOITE PASSADA: A sala cor de laranja brilhando. Hugh discutindo astrologia com uma americana. Moricand dizendo: *"Il y a des grandes ondes et des petites ondes, il y a des ondes courtes"*.* Ele fala em termos de mar, ondulações e ondas. Usa a linguagem do invisível e o ritmo da poesia. Evreinoff, o ator russo, gesticulando: *"Le moi séparé de mon moi – le moi archaïque, qui parle, et le moi..."*.** Podem-se ver os espelhos e velas e rostos repetidos ao infinito, como quando os russos ficam entre dois espelhos com uma vela. O coronel Cheremtieff, o *entremetteur**** que adora misturar pessoas, sussurra datas históricas enquanto a história está sendo feita na outra margem do rio. Escutamos os gritos, a fermentação, as canções e os alto-falantes. Gonzalo está lá, mas sua fé não depende de teorias; ele tem um comunismo ideal, um misticismo puro, defende os oprimidos. Como posso fazer para que ele cumpra seu destino e viva sua força sem sacrificar nossa felicidade humana?

O *Nanankepichu* maravilhoso, como um conto de fadas.

Fui às pressas até Montparnasse só para ganhar um beijo ontem; mesmo assim, de vez em quando ele ainda diz, tomado de fúria: "Eu amo você mais do que você me ama! Sinto que você é minha quando estamos abraçados – mas depois..."

Falo a Evreinoff sobre minha ideia de fazer uma peça de teatro sobre a análise, o que lhe agrada. Começo um filme de terror, mas é tudo inventado e não tardo a jogar os recortes no lixo.

Gonzalo diz que seria feliz se pudesse me manter trancada.

---

* "Existem ondas grandes e pequenas, existem ondas curtas." Em francês no original. (N.T.)

** "O eu separado do meu eu – o eu arcaico, que fala, e o eu..." Em francês no original. (N.T.)

*** "Intermediário". Em francês no original. (N.T.)

Ele conduz os pensamentos de modo obscuro, insistente, precipitado, louco. Se digo que Hugh está feliz, Gonzalo entende que é porque dessa vez Hugh sente que não estou tão apaixonada como antes por Henry: o perigo é menor.

Nunca escrevi todos os tormentos que me são impostos pelo ciúme, porque eu tinha vergonha e tentava não lhes dar atenção.

Tenho um mundo inteiro, intelectual, que Gonzalo não consegue penetrar – ou melhor, que ele é preguiçoso demais para penetrar. Mas é um mundo que me cansou. Eu mesma também sinto uma grande preguiça. Gosto de meu dom poético, etéreo, sonoro e misterioso. Hoje, tentando escrever a peça teatral sobre Rank, fui acometida por uma letargia, uma indiferença; gostaria de fechar mais uma vez os olhos. Por que eu deveria me empenhar, lutar? Se você vivesse em um conto de fadas, se você passasse os dias nadando em meio a carícias, se você vivesse junto às estrelas e às nuvens e sentisse o esperma quente ser derramado em seu ventre, você escreveria?

24 de novembro de 1936

O *Nanankepichu* ESTÁ QUASE PRONTO – criado, item por item, esforço atrás de esforço, cuidado, reflexão, energia, desejo. A magia requer trabalho. Sempre busco o máximo de perfeição em uma casa, mas em níveis diferentes. De acordo com o gosto do homem. Hugh gosta de ordem, de luxo. A esta casa, trago o calor, o conforto, a beleza. Henry gosta de simplicidade. Sem falsear a decoração de que ele necessita, fiz de seu estúdio um lugar tão confortável e satisfatório quanto possível. Com Gonzalo eu pude ser fantasiosa, mas o quarto ficou aconchegante, agradável aos olhos e ouvidos. Três criações, três decorações que fiz para o *outro*.

O *Nanankepichu* é como uma casa de ópio, como nenhum lugar nesse mundo – poderia ser em qualquer lugar ou em lugar nenhum – *Contos de Hoffman*.

O relógio da Gare d'Orsay assoma diante dos meus olhos. Um imenso *cadran** de luz, com enormes ponteiros

---

* "Mostrador". Em francês no original. (N.T.)

negros indicando as horas. A hora em que nos encontramos, a hora em que partimos. Os carrilhões soam. Gonzalo está me possuindo enquanto a hora soa. Gonzalo está fazendo um discurso passional e inflamado sobre o comunismo. Fico acordada enquanto ele dorme. A luz da lampadinha cai sobre um rosto de cabelos e cílios desenhados a carvão. Gonzalo, enquanto dorme, continua a me beijar.

Meia-noite quando descemos a escadinha. Uma da manhã quando Gonzalo me despe. Vários minutos embaçados por devaneios flutuantes. Seda nos olhos, música nos ouvidos. Duas horas da manhã quando dizemos: *"Tentamos ao máximo ser realistas, mas não conseguimos"*. Duas e quinze estamos deitados, em silêncio, embriagados em nossos beijos. Ao amanhecer, sinto frio. Às nove horas, a luz matinal me dá vontade de fugir da realidade – ter que fazer café em um cômodo frio, ver meu rosto amassado por tantos beijos!

Sempre tenho vontade de fugir quando a música para. Luz do dia. O fogão, frio. Cinzas. Vinho nas xícaras de café. A água, longe. Um *croissant* dormido. O silêncio nos ouvidos. As pausas e as descidas. Estou sempre em busca da música. Sempre em busca da música, da dança. A realidade é uma fonte constante de dor. Sempre um conflito.

Eu queria ser como Henry – não me importar.

25 de novembro de 1936

UMA BARRACA DE NEBLINA GORDUROSA. Uma resenha perspicaz de *The House of Incest*, assinada por Stuart Gilbert. Uma noite dourada com Gonzalo, exceto quando ele disse: "Eduardo é uma vítima do capitalismo. Artaud é uma vítima do capitalismo."

Minha atitude mudou. Simpatizo com o comunismo de Gonzalo (um ódio à injustiça) porque é idealista e puro. Eu teria morrido pela revolução russa quando ela ainda era pura e idealista. Mas agora a revolução está dividida, é impura, falsa.

A organização do mundo é uma tarefa para realistas. O poeta e o trabalhador serão eternas vítimas do poder e dos interesses. Nenhum mundo será conduzido por uma ideia mística, porque no momento em que essa ideia *começa a funcionar* ela deixa de ser mística. Quando a Igreja Católica ganhou força, tornou-se uma organização, ela perdeu o caráter místico! O realista sempre vence o poético, o humano. O interesse triunfa. O mundo será sempre governado pelo poder e por pessoas desalmadas.

E assim a luz do dia macula o conto de fadas. Gonzalo tem uma sede de sacrifício que satisfez no convívio com Helba. Agora ele tem sede de sacrifício e heroísmo em maior escala. Fala sobre a Espanha, deitado comigo no tapete preto, enquanto o *péniche* balança, devagar.

A neblina me oprime. Domingo, em um surto de febre, escrevi três páginas do meu filme "de terror". Comecei com recortes de jornal e então os transformei de modo a torná-los irreconhecíveis. Não consegui seguir copiando o diário de 1922 – doía demais. Apenas o presente parece suportável. Apenas o presente parece belo, exceto quando tenho recaídas e volto a me apegar a Henry, que pertence ao público, como um astro de cinema! Ao mesmo tempo, com Henry eu posso compartilhar uma atividade eletrizante que preciso ocultar de Gonzalo. Henry parou de dormir! Ele trabalha, escreve, envia cartas, faz visitas. Me ajuda com meu livro. Foi graças a ele que Stuart Gilbert escreveu a resenha. Ele fala sobre mim. Temos muito trabalho a fazer juntos. E Gonzalo me bloqueia. O ritmo de Gonzalo é solto e vago, com muito desperdício e apatia (como era o ritmo de Henry!). Então me afasto correndo do *Nanankepichu* e me atiro ao trabalho em casa! Cartas e visitas e relacionamentos. Uma vida como um vitral.

26 de novembro de 1936

GONZALO SE EXALTA AO FALAR comigo sobre meu trabalho, meu valor, e sobre como ele quer que eu me dedique a escrever, pare de me doar aos outros e viva para mim mesma – assim como eu costumava me exaltar quando falava com Henry. Vejo no rosto de Gonzalo o mesmo desejo de sacrifício que eu sentia, o mesmo desejo de abandonar-se, de sacrificar-se pela criação de outrem. Ele segue fielmente seu padrão. Existem tantas analogias entre mim e Helba – a dança, o amor à forma, a graça do corpo, a intensidade, o modo como ela escreve sobre a infância, os poemas, os sofrimentos antigos, o afastamento do pai, a doçura hipócrita ocultando os instintos violentos, as mentiras, o controle exercido sobre uma natureza sombria.

Gonzalo viu nas criações de Helba a "linha", a forma, a qualidade plástica. É o mesmo que vê em meus gestos, nas minhas decorações, nas minhas roupas e na minha escrita. Gonzalo percebeu os ritmos de Helba tal como percebe o ritmo do meu trabalho. Ele é sensível à dança dela e à minha.

A necessidade de me doar tem sido um vício – mas não de todo prejudicial. Talvez eu me reencontre em meio à decadência. Não importa o quanto eu me doe – não me perco. Mas acabei me desperdiçando.

Mas doar-se *é* o amor – é uma necessidade.

Com Gonzalo, vejo-me em uma situação irônica. Não tenho nada a lhe dar, exceto a mim mesma. Não posso dá-lo a si mesmo, como fiz com Henry. Gonzalo *já vive* com seus próprios dons. Seus desenhos não são bons o suficiente para que eu viva por eles. Não tenho nenhum sacrifício a fazer por Gonzalo, exceto a seu comunismo – ou então *abandoná-lo*. Mas isso eu não posso fazer. E percebo que ele deseja ser necessário e útil tanto quanto eu desejava. Que talvez ele seja feito mais para o amor e para a vida do que para a guerra. Gonzalo diz que sou eu quem o prende aqui, mas talvez tudo nos seja tirado das mãos – nosso destino. Ele espera.

Ir ou não ir à Espanha lutar é agora um conflito recorrente. Ameaço Gonzalo: "Se você for, eu também vou – e vou para lutar. Não vou ficar enfaixando os feridos, pode saber." Os feridos estão voltando. Entre eles, Roger.

Não sinto essa convicção, mas eu morreria com Gonzalo. Seria impossível viver sem ele.

Gonzalo só revela seus segredos ao fim da noite, depois de carícias intensas.

"Você não sabe, *chiquita*. Eu nunca disse que tortura foi ler o livro sobre o seu pai."

Ele se atormenta com o ciúme que tem do meu passado. "Eu até poderia esquecer, *chiquita*, mas está tudo escrito." As páginas sobre o quarto de hotel em Avignon com Henry o assombram.

Lembro as torturas que eu sofria ao ler as descrições minuciosas que Henry fazia das mulheres que havia desfrutado – de June.

Fiquei tomada de compaixão por Gonzalo. Naquele momento eu teria jogado todos os meus diários no rio para evitar seu sofrimento – algo que Henry jamais pensaria em fazer por mim. Nada é capaz de deter Henry. Ele é o artista. Tudo é capaz de me deter: lembranças de Hugh e de Henry e de Gonzalo e de Papai.

Aparecendo, sacrificada, no periódico *Confessions* por esse motivo. Sacrifícios incontáveis a meus amores humanos – tudo menos o *silêncio*.

Objetividade do artista: Henry sofreu ao ler o manuscrito do livro sobre Papai [*Winter of Artifice*], mas sujeitou o livro ao interesse que tem pelo meu trabalho, como eu costumava fazer no início. Agora é mais difícil ser objetiva. Eu costumava dizer para mim mesma: Vou abandonar Henry quando ele escrever o livro sobre June. Às vezes eu sentia que era essa intuição obscura que inibia Henry – não sei.

8 de dezembro de 1936

UM DIA E UMA NOITE. Henry me espera na cama às três da tarde, me possui, me acaricia; e depois não conseguimos dormir nem descansar, porque sua cabeça está rodando como um filme. Escrevi sobre seu novo livro: "*Black Spring* representa a vida em todos os níveis. É uma orquestra. Henry Miller toca a vida invisível, a vida humana, a vida impulsiva, os apetites, a lascívia, os ódios, os instintos, e ao mesmo tempo captura o sonho que obceca o poeta..."

Henry deu pulos, gritou, disse que tinha vontade de sentar-se no mesmo instante e continuar escrevendo!

Às sete horas eu e Gonzalo estamos no *Nanankepichu*, que parece estar naufragado no fundo do Sena, com todos os reflexos de luz de velas e de lanternas que se refletem nas paredes alcatroadas. O espelho tem uma profundidade e uma qualidade nebulosa que nenhum outro espelho tem. Estamos jantando, sentados como árabes no tapete junto ao fogão.

Insônia. Não conseguimos dormir. Duas horas. Três horas. Quatro horas. Gonzalo fala sobre a infância. A bondade me faz lembrar da minha própria infância – da devoção aos outros. Quando ele diz que um dos segredos do apego que tem a Helba é tudo o que teve de fazer por ela, a luta e a criação para sua vida, da sua vida, digo que é o mesmo [que sinto] por Henry. Quando a devoção de Gonzalo a Helba fere minha possessividade, menciono Henry para feri-lo. Gonzalo respondeu: "Se desenhássemos um triângulo com você, Henry, Helba e comigo, você estaria muito mais próxima a Henry do que eu estou de Helba, porque Helba é uma criatura assexuada – mas você é muito sensual, você afunda no amor, na entrega, se abandona..."

"Para mim, você é mais do que qualquer outro homem", continuei. "Às vezes chego a ver você como uma figura mitológica."

Não encontramos um lugar para a devoção um do outro. Estou cercada pelos cuidados de Hugh e não sou de modo algum indefesa. Ele não é indefeso e nega a si mesmo tudo o que eu poderia lhe proporcionar – prefere continuar gastando o terno velho, em vez de usar o novo.

Então, com minha clarividência, minha impaciência e meus *temores* eu tento prever o futuro, para evitar perigos. Ele diz baixinho: "Não force nada".

As carícias me deixam tão excitada – não entendo por que não alcanço a entrega suprema.

Turner pede, insiste, suspira, implora. Moricand espera, discreto. Sou capaz de dar a Gonzalo todo o sentimento em mim, enquanto Henry reclama que às vezes sou efusiva demais.

Em 1921 eu escrevi que me especializaria em fantasia.
Domino graças à sedução.

13 de dezembro de 1936

COM GONZALO, NÃO SOFRO. Posso ser fiel a mim mesma. Para ser feliz com Henry eu teria de ser mais indiferente, mais afável e também egoísta; mais durona.

É estanho o mal-estar forte e violento que me alerta quando chego a um lugar cheio de pessoas onde eu não posso ficar – uma ansiedade legítima. Os lugares, as pessoas com quem não sou compatível porque não sou capaz de deter *sentimentos*, *roués**, *débauchés***, pessoas endurecidas, erotizadas, indiferentes, céticas. Sofro demais. Falta-me a brutalidade necessária a uma vida assim. Torno-me vítima.

Para que Henry possa ser natural, aguento todas as suas confissões. Mas eu não pude ser natural. Agora, para não torturar Gonzalo, evito fazer confissões. Com ele eu tenho de maneirar na expressão, na análise. É uma tarefa árdua, depois de contar tudo a Henry. Gonzalo não quer que as coisas sejam ditas – venham à tona. Eu precisava disso. Havia claridade demais com Rank, uma claridade sobrenatural, a morte. Afundo com Gonzalo.

O demônio em nós, o outro, trabalhando em segredo, tramando insídias. Meu demônio retira a máscara. Agora eu o vejo melhor. Me vejo entrando em uma sala cheia de pessoas com a certeza de que vou encantar alguém – uma certeza tranquila, que me diverte.

Mais que do amor, os homens precisam ver sua solidão aniquilada – é *essa* a função do amor. É pelas rachaduras da solidão que os eflúvios mágicos vazam e escravizam.

---
* "Libertinos". Em francês no original. (N.T.)

** "Licenciosos". Em francês no original. (N.T.)

E toda vez que me ponho a caminhar eu seduzo.

Artaud diz a Gonzalo que sou um demônio de olhar amarelo, uma criminosa. Ele voltou do México – envelhecido, drogado.

Cela m'amuse.* Cometi crimes sem desfrutar do *frisson* do mal. O *frisson* que sinto é o poder – o poder de escravizar e de torturar. *Je m'amuse des crimes que je pourrais comettre***, com os escândalos que eu poderia fazer. *Je m'amuse de mes mystères.**** Jamais posso dizer de onde venho. Mas não é necessário. Será que Henry sabe que é Gonzalo quem faz minha felicidade? Será que eu sei que sua felicidade é feita a partir do poder, não do amor? A partir de sua ascensão, de seu reconhecimento?

Deitada, sinto as angústias me sufocarem, as angústias que ninguém vê, o medo da perda e de que toda a minha vida seja uma miragem. Sempre prendo a respiração quando tento encostar nas miragens. Fixo o olhar no anel azul-safira, no colar azul-safira com estrelas prateadas, no cinzeiro de vidro azul-safira. Digo a mim mesma: Beleza, prazer. Uma sala em que o tempo para, onde me deito sobre almofadas de veludo preto – aqui o *simoun* não sopra, a revolução não corta a carne, homens e mulheres não se torturam. Aqui tudo é azul. Um banho de azul. Uma sinfonia em azul. Azul. Paz cósmica e generosidade.

É verdade o que a sra. Gilbert disse: Fiz mal em buscar meu transe místico nos caminhos religiosos, na igreja. Foi um transe místico de natureza cósmica. Sofri demais, me expandi demais, me doei demais, estendi-me ao limite, diluí-me no êxtase cósmico naquela cama de hospital. Mais um pouco e eu teria morrido. Um pouco maior a dissolução e a perda do eu, e eu teria morrido. É tão grandioso esse meu sentimento de imensidão, de compaixão em larga escala, de uma solidariedade que se estende a meus pacientes em Nova York e na eternidade, de um amor por todos que são sozi-

---

* "Isso me diverte." Em francês no original. (N.T.)
** "Me divirto com os crimes que eu seria capaz de cometer." Em francês no original. (N.T.)
*** "Me divirto com meus mistérios." Em francês no original. (N.T.)

nhos, de uma travessura que ri em uníssono com os ardis da natureza, com todas as peças tragicômicas e simiescas que a natureza nos prega.

Graças aos pontos extremos da bússola, o amor, a paixão, a sensualidade, a criação, a pena, alcançamos a consciência cósmica superior – ou a destruição.

Comecei com uma vontade desinteressada, altruísta, compreensiva. Depois, a paixão primitiva e pessoal por Henry.

Segundo a astrologia, os piscianos têm o poder de se abstrair por completo do lugar onde estão e de atirar-se a uma vida imaginária a seu bel-prazer.

É um signo de abstinência e reclusão. Eu sempre quis escrever sob um pseudônimo.

O signo do Messias, ou do cordeiro desgarrado.

A solução final dos problemas – e alguns deles precisam ser resolvidos com fraqueza e humildade. Cristo!! Jesus! Falo blasfemando.

[Charles E.] Carter [*Principles of Astrology*] diz que peixes é a "graça cósmica".

Há algo tão suave, tão delicado e tão desinteressado a respeito desse signo que muitas vezes ele dá uma impressão equivocada.

Os piscianos não acreditam que a verdade seja a melhor coisa a dizer e, portanto, uma vez que não desejam magoar ninguém, substituem o que julgam ser verdades menores por uma verdade cósmica. A ligação desse signo com feiticeiros e feitiços é evidente.

A sacralidade, o autossacrifício, os ideais românticos e as visões de uma consciência superior.

Me envolvi com a astrologia por preguiça...!

18 de dezembro de 1936

EU SEMPRE INTITULO OS diários antes de terminar de escrevê-los. Eu mesma nunca havia me dado conta, quando escrevi *"Nanankepichu"* e *"Vive la dynamite"*, da contradição que encerravam, do quanto se opunham. Por que eu os coloquei juntos? Foi uma profecia. Um, o sonho, a irrealidade, a paixão – o outro, a realidade, o drama mundano, a revolução, a anarquia, a guerra.

Evitei que Gonzalo fosse lutar na Espanha. Ele fez uma dúzia de desenhos. Ficou deitado, quieto – infinitamente satisfeito. Atingimos níveis cada vez mais profundos de sensualidade – até que uma noite ele se ajoelhou diante de minhas pernas abertas, ergueu-as e começou a meter em mim com uma violência assustadora – Gonzalo, o selvagem, excitado – e esse retrato dele, essa demonstração de força me excitou tanto que eu estive a ponto de sentir o espasmo que ainda não senti com ele. A noite me deixou trêmula, com o ventre inquieto. Continuei a vê-lo ajoelhado diante de mim, nu, bronzeado, com os cabelos desgrenhados, gemendo de prazer.

Gonzalo despertou dessa noite como um leão e assumiu de uma vez por todas a atividade de agitador, escritor e líder de oitenta intelectuais sul-americanos. Do *Nanankepichu*, saiu como um líder comunista visionário. Dos sonhos e das carícias. Ele mesmo diz: "Foi você – e é muito estranho que você, que está tão distante disso tudo, tenha despertado essa necessidade de agir. Seu amor me deu forças..."

Minha primeira reação foi de dor, pelo choque de que algo em que eu não acreditava tivesse se originado de nosso amor – essa liderança, essa força revolucionária. E o choque era que eu estava envolvida por um calor, que Gonzalo parecia estar grudado a mim, que com ele eu esquecia minha solidão, que nosso sonho seria sacrificado, nossa vida pessoal. Mais uma vez eu teria de me dedicar à criação do homem – primeiro o trabalho de Henry, depois o comunismo de Gonzalo.

Na condição de mulher, sofri. Fiquei deitada ao lado de Gonzalo na cama, chorando e soluçando. Eu não sentia desejo algum – era como se algo me rasgasse, uma angústia profunda, uma entrega. Entrega. Gonzalo precisava da minha fé. Helba estava contra ele. Meu amor lhe dera o ímpeto. Será que agora eu iria impedi-lo – eu, que o tinha incitado? Eu chorava, soluçava.

Mas a paixão de Gonzalo por política, os discursos inflamados, a sinceridade tiveram seu efeito. Eu não estava convertida ao comunismo – mas ao comunismo de Gonzalo. Acima de tudo, eu compreendia que *justo* por ser tão cheio de vida, de um sangue, de uma paixão tão exuberantes, ele precisava de ação e de drama. Gonzalo não poderia ficar num estúdio, desenhando. *Justo* porque nosso relacionamento era tão cheio de vida, como ele dizia, tão vivo, tão despido de literatura, de arte, de intelectualidade, eu lhe dava um impulso vital, não um impulso artístico.

O que amo em Gonzalo é exatamente o que o impele rumo a conspirações, à anarquia, ao risco. Após sofrer com o afrouxamento do laço, com o medo de pôr o sonho a perder, com a destruição do *Nanankepichu*, com o sentimento de que estava sendo sacrificada – as *minhas* necessidades às necessidades dele – juntei todas as minhas forças, em nome do amor, percebendo que eu havia instigado Gonzalo a cumprir o *seu* destino, não a ser o escravo de outra mulher, como fora escravo da carreira de Helba, e que esse era o resultado, e eu, a pessoa que instigava todos a cumprirem seu destino, ainda que eu jamais pudesse cumprir o *meu* destino assim. Por amor a Gonzalo, a um Gonzalo forte, por amor a seu olhar cheio de vida, à cabeça altiva, às mãos ávidas, abandonei meu desejo egoísta de tê-lo sempre em meus braços, dentro de mim, dentro do sonho.

Acordei devastada pelo cansaço, cheia de olheiras. Gonzalo havia sido muito afetuoso em relação ao meu sofrimento, mas não o compreendera de todo.

Fui correndo para casa. Sentei-me diante da máquina de escrever e datilografei 24 envelopes para as "declarações a meus amigos comunistas" de Gonzalo. Levei os envelopes para ele. Em alguns momentos, sinto-me destruída. O coração me magoa. Me sinto fraca, prestes a chorar. Em outros, açoito a mim mesma, até recobrar a vontade. Outra vez. A mulher *sempre* tem que interpretar um papel em nome do amor. A mulher jamais pode ser totalmente sincera consigo em nome do amor. De modo sutil, sempre tenho de *interpretar* essa Amazona – uma ilusão que minha força cria para as outras pessoas. Agora preciso ser uma mulher de ação, inflamando os sentimentos de Gonzalo para uma anarquia visível e (para mim) *não metafísica*. A anarquia de Henry era literária. Ele era o satirista. Preciso amar os bombardeiros, os destroieres em segredo. Gosto da natureza. Gosto do poder. O poder é perigoso, cego. Transformo o poder em criação. Henry se tornou *eficaz*, não apenas explosivo, *potente*. Gonzalo não vai atirar bombas. A destruição *está* nele – mas vou transformá-la em criação.

Então fico datilografando envelopes para os comunistas. E penso sobre o comunismo. Neste momento, simpatizo com seus objetivos. Mas não consigo me *inflamar*. O drama, para mim, é um drama europeu ingênuo. Mas *nenhum* drama é sábio. Não vivemos pela sabedoria. Vivemos pelo *drama* – amores trágicos, energias mal-empregadas, erros, preconceitos. Erros. Acredito em cometer erros humanos, em nutrir ilusões. Gonzalo nutre a ilusão de pôr ordem no mundo. Respeito essa ilusão. Vou ajudá-lo. Eu já estou fora e além do capitalismo e do fascismo. Tenho sido uma anarquista espiritual. Não tenho ilusões em relação à política. Mas tenho ilusões amorosas.

Sobrecarregada, assoberbada pelo conflito, passo uma noite cheia de humor, gentilezas, devaneios e harmonia com Henry, o artista total, que a cada dia se torna mais pálido. O sangue ferve menos – o sangue corre pelos canais da imaginação e da lembrança. No escuro ele fica deitado, passivo, como as mulheres, e aos poucos faz com que eu o acaricie. Quando está dentro de mim, enlouquece com o mel. Henry desencadeia um frenesi animal – prazer – prazer – prazer – e eu acordo refeita e alegre.

Acordo refeita e alegre. Transbordando energia, coragem. O sacrifício foi feito. Agora estou em plena atividade. Não vou olhar para trás. Peço a Gonzalo que use a sala do *Nanankepichu* para os encontros. Gosto de imaginá-los tramando complôs lá dentro. Risco. Perigo. Eu digo: "Chaveie o nosso quarto".

Gosto do perigo. Gosto dos que estão dispostos a virar o mundo de pernas para o ar, a dinamitá-lo por uma ilusão, talvez para ver o fogo e ouvir os gritos dos moribundos! Não importa.

É o trabalho da natureza. O granizo, os tornados, os terremotos são necessários. Necessários. A guerra é necessária. A morte é necessária. Glória ao drama, sempre insensato, sempre injusto, sempre uma expressão de nossos impulsos dionisíacos.

Minha alma masculina deve ser um satírico, um guerreiro, um herói – pois são esses os homens que escolho.

Minha carne feminina é delicada demais. Por sorte, as lágrimas muitas vezes transformam-se em aço e fogo. A grande angústia que me afligia, as dores do parto – uma exigência à minha carne, um pedaço arrancado para expor os perigos do mundo. O homem descansa em meus braços, penetra e descansa em meu ventre. O sexo, para mim, não é a alegria do orgasmo – é ter o homem no meu ventre. Os homens não são capazes conceber a solidão que as mulheres conhecem – a solidão de um ventre vazio. Os homens descansam no ventre para recobrar suas forças. Nutrem-se da mulher. A mulher continua a prover leite e sangue. E então o homem se levanta e precipita-se à batalha, ou à criação. *Abandona* a mulher. E os homens não se sentem sós. Eles têm o mundo que constroem. As mulheres se sentem sós porque têm apenas o homem – a presença, o corpo do homem.

Sou mulher.

Grito quando ele se levanta e age.

Me pergunto: Onde está Thurema? Será que agora vou precisar da bela e forte mulher Hurtado que conheci uma noite dessas?

Pego meu diário e saio a caminhar pela rua. Faço planos com Gonzalo. Entrego-me aos devaneios. Chegou a hora de agir, e o homem acorda primeiro. Preciso alcançá-lo.

Eu poderia amar Thurema se ela estivesse aqui. Sou afetuosa com Eduardo, que agora está em Paris.

A primeira *interrupção* no conto de fadas – no Maxim's – um lugar luxuoso, para mim um conto de fadas, decorativo, glamoroso. Nunca vi as pessoas – eu vivia isolada em meu mundo. Depois – graças a Gonzalo – meu olhos se abriram e eu *vi* os rostos – vi-os *de fato* – os rostos dos ricos, dos aristocratas e dos novos ricos. E eles eram *porcos!* E, afora Katrine Perkins, não conheço nenhuma mulher rica de valor.

Pobre Hugh. Está ficando cada vez mais estável, entrincheirado no papel de pai responsável em defesa do capitalismo. E eu, que só lutei por valores legítimos, pela minha independência, que gastei meu dinheiro apenas com quem precisava, guardando pouco para mim, eu gostaria de renunciar a *todos* os confortos e doar ainda mais. Pobre Hugh – no fundo, tudo o que faço é uma ameaça constante à sua felicidade, mas nada vai me deter.

Tenho para com Hugh a maior dívida de todas – é graças a ele que sou sincera comigo mesma.

Vamos ver se consigo desempenhar o papel de amante de um herói conspirador e anarquista tão bem quanto me saí no papel de musa de Henry.

Enquanto isso, tratemos de torná-lo tão dramático quanto possível. A sala no *péniche*, muito dramática. Gonzalo fazendo discursos em um cômodo, deitado no outro, ébrio de carícias, dizendo: "Você me deixou sedado por duas semanas".

Talvez eu traga dentro de mim uma dinamite que não explode apenas no papel. Talvez não seja o diário o que eu vá jogar, em chamas, nas pessoas que fogem da verdade.

Quando Gonzalo veio me ver hoje por uma hora e eu o recebi dançando e cheia de vida e em chamas, ele acabou ficando a tarde inteira. Foi como um dia de primavera. Caminhamos, sem dar por nós, até o *Nanankepichu* – nos deitamos lá.

Agora sei que algum mistério me priva do orgasmo com ele, algum feitiço de Henry. Ao me despedir de Gonzalo, excitada, ardente, peguei duas revistas eróticas das bancas e fui olhando as figuras no táxi a caminho de casa, e o orgasmo veio tão forte no assento do táxi que eu quase desmaiei.

Sonhos violentos à noite. Na noite em que Gonzalo tornou-se ativo no partido eu sonhei que um grupo de pessoas, multidões de pessoas me impediam de chegar até ele.

Lutei desesperada contra elas. Noite passada sonhei que os criminosos eram obrigados a ter uma ereção antes de serem mortos e que tentavam desesperadamente se excitar, mas não conseguiam.

Não consigo me deitar sem ser assombrada por imagens eróticas, desejos violentos.

A vida me excita tanto – minha mente, meu corpo – estou vivendo de modo tão intenso que sinto meu sexo, o calor, a umidade, o sangue latejante, ao mesmo tempo em que sinto estar devaneando. Gonzalo diz: "Meu relacionamento com você é vital, absolutamente vital. Encontrei meu ritmo sexual com você." Ver o prazer dele me excita demais.

Gonzalo diz ter um conceito cristão do sexo – o conceito do *amor*, como o conceito feminino. Acredita que escrevo sobre o sexo com uma veia pagã, e é certo que comparada a ele sou pagã. Mas o verdadeiro pagão é Henry, que possui qualquer mulher, não por amor, mas apenas *pour satisfaire ses instincts*.*

O erotismo me perturba. Ninguém que conheço é erótico, exceto Hugh, por quem não sinto desejo, e George Turner, por quem também não sinto. Eu sou erótica e perversa, e isso fica de fora da saudável vida animal que levo com Henry e de fora da minha vida emocional com Gonzalo. Talvez seja um sentimento reprimido. Gonzalo é muito erótico. Venera meus pés, adora me beijar. Henry não. Ele é simples.

21 de dezembro de 1936

AH, DEUS, ESSA ONDA de força é demais! Vou da fraqueza extrema a um humor tão poderoso que mal consigo aguentar. É como o Vesúvio, como escrevo a Papai em uma carta irônica. Uma noite eu choro nos braços de Gonzalo porque a maciez de nossas carícias, a neblina e a embriaguez estão mais uma vez ameaçadas pela criação. No dia seguinte eu acordo, feita de aço e de fogo – a Amazona.

---

* "Para saciar seus instintos." Em francês no original. (N.T.)

Escrevo uma carta a Papai, pedindo um mimeógrafo para podermos imprimir propaganda. Escrevo uma carta fantástica, dizendo que preciso da máquina para ajudar a Espanha. Ele imagina, lógico, que seja para os fascistas. Rio da ideia diabólica. Por favor, Papai, me dê seu mimeógrafo para que eu possa ajudar a Espanha. Quero dar forças à Espanha – estou juntando um grupo de intelectuais – estou lhes dando força.

E é pelo comunismo. Dou risada porque a troca é um espécie de piada cósmica, na verdade não me importa o lado em que estou, eles estão todos errados, quem acha que vive e morre por ideias. Que erro maravilhoso, que piada divina! Eles vivem e morrem por equívocos emocionais. Então eu trabalho pela Espanha republicana porque estou apaixonada e isso é tudo o que conta. Gosto de ver um Gonzalo radiante chegar sem fôlego das reuniões, quando descansa a cabeça no meu peito e me conta tudo o que está fazendo, e então preparamos a sala do *Nanankepichu* para os oitenta conspiradores e minha alma feminina ri das categorias e dos nomes masculinos porque eu enxergo através e além deles. É o seu jogo que eles levam a sério e eu encaro como uma brincadeira, e eles riem das *nossas* lágrimas e tragédias – que são reais! Então, entre fascismo e comunismo, vou para o lado onde meu amor está; e rio das ideias dos homens em segredo. Escrevo uma carta a Papai. Junto as cadeiras. Estou desperta e alegre e escrevendo cartas viris de um lado para o outro, rindo! Gonzalo se contagia e ri também, diz que vamos publicar um panfleto pró-fascista, uma só cópia, para Papai!

E minha força explode dentro de mim. Danço uma dança farsesca para Hugh. Escrevo cartas irônicas. Percebo que estou criando um conto de fadas para que tudo seja eterno e maravilhoso. Nenhuma ilusão se desfaz; nada muda no mapa do meu mundo, nenhuma guerra e nenhuma expansão perturba a fixidez ilusória: Mamãe está lá; Joaquim está lá – lá onde estavam quando eu tinha dezesseis anos; Hugh está lá; Eduardo está lá; o amor é eterno, e eu o atravesso, evitando terremotos e lutando contra a morte em toda parte. *Não vou permitir que nada morra.* O monstro que mato dia após dia é o monstro do realismo. O monstro que me ataca dia após dia é a destruição. O duelo acaba em transformação. Transformo a destruição em criação, em um ciclo interminável.

Sinto com se eu fosse explodir com a força que trago em mim.

Como se o mundo voltasse a ser uma orquestra. Me sinto erguida, levada, empurrada por forças poderosíssimas. Música e fogo.

Ao lado do quarto de sonho – uma sala enorme receberá a criação de Gonzalo. E eu vou incitar, nutrir, incentivar. Que embriaguez, meu Deus! Não preciso do vinho. O mundo inteiro cambaleando! Música em toda parte. Cadeiras para os conspiradores, um fogão e carvão de nosso próprio estoque. Pela primeira vez o homem acorda da cama de penas e esperma.

Explodindo com a força que trago em mim.

Canto, danço, espalho vida ao meu redor. Henry diz a Eduardo: "Tudo é graças a Anaïs, tudo o que consegui fazer. Em Louveciennes ela me deu minha integridade."

Carta de paciente em Nova York: Foi maravilhoso ter conhecido você, e desejo que possamos nos encontrar mais uma vez em um futuro não muito distante. Mais uma vez agradeço por você ter me libertado, por ter me ensinado a encarar o mundo com bravura e desprezo, de modo que eu possa me olhar sem roupa no espelho e dizer: "Isso é o que sou e o que sinto, e não há motivo para eu me envergonhar". Pois, apesar de todas as tristezas e cuidados, sinto uma renovação constante, um crescimento e uma expansão. Os êxtases construídos com a mistura de alegrias e tristezas, a maturidade!

Para Henry: Passei a noite preocupada com você depois que você saiu de bicicleta – consciente da sua presença de um modo que você se alegraria se soubesse...

Minha imaginação está em chamas com aquele diário *real* para Hugh. Você não sabe como eu gostaria de escrever tudo de um fôlego só. Comecei esta noite. Cinco páginas de pura astúcia. Esse diário vai se tornar um maravilhoso enigma, os dois lados de uma atitude – e se torna tão real para mim à medida que o escrevo, como a determinação (que tomei no diário para Hugh) de nunca ser possuída por você porque os homens se lembram por mais tempo das mulheres que não possuíram, que acredito que se você lesse esse diário eu quase conseguiria convencer *você* de que nunca fui sua! Quem confrontasse os dois diários poderia facilmente enlouquecer. Eu adoraria morrer e ver Hugh ler os dois. Neste diário, vou explicar a origem de cada *invenção* relacionada à nossa história. Como ouvi de você a descrição de um certo quarto de hotel. Vou reconstruir as sessões com Allendy: Ele me dizendo para distinguir com cuidado entre minhas aventuras *literárias* (você) e a aventura humana (Hugh!). Ironias. Situações invertidas. Quando ler, você vai lamentar *não* ter me possuído. Logo você não saberá se me possuiu ou não. Depende do diário que você ler. Você poderá escolher! Para começar, lembre-se de que o diário *real* é o *irreal*. Ótimo. *Este* é o diário dos meus verdadeiros sentimentos. Qual deles? O *tom*, você diz – mas quando um ator é talentoso fica difícil distinguir o tom. Acho que estou sublimando uma situação que, no fundo, julgo ser trágica demais. Aproveito-a com meu intelecto. Torno-a suportável. Como você disse. Hoje também percebi todo o humor que a lenda de Lowenfels-Cronstadt encerra. São os homens que levam as mulheres para o circo, e as mulheres vão ouvir os homens rir! – Anaïs.

Delicadeza do diário de 1921 como a vida chinesa. Flores. Natureza. Atmosfera de sonho. Fragilidade. *Forma* perfeita.

Je suis facilement éblouie. Sou muito impressionável. É necessário ao sentimento de espanto, de êxtase. O *éblouissement* é um de meus humores recorrentes. Sou muito suscetível a entrar em transe.

É assimilando as pessoas que eu as enxergo. Sinto-me dentro delas, me perco, sinto a pele, os traços do rosto, as mãos, a voz. Fico impregnada. Meus transes místicos são cósmicos, e não religiosos. A expansão me traz sempre aquele êxtase: sacrifício do eu. (Trabalho para Gonzalo. Não acredito no comunismo. Só acredito na salvação individual.)

Carta para Papai (que está em uma casa alugada em Madri)*: Estou enviando algumas das primeiras páginas [de *The House of Incest*], traduzidas por Moricand, mas elas não servem para dar uma ideia da qualidade musical do texto, já que o francês não se presta à melodia. As personagens são três mulheres diferentes que se misturam e são representadas por uma única mulher. O nascimento na água, o simbolismo, a vida íntima aprisionada e por fim a salvação na luz do dia. Descrevo a noite das angústias solitárias, os sonhos que precedem a vida real, humana e saudável. *A profundidade das coisas*. Nossa misteriosa vida submarina, que desliza por sobre o que somos e sobre o que fazemos durante o dia.

Bem, mas chega de literatura. Eu só queria que você sentisse como se tivesse lido o livro.

Fiquei muito feliz ao saber que vocês dois não estão muito isolados, que se sentem vivos, que tocam juntos e que Maruca consegue manter-se entretida.

Quanto a nós, tenho apenas boas notícias. A atmosfera em Paris também fede e sufoca no terreno da política, mas ainda não estamos morando no Métro, como os pobres de Madri. Não precisamos dormir lá. Usamos o Métro apenas para visitar amigos, então não temos do que reclamar. Tampouco temos de passar a véspera de Natal com o mesmo senhor do ano passado – em vez disso, vamos festejar com o mais aristocrático dos russos brancos.

Descobri um jeito de perfumar o apartamento com algo que não custa quase nada (milagre!) e tem cheiro bom. Você conhece patchuli? Estava na moda quando resolvi dar as caras naquela sociedade extraordinária. Seu nariz reconheceria.

Agora mesmo eu estava pensando no trabalho que dá proteger meu conto de fadas contra os ataques do realismo.

---

* Em francês no original. (N.E.)

Mato um dragão realista por dia, mas por azar a carne é dura demais para o consumo; de outro modo, economizaríamos nos bifes. Carne de dragão é impossível – gelatinosa e ao mesmo tempo fibrosa, cheia de nervos e de baba.

Bem, eu e Culmell recém dançamos uma paródia de dança espanhola em ritmo ligeiro, e estou tão sem fôlego que mal consigo terminar esta carta!

Então me escreva. Um abraço bem apertado.

23 de dezembro de 1936

O SIMBOLISMO DAS PEQUENAS coisas: nunca acendi um fogo que se apagou. Quando eu e Hugh fomos juntos à praia, na época em que eu tinha dezenove anos, queríamos aquecer a comida. Começamos a fazer a fogueira e vimos que não tínhamos fósforos. Fui com um jornal até uma fogueira que outras pessoas tinham acendido a uma certa distância. Acendi o jornal, que eu havia dobrado em formato de tocha, e comecei a correr de volta. Com o vento, minha tocha queimou depressa, quase até o fim. Hugh gritava: "Largue, largue! Você vai se queimar!" As chamas quase encostavam na minha mão. Continuei a correr e acendi nosso fogo.

Quando acendemos a lareira na Villa Seurat, Henry diz: "Você acende. O meu fogo sempre apaga." E acendo um fogo magnífico. Não temo o fogo. Toco o fogo quase sem temores. Quando tenho de acender o fogão do *Nanankepichu* é a mesma coisa. Depois que acendo o fogo, ele não apaga mais. Nunca preciso reacender, como as pessoas fazem tantas vezes.

É de um simbolismo curioso.

A tragédia é que minha alegria morre por tão pouco. Se Gonzalo se atrasa, se Henry me provoca, se o marido de Colette diz que sou demasiado séria, se Helba demonstra ciúmes, se Henry vocifera a respeito de uma nova estrela de cinema, se Gonzalo vai a uma festa e se embriaga e passa dois dias enjoado, se Henry recebe a carta de uma admiradora, se uma revista devolve minha resenha de *Black Spring* por não ser uma análise do conteúdo do livro.

27 de dezembro de 1936

NOITE DE NATAL. POISSON D'OR. Caviar e vodca. O belo e delicado Ponisowsky, sua irmã e o marido dela. Elena Hurtado como uma antiga deusa romana. Hugh, Elena e eu conversando em meio ao deserto das conversas alheias com alegria. A alegria da força. Compreensão imediata. Música *tzigane*. Caviar e vodca. Vodca é minha bebida. Uma vez eu escrevi uma página sobre vodca, antes mesmo de provar. E na noite de Natal essa página se realizou. Bebi fogo. Um fogo branco que não me queimou, que me pôs a cabeça em chamas. A noite inteira, dança e fogo. Faíscas entre mim e Elena. Quero me levantar e dançar. Quero me levantar e dançar sozinha. Ninguém tem o ritmo que desejo dançar. Música russa. Meus pés estão dançando. Minha cabeça está dançando. Minhas mãos estão dançando. Cinco da manhã. Um russo quebrando copos na cabeça. Cinco e meia saímos para o *boulevard*, bem despertos. Elena quer conversar. Ponisowsky, triste e delicado, curvando-se a todos os nossos caprichos. A outra senhora, apagada e indiferente. Vamos tomar café da manhã. Onde? Elena que caminhar. Eu gostaria de caminhar com ela pela cidade. Digo-lhe que sua presença me alegra, que ela embelezou minha noite. O prazer de olhar seu lindo rosto, de sentir a força que ela traz. Estamos sentados no Melody's. A orquestra de argentinos, algumas mulheres negras, dois ou três homens sobrando. São seis e meia da manhã. Quero dançar. Quero dançar minha alegria, dançar o fogo em mim. A orquestra toca um *paso doble*. Me levanto e saio e danço, bato o pé e viro e ando e bato o pé. Os músicos me encorajam com gritos. As negras gritam. A alegria, a alegria.

São sete da manhã. Um alvorecer azul. Os olhos azuis de Elena. O halo de sol ao redor dela.

Adormeço. Caio numa fenda, num abismo. Mas às dez e meia ainda estou repleta de alegria e de fogo... dançando ao redor da ceia natalina. No último instante, peço que Gonzalo venha. Estou bêbada. Estou usando o vestido persa com a saia larga; estou bêbada, bêbada. Gonzalo chega. Comemos e bebemos com alegria. Fico rindo, rindo. Eduardo está tão quieto!

Gonzalo vai embora e eu mais uma vez entrego-me a um sono profundo. Descanso no ventre da terra. Alegria.

Quando eu e Gonzalo nos encontramos ontem de tarde a paixão explodiu. "Ah, eu desejei você tanto ontem, *chiquita!* Como você estava linda... tão viva! Eu nunca tinha visto você de modo tão claro – tão completo. Que diferença de Hugh e de Eduardo. Você estava cheia de uma vida sensual, aproveitando tudo, radiante, magnífica. Desejei você tanto!"

Se consegui poetizar a análise e extrair seus elementos mágicos, por que não consigo fazer o mesmo com o comunismo de Gonzalo? É o motivo vital do momento. O drama.

Estou de volta ao *Nanankepichu*. Gonzalo trouxe a menor e a mais misteriosa lâmpada: toda azul.

Digo para ele: "Meu conflito não é entre o comunismo e o fascismo ou a anarquia, mas entre o drama e o realismo. Quando a causa era a liberdade religiosa, eu poderia ter morrido na luta. Mas quando a luta é pela independência econômica, não consigo sentir o drama místico ou metafísico envolvido. Mas estou com você. Só você faz o sonho tão perfeito. Com você eu pude sonhar um sonho tão perfeito que no início as ações no mundo pareciam uma espécie de morte, uma desilusão."

O fogo volta a arder. O clímax dele é violento e demorado. Gonzalo me beija com uma gratidão febril pela perfeição do ritmo. O gozo dele me enche de alegria. A lampadinha já não parece mais azul. Nossas carícias exalam um cheiro delicioso, nos mantêm embriagados. O desejo não morre com o orgasmo.

Minha conversa com Henry uma hora antes falou mais à minha alma do que as críticas febris que Gonzalo fez ao capitalismo. Eu e Henry conversamos sobre o poema. Em seguida ele disse que escreveria apenas na forma de poema, como Dante. Logo ele se tornaria o poeta completo.

O drama de Gonzalo – em termos de comunismo ou capitalismo – preciso ver além das aparências. Preciso ver Gonzalo vivendo. Seu corpo em movimento, conversando arrebatado, tremendo de paixão, desesperado para criar no presente. Acima de tudo, quero ver o ritmo subjacente – o calor do sangue, que é a própria vida – o ritmo sanguíneo que pulsa sob a dança, lutando; sigo esse ritmo onde quer que ele vá.

Quero dançar e rir. Quero dançar. Nada vai destruir meu mundo individual. Nenhuma tempestade, mar ou terra. A terra gira. É o comunismo, eles dizem. Eu digo que é o poema e o ritmo. Vodca. Fogo. Homem lutando. Ritmo de ilusão.

28 de dezembro de 1936

Quai de Passy, 30. Paris.

Enquanto dormia, fui picada por uma pequena cobra, picada no alto da cabeça, com força, até que doesse. Sem me assustar, puxei meus cabelos, balancei a cabeça até que ela caísse. Vi duas cobrinhas no chão. Esmaguei-as devagar. Fiquei pensando se eu precisaria tomar antídoto.

Na noite anterior eu vira passarinhos saírem voando da boca de um garotinho negro em Fez. Esses pássaros cobriram meu rosto. Tive medo de que eles bicassem meus olhos. Me perdi em Fez.

Meus seios estão doloridos. Será que engravidei?

Vejo Elena sentada em meu sofá. A cabeça de uma deusa grega. Uma cabeça forte. Elena dizendo que gostaria de ser homem porque os homens conseguem conceber tudo de maneira objetiva; conseguem ser filósofos. Quando se viu casada e mãe de duas garotinhas, Elena ficou apavorada, quase enlouqueceu. Elena não sabia, mas na época ela não queria ser mãe – mãe de crianças. Queria ser o que sou, mãe de criações e de sonhos. Ela foi atormentada por terrores naturais – medo da natureza, de ser tragada pelas montanhas, sufocada pelas florestas, de afogar-se no mar. Elena tem horror a atores e a metamorfoses. Enquanto ela falava sobre o sonho em que foi carregada por um centauro, pude visualizar o centauro e a cabeça dela, a cabeça de uma personagem mitológica.

Penso nos Olímpios e nos míticos como um povo *grande*, maiores do que os seres humanos. Elena é grande, como June. Gonzalo parece ter saído de uma lenda. Talvez minha própria exaltação aumente, amplie, deifique. Talvez eu aumente as pessoas. Chamo-os de *povo mitológico* porque eles têm uma importância simbólica. Separo as pessoas comuns daquelas que têm uma vida significativa, simbólica, que têm grandeza. Nesse mundo eu respiro a liberdade. Estou sempre abandonando o medíocre, construindo um mundo. Entram Elena e seus sonhos, sua força e seu positivismo. O lugar dela é ao lado de June e Louise e Thurema. Eu e Henry representamos duas atitudes opostas. Eu embelezo, romantizo, idealizo – *mas* parto de uma base honesta, verdadeira. Ou seja: Henry *é* um gênio, June *era* uma personagem, Thurema *é* uma força, Louise *é* uma personalidade, Elena *é* um valor e Gonzalo *é* sobrenatural. Henry desilude, satiriza, menospreza, caricatura, também partindo de uma base honesta e verdadeira. Os personagens que ele escolhe *são* chulos, medíocres, estúpidos, canalhas, obscenos. Entendemos um ao outro e baseamos nossa convivência na sinceridade. Ou seja: eu conhecia o poeta em Henry e ele conhecia a realista em mim, a mulher que sabia que os milagres eram criações e que as criações vêm do empenho, do desejo, da inteligência e do trabalho.

Henry me ajudou a aceitar a vida; eu o ajudei a aceitar o poder da ilusão, em que ele havia perdido a crença porque as ilusões de June ficavam no ar, não eram criativas – eram falsas. Minhas ilusões são criativas e reais. Não sou o ilusionista do parque de diversões, que tem apenas papelão ao redor e atrás de si, fazendo seus truques. Sou uma ilusionista com poderes de verdade, com o poder de fazer as coisas tornarem-se realidade. Prometi a Henry que ele não seria um fracasso, que eu faria o mundo lhe dar ouvidos, e cumpri minha palavra. Muito do que eu desejava para mim não se realizou. Quando eu quis morar com Henry, não pude – em nome da nossa criação, da criação dele. Trabalho dia e noite pela mágica, pela visão, com minhas mãos, minha cabeça, meu corpo, minha vontade, minha alma, minhas preces – o tempo inteiro. Quando abro os olhos ao acordar, não é para seguir apenas com meus encantamentos, mas também com empenho, empenho, empenho e sacrifícios.

Acho que o dia em que o criador resolve querer algo *para si mesmo*, seus poderes mágicos acabam. Agora eu não consigo escrever porque estou dentro de tudo, dentro da vida, dentro do amor, dentro da criação. *Estou em chamas.* Se eu encostasse em um pedaço de papel, eu lhe atearia fogo.

Não é uma questão de felicidade e de realização, mas de estar em chamas.

Sonho que Elsa e Helba se enforcam. Eu gostaria de ver Helba morta.

A paixão entre mim e Henry acabou. Não o desejo mais. Mas não consigo encontrar o mundo em que vivemos, o mundo que criamos, com Gonzalo. Não existe criação ao lado de Gonzalo. Houve criação entre Gonzalo e Helba. Ele contribuía com o trabalho dela: tocava piano, dava nomes a suas danças, insuflava-lhe vida. Entre nós dois existe agora essa ação no mundo político, que não me emociona. Não quero me debruçar sobre meus temores. Sofro com o excesso de clarividência, sofro por ver longe demais! Preciso pensar que, tendo a paixão de Gonzalo, posso criar sozinha. Por que sozinha? Porque temo que eu e Henry já estejamos separados quando a separação física se der. Nossos corpos estão se separando.

1º de janeiro de 1937

UMA CAMA GRANDE, o macio tapete marroquino de lã branca. O gato preto deitado em um jornal. Hugh deitado no outro lado da cama, com a barba por fazer, doente, lendo um livro sobre quiromancia. O rádio delirando.

A cera vermelha caiu no chão noite passada. A cera vermelha das velas nas mesas e das lanternas. Cera vermelha na mesa. Garrafas de champanhe e de vodca, vazias. Noite passada ao redor da mesa: Gonzalo, Helba, Elsa, Eduardo, Grey e uma garota javanesa, Carpentier, sua esposa e Mamãe. Eu não. Eu estou deitada no escuro em meu quarto. A tarde inteira eu preparei o banquete, as velas, as lanternas, a toalha de mesa feita de papel vermelho, pus a mesa. Mas fiquei doente. Doente como eu estivera em Nova York, em Louveciennes, em Avignon. A cabeça girando e vômitos. Mas eu me vesti, pintei o rosto. Me deitei. Fiquei andando de cima para baixo. Culpei a dose de vodca que eu havia tomado no dia anterior com Eduardo no Dôme. Tentei achar uma razão mais profunda, mas não consegui. Não procurei por muito tempo. Gonzalo veio me ver, me adorando. Hugh veio me ver e disse: "Eu amo você. Você cuidou de tudo e as coisas estão indo muito bem."

Acredito que os anfitriões devem tocar na mobília pensando: Aproveitem essa cadeira. Pôr a mesa pensando: Aproveitem a refeição. Acender a vela pensando: Aproveitem essa vela. Aproveitem a comida, o vinho, o brilho, as paredes cor de laranja. Aproveitem-se uns aos outros, aproveitem a beleza de Gonzalo, os olhos verdes e os dentes lindos de Eduardo, os cabelos negros e pesados de Helba, mesmo que ela esteja triste, os olhos amendoados de Elsa, a figura de Grey, como a de um dançarino, as maçãs do rosto da garota javanesa, aproveitem o porco, o *turron**, o lugar.

Fico deitada no escuro, pensando em ouvir Gonzalo dizer: "Não me importo com o Natal. Não significa nada para um inca. Mas eu sou supersticioso quanto ao Ano-Novo. Quero estar com você."

Estamos sob o mesmo teto. Ouço a voz dele. Por que estou doente? Eu estava feliz demais. A felicidade também me destrói. Odeio estar doente. Gonzalo não gosta da doença. Ele gosta da saúde, do vigor e da vida. Gonzalo cuidou de Helba, mas saiu à procura de vida em outro lugar. Apaixonado pela vida. Gonzalo gosta da vida em mim. Não quero estar doente. Quero dançar. Não tenho motivo para estar doente. A fome que eu e Henry sentíamos um pelo outro acabou ao mesmo tempo. Sem tragédia.

---

* "Torrone". Em francês no original. (N.T.)

É meia-noite. Estão bebendo champanhe, dizendo, cada um em sua língua: Feliz Ano-Novo. Gonzalo disse: "*Nanankepichu*". Não escutei. Mas me pus de pé. Me pus de pé e vi que eu não estava mais cambaleando. Saí do quarto. Depois de dormir um pouco, eu estava com um aspecto fresco e belo. Minha aparição causou furor. A garota javanesa e Grey, que nunca tinham me visto, ficaram perplexos. Eu estava com meu vestido coral de lamê. Meu rosto estava muito pálido. Eu me sentia bonita. É só alguém sair andando se sentindo bonito e todo mundo vai achar o mesmo. Eu saí andando e me sentindo bonita e poderosa. Helba parecia infinitamente triste, e agora sei que ela sentia-se triste porque ao meu lado não se sente bonita. Helba está doente há três anos e nunca se importou. Nunca amou com paixão, com desejo. Está completamente trancada dentro de si, acha que o amor sensual é repugnante. Pobre Helba. E então ela é torturada pelo ódio que tem à vida, ao prazer e ao amor. Talvez ela se salve. Mas enquanto espera, ela me odeia e me ama, me odeia e me ama como à própria vida.

Quando Gonzalo leva Helba para casa, ele a deixa junto com Elsa ao pé da escada e sobe para me ver. Nos trancamos na penumbra da cozinha e nos beijamos.

Hoje corro até o *Nanankepichu* e vamos para baixo das cobertas. Uma hora antes eu estava deitada, sozinha, cheia de desejo por ele. Vi o corpo ajoelhado diante de mim, metendo, selvagem. Vi o corpo inteiro, o pênis escuro, a boca faminta, e desejei seu fogo. Três horas juntos, flutuando na felicidade. Mas eu conto minha primeira mentira. Não sei por quê. Gonzalo não acreditou que a vodca me tivesse feito tanto mal. Disse que pressentia haver algo mais. Havia algo mais? Sim, havia algo mais. Gás – intoxicação por gás. Eu havia inalado gás no estúdio de Henry. Henry ligara o gás. Eu havia saído a tempo. Nada aconteceu. Eduardo sentiu o cheiro quando levava a Henry um bilhete no qual eu explicava que não poderia passar as festividades com ele.

Então o mal-estar tornou-se um drama. Tudo o que eu queria era convencer Gonzalo do meu absolutismo, porque no fim eu disse que Elena Hurtado estava apaixonada por Henry. Gonzalo então me perguntou: "E você não tem ciúmes?" E eu respondi: "Ciúmes do quê?".

A ideia de que Elena pudesse amar Henry me ocorreu porque ela disse que Henry a lembrava de um jovem poeta argentino que ela tinha amado, mas eu não via nada de parecido entre os dois. Agora, o mais estranho é que não sofro com a ideia de que Elena ame Henry; ou talvez eu esteja correndo à frente do presente para não ter nenhuma surpresa, nenhum choque. Henry me disse que havia conhecido uma mulher maravilhosa. No início fiquei com ciúmes, mas no instante em que a vi gostei dela – e eu também a encantei. Será que eu queria descobrir se devia ter medo? Seria medo? Eu gostava dela, achava-a inteligente e criativa. Nos entendíamos. Quando Elena falou sobre o poeta e sobre como Henry era parecido com ele eu senti o choque da fatalidade. Mas agora consigo distinguir entre meus temores, que me levaram a imaginar uma tragédia provocada pelos sentimentos que Lillian Lowenfels nutria por Henry. Imaginei os dois juntos porque Lillian era vulgar e durona e imaginei que ela pudesse viver a vida de Henry muito bem a seu lado, gostando de tudo o que eu não gostava, porque ela não tinha senso estético, era desorganizada e preguiçosa, mas ao mesmo tempo era inteligente e bem-humorada. Sabendo que esses devaneios nunca se concretizaram, como eu poderia dar crédito aos devaneios envolvendo Elena? Qual é a diferença entre os temores e a clarividência?

Vivo rápido demais. Imagino demais. Imagino um milhão de coisas, um milhão de coisas acontecendo todos os dias que na verdade nunca acontecem. Meu instinto diz não a Elena – mas eu digo a Gonzalo que sim. Da mesma forma que June deixou Henry sob os meus cuidados quando veio pela primeira vez. Talvez seja eu quem escolheu Elena, porque Elena, tão bela, mas de corpo tão pesado e masculino e materno, não desperta paixão, mas uma espécie de admiração intelectual. Talvez por ter traído Henry com Gonzalo eu sinta que devo ser traída, mas continuo me sentindo inocente.

Sinto que Henry, quando começou a criar, deixou de representar a vida para mim – criação, sim, mas não vida.

Com Gonzalo, tudo é vida. É a única coisa que lhe importa. Gonzalo lê muito pouco. É amigo de Artaud, por exemplo, por causa das conversas que tiveram, das coisas que fizeram juntos, mas nunca leu os livros dele.

Gonzalo diz ao se levantar: "Agora estou feliz. É um belo início de ano!"

Sinto uma profunda gratidão. E Henry faz chover sobre mim sua gratidão profunda e silenciosa. Me faz sentir que sabe que tudo aquilo que ele tem hoje se deve a mim, e sentimos ternura. Lamento não ter conseguido tudo o que eu desejava – uma vida com Henry –, mas às vezes digo: Se eu tivesse vivido com Henry, eu só teria sofrido. A distância entre nós me trouxe a objetividade, e o tempo entre as visitas que eu lhe fazia me trouxeram a vida.

Para Lawrence Durrell: Seu "Christmas Carol"* causou uma impressão tão forte em mim que as palavras me faltam. Mas quero dizer que você conseguiu fazer algo incrível – alcançou um universo muito sutil, quase evanescente, capturou um clima fugaz, o conto de fadas, o sonho, a vida filtrada pelos sentidos, o cheiro da mais pura fantasia, a frase clarividente, além da força das palavras, da música e do ritmo. Além da lei da gravidade, do caos e dos sons de acidentes invisíveis. Uma linguagem sombria e cheia de reverberações. Frases mágicas, como as que se usam em encantamentos. O *mistério*. Você escreveu a partir do *interior* do mistério, não a partir do lado de fora. Escreveu de olhos fechados, com as orelhas tapadas, dentro de uma concha. Capturou a essência, essa coisa que perseguimos nos sonhos noturnos, e que nos escapa, o incidente que evapora ao despertarmos – foi o que você capturou.

Ao receber *The House of Incest*, você verá que foi o que tentei fazer. Verá que as mesmas sensações perturbaram

---

* Manuscrito de um poema em prosa, publicado com o título "Asylum in the Snow". Um amigo dos Guiler, Barclay Hudson, durante uma estadia na ilha de Corfu, deu a Lawrence Durrell um exemplar de *Tropic of Cancer*, que desencadeou a vasta correspondência que Henry Miller trocou com o jovem autor britânico. Durrell havia perguntado, em uma de suas primeiras cartas, em dezembro de 1935: "Quem é Anaïs Nin?" (N.E.)

a nós dois. Qualquer hora vou sentar, calma – quando o caos desencadeado pelo seu ritmo se dissipar –, e lhe escrever sobre as frases que considero tão profundas.

Tenho uma confissão a fazer. Li sua carta a Henry e portanto o conheço. A leitura do seu "Christmas Carol" me deu vontade de atirar meu *The House of Incest* no Sena. Pesado demais – pesado demais. Durrell fez uma viagem mais rápida e mais leve. Dançou no eco.

3 de janeiro de 1937

O SEGREDO DA MINHA SEDUÇÃO é a diabrura em mim, que nenhum de meus atos trai e que os homens pressentem – o mistério de minha inteligência e de meu talento para atuar e do que faço com eles. O enigma é a mentira. A mentira que contei a Gonzalo a fim de acalmá-lo ("Rompi com Henry") transformou-se em drama porque ele só pensava que a tentativa de suicídio de Henry havia me deixado doente, me destruído. Só pensava no quanto tudo havia me afetado. Então, por acaso, ele ouviu dizer que no dia após o suicídio Henry estava comendo com um apetite invejável e deduziu que Henry estivesse brincando com meus sentimentos para me reconquistar. O tempo inteiro Gonzalo sentia que havia algo falso e manipulado, mas não sabia o que era. Desde o momento em que soube do apetite de Henry até ontem às onze da noite, quando nos encontramos, Gonzalo foi torturado pelo ciúme. Bateu com a cabeça na parede, cego de ódio e perplexo diante desse recôndito obscuro em mim, onde jamais penetrou. Hoje passei a tarde com Henry, que me recebeu com paixão e ternura. Não lhe correspondi, mas me entreguei. Assim, os temores e as dúvidas que Gonzalo alimentava em relação à influência que Henry ainda exerce sobre mim se justificam – mas não na esfera do sexo, da *criatividade*. Com Henry eu adentro um mundo mágico de criação. Ainda estamos trabalhando juntos. Queremos publicar nossos trabalhos. Quando encontro Gonzalo, ele discute política e me sinto fria. É poesia o que eu vivo com Henry.

Quanta ironia. Gonzalo pede e insiste: "Ah, *chiquita*, amo você tanto! Quero você toda para mim." O mais estranho é que sinto um desespero tão profundo com essas dúvidas de Gonzalo, um desespero que ele deveria sentir, o desespero de vê-lo retraído e torturado, que eu também sofro intensamente, e nós dois nos emaranhamos em palavras inúteis e emoções caóticas, enevoadas, enlouquecidas, e de repente, com veemência inaudita, pergunto: "Ah, Gonzalo, como é que essas coisas pequenas podem afetar a sua fé no nosso amor?".

"Que coisas pequenas?"

"Uma vertigenzinha!", digo, depressa, e nós dois estouramos rindo, com risadas insuprimíveis, diante do que Gonzalo chama de meu humor diabólico.

Mas no fundo estou triste; estou triste como se eu fosse fiel a Gonzalo e ele duvidasse de mim. No fundo me sinto inocente. Parece-me que posso ser fiel não às pessoas, mas à vida cósmica – a amores que transcendem o individual e o humano. Vivo em um mundo misterioso que a fidelidade não consegue abranger. Estou viva, não sei mais nada – viva e sentindo Gonzalo – viva em um sonho diferente com Henry.

Não consegui dormir. Pensei nos planos de publicação com Henry, nossa apreciação da escrita de Durrell, nosso banquete de ideias e invenções. E pensei na política de Gonzalo e senti-lhe ódio.

"Você não sente que sou sua quando estou com você...?"

"Sim, *chiquita*, mas assim que você sai pela escadinha do barco você entra em outro mundo."

Ir de um mundo a outro, dar a cada um deles minha plenitude – por que isso é traição? Só se pode trair o que *existe*. O que existe em Gonzalo ou entre mim e Gonzalo eu não traio. Não dou a Henry o que dou a Gonzalo – nem as carícias são as mesmas. Não tiro nada de Henry, porque sigo fiel à sua criação, sua vida, cheia de amor e de carinho.

Sou eu quem devia bater a cabeça na parede enquanto componho esse *absoluto no espaço* que não se encontra em homem nenhum.

Estou muito abalada, muito abalada agora. Ninguém seria capaz de acreditar ou entender.

Noite: Dou testemunho do milagre da vida, que supera tudo o que jamais li.

Ergo-me quebrantada do caos dos ciúmes de Gonzalo e sinto em mim um conflito – na verdade dois. Um: Como posso evitar que Gonzalo sofra? Dois: Como posso poetizar a política? Eis a questão. *A vida para mim é um sonho.* Dominei seu mecanismo, dobrando-me à vontade do sonho. Conquistei os detalhes para tornar o sonho mais possível. Com martelo e pregos, tinta, sabão, dinheiro, máquina de escrever, livros de receitas e duchas íntimas eu fiz um sonho. É por isso que renuncio à violência e à tragédia. Realidade. Fiz poesia a partir da ciência. Peguei a psicanálise e transformei-a num mito. Dominei a pobreza e as limitações em nome do sonho. Vivi com destreza, inteligência, olhar crítico, tudo em nome do sonho. Menti em nome do sonho. Costurei e remendei em nome do sonho, servindo ao sonho. Peguei todos os elementos da vida moderna e usei-os para o sonho. Pus Nova York a serviço do sonho. E agora, mais uma vez, tudo se resume a uma questão de sonho *versus* realidade. No sonho ninguém morre, no sonho ninguém sofre, ninguém adoece, ninguém se separa.

Agora, política. Será que Gonzalo vai incluir meu nome na lista? Ele ficaria orgulhoso. Estou com ele. Gonzalo me conquistou, me tirou de meu universo. Me arrancou da tradição. Me acordou. Ilusão. O sonho. Que ele inclua meu nome! Véus. Ilusão. Vou escrever o poema. Posso escrever um poema com catadores de lixo. Mas nem Hugh nem Papai podem saber. Claro, Elena é uma "fascista". Elena, inteligentíssima, acredita no que acredito – transcende a política. O sonho. A amiga de Elena é Delia del Carril. Delia é amiga de Papai e de Maruca. Delia é "vermelha". Delia está entre os conspiradores.

Gonzalo me perguntou se eu viria na noite de quarta. Respondi que sim. Não acredito. Acredito no amor, na ilusão e no sonho. Adentrei o mundo dos psicanalistas, não é mesmo? Com meus sete véus. Os homens que reduzem tudo o que existe – exceto Rank –, os grandes destruidores das ilusões, os grandes realistas, os homens que olham para o falo como quem olha para um pedaço de cordeiro assado. Adentrei seu mundo, vi seus arquivos, li seus livros, encontrei em meio a eles Rank, o místico, vivi um poema, saí ilesa – livre, uma poetisa. Nem mesmo todas as pedras amarradas em torno do meu pescoço analisado são capazes de afogar a poetisa. Dou risada. Para mim, a vida é uma dança, uma dança profunda, sagrada, exultante, misteriosa, simbólica – uma dança da alma. Mas é uma dança. Pelos mercados, puteiros, abatedouros, açougues, laboratórios científicos, hospitais, por Montparnasse, caminho com meu sonho desfraldado e me perco em meus próprios labirintos, e o sonho desfraldado me carrega. Ilusão. Política. Aqui eu também preciso dançar no meu ritmo. Vou trazer meu rosto branco, minha fé (a imensidão da minha fé), meu hálito e minha paixão. Sinto uma solidão profunda, incrível, insuportável, e me sinto sozinha, sozinha, sozinha no olho da fornalha do amor, em meio a amigos brilhantes, uma empolgação glamorosa, riquezas intermináveis. Sozinha em minha visão, só eu vejo e escuto dessa forma. É a meu sonho que me apego. Será este o crime – amar, amar, amar e seguir o homem em suas aventuras impensadas, tocando bocas e corpos, bocas e cabelos, amando, adorando, rindo como eu ri noite passada ao dizer "uma vertigenzinha"?

Tenho muito. Mas não devo me apegar a tudo. É na minha insistência no sonho que me encontro sozinha, quando pego meu cachimbo de ópio e me deito e digo: Política, psicanálise – essas coisas nunca significaram para mim o que significam para os outros. Nem Nova York. Nem os clubes noturnos. Nem ninguém ao meu redor. Nem Montparnasse. Apenas Rank *sabia*. Ele sabe. É como um segredo. É o meu mistério. Sempre querem que eu vire uma mulher séria. Sou passional e ardente apenas em relação ao sonho, ao poema. Se me junto aos analistas para descobrir que não sou uma analista, ou aos comunistas para descobrir que não sou mundana, não interessa. A solidão aparece ao mesmo tempo em que estabeleço a maior conexão com os seres humanos, com o mundo, no momento em que tenho um marido, dois amantes, filhos, irmãos, pais, amigos, um fluxo de pessoas correndo a meu redor; quando o movimento, a vida e o calor são totais; quando atinjo o ápice do amor!

Quand on danse on danse seule.* Quando fazemos bruxaria, fazemos bruxaria sozinhos. Entrevistamos o demônio sozinhos. Somos maquiavélicos sozinhos. Somos o amante sozinhos. O amado sozinhos. E quando temos laços fortes, de sangue, sexo e alma com as pessoas, nos sentimos sozinhos. *Ce qui m'amuse, ce sont les complications.* O que me diverte são as complicações. Rio sozinha. Algo está acontecendo aqui, algo que não temo. Não é a insanidade, mas um criar no espaço e na solidão. Não é esquizofrenia – é uma visão, uma cidade suspensa nos céus, um ritmo que exige solidão. A criação só se dá no isolamento. A argila é cortada e a pintura começa com as partes separadas. Visão significa separação. Amor significa unidade, completude.

A música enfuna minhas velas. O *Nanankepichu* flutua com uma bandeira de fogo, manchada com o sangue que Gonzalo tanto ama.

Me sinto histérica, à beira do êxtase e da loucura. Meu corpo treme de prazer e desespero.

4 de janeiro de 1937

NOITE PASSADA, DEPOIS de escrever, esperei Hugh cair no sono e me escapuli para o *Nanankepichu*. Gonzalo também estava cansado. Desejávamos conforto e serenidade após nossa orgia de emoções. Estranho assistir um sofrimento que não se compartilha. Vejo Gonzalo sofrer tudo o que sofri com Henry. Como sou toda sua felicidade, o medo que ele tem de me perder é enorme. As alegrias também, quando, depois de se satisfazer, Gonzalo se reclina para trás e diz: "Você não imagina a plenitude que sinto! Tudo é tão maravilhoso!"

Pareço estar vivendo mais uma vez todas as alegrias e angústias que vivi ao lado de Henry, em sua profundidade, seu terror e êxtase.

---

* "Quando dançamos, dançamos sozinhos." Em francês no original. (N.T.)

Estou feliz. Depois da fusão, para mim sempre incompleta, transbordo felicidade. A alegria de Gonzalo corre pelo meu corpo. Vivo dentro do seu corpo.

É o que o ritmo requer – como no caso da orgia. É possível ser ativo e submeter o outro à passividade. Não é nenhuma tragédia, mas assim cria-se a separação entre amante e amado. Eu fui a amante de Henry. June foi sua amante também. E foi no meu papel sexual ativo que descobri o orgasmo. Na passividade eu sinto prazer, mas não o orgasmo. Mas estou feliz, feliz, e desejo Gonzalo. Quero Gonzalo. Quando o vejo na companhia de outras pessoas e não posso beijá-lo, me tomo de angústia.

Me encontro com Henry, que, quando não está faminto por mim, é frio e inexpressivo. Mas hoje ele está faminto. Vamos para a cama. Sem dar por mim, fico excitada, muito excitada – e então sinto a doçura e o *éblouissement* que Gonzalo sentiu noite passada. Fumei meu cigarro com volúpia. Fiquei atirada em um sonho, sonhando com Gonzalo, Gonzalo. Quando cheguei, cheguei animada, radiante, falante. Contei a Henry que eu estava feliz. Eu tinha recebido uma carta de Rebecca West, que havia mostrado o manuscrito do livro sobre Papai a um editor londrino. O primeiro leitor sentiu náuseas. O livro teve sobre ele o efeito de um veneno mortal. Com o segundo leitor, foi a mesma coisa! O editor disse que era uma obra-prima, e seu sócio também. Mas tudo continua incerto – por razões puritanas.

Henry, sei muito bem o que devo fazer. No diário sou espontânea, sincera. Devo permanecer no diário. No romance, sou artificial. Preciso pegar todos os volumes, um a um, e fazê-los desabrochar, preenchê-los, completá-los. É o que preciso fazer.

Eduardo me diz ao telefone: "Depois de conhecer Gonzalo, Elena, você não tem mais o que subir – eles são o melhor que existe. Eu estou atrás de você em termos de amigos."

Sinto o poder. O poder de seduzir, trabalhar, amar e ser amada! Poder. Poder.

Sentada diante de Henry, pensando que eu só havia renunciado a ele em pensamento na noite passada e vendo o quanto falamos e fazemos sexo, fiquei perplexa. Criação. Sexo. Sem ciúmes. Serão os *sentimentos* que afastei da vida com Henry, minha alma, minhas emoções o que tornou nosso relacionamento intolerável? Será que a alma e os sentimentos que fiz chover sobre Gonzalo, como fogo, são o que ele toma por amor? Será amor? Não sei. Não quero saber. Todos os meus sentimentos dirigem-se a Gonzalo, respondem aos seus. A troca sexual pura, a harmonia criativa, o laço com Henry – esses persistem.

Quem fica com a melhor parte? Se eu fosse Gonzalo, preferiria os sentimentos. Como ele diz, é uma questão de tempo. Agora sinto que apenas quando eu renunciar a Henry poderei sentir com Gonzalo o orgasmo que vai completar nosso ritmo. Mistério – quão justificado o ciúme, o instinto. O poder de Henry sobre mim! Quantos homens já tentaram superá-lo! Como eu mesma também tentei! Por vezes sinto que meus outros amores são como anestésicos que tornam minha vida com Henry suportável, porque sem eles eu não aguentaria a dor.

Aceitando o mistério e tentando *não viver depressa demais* com minha inteligência, me perdendo no momento, gastando tudo o que tenho dia após dia, me esvaziando e dormindo um sono profundo à noite; eis como viver sem ansiedade e sem nervosismo, com menos pavor a essa vida que me feriu tão fundo e mais fé. Um dia de convicção, de certezas, conquistado depois de muita luta. Maravilhoso sentir todas as células despertas, todo o ser queimando. Sinto minha inteligência dançar. Gonzalo às vezes fala como se nosso destino estivesse em minhas mãos. Porque *vejo*, sinto, tão longe? Ou porque gosto de bancar Deus, ou porque para criar minha vida, uma vida *ativa*, ponho a ferver tanto sangue ao meu redor?

Renego todos os planos, toda a premeditação maquiavélica. Mas tenho esse estranho orgulho e sentimento de que, sim, construí tudo. Conquistei os amigos. Conquistei-os com amor, devoção e visão. Construí de verdade, com clarividência, a minha vida e a vida daqueles ao meu redor. Sim, tenho o poder de escravizar, mas não o de fazer um escravo; de fazer com que os outros se realizem.

Por que vejo com tanta clareza, por que vejo tão bem os ardis, as artimanhas, os papéis que interpreto para encenar o mais sincero e passional destino? Quando deixo o apartamento, Hugh e Eduardo sentados, para encontrar Gonzalo. Quando percebo que Eduardo pode me ver de onde está sentado, eu não apenas aceno, como também lhe mostro a garrafa de vinho que estou levando para Gonzalo, o que faz Eduardo enrubescer e talvez pensar que sou cínica! Mas eu não me sinto cínica – apenas bem-humorada.

10 de janeiro de 1937

MINHA VIDA SÓ É TRÁGICA EM relação à minha concepção irreal, ao meu desejo de um paraíso – um paraíso artificial. Henry me ensinou a aceitar a vida humana tal como é – a aceitar a passividade. Aprendi a ser feliz, a aproveitar. Mas continuei a criar o que chamo de absoluto no espaço, um paraíso suspenso em pleno ar, feito a partir de vários elementos, um céu composto, que não se importa com a fidelidade. Pego os elementos de Henry, criação e sensualidade, a alma e a emoção de Gonzalo, paixão, amor. É por esse motivo que nunca falo de infidelidade. Dei a Henry um amor completo, mas sofri enquanto eu vivia as limitações, imperfeições e tragédias da vida humana. Então agarrei-me ao sonho com Gonzalo. É nesse ponto que a vida humana impõe escolhas – mais uma vez, absolutos. Se Gonzalo sofre com minha infidelidade, fico perplexa. Não desejo que ele sofra. Aspirações e desejos terríveis, insaciáveis me expulsam da vida humana. Uma angústia muito real, fome e sede reais. É quando a vida humana interfere. Posso perder um deles, segundo as leis humanas, porque desejo a felicidade, e todo absoluto é trágico.

Sofrendo muito com o medo de me separar de Henry, sentindo que talvez eu mereça, vendo o interesse que Elena tem por ele, ouvindo Elena dizer: "Ele é muito bom, muito simpático. Me lembra esse homem que eu tanto amava."

Conversa estranha. Henry mal acordou. Eu estou dizendo que escrevi um testamento deixando para ele todos os meus diários porque havíamos conversado sobre quem os receberia, e Henry achou que eu não deveria lhe deixar os diários por causa das minhas traições, mas eu respondi: "Vou deixá-los para você". Não há motivos para me envergonhar. Amei Henry mesmo quando eu me deitava com outros homens. Nunca fui infiel a Henry. Eu não me importaria se ele lesse todos os diários.

Então Henry disse mais uma vez que achava que eu devia parar de escrever no diário e me dedicar a um romance.

Não sou espontânea fora do diário. O diário é a minha forma. Não tenho objetividade. Só consigo escrever enquanto as coisas ainda estão *quentes* e acontecendo. Quando deixo para escrever mais tarde, me torno artificial. Estilizo. Perco a naturalidade. Já lutei o suficiente contra minha neurose. Não sou mais neurótica. Sei o que sou. Sou como os chineses. Vou escrever livrinhos finos – fora do diário. Viver uma vida grandiosa e escrever apenas um poema. Me sinto bem comigo mesma. Preciso aperfeiçoar o que é natural.

"Quando você vê tudo a partir de um aspecto superior eu não tenho nada a dizer. O diário é um vício, um narcótico", disse Henry.

"E você se opõe ao ópio dos chineses? Não é a coisa certa para eles?"

"Sim, quanto a isso não há o que discutir. Mas você está satisfeita? Por que você dá a impressão de preferir o que *eu* faço?"

"Prefiro o que você faz – um trabalho dinâmico, objetivo, artístico, criativo –, claro. Mas é justo minha devoção a esse trabalho que prova a ausência de tudo isso em mim. Aceito o que tenho em mim. Estou longe da neurose. Vivi a realidade, encarei a realidade; conheço a realidade – não estou isolada, não tenho medo, não tenho angústias – mas prefiro o sonho. *La vida es sueño.* Repudio a violência, porque escolhi o sonho. Minha natureza, meu temperamento."

Ao fazer essa afirmação – convicta, em silêncio –, mexo as mãos com um fatalismo delicado. Henry já não pode me censurar por não fazer *esforços suficientes* para escrever. Faço todos os meus esforços na vida; todo o meu dinamismo é na vida. Na escrita sou passiva, diáfana, drogada – não porque eu não possa estabelecer contato com a realidade, mas porque lhe tenho um ódio voluntário.

Na última noite com Gonzalo, depois de ter abandonado Henry em pensamento, pela primeira vez senti a resposta sensual – mas foi tudo por não querer amar Henry. É tudo com Henry ou contra Henry. Da mesma forma como servi a Henry para escapar de June! Que ironia!

Henry que leia tudo isso. Também é a história de June.

Eu queria adentrar a vida. Fui tão fundo que agora não consigo mais sair. Trabalhar nos diários antigos é excruciante porque fiz o passado tão quente e vivo que ainda me dói! Não há objetividade em lugar nenhum. Nenhum poder de transformação! Henry está em paz, transpondo sua vida com June – sua obsessão é *como* contar. Eu estou dentro, com Gonzalo, que está dentro. Não posso falar sobre criação com Gonzalo porque ele é muito pessoal, muito emocional. E assim podemos criar um mundo de sentimentos onde sou feliz.

Estranho. Quando conheci Henry eu era objetiva. Fiquei pessoal e emotiva. Elena está objetiva e retraída agora. Sei o que a espera!

Gonzalo sofre porque lê um manuscrito meu e não se importa com o modo em que foi escrito – só o que lhe importa é que *eu*, seu amor, fui beijada ou possuída, ou que beijei e amei. E assim Gonzalo me dá o sentimento de eu-e-você – sozinha e isolada em meio à vida, às multidões, às guerras, aos amigos e à popularidade; Henry raras vezes me deu essa impressão – na verdade, apenas em Louveciennes, e em Nova York, quando ele me perdeu por um tempo.

Trabalhar no diário é quase como viver. Toco em corpos reais, em lágrimas reais; ouço palavras reais. É insuportável. Será que as pessoas conseguem ler? O diário é quente, úmido, se retorce, exala odores como a carne. Perto demais, perto demais. É por isso que acho o mundo de Henry frio, e o de Gonzalo *quente*! Nenhuma sensualidade, nenhuma criação é capaz de criar o mesmo calor da emoção, do amor da alma, a carne amando no agora. Henry ama no espaço, no tempo, na imaginação. Henry, ao contrário do que parece, não está *na* vida, não está dentro. *Il subit la vie.* Ele tolera a vida. Passivo. Nunca age, mas depois transborda na escrita.

Pas si vite!* Estou cortando os céus de minhas invenções, com os cabelos ao vento! Não aconteceu nada. Sob a superfície calma da vida eu sempre pressinto demônios! Sob a neblina e os perfumes do sonho eu sinto a destruição inelutável e a cisão da vida contra a qual me insurjo – contra a evolução do tempo, quando evoluí mais depressa que os outros, quando me projetei para fora da vida de Henry – e mesmo assim não consigo aceitar a determinação – que tranco! Então, é a exatidão o que guardo aqui, o hálito e o cheiro, para manter tudo vivo! Mas não há como manter tudo vivo; foi por isso que a morte nos foi dada, porque não suportamos tantos sentimentos; desabamos. Certas partes em nós precisam morrer, precisam morrer para nos libertar, para nos iluminar. As partes de Henry morrem muito bem, porque ele tem o dom da destruição. Eu só consigo acumular vida até que se torne insuportável, a abundância, a intensidade; então explodo em histeria, em mil pedaços – vida demais! Sentimentos demais em relação à vida. Dentro. É uma tortura estar *dentro*, ouvir e ver tanto, saber tanto, não ter como se desligar nem se proteger da vida! Alguém devia me deixar inconsciente! Me matar. Me deixar insensível, letárgica. Partes de mim precisam morrer, mas eu consegui impedir que morressem. O diário está infestado de coisas vivas, rebenta com a realidade, explode de calor!

Arte. Onde está a arte que nos protege da insânia?

Quando Gonzalo acha que vai ganhar dinheiro da mãe ele diz: "A primeira coisa que vou fazer é comprar o

---
* "Não tão depressa!" Em francês no original. (N.T.)

Nanankepichu". Quando falamos sobre a revista, sobre a prensa tipográfica que ele quer, a publicação do meu trabalho e do trabalho do grupo, Gonzalo teme a invasão e a perda de privacidade. Diz que quer um barco menor, onde possa ficar sozinho comigo, tendo apenas água ao redor. Chega a lamentar a presença de René no *péniche*. Eu sugiro que nos escondamos na proa, um quartinho pintado com duas janelinhas quadradas. Poderíamos separá-la do quarto em que estamos agora e acessá-la por um alçapão no teto. Um segredo absoluto. Gonzalo preserva a dualidade.

12 de janeiro de 1937

DEPOIS DA CONVERSA COM ELENA comecei a sofrer – dentro do corpo. Uma dor carnal e física provocada pelo medo de perder Henry, como se o estivessem arrancando do meu corpo. Dois dias de sofrimento em que me apressei para ver Gonzalo por uma hora, mergulhando em sua imensa bondade protetora, uma força amorosa que sinto mesmo quando ele também é meu filho – um filho diferente. Gonzalo, me abrace. Estou enlouquecendo de novo. Crio um paraíso artificial, uma felicidade irreal, e a vida humana a destrói, contraria.

Pela segunda vez correspondo às carícias de Gonzalo. Que alegria quando senti o orgasmo pela primeira vez em seus braços, quando me abandonei toda. Não duvido de seu amor. O corpo dele está sempre lá, a boca, as carícias.

Mas a dor, a dor de me separar de Henry. A culpa me faz sentir que vou perder Henry por causa da felicidade que busco fora de Henry.

Segunda-feira eu me levanto. Me apresso para encontrar Henry. Ele me recebe com um beijo apaixonado. Está alegre, carinhoso – um pote de mel. Almoçamos juntos. Depois do almoço ele fica louco para ir para a cama. Me possui com vontade, devagar. Respondi-lhe como um bicho. Henry fala coisas bestiais. Dormimos. Nada parece ter mudado. Eu trouxe o trabalho comigo. Henry continua trabalhando, até que o deixo.

Encontro Gonzalo no *Nanankepichu* para a primeira reunião política. *Comité Ibérien pour la Défense de la République Espagnole.* Uma lamparina ilumina a grande sala. Os homens chegam – mexicanos de cabelos compridos, anéis dourados, camisas coloridas; chilenos, nicaraguenses, cubanos pálidos, poetas, estudantes de medicina, de direito. Gostam do lugar. Romântico, assustador. Assustador demais. Os que não têm os documentos em ordem ficam aterrorizados. Os policiais sempre de guarda no alto da escada que leva ao cais assustam [Pablo] Neruda, o poeta apático e enfermiço. Ele volta correndo para avisar Gonzalo, que está esperando outros camaradas na estação do Quai d'Orsay. Gonzalo fica chocado: "Meu Deus, Anaïs está em perigo, e fui eu que a meti nessa confusão!" Ele volta correndo e nos encontra fumando em silêncio. Fui apresentada: "Anaïs Nin, uma nova *camarade*". Temos que sair do *Nanankepichu*. Todos estão com medo. Vamos juntos a um café. Gonzalo se destaca pelo porte avantajado e por ter uma qualidade diferente de todos os demais. Ele é a única pessoa ativa, flamejante, que está *toda* ali. Os outros, pálidos, vagos, prosaicos. O tema principal é como utilizar e explorar a morte de um poeta mexicano que morreu na Espanha em nome da causa. Querem escrever um panfleto. Querem publicar alguns de seus poemas. Quanto dinheiro tem no *caisse*?* Quarenta francos. Esperem. Como conseguir o dinheiro? Neruda esfrega as mãos macias e brancas do político. Gonzalo parece um homem vindo de outro planeta. O ondulado em seu cabelo sugere idealismo e heroísmo. A testa alta emana um brilho místico. A boca é como a de uma criança, pronta para tremer. O olhar é reconfortante, carinhoso, hipnotizador. O queixo é forte. As mãos são grossas, prontas para agir. Gonzalo é inquieto como um cavalo de corrida. Ele não deveria estar envolvido em política. Gonzalo é um idealista, um batalhador. Como ele pode usar aquele corpo ardente, cheio de vida?

Olho para o pescoço de Gonzalo, o pescoço magnífico, como o de uma estátua, sólido, sem ossos. Um animal punido com uma alma. O índio de pele escura, atormentado pela alma.

---
* "Caixa". Em francês no original. (N.T.)

Dou-lhe meus olhos, meu olhar, minha visão depois, encorajando-o a encontrar um modo de agir sozinho. Digo que ele está desperdiçando suas forças e arrastando os outros consigo. Mas a política está *de fato* carregando os outros consigo. É trabalho de massa.

Noite passada senti a beleza da política. Eu sabia que aquele não era o meu lugar. Mas eu queria ficar com Gonzalo, ser leal. *Malaise** em meio àquelas pessoas, como sempre sinto em certos lugares – como um canguru sentiria ao ver-se de repente rodeado por elefantes.

Quando Gonzalo fala sobre o papel do artista na transformação do mundo, eu respondo com doçura e delicadeza: "Eu pensava assim aos dezesseis anos. Depois, percebi como tudo era fútil e me empenhei em construir um *mundo individual perfeito*. E esse trabalho foi feito no isolamento, com a realidade abstraída."

"Mas chegou o momento em que esse mundo individual perfeito está sendo obstruído pelo mundo exterior. E agora você não consegue mais avançar. Está impossibilitada. Seu trabalho não pode ser publicado porque ultraja os ideais burgueses. Você não pode tomar as rédeas da sua vida porque pessoas demais dependem de você."

É verdade. Em algum lugar, em um certo momento, meu mundo individual toca os muros da realidade. Defronto-me com as catástrofes exteriores – guerras, revoluções, desastres econômicos, decadência, uma sociedade pútrida.

Henry destrói o que está podre e para por aí.

E eu? Eu construí, apesar da podridão, um mundo. Mas no fundo, bem no fundo, sei que nenhuma mudança externa é capaz de alterar o mecanismo das pessoas. Sei muito bem que é a psicologia, a culpa e o medo que nos motivam ou nos bloqueiam.

Respeito a sinceridade de Gonzalo. O ponto alto é quando nos beijamos, quando nossos corpos se entrelaçam. Quando ele se inclina para trás, arquejando, e diz: "Ah, Deus, como você me faz feliz..."

---

* "Mal-estar". Em francês no original. (N.T.)

Um linotipista, lamentando a perda da mulher que amava, compôs o nome dela em tipo e o engoliu.

Um gângster que atacou um homem para roubá-lo pregou suas mãos em um banco.

Um homem violentou sua filha de catorze anos diante da mãe.

Na Espanha – uma tourada, mas em vez de touros, homens – cravando-lhe *banderillas* explosivas.

Dinamite no ventre das mulheres.

A cama do *Nanankepichu* flutuando.

Honestidade com Elena. Peço que não se case com um homem que não ama. Pensando em sua felicidade enquanto falamos, sentindo compaixão por sua vida vazia e solitária. E esperando que ao falar sobre harmonia com Henry ela sinta que estamos próximas e não pense nele. Eduardo me reconforta ao dizer: "Elena tem uma personalidade muito forte. Henry não enfrentaria outra batalha dessas. Ele quer ou você ou simples distrações sexuais sem compromisso."

Elena forte, enfática, positiva, persistente. Ela só poderia dar a Henry a mesma inteligência e compreensão que eu dei. Nada mais. Em meio a tudo isso, eu estava trabalhando nos diários antigos para Clairouin, o que fez muito para reavivar a felicidade sonhada ao lado de Henry – a perfeição inigualável do nosso relacionamento, fora do mundo. É o Henry mundano que me machuca, por ser tão feminino, fraco, impressionável. Mas por trás da facilidade *aparente* de estabelecer laços com outras pessoas eu percebo que Henry tem laços profundos com muito poucas delas. O que acontece é que ele sabe como estabelecer laços superficiais, enquanto os laços que eu mantenho ou são profundos, ou sequer existem.

Elena disse algo muito verdadeiro: Disse que vive *dentro* do significado, e não fora. Foi a minha experiência esse ano, afastar-me da análise, viver uma vida interior, sábia, formulada ao mesmo tempo na *ação*.

Pela primeira vez vejo Papai como uma *criança* – igual a uma criança – a quem naturalmente falta o instinto protetor.

Não restam memórias de Donald Friede. Evaporaram. É assim que os homens devem se sentir em relação às mulheres que não amaram.

16 de janeiro de 1937

CANSAÇO E DESMOTIVAÇÃO. Preciso enfrentar o masoquismo de Gonzalo. Ele é mais um animal perfeito que o catolicismo estragou e perverteu. Gonzalo cultua o sofrimento. E ele aparece justo quando dei um jeito no *meu* sofrimento. Por que preciso sempre carregar um fardo? Será que nunca um homem vai correr à minha frente, me puxando?

Luto para que ele não acenda o fogo – para que René acenda. Mas Gonzalo insiste, e em nossa última noite juntos ele estava todo molhado da chuva. Ao acordar, estava acabado: uma gripe terrível. Saio para vê-lo na manhã seguinte e o encontro tremendo de febre e cortando lenha para fazer fogo em casa, enquanto Helba e Elsa dormem. Me ofereço para sair e comprar lenha. Gonzalo recusa. Cria complicações infindáveis para si mesmo, tarefas inúteis, faz tudo da maneira mais difícil, se machuca, se magoa. Trago-lhe cigarros e rum. Ele passa o dia inteiro às voltas com o ativismo político. Eu passo o dia com Henry, trabalhando em meus diários. Às seis horas fico impaciente para ver Gonzalo. Levo mais rum e mais cigarros, mas mesmo doente como está ele pretende comparecer a uma reunião com Gide, Malraux e seus *camarades*. Me despeço, exausta e triste. Eu e Henry vamos ao cinema.

Desde o dia primeiro uma gripe intestinal vem me devorando, me enfraquecendo. Até agora eu não lhe dera importância, mas acordo cambaleando todos os dias. Passo um dia de cama. Hugh traz um gato de rua para casa.

17 de janeiro de 1937

É ASSIM QUE MUDAMOS: não vivendo, mas *assistindo* à vida (às vezes sem viver depois de um acidente, depois de uma experiência trágica – divórcio, afastamento, minha infância), vivendo *pelos outros*, *por meio* dos outros ou *como* os outros.

Nego a premeditação. Digo que é instinto. Tenho vários instintos de um impulso violento: desejo e proteção. Desejo, amo, ardo – e ao mesmo tempo protejo. Protejo Gonzalo contra a dor no meu passado. Sabendo tão bem o que eu gostaria de ouvir, o que me ajudou a viver, a acreditar, a me entregar, posso dizer a Gonzalo o que ele precisa ouvir: sei imitar com perfeição as palavras e ações do amor (como fiz para Rank). Entendo os outros, seus medos, desejos e sofrimentos; sei *exatamente* o que dizer e o que fazer. O dom natural de me doar ajuda. O instinto de Gonzalo diz a ele que não lhe pertenço por inteiro. Preciso convencer esse instinto. Esse desejo me inspira as palavras e os atos mais sutis. Hoje, enquanto estávamos deitados, eu disse a Gonzalo: "Se eu não tivesse você, eu iria agora à Espanha, não aos Estados Unidos. Estados Unidos, vida anglo-saxônica – isso não me interessa mais."

"Você acha que os países estão associados às pessoas?"

"Acho. Acho que estão."

Ele estava sem dúvida pensando que os Estados Unidos estavam associados a Henry, então eu me alonguei falando sobre esse divórcio espiritual dos Estados Unidos. Só duas coisas americanas haviam chegado a meu sangue: a língua (não o espírito) e o *jazz* (o ritmo). E arrematei: "Deve ser por causa de você, Gonzalo".

Não é mentira. Eu havia começado a mentir quando acertei uma verdade! Muitas vezes eu conto mentiras que são profundamente verdadeiras.

Gonzalo diz que pressente grandes mudanças esse ano para todos nós.

Minha crença na mímica inconsciente, a crença de que assumimos papéis antes de começar a vida, é tão forte que não mostrei meu romance para Elena por medo de que ela visse na história de June e Anaïs a possibilidade de que o mesmo lhe acontecesse. Uma mulher *forte* (e Elena tem algo de valquíria) poderia ser feliz com Henry!

Digo que detesto a análise e então a uso como ordem filosófica. Para deter a dor. O diário é uma demonstração de preguiça. Eu deveria contar mais. Sobre as conversas no escuro com Gonzalo, as lutas contra seu masoquismo, o equilíbrio entre o sacrifício e a vida para si próprio – resultado da culpa, da culpa cristã. Digo que ele faz sacrifícios excessivos se comparados à felicidade que recebe em troca. Falo de brincadeira, com ternura. "Gonzalo, pense, quando você corta o seu dedo você está cortando o *meu* dedo; quando você se queima, quando você se força a fazer alguma coisa, até mesmo quando você adoece, você está machucando o meu corpo. Você me destrataria desse jeito?"

"Estou melhorando. Hoje, sou o homem mais feliz do mundo."

Dentro da vida, enlouquecemos.

A resposta sexual a Gonzalo agora está completa.

Que inferno! Ou a vida ou a análise nos enlouquecem. As duas nos levam a impasses e a becos sem saída, com um céu que sempre escarnece de nós lá em cima, um par de asas nas muralhas, como os salva-vidas de um navio, com instruções! Mas o céu zombeteiro é *tudo o que não foi vivido nem conhecido* – sussurrando, respirando, oscilando, como uma estrada serpejante longe de equações e emoções. Nova York é um *pantin* marionetes dançando. A música está lá fora, maravilhosa. Mas os *pantins* estão agitados, e o vento assobia ao atravessar a palha e os enchimentos, e não tenho como salvá-los. Foi o que descobri quando os analisei. Não se pode salvar a *alma*. Não se pode *criar* uma alma, injetá-la. Na Espanha o sangue corre. A besta na Espanha, o animal cruel, o sensualista, o maníaco suicida – vivendo apenas na carne e morrendo com as feridas na carne. Não percebo visão alguma nisso, vejo apenas sangue dançando e sangue derramado, seja esperma ou fúria, o animal africano, dançando moribundo. Em Nova York eu dancei, imaculada, sexual sem ser sensual, perfumada, rítmica. Na Espanha eu gostaria de morrer, de sentir o quanto a carne vive ao ser rasgada ou queimada. Fico deitada no *Nanankepichu*, onde a carne tem o gosto da hóstia, da comunhão, do casamento entre o céu e o inferno. Mas a conversa é sobre o que se passa nas ruas, bem perto, bem real; a conversa é sobre o drama na Espanha, onde o sangue deseja estar, e sobre o sacrifício. Estou mais uma vez enfrentando a morte, sempre enfrentando a morte e a minha própria vertigem, a vertigem que me precipita rumo à morte. A ascensão e o instinto de sobrevivência são mais fortes – e mais forte também a amargura por todos os céus exigirem guerra e batalhas.

Cada vez menos. Menos luta. Meu fardo está bem mais leve. Esse ano eu talvez não precise carregar uma cruz – a cruz tatuada em mim por pias mãos cristãs.

Até mesmo o ciúme, até mesmo o ciúme eu derroto com amor. Com o amor de Elena eu derroto o veneno e a corrupção pútrida causados pelo ciúme. Entregar meu diário a Henry seria como lhe dar tudo o que deseja saber sobre June. Aqui o mistério se revela!

O efeito de desilusão no teatro chinês se aplica à escrita de Henry.

Ele se engasga com o entusiasmo disperso e com as ideias.

19 de janeiro de 1937

DIA E NOITE: FECHO E CHAVEIO meu armário cheio de vestidos perfumados e diários. Na rua, com os volumes 35 a 37 debaixo do braço, para completar os nomes para Stuart Gilbert. Chego no estúdio de Henry, que me recebe com ternura e alegria: "Você está com o seu lindo solidéu" (o mesmo de que ele não tinha gostado uma semana atrás). Almoço, trauteios e ronrons. Henry aproveitando a atenção que vem recebendo, de garotas em idade escolar também! Henry querendo visitar a Dinamarca. Henry recortando uma foto de Mae West porque ela nasceu no Brooklyn. Henry esperando pelo encanador. Henry dizendo: "Tudo está ótimo. O fogão está quente. Recebi uma bela carta da Dinamarca e uma carta estúpida da Inglaterra" (o papel *esterilizador* da arte, escreveu o inglês). Henry sugere que tiremos uma soneca e me possui de um modo tão completo, tão absoluto, por todos os cantinhos e dobrinhas do meu corpo, que tenho a impressão deliciosa de um mundo onde os fantasmas foram erradicados, de um mundo nos eixos, movendo-se com segurança, com um rosto redondo e sorridente; um parque de diversões, um baile. Rimos enquanto fazemos amor – nos provocamos, brincamos, e eu digo: "Agora tanto o seu fogão quanto a sua mulher estão bem quentes". Rindo. Dormindo. Chega o encanador. Henry tem alguns trabalhos por terminar. Caminho um quarteirão até a Cité Universitaire e vejo Eduardo, que não tem se sentido muito bem. Ele caminha comigo. Tomamos um chá no Dôme, onde todos parecem manchados, pútridos, emaciados, deploráveis. Volto para Henry, que ainda está ronronando. Conto a ele sobre o "sol negro" que Moricand disse que eu era, brilhando para dentro, escondido. Ele diz que inveja minha loucura quando escrevo coisas como o meu "filme" – essa capacidade de se desprender da realidade, enquanto ele permanece preso a ela.

Às sete e meia estou na casa de Elena porque ela escreveu me contando um sonho de morte que teve e acabou a carta com *"Te quiero tanto"*. Amo você tanto – como um grito de tristeza. Por mais rápido que eu corra, sempre ouço a voz dos que ficam para trás. Elena está atrás de mim na vida, sufocada por temores e escrúpulos e convenções. Achei que ela estivesse mais à frente. Sou eu, portanto, que estou tirando Elena da escuridão, libertando-a. Ela diz que alguém a apresentou a Henry achando que ele se apaixonaria.

"Você acha que ele é o tipo de homem que você precisa?"

"Não, eu não quero um intelectual. Sou egoísta demais. Não quero ser sacrificada pelo trabalho de ninguém."

Falo um pouco sobre nossa vida. Sinto vontade de deitar a cabeça em seus seios generosos e dizer: "Não tire Henry de mim".

Como falamos! Elena também desfruta de *consciência* – incapaz de afundar, de perder a consciência. Também é masculina no gosto pela forma e pela síntese. Também vive depressa – com clarividência. Conversamos cheias de brilho no olhar, mergulhadas em claridade. Prometo ajudá-la a se reconciliar consigo mesma. Sinto que ela está cheia de angústias e temores. Rimos das vezes em que tentamos afundar, *déchoir* – cair; e de termos permanecido na superfície, como salva-vidas! Como irmãs. Também vejo Elena como *atlantide*. Gosto de sua rapidez, destreza e honestidade. Conversamos, cheias de vida, de ardor.

Às dez e meia estou no *Nanankepichu*. Gonzalo me diz que a *legacion* espanhola está com eles; estão encantados por ter feito contato com América do Sul. Vão providenciar dinheiro, selos, papel e equipamento para impressão. Gonzalo escreveu o primeiro manifesto. Está feliz. Eu faço perguntas, escuto. Tento me manter próxima. Não é muito diferente de quando Hugh fala sobre a bolsa de valores, sobre o banco ou sobre política a partir do ponto de vista econômico. Travo uma luta desesperada contra o frio. Onde está a vida nítida que vivi o dia inteiro? Onde está o fluxo de invenções, descobertas, discussões e viagens maravilhosas? Onde está a interação que eu senti com Henry e com Elena?

Quando Gonzalo diz, com ódio: "O mundo capitalista matou o artista em mim", eu percebo que esse artista não tinha muita força; a visão que Gonzalo tem do mundo também não é muito profunda. Ele vê do lado de fora tudo o que vem de dentro. Limitações e restrições vêm de dentro, não de fora. Sei que sou responsável pelas minhas limitações: a compaixão, a fraqueza. Gonzalo é tão cheio de sentimentos quanto eu – foi o que destruiu o artista nele, transformou-o no abnegado assistente de um outro artista. Mas ainda não tenho como expandir a visão de Gonzalo. Não conseguimos conversar. Assim que eu falo em Elena ele se sobressalta furioso e a destrói, por ciúmes. Eu não a defendo, percebo o ciúme. Gonzalo arremata: "Não quero que você ame ninguém além de mim, seja homem ou mulher!"

Esse tipo de ciúme – o ciúme que mata o outro porque ele é culpado de viver ou desfrutar fora da esfera da pessoa amada – eu nunca me permiti expressar, mesmo quando o senti. Meu desejo de *dar vida* era mais intenso. Fiquei triste.

Apenas as carícias foram doces.

Não consegui dormir – estava bem desperta –, mas tinha medo de acordar por completo e *falar* com Gonzalo. Manhã. Desânimo e cansaço.

20 de janeiro de 1937

ELENA ESTÁ MUITO DOENTE – intoxicada, sufocada pela *angoisse**. Fui fazer uma visita rápida e acabei ficando horas, tirando-a da escuridão, iluminando a escuridão, afastando os espíritos malignos com poesia, humor, afeto. Eu, a sábia, lendo os hieróglifos de sua obsessão. Por mais rápido que eu corra, o rabo dos fantasmas alheios me persegue, e acabo sempre ouvindo as mesmas palavras: "Nunca tive ninguém que me apoiasse, que me entendesse – até conhecer você. Como você me fortalece! Estou bem."

Elena sentada em meio a seus horóscopos com estrelas negras brilhando pelo corpo, estrelas negras fincando as pontas em sua pele, sua pele cor de sol. Elena sonhando com um grande homem sem cabeça, respirando como as flores, com a barriga se inflando a cada inspiração.

Elena diz que vai me pintar como Dafne quando se transformou em planta.

Elena diz o mesmo que eu digo: "Há tantas pessoas que dizem coisas que nunca escuto ou nunca lembro..."

Ela diz tanta coisa igual ao que eu sempre digo que tenho vontade de rir, de rir e dizer-lhe: "Sabe, é engraçado, mas se Henry ouvisse você falando ele diria: 'Já ouvi tudo isso...'"

21 de janeiro de 1937

HENRY LEU OS VOLUMES sobre ele e June. Clairouin leu os volumes 31 a 41 (afora "Incesto"), e agora a única pessoa que os

---

* "Angústia". Em francês no original. (N.T.)

está lendo com calma e paciência é Stuart Gilbert, que está muito entusiasmado:

"Nunca li nada assim. A *lucidez* é impressionante. Você se deixa levar e ao mesmo tempo está se enxergando. É um *dédoublement*.* Você é a um só tempo a pessoa de sangue mais quente que conheço e a mais fria! Há momentos em que você é implacável!"

O verdadeiro demônio em mim é esta personalidade consciente de si mesma, que parece *ter meu destino em suas mãos*.

Foram raras as vezes em que perdi a compostura. Em meio à vida caótica, sinto-me como um demônio que tem o destino nas mãos. Às vezes me sinto como um criador, um deus, agindo sobre os outros, sobre Henry, sobre June, Elena, Hugh, Eduardo, como se eu fosse uma Parca. Sou eu quem provoca os movimentos, faz as coisas acontecerem. Um eu que *trama* sem tramar, um impulso do qual tenho consciência, que me leva a viver a vida de forma instintiva e a criá-la. Há uma vontade – eu sinto. Um demônio. Nem sempre eu sei o que o demônio trama. Mas o trabalho obscuro segue adiante: minha vida. Esse demônio tem olhos amarelos e *grandes desejos* e grandes temores e grandes defesas, grandes ilusões e grande impiedade. Eu gostaria de estar mais próxima do demônio. Ele me censura. Eu me olho, escrevendo em silêncio. Rosto inocente. Um instinto como a natureza, que supre suas necessidades, satisfaz seus apetites, é um instinto humano, digno de pena, impiedoso como a natureza. Mas um espírito que *domina* a natureza, de modo a dominar o caos...

Stuart Gilbert está certo.

Noite passada, amor e inocência a bordo do *Nanankepichu*. Gonzalo fala sobre sua infância. Consigo vê-lo. A bela escola jesuíta nos jardins e bosques, em meio a um colar de vulcões. Um Gonzalo de catorze anos, de impulsos sexuais dormentes enquanto seus colegas já dormiam com criadas e prostitutas. Tímido diante das mulheres. Aos dezesseis anos, uma garota lhe envia um bilhete convidando-o para

---
* "Dualidade". Em francês no original. (N.T.)

encontrá-la no parque para um passeio. Gonzalo vai, mas ao enxergá-la sai correndo como uma corça. À medida que fala, percebo em seu rosto a mesma expressão que se encontra no olhar dos mais gentis dentre os animais – corça, cervo, gato – macio e animal, um animal de alma antiga, tão puro. Me sinto tão pura! Meu despertar sexual também foi tardio. Aos dezenove anos. O demônio e o anjo dormem lado a lado.

Escuto Gonzalo com carinho. Ele treme de emoção quando fala sobre o comunismo. Quando fala sobre os índios – sobre liderar uma revolta contra a tirania dos brancos – algo salta em meu peito, e eu conto para ele. O índio – *puro*. Injustiça com o puro. Mas a podridão do Europeu – a Europa pútrida – meu coração não bate por isso. Eu preferiria ver a Europa queimar do que salvá-la. Fogo. O purificador. Eu preferiria ver a Europa queimar porque ela fede. Eu salvaria os índios.

22 de janeiro de 1937

EU E ELENA CONVERSANDO. Eu e Elena caminhando. Elena dizendo: "Fico embriagada com você. *¡Que borrachera!*" E depois eu: "Com você, sinto vontade de ultrapassar o ciúme".

"Anaïs, como eu pareço forte, as pessoas acham que eu nunca preciso de apoio. Só você percebeu..."

Hoje Elena vem ver o cabeleireiro me fazer um novo penteado. Eu também fiquei ébria ao falar sobre nossas vidas, verdades e mentiras.

Não consigo me embriagar de política. Mas me embriago com o corpo de Gonzalo, com o seu amor. Depois de atravessar meia Paris a pé com Elena, encontro Gonzalo e me deixo mergulhar na sensualidade enquanto observo seu nariz sensual, buscando o prazer às cegas.

Henry traz duas pessoas que tem visto e de quem gosta: o pintor judeu [Abraham] Rattner e a esposa. Os dois são de uma mediocridade total, sem interesse algum, comuns e feios. Tentei me manter alegre, mas aos poucos fiquei triste, triste.

O que me alegrou foi descobrir que Henry está com medo de me perder, está muito apegado a mim, está com ciúmes e diz: "Quando eu for para a Dinamarca, quero que você fique aqui bem quietinha me esperando". E no entanto ele esperava que eu preparasse o jantar para os Rattner!

Busco sempre a embriaguez!

24 de janeiro de 1937

Noite de pesadelos e de insônia, torturas ao imaginar Henry e Elena juntos – para pôr fim aos temores, questionei Moricand, e ele escreveu que havia uma certa atração entre os dois horóscopos, mas era algo ilusório e superficial. Como uma mulher supersticiosa da Idade Média, perguntei às estrelas. Eu disse para mim mesma: Bem, se tenho Gonzalo, eu devia deixar que Henry ficasse com Elena. Henry nunca fez nenhum esforço para ver Elena. Mas a diferença é que Henry não sabe de nada e assim não sofre, enquanto eu *saberia*.

Quando cheguei ao fundo do sofrimento eu voltei nadando à superfície, apegando-me à felicidade com Gonzalo, a seu amor e à sua alma e a seus sentimentos – me apegando a ele e chamando seu nome. E no dia anterior eu tinha visto Helba, torturada pelo ciúme que sentia de mim. Quando ela foi embora, discuti com Gonzalo. Vida amarga. Lutei para abrir um caminho em meio à amargura; derrotei-a de um modo tão absoluto que hoje encontrei Elena e a admiração que lhe tenho permaneceu intocada. Elena diz que as pessoas sentem uma atração violenta por ela, mas não por muito tempo.

Como somos escravos da dor! Helba também me ama.

Tudo me enfurece. E o sofrimento de Gonzalo, e o caos e a dor, e a amargura de tudo! Senti ódio.

Hoje tive um encontro breve com Gonzalo. Mordi-lhe os lábios até que ficassem marcados. O fogão a gasolina pegou fogo. Fui enérgica ao evitar que Gonzalo se aproximasse, porque eu temia uma explosão. Ele disse que estava com vontade de atear fogo às coisas – uma vez fizera isso com um cigarro. Momento de paixão, de fogo. Gonzalo disse: "Você é minha vida. A afeição que tenho por Helba é fraternal, mas você é minha vida, meu tudo." E eu sei que é verdade.

Quanta tristeza e veneno! Eu luto. Luto para me alçar. Trabalho no volume 41, que trata do meu primeiro encontro com Papai, e o acho bem-escrito, poderoso. Li o *Procession enchaînée*, de Carlo Suares – o único livro verdadeiramente louco, verdadeiramente esquizofrênico que já li.

Encarar minha própria frieza. Provocá-la, cortejá-la. Busco pensamentos tristes, pensamentos cruéis. Tenho um desejo de torturar os outros em vez de torturar a mim mesma. Sinto-me como uma leoa em fúria; já não sou um cordeiro cristão disposto a ser sacrificado ou escravizado! Quero que tudo vá para o inferno – para o inferno com o amor profundo, com as raízes, com o sexo, com a alma, com tudo!

Andando de táxi, penso no que Elena disse sobre a alma. *A alma está sempre lá*, mas por vezes separada do corpo, incapaz de manifestar-se, isolada. Gosto dessa explicação porque ela explica minha fé, minha busca da alma, a busca labiríntica pela alma de Papai, sua fugacidade, esquizofrenia e morte, tudo o que escrevi sobre a frágil ponte japonesa que eu tentava atravessar. Elena está certa. Ela diz, como eu: "Nunca sei a idade verdadeira das pessoas". Elena corre atrás de mim, algumas passadas atrás. Em mim ela vê, como June via, a quintessência de seu próprio ser (dentro dela, trajando um corpo mais sólido). Sou o perfume. E invejo-lhe o corpo estilo Renoir, as mãos e pés e orelhas grandes, o pescoço grosso. Ela diz: "Pareço a lua".

Carta para Durrell: Agradeço a você por ver Henry como alguém *inteiro*. Poucas pessoas conseguem. Ficam tirando-lhe pedaços. A carta que você enviou para ele e sobre ele foi a única carta que apreciei de verdade. Era uma carta de visão forte.

Tudo o que você diz de *House of Incest* é verdade, mas apenas para *H. of I*. Eu nem sempre escrevo com aquele nível de isenção. Aquilo é o veneno negro recolhido de um *enorme apego* – às pessoas, à realidade vista sem visão (temos dias sem visão mesmo quando vivemos dentro do significado) –, e a outra face, o contrário de *H. of I.,* é um diário de cinquenta volumes! As raízes, o solo rico em turfa, a água, o sangue e a carne, os balbucios e os rosnados humanos transcendem a quintessência, sem conquistar. Assim, acredito na transformação da realidade comum. Acredito da forma como você acredita. Mas o que você viu em *H. of I.* é apenas a fumaça. (Henry chama de "refulgência neurótica").

Sim, quero mudar o título também. Encarar um título, para mim, é encarar o impossível. Sinto a vida e a criação como uma orquestra, uma constelação. Um título é algo absoluto. Eles me deixam apavorada, porque eu venero o absoluto. Tenho muitos destinos nas mãos, porém tenho medo de assinaturas. Tem algo a ver com a mágica. Conjurar ou não conjurar. Vivo, sinto, componho música. Um título é uma palavra – *a* palavra. Capaz de esconjurar os espíritos, mas também de invocá-los. Meus títulos serão sempre ruins, talvez porque eu não seja uma escritora. Henry é o escritor de fato. Eu apenas respiro. Respiro com barbatanas, antenas. Como uso as palavras – tão definidas – quando meu elemento está fluido é algo que não sei. Um título, o catalisador supremo, é um acontecimento. O título me lembra que a comunicação com o passado, o presente e o futuro é tão vívida que nunca consigo começar ou acabar. Nunca consigo me lembrar de datas, de épocas. E elas é que são os títulos. No momento em que sou ou que escrevo alguma coisa, vejo a metamorfose de um modo tão rápido que o título desaparece. Isso *é* um mar. Ou um sonho. Um título é um ato de violência e de positivismo. Você conhece o *Life Is a Dream*, de Calderón?

Talvez um dia você possa assumir uma posição quanto a um problema irresolvido, o único ponto em que eu e Henry discordamos – com frequência. Eu passo do improvisado diário humano, macio e verdadeiro, para a estratosfera ou para o manicômio – da naturalidade completa para o artificial. Uso um par de tesouras enferrujadas. Recorto as mandrágoras pintadas. Dualidade. Henry diz: "Feche o diário, a transformação acontece dentro de você" – mas eu acho que meu trabalho é melhor sem a transformação. E as duas coisas se atrapalham.

O imediato destrói o que não é – daí vem a fumaça. Por que estou lhe indagando, não sei. Talvez porque eu sinta que as tesouras lhe tenham dado um pedaço.

Desde o início eu gostei do seu mundo "heráldico". Por trás dele eu pressenti a fé, o símbolo, o significado. O oposto do narcisismo, uma vez que cada um precisa ser o seu eu mais o símbolo – um eu ainda maior. O oposto da neurose, uma vez que cada um precisa ver a parte que lhe cumpre no todo, com fé. A nobreza, que coroa o mundo, eu tomo por uma qualidade integrada. Um leão todo leão, como Lawrence diria. Sem hermafroditismo. Qualidade. Pureza. Dom. A heráldica (estou apenas analisando os sabores – nunca li sua definição) parece estar sujeita a uma lei da gravidade espiritual. Suas convoluções no espaço são cósmicas, não circenses. Estou certa? De qualquer modo, é uma palavra com certa magia, com um brilho secreto.

Enquanto trabalho nos diários tenho a impressão de estar atravessando um túnel longo e escuro, de estar lutando para me libertar da morte e da sufocação. Foi apenas quando June abandonou Henry que eu comecei a respirar. Cada vez mais ar. Encontrar Papai não foi a salvação, mas um teste, uma provação. Cada vez mais luz, mais ar, liberdade de movimentos e sentimentos, até chegar a esse ano, que foi uma dança.

Mas ainda hoje eu odeio o Métro!

29 de janeiro de 1937

HENRY ME LEVOU PARA VER Hans Reichel. Suas pinturas são belas, delicadas e cheias de mistério. Ao voltar, Henry disse: "Agora escreva tudo bem quietinha no diário. Depois leia em voz alta para mim, para me inspirar. Me dê algumas dessas frases finitas."

Respondi: "Como você é humilde! Ninguém consegue escrever como você."

Mas eu nunca havia percebido de forma tão clara o modo como eu fecundava Henry, como no ato sexual. Primeiro ele foi até Reichel como uma mulher no cio, rindo, gemendo, ronronando, gaguejando, vociferando. Então Henry me levou até lá, e fui eu quem viu os olhos, falou de metamorfose, comunhão, matrimônio, quem disse a Reichel tudo o que lhe aprazia ouvir, quem falou sobre o ventre. De volta à Villa Seurat nós dois sentamos para escrever. Eu escrevi pouco e, enquanto Henry me lia o que havia escrito – algo magnífico –, deixei-me ser engolfada no enorme, sonoro, fecundo e exuberante impacto. Mas plantei nele a *semente* – penetrei no caos de seu entusiasmo – e *ele* dá à luz! "Você me dá ideias", diz Henry.

Um noite estranhamente perfeita. Parece que, quando penetro Henry com minha visão poderosa, como se fosse um falo em chamas, quando me mexo dentro dele, ponho seu sangue a ferver, planto nele o esperma de minha sólida unidade criativa, Henry se excita e, por sua vez, deseja possuir meu corpo, penetrar-me com o pênis e pôr meu sangue a ferver. O ciclo está completo; acordamos renovados, fecundados, exuberantes.

Sentimos uma felicidade divina na companhia um do outro quando conseguimos *compartilhar* um entusiasmo, amplificá-lo, abrir os olhos um do outro, excitar-nos juntos. O termômetro quase estoura.

Infelicidade na companhia um do outro quando, por causa da sua curiosidade insaciável e do seu amor à vida, Henry ama longe demais de mim e eu sinto ciúmes ou me sinto sozinha. Ou quando ele se sente da mesma forma em relação a mim, uma vez que também tenho essa curiosidade, esse entusiasmo e essa expansão.

Gonzalo mata todos os meus entusiasmos porque não os compartilha. Eu não tenho como compartilhá-los. Não tenho como compartilhar da paixão que ele sente pela política. Eu e Gonzalo só somos felizes juntos *no escuro*.

Em Reichel eu percebi um sino que dava risadas, uma pétala que escutava – e um homem desesperado. Ele tem uma pedra olho de tigre, um pedaço de madeira de sândalo, conchas, roupas velhas; e passa fome. Agora Henry demonstra toda a sua compaixão e generosidade para com outros escritores, pintores. Ajuda, estimula, dá forças.

O transbordamento de amor que sinto é tão intenso que chega a abarcar Gonzalo – mas Henry permanece no centro. Escrevo uma carta de amor para Thurema. Dou um beijo de boa-noite em Elena e mando-a ver [C.G.] Jung.

Mesmo depois de Henry me haver possuído ainda restam mil carícias a fazer, palavras a dizer – o fogo ainda arde.

Preciso conduzir minha vida segundo leis misteriosas, mas quero proporcionar a cada homem a ilusão de que ele precisa, de lealdade, exclusividade. Trabalho em silêncio para ganhar a confiança de Gonzalo – Gonzalo, que tem tantas dúvidas. Digo e faço tudo o que se assemelha ao amor absoluto. A necessidade de oferecer a ilusão é maior do que a de ser sincera comigo mesma, de ser aberta. Gonzalo insiste de um modo tão ardente e desesperado para que eu não me entregue às carícias de Hugh, por exemplo, que eu digo que não me entrego. Invento a cena e a progressão, até o momento em que se interrompe. Finjo que não durmo mais na mesma cama que Hugh. Para Gonzalo, é uma grande prova de amor. De fato, as carícias de Hugh me desagradam profundamente e, portanto, ainda que eu me entregue para fazer Hugh feliz, não considero que eu tenha entregado nada de mim. Tenho a impressão constante de que levo uma vida que ninguém entenderia – ou que, *se soubessem*, eu seria a causa de muita dor. Quando Henry e Gonzalo querem me visitar quase à mesma hora eu dou a cada um deles uma desculpa e digo rindo para Eduardo: "Eu sou uma filha da puta mesmo!" Eduardo acha que me perdoariam, por causa do *modo* como faço tudo. Às vezes rio (se não magoo ninguém, posso rir) das minhas artimanhas. Gosto de carregar o diário para lá e para cá, como dinamite – ao alcance de Hugh, de Henry, de Gonzalo.

A eterna busca pelo conto de fadas provoca muitas turbulências com as leis humanas.

2 de fevereiro de 1937

Depois de passar a noite com Henry e ver a pintura de Reichel, eu por fim escrevi a história do parto que vinha me espreitando – quinze páginas de verdade nua e crua a serem inclusas no diário, como parte do diário.

Passei o dia possuída pela história. Lua cheia e febre.

Noite. *Nanankepichu*. Gonzalo apaixonado, mas então ele se entrega ao que chama de meus beijos hipnóticos e adormece, como uma criança, exausto da noite passada, quando Neruda apareceu bêbado com seus amigos às quatro da manhã e arrastou Gonzalo para que todos terminassem a noite juntos. Saí da cama e sentei no tapete ao lado do fogão. Lua cheia. Tudo muito bem delineado, mas em tons lunares de preto, cinza, prata, de cor de elefante, pérola, chumbo e carvão. Gonzalo dormindo um sono pesado, roncando. Eu pensando de bom humor em uma oração aos deuses: "Sinto uma felicidade suprema, me sinto abençoada de todas as formas possíveis, mas, por favor, será que eu poderia ter um amante que não roncasse?"

Mas a noite, a lua cheia e minha plenitude me magoavam. Plenitude em excesso. Lucidez em excesso. Magoada e atormentada pela ferocidade do que eu havia escrito durante o dia, inquieta com o sentimento de que algo estava faltando – um significado ainda não revelado. Magoada por Gonzalo ter tantos amigos bêbados, magoada sem motivo, com raiva dos amigos de Gonzalo e de sua falta de resistência a eles. A lua cheia e a angústia da solidão. Não consegui dormir. Não consegui ler. Não consegui escrever. Decidi sair, ir para casa, só para magoar Gonzalo. Me debrucei sobre ele antes de sair e ele acordou, surpreso com minha crueldade, abrindo os olhos para me acariciar; mas, com a cabeça no meu seio, voltou a dormir, confiante e tranquilo. Tentei dormir. Sonhei com o *Nanankepichu* quebrado em três partes. Eu estava na proa, enfrentando enormes ondas. Uma noite febril, agitada. Manhã escura, azeda. Cheguei em casa e acrescentei as páginas que estavam faltando, sobre não querer fazer força para que o bebê nascesse – como um veneno. Fui ver Maggy e vi uma garotinha, uma garotinha linda, que me magoou – um retrato da garotinha que eu havia matado. Fui ao Dôme e encontrei o dr. Endler! Como uma das coincidências de Breton, que não são coincidências, mas atrações magnéticas poderosas sobre as coisas em que pensamos. Cansaço. Depressão. O fervor de Gonzalo ao telefone: "Esperei a tarde toda que você ligasse, *chiquita*!" e o encontro de meia hora com ele, na chuva, serviram para me dar calor e vida outra vez. A criação é um ato demoníaco. Deus não a vê com bons olhos – assim como não vemos com bons olhos aqueles que nos iniciam!

Orgia de filmes com Hugh e Eduardo no sábado. Reunião comunista com Gonzalo. A paixão dele noite passada, um desejo vigoroso, depois de uma tarde maravilhosa com Henry. Completude. O sexo com Gonzalo já não é mais completo, mas místico; uma sensualidade pessoal personificada. É *você*, Gonzalo, *você* metendo em mim. Que êxtase! É você, com a sua pele escura, seu demônio revolucionário, seu fervor e sua bondade. É você, com sua coragem, suas pernas de aço, seu cheiro de sândalo, seus pensamentos inacabados, seu caos.

É impossível ser realmente infiel, mesmo que escolhamos caminhos tortuosos! Deixei a Espanha. Encontrei o pensamento anglo-saxônico e germânico. Redescobri a Espanha mais uma vez e agora estou separada pelo *intelecto* – pelo universo íntimo. Acho que a Espanha, a literatura espanhola e os espanhóis são repletos de emoção, eloquência e cor – mas despidos de significado. São religiosos e têm almas grandiosas, mas não alcançam a transcendência. É o que Gonzalo representa para mim. Como June, ele tem momentos em que entende tudo, mas é um entendimento animal e não um universo. É um clarão. Descobri que eu tentei perder minha cabeça e não consegui. O que descobri nos Estados Unidos não foi apenas o inglês, mas o conteúdo de minha cabeça dinamarquesa. Agora acho que a poesia espanhola tem gosto de sangue ou de fruta, mas nenhum significado. De Gonzalo, à luz do dia, no mundo consciente, eu consigo me separar. As frases que o fazem vibrar (os poemas de [Rafael] Alberti) não passam de cores para mim. Um vitral, grandiloquência, romantismo, não a pequena chama sábia do Espírito Santo.

Quando piso na delicada *passerelle** do *Nanankepichu* para ir à *terra*, adentro com Henry um mundo iluminado de tanta profundidade que a profunda alma animal, a alma não formulada de Gonzalo lembra o conhecimento da mulher. Tenho um mundo. Gonzalo não. Ele tem um corpo – um corpo tão belo que às vezes não consigo respirar. Tem uma alma, uma alma profunda como um cântico. Mas sob a testa, a nobre testa, de têmporas avantajadas como as de uma estátua grega, sob a testa brilha o desejo, a intuição, a delicadeza, mas não brilha mundo algum, não brilha um mundo com seu próprio céu, colunas, janelas, luzes, tempestades, erigido, criado, composto. O mistério brilha como a Hóstia no *ciboire*** dourado, com incenso de seda ao redor, com a alma, com o eu, mas, como o mistério da Hóstia, é sempre o mesmo. Eis o pão e eis o vinho. Comunhão.

Eduardo ainda se emaranha todo, como um rosário ou uma raiz retorcida. Gosto de homens que não se emaranham!

Quanto à política: Todas as palavras que ouço, todos os discursos líricos, floreios românticos, ornatos sentimentais, todas as orações e todos os lamentos poéticos (todos eles má arte, claro) me irritam. Na revolução eu vejo uma questão vital de vida ou morte, uma batalha que deve ser enfrentada de modo direto e violento. Nessas circunstâncias eu não admito intelectos ou irrealidades. Uma revolução é uma questão vital de vida ou morte. Por que esses hispânicos falam tanto, recitam poemas? Gonzalo me diz que boa parte da poesia espanhola é heroica, belicosa, revolucionária. Para piorar, Gonzalo tem os glamorosos atributos físicos do herói

---

* "Passarela". Em francês no original. (N.T.)

** "Cibório". Em francês no original. (N.T.)

– a paixão e a coragem. O que me comove é que ele também se decepcionou com os homens que juntou. Gonzalo amarga a vaidade e a vagueza deles. Se entristece e começa a falar sobre ir à Espanha lutar, enquanto os demais ficam lendo os poemas medíocres uns dos outros.

4 de fevereiro de 1937

O *DÉDOUBLEMENT* – A DUALIDADE – aparece no momento em que *me observo viver*. E toma a forma de uma fantasia. Imagino outra pessoa me observando. Brinco de ser este outro, que, como Deus, pode me ver em toda parte e portanto deve ser o rosto de minha culpa – não em relação a mim mesma, mas em relação a quem estou traindo no momento. Na primeira vez em que estive na Villa Seurat, imaginei Hugh escutando, ao pé da porta, todas as minhas cenas de ternura com Henry. Agora é Gonzalo quem eu imagino escondido atrás de alguma janela da Villa Seurat, me vendo ir às compras, entrando no estúdio de Henry. Gonzalo visitando de Maigret. (Uma vez fiz o oposto com um amigo: Quando de Maigret havia se mudado e eu queria vê-lo, fui até o terraço do estúdio de Henry, que se liga ao de de Maigret. Era um dia de verão. De Maigret deixara a janela aberta. Olhamos para dentro. Ele não estava lá, mas rimos da cama desarrumada.) Gonzalo viu de Maigret – que ele conhece bem – no terraço, olhando para dentro do estúdio de Henry; algo que os amigos de de Maigret haviam feito diversas vezes durante as festas. Ele me vendo dançar ao som do "Pássaro de Fogo" com as mãos postas, como se eu estivesse orando, movendo o corpo como uma dançarina balinesa ou como um relevo egípcio – um deslocamento. Gonzalo me vendo pôr a mesa enquanto Henry fica deitado no sofá, lendo para mim sobre Reichel. Enquanto eu mexo a sopa Henry vem por trás de mim e põe as mãos no meu quadril. Nos debruçamos sobre uma carta de Durrell, rindo e conversando. Se imagino a dor de Gonzalo? Se me dá prazer? Passo dessa longa fantasia a uma outra: Henry me segue enquanto caminho ao longo do cais, me vê descendo a escada que leva ao *Nanankepichu*. Henry me vê no restaurante com Gonzalo. Gonzalo está com o braço em volta dos meus ombros.

Acho que Gonzalo é tão sensível aos relacionamentos que se lembra de cada *étape**, de cada cena, cada palavra. Por vezes ele me surpreendeu com a mudança súbita de um beijo a uma ideia. Gonzalo é tão disperso quanto Henry – olhos voltados para o mundo exterior, dificuldade para se concentrar (como a descrição que Henry faz de um humor esquizofrênico, de tudo o que lhe passa pela cabeça ao beijar uma mulher). Mas Gonzalo consegue embeber-se de amor como as mulheres, o que, salvo raras exceções, ocorre durante o dia – como se o mundo consciente e o inconsciente dele fossem separados por um abismo. Com modos muito delicados, Gonzalo disse: "Tem vezes que não consigo evitar a luz do dia. Isso já aconteceu três vezes."

A exatidão foi impressionante. Gonzalo está ciente de que aconteceu três vezes. Henry é despercebido e jamais teria notado. Nunca acontece comigo. Eu me afundo por completo, cega. Tenho facilidade para romper todos os laços com a realidade. Tanto Gonzalo quanto Henry são grandes realistas – Henry à moda germânica e Gonzalo à moda hispânica. Amo isso neles, ainda que por vezes eu acabe sozinha na comunhão e no êxtase.

Todos eles, depois da paixão, adormecem cheios de confiança. É nesse momento, deitada ao lado de um homem, que eu sonho e reflito a respeito deles. A paixão me desperta. Não consigo dormir. Fico lá deitada, enquanto Henry dorme, ou Gonzalo dorme, maravilhada com a minha felicidade, com essa necessidade feminina de ter um homem dentro do ventre. Os momentos de maior arrebatamento na minha vida são aqueles em que tenho o pênis do homem amado dentro do ventre, ou sua cabeça de encontro aos meus seios. *Nos meus braços* – desesperado, passional, ou terno, e confiante e adormecido – *mas nos meus braços*. Então me sinto saciada. O orgasmo é dispensável. Minha alegria é a comunhão.

---

* "Etapa". Em francês no original. (N.T.)

6 de fevereiro de 1937

FOI SEMPRE O AMOR A Henry o que associei a todas as minhas experiências, todos os meus outros relacionamentos. Meu amor por Henry cobria toda a minha vida, como o próprio céu. Me olhava de cima; era o pano de fundo, o destino, o *voûte** que sempre observamos e que sempre nos observa, o arco que abarca o infinito, projetando as cores e os raios de seus humores, suas mudanças, como o céu projeta luzes e sombras sobre nós. Entre uma respiração e outra, entre um piscar de olhos e outro, era Henry quem eu via. Quando Rank me amou, o que vivi de modo profundo foi a reencenação do amor que tenho a Henry. Meus tormentos não vieram do relacionamento com Rank, mas da identificação e das comparações, das perguntas e dúvidas. Será que Henry me amava como Rank me amava ou não? Ser a June de Rank era para mim como *tornar-me* a June de Henry, introduzindo na corrente de nosso amor essa nova identidade que só fora possível graças ao amor de Rank. No amor de Gonzalo eu também vejo reflexos do amor que sinto por Henry. Quando vejo Gonzalo sofrer com o que escrevo, vejo meu sofrimento com o que Henry escreve. Quando Gonzalo luta para distinguir o drama da realidade, quando desfaz o nó e se depara com meu eu verdadeiro, digo para mim mesma: É assim que Henry está dramatizando seu amor por June, que nunca se manifestou nem explodiu com tanto vigor, nunca foi vivido com essas cores nem com essa intensidade. A associação a Henry é imediata. Henry. Onde quer que eu vá, procuro um alívio do amor que sinto por ele, um alívio da obsessão, que é a *morte*. Toda obsessão é uma morte. A vida só existe no fluxo, e fluxo significa mudança. Então, aprendi a fluir ao redor de Henry, para longe de Henry, mas ele ainda é o céu que projeta todas as suas cores sobre os meus passos, minhas palavras, meus beijos. Henry, *seus* humores, seus eclipses, suas tempestades, suas indiferenças, suas delicadezas. Os relacionamentos com os outros escorrem como afluentes nesse céu que a tudo abarca. Sempre o céu, e Henry no céu, não importando

---

* "Abóbada". Em francês no original. (N.T.)

o país onde eu esteja, a rota tomada, as amnésias, os entorpecentes, os sedativos, as drogas. Momentos de alívio, de renovação, fluindo mais uma vez rumo ao céu eterno, sem fim, sem horizonte.

7 de fevereiro de 1937

LES PLUS GRANDES CAUSES *de mes souffrances** são meu ritmo rápido demais e minha visão. Se Henry está se expandindo demais, desperdiçando tempo, se diluindo, eu logo percebo. Muito tempo depois, Henry percebe. Se Fraenkel faz mal a Henry, eu logo percebo. Muito mais tarde, Henry rompe com ele. Eu não costumo dizer nada, mas sofro. O conhecimento do erro, o avanço e a impaciência promovem um crescimento espiritual acelerado, mas doloroso e solitário. Sou *compelida* a assumir o papel de liderança.

Sentada no Dôme com Eduardo, desesperada, sabendo que desejo outra coisa, e *saio em busca de outra coisa*, desesperada. Os outros se satisfazem em esperar, passivos. Vi um homem muito atraente e sensual que parecia hindu – um amigo de Gonzalo. Quando passei ele gritou: *"¡Alli va uma española!"* Me virei depressa, sorri, acenei com a cabeça. Quis torturar Gonzalo. Por quê? Me sentia desiludida, sentia a embriaguez se dissipando. Seria possível criar algo durável? Assim como June, ele escorre, termina. É capaz de sucumbir às vulgaridades do mundo, e quando Gonzalo é vulgar eu não o amo, porque o único que amo como pessoa é Henry. Os outros precisam ser *maravilhosos* – de outro modo, para que serviriam, já que não fazem parte da minha criação e nem do meu ser sensual? Pensamentos frios. Raiva e amargura. Então sorrio para o amigo de Gonzalo. Vingança contra a desilusão.

No metrô eu reviso o que escrevi sobre Henry e o céu, que eu havia datilografado às pressas logo antes de sair para o cabeleireiro.

---

* "As maiores causas de meus sofrimentos". Em francês no original. (N.T.)

Uma noite eu leio a história do parto para Gonzalo, que, a contragosto, foi pego de surpresa pela vitalidade da escrita. O realismo o deixou chocado. Forçado a curvar-se diante de um documento onipotente.

Logo antes da leitura, com Gonzalo em meus braços, comovida ao extremo – quase sem ar de tanta emoção – e pensando se o amor estaria se tornando mais profundo.

Medo de miragens. O trabalho nos diários expõe de modo terrível a miragem de Rank, as miragens de Allendy, Papai, Artaud. Medo. Os dias trazem tantas metamorfoses horripilantes que, ao despertar, não consigo amar ninguém. Acordo forte, realizada, sentindo que posso escrever muitíssimo bem sobre quase qualquer coisa. Acordo, como Alice no País das Maravilhas, em um mundo de música e de milagres. Acordo, como Alice, me sentindo pequena em um mundo enorme, ou imensa em um mundo em miniatura. Me sentindo um demônio, mulher sem ilusões, ou transbordando fé e ilusão e êxtase. Meus êxtases me transportam para longe.

Gonzalo, mais do que qualquer outra pessoa, me proporcionou o sonho. Mesmo assim, me decepciono muito com a política, com as pessoas que ele vê, com seus interesses humanos, sua falta de criatividade. Gonzalo esconde tudo o que escreve. Os desenhos ficam em uma gaveta (implorei que ele me deixasse ver, ter, admirar). Começa a fazer traduções e então desiste. Conversa. Desiste de tudo. June. June. June. Gonzalo, você é minha June – com todas as suas drogas e bebidas e conversas. Chh! Chh! Chh! A Chuva. Os rios transbordando. Você atiçou minhas ilusões, despertou esperanças loucas, ilusões loucas.

Comecei um rascunho de Moricand reclamando de seus grandes mistérios, mas desisti de terminá-lo. Fiquei perplexa ao perceber que eu ridicularizava suas afirmações trágicas, sem piedade alguma. Agora eu sei. Moricand é um *voyant*.* Seu olhar nos atravessa. Ele sente o cheiro da essência. Moricand não é humano. Seu corpo não pode ser quente. Ele está em

---

* "Vidente". Em francês no original. (N.T.)

transe. Apenas treme diante das memórias perversas. E lembra. Transcende. Fala. Mas não toca o presente. Moricand é o *voyant*. Sem paredes. Sem portas. Sem conversa. Monólogos.

As *miragens* – para mim – acabam sendo necessidades vitais e humanas nos outros: Rank, Artaud. Os dois estão presos na humanidade.

Ninguém está satisfeito com a forma que o envolve. Se pareço com a lua e sinto em mim um impulso selvagem, uma sensualidade, uma força que não encontra expressão no meu corpo, Gonzalo parece um primitivo e é um católico. Elena e June parecem *vikings* e tentam ser parecidas comigo porque a delicadeza delas não é aparente.

Devo a Rank os *déchets**, as futilidades que sumiram do diário.

8 de fevereiro de 1937

SEGUNDA-FEIRA EU CHEGUEI no estúdio de Henry e ele de imediato se curvou sobre mim e começou a me beijar e a me acariciar, me cingindo nos braços com uma força incomum, me segurando firme e derramando todo o seu ser dentro de mim. Senti toda a força de seu amor subterrâneo. Dormimos. Acordamos. Conversamos sobre o "filme de terror". Fumamos.

Encontro Gonzalo às sete horas no *Nanankepichu*. Eu havia planejado uma mentira. Como ele sempre diz: "Se eu vir você com Henry, vou para a Espanha", e como tenho medo que ele nos veja, pensei em lhe dizer que sou casada com Henry – para explicar a impossibilidade de uma ruptura brutal e absoluta. Temos de acertar algumas coisas antes de nos separarmos. Ainda tenho que *tomar conta dele*. Não posso jogar meu ex-marido fora. Por respeito ao passado, não por amor. Hugh permitiu que eu me divorciasse dele quando fui a Nova York (verdade, do ponto de

---
* "Sobras". Em francês no original. (N.T.)

vista espiritual). Lá, casei com Henry (do ponto de vista espiritual, verdade – Henry comprou os anéis indianos do amor). Tentei morar com ele (de fato, tentei), mas não me sentia feliz. A felicidade era impossível ao lado de Henry (verdade, do ponto de vista espiritual). Quando Hugh retornou, doente, eu voltei a seus braços (verdade, do ponto de vista espiritual).

Gonzalo ficou chocado e magoado. Falou como um louco sobre ir à Espanha.

"Henry foi o maior amor da sua vida."

"Não foi o maior."

A conversa sobre a Espanha me irritou sobremaneira. Mal conseguimos comer o jantar. Voltamos correndo ao *Nanankepichu*, nos atiramos nos braços um do outro, ardendo em carícias. Gonzalo foi violento e ardente; trocamos beijos e carícias por horas a fio. Ele me perguntou:

"Quem é o seu marido?"

"Você, Gonzalo."

Mais tarde tivemos uma conversa gentil, delicada, profunda. Gonzalo entendia o humor – meu jeito de fazer as coisas para deixar os outros felizes. "Um temperamento curioso", ele disse. E falou com romantismo, disse que desejava me ter antes de qualquer outro homem e que muitas vezes pensava em mim quando eu era uma garotinha. Eu disse que meu passado servia para me fazer amá-lo ainda mais. Um amor mais profundo, mais rico. Gonzalo disse que era como as mulheres, porque só conseguia aproveitar o sexo quando apaixonado.

Conversamos até o raiar do dia. Nesses momentos à noite, Gonzalo parece compreender tudo – e mais tarde tudo se confunde no caos que traz dentro de si. Gonzalo sempre revisita sua juventude.

Com o amor flamejante dele e o amor subterrâneo de Henry eu estava extasiada. É verdade que, por causa das minhas dúvidas e ansiedades, *eu só acredito no fogo*. É verdade que, quando escrevi a palavra "Fogo" neste volume, eu não sabia o que sei hoje: que tudo o que escrevi a respeito de June, que só acreditava no fogo, é verdade também a meu respeito. Que esta é a história de minha neurose incendiária! *Eu só acredito no fogo.* Todos os tormentos envolvendo Henry deviam-se às dúvidas. É das dúvidas que estou me afastando.

Mas agora a miragem de Gonzalo reveste-se de um corpo mais quente e mais belo que o das outras miragens. Seu corpo e a atração que ele exerce são maiores. O charme. Os gestos infantis, animais. O jeito de esfregar o rosto, como os gatos fazem com as patas. O jeito de os olhos se fecharem, como os de um gato, com a pálpebra superior e a inferior se mexendo ao mesmo tempo. A imensa ternura, a fome de amor. Amo ver Gonzalo sofrer porque sei que posso lhe proporcionar uma felicidade divina.

Elena reaparece e desperta minha angústia mais uma vez.

11 de fevereiro de 1937

Noite com Henry, que me leva à casa de uns amigos seus porque "lá vamos ter um belo jantar". No instante em que entro, sinto-me sufocada pela atmosfera – desconsolada. Não consigo saltar para fora de mim mesma e sair rindo e falando. Me sinto rebelde. Vejo as pessoas vulgares e pergunto: "Por quê, por quê, por quê?" Henry cede. Ele aceita. Come, bebe, alcança a beatitude. Não estou brava com as pessoas, mas com Henry, por sua resignação e seu prazer. Fico irrequieta, nervosa, preocupada. Tremo de raiva ao ver tamanha passividade. É melhor ficar sozinha. Pergunto: "Por que você não fica sozinho nunca? Por que esse *vício* por pessoas, como o vício por maus filmes?"

De volta ao estúdio eu desabei. Caos. Henry muito frágil. De repente ele explodiu: "Não quero enlouquecer. Não quero acabar como Nietzsche. Quero aceitar o que sou, aproveitar. Eu exigia mais até do que você. Não sou feliz, mas quero ser, então eu aproveito o que aparece – e me basta. Você quer coisas demais. Não estou interessado."

"Como em um filme ruim."

"Isso mesmo."

Elevamos nosso antagonismo a um plano superior – uma atitude contrária. Henry é chinês. Ele diz: "Se as coisas vão mal na França, eu saio fora. Vou para a Holanda. *Finito*. Fujo. Acima de tudo, não acredito em lutar."

Falando sobre os amigos, Henry afirma o seguinte: "A verdade, a verdade verdadeira é que eu tenho um monte de amigos que me amam, mas eu não amo nenhum deles. Se meus amigos imaginassem que eu mal me importo com eles!"

Henry parece importar-se. Age com ternura, sentimentalismo – derrete-se. Todos caem. Cria-se uma ilusão de afeto. Mas se qualquer um de seus amigos aparecesse precisando *mesmo* de ajuda, a verdade viria à tona.

Eu pareço não me importar. Cria-se uma impressão de distância. Mas se alguém precisa *mesmo* de ajuda, meu amor vem à tona.

Naquela tarde Elena tinha dito: "Henry foi um acidente – criado para que eu conhecesse você. Você me proporcionou a vida de que eu precisava. Sei que Henry não poderia ter me dado o que você me deu."

Mesmo noite passada, aborrecida, irrequieta e em pé de guerra com Henry porque ele parece abraçar, amar a todos, fui eu que senti compaixão de nossa anfitriã, Betty, que estava retraída e triste. Henry, que ela tem por amigo, disse: "Se Betty se atirasse pela janela, eu não ligaria."

Como não liga, Henry consegue passar todo o seu tempo no mundo. Como eu ligo, não consigo.

Henry mesmo disse: "Como os moluscos. Quero viver como os moluscos."

Todo o nosso sofrimento se origina do ritmo ativo-passivo. Esse molusco me irrita sempre que estamos juntos no mundo. Odeio Henry no mundo: o sentimentalismo, o transbordamento, o entusiasmo estúpido com tudo, a dispersão, o humor passivo, estupefato e *abruti**, as beatitudes digestivas, as falsidades, as vaidades, a indiferença e a rapacidade, a manipulação dos outros. No mundo, Henry é falso e prostituído.

Senti uma ânsia desesperada por Gonzalo.

---

* "Estúpido". Em francês no original. (N.T.)

Jean Carteret: alto, de olhar eletrizante. Quando abri a porta seus olhos faiscaram, transcendentais. Ele me *viu* de imediato, me viu inteira. Eu vi um homem de visão. Fui revelada. O olhar dele era ainda mais rápido que o meu. Ao me ver, ele disse: "Você é uma personagem mitológica; vive em um mito. Vejo você como um espelho delicado e impecável. Um espelho puro, puro. O espelho é importante para você. O dia em que você receber, o dia em que lhe derem um espelho grande vai ser um dia de sorte. Se um espelho quebrar, você vai ter azar. Você usa o bracelete no braço esquerdo: depende de seus afetos. Mas portas e paredes não existem para você. Você desfruta a independência suprema."

Cheio de eletricidade. Tentando fazer seu dom encaixar-se no molde da astrologia ou no da psicologia. Dinâmico. Boca sensual. A parte inferior do rosto, comum. A parte superior, iluminada. O queixo e a parte inferior da bochecha cheios de marcas. Não inumano, como Moricand, que nem parece uma pessoa. Não.

12 de fevereiro de 1937

PELA MANHÃ EU TRABALHO no volume 44, expandindo a história sobre a garotinha, os acontecimentos que se sucederam, a ocupação da Villa Seurat com Henry, minha alegria com a paixão de Rank, a maravilhosa experiência mística que resumiu tudo, carne e sangue me conduzindo a Deus, como o símbolo da comunhão.

Elena chega e me conta sobre a conversa que teve com Papai. Ele está arrancando os cabelos por causa do título *House of Incest*. Ainda mais porque não pode ler o que o livro contém. Escrevi-lhe, discutindo a história. Elena também explicou. Papai respondeu: "Anaïs vive fora da realidade. Eu gosto de lógica e de ordem."

"Anaïs vive em outra realidade", respondeu Elena. "Ela consegue se virar sem lógica e sem ordem porque é dona de seu próprio íntimo. *Você* é que é romântico e, quem sabe, também caótico; você é que se apega a uma ordem exterior. A vida de Anaïs é uma espécie de brincadeira."

Para mim, tudo é muito cômico, o fato de eu ter dado o título de *Incest*, sabendo que Papai teria calafrios, desafiando suas grandes hipocrisias, como uma espécie de castigo misterioso à sua natureza fechada. Pois agora cultuo as naturezas abertas – as pessoas que não cobrem seus atos de vergonha, como os gatos cobrem seu cocô. Se eu pudesse expor toda a minha história sem magoar ninguém, eu iria expô-la. Papai não expõe sequer a si mesmo. Então eu escrevi na capa de um livro, em letras garrafais: *House of Incest*. E dou risadas. Assim como dei risadas ao escrever o prefácio de *Tropic of Cancer*. Adoro atirar bombas.

Com Elena eu vivo um relacionamento cheio de torturas deliciosas e de amor. Eu a amei o suficiente para salvar-lhe a vida, para restituir-lhe o entusiasmo, o apetite, a fé em si mesma. Mas há momentos em que a escuto e a observo como se eu estivesse *vivendo* seu possível relacionamento com Henry. Olho para Elena como Henry a olharia. Quando ela diz: "Percebo muito bem o cômico", sinto uma pontada, porque digo a mim mesma que ela e Henry teriam muita coisa em comum. Henry apreciaria o gosto de Elena por comida, seu vigor físico, o fato de que ela, como ele, tem mais entusiasmo do que amor, vive mais na superfície e mais na terra.

Quando eu a ajudo, nauseada, é então que percebo o demônio, a mulher zombeteira, sensual e egoísta nela.

Henry, o molusco, não se movimenta. Adora sua tranquilidade. Quando Elena foi à Suíça, eu lhe contei. Mas não disse nada quando voltou. Contei a Elena que Henry está planejando uma viagem à Dinamarca (ele parte em uma semana). Sinto que preciso ganhar tempo, que nesse meio-tempo Elena pode encontrar *o* homem e assim sua caçada sexual terá um fim. Percebo a influência que tenho sobre ela, a necessidade que Elena tem de mim e a minha apreciação de seu espírito e de sua fantasia. Temos, uma sobre a outra, o mesmo efeito que a eletricidade. É o que admiro nela, com minha honestidade espiritual, o que vejo nela graças à minha visão – é *isso* o que me faz temê-la. Estranhas tendências de amor, de inveja, de ciúme ocultos. Elena tem um ciúme doentio do meu corpo, como June.

À medida que vivo esse relacionamento imaginário até o ponto mais alto, chego no momento em que o egoísmo de Elena se revela, como ao fim de uma jornada, e digo: Henry também vai chegar aqui; e paro.

14 de fevereiro de 1937

Depois de carícias selvagens no *Nanankepichu*, Gonzalo adormece; então, às três da manhã, ele acorda e nós dois ficamos deitados no escuro, conversando. Gonzalo adora falar sobre sua infância. Suas aventuras. A disciplina católica. A disciplina jesuíta. Uma Espanha do século XVI.

Gonzalo fica tão afetuoso, fala com tanta delicadeza. É o homem primitivo nele que eu amo, o corpo, o sangue, as emoções. Eu lhe disse que meu amor por ele era um amor espanhol do século XVI.

Depois de uma noite com ele eu fico faminta. Para mim, o desejo é uma fome física. Sinto dores por todo o corpo, morro de vontade. Se eu tiver de escolher, escolho ficar com Gonzalo, pois com ele sou mais feliz.

Vendo *Tarzan* hoje no cinema eu me lembrei de Gonzalo. A beleza do corpo, o *pudeur* e a *sauvagerie** mesclados à ternura. A natureza. Gonzalo é minha natureza – bom, selvagem e cruel. Mas ele é fiel àquele que o doma, que o ama. Me sinto como alguém que capturou um leão. O demônio em Gonzalo é um demônio revolucionário. Como poderei ajudá-lo a viver esse demônio?

Rimos tanto juntos – loucas fantasias. Temos nosso próprio humor, eu e Gonzalo. O que temos em comum é nossa raça antiga. É nossa raça antiga o que nos faz odiar os filmes, enquanto Henry e Hugh os adoram. Precisamos de distrações mais sutis, menos contidas. Não somos simples. Vejo Henry como um homem cada vez mais simples no dia a dia.

Eu tolero os filmes. De cada dez, gosto de um. Para mim, os filmes são a forma mais baixa das drogas. Prefiro qualquer droga aos filmes. Ou mesmo ficar sem drogas.

---

* "Selvageria". Em francês no original. (N.T)

18 de fevereiro de 1937

NANANKEPICHU. É A SEGUNDA vez que trago você aqui. Uma vez, na noite solitária depois que eu escrevi a história do parto, escrevi aqui enquanto Gonzalo dormia. Hoje, porque estou me sentindo desesperada e ninguém pode me ajudar. Sou um marinheiro bêbado dentro de um vaso grego. Um rebelde. Não tenho o dom da resignação.

As palavras-chave da inspiração nascem das conversas mais prosaicas.

Quero escrever uma história a partir do que vi em espelhos. Apenas cenas de espelhos. *Mirages*.

Devo quatrocentos francos. Tenho apenas um par de sapatos. E nem sequer um único par de meias decentes.

20 de fevereiro de 1937

HENRY ESCREVE SOBRE sua viagem a Londres depois do rompimento com June sob um ponto de vista completamente diferente. Em vez de ser uma vítima da raiva de June, eles dois estão bebendo juntos, alegres, e num surto de sentimentalismo etílico Henry lhe dá o dinheiro. Tudo escrito em um estilo duro, exagerado. A história não saiu da minha cabeça, assim como a frase "Se eu tivesse dito uma única palavra, ela teria voltado e ficado comigo para sempre", que é totalmente mentirosa. De repente me pareceu que a carta que Henry me mandou na época fora uma mentira e que a verdade era essa. Me pareceu que toda a ternura de Henry era uma falsidade e que esse estilo duro e amargo era uma representação mais fiel dele. Meu mundo tremeu com a velha angústia. Mais uma vez eu estava dentro das mentiras e da crueldade.

Henry disse: "Tudo não passa de uma história". Mas essa frase é tão parecida com as coisas que digo a Hugh que por pouco não comecei a dar risadas histéricas. Eu passaria a noite com Henry e, de repente, depois de ler a história, me sentia incapaz. Me sentia histérica. Sentia uma necessidade louca de Gonzalo, de sua humanidade. Eu estava em um labirinto de dúvidas e mentiras. Henry disse, cheio de delicadeza: "Você

está pagando o preço das suas mentiras. Tudo se torna irreal."
A atitude foi gentil, mas eu precisava era da humanidade de Gonzalo. Me despedi de Henry e telefonei para ele.

Jantei com Henry e, enquanto comíamos, conjurei uma alegria a partir de uma embriaguez de sofrimento. Sempre a imagem de um Henry duro, sobrepondo-se ao Henry terno, e um pavor do Henry cruel, do Henry brutal. Ébria e histérica com a dúvida, com a dor, conto a Henry sobre a nova história dos espelhos – uma história sobre tudo o que vi em espelhos, sobre a vida refratada, sobre as imagens que correm paralelas à vida, um paralelo de reflexos, dissociação, *dédoublement*. Henry admira a ideia. Voltamos para seu estúdio. Rindo, ele me conta sobre as histórias de Reichel. Henry não quer chegar perto demais das coisas que sinto. Perturbaria sua tranquilidade, sua saúde.

Às dez e meia eu me despeço. Chego meia hora atrasada ao encontro com Gonzalo porque ele sempre se atrasa – como todos os hispânicos. Me dei meia hora. Mas quando eu o encontrei, Gonzalo estava transtornado. "Eu estou aqui desde as dez, *chiquita*, e por meia hora senti um ciúme louco, imaginando onde você estava, quem estava flertando com você. Eu estava dando pulos de ciúme."

Gonzalo deixara os amigos para me encontrar. Fomos para a cama e trocamos carícias selvagens, profundas. Me perdi em seu corpo, fiquei ofuscada com os cabelos, a boca, a enormidade. "Que luta, que luta ter você toda para mim", ele disse. "Uma luta que você venceu."

Gonzalo é a minha felicidade. Acordamos ao amanhecer num humor cintilante, meio adormecidos, rindo, nos acariciando, rindo baixinho. Sem demônios. Sem fantasmas. Mas ele sofre. Quanta ironia – que comédia mais amarga! Gonzalo sofre por ser humano demais, sensível demais, sentimental. O *meu* passado o machuca.

Todo o meu ser volta-se a Gonzalo, se entrega a ele, desprende-se da falta de humanidade na vida com Henry. Eu dissera a Henry: "Não é o seu passado o que magoa, mas as dúvidas sobre o presente que o passado evoca". Sou humana demais para continuar vivendo com Henry. Ele precisa de uma mulher dura, fria. Eu e Gonzalo compartilhamos da mesma ternura. Eu o amo. Eu o amo. Aos poucos estou ficando obcecada por ele, em vez de por Henry. *L'image de Henry s'efface.**

Estou cansada de sofrer.

28 de fevereiro de 1937

Depois de escrever no domingo, na segunda eu cheguei à Villa Seurat e encontrei Henry gripado; por dois dias ninguém cuidara dele. Me derreti e pus-me a curar, alimentar, tomar conta – envolvi-o em ternura.

Encontro Gonzalo à noite, desesperado porque é René e não ele quem conduz o barquinho que nos leva até o *Nanankepichu*, uma vez que o Sena inundou o cais. Gonzalo se irrita porque é René quem acende o fogo para mim, e não ele.

É o jeito de Gonzalo amar. Quando nos despedimos pela manhã, ainda meio dormindo, ele ficou preocupado porque eu teria de subir sozinha a longa escada que levava do cais até o nível da rua. É a linguagem de seu amor. Ironia.

Retorno à Villa Seurat. Resolvo algumas coisas para Henry. Jantar a dois. Essa noite é dele. Conversamos sobre o surrealismo, pois Henry está escrevendo a respeito. Eu digo que o caos produzido de modo artificial pelo intelecto simplesmente ao colocar-se um guarda-chuva sobre uma mesa de cirurgia (Breton) é estéril. O único caos fecundo é o caos das emoções, dos sentimentos, da natureza. Henry é um surrealista legítimo, porque seu *caos* não vem do inconsciente. O absurdo não produz poesia nem fantasia. Discutimos a psicanálise e eu digo: "Quem inventou um *sistema* de integração só pode ter sido um judeu – nós não fomos integrados à vida". Mas esse sistema só cura os que têm *fé*. Os que não têm não podem ser curados. Ainda não descobrimos uma forma de incutir *fé*.

---

* "A imagem de Henry se apaga." Em francês no original. (N.T.)

A oscilação de meus sentimentos entre Henry e Gonzalo e a minha incapacidade de abandonar Henry se reflete no drama sexual. Não consigo ter um orgasmo com Gonzalo, mesmo ele sendo um amante perfeito. E, se estive muito próxima de Gonzalo, não consigo ter o orgasmo com Henry, porque estou impregnada de Gonzalo.

Mas assim Gonzalo se torna ainda mais tentador para mim. Sinto-o de modo mais sensual e mais voluptuoso do que sinto Henry. Nossas carícias são tão voluptuosas, tão demoradas, tão sutis, tão comoventes e envolventes que me excito dos pés à cabeça. Penso no pescoço, na língua de Gonzalo, nos pelos negros acima de seu sexo, e sou tomada de um desejo selvagem. A mesma boca que no início me desagradava por ser pequena demais em proporção ao rosto e por trair-lhe as fraquezas – essa mesma boca agora me desperta uma comoção sem fim. Percebo como ela é sensível, como treme, como hesita. Vejo-lhe a delicadeza feminina, a criança. Sinto-lhe o carinho. Gonzalo me beija por horas. Fico enlouquecida. Os cabelos compridos, a emotividade, a voluptuosidade que as mulheres desejam e que em geral só encontram em outras mulheres. Quando Gonzalo mostra a língua, digo: *"C'est le chant pour appeler la pluie"*. A canção para invocar a chuva, porque ele faz gracejos sobre eu ficar toda molhada. Henry tem um apetite voraz, mas Gonzalo tem um paladar lascivo, adorador, devoto e ardente.

Enquanto estamos sentados em um café, Gonzalo não resiste ao impulso de me beijar, porque estou falando sobre a história de Betty. Ele diz: "Amo seu entusiasmo". Não confia em si mesmo. Quando apostamos 25 *centimes* nos caça-níqueis do café, ele se vira de costas para a máquina antes de o resultado sair. Quando ganha, mal consegue acreditar. Chamo-lhe a atenção para esse detalhe e assim, com humor, crio uma nova fé. Sinto uma tristeza imensa quando o ciúme de Henry abala essa fé.

A mágica de Elena se dissipa. Não sei por quê. Meu "séquito" já se cansou dela – Hugh, Eduardo, Allendy, Carteret, Moricand. Sentem algo de vampiresco em Elena.

3 de março de 1937

RAIAR DO DIA. *NANANKEPICHU*. A luz, refletida no Sena turbulento e caudaloso, é de um brilho excessivo. O dia está raiando e eu ainda estou meio dormindo. Olho para os cabelos de Gonzalo, negros como o breu, em desalinho, cobrindo o travesseiro. Pus-lhe nos bolsos puídos o dinheiro para o aluguel, para a comida e para os remédios de Helba. Três dias atrás Hugh me deu quanto podia me dar, e tudo já se foi. Tenho sete francos nos bolsos. Dois pares de meias remendadas, que ganhei de Betty, dois pares de sapatos gastos, duas calças puídas. Devo dinheiro a Mamãe, a Eduardo, ao nosso médico, ao nosso dentista, à faxineira e à companhia telefônica. E ainda tenho de pagar trezentos francos pelo *Nanankepichu*, o aluguel de Henry e viver até o dia quinze de março. Já não tenho mais creme facial nem pó; devo dinheiro para o cabeleireiro e minhas joias estão no penhor. Devo dinheiro a Thurema por uns remédios que ela me enviou. O barrilzinho de vinho para Gonzalo está vazio e não há mais biscoitos para comermos à noite. Henry precisa de cuecas, camisas e meias. As camisas de Gonzalo estão todas esburacadas. Eles precisam de carvão, pois faz frio. Henry não tem um tapete.

Un tourbillon. Um redemoinho.

O tema da luz e do dinheiro terminou de me acordar. Tenho agido como um avestruz. Mesmo assim, me sinto alegre, tomada de uma alegria irresponsável; um pouco apreensiva, mas alegre. O quarto está mergulhado em uma luz fria, que faz os tapetes pretos e as paredes negras de alcatrão assumirem uma cor de fumaça.

Preciso me levantar.

Gonzalo suspira. Eu o beijo.

Às nove horas René me leva até a escada no barquinho. Pulo por cima do muro e saio correndo, porque os pedestres desocupados estão debruçados sobre o parapeito, admirando o Sena, as pantomimas de René com o barquinho, e me observando enquanto subo a escada e salto por sobre o alto da amurada. Então corro na fria luz de inverno com dez francos que peguei de volta do bolso de Gonzalo. Tomo o metrô até a Avenue des Champs-Elysées, onde tomo um café com *croissant*. Roubo o açúcar que sobra no pires para Gonzalo, porque ele sempre acha que falta açúcar no café francês e assim leva açúcar nos bolsos. Sempre que vou a um café, levo o açúcar preso em atilhos para Gonzalo: "Assim você pode seguir meus passos e saber onde estive", digo, rindo. O café está delicioso, e o *croissant*, quentinho e macio. A Avenue des Champs-Elysées parece sempre festiva e enfeitada e dourada. Às nove e meia Hugh estará no banco. Vou até o escritório. Ninguém me vê entrar. Sento na cadeira dele e roubo um mata-borrão e alguns clipes de papel. Telefono para Hugh: "Eu estou aqui na sua mesa. Já apertei todos os botões e não tenho mais nada o que fazer. Quando você vai chegar? Eu já estou no meu escritório."

Enquanto espero por Hugh escrevo uma carta para Henry Mann, o comunista, em uma folha de papel em branco. Conto sobre o trabalho de grupo que Gonzalo vem executando e peço que me envie um pouco do que me deve pelas sessões de análise.

Hugh chega. Com muito charme, sedução, sinceridade e seriedade, arranco-lhe os cem francos do aluguel de Helba, que ele me havia recusado antes e que eu já dera para Gonzalo! Muito alegre por ter resolvido o problema da minha carteira vazia, saí para me encontrar com Betty. Eu havia prometido ir com ela às compras. Eu e Betty caminhamos por duas horas, escolhemos um *tailleur* de veludo e planejamos seu guarda-roupa.

À uma hora eu estava em casa para almoçar com Hugh. Após o almoço, dormi um sono profundo de meia hora e fui ver Allendy, que implorou por uma visita, a fim de renovar o pedido de que eu dormisse com ele. Entretive Allendy por meia hora e fui para a casa de Elena porque a zeladora me havia telefonado, preocupada porque Elena não dormira em casa na noite anterior. Gonzalo disse ao telefone: "Não se preocupe com Elena. É provável que ela tenha dormido em uma outra cama."

"Estou preocupada justamente porque ela não tem ninguém com quem dormir! Se ela tivesse eu não me preocuparia."

Encontro Elena desequilibrada, após duas noites de insônia, de caminhadas, dizendo: "Sinto que todos têm nojo de mim, que me veem como um monstro. Todos, menos você e Hugh. Me sinto indesejada onde quer que eu vá."

Gonzalo pedira que eu telefonasse às cinco. Mas a essas alturas eu estava conversando com Elena a respeito de suas angústias e não poderia telefonar para Gonzalo na frente dela, pois a pergunta que Papai lhe fez na Suíça – "Quem é Gonzalo?" – pode ter lhe despertado alguma suspeita, e se Elena tiver algum interesse inconsciente em Henry ela adoraria descobrir que eu o traio; enquanto eu, ao contrário, tento dar a ela a ilusão de uma grande unidade entre mim e Henry, que afasta seus pensamentos dele.

Quando me despeço de Elena para telefonar, Gonzalo não está em casa. E Henry está me esperando para o jantar. Se Gonzalo ligar, a criada dirá: *"Madame est sortie pour la soirée. Téléphonez demain matin."** É quando eu deveria estar com Hugh, pois ele parte para Londres no dia seguinte.

Enquanto faço as compras para Henry ligo mais uma vez para Gonzalo. Me sinto inquieta. Será que toda a felicidade da noite anterior está prestes a sumir mais uma vez? Sinto uma felicidade intensa – uma felicidade tão indizível, tão irresistível, que não pode ser. O dia não pode transformar-se em tragédia.

Cozinho o jantar para Henry, mas me sinto inquieta. Henry chega do dentista e alegra-se com o jantar caseiro. Às oito eu finjo ter que deixar uma mensagem para Hugh. Vou até o apartamento de de Maigret e ligo para Gonzalo. Ele havia telefonado para o Quai de Passy. Janine pediu que ligasse na manhã seguinte! E, para piorar, Hugh lhe disse: "Não sei onde Anaïs está. Preciso dizer a ela que vou partir amanhã às oito da manhã, antes do que eu esperava. Se você encontrá-la, peça para ela me ligar." Para piorar ainda mais,

---

* "A senhora saiu agora à noite. Telefone amanhã de manhã." Em francês no original. (N.T.)

Hugh telefonou *chez Colette**, onde eu supostamente estava, e a criada respondeu que não conhecia nenhuma Anaïs.

Colette estava no American Hospital, onde teve seu bebê no domingo. Na noite de segunda, que eu passei com Gonzalo, eu supostamente estava na casa de Colette. Telefono para Hugh. Ele não está inquieto, mas surpreso. Então prometo estar em casa à meia-noite. Conto a Henry sobre a partida adiantada de Hugh. Não tenho como explicar o problema de segunda-feira à noite porque eu estava com Henry na noite de sexta e nesse dia Colette não teve bebê algum. Para explicar minha evidente inquietude eu falo com Henry sobre como Hugh reagiu ao fato de que a criada de Colette não soubesse o meu nome. Estou muito inquieta, achando que Gonzalo voltará a ter suspeitas quanto ao lugar onde eu estava. Do café, ligo para Gonzalo e digo: "Se você quiser, podemos nos encontrar no café de sempre às onze e meia". "Sim, *chiquita*."

Eu e Henry vamos ao cinema e assistimos a uma peça tortuosa, elíptica e louca de Pirandello: *L'Homme de nulle part*. Eu digo que ele é o homem que nos provoca ao chegar perto da verdadeira profundidade sem jamais adentrá-la, andando à sua volta, como os loucos e os neuróticos. Gostei. Tive uma conversa animada e empolgante com Henry. Deixei-o. Encontrei Gonzalo. Bebemos juntos. Ele não se afligira. Caminhamos em direção ao Quai de Passy. Eu estava caindo de cansaço. Nutrir a felicidade de três homens em um único dia era mesmo um grande feito! À uma da manhã, quando miei à porta de Hugh para despachá-lo contente para Londres, eu estava exausta. Caí na cama.

Deslizando como uma enguia pelos obstáculos.

Mas eu dou vida. Raras vezes tive a morte nas mãos. Ainda assim, sou capaz de destruir.

Vida. Fogo. Estando em chamas, incendeio os outros. Nunca a morte. Fogo e vida. *Le jeu.***

---

* "Para a casa de Colette". Em francês no original. (N.T.)

** "O jogo". Em francês no original. (N.T.)

Notas Biográficas

ALBERTI, RAFAEL: poeta espanhol nascido em 1902. Juntou-se ao Partido Comunista em 1931 e rejeitou suas obras "burguesas". Durante a Guerra Civil Espanhola, escreveu diversos romances políticos para os republicanos. Com a vitória do general Franco, em 1939, exilou-se com a esposa na América do Sul.

ALLENDY, DR. RENÉ FÉLIX *(1889-1942):* psicanalista francês, autor e cofundador, ao lado da Princesa Marie Bonaparte, protegida de Sigmund Freud, da Sociedade Psicanalítica de Paris em 1926. Em 1932, Anaïs tornou-se sua paciente, além de despertar seu interesse amoroso e pesquisar alquimia e misticismo para pagar pelas sessões. O dr. Allendy apresentou os Guiler ao paciente Antonin Artaud, o poeta e inovador teatral viciado em drogas, em março de 1933. Também analisou Eduardo Sanchez, primo de Anaïs Nin, e seu marido, Hugh Guiler, além de incentivar seu crescente interesse pela astrologia.

BEL GEDDES, NORMAN *(1893-1958): designer* industrial, cenógrafo e escritor. Nascido em Adrian, Michigan, tornou-se famoso na década de 1920 como o *enfant terrible* do teatro norte-americano. Após um envolvimento inicial com filmes mudos, foi responsável pela cenografia de diversas produções teatrais, que incluíram as peças *The Miracle* (1923) e *Ziegfield Follies* (1925), de Max Reinhardt. No mesmo ano, surpreendeu Paris com uma produção impressionante da *Joana d'Arc,* de Mercedes de Acosta, estrelando Eva Le Gallienne. Uma de suas filhas, Barbara, nascida em 1922 durante o casamento com a esposa Helen Bell Sneider, tornou-se atriz de cinema e televisão. Depois de casar pela segunda vez, com Frances Resor Waite, manteve um apartamento na East 37th Street, em Manhattan, durante quase toda a década de 1930. Foi responsável pela cenografia e pela produção das peças *Dead End* e *The Eternal Road* em 1935 e 1936, respectivamente.

BRANCUSI, CONSTANTIN *(1876-1957):* escultor francês nascido na Romênia. Trabalhou por um curto período com Auguste Rodin, em 1907, e a partir de então desenvolveu seu característico e controverso estilo "orgânico", que pretendia revelar a essência contida nos materiais com que trabalhava. Dois exemplos famoso dessas obras são *O beijo* e *O pássaro no espaço*. Pequeno e sociável, Brancusi gostava muito de conversar e de receber amigos em seu estúdio quase todo branco em Paris. "Brancusi assou *kebab* em sua lareira aberta", escreveu Anaïs Nin, "e o serviu com enormes garrafas de vinho tinto." Entre os numerosos visitantes estiveram June Miller e Jean Kronski quando de sua visita a Paris em 1928.

CARPENTIER, ALEJO *(1904-1980):* romancista, musicólogo e jornalista franco-russo nascido em Cuba. Depois de ser aprisionado por manifestar-se contra o regime ditatorial em Havana, foi para a França em 1927, onde se associou aos surrealistas e a diversos círculos musicais.

CLAIROUIN, DENÍSE: agente literária francesa nascida na Bretanha. Tentou despertar o interesse de editores nova-iorquinos e parisienses pelos primeiros diários de Anaïs Nin, escritos em francês, e por volumes mais tardios, onde os nomes e lugares apareciam ligeiramente disfarçados. Anaïs Nin descreveu sua aparência como a de "uma cabeça grega no corpo de uma criança gorducha", com "uma expressão inocente e lúcida. Há algo de místico, de fanático a respeito dela."

DELTEIL, JOSEPH: escritor francês, nascido em 1894, biógrafo de Joana d'Arc e de Francisco de Assis. Henry Miller era um grande admirador de seu trabalho. Foi casado com Caroline, filha de Dorothy Dudley.

DE MAIGRET, ARNAUD: jovem fotógrafo francês. Morava em frente ao estúdio de Henry Miller e ao "escritório" de Anaïs Nin na Villa Seurat, 18.

DE VILMORIN, LOUISE *(1902-1970):* escritora francesa nascida em uma antiga família aristocrática. Conheceu Anaïs Nin em 1931. Casou-se várias vezes, mas permaneceu sempre muito próxima aos dois irmãos, André e Roger. Inspirou Anaïs Nin a criar a personagem Jeanne, no livro *The House of Incest**, e a escrever a história "Under a Glass Bell"**. Após divorciar-se de Henri Hunt em 1935, os Guiler sublocaram o apartamento parisiense do casal por um breve período. Ainda que fosse elogiada por

---

* Título em português: *A casa do incesto*. (N.T.)

** Título em português: *Debaixo de uma redoma*. (N.T.)

seu brilho, sua sofisticação e seu "dom da linguagem", Louise de Vilmorin obteve um reconhecimento mais amplo de sua obra apenas nos anos 1960 e 1970.

DUDLEY, DOROTHY (esposa de Harry Harvey): jornalista e crítica norte-americana. Nascida em 1884, fez a cobertura da cena literária e artística em Paris na década de 1930 para algumas publicações norte-americanas, entre as quais *The Nation* e *American Magazine of Art*. Sua biografia de Theodor Dreiser foi publicada em 1932.

ELSA: sobrinha de Gonzalo Moré, que morava com ele e a esposa, Helba, num estúdio em Paris.

ERSKINE, JOHN *(1879-1951)*: educador, pianista e autor de *best-sellers* (*The Private Life of Helen of Troy*)* norte-americano. Na década de 1910, foi professor de inglês de Hugh Guiler – que muito o admirava – na Columbia University. Travou amizade com Guiler e sua esposa, Anaïs Nin, e visitou-os em Paris, em 1928. Casado e pai de duas crianças, Erskine esteve envolvido em vários casos extraconjugais. Anaïs Nin apaixonou-se por Erskine, o que desencadeou a primeira grande crise em seu casamento idealizado. Mesmo assim, o relacionamento entre os dois jamais vingou e acabou em desilusão. Anaïs Nin tentou lidar com a experiência no romance *John*, por fim abandonado. (Ver *The Early Diary of Anaïs Nin*, 1927-1931.)

"FERI": jovem homossexual húngaro que se oferecia a clientes em diversos cafés em Paris e com quem Eduardo Sanchez tentou ter um relacionamento.

FLES, BARTHOLD: agente literário nova-iorquino nascido na Áustria. Recusou os escritos de Henry Miller, mas por um breve período tentou, sem êxito, publicar os escritos de Anaïs Nin.

FRAENKEL, MICHAEL *(1896-1957):* livreiro, escritor e editor norte-americano nascido na Lituânia. Estabeleceu-se em Paris na década de 1920 para dedicar-se a uma vida literária. Vivendo de investimentos, publicou algumas de suas próprias obras – *Werther's Young Brother*, *Bastard Death* e outros – e as do amigo e poeta norte-americano Walter Lowenfels, além de outros títulos editados sob o Carrefour Imprint, pela Saint Catherine Press, em Bruges, Bélgica. Em 1930, Fraenkel hospedou Henry Miller (que usou Fraenkel como inspiração para o

---

* Título em português: *A vida privada de Helena de Troia*. (N.T.)

personagem "Boris" em seu *Tropic of Cancer*) temporariamente em sua casa número 18, na Villa Seurat, durante um período em que Miller passava por grandes dificuldades financeiras. Lá, Anaïs Nin mais tarde alugou um estúdio que, de 1934 a 1939, serviu como o primeiro endereço fixo de Miller em Paris. Por um breve período, Fraenkel envolveu-se com as atividades editoriais do círculo da Villa Seurat, a Siana Press, e em 1936 providenciou a publicação de *The House of Incest*, de Anaïs Nin. Seu breve envolvimento com Joyce, uma jovem corista nova-iorquina, serviu de mote para o ensaio "The Day Face and the Night Face", publicado no periódico *The Booster* como "um fragmento autobiográfico".

FRANK, WALDO DAVID *(1889-1969):* escritor norte-americano, conhecido por seus livros sobre a Espanha e a América Latina, em particular *Virgin Spain* (1926). Frequentou a DeWitt Clinton High School de Nova York, um *internat* privado em Lausanne, na Suíça, e graduou-se na Yale University em 1911. Após uma temporada em Paris no ano de 1913, casou-se com Margaret Naumberg, fundadora da Walden School em 1916. *The Unwelcome Man* (1917), um estudo psicológico sobre um estrangeiro, foi seu primeiro romance, mas a obra que o consagrou como escritor de ficção foi *Rahab* (1922), que conta a história de uma mulher desonrada que misteriosamente livra-se de todo sentimento de culpa. Em 1936, trabalhava em *The Bridegroom Cometh*, um volume de uma série de romances líricos originados por seu segundo casamento, em 1927, com Alma Magoon. Waldo Frank teria feito modificações importantes no livro após conhecer Anaïs Nin. Engajado no movimento político de esquerda, esteve presente no Congresso Internacional de Escritores pela Defesa da Cultura, em junho de 1935, em Paris, como representante da Liga de Escritores Norte-Americanos.

FRIEDE, DONALD: editor americano nascido em 1901. Aliou-se ao livreiro Pascal Covici na década de 1930 para estabelecer a editora nova-iorquina Covici-Friede. No início da década de 1940, abandonou o ramo editorial e juntou-se à Myron Selznick Agency em Hollywood, onde Henry Miller o conheceu e descreveu-o como "um Cagliostro fraco, sofisticado e agradável à primeira vista. Além disso, totalmente egocêntrico." Friede relembrou as aventuras vividas na década de 1920 em sua autobiografia *The Mechanical Angel*, publicada em 1948.

GILBERT, STUART: ensaísta e tradutor norte-americano. Passou grande parte da vida em Paris e sobreviveu à parte da Segunda Guerra Mundial na França de Vichy. Amigo e defensor de James Joyce, teorizou sobre o *Ulysses* e traduziu-o para o francês. Também escreveu introduções para um grande número de outros escritores e traduziu diversas obras de grandes autores franceses para o inglês, entre eles Roger Martin du Gard, laureado com o Prêmio Nobel de Literatura em 1937.

GUILER, HUGH ("HUGO") PARKER *(1898-1985):* nascido em Boston. Quando tinha seis anos, os pais, escoceses, mandaram-no junto com o irmão mais novo para um internato na Escócia. Depois de passar uma infância paradisíaca nos trópicos, em uma plantação de açúcar em Porto Rico (onde o pai trabalhava como engenheiro de *design*), a atmosfera lúgubre de Ayr, em Halloway, e mais tarde a Edinburgh Academy foram uma experiência traumática. Em 1920, graduou-se em literatura e economia pela Columbia University e foi contratado como estagiário do National City Bank. Conheceu Anaïs Nin quando ela tinha dezoito anos, em um baile na casa dos pais, em Forest Hills, Nova York, no ano de 1921. Depois de um longo período de aproximação, os dois casaram-se em março de 1923, em Havana, Cuba, contrariando os Guiler, que não aprovavam o casamento do filho com uma garota católica e filha de um músico. Em dezembro de 1924, com a transferência de Hugh para a filial do banco em Paris, os Guiler mudaram-se para a França, onde permaneceram pelos quinze anos seguintes, até verem-se obrigados a voltar para os Estados Unidos com a eclosão da Segunda Guerra, em 1939. Estimulado pela esposa, que o chamava de "banqueiro-poeta", Hugh Guiler dedicou-se à música, à dança, às artes pictóricas e à astrologia, mas os negócios envolviam uma série de viagens e de longas estadias em Londres, onde estabeleceu o departamento fiduciário do banco – o que foi um entrave a seus impulsos artísticos. "As insatisfações na minha vida foram o resultado de uma tensão interna considerável, de ser puxado ao mesmo tempo em duas direções opostas", escreveu ele a respeito do conflito entre suas ambições artísticas e as necessidades econômicas impostas pela sobrevivência. No início da década de 1930, Hugh Guiler foi paciente do dr. Allendy e mais tarde do dr. Otto Rank. A história da aproximação e do casamento com Anaïs Nin, assim como a dos primeiros anos passados em Paris, encontra-se registrada em detalhe nos três volumes de *The Early Diary of Anaïs Nin*, que cobrem o período de 1920 a 1931.

HILER, HILAIRE *(1889-1974)*: artista, teórico das cores, músico e contador de histórias norte-americano. Por um breve período, foi coproprietário e cogerente do Jockey Bar em Paris. Conheceu Anaïs Nin no verão de 1934, no seminário especial promovido pelo dr. Rank na Cité Universitaire, voltado para assistentes sociais envolvidos com psiquiatria, o qual decidiu frequentar após ler *Art and Artist*. Em seu estúdio na Rue Broca, deu aulas de arte para Henry Miller.

HUARA, HELBA: dançarina peruana. Conheceu Gonzalo Moré em Lima após uma apresentação, quando lhe concedeu uma entrevista que seria publicada no jornal de seu irmão. Mesmo tendo casado aos catorze anos, Helba seguiu Gonzalo até Nova York, e o casal por fim estabeleceu-se em Paris. No fim da década de 1920, estrelou na Broadway o espetáculo *A Night of Spain* e participou de outras apresentações exóticas no Guild e no Schubert Theater. Em Paris, ficou conhecida como "a dançarina inca", e Anaïs Nin viu-a dançar a "Dança da mulher sem braços" no Théâtre de la Gaieté no início da década de 1930. Fez uma turnê pela Alemanha em 1933, com Gonzalo ao piano, mas logo teve de abandonar a dança por razões de saúde. Uma colunista da época descreveu as apresentações de Helba em seus trajes elaborados como uma mistura de "selvageria e alma".

HUDSON, BARCLAY: escritor inglês e amigo dos Guiler. Durante uma estadia na ilha de Corfu, em 1935, deu a Lawrence Durrell um exemplar de *Tropic of Cancer*, que desencadeou a correspondência e a amizade de Durrell com Henry Miller e Anaïs Nin.

HUNT, HENRI: empresário francês casado com Louise de Vilmorin. Após a separação do casal, permaneceu amigo dos Guiler, que por um breve período moraram em seu apartamento em Paris.

HURTADO, ELENA: Pintora aspirante sul-americana e mãe de duas crianças. Na Villa Seurat, travou amizade com Henry Miller, que a apresentou a Anaïs Nin.

KAHANE, JACK *(1887-1939):* escritor e editor inglês. Abandonou a empresa de têxteis da família, em Manchester, para tornar-se escritor em Paris na década de 1920. Depois de casar com uma francesa abastada, montou a Obelisk Press em 1930 para publicar seus romances "indecentes" sob pseudônimo e outros títulos que, por conta da censura vigente na época, não podiam ser publicados na Grã-Bretanha nem nos Estados Unidos. Sua autobiografia, *Memoirs of a Booklegger*, que enfeita suas relações com escritores como Frank Harris, Cyril Connolly, Lawrence Durrell e Henry Miller, foi publicada em Londres poucos meses antes de sua morte súbita em setembro de 1939.

KLEIN, ROGER: intelectual francês de esquerda. Alistou-se como voluntário para combater ao lado das forças republicanas durante a Guerra Civil Espanhola. Com Maggy, sua namorada grega, e o irmão Jacques, travou amizade com Anaïs Nin, que eventualmente usava seu estúdio no 14ème Arrondissement, próximo à Villa Seurat, para encontrar Gonzalo Moré, que Anaïs havia conhecido em uma das festas promovidas por Roger. Ferido na guerra, retornou a Paris, onde, no início de 1936, começou a trabalhar no hebdomadário *Paris-Paris* no turno da noite.

LOWENFELS, WALTER *(1897-1980):* poeta e escritor norte-americano. Passou a maior parte da década de 1920 e o início da década de 1930 em Paris, antes de retornar aos Estados Unidos, onde se tornou editor da publicação comunista *Daily Worker*. Em companhia da esposa, frequentemente recebia Henry Miller em casa, e por fim apareceu como "Jabberwhorl Cronstatt" em *Tropic of Cancer*. Algumas de suas obras, como *Elegy to D.H. Lawrence* (1932) e *The Suicide* (1934), foram publicadas em pequenas edições pelo Carrefour Imprint de Michael Fraenkel.

MILLER, HENRY *(1891-1980):* escritor americano nascido no Brooklyn. Em 1924, após passagens erráticas por diversos empregos inusitados e um longo período no setor de pessoal da Western Union Telegraph Company de Nova York, demitiu-se para começar a escrever "a sério". Foi apoiado pela segunda esposa, June Smith, ex-dançarina profissional que, pelos seis anos seguintes, proveu quase todo o parco sustento do casal como recepcionista e em outras atividades. A pedido da esposa, Miller foi para a Europa em 1930. A luta pela sobrevivência enquanto sozinho em Paris, sem casa, sem dinheiro e muitas vezes sem ter o que comer, serviu de matéria-prima para *Tropic of Cancer*, livro que lhe trouxe o reconhecimento em 1934, quando foi editado pelo Obelisk Imprint graças a Anaïs Nin, que o financiou e publicou com dinheiro emprestado. Miller conheceu os Guiler em dezembro de 1931 e, após uma breve estada em Dijon, onde graças à ajuda de Hugh Guiler arranjou um emprego como professor, voltou a Paris. Em março de 1932, a amizade literária com Anaïs Nin, que desencadeou uma avalanche de correspondência entre os dois (ver as *Letters to Anaïs Nin*, de Miller), transformou-se em um tórrido e duradouro caso amoroso. Os detalhes desse relacionamento vieram à tona só em anos recentes, com a publicação de *Henry and June: From the Unexpurgated Diary of Anaïs Nin, 1931-1932*.* June, que fizera duas breves visitas a Paris em 1932, divorciou-se de Miller no México em 1934.

Moré, Gonzalo *(1897-1966):* artista e revolucionário peruano. Nasceu na capital provinciana de Punto, às margens do lago Titicaca. Gonzalo Moré, que tinha ascendência escocesa, espanhola e indígena, estudou na escola jesuíta da capital. O pai, um abastado proprietário de terras, por fim mandou-o para a Universidade de Lima, onde também trabalhou no jornal de seu irmão, fazendo a cobertura de eventos esportivos e da cena teatral. Por um breve período, dedicou-se ao boxe amador. Quando se apaixonou pela jovem dançarina Helba Huara, já casada na época, os dois fugiram juntos para os Estados Unidos. Depois de um período passado na América do Sul, estabeleceram-se em Paris, onde dois irmãos de Gonzalo – Ernesto, escritor, e Carlos, artista – haviam morado em diversas ocasiões na década de 1920. Defensor da causa dos índios andinos, aliou-se ao Partido Comunista Peruano e, em dezembro de 1928, com seu melhor amigo, o poeta de descendência indígena Cesar Vallejo (1892-1938), estabeleceu uma *cellula marxista-leninista-peruana* em Paris. Por um tempo, Vallejo, sua esposa Georgette e ocasionalmente Ernesto, o irmão de Gonzalo, viveram junto com os Moré em um enorme estúdio na Rue Froidevaux. Em 1933, durante uma das últimas turnês com a esposa dançarina, o casal viu-se impedido de sair de Berlim depois que o agente de Helba, judeu, envolveu-se em problemas com a política nazista, mas por fim os dois retornaram para Paris. Gonzalo, que também estudou artes plásticas, exibiu alguns de seus trabalhos em Paris, mas, com a eclosão da Guerra Civil Espanhola, envolveu-se profun-

---

* Título em português: *Henry e June: diários não expurgados de Anaïs Nin.* (N.T.)

damente na luta antifascista. Ao lado de Pablo Neruda, Vallejo e do poeta cubano Nicolas Guillen, entre outros, fundou diversos comitês em defesa da República Espanhola. Na colônia de artistas sul-americanos em Paris, assolada pela pobreza e pelo alcoolismo, Gonzalo desfrutava de "uma popularidade sem igual em Montparnasse, graças à generosidade inigualável de seu espírito, que se manifestava de mil maneiras a cada dia", escreveu o irmão Ernesto.

MORICAND, CONRAD *(1887-1954):* astrólogo e ocultista francês. Escreveu sob o pseudônimo "Claude Valence". Seu *Miroir d'astrologie* (1928) tornou-se um dos livros favoritos dos Guiler e, como Moricand estava vivendo em condições miseráveis após perder a fortuna de sua família, Anaïs Nin tentou ajudá-lo incentivando amigos a encomendarem-lhe horóscopos. Henry Miller descreveu Moricand como "um dândi incorrigível que vive como mendigo".

NIN-CULMELL, JOAQUIM: pianista e compositor nascido em Berlim em 1908. Irmão de Anaïs Nin em 1914, acompanhou a ela, ao irmão Thorvald e à mãe no "exílio" em Nova York depois de a família ser abandonada pelo pai. Retornou à França na década de 1920 e, ao lado da mãe, viveu por um curto período na residência dos Guiler em Louveciennes. Estudou na Schola Cantorum e no Conservatório de Paris e tomou aulas com Alfred Cortot, Richard Viñez e Manuel de Falla. Deu seu primeiro recital em Nova York em 1936.

NIN Y CASTELLANOS, JOAQUIM J. *(1879-1949)*: pianista, compositor e musicólogo espanhol nascido em Cuba. Em 1902, desposou Rosa Culmell, filha do cônsul dinamarquês em Havana, e foi morar com ela em Paris. A filha do casal, Anaïs, nasceu em 1903. Depois dela vieram mais dois filhos, Thorvald e Joaquim, nascidos em 1905 e 1908, respectivamente. Em 1913, abandonou a esposa e os três filhos e casou-se com uma de suas alunas, Maria Luisa Rodriguez, herdeira de um negócio de tabaco em Cuba. Quando reencontrou a filha, cerca de vinte anos mais tarde, instaurou-se um drama incestuoso entre os dois, registrado no diário sem cortes *Incest: From "A Journal of Love"**, publicado em 1992.

---

* Título em português: *Incesto: de "Um diário amoroso".* (N.T.)

PERLÈS, ALFRED *(1897-1991)*: escritor e jornalista austríaco. Trabalhou para a edição parisiense da *Tribune* de Chicago até o desaparecimento do jornal em 1934. Amigo de Henry Miller, conheceu-o em 1928, quando Miller e a esposa, June, fizeram uma breve visita a Paris. Perlès dividiu um apartamento com Miller na Avenue Anatole France, 4, em Clichy, de março de 1932 ao fim de 1933, além de compartilhar com o amigo vários outros aspectos de suas vidas, em que as dificuldades financeiras eram uma constante. Em um de seus livros, o "romance-*souvenir*" *Sentiments limitrophes*, retratou Anaïs Nin como a personagem Pietà. Após perder o emprego no jornal, trabalhou por um tempo como pesquisador *freelance* e *ghostwriter* para um político francês.

RANK, DR. OTTO *(1884-1939)*: psicanalista e escritor austríaco (nascido Otto Rosenfeld). Fez parte do círculo do emergente movimento psicanalítico vienense por quase vinte anos, até que a publicação de seu estudo *The Trauma of Birth**, em 1924, levou-o a romper com Freud e com seus seguidores mais ortodoxos. Em 1926, Rank mudou-se para Paris com a esposa e a filha moça. No fim de 1934, quando a situação econômica na França piorou, mudou-se para os Estados Unidos. Seus livros *Don Juan et son double* e *Art and Artist*, além dos trabalhos publicados sobre o incesto, tiveram grande influência sobre Anaïs Nin. Ela tornou-se paciente do dr. Rank em 1933 e acompanhou-o a Nova York em novembro de 1934, após o envolvimento amoroso entre os dois.

SÁNCHEZ, EDUARDO *(1904-1990)*: nascido em Cuba. Pesquisador amador, astrólogo e ator de um só filme. Chegou a Paris em 1930 e em diversas ocasiões morou com os Guiler na casa que alugavam em Louveciennes. Primo querido de Anaïs Nin (ver *The Early Diary of Anaïs Nin*, 1920-1923; 1927-1931), desempenhou um papel importante em sua vida. Depois de ser analisado em Nova York por um discípulo do dr. Rank a fim de aprender a lidar com sua homossexualidade, em 1928, fomentou o interesse de Anaïs Nin pela psicanálise e incentivou-a a escrever e a prosseguir com seu interesse por D.H. Lawrence. (Ver também *Anais: An International Journal*, Volume 9, 1991.)

SCHNELLOCK, EMIL *(1891-1959)*: artista gráfico e professor norte-americano. Henry Miller dizia que ele era seu "mais velho

---

* Título em português: *O trauma do nascimento*. (N.T.)

amigo", já que os dois haviam completado os estudos juntos na Escola Pública 85 do Brooklyn. Durante a estadia de Miller na Europa, Schnellock foi sua mais forte ligação com o passado norte-americano e também o último contato de Miller com a esposa June (ver Henry Miller, *Letters to Emil*).

S<small>OKOL</small>, T<small>HUREMA</small>: musicista sul-americana. Formada no Conservatório Musical da Cidade do México, fez carreira como harpista solo e integrou diversos grupos musicais. Quando conheceu Anaïs Nin, Thurema vivia com o marido Andrew e o filho John em Long Island, Nova York.

S<small>UPERVIELLE</small>, J<small>ULES</small> *(1884-1960)*: autor francês nascido no Uruguai. Conhecido por seus poemas fábulas, bem como pelo romance *Le voleur d'enfants* (1926), publicado em inglês em 1967 como *The Man Who Stole Children*. Alguns de seus volumes de poemas são *Gravitations*, *Le Forcat innocent*, *Les Amis inconnus* e *La Fable du monde*.

T<small>URNER</small>, G<small>EORGE</small>: negociante norte-americano em Paris e parceiro de negócios de Hugh Guiler. Por muitos anos seguiu Anaïs Nin, tanto em Paris como em Nova York.

W<small>EST</small>, R<small>EBECCA</small>, <small>NOME ARTÍSTICO DE</small> C<small>ICILY</small> I<small>SABEL</small> F<small>AIRFIELD</small> *(1892-1983)*: escritora e jornalista britânica. Após estudar por um curto período na Academy of Dramatic Arts de Edimburgo, desistiu de atuar e tornou-se defensora das causas feministas (seu nome artístico foi retirado da peça de Ibsen, *Rosmersholm*). Em 1930, após um relacionamento extraconjugal de dez anos com o escritor H.G. Wells, de quem teve o filho Anthony em 1914, casou-se com o banqueiro Henry Maxwell Andrew. Sua biografia *St. Augustine* foi publicada em 1933, e o romance *The Thinking Reed*, que flerta com os estudos psicanalíticos, em 1936.

G<small>UNTHER</small> S<small>TUHLMANN</small>

Coleção **L&PM** POCKET (LANÇAMENTOS MAIS RECENTES)

45. **Memórias de um Sargento de Milícias** – Manuel Antônio de Almeida
46. **Os escravos** – Castro Alves
47. **O desejo pego pelo rabo** – Pablo Picasso
48. **Os inimigos** – Máximo Gorki
49. **O colar de veludo** – Alexandre Dumas
50. **Livro dos bichos** – Vários
51. **Quincas Borba** – Machado de Assis
53. **O exército de um homem só** – Moacyr Scliar
54. **Frankenstein** – Mary Shelley
55. **Dom Segundo Sombra** – Ricardo Güiraldes
56. **De vagões e vagabundos** – Jack London
57. **O homem bicentenário** – Isaac Asimov
58. **A viuvinha** – José de Alencar
59. **Livro das cortesãs** – org. de Sergio Faraco
60. **Últimos poemas** – Pablo Neruda
61. **A moreninha** – Joaquim Manuel de Macedo
62. **Cinco minutos** – José de Alencar
63. **Saber envelhecer e a amizade** – Cícero
64. **Enquanto a noite não chega** – J. Guimarães
65. **Tufão** – Joseph Conrad
66. **Aurélia** – Gérard de Nerval
67. **I-Juca-Pirama** – Gonçalves Dias
68. **Fábulas** – Esopo
69. **Teresa Filósofa** – Anônimo do Séc. XVIII
70. **Avent. inéditas de Sherlock Holmes** – Arthur Conan Doyle
71. **Quintana de bolso** – Mario Quintana
72. **Antes e depois** – Paul Gauguin
73. **A morte de Olivier Bécaille** – Émile Zola
74. **Iracema** – José de Alencar
75. **Iaiá Garcia** – Machado de Assis
76. **Utopia** – Tomás Morus
77. **Sonetos para amar o amor** – Camões
78. **Carmem** – Prosper Mérimée
79. **Senhora** – José de Alencar
80. **Hagar, o horrível 1** – Dik Browne
81. **O coração das trevas** – Joseph Conrad
82. **Um estudo em vermelho** – Arthur Conan Doyle
83. **Todos os sonetos** – Augusto dos Anjos
84. **A propriedade é um roubo** – P.-J. Proudhon
85. **Drácula** – Bram Stoker
86. **O marido complacente** – Sade
87. **De profundis** – Oscar Wilde
88. **Sem plumas** – Woody Allen
89. **Os bruzundangas** – Lima Barreto
90. **O cão dos Baskervilles** – Arthur Conan Doyle
91. **Paraísos artificiais** – Charles Baudelaire
92. **Cândido, ou o otimismo** – Voltaire
93. **Triste fim de Policarpo Quaresma** – Lima Barreto
94. **Amor de perdição** – Camilo Castelo Branco
95. **A megera domada** – Shakespeare / trad. Millôr
96. **O mulato** – Aluísio Azevedo
97. **O alienista** – Machado de Assis
98. **O livro dos sonhos** – Jack Kerouac
99. **Noite na taverna** – Álvares de Azevedo
100. **Aura** – Carlos Fuentes
102. **Contos gauchescos e Lendas do sul** – Simões Lopes Neto
103. **O cortiço** – Aluísio Azevedo
104. **Marília de Dirceu** – T. A. Gonzaga
105. **O Primo Basílio** – Eça de Queiroz
106. **O ateneu** – Raul Pompéia
107. **Um escândalo na Boêmia** – Arthur Conan Doyle
108. **Contos** – Machado de Assis
109. **200 Sonetos** – Luis Vaz de Camões
110. **O príncipe** – Maquiavel
111. **A escrava Isaura** – Bernardo Guimarães
112. **O solteirão nobre** – Conan Doyle
114. **Shakespeare de A a Z** – Shakespeare
115. **A relíquia** – Eça de Queiroz
117. **Livro do corpo** – Vários
118. **Lira dos 20 anos** – Álvares de Azevedo
119. **Esaú e Jacó** – Machado de Assis
120. **A barcarola** – Pablo Neruda
121. **Os conquistados** – Júlio Verne
122. **Contos breves** – G. Apollinaire
123. **Taipi** – Herman Melville
124. **Livro dos desaforos** – org. de Sergio Faraco
125. **A mão e a luva** – Machado de Assis
126. **Doutor Miragem** – Moacyr Scliar
127. **O penitente** – Isaac B. Singer
128. **Diários da descoberta da América** – Cristóvão Colombo
129. **Édipo Rei** – Sófocles
130. **Romeu e Julieta** – Shakespeare
131. **Hollywood** – Bukowski
132. **Billy the Kid** – Pat Garrett
133. **Cuca fundida** – Woody Allen
134. **O jogador** – Dostoiévski
135. **O livro da selva** – Rudyard Kipling
136. **O vale do terror** – Arthur Conan Doyle
137. **Dançar tango em Porto Alegre** – S. Faraco
138. **O gaúcho** – Carlos Reverbel
139. **A volta ao mundo em oitenta dias** – J. Verne
140. **O livro dos esnobes** – W. M. Thackeray
141. **Amor & morte em Poodle Springs** – Raymond Chandler & R. Parker
142. **As aventuras de David Balfour** – Stevenson
143. **Alice no país das maravilhas** – Lewis Carroll
144. **A ressurreição** – Machado de Assis
145. **Inimigos, uma história de amor** – I. Singer
146. **O Guarani** – José de Alencar
147. **A cidade e as serras** – Eça de Queiroz
148. **Eu e outras poesias** – Augusto dos Anjos
149. **A mulher de trinta anos** – Balzac
150. **Pomba enamorada** – Lygia F. Telles
151. **Contos fluminenses** – Machado de Assis
152. **Antes de Adão** – Jack London
153. **Intervalo amoroso** – A. Romano de Sant'Anna
154. **Memorial de Aires** – Machado de Assis
155. **Naufrágios e comentários** – Cabeza de Vaca
156. **Ubirajara** – José de Alencar
157. **Textos anarquistas** – Bakunin
159. **Amor de salvação** – Camilo Castelo Branco
160. **O gaúcho** – José de Alencar
161. **O livro das maravilhas** – Marco Polo
162. **Inocência** – Visconde de Taunay

163. **Helena** – Machado de Assis
164. **Uma estação de amor** – Horácio Quiroga
165. **Poesia reunida** – Martha Medeiros
166. **Memórias de Sherlock Holmes** – Conan Doyle
167. **A vida de Mozart** – Stendhal
168. **O primeiro terço** – Neal Cassady
169. **O mandarim** – Eça de Queiroz
170. **Um espinho de marfim** – Marina Colasanti
171. **A ilustre Casa de Ramires** – Eça de Queiroz
172. **Lucíola** – José de Alencar
173. **Antígona** – Sófocles – trad. Donaldo Schüler
174. **Otelo** – William Shakespeare
175. **Antologia** – Gregório de Matos
176. **A liberdade de imprensa** – Karl Marx
177. **Casa de pensão** – Aluísio Azevedo
178. **São Manuel Bueno, Mártir** – Unamuno
179. **Primaveras** – Casimiro de Abreu
180. **O noviço** – Martins Pena
181. **O sertanejo** – José de Alencar
182. **Eurico, o presbítero** – Alexandre Herculano
183. **O signo dos quatro** – Conan Doyle
184. **Sete anos no Tibet** – Heinrich Harrer
185. **Vagamundo** – Eduardo Galeano
186. **De repente acidentes** – Carl Solomon
187. **As minas de Salomão** – Rider Haggar
188. **Uivo** – Allen Ginsberg
189. **A ciclista solitária** – Conan Doyle
190. **Os seis bustos de Napoleão** – Conan Doyle
191. **Cortejo do divino** – Nelida Piñon
194. **Os crimes do amor** – Marquês de Sade
195. **Besame Mucho** – Mário Prata
196. **Tuareg** – Alberto Vázquez-Figueroa
197. **O longo adeus** – Raymond Chandler
199. **Notas de um velho safado** – Bukowski
200. **111 ais** – Dalton Trevisan
201. **O nariz** – Nicolai Gogol
202. **O capote** – Nicolai Gogol
203. **Macbeth** – William Shakespeare
204. **Heráclito** – Donaldo Schüler
205. **Você deve desistir, Osvaldo** – Cyro Martins
206. **Memórias de Garibaldi** – A. Dumas
207. **A arte da guerra** – Sun Tzu
208. **Fragmentos** – Caio Fernando Abreu
209. **Festa no castelo** – Moacyr Scliar
210. **O grande deflorador** – Dalton Trevisan
212. **Homem do princípio ao fim** – Millôr Fernandes
213. **Aline e seus dois namorados (1)** – A. Iturrusgarai
214. **A juba do leão** – Sir Arthur Conan Doyle
215. **Assassino metido a esperto** – R. Chandler
216. **Confissões de um comedor de ópio** – Thomas De Quincey
217. **Os sofrimentos do jovem Werther** – Goethe
218. **Fedra** – Racine / Trad. Millôr Fernandes
219. **O vampiro de Sussex** – Conan Doyle
220. **Sonho de uma noite de verão** – Shakespeare
221. **Dias e noites de amor e de guerra** – Galeano
222. **O Profeta** – Khalil Gibran
223. **Flávia, cabeça, tronco e membros** – M. Fernandes
224. **Guia da ópera** – Jeanne Suhamy
225. **Macário** – Álvares de Azevedo
226. **Etiqueta na prática** – Celia Ribeiro
227. **Manifesto do partido comunista** – Marx & Engels
228. **Poemas** – Millôr Fernandes
229. **Um inimigo do povo** – Henrik Ibsen
230. **O paraíso destruído** – Frei B. de las Casas
231. **O gato no escuro** – Josué Guimarães
232. **O mágico de Oz** – L. Frank Baum
233. **Armas no Cyrano's** – Raymond Chandler
234. **Max e os felinos** – Moacyr Scliar
235. **Nos céus de Paris** – Alcy Cheuiche
236. **Os bandoleiros** – Schiller
237. **A primeira coisa que eu botei na boca** – Deonísio da Silva
238. **As aventuras de Simbad, o marújo**
239. **O retrato de Dorian Gray** – Oscar Wilde
240. **A carteira de meu tio** – J. Manuel de Macedo
241. **A luneta mágica** – J. Manuel de Macedo
242. **A metamorfose** – Kafka
243. **A flecha de ouro** – Joseph Conrad
244. **A ilha do tesouro** – R. L. Stevenson
245. **Marx - Vida & Obra** – José A. Giannotti
246. **Gênesis**
247. **Unidos para sempre** – Ruth Rendell
248. **A arte de amar** – Ovídio
249. **O sono eterno** – Raymond Chandler
250. **Novas receitas do Anonymus Gourmet** – J.A.P.M.
251. **A nova catacumba** – Arthur Conan Doyle
252. **Dr. Negro** – Arthur Conan Doyle
253. **Os voluntários** – Moacyr Scliar
254. **A bela adormecida** – Irmãos Grimm
255. **O príncipe sapo** – Irmãos Grimm
256. **Confissões e Memórias** – H. Heine
257. **Viva o Alegrete** – Sergio Faraco
258. **Vou estar esperando** – R. Chandler
259. **A senhora Beate e seu filho** – Schnitzler
260. **O ovo apunhalado** – Caio Fernando Abreu
261. **O ciclo das águas** – Moacyr Scliar
262. **Millôr Definitivo** – Millôr Fernandes
264. **Viagem ao centro da Terra** – Júlio Verne
265. **A dama do lago** – Raymond Chandler
266. **Caninos brancos** – Jack London
267. **O médico e o monstro** – R. L. Stevenson
268. **A tempestade** – William Shakespeare
269. **Assassinatos na rua Morgue** – E. Allan Poe
270. **99 corruíras nanicas** – Dalton Trevisan
271. **Broquéis** – Cruz e Sousa
272. **Mês de cães danados** – Moacyr Scliar
273. **Anarquistas – vol. 1 – A idéia** – G. Woodcock
274. **Anarquistas – vol. 2 – O movimento** – G. Woodcock
275. **Pai e filho, filho e pai** – Moacyr Scliar
276. **As aventuras de Tom Sawyer** – Mark Twain
277. **Muito barulho por nada** – W. Shakespeare
278. **Elogio da loucura** – Erasmo
279. **Autobiografia de Alice B. Toklas** – G. Stein
280. **O chamado da floresta** – J. London
281. **Uma agulha para o diabo** – Ruth Rendell
282. **Verdes vales do fim do mundo** – A. Bivar
283. **Ovelhas negras** – Caio Fernando Abreu
284. **O fantasma de Canterville** – O. Wilde
285. **Receitas de Yayá Ribeiro** – Celia Ribeiro
286. **A galinha degolada** – H. Quiroga
287. **O último adeus de Sherlock Holmes** – A. Conan Doyle
288. **A. Gourmet *em* Histórias de cama & mesa** – J. A. Pinheiro Machado
289. **Topless** – Martha Medeiros
290. **Mais receitas do Anonymus Gourmet** – J. A. Pinheiro Machado

291. **Origens do discurso democrático** – D. Schüler
292. **Humor politicamente incorreto** – Nani
293. **O teatro do bem e do mal** – E. Galeano
294. **Garibaldi & Manoela** – J. Guimarães
295. **10 dias que abalaram o mundo** – John Reed
296. **Numa fria** – Bukowski
297. **Poesia de Florbela Espanca** vol. 1
298. **Poesia de Florbela Espanca** vol. 2
299. **Escreva certo** – E. Oliveira e M. E. Bernd
300. **O vermelho e o negro** – Stendhal
301. **Ecce homo** – Friedrich Nietzsche
302(7). **Comer bem, sem culpa** – Dr. Fernando Lucchese, A. Gourmet e Iotti
303. **O livro de Cesário Verde** – Cesário Verde
305. **100 receitas de macarrão** – S. Lancellotti
306. **160 receitas de molhos** – S. Lancellotti
307. **100 receitas light** – H. e Â. Tonetto
308. **100 receitas de sobremesas** – Celia Ribeiro
309. **Mais de 100 dicas de churrasco** – Leon Diziekaniak
310. **100 receitas de acompanhamentos** – C. Cabeda
311. **Honra ou vendetta** – S. Lancellotti
312. **A alma do homem sob o socialismo** – Oscar Wilde
313. **Tudo sobre Yôga** – Mestre De Rose
314. **Os varões assinalados** – Tabajara Ruas
315. **Édipo em Colono** – Sófocles
316. **Lisístrata** – Aristófanes / trad. Millôr
317. **Sonhos de Bunker Hill** – John Fante
318. **Os deuses de Raquel** – Moacyr Sclíar
319. **O colosso de Marússia** – Henry Miller
320. **As eruditas** – Molière / trad. Millôr
321. **Radicci 1** – Iotti
322. **Os Sete contra Tebas** – Ésquilo
323. **Brasil Terra à vista** – Eduardo Bueno
324. **Radicci 2** – Iotti
325. **Júlio César** – William Shakespeare
326. **A carta de Pero Vaz de Caminha**
327. **Cozinha Clássica** – Sílvio Lancellotti
328. **Madame Bovary** – Gustave Flaubert
329. **Dicionário do viajante insólito** – M. Sclíar
330. **O capitão saiu para o almoço...** – Bukowski
331. **A carta roubada** – Edgar Allan Poe
332. **É tarde para saber** – Josué Guimarães
333. **O livro de bolso da Astrologia** – Maggy Harrisonx e Mellina Li
334. **1933 foi um ano ruim** – John Fante
335. **100 receitas de arroz** – Aninha Comas
336. **Guia prático do Português correto – vol. 1** – Cláudio Moreno
337. **Bartleby, o escriturário** – H. Melville
338. **Enterrem meu coração na curva do rio** – Dee Brown
339. **Um conto de Natal** – Charles Dickens
340. **Cozinha sem segredos** – J. A. P. Machado
341. **A dama das Camélias** – A. Dumas Filho
342. **Alimentação saudável** – H. e Â. Tonetto
343. **Continhos galantes** – Dalton Trevisan
344. **A Divina Comédia** – Dante Alighieri
345. **A Dupla Sertanojo** – Santiago
346. **Cavalos do amanhecer** – Mario Arregui
347. **Biografia de Vincent van Gogh por sua cunhada** – Jo van Gogh-Bonger
348. **Radicci 3** – Iotti
349. **Nada de novo no front** – E. M. Remarque
350. **A hora dos assassinos** – Henry Miller
351. **Flush – Memórias de um cão** – Virginia Woolf
352. **A guerra no Bom Fim** – M. Sclíar
353(1). **O caso Saint-Fiacre** – Simenon
354(2). **Morte na alta sociedade** – Simenon
355(3). **O cão amarelo** – Simenon
356(4). **Maigret e o homem do banco** – Simenon
357. **As uvas e o vento** – Pablo Neruda
358. **On the road** – Jack Kerouac
359. **O coração amarelo** – Pablo Neruda
360. **Livro das perguntas** – Pablo Neruda
361. **Noite de Reis** – William Shakespeare
362. **Manual de Ecologia** – vol.1 – J. Lutzenberger
363. **O mais longo dos dias** – Cornelius Ryan
364. **Foi bom prá você?** – Nani
365. **Crepusculário** – Pablo Neruda
366. **A comédia dos erros** – Shakespeare
367(5). **A primeira investigação de Maigret** – Simenon
368(6). **As férias de Maigret** – Simenon
369. **Mate-me por favor (vol.1)** – L. McNeil
370. **Mate-me por favor (vol.2)** – L. McNeil
371. **Carta ao pai** – Kafka
372. **Os vagabundos iluminados** – J. Kerouac
373(7). **O enforcado** – Simenon
374(8). **A fúria de Maigret** – Simenon
375. **Vargas, uma biografia política** – H. Silva
376. **Poesia reunida (vol.1)** – A. R. de Sant'Anna
377. **Poesia reunida (vol.2)** – A. R. de Sant'Anna
378. **Alice no país do espelho** – Lewis Carroll
379. **Residência na Terra 1** – Pablo Neruda
380. **Residência na Terra 2** – Pablo Neruda
381. **Terceira Residência** – Pablo Neruda
382. **O delírio amoroso** – Bocage
383. **Futebol ao sol e à sombra** – E. Galeano
384(9). **O porto das brumas** – Simenon
385(10). **Maigret e seu morto** – Simenon
386. **Radicci 4** – Iotti
387. **Boas maneiras & sucesso nos negócios** – Celia Ribeiro
388. **Uma história Farroupilha** – M. Sclíar
389. **Na mesa ninguém envelhece** – J. A. Pinheiro Machado
390. **200 receitas inéditas do Anonymus Gourmet** – J. A. Pinheiro Machado
391. **Guia prático do Português correto – vol.2** – Cláudio Moreno
392. **Breviário das terras do Brasil** – Assis Brasil
393. **Cantos Cerimoniais** – Pablo Neruda
394. **Jardim de Inverno** – Pablo Neruda
395. **Antonio e Cleópatra** – William Shakespeare
396. **Tróia** – Cláudio Moreno
397. **Meu tio matou um cara** – Jorge Furtado
398. **O anatomista** – Federico Andahazi
399. **As viagens de Gulliver** – Jonathan Swift
400. **Dom Quixote** – (v. 1) – Miguel de Cervantes
401. **Dom Quixote** – (v. 2) – Miguel de Cervantes
402. **Sozinho no Pólo Norte** – Thomaz Brandolin
403. **Matadouro 5** – Kurt Vonnegut
404. **Delta de Vênus** – Anaïs Nin
405. **O melhor de Hagar 2** – Dik Browne

406. **É grave Doutor?** – Nani
407. **Orai pornô** – Nani
408. (11).**Maigret em Nova York** – Simenon
409. (12).**O assassino sem rosto** – Simenon
410. (13).**O mistério das jóias roubadas** – Simenon
411. **A irmãzinha** – Raymond Chandler
412. **Três contos** – Gustave Flaubert
413. **De ratos e homens** – John Steinbeck
414. **Lazarilho de Tormes** – Anônimo do séc. XVI
415. **Triângulo das águas** – Caio Fernando Abreu
416. **100 receitas de carnes** – Sílvio Lancellotti
417. **Histórias de robôs:** vol. 1 – org. Isaac Asimov
418. **Histórias de robôs:** vol. 2 – org. Isaac Asimov
419. **Histórias de robôs:** vol. 3 – org. Isaac Asimov
420. **O país dos centauros** – Tabajara Ruas
421. **A república de Anita** – Tabajara Ruas
422. **A carga dos lanceiros** – Tabajara Ruas
423. **Um amigo de Kafka** – Isaac Singer
424. **As alegres matronas de Windsor** – Shakespeare
425. **Amor e exílio** – Isaac Bashevis Singer
426. **Use & abuse do seu signo** – Marília Fiorillo e Marylou Simonsen
427. **Pigmaleão** – Bernard Shaw
428. **As fenícias** – Eurípides
429. **Everest** – Thomaz Brandolin
430. **A arte de furtar** – Anônimo do séc. XVI
431. **Billy Bud** – Herman Melville
432. **A rosa separada** – Pablo Neruda
433. **Elegia** – Pablo Neruda
434. **A garota de Cassidy** – David Goodis
435. **Como fazer a guerra: máximas de Napoleão** – Balzac
436. **Poemas escolhidos** – Emily Dickinson
437. **Gracias por el fuego** – Mario Benedetti
438. **O sofá** – Crébillon Fils
439. **O "Martín Fierro"** – Jorge Luis Borges
440. **Trabalhos de amor perdidos** – W. Shakespeare
441. **O melhor de Hagar 3** – Dik Browne
442. **Os Maias (volume1)** – Eça de Queiroz
443. **Os Maias (volume2)** – Eça de Queiroz
444. **Anti-Justine** – Restif de La Bretonne
445. **Juventude** – Joseph Conrad
446. **Contos** – Eça de Queiroz
447. **Janela para a morte** – Raymond Chandler
448. **Um amor de Swann** – Marcel Proust
449. **À paz perpétua** – Immanuel Kant
450. **A conquista do México** – Hernan Cortez
451. **Defeitos escolhidos e 2000** – Pablo Neruda
452. **O casamento do céu e do inferno** – William Blake
453. **A primeira viagem ao redor do mundo** – Antonio Pigafetta
454. (14).**Uma sombra na janela** – Simenon
455. (15).**A noite da encruzilhada** – Simenon
456. (16).**A velha senhora** – Simenon
457. **Sartre** – Annie Cohen-Solal
458. **Discurso do método** – René Descartes
459. **Garfield em grande forma (1)** – Jim Davis
460. **Garfield está de dieta (2)** – Jim Davis
461. **O livro das feras** – Patricia Highsmith
462. **Viajante solitário** – Jack Kerouac
463. **Auto da barca do inferno** – Gil Vicente
464. **O livro vermelho dos pensamentos de Millôr** – Millôr Fernandes
465. **O livro dos abraços** – Eduardo Galeano
466. **Voltaremos!** – José Antonio Pinheiro Machado
467. **Rango** – Edgar Vasques
468. (8).**Dieta mediterrânea** – Dr. Fernando Lucchese e José Antonio Pinheiro Machado
469. **Radicci 5** – Iotti
470. **Pequenos pássaros** – Anaïs Nin
471. **Guia prático do Português correto – vol.3** – Cláudio Moreno
472. **Atire no pianista** – David Goodis
473. **Antologia Poética** – García Lorca
474. **Alexandre e César** – Plutarco
475. **Uma espiã na casa do amor** – Anaïs Nin
476. **A gorda do Tiki Bar** – Dalton Trevisan
477. **Garfield um gato de peso (3)** – Jim Davis
478. **Canibais** – David Coimbra
479. **A arte de escrever** – Arthur Schopenhauer
480. **Pinóquio** – Carlo Collodi
481. **Misto-quente** – Bukowski
482. **A lua na sarjeta** – David Goodis
483. **O melhor do Recruta Zero (1)** – Mort Walker
484. **Aline: TPM – tensão pré-monstrual (2)** – Adão Iturrusgarai
485. **Sermões Rudos Padre Antonio Vieira**
486. **Garfield numa boa (4)** – Jim Davis
487. **Mensagem** – Fernando Pessoa
488. **Vendeta** *seguido de* **A paz conjugal** – Balzac
489. **Poemas de Alberto Caeiro** – Fernando Pessoa
490. **Ferragus** – Honoré de Balzac
491. **A duquesa de Langeais** – Honoré de Balzac
492. **A menina dos olhos de ouro** – Honoré de Balzac
493. **O lírio do vale** – Honoré de Balzac
494. (17).**A barcaça da morte** – Simenon
495. (18).**As testemunhas rebeldes** – Simenon
496. (19).**Um engano de Maigret** – Simenon
497. (1).**A noite das bruxas** – Agatha Christie
498. (2).**Um passe de mágica** – Agatha Christie
499. (3).**Nêmesis** – Agatha Christie
500. **Esboço para uma teoria das emoções** – Sartre
501. **Renda básica de cidadania** – Eduardo Suplicy
502. (1).**Pílulas para viver melhor** – Dr. Lucchese
503. (2).**Pílulas para prolongar a juventude** – Dr. Lucchese
504. (3).**Desembarcando o diabetes** – Dr. Lucchese
505. (4).**Desembarcando o sedentarismo** – Dr. Fernando Lucchese e Cláudio Castro
506. (5).**Desembarcando a hipertensão** – Dr. Lucchese
507. (6).**Desembarcando o colesterol** – Dr. Fernando Lucchese e Fernanda Lucchese
508. **Estudos de mulher** – Balzac
509. **O terceiro tira** – Flann O'Brien
510. **100 receitas de aves e ovos** – J. A. P. Machado
511. **Garfield em toneladas de diversão (5)** – Jim Davis
512. **Trem-bala** – Martha Medeiros
513. **Os cães ladram** – Truman Capote
514. **O Kama Sutra de Vatsyayana**
515. **O crime do Padre Amaro** – Eça de Queiroz
516. **Odes de Ricardo Reis** – Fernando Pessoa

517. **O inverno da nossa desesperança** – Steinbeck
518. **Piratas do Tietê (1)** – Laerte
519. **Rê Bordosa: do começo ao fim** – Angeli
520. **O Harlem é escuro** – Chester Himes
521. **Café-da-manhã dos campeões** – Kurt Vonnegut
522. **Eugénie Grandet** – Balzac
523. **O último magnata** – F. Scott Fitzgerald
524. **Carol** – Patricia Highsmith
525. **100 receitas de patisseria** – Sílvio Lancellotti
526. **O fator humano** – Graham Greene
527. **Tristessa** – Jack Kerouac
528. **O diamante do tamanho do Ritz** – Scott Fitzgerald
529. **As melhores histórias de Sherlock Holmes** – Arthur Conan Doyle
530. **Cartas a um jovem poeta** – Rilke
531. (20). **Memórias de Maigret** – Simenon
532. (4). **O misterioso sr. Quin** – Agatha Christie
533. **Os analectos** – Confúcio
534. (21). **Maigret e os homens de bem** – Simenon
535. (22). **O medo de Maigret** – Simenon
536. **Ascensão e queda de César Birotteau** – Balzac
537. **Sexta-feira negra** – David Goodis
538. **Ora bolas – O humor de Mario Quintana** – Juarez Fonseca
539. **Longe daqui aqui mesmo** – Antonio Bivar
540. (5). **É fácil matar** – Agatha Christie
541. **O pai Goriot** – Balzac
542. **Brasil, um país do futuro** – Stefan Zweig
543. **O processo** – Kafka
544. **O melhor de Hagar 4** – Dik Browne
545. (6). **Por que não pediram a Evans?** – Agatha Christie
546. **Fanny Hill** – John Cleland
547. **O gato por dentro** – William S. Burroughs
548. **Sobre a brevidade da vida** – Sêneca
549. **Geraldão (1)** – Glauco
550. **Piratas do Tietê (2)** – Laerte
551. **Pagando o pato** – Ciça
552. **Garfield de bom humor (6)** – Jim Davis
553. **Conhece o Mário?** vol.1 – Santiago
554. **Radicci 6** – Iotti
555. **Os subterrâneos** – Jack Kerouac
556. (1). **Balzac** – François Taillandier
557. (2). **Modigliani** – Christian Parisot
558. (3). **Kafka** – Gérard-Georges Lemaire
559. (4). **Júlio César** – Joël Schmidt
560. **Receitas da família** – J. A. Pinheiro Machado
561. **Boas maneiras à mesa** – Celia Ribeiro
562. (9). **Filhos sadios, pais felizes** – R. Pagnoncelli
563. (10). **Fatos & mitos** – Dr. Fernando Lucchese
564. **Ménage à trois** – Paula Taitelbaum
565. **Mulheres!** – David Coimbra
566. **Poemas de Álvaro de Campos** – Fernando Pessoa
567. **Medo e outras histórias** – Stefan Zweig
568. **Snoopy e sua turma (1)** – Schulz
569. **Piadas para sempre (1)** – Visconde da Casa Verde
570. **O alvo móvel** – Ross Macdonald
571. **O melhor do Recruta Zero (2)** – Mort Walker
572. **Um sonho americano** – Norman Mailer
573. **Os broncos também amam** – Angeli
574. **Crônica de um amor louco** – Bukowski
575. (5). **Freud** – René Major e Chantal Talagrand
576. (6). **Picasso** – Gilles Plazy
577. (7). **Gandhi** – Christine Jordis
578. **A tumba** – H. P. Lovecraft
579. **O príncipe e o mendigo** – Mark Twain
580. **Garfield, um charme de gato (7)** – Jim Davis
581. **Ilusões perdidas** – Balzac
582. **Esplendores e misérias das cortesãs** – Balzac
583. **Walter Ego** – Angeli
584. **Striptiras (1)** – Laerte
585. **Fagundes: um puxa-saco de mão cheia** – Laerte
586. **Depois do último trem** – Josué Guimarães
587. **Ricardo III** – Shakespeare
588. **Dona Anja** – Josué Guimarães
589. **24 horas na vida de uma mulher** – Stefan Zweig
590. **O terceiro homem** – Graham Greene
591. **Mulher no escuro** – Dashiell Hammett
592. **No que acredito** – Bertrand Russell
593. **Odisséia (1): Telemaquia** – Homero
594. **O cavalo cego** – Josué Guimarães
595. **Henrique V** – Shakespeare
596. **Fabulário geral do delírio cotidiano** – Bukowski
597. **Tiros na noite 1: A mulher do bandido** – Dashiell Hammett
598. **Snoopy em Feliz Dia dos Namorados! (2)** – Schulz
599. **Mas não se matam cavalos?** – Horace McCoy
600. **Crime e castigo** – Dostoiévski
601. (7). **Mistério no Caribe** – Agatha Christie
602. **Odisséia (2): Regresso** – Homero
603. **Piadas para sempre (2)** – Visconde da Casa Verde
604. **À sombra do vulcão** – Malcolm Lowry
605. (8). **Kerouac** – Yves Buin
606. **E agora são cinzas** – Angeli
607. **As mil e uma noites** – Paulo Caruso
608. **Um assassino entre nós** – Ruth Rendell
609. **Crack-up** – F. Scott Fitzgerald
610. **Do amor** – Stendhal
611. **Cartas do Yage** – William Burroughs e Allen Ginsberg
612. **Striptiras (2)** – Laerte
613. **Henry & June** – Anaïs Nin
614. **A piscina mortal** – Ross Macdonald
615. **Geraldão (2)** – Glauco
616. **Tempo de delicadeza** – A. R. de Sant'Anna
617. **Tiros na noite 2: Medo de tiro** – Dashiell Hammett
618. **Snoopy em Assim é a vida, Charlie Brown! (3)** – Schulz
619. **1954 – Um tiro no coração** – Hélio Silva
620. **Sobre a inspiração poética (Íon)** e ... – Platão
621. **Garfield e seus amigos (8)** – Jim Davis
622. **Odisséia (3): Ítaca** – Homero
623. **A louca matança** – Chester Himes
624. **Factótum** – Bukowski
625. **Guerra e Paz: volume 1** – Tolstói
626. **Guerra e Paz: volume 2** – Tolstói
627. **Guerra e Paz: volume 3** – Tolstói
628. **Guerra e Paz: volume 4** – Tolstói

629(9).**Shakespeare** – Claude Mourthé
630.**Bem está o que bem acaba** – Shakespeare
631.**O contrato social** – Rousseau
632.**Geração Beat** – Jack Kerouac
633.**Snoopy: É Natal! (4)** – Charles Schulz
634(8).**Testemunha da acusação** – Agatha Christie
635.**Um elefante no caos** – Millôr Fernandes
636.**Guia de leitura (100 autores que você precisa ler)** – Organização de Léa Masina
637.**Pistoleiros também mandam flores** – David Coimbra
638.**O prazer das palavras** – vol. 1 – Cláudio Moreno
639.**O prazer das palavras** – vol. 2 – Cláudio Moreno
640.**Novíssimo testamento: com Deus e o diabo, a dupla da criação** – Iotti
641.**Literatura Brasileira: modos de usar** – Luís Augusto Fischer
642.**Dicionário de Porto-Alegrês** – Luís A. Fischer
643.**Clô Dias & Noites** – Sérgio Jockymann
644.**Memorial de Isla Negra** – Pablo Neruda
645.**Um homem extraordinário e outras histórias** – Tchékhov
646.**Ana sem terra** – Alcy Cheuiche
647.**Adultérios** – Woody Allen
648.**Para sempre ou nunca mais** – R. Chandler
649.**Nosso homem em Havana** – Graham Greene
650.**Dicionário Caldas Aulete de Bolso**
651.**Snoopy: Posso fazer uma pergunta, professora? (5)** – Charles Schulz
652(10).**Luís XVI** – Bernard Vincent
653.**O mercador de Veneza** – Shakespeare
654.**Cancioneiro** – Fernando Pessoa
655.**Non-Stop** – Martha Medeiros
656.**Carpinteiros, levantem bem alto a cumeeira & Seymour, uma apresentação** – J.D.Salinger
657.**Ensaios céticos** – Bertrand Russell
658.**O melhor de Hagar 5** – Dik e Chris Browne
659.**Primeiro amor** – Ivan Turguêniev
660.**A trégua** – Mario Benedetti
661.**Um parque de diversões da cabeça** – Lawrence Ferlinghetti
662.**Aprendendo a viver** – Sêneca
663.**Garfield, um gato em apuros (9)** – Jim Davis
664.**Dilbert 1** – Scott Adams
665.**Dicionário de dificuldades** – Domingos Paschoal Cegalla
666.**A imaginação** – Jean-Paul Sartre
667.**O ladrão e os cães** – Naguib Mahfuz
668.**Gramática do português contemporâneo** – Celso Cunha
669.**A volta do parafuso** *seguido de* **Daisy Miller** – Henry James
670.**Notas do subsolo** – Dostoiévski
671.**Abobrinhas da Brasilônia** – Glauco
672.**Geraldão (3)** – Glauco
673.**Piadas para sempre (3)** – Visconde da Casa Verde
674.**Duas viagens ao Brasil** – Hans Staden
675.**Bandeira de bolso** – Manuel Bandeira
676.**A arte da guerra** – Maquiavel
677.**Além do bem e do mal** – Nietzsche
678.**O coronel Chabert** *seguido de* **A mulher abandonada** – Balzac
679.**O sorriso de marfim** – Ross Macdonald
680.**100 receitas de pescados** – Sílvio Lancellotti
681.**O juiz e seu carrasco** – Friedrich Dürrenmatt
682.**Noites brancas** – Dostoiévski
683.**Quadras ao gosto popular** – Fernando Pessoa
684.**Romanceiro da Inconfidência** – Cecília Meireles
685.**Kaos** – Millôr Fernandes
686.**A pele de onagro** – Balzac
687.**As ligações perigosas** – Choderlos de Laclos
688.**Dicionário de matemática** – Luiz Fernandes Cardoso
689.**Os Lusíadas** – Luís Vaz de Camões
690(11).**Átila** – Éric Deschodt
691.**Um jeito tranqüilo de matar** – Chester Himes
692.**A felicidade conjugal** *seguido de* **O diabo** – Tolstói
693.**Viagem de um naturalista ao redor do mundo** – vol. 1 – Charles Darwin
694.**Viagem de um naturalista ao redor do mundo** – vol. 2 – Charles Darwin
695.**Memórias da casa dos mortos** – Dostoiévski
696.**A Celestina** – Fernando de Rojas
697.**Snoopy: Como você é azarado, Charlie Brown! (6)** – Charles Schulz
698.**Dez (quase) amores** – Claudia Tajes
699(9).**Poirot sempre espera** – Agatha Christie
700.**Cecília de bolso** – Cecília Meireles
701.**Apologia de Sócrates** *precedido de* **Êutifron** e *seguido de* **Críton** – Platão
702.**Wood & Stock** – Angeli
703.**Striptiras (3)** – Laerte
704.**Discurso sobre a origem e os fundamentos da desigualdade entre os homens** – Rousseau
705.**Os duelistas** – Joseph Conrad
706.**Dilbert (2)** – Scott Adams
707.**Viver e escrever** (vol. 1) – Edla van Steen
708.**Viver e escrever** (vol. 2) – Edla van Steen
709.**Viver e escrever** (vol. 3) – Edla van Steen
710(10).**A teia da aranha** – Agatha Christie
711.**O banquete** – Platão
712.**Os belos e malditos** – F. Scott Fitzgerald
713.**Libelo contra a arte moderna** – Salvador Dalí
714.**Akropolis** – Valerio Massimo Manfredi
715.**Devoradores de mortos** – Michael Crichton
716.**Sob o sol da Toscana** – Frances Mayes
717.**Batom na cueca** – Nani
718.**Vida dura** – Claudia Tajes
719.**Carne trêmula** – Ruth Rendell
720.**Cris, a fera** – David Coimbra
721.**O anticristo** – Nietzsche
722.**Como um romance** – Daniel Pennac
723.**Emboscada no Forte Bragg** – Tom Wolfe
724.**Assédio sexual** – Michael Crichton
725.**O espírito do Zen** – Alan W.Watts
726.**Um bonde chamado desejo** – Tennessee Williams
727.**Como gostais** *seguido de* **Conto de inverno** – Shakespeare
728.**Tratado sobre a tolerância** – Voltaire
729.**Snoopy: Doces ou travessuras? (7)** – Charles Schulz
730.**Cardápios do Anonymus Gourmet** – J.A. Pinheiro Machado

731. **100 receitas com lata** – J.A. Pinheiro Machado
732. **Conhece o Mário?** vol.2 – Santiago
733. **Dilbert (3)** – Scott Adams
734. **História de um louco amor** *seguido de* **Passado amor** – Horacio Quiroga
735(11).**Sexo: muito prazer** – Laura Meyer da Silva
736(12).**Para entender o adolescente** – Dr. Ronald Pagnoncelli
737(13).**Desembarcando a tristeza** – Dr. Fernando Lucchese
738. **Poirot e o mistério da arca espanhola & outras histórias** – Agatha Christie
739. **A última legião** – Valerio Massimo Manfredi
740. **As virgens suicidas** – Jeffrey Eugenides
741. **Sol nascente** – Michael Crichton
742. **Duzentos ladrões** – Dalton Trevisan
743. **Os devaneios do caminhante solitário** – Rousseau
744. **Garfield, o rei da preguiça (10)** – Jim Davis
745. **Os magnatas** – Charles R. Morris
746. **Pulp** – Charles Bukowski
747. **Enquanto agonizo** – William Faulkner
748. **Aline: viciada em sexo (3)** – Adão Iturrusgarai
749. **A dama do cachorrinho** – Anton Tchékhov
750. **Tito Andrônico** – Shakespeare
751. **Antologia poética** – Anna Akhmátova
752. **O melhor de Hagar 6** – Dik e Chris Browne
753(12).**Michelangelo** – Nadine Sautel
754. **Dilbert (4)** – Scott Adams
755. **O jardim das cerejeiras** *seguido de* **Tio Vânia** – Tchékhov
756. **Geração Beat** – Claudio Willer
757. **Santos Dumont** – Alcy Cheuiche
758. **Budismo** – Claude B. Levenson
759. **Cleópatra** – Christian-Georges Schwentzel
760. **Revolução Francesa** – Frédéric Bluche, Stéphane Rials e Jean Tulard
761. **A crise de 1929** – Bernard Gazier
762. **Sigmund Freud** – Edson Sousa e Paulo Endo
763. **Império Romano** – Patrick Le Roux
764. **Cruzadas** – Cécile Morrisson
765. **O mistério do Trem Azul** – Agatha Christie
766. **Os escrúpulos de Maigret** – Simenon
767. **Maigret se diverte** – Simenon
768. **Senso comum** – Thomas Paine
769. **O parque dos dinossauros** – Michael Crichton
770. **Trilogia da paixão** – Goethe
771. **A simples arte de matar (vol.1)** – R. Chandler
772. **A simples arte de matar (vol.2)** – R. Chandler
773. **Snoopy: No mundo da lua! (8)** – Charles Schulz
774. **Os Quatro Grandes** – Agatha Christie
775. **Um brinde de cianureto** – Agatha Christie
776. **Súplicas atendidas** – Truman Capote
777. **Ainda restam aveleiras** – Simenon
778. **Maigret e o ladrão preguiçoso** – Simenon
779. **A viúva imortal** – Millôr Fernandes
780. **Cabala** – Roland Goetschel
781. **Capitalismo** – Claude Jessua
782. **Mitologia grega** – Pierre Grimal
783. **Economia: 100 palavras-chave** – Jean-Paul Betbèze
784. **Marxismo** – Henri Lefebvre
785. **Punição para a inocência** – Agatha Christie
786. **A extravagância do morto** – Agatha Christie
787(13).**Cézanne** – Bernard Fauconnier
788. **A identidade Bourne** – Robert Ludlum
789. **Da tranquilidade da alma** – Sêneca
790. **Um artista da fome** *seguido de* **Na colônia penal e outras histórias** – Kafka
791. **Histórias de fantasmas** – Charles Dickens
792. **A louca de Maigret** – Simenon
793. **O amigo de infância de Maigret** – Simenon
794. **O revólver de Maigret** – Simenon
795. **A fuga do sr. Monde** – Simenon
796. **O Uraguai** – Basílio da Gama
797. **A mão misteriosa** – Agatha Christie
798. **Testemunha ocular do crime** – Agatha Christie
799. **Crepúsculo dos ídolos** – Friedrich Nietzsche
800. **Maigret e o negociante de vinhos** – Simenon
801. **Maigret e o mendigo** – Simenon
802. **O grande golpe** – Dashiell Hammett
803. **Humor barra pesada** – Nani
804. **Vinho** – Jean-François Gautier
805. **Egito Antigo** – Sophie Desplancques
806(14).**Baudelaire** – Jean-Baptiste Baronian
807. **Caminho da sabedoria, caminho da paz** – Dalai Lama e Felizitas von Schönborn
808. **Senhor e servo e outras histórias** – Tolstói
809. **Os cadernos de Malte Laurids Brigge** – Rilke
810. **Dilbert (5)** – Scott Adams
811. **Big Sur** – Jack Kerouac
812. **Seguindo a correnteza** – Agatha Christie
813. **O álibi** – Sandra Brown
814. **Montanha-russa** – Martha Medeiros
815. **Coisas da vida** – Martha Medeiros
816. **A cantada infalível** *seguido de* **A mulher do centroavante** – David Coimbra
817. **Maigret e os crimes do cais** – Simenon
818. **Sinal vermelho** – Simenon
819. **Snoopy: Pausa para a soneca (9)** – Charles Schulz
820. **De pernas pro ar** – Eduardo Galeano
821. **Tragédias gregas** – Pascal Thiercy
822. **Existencialismo** – Jacques Colette
823. **Nietzsche** – Jean Granier
824. **Amar ou depender?** – Walter Riso
825. **Darmapada: A doutrina budista em versos**
826. **J'Accuse...!** – **a verdade em marcha** – Zola
827. **Os crimes ABC** – Agatha Christie
828. **Um gato entre os pombos** – Agatha Christie
829. **Maigret e o sumiço do sr. Charles** – Simenon
830. **Maigret e a morte do jogador** – Simenon
831. **Dicionário de teatro** – Luiz Paulo Vasconcellos
832. **Cartas extraviadas** – Martha Medeiros
833. **A longa viagem de prazer** – J. J. Morosoli
834. **Receitas fáceis** – J. A. Pinheiro Machado
835(14).**Mais fatos & mitos** – Dr. Fernando Lucchese
836.(15).**Boa viagem!** – Dr. Fernando Lucchese
837. **Aline: Finalmente nua!!! (4)** – Adão Iturrusgarai
838. **Mônica tem uma novidade!** – Mauricio de Sousa
839. **Cebolinha em apuros!** – Mauricio de Sousa
840. **Sócios no crime** – Agatha Christie
841. **Bocas do tempo** – Eduardo Galeano
842. **Orgulho e preconceito** – Jane Austen
843. **Impressionismo** – Dominique Lobstein
844. **Escrita chinesa** – Viviane Alleton

845. **Paris: uma história** – Yvan Combeau
846(15). **Van Gogh** – David Haziot
847. **Maigret e o corpo sem cabeça** – Simenon
848. **Portal do destino** – Agatha Christie
849. **O futuro de uma ilusão** – Freud
850. **O mal-estar na cultura** – Freud
851. **Maigret e o matador** – Simenon
852. **Maigret e o fantasma** – Simenon
853. **Um crime adormecido** – Agatha Christie
854. **Satori em Paris** – Jack Kerouac
855. **Medo e delírio em Las Vegas** – Hunter Thompson
856. **Um negócio fracassado e outros contos de humor** – Tchékhov
857. **Mônica está de férias!** – Mauricio de Sousa
858. **De quem é esse coelho?** – Mauricio de Sousa
859. **O burgomestre de Furnes** – Simenon
860. **O mistério Sittaford** – Agatha Christie
861. **Manhã transfigurada** – Luiz Antonio de Assis Brasil
862. **Alexandre, o Grande** – Pierre Briant
863. **Jesus** – Charles Perrot
864. **Islã** – Paul Balta
865. **Guerra da Secessão** – Farid Ameur
866. **Um rio que vem da Grécia** – Cláudio Moreno
867. **Maigret e os colegas americanos** – Simenon
868. **Assassinato na casa do pastor** – Agatha Christie
869. **Manual do líder** – Napoleão Bonaparte
870(16). **Billie Holiday** – Sylvia Fol
871. **Bidu arrasando!** – Mauricio de Sousa
872. **Desventuras em família** – Mauricio de Sousa
873. **Liberty Bar** – Simenon
874. **E no final a morte** – Agatha Christie
875. **Guia prático do Português correto – vol. 4** – Cláudio Moreno
876. **Dilbert (6)** – Scott Adams
877(17). **Leonardo da Vinci** – Sophie Chauveau
878. **Bella Toscana** – Frances Mayes
879. **A arte da ficção** – David Lodge
880. **Striptiras (4)** – Laerte
881. **Skrotinhos** – Angeli
882. **Depois do funeral** – Agatha Christie
883. **Radicci 7** – Iotti
884. **Walden** – H. D. Thoreau
885. **Lincoln** – Allen C. Guelzo
886. **Primeira Guerra Mundial** – Michael Howard
887. **A linha de sombra** – Joseph Conrad
888. **O amor é um cão dos diabos** – Bukowski
889. **Maigret sai em viagem** – Simenon
890. **Despertar: uma vida de Buda** – Jack Kerouac
891(18). **Albert Einstein** – Laurent Seksik
892. **Hell's Angels** – Hunter Thompson
893. **Ausência na primavera** – Agatha Christie
894. **Dilbert (7)** – Scott Adams
895. **Ao sul de lugar nenhum** – Bukowski
896. **Maquiavel** – Quentin Skinner
897. **Sócrates** – C.C.W. Taylor
898. **A casa do canal** – Simenon
899. **O Natal de Poirot** – Agatha Christie
900. **As veias abertas da América Latina** – Eduardo Galeano
901. **Snoopy: Sempre alerta! (10)** – Charles Schulz
902. **Chico Bento: Plantando confusão** – Mauricio de Sousa
903. **Penadinho: Quem é morto sempre aparece** – Mauricio de Sousa
904. **A vida sexual da mulher feia** – Claudia Tajes
905. **100 segredos de liquidificador** – José Antonio Pinheiro Machado
906. **Sexo muito prazer 2** – Laura Meyer da Silva
907. **Os nascimentos** – Eduardo Galeano
908. **As caras e as máscaras** – Eduardo Galeano
909. **O século do vento** – Eduardo Galeano
910. **Poirot perde uma cliente** – Agatha Christie
911. **Cérebro** – Michael O'Shea
912. **O escaravelho de ouro e outras histórias** – Edgar Allan Poe
913. **Piadas para sempre (4)** – Visconde da Casa Verde
914. **100 receitas de massas light** – Helena Tonetto
915(19). **Oscar Wilde** – Daniel Salvatore Schiffer
916. **Uma breve história do mundo** – H. G. Wells
917. **A Casa do Penhasco** – Agatha Christie
918. **Maigret e o findado sr. Gallet** – Simenon
919. **John M. Keynes** – Bernard Gazier
920(20). **Virginia Woolf** – Alexandra Lemasson
921. **Peter e Wendy** *seguido de* **Peter Pan em Kensington Gardens** – J. M. Barrie
922. **Aline: numas de colegial (5)** – Adão Iturrusgarai
923. **Uma dose mortal** – Agatha Christie
924. **Os trabalhos de Hércules** – Agatha Christie
925. **Maigret na escola** – Simenon
926. **Kant** – Roger Scruton
927. **A inocência do Padre Brown** – G.K. Chesterton
928. **Casa Velha** – Machado de Assis
929. **Marcas de nascença** – Nancy Huston
930. **Aulete de bolso**
931. **Hora Zero** – Agatha Christie
932. **Morte na Mesopotâmia** – Agatha Christie
933. **Um crime na Holanda** – Simenon
934. **Nem te conto, João** – Dalton Trevisan
935. **As aventuras de Huckleberry Finn** – Mark Twain
936(21). **Marilyn Monroe** – Anne Plantagenet
937. **China moderna** – Rana Mitter
938. **Dinossauros** – David Norman
939. **Louca por homem** – Claudia Tajes
940. **Amores de alto risco** – Walter Riso
941. **Jogo de damas** – David Coimbra
942. **Filha é filha** – Agatha Christie
943. **M ou N?** – Agatha Christie
944. **Maigret se defende** – Simenon
945. **Bidu: diversão em dobro!** – Mauricio de Sousa
946. **Fogo** – Anaïs Nin
947. **Rum: diário de um jornalista bêbado** – Hunter Thompson
948. **Persuasão** – Jane Austen
949. **Lágrimas na chuva** – Sergio Faraco
950. **Mulheres** – Bukowski
951. **Um pressentimento funesto** – Agatha Christie
952. **Cartas na mesa** – Agatha Christie
953. **Maigret em Vichy** – Simenon
954. **O lobo do mar** – Jack London
955. **Os gatos** – Patricia Highsmith
956. **Jesus** – Christiane Rancé
957. **História da medicina** – William Bynum
958. **O morro dos ventos uivantes** – Emily Brontë
959. **A filosofia na era trágica dos gregos** – Nietzsche
960. **Os treze problemas** – Agatha Christie